김석범 대하소설

火山島

1

김환기·김학동 옮김

보고사
BOGOSA

차례

제3장

1

  이방근은 아직 이불 속에 있었다. 집에는 아무도 없었다. 선옥이는 부엌이를 데리고 여동생을 마중하러 부두로 나간 뒤였다. 부두라고 해도 걸어서 10분이면 갈 수 있는 거리였다. 이방근도 가능하면 마중을 나가고 싶었지만, 일가족이 총출동하는 모양새는 좋아 보이지 않았다.

  어젯밤에 이방근은 어머니 제사가 사흘 뒤로 다가왔다는 것을 알고 깜짝 놀랐다. 며칠 내 제사가 있으리라고는 생각했지만, 그것이 사흘 뒤라는 것을 알고 나자 느닷없이 시험 날짜를 통고받은 학생처럼 놀랐다. 저녁 밥상을 들고 온 부엌이가 여동생은 언제 돌아오는지 물었다. 오늘 아침 서울을 출발한다는 전보가 왔으니, 오늘 밤 목포에 도착하여 때마침 배편이 있으면 내일 아침쯤 제주에 도착할 것이고, 배편이 없으면 모레 아침에 올 거라고 하자, 부엌이는 안심된다는 표정으로 물러가려고 했다. 그제야 이방근은 여동생이 제사 때문에 일부러 돌아온다는 것을 깨닫고 부엌이에게 제삿날을 물어보았다. 작년에는 여동생에게 물었다가 여전히 불효자식이라는 핀잔만 받았기 때문에 이번에 또 물어볼 생각은 없었다. 게다가 스스로 어머니 제삿날을 똑바로 기억하고 돌아오는 여동생을 실망시키고 싶지 않았다.

  그러나 부엌이는 이방근의 질문에 왜 그러느냐며 무표정한 얼굴로 되물었다. 어머니 제삿날을 묻고 있잖아. 어머니 제삿날? 그래. 부엌이는 겨우 질문의 뜻을 알아차린 듯 눈을 커다랗게 뜨고 상대의 얼굴을 한동안 바라보더니, 아이고, 하며 기가 막힌다는 듯이 말했다. 아이고, 서방님은 무슨 말씀을 하셤수꽈. 큰마님 제삿날은 글피. 넬, 모레, 글피, 음력 정월 스무나흘 날이우다. 큰마님을 언제나 끔찍이 생각하시던 서방님이 무슨 일이우꽈. 돌아가신 어머님이 슬퍼하실 거우다. 어머님이 불쌍하우다……. 말수 적은 부엌이가 평소와 달리 어린 아이를 타이르는 듯한 슬픈 눈빛으로 대꾸를 하였다.

이방근은 적당히 얼버무렸지만, 부엌이 말대로 어머니는 당신의 제삿날을 잊은 아들을 몹시 섭섭해 하실 게 틀림없었다. 조선의 옛날 여인들은(남자도 예외는 아니지만, 특히 여자들은) 죽은 뒤 제사에 모든 희망을 걸고 이 세상을 떠난다. 사후의 제사를 보장받을 수 없는 사람은 편히 죽을 수도 없었다. 그리고 모처럼 승천했다 해도 1년에 한 번 천상에서 지상으로 찾아오는 날을 아들이 잊어버린다면, 어머니의 영혼은 망령처럼 이승을 계속 떠돌게 될 것이다. 부엌이의 책망을 듣고 이방근은 할 말이 없었다.

음, 부엌이 말대로야…… 이방근은 이불 속에서 어제 유치장을 나와 집에 들렀던 강몽구를 생각하며 중얼거렸다. 부엌이가 옳아. 그렇다 해도 어머니 제사를 생각하는 여동생의 마음은 각별했다. 여동생이 오늘 아침 배로 도착한다면 제사 이틀 전에 돌아오는 셈이 된다. 작년에도 분명히 이틀 전에 돌아와서 계모와 함께 제사 준비를 시작했었다. 사실은 여동생이 거들어야 할 만큼 일이 많은 것은 아니었다. 제사 전날에는 친척들이나 이웃 여자들이 도와주러 오기도 했다. 그러나 여동생이 사람들 틈에 섞여 움직이고 있으면 돌아가신 어머니의 제사로 느껴지는 것이 신기했다. 흐음, 모레가 어머니 제사란 말이지. 여동생은 아마 오늘 아침에 입항하는 연락선을 타고 왔을 것임에 틀림없었다. 승선했는지는 확실히 알 수 없었으나, 어쨌든 선옥이는 부엌이와 항구에 나가 보기로 했던 것이다.

이방근이 마침 옷을 다 갈아입었을 때, 대문 옆에서 인기척이 나더니 여동생 목소리가 들려왔다. 오랜만에 듣는 그 목소리는 먼 곳에서 왔다는 거리감과 함께 눈부시게 밝은 느낌을 주었다. 역시 오늘 아침에 들어오는 배를 타고 왔던 것이다.

"방근 오빠는 일어났을까?"

확실히 들려오는 여동생의 목소리였다. 흥, 무슨 말을 하는 거야······. 열 시가 조금 안 되었다. 목소리가 조금 쉰 것처럼 들리는 것은 피곤한 탓인지도 모른다.

이방근은 점퍼를 걸치고 서재에서 툇마루로 나왔다.

오빠를 발견한 유원은 조금 의외라는 표정으로 대문 쪽에서 거의 뛰다시피 안뜰을 가로질러 왔다. 양손으로 동물 같은 것을 가슴에 안고 있었기 때문인지 종종걸음으로 다가오는 모습이 묘하게 여자다워 보였다. 조금 창백한 듯한 그 얼굴은 자신의 여동생이지만 아름다웠다. 짙은 감색 코트가 하얀 얼굴을 더욱 돋보이게 만들었다. 그녀는 툇마루까지 다가와 오빠에게 돌아왔다는 인사를 한 다음 생긋 웃었다. 가슴에 안고 있는 것은 하얀 새끼 고양이였다. 고양이다. 고양이, 검은 고양이, 아니 하얀 고양이다······. 이상하게도 하얀 고양이를 보면서 순간적으로 검은 고양이를 상상했다.

"오빠는 잘 있었어요?" 이유원이 여전히 툇마루에 서 있는 오빠를 올려다보며 말했다.

"그래, 보다시피 건강하다. 먼 길 오느라 고생이 많았구나. 마중을 가려 했는데, 그만 늦잠을 자 버렸어."

이방근은 여동생을 내려다보며 말했다.

"오빤 지금 일어났어?"

"그래."

"으ー응, 여동생이 온다는데······, 여전하네요."

"여전하다는 말이 완전히 네 입버릇이 되어 버렸구나. ……뭐냐, 그건?"

이방근이 여동생의 가슴을 보며 말했다. 태어난 지 얼마 안 되는 듯한 고양이는 몹시 야위어 있었다.

"고양이, 귀엽죠?"

유원은 뺨을 비비듯 얼굴을 가까이 대고 고양이의 작은 머리를 자꾸만 쓰다듬었다.

"그만해라. 나잇살이나 먹어가지고 무슨 소녀같이 굴고 있어. 어떻게 된 거야, 그 고양이는?"

"소녀같이 굴다니요, 말이 너무 심해요. 목포항에서 개한테 쫓기는 걸 구해 줬는데, 가여워서 데려온 거예요." 그녀는 선옥과 부엌이 쪽을 돌아보며 말했다. "어머니, 나중에 갈 테니 먼저 올라가세요. 오빠 방에서 잠깐 있다 갈게요."

"도둑고양이는 밖에서 멋대로 살게 내버려 두면 좋으련만. 태어난 땅에서 살아야 되는 거야. 이 아이는(이 호칭은 적어도 계모로서 정감을 담고 있는 말이었다) 고양이를 일부러 고생을 시켜서 낯선 땅으로 데려 왔으니……. 고양인 개와 달리 손이 많이 가서 말이야. 게다가 제사가 코앞에 다가왔잖아."

선옥은 유원의 말에는 대답하지 않고 이방근의 동조를 구하는 듯한 어조로 말했다.

서재로 올라온 유원은 코트를 벗지 않았다. 창을 등진 소파에 털썩 주저앉아 고양이를 안았다.

"아아, 정말 수고 많으셨어요, 이유원 님……. 정말이지 나, 완전 녹초가 돼 버렸어."

유원은 새끼 고양이를 곁에 내려놓고, 앉은 채로 코트를 벗어 고양이 털을 털어 낸 뒤 그 위에 머플러를 올려놓았다. 노란 나비 무늬가 들어 있는 녹색 실크 머플러로 벌써 몇 년이나 지난 꽤 오래 간직해 온 물건이었다.

새끼 고양이는 소파 위에서 등을 동그랗게 구부려 올렸다가 몸을 쭉 펴면서 늘어지게 기지개를 켰다. 자그마한 것이 상당히 건방진 몸 짓이었다. 고양이는 검은 동공이 거의 열려 있지 않은 노랗게 빛나는 눈으로 이방근을 지그시 바라보았다. 이방근은 한동안 고양이를 마주 보고 있었는데, 왠지 기분 나쁜 눈이라는 생각이 들었다. 다리도 보통 고양이보다 길어 보이는 데다가 철사처럼 말라 있어서 영 마음을 줄 만한 구석이 별로 없었다. 귀는 여우처럼 유별나게 크고 뾰족 서 있었다. 얼굴 그 자체도 여우와 닮아 보였다. 고양이⋯⋯, 이 녀석은 이 집에 눌러 살 작정인가. 이방근은 무언가 달갑지 않은 것이 그림자처럼 슬쩍 집안 구석으로 들어온 듯한 느낌에 사로잡혔다.

고양이는 야위고 가녀린 몸을 유원의 허벅지 주변에 비벼대며 야옹 하고 울더니 무릎 위로 올라갔다. 그리고 몸을 동그랗게 만들고는 곧 잠이 들었다. 정말이지 철없는 갓난애였다.

"흐응, 좀 독특한 고양이로구나, 잡종 아니야?" 이방근은 유원과 마 주 앉으며 말했다.

"몰라. ⋯⋯이 고양이는 어쩔 수 없었어요. 난 소녀취미 같은 건 관 심 없고." 유원은 무릎 위의 고양이를 쓰다듬으며 변명하듯 말했다. "역 옆에서 개한테 쫓기고 있었어요. 짐짝 밑에 개가 들어갈 수 없는 좁은 구멍으로 도망쳐 들어가서는 이 작은 것이 필사적으로 이빨을 드러내며 으르렁거리고 있었어. 그걸 내가 구해 준 거예요. 어쩔 수 없잖아."

"음, 개는 무섭지 않았고?"

"겁이 많은 개였어요. 검은 개였는데, 쉿 하고 쫓았더니 도망쳐 버렸어." 유원은 생긋 웃었다. "그런데 근처를 어슬렁거릴 뿐 멀리 가질 않잖아. 그래서 개는 무시하고 쭈쭈 하는 소리를 내서 고양이를 불렀죠. 처음에는 몹시 겁을 내며 구멍에서 나오질 않았는데, 살짝 손을 뻗어 몸을 만져도 발톱으로 할퀴거나 하질 않는 거예요. 그래서 잡아 당겨 안아 올렸더니 아주 슬픈 소리로 울잖아. 배가 고픈 것 같아 빵을 사 주었는데 먹지도 않고. 틀림없이 어미 고양일 부르고 있었던 거예요. 배를 타야 하니까, 가엾지만 안전해 보이는 구석에 놓아두고 도망쳤더니, 이 철사 같은 다리로 금방이라도 쓰러질 듯 비실거리며 따라오지 뭐예요. 뒤를 돌아보지 않았더라면 좋았겠지만, 어쩔 수 없었어요."

"그 녀석 암놈이냐 수놈이냐."

"수놈. 지금은 이렇게 말랐지만 잘 생긴 데다가 스타일도 좋아. 배에 함께 탄 아주머니가 좋은 고양이라고 했어."

이방근은 갑자기 여동생이 아직도 어린애처럼 느껴져서 웃음이 나왔다.

"어머닌 마음에 안 들어 하시겠지?"

"그렇지도 않아요. 그렇게 말해 두고 싶을 뿐이지. 저 사람은 벌써부터 고양이가 기둥이나 장판 같은 곳에 발톱자국을 낼까 봐 걱정하고 있지만……, 그래서 집에서 키울 거면 방에는 들여보내지 말래. 그래도 고양이가 귀여워지면 혼자서 독차지할 사람이야……. 저렇게 신경질적인 사람은 그런 법이야, 조심은 하고 있지만 아주 신경질적이야, 저 사람."

"새끼 고양이가 개한테 쫓기고 있었다는 말을 어머니께 말씀드렸니?"

"안 했어. 왜 그런 걸 일일이 말해야 되죠? 그런 일은 나중에 차라도 마시면서 천천히 얘기해도 되잖아. 갑자기 무슨 변명이라고 하는 것처럼 말할 필요는 없어. 내가 뭐 그 사람을 조심할 이유도 없고……. 어머나, 이 녀석, 아파, 아프다니까. 무릎 위에서 발톱을 세우고 있네." 유원은 고양이를 양손으로 번쩍 들어 올렸다. "이 녀석, 벌써부터 그런 짓을 하면 안 돼, 오빠, 잠깐 이 녀석 좀 안고 있어."

"아니, 난 사양하겠어." 이방근은 몸을 뒤로 젖히며 말했다. "아직 친해지지 않아서 기분이 나빠. 음, 그렇다고 유원아, 기분 나쁘게 생각지마. 나도 고양이의 오만하고 이기적인 성질은 높이 평가하고 있어. 고양이는 제멋대로 논다니까 말야. 인간을 상대로 제멋대로 구는 건 멋있잖아. 즉 자긍심이 강하다는 게지. 너하고 닮았어."

"응, 오빠는 의외인데 이헬 해 주네."

"네가 데려온 고양이잖아."

"잘도 넘기시네요. 그럼 오빠는 고양이를 집에서 길러도 된다는 거지?"

"내가 돌볼 것도 아니니 반대할 이유도 없지만, 이 집엔 나 말고 다른 사람도 살고 있어. 고양이에게 중요한 사람들이지. 먼저 그 사람들의 찬성을 얻어야겠지."

"오빠가 찬성해 주면 다 된 거야. 만일 도저히 집에 둘 수 없다고 하면 내가 서울로 데려갈 테니까." 유원은 잠든 새끼 고양이 머리를 다시 쓰다듬으며 갑자기 진지한 표정으로 "오빠" 하고 불렀다.

"왜 그래, 갑자기 새삼스럽게?"

"오빠 여동생이 뭣 때문에 서울에서 돌아왔는지 알고 있어요?"

"……" 이방근은 웃었다. "갑자기 이상한 말을 하네. 어머니 제사 때문이겠지, 또 다른 볼일이라도 있는 거야?"

"으응, 오빠는 알고 있었네. 무심한 오빠라 막연히 내가 봄방학이래서 돌아온 줄 알고 있지 않나 싶어서……. 봄방학은 아직 안 했는데도 말이에요."

"짐작이 빗나가서 유감이구나."

"아니야, 빗나가 다행이지. 그럼 한 가지 더 물어볼게. 어머니 제삿날은 언제인가요?"

"음……." 이방근은 눈썹을 약간 찡그려 보였다. 갑자기 농담을 하고 싶어졌기 때문이다. "음, 네가 오늘 돌아왔으니까, 내일인가? 아니면 아직도 4, 5일 남았나?"

"아아, 오빠도 참, 미워죽겠네, 모레야, 음력 1월 24일입니다요." 유원은 고양이처럼 눈을 동그랗게 뜨고 오빠를 바라보았다. "언제나 이렇다니까. 작년에도 그랬잖아. 도대체가 이 세상 사람이 아닌 것 같아. 다른 일이라면 몰라도, 돌아가신 어머니한텐 냉담하게 대하지 마. 지금 아버진 선옥 어머니와 함께 살고 있잖아. 이래가지고선 하나뿐인 여동생 결혼식 날도 아마 잊어버릴 거야. ……나, 왠지 좀 슬퍼져."

유원은 마치 누나가 남동생을 대하는 듯한 말투로 조금 슬프게 말했다.

"결혼?" 이방근은 순간적으로 여동생의 결혼식 날이 갑자기 다가온 듯한 착각에 빠졌다. "갑자기 결혼이라는 둥 사람 놀라게 만들지 마라. 설마 네 오빠가 그렇게까지 하겠냐."

"아니, 오빠 같은 사람은 어떻게 될지 알 수 없어."

"내가 잘못했다. 어머니 제삿날을 모른다고 한 건 농담이었어. 모레라는 것쯤은 알고 있었지. 작년에도 너는 이틀 전에 돌아왔잖아. 그때 네가 잘 알려줘서 똑똑히 기억하고 있다구. 너한테 오빠는 불효자식이라는 말을 듣는 게 제일 괴로우니까 말야, 안심해……. 응, 그런데 결혼식이라는 말을 하는 걸 보니, 넌 역시 결혼할 생각은 있는 게로구나. 결혼 같은 건 절대로 하지 않겠다더니, 핫, 하, 하."

"예를 들어 그렇다는 얘기예요. 결혼 같은 건 하지 않을 거야. 오빠는 언제나 이런 식이라니까, 미워죽겠네." 유원은 기력을 되찾은 듯 말했다. "하지만 오빠가 결혼하면 나도 시집갈 거야. 여동생을 빨리 결혼시키고 싶으면 오빠가 얼른 결혼해."

"으흥, 내 결혼 얘긴 꺼내지 말라니까. 핫, 하하, 내가 죽으라면 죽을 셈이냐?"

"응, 죽을 거야. 오빠 나한테 죽으라고 말할 수 있어? 그러니까 오빠가 그렇게 말한다면 난 죽을 거야, 정말로 죽을 거라구요."

"예예, 잘 알겠습니다요."

이방근은 자신이 꺼낸 화제를 중단하듯 말했다. 미간을 찌푸리며 다소 진지하게 반격해 오는 여동생의 얼굴을 바라보며, 아아, 이 녀석은 아직 연애 상대를 찾지 못했구나 하는 생각을 했다. 아니, 그보다는 어머니가 돌아가신 뒤에도 후처와 행복한 생활을 계속하고 있는 아버지에 대한 굴절되고 채워지지 못한 감정이 필요 이상으로 오빠를 향해 쏟아지고 있다고 하는 편이 옳았다. 말하자면 유원의 마음속에는 오빠가 아버지의 자리를 대신하여 존재한다고 할 수 있었다.

어머니가 돌아가신 것은 우리 나이로 쉰넷인가 다섯 살 때였다. 해방되기 2년 전이었으니까, 아버지는 예순이 채 못 되었고, 선옥은 마흔도 안 되었다. 아버지는 어머니의 소상(小祥)을 치르자마자 선옥을 집에 들였던 것이다. 재작년 겨울, 술집에서 우연히 아버지 일행과 이웃한 방에 앉아 술을 마신 적이 있었다. 이방근은 같이 간 사람과 함께 여자를 불러 놓고 술을 마시고 있었다. 그런데 바로 옆방에 몇 명의 손님이 들어오는가 싶더니, 아버지 목소리와 비슷한 남자 음성이 들려왔다. 다시 들어 보니 그 목소리는 틀림없는 아버지였다. 한동안 그대로 술을 마시고 있던 이방근의 귀에 아버지의 음담패설이 들려왔다. 아버지는 웃고 있었다. 쓴웃음이 묻어나는 목소리로, 만년에 아내의 음모가 하얗게 변하니 도저히 동침할 마음이 생기지 않더라는 것이었다. 그야, 검고 탐스러운 것보다 좋은 건 없다니까……. 이방근은 지금까지 상상도 못 했던 아버지의 일면을 본 듯한 기분이 들었다. 조심스럽게 낄낄대는 웃음소리가 옆방으로 전해졌다. 이방근은 기름이 끓어오르는 듯한 분노로 심장이 바싹 조여드는 것을 느끼며 생각했다. 정말로 머리카락만이 아니라 음모도 하얗게 변한단 말인가. 아니, 자신의 아버지에 해당하는 옆방의 남자는 사실을 말하고 있는 걸까. 설마 선옥과의 생활을 합리화하기 위해 죽은 사람을 기망하고 채찍질하는 건 아니겠지……. 만약 그렇다면 아버지는 경멸받아 마땅한 남자였다. 이방근은 옆방에 대고 고함을 쳐 주고 싶은 충동을 억누른 채 곧바로 그곳을 나왔다. 자신에게는 어머니일지라도 아버지에게는 부부간의 문제였다. 그 말에 신경 쓸 필요가 없다고 생각했다. 아버지의 그 웃음소리에는 상당히 자학적인 울림이 담겨 있어서, 이야기의 내용과 맞물려 괴기하게 느껴졌다. 하얀 음모라니, 정말일까……, 괴기한 것은 아버지의 웃음이 아니라 그 이야기가 아닌가. 이방근은 공허하게 웃으며 그래도 어떻게든 아버지를 이해해 주고 싶었지만, 선옥과 함께 살고 있는 현실을 생각하면 용서할 수 없었다. 사실일까, 꾸며낸 이야기일까, 흰 털이 많이 섞여 있었다는 것인가. 어쨌든 술자리라 하더라도 경솔하게 입 밖에 낼 말은 아니었다. 그것은 아직 젊다고 할 수 있는 선옥의 음모를 사람들로 하여금 상상하게 만드는 이야기가 아닌가. ……용서한다고? 용서한다는 건 무슨 뜻인가, 어떻게 용서한다는 말인가? 아버지를 경멸하는 것 말고는 어쩔 도리가 없는 자신의 감정이 싫었다. 밝은 달이 밝았다. 자기 마음속까지 비추는 듯한 달빛은 차가왔고, 자신을 감싼 밤공기가 맑고 매서웠다.

"너 머리 모양 바꿨냐?"

이방근은 이런 이야기를 여동생이 들었다면 아버지를 어떻게 생각할까 상상하면서, 유원의 화장기 없는 얼굴을 보며 물었다. 곧추세운 하얀 목은 보기만 해도 기분이 좋았다.

"에?" 유원은 눈을 깜박거리며 오빠를 바라보았다. 갑자기 얼굴을 붉히고는 뒷머리로 손을 가져가며 "이상한가?"라고 말했다.

한가운데에서 가르마를 탄 머리를 뒤로 모아 까만 비로드 리본으로 묶고 있었는데, 그 끝을 봉긋하게 말꼬리처럼 늘어뜨리고 있었다. 좌우의 머리카락이 조금 흐트러져 있었지만, 넓고 하얀 이마를 가리지는 않았다.

"아니야, 잘 어울려. 좀 어려 보이는 것 같기도 하고, 아닌 것 같기도 하고……. 나이보단 어른스러운 여인처럼 보인다고나 할까. 보는 각도에 따라 달라지는 것 같아 뭐라 말하기가 어렵구나." 여동생의 미래는 행복할까. 우리나라는 예로부터 이마가 넓은 여자는 과부상이라고 해서 불행한 삶을 산다는 식으로 말들을 하는데, 이방근은 문득 그런 예감에 사로잡혔다. 그러자 그 머리 모양은 역시 어려 보이기보다는 놀랄 만큼 어른스럽게 보였다. ……아니, 완전히 세속적인 이야기에 불과하다. 무슨 바보 같은 생각을 하고 있는가. "슬슬 저쪽으로 가 보는 게 어때. 목포에서 있었던 일을 잘 얘기해서 새끼 고양이를 집에 들일 일도 상의하는 게 좋을 거야. 네가 돌볼 게 아니니까 말야. 음, 아버지 계신 곳에 가서 인사도 하고."

유원은 순순히 고개를 끄덕였다. 그리고는 그렁그렁 하는 소리를 내고 있는 새끼 고양이를 안고 서재를 나갔다.

여동생 유원이 돌아오자 집안 구석구석에서 잠자고 있던 공기가 갑자기 깨어난 듯 갑자기 움직이기 시작했다. 창고에 문이 열리고 오랜만에 바깥공기가 섞여 들어온 기분이 들었다. 게다가 새끼 고양이의 울음소리까지 거기에 가세한 것 같았다.

바로 2~3년 전까지만 해도 유원의 태도는 지금과 달랐다. 무엇보다 선옥을 어머니라 부르지 않았다. 선옥 아주머니라 부르며 고집을 피웠다. 어머니 제삿날이 오면 자기 방에 틀어박혀 밖에 나오지 않는 일도 있었다. 그런데 지금은 많이 어른스러워졌다고나 할까(여학교를 나와 음악학교에 들어가고 나서부터 그랬지만), 마치 어머니 제사를 자신이 도맡아 치르는 것처럼 활발하게 움직였다. 그래서 유원의 태도에 따라서는 제사를 앞둔 집안 공기가 완전히 달라질 수도 있었다.

준비는 저녁 무렵부터 슬슬 시작되었다. 유원이 특별히 거들만 한 일도 없었지만, 그래도 이것저것 신경을 써서 선옥을 기쁘게 만들었다. 주방인 마루방과 봉당 한쪽은 들여온 음식재료를 쌓아 놓고 있었다. 콩나물과 고사리, 그 밖의 산나물로 가득 찬 항아리와 용기, 과일, 대야처럼 생긴 커다란 나무쟁반에 쏟아 놓은 시루떡을 만들기 위한 쌀가루, 메밀가루, 삶은 콩, 커다란 쇠고기 덩어리, 한 마리를 통째로 잡아서 벌여 놓은 돼지고기, 조기와 마른 생선, 말린 대추, 곶감, 두부 등을 담아 놓은 크고 작은 그릇들로 가득 차 있었다. 이것만 보면 결혼식을 앞둔 집으로 착각할 지경이었다.

제사는 거창하게 치러진다. 조선 사람은 관혼상제로 재산을 탕진하고 마침내 전답까지 팔아 버린다고들 하는데, 어머니 제사는 이번에도 상당히 거창하게 치러질 것으로 이방근은 생각했다.

그는 대상(大祥)이 끝났을 때, 앞으로는 보통 제사를 지내면 되니까 간단히 치르는 것이 어떤지, 아니, 간단하게 치르자고 아버지에게 말한 적이 있었다. 아버지는 고개를 끄덕였다. 그냥 고개를 끄덕였을 뿐이다. 다음 해가 되자 고개를 끄덕인 것처럼 되지 않았다. 이유로는 물론 조선의 가족제도를 지배하고 있는 유교 도덕의 영향, 즉 조상과 죽은 사람을 받드는 전통 때문이었다. 그러나 동시에 죽은 아내에 대한 추모의 정을 과시하는 면도 있었다. 이방근은 죽은 아내의 제사를 소홀히 하지 않는다는 겉치레 같은 그 마음이 달갑지 않았다. 실제로 망자에 대한 성대한 제사가 부친의 새로운 부부 생활을 사회적으로 인정받게 만드는 힘을 가지고 있었고, 동시에 세간에 대한 허영심도 만족시킬 수 있었다는 점에서, 아버지와 선옥에게는 결코 무의미한 일이 아니었다. 그리고 지금은 여동생 유원이 거기에 끼어든 형태로 제사를 뒤에서 주관하는 존재가 되어 있었다. 그러나 이방근은 잠잠한 집안 분위기에 큰 파문만 일어나지 않는다면 좋다고 생각했다. 그는 그것이 자신의 탓이라는 것도 알고 있었다. 이방근이 실질적인 상주의 위치에 있으면서도 다른 집안의 일반적인 모습과는 달리 제사에는 적극적인 관심을 보이지 않았으므로(그렇다고 노골적인 불만을 드러낸 것도 아니었다) 생긴 결과였기 때문이다. 게다가 선옥과 아버지는 유원의 역할을 당연한 것으로 받아들이고 있었다. 일찍이 첩이었던 선옥으로서는 그렇게 하는 편이 한 집안의 주부로서 제사를 준비하고 모든 일을 처리하는 자신의 입장을 더욱 공고히 뒷받침해 준다고 생각할 수 있었다.

밤이 되자, 오랜만에 아버지가 머무는 거실에서 온 가족이 모여 식사를 했다. 유원이 부엌이를 불렀으나 그녀는 시중만 들 뿐 식탁에는 앉지 않았다. 술이 조금 들어간 탓도 있겠지만, 아버지는 기분이 좋았다. 딸에게 새끼 고양이를 데려온 자초지종을 듣더니, 파안대소, 큰 눈을 가늘게 뜨고 고양이를 안아보기도 하고, 아침에는 안 보이던 주황색 털 목걸이를 만져 보는 등 꽤 친근감 있게 대했다. 오랜만이라고는 하지만 아들과의 관계에서 좀체 보지 못했던 아버지의 태도였다.

실제로 영양이 부족한 새끼 고양이였지만 푸짐한 식탁과 더불어 좋은 화제 거리를 제공해 주었다. 그 이유는 갓 태어난 새끼이면서도 결코 방 안에서는 오줌을 누지 않는다는 사실을 증명했기 때문이다. 고양이는 따뜻한 아궁이 옆에서 계속 졸고 있었다. 그러다 울음소리가 들려서 부엌에서 출구를 찾아 뒤뜰로 나간 고양이를 따라가 보니, 간장이랑 된장독, 그리고 여러 개의 김칫독이 나란히 놓여 있는 장독대 옆의 땅을 연약한 앞발로 열심히 파고는 쭈그려 앉았다. 이윽고 볼일을 마치자 땅을 흙으로 덮고는 부엌 쪽으로 비틀거리며 돌아왔다. 이 과정을 부엌이와 유원이가 지켜보았다. 결국 고양이는 온 지 하루 만에 가족들의 눈에 든 모양이었다. 그리고 이번에는 고양이 이름을 짓는 일에 아버지까지 합세하여 꽤 긴 시간을 보냈던 것이다(그럼에도 불구하고 흰둥이라는 평범한 이름으로 결정되고 말았다).

아버지가 딸에게 보여 준 친근감에서 이방근은 노인의 슬픔 같은 것을 느꼈다. 더구나 그것을 방패막이로 무언가 아들에 대한 방어적인 자세를 취하는 듯한 기분까지 들었다. 며칠 전에 최상화의 추천인이 되는 것은 그만두는 게 어떻겠냐는 아들의 말을 듣고서도(이방근은 그 이후 오늘 처음 아버지를 만났다), 아버지는 그에 관한 일은 일체 언급하지 않았다. 아들의 일시적인 생각쯤으로 흘려듣고 잊어버린 것 같았다. 이방근의 말투가 그런 인상을 준 것은 사실이지만, 그래도 아버지가 잊고 있다고는 생각지 않았다. 아마 잊어버려도 상관없다는 식으로 무시하는 것이라 생각했다.

이방근은 온 가족이 함께한 저녁식사가 끝나자 곧 자기 방으로 돌아왔다. 아버지의 무시에 대한 반감은 없었다. 오히려 묘하게도 아버지의 봉건적인 권위 같은 것을 느끼고, 아 그렇구나, 하고 묵인해 버렸다. 생각해 보면 추천인이 되든 말든 아버지의 입장에 이렇다 할 변화가 일어나는 것도 아니었다. 아버지는 나름대로 자신의 입장을 잘 생각하고 취한 포석일 것이다. 그리고 아들에 대한 대답은 추천인이 되었다는 기정사실로 대신할 것이다. 음, 그러나 요즘 자꾸만 신경을 자극해서 초조하게 만드는 그 정체 모를 '무장봉기'에 대해 아버지는 아무것도 모른다…….

소파에 느긋하게 앉아 피우는 담배의 첫 모금이 맛있었다. 아버지 앞에서 참고 있던 담배였다. 조금 지나자 주위를 아랑곳하지 않는 듯한 피아노 소리가 울렸다. 여동생이 피아노 건반에 손가락을 길들이는 소리였다.

밤공기를 가르며 들어와 어지럽히듯 서재를 울렸다. 피아노 소리가 이방근의 내부에서 잠시 당돌하게 느껴질 만큼 그에게는 이미 익숙지 않은 소리가 되어 있었다. 응접실 구석에서 검은 덮개를 뒤집어쓴 채 잠자고 있던 여동생의 피아노는 누군가가 잊고서 두고 간 물건처럼 방치되어 있었다.

이윽고 피아노는 아름다운 소리를 작은 불꽃처럼 튕겨내는가 싶더니 귀에 익은 곡으로 이어져 갔다. 분명히 여동생이 가르쳐 준 슈만의 「나비」라는 곡이었다. 유원이 피아노를 자주 쳤기 때문에 귀에 익은 곡이었고, 그 자신도 여동생의 지도를 받으며 쳐 보곤 했었다. 여동생은 「나비」의 도입부를 반복해서 치고 있었다.

이방근은 소파에 기댄 채 듣고 있다가 어느새 자기 마음속에 남승지가 나타난 것을 발견하고 불쑥 상반신을 일으켰다. 핫, 하, 하, 뭐야 이건, 여동생의 피아노 속에서 남승지 녀석이 튀어나오다니……. 그는 등줄기가 오싹해지는 것을 느꼈다. 어쩌면 지금 여동생의 마음속도 남승지로 채워져 있는 게 아닐까 하는 생각이 들었던 것이다. 왜

「나비」를, 그것도 처음의 제1악장만을 되풀이하여 치고 있는가.

분명히 작년의 여름방학이었다. 양준오가 중학교 교사를 하고 있던 남승지를 데려왔을 때의 일이었다. 남승지와는 서울에서부터 알고 지내던 여동생 유원도 응접실에 얼굴을 내밀고 「나비」를 연주했다. 그때 「나비」를 다 치고 난 뒤 유원과 남승지가 나눈 대화가 머리에 떠올랐다. 남승지는 여동생에게 그것은 무슨 곡이냐고 물었다. 그리고 서울에서 보았다는 프랑스 영화 『죄와 벌』에 큰 감동을 받은 듯, 「나비」의 첫 부분을 듣고 있자니 왠지 영화에 나오는 소냐와 라스콜리니코프의 관계, 소냐의 허름한 아파트를 찾은 라스콜리니코프의 심상 같은 것을 연상하게 된다고 말했다. 여동생은 어머, 잘못 생각하신 것 같네요, 라는 듯한 얼굴 표정에 웃음을 지으며, 이것은 「가면무도회」라는 표제가 붙어 있는 「나비」의 제1악장인데, 전혀 분위기가 다르지 않나요? 하고 대답했다. 남승지는 음, 하며 깊게 고개를 끄덕였다. 하지만 그것은 납득했다는 동작은 아니었다. 음, 지금 곡은 아무래도 그 장면의 심상 풍경과 딱 들어맞는데……. 물론 음악이란 게 듣는 사람의 느낌에 따라 얼마든지 달라질 수 있지만, 그래도 승지 씨의 상상력은 대단하네요. 결코 찬사는 아니었다. 교만함이 있었다. 그러나 여동생의 콧방울을 들먹이는 듯한 조금 거만한 미소에는 상대에 대한 관심이 나타나 있었다. …… 「나비」라면 나비가 날고 있는 모습을 상상하면 될 터인데, 그런데 나비가 나는 모습이 그렇게 슬픕니까, 하고 남승지가 물었다. 유원이 웃음을 터뜨렸다. 입에 손을 대고 웃었다. 아이고, 승지 씨는 왜 이 화려하고 가련하며 아름다운 곡을 왜 슬픈 곡조로 들었을까요……, 순간 교만한 표정이 자취를 감추고, 의아해하면서도 상대방을 이해하고 싶어 하는 표정이 얼굴에 나타났다. 그러나 그것은 연민의 표정과 거의 표리를 이루는 것이었다. 그때 이방근이 여동생을 나무라는 어조로 말했던 것이다. 아름다운 건 슬픈 거야. 그렇지 않다면 네가 피아노 치는 방식에 문제가 있는 거지 듣는 쪽의 귀 탓은 아니야……. 유원은 오빠의 말에 상당히 자존심이 상한 모양이었다. 유원은 태연한 척하고 있었지만, 조금 튀어나온 아랫입술을 고집스럽게 깨물며 같은 곡을 다시 한 번 치고 나서 말없이 방을 나가 버렸던 것이다. 그러나 이후에도 남승지가 화제에 오르면, 서울에 있을 때부터 좀 특이했지만 재미있는 사람이라는 식으로 호감을 보이곤 했다.

피아노라, 피아노……, 낮은 초가지붕, 어두운 온돌방, 돼지우리가 있는 변소……. 그 위를 거대한 날개를 편 피아노가, 피아노라는 괴물이 시끄럽게 울면서 날아가는 모습을 상상하는 것은 괴이하고 우스꽝스럽기까지 했다. 이런 게 민중의 증오의 표적인지도 모른다. 그 증오는 분명히 어리석었지만, 또한 일리가 있었다……. 그런데 고작 피아노 한 대가 뭘 어쨌다는 것인가. 아니, 일리가 있다. 이 땅에서 피아노 소리를 들으면 나는 왠지 기분이 이상해지는 것 같아……, 남승지가 무심코 흘린 말이었다.

눈을 크게 번쩍 뜬 이방근은 닫혀 있는 정면의 미닫이를 보았다. 위쪽 절반의 젖빛 유리를 배경으로 지금, 나비가 춤추는 것도 아니고, 가면무도회의 군상이 어지럽게 움직이는 것도 아닌, 어두운 해면을 공중제비로 깊게 잠기는 남녀의 나체가 비쳐 보였다. 엊그제 밤 숙취 때 꾸었던 바다에 잠기는 꿈이 생각났던 것이다. 두 사람은 야광충이 파랗게 빛나는 바다에서 서로 뒤엉키면서……, 아니, 그것은 밝은 하늘을 서로 엉키며 날아가는 한 쌍의 나비인지도 몰랐다.

음, 이방근은 끈적끈적한 침을 삼키며 일어나, 방 안을 빙글빙글 온돌방과의 경계를 넘나들며 걷기 시작했다. 큰 한숨을 내쉰 뒤, 음……,

여동생을 남승지와 만나게 해 줘야겠다고 생각했다. 강몽구의 선과 S마을의 선이 어디선가 마주칠지도 모르지만, 이번 기회에 두 사람을 만나게 하자. 만나게 해 주자……, 아무도 없는 방에서 자신의 그림자를 밟고 걸으며 이방근은 흥분한 목소리로 중얼거렸다. 계속 울리는 피아노 소리가 주위의 어둠을 더듬고 마음속에 내려앉은 뒤, 어둠에 묻혀 움직이는 물체를 확인하여 밖으로 끌어내려 한다. 건반 위를 달리는 여동생의 손가락에 의해 만들어진 소리가 어둠을 연다. 뭔가가 느껴졌다. 왠지 모르게, 때로는 충동적으로 찾아드는 남승지를 만나고 싶다는 욕망의 덩어리가 지금 어둠 속에서 가까스로 윤곽을 형성하고 나오려는 것을 느꼈다. ——남승지를 만나고 싶었던 것은 바로 그와 여동생을 만나게 하려는 자신의 의식적인 욕망 그 자체였던 것이다. 그러나 생각해 보면 그것도 이상했다. 여동생과 만나게 해 주겠다고 생각한 것은 바로 조금 전이지, 전부터 계획해 온 일은 아니었기 때문이다. 적어도 여동생이 돌아오고 나서 생긴 하나의 계기(거의 피아노 탓이다)에 의해 떠오른 생각이다. 그렇다면 그건 욕망의 전부가 아닐 것이다. 대체 남승지가 내게 뭐란 말인가, 그 젊은 청년이. 음, 숙취가 심하던 와중에 꾸었던 야광충으로 빛나던 바다의 꿈은 무엇일까? 그때의 꿈이 지금 의식화되어 내 자신의 욕망을 비춰내고 있는 것일까. 아니면 이미 그 꿈 자체가 어떤 전조였던 것일까.

피아노 소리가 그치자 무수한 입자로 변한 소리가 밤의 어둠 속으로 빨려 들어가 순간적으로 모든 움직임이 멈춰 버렸다. 이방근은 멈춰 섰다. 움직이던 생각도 멎었다. 그러자 여동생이 찾아올 것 같은 직감이 들어 가만히 기다렸다.

곧 툇마루를 걷는 발소리가 들렸고 여동생이 응접실에서 걸어왔다. 문 밖에서 유원의 목소리가 들렸다.

"오빠, 문 열어도 돼?"

"그래, 들어와."

유원은 문을 조금 열어 고개를 들이밀고는 상냥하게 웃으며, 지금 뭐해? 하고는 방 안을 둘러본 뒤 차라도 끓여 올지 물었다.

"뭐냐, 그 모습은. 문을 활짝 열어."

이방근은 소파에 앉으면서 말했다.

"예―" 유원은 좌우로 문을 활짝 열고 나서 문지방 위에 반듯이 올라섰다. 밝은 귤색 목 스웨터를 입은 가슴이 솟아올라 있었다. "차는 안 마셔?"

"고맙다. 차보다도…… 그렇지, 술을 좀 마시고 싶으니 부탁해. 좀 전에는 거의 마시지 않았어. 넌 잔소리가 심하니 말야, 자아, 불평하기 전에 빨리 갔다 와. 음, 참, 피아노 소리가 좋더구나. 나도 듣고 있었지."

"정말? ……아첨도 잘하시네. 하지만 '조금 마시고 싶다'고 했으니까 조금만 마셔야 돼요……."

"알았어. 음, 모든 게 오랜만이라는 기분이 들어."

"응? 모든 게 오랜만이라니, 왠지 말투가 좀 이상해, 오빠는 언제나 이상하니까."

"빨리 갔다 와."

"알겠습니다. ……가만있자, 소주였었지, 안주는 어떻게 해?"

"……김치 아닐까, 그렇지, 고사리나물이라도 가져오던가. 간단하게 가져와."

유원은 일단 문을 닫고 나갔다.

10분쯤 뒤에 다시 여동생의 발소리가 들리더니 문 밖에서 쟁반 놓는 소리가 났다.

문이 열리고 유원이 들어왔다. 그녀는 탁자 위에 김치와 산나물, 대구포를 잘게 찢어 담은 접시를 하나씩 올려놓았다. 그리고 좁쌀 소주가 들어 있는 호리병을 놓았다. 아니, 술잔이 두 개였다. 작은 찻잔 모양을 한 질그릇이었다. 유원은 먼저 오빠 앞에 잔을 놓았다. 그리고는 장난꾸러기처럼 새침한 얼굴로 다른 잔을 자기 앞에 놓고서 생긋 웃었다.

"너, 소주 마실 수 있어?"

"예, 마시고말고요. 마시면 취기가 돌겠지요. 완전히 취해서 크게 행패를 부릴 거야. 모레는 우리 어머니 제사니까."

"오호라, 제사 때는 취해서 행패를 부려야 된다는 거지. 네가 행패 부리면 이 집은 남방 침몰해 버리고 말거야. 제발, 다른 사람들은 상관 안 할 테니 부디 나만은 물에 빠지지 않게 해 줘."

"으-응, 새끼 고양이와 함께 살려 줄게."

두 사람은 소리 내어 웃었다.

"너무 마시지는 마, 정말로 취해서 행패 부릴 수도 있으니, 핫, 하, 하아."

"그렇게 많이 마실 리가 없잖아요. 그래도 한 잔만 마시고 오빠 상대를 할 거니까……. 취하는 게 그렇게 좋은가?"

"좋지. 그렇지……, 어디 듣기 싫은 말을 좀 해 볼까. 취하면 깊은 바다가 자신의 안으로 잠겨 들어오는 것 같은 기분일 때가 최고야. 자기 안에 바다가 있는 셈이지. 취한다는 건 인간을, 아니 지구 전체를 떠받쳐 주는 거야."

"아이고, 대단한 허풍이시네. 그 반대일 것 같은데, 취해서 깊은 바다에 빠져 버리는 것이겠죠. 하지만 좀 문학적이네요. 오빠, 한잔 하셔요."

"그래, 네 말이 옳아. 깊은 바다에 빠져서 취기의 바다를 헤엄치다가 그 바다가 곧 자신이 된다는 말이지. 아니, 바다에 빠져 죽어 버릴 거야."

이방근은 잔을 들었다. 유원이 두 손으로 호리병을 받쳐 들고 오빠의 잔에 술을 채웠다. 향긋한 휘발성 냄새가 상큼 피어올랐다. 이방근은 여동생이 두 손으로 받쳐 든 잔에다 술을 따라 주었다.

유원은 홀짝홀짝 투명한 술에 입술을 적시더니 하아— 하고 숨을 토해 냈다.

"있잖아요, 오빠, 부엌이가 좀 이상해요."

"부엌이가 이상해? 갑자기 왜, 어디 몸이라도 아픈가?"

"아니, 그게 아니에요. 오빠 술상은 자기가 가져가겠다고 고집을 부리잖아요."

"흐흥, 그게 어때서." 이방근은 움찔하며 말했다. 하마터면 몸을 움직여 고쳐 앉을 뻔했다. 부엌이가 '고집'을 부렸다고 해서 그런 것은 아니었다. 그걸 이상하게 생각하는 여동생의 눈——직감이 번뜩이는 칼날이 되어 이방근을 찔렀기 때문이었다. "그게 부엌이의 일이야. 송구스럽게 아가씨한테 일을 시킬 수는 없잖아. 그렇게 했다가는 다른 집 같아서는 당장 쫓겨나고 말 걸. 분명히 그럴 거야."

"그건 그렇지만, ……그래도 내가 뭐 오늘 처음 하는 것도 아니잖아요. 지금까지도 집에 돌아오면 계속해 온 일인데……."

"음, 그러고 보니 그렇구나." 이방근은 맞장구를 치면서 여동생의 공격을 부드럽게 받아넘겼다. "그래도 사람 하는 일이니 때로는 기분이 변할 수도 있겠지."

"부엌이는 우리 집 하녀예요."

"오빠가 그런 말투는 쓰지 말라고 했잖아. 너답지 않아."

"……"

"……그게 말이지, 지금 넌 하녀라고 했는데, 그런 하인의 본성은 그런 거야. 말하자면 기계나 시계와 같은 거라서, 정해진 시간에 정해진 일을 하지 않으면 흐름이 깨져 버리는 거야. 결국에는 멈춰 버리기도 하지. 넌 낮에도 오빠 식사를 가져다줬어. 그야 한두 번쯤은 별일 없겠지만, 그런 일이 계속된다면, 극단적인 말로 음, 부엌이의 일을 빼앗아 버리는 결과가 될 수도 있다는 거야."

낮에 여동생이 밥상을 가져다주었을 때, 이방근은 아무 생각 없이, "뭐야, 네가 가져왔구나." 하고 말했다. 그러자 여동생이 바로 "'뭐야'라니요, 내가 가져와서 실망했구나……." 라고 대꾸했었다. 부엌이는 낮부터 뭔가 그런 기색을 보였는지도 모른다. 좀 전에 주방에서 부엌이가 얼마나 고집을 부렸는지, 곁에 선옥이 있었는지, 이방근은 조금 마음에 걸렸다.

"오빠가 말하는 건 구실에 불과해요. 그것도 아주 억지스런 논리……. 오빠 묘하게 부엌이 편을 든다구요. 전과는 좀 달라. 그 눈초리가, ……그 움직이지 않던 눈이 반짝이며 움직이고 파도가 인다구요."

가벼운 취기가 도는 듯 유원의 눈이 조금 촉촉해졌다.

눈초리? 부엌이의 눈이 반짝이며 움직이고 파도를 일으킨다……, 조금 섬뜩한 표현이었다. 등줄기가 서늘해졌다. 이방근은 담배를 물고 불을 붙였다. 그리고 빈 잔에 술을 따르는 여동생의 희고 부드러운 손가락을 바라보며, 한쪽 무릎 위에 다리를 포개 얹고 소파 등에 한 팔을 걸치며 천천히 몸을 기댔다. 부엌이——, 그 곰처럼 무표정하고 감정을 밖으로 드러내지 않는 부엌이가 무슨 일일까, 그럴 리가 없는데…… 부엌이가 설마. 갑자기 부엌이에 대한 혐오감이 솟아올랐다.

여자, 골치 아픈 천한 동물. 겨울잠에서 깨어난 곰처럼 감정이 움직이기 시작했다는 것일까. 여자, 넌 나한테 다가오지 마, 내가 다가간다. 한 발짝이라도 내 속에 발을 들여놓지 마, 내가 들어간다. 돌처럼 무표정한, 입도 감정도 노예인 침묵의 서약을 하는 거다. 그게 날 지배한다. 그 여자의 감정이 입을 가지고 촉각을 가지고, 눈이 반짝이며 움직여……, 아아, 움직이지 마, 모두 닫아! 빌어먹을, 천하다, 천해. 이런 내가 천하다. 이방근은 담배를 눌러 끄고 술잔을 드는 순간 손이 떨리는 것을 느꼈다. 몸 안에서 취기가 작은 파도를 일으키며 소란을 피우고 있었다. 여동생은 잘게 찢은 대구포를 손에 들고 오징어처럼 씹고 있었다. 오빠를 바라본다. 이방근은 자기혐오감을 삼키듯 단숨에 잔을 비웠다. 뭐라 표현하기 어려운 몹시 우울한 기분이 들었다, 스스로에게……

"오빠, 괜찮아?"

"……" 이방근은 지그시 여동생을 바라보더니 쓸데없는 걱정은 하지 말라는 듯 웃었다. "있잖아, 부엌이에 대해서는 신경 쓰지 마. 물론 내가 한마디 주의를 해 두마. 그나저나, 먼 여행길에 피곤하겠구나. 학교에는 잘 다니고 있겠지?"

"부엌이에게 주의 좀 주세요, 오빠." 유원은 오빠 말에는 대답을 하지 않았다. 취기가 밖으로 배어 나와 볼이 붉어지고, 목소리가 조금 들뜬 듯했다. 게다가 심술궂은 국민학생 같은 표정을 짓고 있는 것이 오히려 순수해 보였다. "오빠 빨래도 내가 다 해 놓고 갈게요. 오랜만에 오빠 빨래를 하고 싶어졌어. 부엌이한테는 내 빨래를 시키면 되니까……, 아차, 이런 말하면 또 오빠한테 혼나겠네."

"날 챙겨주는 걸 보니 시집가도 좋은 색시가 될 것 같구나."

"난 안 한다고 했잖아요. 설사 아버지가 말해도 안 할 거니까. 선옥까지 합세해서 웬 난리들이야."

"좀 전에는 아버지도 꽤 신경을 쓰시지 않더냐. 네 앞에서는 사족을 못 쓰시더구만. 처음부터 무장해제야. 어쨌든, 지금은 네 말대로 한다고 해 두자."

"결혼은 안 해요."

"음. 그런데…… 너, 남승지를 만나 보지 않을래?"

이방근은 당돌하지만 결코 일시적인 생각은 아니라는 듯이 침착한 어조로 말했다.

"남승지?" 여동생은 동그랗게 뜬 눈으로 이방근에게 되물었다.

"남승지라니. ……왜 그래요, 갑자기……, 남승지라면 그 N부락의 중학교 선생 하던 사람을 말하는 거잖아요."

"그래." 이방근의 눈에 부드러움이 사라지고 날카로운 빛이 감돌기 시작했다. "좀 전에 네가 「나비」를 치고 있었잖아, 그걸 듣다가 문득 그가 생각났어."

"그뿐이야? …… 무슨 말인지 전혀 모르겠어, 그래서 나더러 남승지 씨를 만나라고. 난 그럴 생각으로 「나비」를 친 게 아니에요." 유원은 대들 듯이 소파에 기댔던 몸을 앞으로 내밀었다. "오빠, 뭐가 어떻게 됐다는 건지 다시 한 번 말해 봐요."

"남승지를 만나 보지 않겠냐고 묻고 있잖아."

"그런데, 왜? 그 이유를 모르겠어요, 그러니까 오빠, 만나려면 그만한 이유가 있어야 하잖아, 오빠의 말투가 이상해. 왠지, 이상해……."

유원은 웃었다. 그녀답지 않게 불안을 머금은 어설픈 웃음이었다.

"남승지가 널 만나고 싶어 하는 모양이야. 그는 지금 이 섬의 조직에서 일하고 있어. 물론 불법이니까 지하활동을 하고 있는 셈이지."

이방근은 고압적인 자세로 그다지 관계도 없는 말을 여동생을 향해 쏟아 냈다. 남승지가 여동생을 만나고 싶어 한다? 그건 거짓말이었다. 난 지금 두 사람을 허구의 관계 속으로 던져 넣으려 하고 있어. 음, 냄새가 난다. 내 맘속에서 추악한 냄새가 나고 있어.

"오빠는 지하조직에 관계하고 있어요?"

"아니, 전혀 관계하고 있지 않아. 그러나 필요에 따라서는 그런 정도의 연락은 할 수 있어. 2, 3일 내로 남승지가 성내에 올 거야, 아니, 내일 나타날지도 몰라. 우연이지만, 마침 좋은 기회야, 그는 이런 기회를 기다리고 있을 거야."

유원은 갑자기 얼굴을 붉히며 시선을 떨어뜨렸다. 그러나 곧 핏기가 사라져 마치 다른 사람처럼 창백하고 냉엄한 얼굴을 들어 올렸다. 그 얼굴은 노기를 띠고 있었다.

"그 사람이 날 만나고 싶어 한다고, 왜, 어째서⋯⋯, 대체 무슨 일이에요. 너무 이상하잖아, 오빠는 그 이유가 뭔지를 알고 있죠."

"특별한 이유는 없어. 사람이 사람을 만나고 싶을 때는 이유도 없이 그냥 만나고 싶기 때문에 만나고 싶어지는 거야. 그게 이유야. 유원아, 어때, 그를 만나 볼 생각이 있냐? 응."

마지막의 '응'은 거의 만나야 된다는 강제력을 지니고 있었다. 게다가 말투가 지금까지와는 싹 달라져서, 심술궂게 차갑고, 상대방을 찌르는 듯한 독기를 품고 있었다. 동시에 유원을 바라보는 그의 눈이 번쩍번쩍 빛나고, 입술에 엷은 미소가 떠올랐다. 마치 눈앞에 있는 사람이 자기 여동생이라는 사실을 잊어버린 것 같았다.

"유원아."

"⋯⋯"

유원은 놀란 듯이 상반신이 굳어진 채 꼼짝도 하지 않았다. 그녀의 얼굴은 더욱 창백해졌고 입술 끝이 가늘게 떨고 있었다.

"……오빠는 만나 보라는 거지요."

"만나고 싶어 하니까, 만나 보는 게 어떠냐는 거지."

"그런데 만나고 싶어 한다는 것이 이상해요……. 게다가 어머니 제사도 모레로 다가왔고."

유원은 오한이 나는지 몸을 떨었다.

"그건 나도 알고 있어. 아무리 급해도 제삿날 밤에 만날 순 없지. 그건 나한테 맡겨 두면 돼. 넌 남승지를 만나 보겠다는 자신의 감정이나 추스르기나 하렴."

이방근의 태도에는 이의를 제기할 수 없게 만드는 단호한 의지가 담겨 있었다.

"오빠, 만나서 내가 어떻게 하면 돼?" 유원은 창백한 얼굴을 들어 올려 웃어 보였다. 조금 일그러진 웃음이 아름다웠다. "나, 오빠 말대로 할게요."

"잘 생각했다. 물론 그가 성내에 왔을 때 얘기지만, 아마 틀림없이 올 거야. 만나서 뭘 어떻게 할 건지는 걱정할 필요가 없어. 서울 시절부터 알고 지내는 사이잖아. 말할 필요도 없겠지만, 남승지에 관한 일은 절대 비밀로 해야 한다."

이방근은 마치 큰 충격을 받은 순간처럼 교만한 표정이 사라진 여동생의 아름다운 얼굴을 지그시 바라보았다. 유원은 오빠의 시선을 피하지 않고 마주 보았다. 이방근은 혼자 고개를 끄덕이고는 눈을 감아 여동생의 모습을 지웠다. 대체 나는 여동생과 남승지를 만나게 해서 뭘 어쩌자는 것인가……. 치솟아 오르는 웃음의 충동을 억누르면서, 이방근은 자기 마음속에 추악한 냄새가 다시 피어오르고 있는 것을 느꼈다.

2

서 홉들이 호리병에 소주는 두 홉 정도 밖에 들어 있지 않았다. 여동
생의 배려였는데, '조금만'이라던 다짐치고 이 정도면 제법 넉넉히 마
음을 써 준 셈이었다. 하지만 이방근도 그 이상 마시고 싶은 생각은
없었다. 여동생이 술기운(잔으로 두 잔을 가볍게 마신 정도였다)이 가신 창
백한 얼굴로 나간 뒤, 한동안 앉아 있었는데도 좀체 마음이 가라앉지
않았다.

시간은 여덟 시 15분, 아직 늦지 않았다. 자리에서 일어나 점퍼 위
에다 검은 코트를 걸쳤다. ……유달현, 유달현 이 자식……. 좋아,
녀석을 불러내는 거다. 불러내서 한잔하자. 그는 생리적으로 구역질
이 나올 것 같은 혐오감을 느끼면서도 조금 묘한 충동에 사로잡혔다.
한쪽 팔을 소매에 집어넣는 순간, 갑자기 목구멍이 부들부들 떨리면
서 견디기 어려운 구역질이 올라왔다. 반쯤 열린 입으로, 체내에서
위액과 뒤섞여 따뜻해진 소주 냄새가 올라와 퍼졌다. 코를 톡 쏘며
지나가는 쉰 듯한 역한 냄새였다. 새빨간 위장 속에서 술이 막걸리처
럼 발효하고 있는지도 몰랐다. 으흠, 오늘은 위장도 그렇고 마음도
그렇고 별로 좋은 냄새를 풍기지 않는 것 같군……. 이방근은 냄새를
뱃속으로 다시 밀어 넣듯 침을 꿀꺽 삼킨 뒤 어두운 안뜰로 내려섰다.
별이 반짝이는 하늘이 맑았다.

서재 옆에 있는 자신의 방으로 돌아와 있던 유원이 오빠의 기척을
느꼈는지, 문을 열고 툇마루로 나왔다.

"오빠, 나가려고?"

목소리에 수심이 담겨 있었다.

"아아, 그래, 잠깐 나갔다 오려구." 이방근은 방 안의 불빛을 뒤로 하고 서 있는 여동생을 돌아보았다. 역광이 양 볼의 윤곽을 아름답게 비추고 있었다. 이방근은 웃으며 말했다. "오빠랑 함께 가고 싶어?"

"됐어요, 오늘은 피곤해서 사양할래요. ……술 마시러 나가요?"

"아니야, 그렇지 않아. 갑자기 볼일이 생각났는데, 나가는 김에 바깥 공기라도 쐬고 오려고. 자, 너는 신경 쓰지 말고 일찍 자는 게 좋겠다."

"바깥공기를 쐰다는 게 수상한데……."

"핫, 하, 하아, 넌 잔소리가 심하다니까. 여동생인지 누나인지 모르 겠어."

이방근은 대문 앞 골목에 잠시 멈춰 서서, 한없이 흩어져 빛나는 별들 중에 몇 갠가에 초점을 맞추며 하늘을 올려다보았다. 가느다란 바람이 별빛을 올려다보는 이방근의 앞을 스쳐 지나갔다. 하늘을 가 득 메운 별은 흔들릴 것만 같았다. 밤공기는 아직 쌀쌀했다. 이방근은 코트 주머니에 두 손을 찔러 넣고 걷기 시작했다.

표정은 잘 볼 수 없었지만, 목소리가 조금 침울했던 것은 내 기분 탓만은 아닐 것이다. 갑자기 이유도 말하지 않고 남승지를 만나라고 했으니, 여러 생각으로 지쳐 있음에 틀림없었다. 음, 저렇게 의외로 한심한 구석이 있다니까, 지기 싫어하는 주제에……. 아마 오늘 밤 곰곰이 생각해 볼 것이다. 그리고 자기암시에 빠질 것이다. 그것으로 도 충분했다. 여동생이 남승지에게 조금이라도 호감을 가지고 있다 면, 만나고 싶다는 남승지의 말이 여동생의 마음속에 여러 가지 상상 을 불러일으킬 것이다. 그 상상력은 어쩌면 연애의 감정으로 연결될 지도 모른다. 어차피 만나야 한다면 그렇게 되는 편이 나을 것이다. 그러나 이방근은 그때 왜 그렇게 갑자기 그런 말을 해 버렸는지 스스 로도 잘 이해할 수가 없었다. 말해 버리고 나서, 아아, 결국 이렇게 되어 가는구나, 하고 뭔가 잠재적인 것을 의식하고 납득했지만, 결코 계획적인 것은 아니었다. 다만 그 무엇도 접근할 수 없는 절대적인 충동, 검은 정열 같은 것에 의해 움직였던 것은 사실이었다. 그것이 냄새를 풍겼다. 고약한 냄새를……. 자기 마음에서 추악한 냄새가 풍기고 있음을 의식한 이방근의 표정도, 유원이 왠지 오빠가 무섭다고 중얼거린 것처럼 결코 아름답지만은 않았다. 어쩌면 저녁식사 때 아버지가 꺼낸 유원의 결혼식 이야기가 갑자기 작용했는지도 모른다. 학교를 졸업한 뒤에는 이미 늦는다면서, 맞선부터 약혼까지 구체적인 이야기가 나왔지만, 여동생은 아직 그런 건 생각하고 싶지 않다, 학교를 졸업한 뒤에 생각해 보겠다며 완강히 거절했다. 상대는 최상화의 사촌 형이자 제일은행의 이사장을 맡고 있는 사람의 아들로, 광주(유원도 광주에서 여학교를 졸업했다)에 있는 은행에서 계장으로 재직 중인 소위 잘 나가는 유망주였다. 서울에 식산은행 지점을 내고 싶어 하는 아버지의 생각과 어떤 관계가 있을지도 몰랐다. 이방근은 마음에 들지 않았지만, 여동생 자신이 반대하고 있는 상황이라 그저 방관하고 있었을 뿐이다. ……유원이는 정말로 "오빠가 할 때까지는 결혼하지 않을 거예요"를 고수할 작정인가, 음, 그 애는 아직 어린애일지도 모른다.

가게 닫을 준비를 하는 듯한 골목 네거리의 잡화점 노파가 뭔가 투덜대며 가게 앞을 쓸고 있었다. 두 명의 남자 행인이 잡화점 앞에 담배꽁초를 버리고 간 모양이었다. 바짝 다가가도 눈치 채지 못하는 것이 오히려 다행이다 싶어 이방근은 말없이 곧장 지나쳤다. 여느 때 같으면 서로 인사를 주고받았겠지만, 지금은 다른 사람과 말을 나누고 싶지 않았다.

집들을 둘러싼 돌담 사이 좁은 골목길을 남쪽으로 빠져나가 국민학교 뒷길로 나왔다. 왼쪽으로 돌자마자 다시 오른쪽으로 꺾여 국민학교 담장을 빙 돌아가면 읍내 중심가가 나온다.

국민학교 나지막한 담장 너머로 보이는 교정은 별빛으로 무한히 펼쳐진 하늘 아래 어둠에 잠긴 늪처럼 고요했다. 어둠이 주위를 부드럽게 감싸고 있음에도, 학교 건물과 포플러 나무들의 그림자는 인간을 거부하듯 딱딱하고 서먹서먹했다.

유달현…… O중학교 3학년 주임 유달현 선생, 남로당원. 그 녀석이 바로 공산주의자였다. 해방 후 갑자기 등장한 공산주의자! 음, 그런데 어떻게 할까. 그 녀석이 지금 집에 있을까? 이방근은 멈춰 서서 담배에 불을 붙였다. 국민학교 정문 앞 거리는 인적이 드물었다. 한 남자가 이방근의 얼굴을 자세히 들여다보며 바로 옆을 스치듯 지나갔다. 성냥불에 붉게 비친 이방근의 얼굴은 전혀 상대를 의식하지 않는다는 표정으로 무심히 담배에 불을 붙였다. 남자의 술 냄새가 약간 취기가 남아 있는 이방근의 코를 찔렀다.

곧장 가면 관덕정 광장의 신작로를 건너 남문거리로 들어서게 된다. 완만한 언덕을 올라가면 유달현이 살고 있는 이도리(二徒里)였다. 이방근은 갑자기 유달현을 만나야겠다는 생각으로 집을 나왔지만, 별다른 목적은 없었다. 아니, 그렇게 말하면 거짓말이 될 것이다. 그가 신뢰하고 있지 않는 유달현 같은 남자를 만나러 가면서 목적도 없이 무방비하게 있을 리가 만무했다. 그는 유달현을 불러내어 한잔하려고 나왔던 것이다. 하기야 마시는 데 무슨 목적이 필요하겠는가, 마시면서 상대방이 어떻게 나오는지 차분하게 지켜보면 된다. 일전에 그는 느닷없이 찾아와 마치 정수리를 내려치듯 '무장봉기'라는 말을 의기양양하게 지껄이고 돌아갔다. 양준오와의 약속 때문에 시간도 없었지만, 그에 대응할 만한 자세를 충분히 갖추지 못했었다는 생각이 지금도 틈만 나면 물속의 앙금처럼 자꾸만 떠올랐다.

……음, 좋아하겠지, 지레짐작으로 좋아서 어쩔 줄 모를 것이다. 내 얼굴을 보자마자 녀석은 현기증을 일으킬지도 모른다. 그렇다 하더라도 내가 일부러 문안이라도 드리듯 찾아가는 이유는 무엇이란 말인가. 으음, 그건 지난 번 방문에 대한 답례라고 해 두면 될 것이다. 아무렴 어떤가, 속물근성을 만족시켜 주는 것도 때로는 필요하다. 아니, 잠깐만, 그런 소인배는 우쭐대기 마련이다. 우쭐대면서 내가 마치 조직의 힘에 이끌려 완전히 항복이라도 한 것처럼 받아들일 게 틀림없다. 이것 봐라, '무장봉기'의 효과가 제대로 나타났다며 회심의 미소를 지을 것임에 틀림없다. 그 잘 들리지도 않는, 바닥을 기는 듯한 목소리로 나를 환대하면서. 쥐새끼 같은 녀석, 뜻대로는 안 될 것이다. 나는 놈들의 비밀을 알고 있으니 협박을 할 수도 있는 것이다. ……이보시오, 이방근 동무, 자넨 절대로 날 협박할 수 없네. 난 그걸 모두 간파하고 얘길 한 거요. 난 자넬 전적으로 신뢰하고 있단 말일세. 자넨 날 신뢰하지 않을지도 모르지만, 난 믿고 있어. 언젠가 자네가 말했었지, 믿는 사람을 배신하는 게 가장 큰 죄악이라고……. 목이 날아가도 다른 사람에겐 말하지 않겠다고, 자넨 그렇게 약속까지 했지 않은가. 후후후우, 자넨 절대로 날 협박할 순 없을 거야…….

조금 전에는 깨닫지 못했지만, 남문거리 맞은편 하늘에 창백한 반달이 빛나고 있었다. 한동안 달을 보며 걷다가 관덕정 광장을 건넜다.

남문거리로 들어서자, 전봇대나 민가의 판자벽에 붙어 있는 5·9총선거 절대지지라든가, 민족적 총선거를 방해하는 국적(國賊), 소련의 앞잡이 빨갱이를 말살하자, 민족정기를 지키자, 애국적 서북청년회…… 등의 전단지가 눈에 띄었다.

그는 가로등에 비친 판자벽에 붙인 포스터 앞에 멈춰 섰다. 한동안

서 있다가 서툰 붓글씨로 험하게 쓴 검은 글자를 바라보던 시선을 자신에게로 돌렸다. 그리고 포스터 앞에 서 있는 자기 마음에 이는 파동을 확인해 보았다. 작은 물이 흔들리듯 파도가 일고 있었다. 그것은 불쾌한 감정의 흔들림이었다. ……내 마음이 포스터 앞에서 움직이고 있다. 으흠, 무관심하지는 않다는 증거였다……. 이방근은 담장 밑 도랑에 침을 뱉고 담배꽁초를 버렸다. 도랑의 검은 물에 빨간 점이 떨어져 시싯 하는 소리를 내며 꺼졌다.

이방근은 걷기 시작했다. 이런 내 맘의 움직임은 아마 이 읍내의, 이 섬에 사는 많은 사람들의 마음속에 일고 있는 파도와 겹치는 것이겠지만, 도대체 무장봉기와 나의 관계는 무엇일까. '무장봉기'가 사실이라면 이 섬은 토대부터 흔들리고 말 것이다. 핫, 하, 하, 내 '가족까지 살해될지도 모른다……. 그러나 권력 쪽에는 경찰이 있고 군대가 있다……. 조만간 피가 흐를 것이다, 피가……. 난 지금, 아직은 차가운 서리가 내릴 듯한 밤공기를 짊어지고 무엇 때문에 이 길을 걷고 있는 것일까. 도대체 무엇 때문에 유달현의 집을 향해 발길을 옮기고 있는 걸까. 그를 불러내서 한잔 마시려고? …….

유달현의 집이 가까워질수록 그런 생각이 더욱 강해졌다. 상대에게와 달라는 부탁을 받은 것도 아닌데 자진해서 어슬렁어슬렁 찾아가고 있는 것이었다. 이건 좀 바보 같은 짓이야……. 아니, 내가 그깟 놈에게, 그 입이 가볍고 촐싹거리는 놈한테 휘둘린다고? 말도 안 돼! 그는 거의 들릴 정도로 크게 중얼거리면서, 이마에 달라붙는 달빛에 이끌리듯 완만한 언덕을 올라갔다. 결국 그는 마음속 중얼거림과는 반대로 유달현의 그 한마디에 휘둘리게 될 것이다. 마치 불빛에 빨려드는 나방이라도 되듯이. '무장봉기'가 그 불빛이라도 되는 것처럼…….

언덕을 다 오른 뒤에도 계속해서 걷고 있던 이방근은 유달현의 집으로 통하는 골목을 그대로 지나쳐 버렸다. 길 왼편으로 보이는 담뱃가게 앞에서 오른쪽으로 돌아 들어가야겠다고 생각하면서도 무심코 지나쳐 버린 것이었다. 이미 문을 닫아 버린 담뱃가게가 눈에 띄지 않았기 때문이었다. 그대로 계속 걸으면 삼성혈이 있는 소나무 숲이 나온다. 삼성혈까지 가 볼까. 인적은 끊기고 넓은 바다를 비추는 달만이 빛나고 있을 것이 틀림없다. 이방근은 부드러운 머리카락을 손으로 쓸어 올리며 넓은 이마에 칼날 같은 달빛을 의식하고 있었다. 차가운 밤공기는 반쪽도 남지 않은 달이 발산하는 창백한 빛 때문이었다.

이방근은 별빛을 무색하게 만드는 달빛을 받으며 한동안 걸었으나, 갑자기 발길을 돌려 되돌아가기 시작했다. 딱딱한 구둣발 소리가 천천히 무언가를 생각하듯 울렸다.

유달현의 집으로 통하는 골목이 가까워졌을 때, 이방근은 갑자기 두 사람의 그림자가 골목으로 나오는 것을 보았다. 그는 깜짝 놀라 멈춰 섰다. 그들에게서 뭔가 수상한 것을 본 것은 아니었다. 보통 사람의 그림자에 불과한데도, 이유도 없이 직감적이고 거의 본능적인 반응을 일으킨 것이었다. 사람을 보고 깜짝 놀란 것은 주위에 인적이 없었던 탓일 것이다. 아니, 그 때문만은 아니었다. 순간적으로 무슨 냄새가 났던 것이다. 이방근은 곧 그런 자신의 반응이 옳았다는 것을 깨달았다. 자신의 직감에 따라 돌담에 몸을 바싹 붙인 이방근은 약 십 미터쯤 떨어져 있는 두 사람을 관찰하면서, 키가 작은 쪽이 유달현이라는 것을 확인했다. 그러나 이방근을 더욱 놀라게 만든 것은 또한 사람의 사내가 아버지의 자동차회사에서 트럭을 운전하고 있는 박산봉임에 틀림없다는 것이었다.

두 사람은 작별을 고했다. 그리고 유달현은 그대로 길을 가로질러 O중학교로 통하는 길로 모습을 감추었고, 박산봉은 남문거리를 향해 언덕을 내려갔다.

이방근은 돌담에서 떨어져 걷기 시작했다. 모처럼 유달현의 모습을 발견해 놓고도 그쪽은 돌아보지도 않고 박산봉의 뒤를 쫓았다. 박산봉의 하숙집은 서문교 건너편에 있었지만, 지금부터 곧장 돌아갈지 아니면 다른 곳을 들를지 알 수 없었다. 하숙집으로 곧장 갈 거라면 남문거리로 나갈 필요 없이 그대로 서쪽으로 돌아 영화관 쪽으로 나오는 게 지름길이었다.

박산봉은 점퍼 차림에 운동화를 신고 있었다. 점퍼 주머니에 집어넣은 양손 팔꿈치가 날카로운 삼각형을 이루고 있어서 묘하게 눈에 띄었다. 하루 종일 핸들을 잡고 있으면 저렇게 되는 것일까. 그것과는 관계없을지도 모른다. 언덕을 올라오는 사람들이 보였다. 이방근은 코트 주머니에 양손을 집어넣고 자신의 팔꿈치의 각도를 조금 의식하면서 천천히 큰 걸음으로 걸어갔다. 등 뒤에서 매처럼 빛나는 눈으로 감시당하는 박산봉의 모습에는 달리 의심스러운 점도 없었고, 다른 행인들과 다를 바 없었다.

박산봉은 남문거리를 다 내려가자 신작로를 왼쪽으로 돌았다. 아니, 하숙집으로 돌아갈 작정인가. 그렇다면 왜 이렇게 먼 길을 돌아왔을까. 왼쪽 모퉁이의 라디오 가게를 돌아서 이미 식산은행 앞을 지나 그 세 번째 건물에 있는 제일은행 앞을 걷고 있는 박산봉의 뒷모습이 보였다. 신작로에 접한 버스 차고와 나란히 붙어 있는 트럭 차고(즉, 자신의 직장) 앞에서 잠시 멈추는가 싶더니 바로 다시 걷기 시작했다. 영화관 골목으로 통하는 삼거리를 건널 때 골목을 살피기라도 하듯 얼굴을 오른쪽으로 돌렸지만 그대로 계속 걸었다. 아무래도 곧장 집으로 돌아갈 모양이었다. 고독한 청년이었지만 그 듬직한 어깨에는 그런 그늘이 보이지 않았다. 아니, 바지가 아니고 점퍼에 집어넣은 탓이라고 해도 삼각형으로 튀어나온 팔꿈치의 모습이 묘하게 고독감을 자아내는 듯했다.

하늘을 향해 휘어진 관덕정의 추녀 지붕이 달빛에 차갑게 젖어 있었다. 건물 양옆에 검은 현무암으로 만든 돌하르방이 묵묵히 서 있었다. 거대한 코, 툭 튀어나온 둥글고 커다란 눈, 꽉 다문 커다란 입, 한 아름 하고도 반이나 되는 두루뭉술한 몸통에 새겨진 글러브 같은 양손. 벙거지를 뒤집어쓴 모양으로 사람 키의 두 배는 족히 됨직한 거대한 노인상은 거친 화산암 속에 말을 가두어 버린 듯 뭔가 할 말이 있는 것 같으면서도 말이 없다. 돌로 변한 노인이었다. 이른바 섬의 '안녕' 과 '질서'를 지키고 마귀를 쫓는 수호신으로, 우석목(偶石木)이라고도 하는데, 무사도 젊은이도 아니고 노인인지 노파인 게 재미있었다. 성별은 확실히 판별하기 어렵지만, 여성인 경우는 돌할망이라고 한다. 게다가 그 모습은 마치 국민학생의 조각처럼 소박하고 괴이하다. 문득 돌하르방이 천천히 고개를 움직이기 시작한 듯한 느낌을 받으며 이방근은 관덕정 옆을 지나갔다. 부엌이를 닮았다. 감정을 침묵하는 육체 안에 가두어 버린 듯한 부엌이의 표정과 닮아 있었다······. 박산봉은 서문교를 건너 왼쪽에 있는 시장 건물 앞 골목으로 들어섰다. 그런 그를 지켜본 뒤 손목시계를 보았다. 여덟 시 50분, 집을 나온 지 반 시간 남짓 지나 있었다.

박산봉은 귀가했다. 자, 이제 어떻게 해야 하나······. 어떤 직감에 이끌려 유달현 쪽을 버리고 박산봉의 뒤를 따라왔지만 그대로 집 안으로까지 들어갈 수는 없었다.

이방근은 담배에 불을 붙이고 달빛에 비쳐 보이는 서문교까지 걸어 갔다. 반달이 얕은 냇물에 뾰족한 빛의 파편으로 부서져 흔들리고 있었다. 이마에 달빛을 의식하자 밤공기가 더욱 차갑게 느껴졌다.

……트럭 운전수인 박산봉과 선생인 유달현이 직접 관련될 만한 일이 있을 리 만무했다. 박산봉이 지하조직으로 되기 전의, 어중이떠중이 모두 입당하던 시절에 당원이 되었다는 것은 알고 있었지만, 그 후로는 특별히 의식을 하지 않고 있었다. 그러나 박산봉이 아직껏 조직에 남아 있다 해도 이상할 것은 없었다. 학교나 주정 공장은 물론이고, 도청과 그 밖의 관공서 및 직장 등에도 지하조직원이 있으리라는 추측은 가능했다. 다만 박산봉이 간부급인 유달현과 단둘이 만났다는 것은 어떤 특별한 관계가 없다고도 할 수 없었다. 으흠…… 유달현이 녀석, 어쩌면 박산봉에게 뭔가를 알려 줬을지도 모른다. 음, 박산봉의 머릿속에 뭔가가 들어 있기만 하다면, 나는 그걸 끄집어내어 자백을 받아 낼 수 있을 것이다. 불쌍한 박산봉 녀석…….

이방근이 아버지 회사의 중역으로서 이따금 얼굴을 내밀던 무렵, 벌써 1년 반이나 지난 일이지만, 박산봉이 교통사고를 낸 적이 있었다. 한라산 너머 서귀포에서 신작로의 전봇대를 트럭으로 들이받아, 본인은 다치지 않았지만, 그다지 굵지 않은 전봇대가 꺾이고 말았다. 졸음운전 탓이었다. 서귀포경찰에 체포된 박산봉을 이방근이 일부러 찾아가 벌금을 내고 신병을 인도받아 데리고 온 적이 있었다. 이것이 현장 노동자인 박산봉과 이방근이 알게 된 직접적인 계기였다. 교통사고는 다른 운전수들도 가끔씩 일으키는 일이었고, 박산봉에 국한된 일은 아니었다. 다만, 박산봉이 이방근의 관심을 끈 것은 말이 없고 항상 뭔가를 곰곰이 생각하는 듯한, 무슨 폭발물이라도 안에 숨기고 있는 듯한 표정을 짓고 있기 때문이었다. 창백한 얼굴의 인텔리 청년이라면 몰라도, 농촌 출신의 다부진 체구와 햇볕에 탄 억센 얼굴이 그 표정과 어울리지 않는다는 생각을 이전부터 하고 있었던 참이다.

게다가 박산봉은 이방근을 경외하여 진심으로 존경하고 있었다고 할 수 있다. 사고를 일으키기 전부터 부잣집 방탕한 자식이라는 평판이 끊이지 않았던 이방근을 멀리서 우러러보듯 하고 있었다. 사고를 계기로 직접 대화를 나눈 뒤로는 이방근의 영향을 크게 받으면서 사고를 일으킨 것을 하늘에 감사했을 정도였다.

호홍……, 이방근은 냇물이 흐르는 소리를 듣고 있다가, 문득 박산봉이 손등으로 콧물을 닦으며 거의 울다시피 말하던 목소리를 생각해 냈다. 언젠가 데려갔던 선술집에서 있었던 일이었다. ……박산봉은 어머니를 몰랐다. 아버지가 같은 마을에 살던 유부녀와 눈이 맞아 태어났는데, 아버지는 마을의 관습에 따라 곤장 백 대를 맞았고, 어머니는 반 나체로 양손을 묶인 채 말에 태워져 온 마을을 끌려다녔다고 한다. 선술집에서 박산봉은 술기운을 빌어 그 사실을 처음 알았을 때의 충격을 콧물을 훌쩍이며 말했었다. 어디서 들었는지 그런 이야기를 듣고 온 마을 개구쟁이를 통해 알게 되었는데, 그것이 설마 자신의 어머니일 줄은 몰랐다고 했다. 그래서 개구쟁이와 함께, 응, 그러냐는 둥, 정말 나쁜 여자라는 둥, 좌우지간 지지 않고 시건방진 말을 지껄였다고 했다. 그러다가 바로 그녀가 자신의 생모라는 것을 알게 되었다. 당시 국민학생이었던 박산봉은 집을 뛰쳐나왔다. 가출해서 생모를 찾으러 갔느냐고 이방근이 묻자, 아니, 그런 어머니가 있는 곳에는 창피해서 갈 엄두가 나지 않았다고 대답했으나, 결국은 생모를 찾았노라고 말했다. 그러나 그의 생모는 이미 고인이 된 후였다. 박산봉은 사람들에게 물어 산소를 찾아가 그곳에서 하룻밤을 보내고 있었는데, 아버지가 찾아오는 바람에 최초의 가출은 실패로 끝났다고 했다. 자신이 사생아라는 양준오와 출생 내력이 닮아 있었다. 양준오는 자신이 출생의 조건이 없는, 출생에 앞선 남녀 간의 계약에서 일탈한 인간이기 때문에 본질적으로 자유롭다는 생각을 가지고 있었다. 그 말을 모방한 것은 결코 아니었지만, 박산봉에게 자네는 출생의 동기를 고려할 때 무슨 일이든 할 자격이 있는 인간이라는 식으로 말해 주었다. 박산봉은 그러한 이방근의 영향을 받고 있었다.

두 젊은이가 관덕정 쪽을 향하여 다리를 건너왔다. 한 청년이 어색하고 서툰 조선어로 뭔가 이야기를 하고 있었다. 서울에서는 돈 없는 사람은 못 산다든가, 제주도도 마찬가지라는 따위의 일상적인 이야기였다. 아마 해방 이후 일본에서 돌아온 청년 같았다. 서툴지만 일본어를 쓰지 않고 말하는 것이 마음에 들었다. 성내만 해도 3, 4만 명의 인구 가운데 상당수가 일본에서 귀국한 이들이었다.

……가자. 이방근은 담배를 냇물에 던진 뒤 지나가는 청년들을 뒤로하고 시장 쪽으로 걷기 시작했다. 으흠…… 어쨌든 박산봉 이 녀석을 만나 보자. 이방근은 조금 전에 여동생에게 거짓말을 했을 때와 마찬가지로 심술궂고 차가운 독기 같은 것이 솟아남을 느꼈다.

이방근은 박산봉이 사라진 골목으로 들어갔다. 3, 40미터쯤 되는 골목 중간에 백열전구 가로등 하나가 달랑 서서 빨갛게 빛나고 있었다. 달이 골목 위까지 따라와 빛을 비추었다. 왼쪽에는 민가의 돌담이 이어지고, 시장 뒤편에 접한 창고 모퉁이에서 골목이 좌우로 갈라지고 있었다. 창고를 끼고 다시 오른쪽으로 돌았다. 분명히 창고 건물과 맞닿은 집이었다. 초가지붕인 그 집은 이 섬의 거의 모든 집이 그러했듯 대문이 없었다〔이 섬을 삼무도(三無島)라고도 하는데, 대문이 없고, 도둑이 없고, 거지가 없다는 것을 가리킨다. 말하자면 도둑이 없으니까 대문이 필요 없는 셈이다. 그러나 이것은 옛날부터 전해 오는 말로서, 지금은 비유에 지나지 않았다. 또한 삼다도(三多島, 돌, 바람, 여자가 많다는 뜻)라고도 한다〕. 집을 둘러싼 돌담이 길과 접한 적당한 곳에서 뚫려 있어서, 바깥 길에서 곧장 집의 안뜰로 들어갈 수 있었다.

이방근은 말없이 정면의 안채가 보이는 뜰로 들어가, 농가처럼 짚을 잔뜩 쌓아 놓은 오른쪽 건너편에 있는 작은 별채의 방 앞에 섰다. 미닫이가 불빛에 밝았고 인기척도 났다. 혼자 있는 게 틀림없었다. 좁은 툇마루에 올라서니 낮은 처마가 머리에 닿을 것 같았다.

이방근은 방문을 알리기 위해 헛기침을 했다.

"안에 사람 있나?"

순간 사람이 움직이는 기척이 멈췄다. 가만히 이쪽을 살피는 듯한 느낌이 들었다.

"……누구시오?"

박산봉의 목소리였다.

"나야." 이방근은 경찰이라고 할까 하는 생각도 들었지만, 농담은 그만두었다. "이방근일세……."

"……? 이방근……." 다시 한 번 조그맣게 중얼거리는 목소리가 들리더니, 미닫이에 사람 그림자가 비치고 문이 열리며 박산봉이 툇마루로 나왔다. "아이고, 이방근 선생이시네요, 전 또, 누군가 했습니다."

"음, 잘 지내고 있나?"

"예……."

"갑자기 찾아와서 미안하네만, 방 안에 좀 들어가도 괜찮겠나?"

좋고 말고도 없었다. 이방근은 이미 구두를 벗는 참이었다.

이방근은 추녀 끝에 머리가 스치는 것을 느끼며, 약간 허리를 굽혀 방으로 들어갔다. 두 평이 채 못 되는 좁은 온돌방이었는데, 온돌에 불을 넣지 않았는지 썰렁했다. 식은 땀 냄새가 무거운 느낌을 주었다.

"온돌에 불을 안 넣었나 보군……."

"예에……." 박산봉은 당황한 표정으로 조금 더듬거리며 말했다. "집을 비워 놓다 보니……, 저도 이제 막 돌아온 참입니다……. 지금

바로 불을 넣고 오겠습니다."

"아니, 난 괜찮아. 그냥 물어봤을 뿐이니까……. 게다가 지금부터 온돌에 불을 넣어서는 시간이 걸리잖나. 집을 비웠다니, 어디 놀러라도 갔다 왔나?"

"아니요……, 그런 게 아니고……, 친구 집에 좀 볼일이 있어서……."

"으음, 친구 집이란 말이지."

이방근은 코트를 입은 채 장판에 앉았다. 박산봉이 얇고 초라한 방석을 꺼내어 이방근의 무릎 앞에 가져다 놓았다.

"선생님이 이렇게 갑자기 찾아오시다니, 정말 깜짝 놀랐습니다."

"이만한 일로 놀란다면 아무 일도 못하지."

"예에……."

"놀랄 필요는 없다는 걸세."

"예에……."

박산봉은, 선생님 잠깐만 기다려 주십시오, 라고 말하고는 어질러진 방 안을 허둥지둥 치웠다. 장판 위에 내던져진 바지와 셔츠를 벽에 걸고, 위쪽 벽을 밖으로 밀어내어 만든 벽장 속 이불 위에다 담요와 베개를 올려놓았다. 점심시간에 돌아와 낮잠을 잤는지도 모른다. 방 구석의 책상 위에 흩어져 있던 책과 신문을 가지런히 정돈했다. 그리고 치우지 않은 둥근 소반 위에 신문지를 덮었다.

"선생님, 대접할 게 아무것도 없어서……."

"나는 괜찮은데, 자네는 어떤가. 저녁은 먹었나?"

"예, 먹었습니다. 친구 집에서 먹고 왔습니다."

"으흠……." 이 녀석은 상당히 '친구'를 의식하고 있구나, 하고 이방근은 생각했다.

"자네가 먹었다면 신경 쓰지 말게나. ……저기 있는 건 뭔가. 소반 옆에 있는 됫병은?"

"아, 저건 소주입니다."

"고구마 소주 말인가?"

"예……."

"음, 그게 좋겠군. 한 잔 주게나. 안주는 김치만 있으면 돼."

"……저걸로 괜찮겠습니까? ……그렇다면 얼른 달려가서 돼지고기 라도 사 오겠습니다."

"아니야, 괜찮아."

그럴 필요가 없었다. 다만 이 남자가 먹게 될 것이니 돈을 주어 사오게 하려고도 생각했지만, 그 사이 긴장된 시간이 느슨해질 것만 같았다.

박산봉은 일단 덮었던 신문지를 걷어 내고 소반을 정리해서 방 한가운데로 옮겨 놓았다.

급하게 김치와 명태내장젓갈을 안주 삼아 작은 술자리가 시작되었다. 박산봉은 아직 영문을 모르는 불안한 표정으로, 자기 때문에 회사에 무슨 문제라도 생겼느냐고 물었다.

"후후후, 그런 일이 아니야. 갑자기 찾아와서 걱정이 되는 모양인데, 그럴 거 없어. 무엇보다 내가 회사와 직접적으로 관계가 없다는 건 자네도 알잖아? 그냥 잠깐 들러 본 것뿐이야……."

박산봉의 얼굴에 겨우 안도의 기색이 감돌았다. 그러자 말이 없고 무뚝뚝할 때의 표정이 본바탕을 드러냈다가 금방 사라지는 것을 이방근을 보았다.

이방근은 상대와 잔을 마주친 뒤 단번에 반쯤 마시고 젓갈을 입에 넣었다. 목구멍이 가볍게 타는 듯한 자극이 기분 좋았다.

박산봉은 찔끔찔끔 핥듯이 마셨다. 그 태도로 보아 겁먹은 고양이처럼 아직 안심하지 못한 모양이었다. 이방근에게서 뭔가 무서운 통지가 전해질 것을 기다리기라도 하듯이 조금 겁을 먹고 있는 듯했다.

"왜 그러나? 자아, 한 잔 비우게."

이방근은 자신의 술잔을 다 마시고, 상대방을 재촉해서 잔을 비우게 했다. 한 되들이 병에 절반 남짓 들어 있던 술이 이내 줄어들었다. 몸이 뜨거워졌다.

"그런데, 박 동무. 좀 묻고 싶은 게 있어."

이방근이 입술에 가벼운 미소를 띠며 말했다.

"······."

박산봉은 움찔하며 표정이 굳어지더니, 마치 체념이라도 하듯 순순히 고개를 끄덕였다. 이것은 왠지 묘하게 이방근이 의표를 찔린 듯한 순간이었다. 그것은 자백하기 직전의 범인처럼, 뭔가 숨기고 있는 일이라도 있는 사람처럼 반응을 보였기 때문이었다. 문득, 너무 캐물으면 안 되겠다는 생각이 뇌리를 스쳤다.

"자네는 전에 당원이었지?"

"······당원?"

박산봉은 깜박거리는 것을 잊은 듯 크게 뜬 눈으로 이방근을 마주 보았으나 곧 시선을 떨어뜨리며 그렇다고 대답했다.

"지금도 그런가?"

"아뇨, 그렇지 않습니다."

박산봉은 다시 고개를 들어 원망 섞인 빛나는 눈으로 이방근을 바라보았다. 뻔뻔스러운 느낌마저 들었다. 그러나 그 놀라 반짝이는 시선은 남을 쏘아볼 수는 없었다. 부드러운 눈빛이 갑자기 날카롭게 빛나며 독을 품고 사람을 찌르려 덤비는 이방근의 시선 앞에서는 어이없이 꺾여 버렸다.

"흥, 아니라……."

"그건 한참 전의 일이라서……." 박산봉의 시선을 비스듬히 피하며 말했다.

"으흠, 이전의 일이라……. 그럼 지금은 관계가 없다는 말이지."

"예."

"정말인가? 자넨 내게 거짓말하면 안 돼……. 그건 자네도 알고 있겠지."

"예."

"예라니 어느 쪽을 말하는 것인가. 나에게 거짓말을 할 수 없다는 것인가, 아니면 조직과 관계가 없다는 것인가. 어느 쪽이야?"

"조직 같은 것은, 전 모릅니다."

박산봉은 왼손으로 앞머리를 쥐어뜯으며 미닫이 쪽으로 힐끔힐끔 시선을 던졌다. 개나 고양이 같았으면 바깥 기척을 살피며 민감하게 움직이고 있을지도 모를 귀와 같은 시선이었다. 무언가 경계하고 있었다.

"박 동무……." 이방근은 새삼스럽게 상대방의 이름을 불러, 그 시선을 끌어당겼다. 순간, 박산봉의 눈에 호소하는 듯한 빛이 달렸다. "난 경찰이 아니니까, 그런 것을 조사하거나 추궁할 수는 없어. 물론 그럴 권리도 없고. 그래서 묻고 있는 거야."

"……전 눈앞에 선생님이 아니라 형사가 있는 줄로 착각을 해서……." 박산봉은 잔을 기울였다. 잠시 술이 목에 걸린 모양이었다. 그는 양 팔꿈치를 삼각형으로 내밀고 두 손을 모아 비볐다. 크고 억센 노동자의 손이었다. "전 관계가 없습니다만……, 저어, 선생님은 왜 저한테 그걸 물으십니까?"

"뭐라, 저는 관계가 없습니다만……? 관계가 없다면 나한테 그런 질문을 할 필요도 없겠지, 응."

"……"

"음, 아니, 됐네, 됐어. 갑자기 찾아와서 이런 걸 묻는 법은 없을 테니 말이야. 잠깐 들렀을 뿐인 인간이 말이야, 애당초 내가 잘못했네." 이방근은 웃으면서 말했다. "어때, 그런 얘긴 그만두고, 밖에 나가 한잔하지 않겠나. 오랜만이니 말이야."

"……"

술잔을 든 상대방은 거의 기계적으로 고개를 끄덕였다. 이방근은 아무래도 예상이 빗나간 듯한 기분이 들었다. 이럴 리가 없는데, 내가 지레짐작을 한 걸까……. 아니, 문이 없어 누군가 숨어들어 올 수도 있는 안뜰을 경계하고 있는지도 몰랐다. 아니, 그건 너무 단순한 생각이다. 그렇다면 말없이 고개를 끄덕여 신호를 보낼 수도 있을 것이다. 음, 날 위해서라면 무슨 일이든 하고 남을 이 자가 완고하게 입을 열지 않다니……. 유달현 이놈, 이방근은 눈앞에서 입을 굳게 다물고 있는 남자가 조금 전에 유달현과 함께 있었던 것을 생각하면 불끈불끈 화가 치밀어 올랐다. 다시금 이 녀석을 단단히 추궁해 볼까 하는 잔인한 생각이 솟구쳤다. 그는 눈을 감고 천천히 술잔을 기울이면서, 한 손으로 상대의 멱살을 잡고 있는 자신을, 아니 유달현의 목을 조르고 있는 자신을 상상하며 입술을 일그러뜨렸다. ……유달현의 차갑게 빛나는 가느다란 눈. 이방근 동무, 우리는 무장봉기하네! 어떤가, 놀랐나, 헷헷헷……. 평소에는 하인처럼 굽실거리던 녀석이 언제부턴가 '조직' 아니, '무장봉기'를 등에 업고 거드름을 피기 시작했다. 제기랄, 갑자기 유달현의 불쾌한 웃음소리에 자극이라도 받은 듯이, 박산봉! 자네는 좀 전에 유달현을 만나고 막 헤어졌지? 응, 유달현에 대해서는 내가 전부 알고 있어……라는 말이 취기 속에서 급회전하며 거의 입 밖으로 나올 뻔했다. 하아, 나는 타락해 가는구나, 더럽다, 더러워. 추악한 냄새를 풍기는 마음의 밑바닥으로 떨어지는구나. 그런 걸 억지로 물어서 뭘 어쩌겠다는 거야. 왜 그런 걸 알고 싶어 하는 거야, 그저 알고 싶기 때문에 알아내려고 하는가……. 하아, 너는 유달현이란 놈의 그림자에 떨고 있는 모양이군, 어리석기는! 이방근은 단숨에 잔을 비우고, 성난 사람처럼 소반 위에 잔을 내려놓았다.

박산봉이 몸을 움찔하며 몸을 떨더니 김치를 집으려던 젓가락을 놓고 멍하니 이방근을 바라보았다.

"으흠, 자네가 유달현이었다면 당장이라도 목을 졸라 버렸을 거야."

이방근은 한쪽으로 일그러진 입술에 엷은 미소를 띠며 일어섰다.

"……유달현?" 이방근의 뒤를 따라 벌떡 일어선 박산봉은 중심을 잃고 비틀거리다가, 정강이로 소반의 모퉁이를 차서 뒤엎을 뻔했다. 그 시선이 무언가 암초에라도 걸린 듯 동요하며 흔들렸다. "왜 그러십니까, 선생님, 돌아가시게요?"

"가겠네. 신경 쓰지 말게, 내 변덕이니까. 오늘은 잘 먹고 가네."

"아아, 저는 정말 모릅니다……, 저는 모릅니다……." 취기가 돈 목소리가 공허하게 울렸다. 박산봉은 주먹을 꽉 쥐고 있었다. "선생님, 돌아가시게요……?"

앞서서 미닫이를 열자, 안뜰은 달빛이 달라붙어 버린 듯 조용했다. 이방근은 뜰로 내려서려는 박산봉을 툇마루에 세워 두고 성큼성큼 밖으로 나왔다. 박산봉은 멍하니 툇마루에 서 있었다.

이방근은 창고 모퉁이를 돌아 골목을 지나면서 웃었다. 취기로 비틀거리는 발걸음이 왠지 상쾌했다.

그렇다 하더라도 박산봉 이놈 만만치 않은데……. 음, 내가 그 녀석을 괴롭히다니, 이건 마치 약한 자를 못살게 구는 것과 같은 것인데……, 하아, 하, 핫, 유달현 탓이야, 그놈 때문이라구. 아무래도 그 녀석이 내 의식 속에 떡 버티고 앉으려 한다……. 어디, 그렇게는 안 되지……, 이방근은 소리 내어 웃었다. 아까 집에 있을 때부터 여동생 앞에서 억지로 참고 있던 기묘하게 소용돌이치는 웃음이 터진 느낌이었다.

골목 저편에서 비틀거리는 한 남자가 다가왔다. 원수는 외나무다리에서 만난다는데, 좁은 골목에서 취한끼리의 만남이었다. 검고 초라한 양복을 입은 중년 사내가 골목 중간에 있는 가로등 밑에 멈춰 서서 스쳐 지나가는 이방근을 마치 원수처럼 노려보았다. 뭐야, 별 이상한 놈도 다 있군, 하는 생각을 했지만, 그 힘을 준 표정이 걸레처럼 망가져 있어서 불쌍했다. 단순한 취객에 지나지 않았다. 길에 멈춰 서서 통행인에게 고함을 치거나 욕을 하는 취한도 있으니까, 이 정도는 아무것도 아니었다. 헤에, 헤에, 헤에…… 팔자 좋다, 뭐가 좋아서 웃고 그래……, 사내가 소리를 질렀다. 어이구, 보아하니 댁도 술 좀 취했구만. 우, 우, 우이, 그렇고말고, 술이 맛있으니 마셨고, 마시면 취해서 기분이 좋아지는 거지. 그래서 웃음이 나온다 이거야. 아아, 기분 좋다, 기분 좋아, 웃음이 나오니 소변도 나오네……. 방뇨하는 소리가 들렸다. 이방근은 잠시 걷다가 뒤를 돌아보았다. ……그렇지, 드디어 이쪽을 돌아보셨군, 행복한 양반이! 헤에, 헤에, 헤에……, 소변이 멈추면 웃음도 멈춰요……, 남자는 거의 쭈그려 앉다시피 하여 양 손으로 자신의 무릎을 통통 두드리더니 갑자기 괴성을 지르며 펄쩍 뛰어올랐다. 곧이어 두 팔을 골목 가득 벌리고 수영하듯 저으며 원숭이처럼 허벅지를 벌린 채 저쪽으로 달려갔다. 우리 집은 바로 저기야, 이 성내가 전부 우리 집이야……, 집에 돌아가서 귀여운 마누라를 안아야지, 말처럼 엉덩이가 큰 마누라를 안아야지……, 아아, 행복한 양반, 잘 가시오…….

신작로로 나왔다. 사람 통행이 있었다. 읍내 중심가에서 이쪽으로 흘러오는 사람들이 많았다. 영화가 끝났는지도 모른다.

헤에, 헤에, 헤에…… 팔자 좋다, 뭐가 좋아서 웃고 그래……라니. 그러고 보니 내가 큰소리로 웃었지. 웃음이야 그렇다손 쳐도, 무엇 때문에 박산봉의 뒤를 쫓아갔으며 그의 방에 올라가 소주를 마시고 그를 협박했는지, 아무래도 이유를 알 수 없었다. 아마 박산봉에게 말한 대로 내 변덕이었는지도 모른다……. 그건 그렇고, 이 쓰디쓴 일종의 실망감 같은 감정은 무엇일까. 욕구를 거절당한 뒤의 순식간에 마음을 좀먹어 가는 듯한 처리하기 힘든 감정이었다. 이방근은 그다지 인정하고 싶지는 않았지만, 지금 뭔가를 깊이 깨달은 듯한 공허한 기분에 휩싸였다. ……유달현에 관한 것을 추궁하려 했다면 박산봉의 입을 여는 것은 결코 어렵지 않았을 것이다. 이방근의 몸 전체에 퍼지는 쓰라린 감정은 그 때문이 아니었다. 그에게 오산이 있었다 해도, 박산봉의 태도는 조직원으로서 당연한 것이었다.

당연하다고 인정하면서도, 박산봉이 자신보다 유달현과 가까운 위치에 있다는 사실이 약간은 이방근의 마음을 아프게 했다. 조직의 일이 아니라면, 박산봉과 유달현 사이에 무슨 관계가 있을 수 있단 말인가. 자신을 경외하는 그 청년이 취한 태도는, 그가 유달현과 한패라는 사실을 증명한 것이나 다름없었다.

이 사실이 불길했다. 박산봉만이 아니었다. 남승지도 그랬다. 그리고 만원을 이룬 유치장에서 이가 득실거리는 더러운 담요를 덮은 채 견디고 있던 남자들…… 강몽구도, 아니, 지프에서 본 하얀 눈의 마을 사람들…… 모두가 그랬다. 게다가 박산봉까지 울타리를 만들고 유달현 편에 서 있었다.

으흠, 놈들은 모두 동지인 셈이다. 이방근은 문득 멈춰 서며, 그렇다면 내 동지는……? 하고 중얼거렸다. ……내 동지라고? 아하, 유치장에서 강몽구에게 뺨을 얻어맞자마자 울음을 그친 울보사내, 계집애처럼 슬픈 울음소리를 내던, 어둡고 공허한 눈을 가진 그 울보사내가 내 동지인지도 모르는데……. 아무래도 나 혼자만 울타리 밖에, 돌담 밖에 멍하니 서 있는 것 같았다. 그것도 괜찮을 것이다. 그러나 다른 놈들은 알고 있고 나만 모르는 일이 시시각각 진행되고 있는 현실이, 게다가 나까지 휘말려 버리는 현실에 있는 듯한 기분이 들었다. 조만간 유달현과 담판을 짓지 않으면 안 될 것이다. 그 녀석의 특별(비밀)당원 공작에 대한 대답을 하지 않으면 안 된다. ……지금, 어쨌든 유달현은 틀림없이 내 의식 속에 들어앉으려 하고 있었다. 나는 잠들 때도 이 의식 속에 그 녀석을 위한 자리를 마련해 두지 않으면 안 되었다. 무시하자, 무시해. 그러나 무장봉기의 속사정은 어떨까. 이것은 어느 틈엔지 내 의식 안에서 환상의 검은 새처럼 점차 날개를 크게 펼치고 있는 것 같았다……, 유달현과 함께.

삼거리에서 이방근의 발은 자연스레 영화관이 있는 거리 쪽으로 돌아들어 갔다. ……남승지와는 성내에서 만나기보다는, 가능하면 강몽구의 선으로 그들의, 어디에 있는지 알 수 없는 근거지 부락에서 만나고 싶었다. 여동생도 그곳으로 데리고 가 남승지를 만나게 하면 될 터였다. 강몽구는 일정한 시간과 장소로 혼자 오라고 말했지만, 나를 믿는다면 여동생을 데려가도 상관없을 것이다. ……S부락의 선과 중첩된 것에 대해서는 필요하다면 응분의 책임을 지면 될 일이었다.

영화관은 거의 전등이 꺼져 있었고, 종업원 두셋이 밖을 청소하며 물을 뿌리고 있었다. 「회상의 소야곡」과 「역습」, 영화는 우리 영화와 미국 영화를 두세 편 상영하는 모양이었다. 금발의 남녀가 볼을 맞대고 웃으면서 제각각 좌우의 한쪽씩 팔을 쭉 뻗고 앉아 있는, 색채가 조잡한 간판이 가로등에 어렴풋이 비치고 있었다. 희극영화 같았지만, 웃고 있는 여자의 입이 금방이라도 찢어질 듯 터무니없이 큰 것이 마음에 걸렸다.

이방근은 문득 오늘 밤은 집에 돌아가고 싶지 않다……고 생각했다. 발은 이미 영화관 바로 옆에 있는 요릿집인 명선관 쪽으로 향하고 있었다. ……소변이 멈추면 웃음도 멈춰요…… 얼른 집에 돌아가서 귀여운 마누라를 안아야지, 말처럼 엉덩이가 큰 마누라를 안아야지……, 아아, 행복한 양반, 잘 가시오…….

"아이고……, 이방근 씨. 오늘 밤은 지금부터 드시게요? 그럼 편안하게……."

"아." 이방근은 소리 나는 쪽을 보았다. "……오늘 밤은 상당히 기분이 좋으시군."

"헷헷, 고맙소. 그럼 이방근 씨, 편안하게……, 늘 행복하시고, 잘 가시오."

스쳐 지나간 세 사람 가운데 흰 목도리를 두른 남자가 손을 흔들며 지나갔다. 안면이 있는 세무서 직원이었다. 아까부터, 행복이라느니, 잘 가라느니, 도대체 무슨 일이야 이게……. 이방근은 아마도 최근의 유행가 중에 그러한 대사가 있었던 것 같기도 하다는 생각을 했다. "떠나는 나는 괴롭지만, 부디 당신은 행복하고 잘 가시오……"라는 평범한 가사였다. 골목에서 마주친 방뇨하던 사내나 지금 지나간 사내나 여자와 함께 노래를 부르고 왔든지, 누가 부르는 것을 들었을 것이다.

말 같은 엉덩이라……, 그 술에 취해 방뇨하던 사내는 시를 읊었나 보다. 실제로는 판자처럼 납작한 엉덩이였을 것이다. ……부엌이, 그녀의 허리는 절구통이다. 그 절구가 입을 가지고 감정을 갖는다. ……그 눈초리, 움직임이 없던 그 눈이 빛나며 움직이고, 파도가 일어……, 본능적으로 여동생이 불길한 직감으로 느낀 눈이었다. 부엌이의 감정이 움직이기 시작하는 것을 상상하는 것만으로도 그녀에 대한 혐오감이 확산되고, 그 육체에 대한 관심이 급속히 식어 가는 것을 느낀다. 부엌이, 너의 눈은 흐린 하늘처럼 빛을 버리고, 하늘을 비춘 우물처럼 고정돼 있지 않으면 안 돼. 침묵의 돌할망, 현무암 석상이 되어야 해. 그리고 냄새, 여체를 넘어서 퍼져 가는 추상적인 냄새의 힘…….

이방근은 지금 자신이 여색에 끌려 명선관을 향하는 것 같지만, 그게 속임수라는 사실을 알고 있었다. 그곳에 가면 안면 있는 여자가 시중을 들 것이다. 계속 술을 마시고, 어쩌면 지분 냄새 나는 여자의 무릎을 베개 삼아 잠들어 버릴지도 모른다. 그러나 그뿐이었다…….
특별히 맘에 드는 여자가 있는 것도 아니었다. 요즘은 이런 적이 없었는데, 이상하게 집에 들어가고 싶지 않았다. 여자 있는 곳에 간다는 건 속임수였고, 그는 의식적으로 오늘 밤만은 집에 들어가지 말아야겠다고 생각했던 것이다.

내일 아침 아마도 여동생은 실망할 것이다. 오빠는 어디 갔다 온 거야? 하고 물을 게 틀림없었다. 그리고 더 캐묻지는 않을 것이다. 동생이 돌아왔다는데…… 일부러 그런 날을 골라 외박을 하다니……, 혼자 상상하고 혼자서 실망할 것이 틀림없다. 그것으로 충분했다. ……으흠, 만일 여동생이 부엌이와의 관계를 알고 있다면 오히려 기뻐하겠지만…….

이방근은 명선관 현관 앞을 지나 가게 모퉁이의 좁은 골목을 왼쪽으로 꺾어 뒷문으로 돌아갔다.

현관으로 들어갔다가 누군가 아는 사람을 만나는 것은 번거로웠다. 현관 앞을 지날 때, 취객의 노랫소리와 아우성치는 소리, 그리고 노래에 맞추어 여자가 치고 있을 장구 소리가 토당 토당 토당당…… 하고 들려왔다. 앞쪽의 작은 계산대 안쪽으로는 통로를 따라 몇 개인가의 방으로 나뉘어져 있었다. 여자의 안내를 받으며 그곳을 지나가다가는 누군가와 마주칠 가능성이 매우 높았다.

뒤쪽 유리문이 닫혀 있어서 가볍게 노크를 했다. 누구냐는 물음에 이방근은 자기 이름을 댔다.

문이 열렸다.

"아이고, 이 선생님, 어찌 된 일이세요. 이런 곳으로……, 자아, 어서 들어오세요." 주인 마담이 나와 있었다.

"……"

이방근은 입을 다문 채 오른손 집게손가락을 마담 입술에 갖다 댔다. 통통한 입술이 꿈틀대는 감촉이 손가락 끝에 약간 촉촉하게 전해졌다. 아직 마흔이 안 된 살결이 희고 통통한 느낌을 주는 여자로, 나이보다 훨씬 젊어 보였다. 전에는 첩으로 있었는데 지금은 혼자 살고 있었다.

"아이고머니……, 어떡하죠. 선생님 손가락이 더러워져요."

마담은 얼른 손수건을 꺼내어 이방근의 손가락을 닦아 주었다. 그리고는 이방근에게 성큼 다가와 몸을 바싹 기댔다. 옆에 있는 마담의 방이자 여자들의 대기실에서 이야기 소리가 새어 나왔다.

"오늘 밤은 남몰래 오신 거죠? ……"

화장품 냄새가 섞인, 부엌이와는 다른 달콤새콤한 체취가 목덜미 언저리에서 물씬 풍겨 왔다. 이방근은 천천히 한 걸음 물러섰다.

"말하자면, 그런 셈인데……, 오늘 밤은 자고 가려고."

"알았어요, 선생님은 단선이, 그 애가 좋지요? 나 같은 건 할망구라고 상대도 안 해 주니까 말이에요."

"호홍, 그런 기억은 나지 않아. ……어쨌든 여자는 누구든 상관없어. 한잔 마시는데 상대만 해 주면 되니까."

"드시기만 한다구요……?"

"그래, 그리고 혼자 잘 거야."

"어머나, 선생님, 거짓말도 잘 하시네요. ……그래서 밉다니까요. 정말로 혼자 주무시면 제가 가만 내버려 두지 않을 거예요. 그렇지 참, 단선이를 깜박했네요……, 그 앤 절개가 있어서 도지사가 와도 비위를 맞추려 들지 않는다니까요. 그래도 이 선생님이라면 기꺼이 시중을 들어줄 거예요. 경찰 나리들이 돌아가시면 곧 불러올게요."

이방근은 구두를 벗고 방 옆의 마루로 올라섰다. 마담이 앞장서서 마루에 이어진 뒤쪽 계단을 통하여 2층으로 안내했다.

"선생님, 제 치마 속은 엿보지 마세요."

마담은 몇 겹이나 입은 긴 치맛자락을 한 손으로 모아 쥐고 있어서 그 속이 들여다보일 리도 없었다. 그냥 그렇게 말해 본 것뿐이다. 이방근은 말없이 두 개의 발을 단정하게 감싼 하얀 버선, 마치 옛날 시대의 배 모양을 한 아름다운 버선이 움직이는 걸 보면서 계단을 올라갔다.

3

    이방근은 계단 옆 복도를 따라 제일 구석에 있는 방으로 안내되었다. 네 평 반 정도인 다다미방이었다. 아래층은 모두 온돌방이었지만, 위층은 일제강점기 건물의 모습이 그대로 남아 있는 다다미방이었다. 조잡하게 만들어 놓은 장식용 공간인 도코노마(床の間)에는 장구가 놓여 있었지만, 벽에 걸린 꽃과 새를 그린 족자와 다다미 위에 귤색 담요가 깔려 있지 않았다면, 어느 일본 술집에라도 들어온 듯한 느낌이었을 것이다.

    방에는 뭐랄까 화장한 여인의 살 냄새 같은 달콤한 냄새, 곁에 있는 마담의 체취와는 다른 냄새가 감돌고 있었다. 꽃병에 꽂힌 서향(瑞香)의 냄새인 듯했다.

    "서향이에요……. 향기가 좋아서 가지를 잘라 꽂아 두었어요."

    이방근의 시선을 재빨리 눈치 챈 마담 명선(明仙)이 보라색의 두툼한 비단 방석을 손님 앞에 놓으며 말했다. 그렇겠지, 관상용으로 꽂아 두었을 것으로는 생각되지 않았다. 송이마다 빽빽이 돋아난 보라색 꽃봉오리가 요염한 잎사귀 사이에서 하얀 별 모양의 꽃을 피우기 시작하고 있었지만, 결코 아름다운 꽃은 아니었다. 서향 향내를 유난히 좋아하는 여자가 있었는데, 그 물씬 풍기는 향기는 언제나 꽃 주위에 고여 있는 듯해 무언가 담백하지 않은 탁한 맛을 느끼게 만들었다.

    "음, 좋은 향기로군, 마담은 서향을 좋아하나?"

    "네, 좋아하지만, 우리 단선이도 좋아해요."

    "그렇군, 향기가 좋으니까 그렇겠지."

    "……요즘 성내는 온통 선생님 이야기뿐이에요. 큰 소리로는 말할 수 없지만, '서북'을 혼내 줬다죠……. 선생님, 조심하세요."

"흐흥, 별로야, 그런 소문은……, 내 입장은 곤란해."

"아, 죄송해요, 실례되는 말씀을 드렸나 봐요……."

마담이 이방근의 코트를 받아 옷걸이에 걸친 뒤 공손하게 벽에 걸었다. 이방근은 도코노마를 등지고 탁자 앞에 앉았다. 엉덩이가 파묻힐 듯 푹신푹신한 방석에 앉는 순간 갑자기 맥주를 마시고 싶어졌다. 실제로도 목이 말랐다. 김치와 젓갈만을 안주로 해서 술을 마신 탓인지 몰랐다. 이방근은 맥주를 시켰다. 명선은 솥 모양인 무거운 놋쇠화로를 탁자 곁에 가져다 놓은 뒤, 불을 넣기 위해 아래층으로 내려갔다.

2층에는 손님이 없는 듯 조용했다. 아래층에서 나는 여자와 취객들의 목소리가 마치 2층과는 상관없는 다른 세계에서 들려오는 듯했다. 아니, 2층 전체가 뭔가 격리된 별세계 같은 느낌을 주었다. 그 느낌이 이방근의 민감해진 마음을 진정시켜 주었다. 어느새 조금 전까지 들리던 장구 소리도 그쳐 있었다.

이방근은 탁자에 팔꿈치를 괴고 오른손으로 턱을 받친 채 잠시 눈을 감았다. 저절로 눈꺼풀이 감겨 왔다. 졸린 것만은 아니었다. 취했을 때 버릇이기도 했다. 이마에 달빛을 받으며 잠시 바깥공기를 쐬고 왔지만, 박산봉 집에서 마신 두 홉가량의 소주 때문인지 몸이 뜨거워져 있었다. 혈관이 알코올을 흡수하여 팽창하는 듯한 느낌이었다.

창문을 보니, 위쪽 반절이 투명한 유리창 너머로 반달이 막 숫돌에 간 칼날처럼 빛을 발하고 있었다. 취기를 깨뜨려 버릴 것 같은 그 차가운 빛은 묘하게 몸속에서 알코올램프를 닮은 파란 불꽃을 피우는 열기처럼 느껴졌다. 의도적으로 오늘 밤은 집에 돌아가지 않으려고 온 것이기도 했지만, 술을 마시고 싶어 온 것도 사실이었다.

이방근은 양탄자 위에 편하게 누웠다. ……그 앤 절개가 있어서 도

지사가 와도 말을 들으려 하지 않는다니까요. 그래도 이 선생님이라면 기꺼이 시중을 들어줄 거예요……. 스물 네댓 살쯤 되는 미인으로 사팔뜨기였다. 문득 옷 속에 아직 만져 본 적 없는 젊은 육체가 눈앞에 하얗게 빛나며 떠오른다. 단선이…… 그 앤 절개가 있어서……, 흐흥……, 이방근은 몸을 누인 채 오른쪽 팔꿈치로 턱을 괴고 자기 마음속의 움직임을 비웃기라도 하듯이, 흐흥…… 하고 거의 콧방귀를 뀌며 방 안을 둘러보았다. 그러자, 장구에 가려 곧바로 알아채지 못했지만, 도코노마 구석의 두세 권의 잡지 사이에 있는 낯익은 책 한 권을 발견하였다.

그는 무심코 몸을 일으켜 그쪽으로 손을 뻗었다. 회색 표지로 된 조잡한 그 책은 『해방일년지(解放一年誌)』였다. 아마 집에 있는 책꽂이에도 꽂혀 있을 것이다. 특별히 관심이 있었던 건 아니었다. 그저 우연히 눈에 띄었기 때문에 이방근은 탁자 위에 책을 올려놓고 이리저리 선화지의 책장을 넘겨보았다.

「최근의 1년은?」이라든가, 조선의 역사, 지리, 그리고 각국의 정세에 대한 개관, 내외일지, 기타 카이로선언을 비롯한 여러 자료들이 풍부하게 실려 있었다.

지금 새삼스럽게 해방 직후 남북한을 점령한 미소 양국 군대 사령관의 포고문 같은 것을 다시 읽어 보는 것도 재미있을 것 같았다. 미국 점령군의 포고문, 특히 제2호는 2년 반이 지난 오늘의 현실이 증명하고 있듯이 사실과 딱 들어맞아 이미 당초 예상한 미군의 정체를 확실히 보여 주었다. 그런데 이들을 해방군으로 착각한 우리 민족은 어리숙한 행동을 연출했던 것이다.

태평양 미합중국 육군총사령부 포고 제2호

조선 주민에 고함.

본관은, 본관의 지휘하에 있는 점령군의 안전을 도모하고, 점령 지역의 공공치안과 질서 안전을 위하여 태평양 미합중국 육군 최고 사령관으로서 다음과 같이 포고한다.

항복문서의 조항 및 태평양 미 육군 최고사령관의 권한으로 발포된 포고·명령·지시를 위반하는 자, 미국인 및 다른 연합국인의 인명 및 소유물, 또는 보안을 해하는 자, 공중치안 질서를 문란하게 하는 자, 정당한 행정을 방해하는 자, 또는 연합국군에 대하여 고의로 적대 행위를 하는 자는 점령군 군법회의에서 유죄로 결정한 후 동 회의에서 정하는 바에 의거하여 이들을 사형 또는 기타 형벌에 처한다.

1945년 9월 7일
요코하마 태평양 미합중국 육군 최고사령관
미합중국 육군 대장 더글러스 맥아더

이방근은 다시 「북한 편」의 페이지를 넘겨, 소련군 슈티코프 사령 관의 포고문으로 시선을 옮겼다.

조선 인민에게

조선 인민이여, 소련 군대와 동맹국 군대는 조선에서 일본 약탈 자를 몰아냈다. 조선은 자유국이 되었다. 그러나 이것은 새로운 조 선역사의 첫 페이지에 불과하다. 화려한 과수원은 인간이 노력하고 고심한 결과이다. 그와 마찬가지로 조선이 추구하는 행복도 조선 인민의 영웅적인 투쟁과 근면한 노력에 의해서만 달성될 수 있다.

일본 통치하에서 살아온 고통의 나날을 기억하라. 토담 위에 놓인 돌멩이까지도 괴로운 노력과 피와 땀을 말해 준다고 할 수 있지 않겠는가. 누구를 위해서 여러분은 일했는가? 일본인들은 고대광실(高臺廣室)에서 깨끗한 옷을 입고 맛있는 음식을 먹고, 조선인을 멸시하고 조선의 풍속과 문화를 모욕한 사실을 여러분은 잘 알고 있다. 이러한 노예적인 과거는 다시 오지 않을 것이다. 고뇌로 가득한 악몽 같은 그 과거는 영원히 사라진 것이다.

조선인이여, 기억하라. 행복은 여러분의 수중에 있다. 여러분은 자유와 독립을 원했지만, 이제는 모든 것이 여러분의 소유가 되었다.

소련 군대는 조선 인민이 자유롭게 창조적인 노력에 착수할 수 있도록 충분한 제반 조건을 만들어 주었다. 조선 인민 스스로가 반드시 자신의 행복을 창조하지 않으면 안 된다.

공장·제조소 및 공작소의 경영주와 사업가들이여, 일본인들이 파괴한 공장과 제조소를 복구하라, 새로운 생산기업을 개시하라. 소련군사령관은 모든 조선기업소의 재산보호를 확보하고 그 기업소의 정상적인 작업을 보증하기 위해 모든 원조를 할 것이다.

조선의 노동자여. 노력에 의한 영웅심과 창조적인 노력을 발휘하라. 조선인의 뛰어난 민족성의 하나인 노력에 대하여 애착심을 발휘하라. 진정한 사업에 의하여 조선의 경제적 문화적 발전을 꾀하려고 하는 자만이 모국 조선의 애국자이자 충실한 조선인이 될 것이다.

해방된 조선 인민 만세!

1945년 8월 10일
소련군사령부

……역시나, 이방근은 무의식 속에서 조금 취기가 오른 무거운 시선으로 그 포고문을 되풀이하여 읽었다. 그랬다. 이것은 분명히 해방 직후 우리 민족의 흥분, 감격과 희망, 그리고 이상에 일치하는 것이었다. 이것은 감동적이기까지 한 메시지였다. 마치 시적인 감정의 파도가 넘실거리는 것 같지 않은가……. 흐음, 이방근은 한숨 섞인 큰 숨을 토해 내며 페이지를 넘기다가, 문득 「삼상회의 결정문」이라는 곳에 시선이 멎었다.

호오, 삼상회의라……. 이방근은 조금 반가운 듯이 중얼거렸지만, 곧 씁쓸한 생각이 위액처럼 목구멍으로 치밀어 올랐다. '모스크바 삼상회의'……. 모스크바에서 열린 미·소·영 삼국 외상회의 결정문을 보는 것도, 입으로 중얼거려 보는 것도 오랜만이었다. 중얼거림 자체가 고작 2년 전 내려진 조선에 대한 국제회의 결정이 지금은 현실적으로 아무런 힘도 갖지 못하는 한 장의 휴지 조각에 불과하다는 것을 의미하고 있었다. ……어리석은 꿈, 더구나 민족의 운명을 광란시키는 동기로 작용한 무서운 꿈이었다고 이방근은 생각했다. 조선의 독립을 '보장'하기 위한 협정이 오히려 돌이킬 수 없는 혼란을 불러왔다.

이방근은 남문거리 민가의 판자벽에서 보았던 5월 9일 남한총선거 절대지지라는 검은 글씨의 전단지를 떠올렸다. 단독선거도 거슬러 올라가면 삼상회의와 결부되어 있었다. 완벽히 자신의 힘으로 스스로를 해방시키지 못한 자가 걸을 수밖에 없는 길을 걷고 있는지도 몰랐다. 전단지 앞에 일부러 멈춰 서서 '열심히' 읽고 있던 검은 코트의 남자……, 노란 가로등 불빛에 비친 큰 몸집에 등이 구부정한 남자, 자신의 모습이 묘하리만큼 선명하게 떠올랐다.

……삼상회의 결정문(1945년 12월 28일)……, 이방근은 쓴웃음을 흘리며, 독립 조선에 대한 최초의 국제회의 결정문——조선의 통일

정부 수립 등을 결정한 조문을 읽어 내려갔다. 발표 당시에는 벽보 형태로 곳곳의 게시판에 붙어 사람들의 눈길을 모았다.

1. 조선을 독립국으로 재건하며, 민주주의적 제 원칙에 토대를 둔 나라로 발전시키는 조건을 조성하고, 또한 긴 세월에 걸친 일본의 조선 지배의 무서운 결과를 가능한 한 빨리 청산하기 위하여 임시 조선정부를 수립하고, ……음, 정부를 수립한다고, 환상의 임시정부를 말이야……, 그것이 조선의 공업, 교통, 농업과 조선 인민의 국민문화를 발전시키는 데 필요한 모든 수단을 강구하지 않으면 안 된다.

2. 임시 조선정부 수립을 지원하고, 또한 필요한 예비적 준비를 할 목적으로 남한의 미군 사령부와 북한의 소련군 사령부의 대표자로 구성되는 공동위원회를 조직해야 한다. 공동위원회는 그 제안(提案) 작성에 있어서 조선의 민주주의적 정당 및 사회단체와 협의해야 한다. 공동위원회가 작성한 제반 권고는 위원회에 의해 대표되는 양국 정부의 최종 결정에 앞서 미·소·영·중 각국 정부에 심의를 위하여 제출되어야 한다.

3. 임시 조선정부와 조선의 민주단체의 참가하에 조선 인민의 정치적·경제적·사회적 진보와 민주적 자치발전 및 조선의 국가적 독립을 원조하기 위한 조치를 강구하는 것도 공동위원회의 임무다. 공동위원회의 제반 제안은 임시 조선정부와 협의를 거친 뒤, 5년 이내 기간의 4개국 신탁통치에 관한, ……으흠, 이거야, 이거……, 4개국 신탁통치에 관한 협정 작성을 위해 미·소·영·중 각국 정부의 공동심의에 제출되어야 한다…….

핫, 하, 하, 신탁통치가 나왔군, 신탁통치, 트러스티십(trusteeship), 저주받을 신탁통치야……. 인기척이 나더니 계단을 밟는 부드러운 버선 발소리가 가까이 들려왔다.

미닫이문 밖 복도에 뭔가 나무 상자를 내려놓은 듯한 딱딱한 소리가 났다. 실례한다는 말과 함께 문이 열렸다. 마담이 불꽃을 올리며 타고 있는 새빨간 숯불을 담은 부삽과 숯 상자를 양손에 들고 방으로 들어왔다.

　"늦어서 죄송해요. 아이고, 지루하셔서 책을 읽고 계셨군요."

　"반가운 책을 발견했어."

　"반갑다니요? …… 어머, 설마요, ……아이고, 설마라니……, 실례되는 말을 해 버렸네요. 이 선생님, 죄송해요. 교양 없는 여자는 이래서 곤란하다니까요……. 청소하려고 정리를 하다가 나온 것을 내팽개쳐 둔 건데요…… 혹시 필요하시면 가져가시겠어요? ……, 어머나, 또 실례되는 말씀을 드린 건 아닌가 모르겠네……."

　마담은 화로에 불을 넣으면서 말했다.

　"됐어, 찾아보면 집에도 있는 책이니까."

　"아이고, 그러시겠죠, 이 선생님 댁에 없는 책이 여기에 있을라구요……, 제가 아무래도…… 오늘 밤은 어떻게 된 건가? 틀림없이 선생님이 뒷문으로 들어오신 탓이에요."

　마담의 충혈된 웃는 듯한 눈이 숯불에 번쩍거렸다.

　"이 책은 남의 눈에 띄는 곳에 두지 않는 게 좋아. 요즘 같은 때 경찰이 보면 이상하게 생각하고 가져갈 거야."

　"어머나, 그래요? 이런 것을……."

　이방근은 책을 덮어 도코노마 쪽으로 가볍게 던져 놓았다. 책에 실린 모스크바 삼상회의 결정문은 4개 항목으로, 마지막 항목은 제반 문제를 심의하기 위해 2주 이내에 서울에서 미소공동위원회를 개최한다고 되어 있고, 실제로 이듬해인 1946년 1월 초에 공동위원회가 열렸지만, 이방근은 여자 앞에서 계속 읽을 마음이 나지 않았다.

마담은 일어나 이방근이 던져둔 책을 가지고 돌아와 자리에 앉더니, 치맛자락 밑에 숨기듯이 놓았다.

"갑자기 손님이 오셔서……, 선생님, 죄송해요. 저도 곧 오겠지만, 단선이도 이제 곧 올라올 테니……. 안주로는 가오리 회라도 내올까요?"

"좋지, 생선이 좋아……, 뭐든 괜찮아. ……여자애를 서둘러 보낼 필요는 없어. 어차피 오늘 밤은 자고 갈 거니까."

"그러세요, 얼마든지 주무시고 가세요. 그래도 아직 시간이 일러요. ……고운, 언제 봐도 여자처럼 고운 손이시네요, 제 손은 거칠어서 부끄러울 정도인데……."

마담은 화롯불을 쬐고 있는 이방근의 왼손을 두 손으로 감싸듯이 쥐었다가 놓았다. 이방근은 아무 일도 없었다는 듯이 계속 화롯불에 손을 쬐었다. 마담은 화로가 사이에 없었다면 이방근에게 몸을 기대왔을지도 모를 자세로 일어나, 그럼, 곧 돌아올 테니…… 하며 부삽과 숯 상자, 그리고 책을 들고 방을 나갔다.

화로의 모자 차양처럼 튀어나온 넓은 가장자리가 숯불의 열을 받아 따뜻해지기 시작했다. 이방근은 담배를 꺼냈다. 빨갛게 타고 있는 숯불에 대고 불을 붙여 깊숙이 연기를 들이마셨다. 머리가 휘청거릴 것 같았지만 아무렇지 않았다. 취한 탓이었다. 다시 장구 소리가 들리기 시작했다. 장구를 치면서 민요를 부르는 여자의 목소리는 꽤 굵고 신음하는 듯, 두꺼운 벽으로 가로막힌 옆집에서 들려오는 듯했다.

생각해 보면, 38도선……, 해방 직후에는 남북이 분단되리라고는, 적어도 식민지배에서 해방된 자로서는 상상할 수 없는 일이었다. 그 결과로서, 사회의 혼란과 많은 인명을 희생시키면서 2년 남짓한 세월이 흐른 뒤, 남한만의 단독선거를 치르게 되었다. 게다가 무장봉기라도 일어난다면 앞으로 시국은 어떻게 될지 간단히 예측하기 어려웠다. 애당초 '5월 총선거'의 원안이 된 지난달 26일 국제연합 소총회에서 결의한 '가능지역 선거안', 남한만의 선거안을 제출한 것은 미국이었다. ……남한의 단독선거, 단독정부, 그리고 이승만 대통령의 출현……, 이것은 이미 눈에 보이는 줄거리가 아니었던가. 으음, 신탁통치……, 이게 모든 일의 화근이었다고 해야 할지도 모른다.

모스크바 삼상회의에서 나온 '신탁통치'라는 말은 그야말로 한민족을 깜짝 놀라게 했다. 일본 제국의 지배에서 해방된 민중은 이미 조선인민공화국의 창건 등, 자력에 의한 국가 건설 사업을 시작하고 있었다. 그런 와중에(상륙한 미군에 의해 인민공화국이 강제 해산된 직후였지만) 머리에 찬물을 끼얹듯 튀어나온 '신탁통치'는 즉각적인 독립을 요구하는 민중의 민족적 굴욕감을 부채질하였고 분노를 폭발시켰다. 그래서 좌우익을 초월한 민족적 반대운동이 순식간에 퍼져 나갔던 것이다. 해방 후, 사회 전면에 나설 마음이 없었던 이방근도 이 모스크바 협정을 신문에서 읽었을 때는 어이없는 웃음과 함께 무어라 말할 수 없는 분노가 솟구쳤다. 한동안 말없이 한 점만을 계속 응시하고 있었던 일을 아직도 기억하고 있었다.

나중에 미국은 남한만의 단독정부를 수립할 필요성이 생기자, 스스로 조인한 '신탁통치'를 반대하고 나섰지만, 이 '신탁통치'는 국제법상의 그것과는 성격이 다른 것이었다. 발표 당시에는 이런 문제들이 충분히 이해되지 않았고, 이방근 자신도 민족적 감정에서 강한 거부반응을 일으켰다. 일반적으로 '신탁통치'가 성립하기 위해서는 신탁자로서의 국제연합, 피신탁자인 신탁지역, 수탁자인 시정국(施政國) 3자의 존재가 전제된다. 따라서 시정국은 의무와 동시에 신탁지역의 입법·사법·행정에서부터 군사에 이르기까지 모든 권리를 갖게 되지만,

삼상회의에서 결정한 내용은 그것과 달랐다. 신탁자(국제연합)가 없을 뿐만 아니라, 수립된 "임시 조선정부와 협의를 거친 뒤 5년 이내의 기간 동안 4개국 신탁통치에 관한 협정을 작성하기 위해 미·영·소·중 각국 정부의 공동심의에 제출되어야만 한다."고 되어 있어서, 어디까지나 조선정부의 존재를 전제로 하고, 이른바 그 정부가 국가권력기관으로서의 토대를 확립할 때까지의 잠정적인 조치였던 것이다. 그러나 '신탁통치'라는 말이 갖는 이미지가 이런 문제에 대한 사람들의 이해를 방해했다.

처음에는 반대를 표명했던 공산당 등 좌익세력이 태도를 급변해서 삼상회의의 결정을 받아들이겠다는 방침을 천명했다. 그리고 1월 3일, 50만 이상의 서울 시민을 동원하여 '모스크바 삼상회의 결정' 지지 시민대회를 열어 민중의 지지를 호소했다. '트러스티십'과는 달리 러시아말로 '코페체'는 후견제라면서, 조선의 완전한 독립을 원조·보장하기 위한 잠정적인 조치라고 선전했다. 그러나 그렇다고 해도 즉각적인 독립과는 거리가 있었고, '신탁통치'의 어감에서 오는 이미지를 떨쳐 버릴 수는 없었다. 그래도 사람들은 좌익의 영향력이 압도적이었기 때문에, 서서히 공산당과 인민당(나중에 신민당과 3당 합동하여 남조선노동당이 된다)의 주장을 받아들이는 방향으로 기울어 갔다. 그 이유는 한편으로 이승만 등의 반탁조직, 대한독립촉성국민회 등에 의한 우익의 극단적인 반탁, 반공운동이 역작용을 일으켰다고 할 수 있었다. 그들은 사람들의 민족적인 감정에 편승하여, '신탁통치'를 우파의 세력 확장과 반공 투쟁에 이용하려는 경향을 노골적으로 드러냈던 것이다. 게다가 좌익 등 신탁통치 지지 세력을 민족반역자, 매국노로 단정한 우익이, 하필이면 반탁운동에 편승하여 크게 대두한 과거의 '친일파', '민족반역자', '매국노'들의 지지를 받고 있었다. 과거에 조국

을 팔아넘긴 자들이 갑자기 '애국세력'으로 등장하여 본말(本末)이 전
도된 기묘한 현상이 해방 조선에서 벌어졌던 것이다. '반공'은 일제
협력자, '민족반역자'들이 자신의 민족 배반 행위에 대한 민중의 분노
를 피하고, 역으로 반대세력을 억압하기 위한 가장 편리한 명분이 되
었던 것이다.

　반탁세력을 흡수한 이승만은 서울에서 미소공동위원회가 개최된
지 얼마 지나지 않은 1946년 4월, 방문지인 미국에서 남한만의 단독
정부 수립을 표명한 관변 기구를 이미 출범시켜 놓고 있었다. 귀국
후인 6월에는 전라북도 정읍 유세에서 이승만은 단독정부 수립의 계
획을 발표하는 한편, 신탁통치 반대운동을 대대적으로 전개했다. 그
리고 사람들의 민족적인 감정에 교묘하게 불을 붙이면서 반탁운동을
자신이 수반이 될 남한 단독정부 수립을 위한 세력의 조직화로 이어
나갔다.

　이리하여 결국, 삼상회의의 결정을 지지하는 것이 통일된 정부 수
립을 위한 지름길이라는 것을 알게 되었지만(신탁통치 기간을 5년 이내로
주장한 것은 소련이고, 미국은 10년을 주장했다는 사정이 그 배경이 되었다), 그
때는 우익의 테러와 미군정청의 좌익 탄압으로 정세가 크게 달라져
있었다. 삼상회의 결정의 구체적인 협의기관인 미소공동위원회도 미
국 측이 반탁세력인 우파와 결탁함으로써 암초에 부딪쳐, 이듬해인
47년 5월 재개를 기점으로 완전히 결렬되기에 이르렀다. 또한 소련
측의 1948년 안에 미소 양군이 동시에 철수하고 조선인 스스로에게
민주적 정부 수립을 맡기자는 제안을 미국 측이 거부하면서 1947년
가을의 제2회 국제연합 총회에 한반도 문제를 상정하는 사태를 맞이
했던 것이다.

　미국 주도로 조직된 국제연합 임시조선위원회(9개국)의 감시하에

1948년 3월 31일까지 한반도 전역에서 총선거를 실시하기로 결정했다. 1948년 1월 6일, 즉 두 달쯤 전에 선거 준비를 명목으로 국제연합 임시조선위원회 멤버가 서울에 왔다. 그리고 북한에 들어가려고 했지만, 예상대로 북측이 국제연합 임시조선위원회의 불법성을 지적하며 입북을 거부하는 사태가 일어났다. 그리고 당초부터 예측되었던 그 사태를 구실로 하여, 이른바 선거 가능 지역이었던 남한만의 단독선거를 실시하게 된 것이었다.

이방근은 문득 아무런 연관성도 없이, 선거 후에는 단독정부 수반이 될 이승만이 민족의 독립과 정기를 사수한다는 당시의 반탁운동 유세 중에 남겼던 '일화'를 떠올리며 쓴웃음을 지었다. 미국에서 돌아온 이 노인은 유세지에서 어떤 집으로 안내되자 구두를 신은 채 온돌방으로 올라가 비단 방석 위에 그대로 양반다리를 하고 앉았다고 한다. 후후, 마침 내가 지금 앉아 있는 모습에다가 발끝에 구두를 신은 채로 말이지……. 음, 우리말이 서툰 이 노인이 국수주의와 멸공의 깃발을 치켜들고 민족과 국토를 양분하는 선거를 치르려 하고 있는 것이다……. 점령군 군법회의에 정하는 바에 따라 이를 사형 또는 기타의 형벌에 처한다. ……사형……에 처한다……. 이방근의 뇌리에 맥아더 포고문 제2호의 결말 부분이 떠올랐다.

흐흥 하며 혼자서 웃고 있을 때, 계단이 가볍게 삐걱거리고 여자들의 얘기 소리가 들리는 것 같았다. 복도를 걷는 조심스러운 발소리가 나고, 문 밖에 무거운 것을 내려놓는 기척이 들렸다. 맥주병이 부딪치는 차가운 소리도 났다. 문이 열리고 먼저 들어온 것은 맥주를 세 병쯤 담은 쟁반을 든 마담이었다. ……흐—음 하고 이방근은 의미 없는 한숨을 크게 내쉬며 담뱃불을 화로의 잿더미에 꽂아 껐다. 그러나 입가에는 웃음기가 아직 남아 있었다.

"무슨 일 있으세요?"

마담이 물었다.

"내가……? 아니, 아무것도 아냐."

머릿속에 안면신경통에 걸린 듯 씰룩거리는 이승만의 얼굴 이미지를 남긴 채 웃으면서 마담을 맞았다.

"뭔가 큰 한숨을 쉬시는 것 같던데……, 게다가 이 선생님은 한숨을 쉬시며 웃고 계셨다니까요……."

"핫, 하, 그랬나, 인간이란 웃으며 한숨을 쉬는 경우도 있지. 기뻐서 우는 일도 있으니 말이야."

단선이 복도에 무릎을 꿇고 얌전히 인사를 한 뒤 안주를 담은 큰 접시를 담은 쟁반을 양손으로 안듯이 들고 들어왔다. 굴비를 졸인 짭짤한 냄새가, 피어오르는 김과 함께 풍겨 오자, 갑자기 식욕이 솟았다. 탁자 위에는 김치, 대구포와 굴젓, 산나물, 그리고 통째로 졸인 굴비를 담은 커다란 접시, 쑥갓 등을 버무려 요리한 가오리 회 접시가 놓였다. 어렴풋이 붉은 빛을 머금은 백김치의 속 부분이 하얗고 요염하게 빛나고 있어서, 마치 젊은 여자의 속살처럼 아름다웠다. 이에 비하면 박산봉의 집에서 먹었던 김치는 짜고 군내까지 났었다. 이방근은 명태의 내장 젓갈밖에 먹지 않았지만, 박산봉은 이렇다 할 조미료도 넣지 않은 그 시든 김치를 맛있게 먹었다. 이방근은 문득, 내일이라도 부엌이에게 말해 박산봉에게 김치를 갖다 줘야겠다고 생각했다. ……잊지 말고, 라고 중얼거렸다.

마담이 이방근의 왼쪽에 놓인 화로 옆에 화장 냄새가 풍길 듯 말듯 가벼운 바람을 일으키며 앉았다. 단선은 일단 이방근과 마주 앉았다가, 마담 반대쪽으로 자리를 옮겨 손님 잔에 맥주를 따랐다. 그리고 나서 또 한 컵을 마담 앞에 놓았다. 컵 하나가 모자랐지만, 마담은 아래층 손님을 상대해야 하므로 곧 내려가야 한다고 말했다.

"나는 됐으니, 단선이 네가 마시렴."

이방근은 마담의 말에 따라 단선에게 술을 따라 주고 나서 맥주를 단숨에 비웠다. 차가운 탄산 거품이 이는 액체가 목을 약간 씁쓸하게 적시며 내려갔다. 식도를 지나 위에 도달한 액체는 형태를 잃고 퍼지면서 취기의 감정을 자극한다. 그는 마담의 손에 건넨 빈 잔에 술을 채웠다. 단선의 술잔은 그대로였다. 마담은 단선에게 잔을 들라고 말하고는 천천히 잔을 기울여 술잔을 비웠다. 그리고는 이방근에게 잔을 되돌려 주고 나서, 단선아, 부탁한다, 하고 다짐하듯 말하고는 방을 나갔다.

이방근은 마셨다. 여자에게도 권했다. 마담이 나간 뒤 분위기가 좀 답답해진 것을 피부로 느끼는 게 스스로 생각해도 의외였지만, 그 순간, 나는 이 여자를 의식하고 있구나 생각했다. 콧날이 곧으면서도 몽실몽실한 느낌을 주는 아름다운 얼굴의 여자였다. 다만 그 사팔뜨기 눈이 약간 육감적이고 큰 입과 더불어 얼굴에 약간의 불균형, 어찌 보면 천하고 백치 같은 인상을 주기도 했다. 여자는 머리를 뒤로 묶어 비녀를 꽂았다. 머리 모양이 순백의 전통의상과 잘 어울렸다. 저고리 소매가 어렴풋이 살갗을 느낄 만큼 비쳐 보였다. 생긋 웃을 때는 인형처럼 약간 고개를 기울이는 버릇이 있었다.

"선생님, 피곤하시죠?"

여자가 사팔눈의 불안한 시선을 던지며 (아니, 시선을 받은 이방근 쪽이 한순간 불안감에 사로잡혔다) 말했다.

"아니, 별로 피곤하진 않아. 왜 그러는데?"

"아니에요, 그저 왠지 그런 기분이 들었어요……. 큰 한숨을 쉬시고……, 피곤하지 않으시면 장구라도 칠까요?"

"핫, 하, 하아, 난 몰래 들어온 사람이야. 게다가 죄도 없는 장구를 두들기면 불쌍하잖아?"

"어머나, 선생님은 장구에게 친절도 하시네요……. 단선에게 얻어 맞고 좋아하는 장구도 있어요."

"으음, 그렇군, 내가 졌어. ……지금은 장구나 노래보다도 술 상대를 하면서 얘기라도 해 주면 좋겠는데."

"이야기……, 선생님, 어떤 얘기를 하면 좋을까요……."

"음, 얘기라면 뭐든 좋아. ……옛날 얘기도 괜찮고, 옛날 옛날에 어느 곳에 하는 식의 이야기도 괜찮아. ……후후후, 그게 재미있을지도 모르지."

"선생님은 농담만 하시고……."

"농담이 아냐."

"호, 호호, 글쎄요……, 그렇게 하면 선생님은 왠지 아기 같고 제가 엄마 같아서…… 우스워요, 그래도 전 이야기가 서툴러요. 선생님 앞에서는 부끄러워서……." 단선은 두 손으로 공손하게 이방근의 잔에 술을 채웠다. 그리고는 자기 잔을 들고 조금 입술을 적신다. "선생님은 신세기에서 '서북'패들을 혼쭐내셨잖아요……. 저는 그 얘길 들었을 때 정말 몸이 부들부들 떨렸어요……." 단선은 황홀한 표정으로 말했다. 초점이 흐려진 듯한 사팔눈이 그 표정과 어울렸다. "다치진 않으셨어요?"

"고마워, 그 얘긴 그 정도로 해 둘까. ……음, 밑에 경찰의 높은 분들이 와 있나?"

"네. 좀 전에 막 돌아가셨어요."

"어떤 자들이야?"

"감찰청장하고 그 부하들인지 뭔지 같았어요."

"부하들인지 뭔지라니, 말이 심하군. 핫, 하, 하아, 눈앞에 있었다면 혼났을 거야."

"눈앞에 없잖아요……."

"그 자들이 뭔가 재미있는 이야기라도 하던가?"

"……" 단선은 잠시 생각에 잠긴 듯 고개를 갸우뚱했다. 그리고 나서 이방근이 잔을 비우자 다시 맥주를 따르고는 말했다. "그 사람들은 '서북'패들은 아니지만 '서북'과 고향이 같잖아요. 이북 평양이래요. 청장님은 무서운 사람이에요. 서장님보다도 높잖아요. 저한테도 그리고 마담 언니한테도, 이년 어쩌고 하면서, 아무렇지도 않게 몸을 만져요……, 선생님은 감찰청장을 아세요?"

"응, 알고는 있지만, 그저 안면이 있는 정도야."

이방근은 여자의 잔에 술을 채워 주고 나서 말을 재촉했다.

"……청장님은 해방 후 이북에서 땅이며 집이며 모두 뺏긴 모양이에요. 북쪽을 매우 증오하는 걸 격한 말투에서도 알 수 있어요……. 이북 사람은 무서워요. 일제 때부터 북한에서 형사를 하면서 공산주의자들을 잡아다 고문했대요……, 이남에 온 뒤에도요, 선생님, 그게 공산주의자들을 혼내 주고 이 나라를 빨갱이로부터 지키는 데 정말로 도움이 된대요……. 성내 경찰서에서도 고문이 많았잖아요. 술을 마시면서, 고문에 입회했던 일을 재밌다는 듯이 말했어요. 전 기분이 안 좋아서……."

"음, 그 정도로 해 두고, 화제를 바꾸는 편이 좋겠어."

"선생님, 드세요."

단선은 이방근에게 잔을 권하고 술을 따랐다. 그리고 이방근이 가오리 회를 집으려 할 때 부드럽게 제지하고, 아직 손도 대지 않은 자신의 젓가락으로 얼른 집어서 이방근의 입에 가져다주었다. 이방근은 입술에 닿을 만큼 가까이 다가온 음식을 피할 수가 없었다. 그런 경우에도 매정하게 고개를 젓고 뿌리치는 손님도 있지만, 지금은 그렇게까지 할 필요는 없었다. 이런 접대를 좋아하는 손님도 있는 법이다. 이방근은 입을 개구쟁이처럼 크게 벌리고 그녀가 하자는 대로 몸을 맡겼다. 그러나 얼마 후 그녀가 같은 동작을 다시 반복하려 했을 때, 이방근은 이제 됐다면서 그녀의 손을 가로막으며 살며시 잡았다.

"천천히 먹자구, 이건 단선이가 먹어. ……음, 손이 차갑군."

단선이 순간적으로 손등을 경직시키며 어깨에 힘을 주는 듯했으나, 곧 풀어지는 게 느껴졌다.

처음으로 단선의 손을 잡은 것은 아니었다. 마담 앞에서도 몇 번인가 잡은 적이 있었다. 그러나 단둘만의 자리에서 이처럼 잡은 것은 처음이었다. 둥근 몸집에 걸맞지 않게 뼈마디가 굵은 마담의 손과는 달리, 촉촉이 달라붙는 듯한 감촉이었다. 좀 전에 단선이 옆에 앉았을 때 냄새가 났었다. 마담 명선과는 분명 다른 냄새였다. 화장품이 다른 것인지, 뭔가 목욕탕에서 갓 나온 맨살에서 풍기는 냄새였다. 문득, 이 여자는 속옷을 입지 않은 게 아닐까 하는 생각도 들었지만, 오히려 저고리 옷깃도 단정히 여며져 있고, 속옷을 안 입은 것처럼 보이지는 않았다. 목덜미의 귀밑머리가 하얀 살결이 보이는 피부 냄새를 불러일으키는 듯 요염했다.

"선생님 손은 정말 따뜻해요……. 선생님은 마음씨도 따뜻한 분이세요……."

"반대겠지, 손이 차가운 사람은 마음이 뜨겁고 정열적이라고 하지 않나?"

"정말일까요……, 하지만 그렇다면 제가 마음이 따뜻한 여자이고, 선생님은 마음이 차가운 분?"

"그래, ……난 그런 인간이야."

이방근은 웃으며 말했다. 단선이 갑자기 소리 내 웃으며, 그 반동으로 손을 빼려고 했다. 이방근은 놓아주지 않았다.

"선생님이 당연하다는 듯이 시치미를 떼고 말씀하시니까 우스워서……."

"그런데 단선이는 남자와 자나?"

이방근은 갑자기 상대에게 말을 퍼붓듯이 물었다. 그것은 여자를 의식 바깥에 놓아두려는 말투였다.

"……"

단선은 한순간 굳어진 표정 속에 웃음을 거두고 무어라 답해야 할지 당황한 듯했으나, 아니요 하고 대답했다. 순간적으로 이방근이 말한 '남자'를 당사자와 중첩시켰는지도 모른다. 농담조로, 그야 좋아하는 남자라면 하룻밤쯤 같이 잘 수도 있겠죠……라고는 아직 말하지 못하는 여자인 것이다.

"좋아하는 남자하고도 자지 않나?"

"그런 사람이 없어요……."

"으흠……." 이방근은 잠시 말문이 막혔다. "단선이는 내가 무섭지 않나?"

"무서운 건 없어요. ……그리고 남자를 무서워했다간 일을 할 수가 없지요."

"좀 전에는 감찰청장이 무섭다고 했잖아."

"그렇지만……, 호랑이한테 물려 가도 정신만 똑바로 차리면 산다는 옛말도 있잖아요?"

"으흠, 그건 그렇지, 대단하군." 이방근은 잡은 손에 힘을 주며 말했다. "난 호랑이인가?"

"아니에요, 그럴 리가……."

단선의 시선이 초점을 잃고 흔들렸다. 이방근은 순간 자신의 시선이 확산되는 듯한 감각에 빠지면서 여자의 손을 계속 쥐고 있었다. 겹쳐진 두 개의 손 중에 어느 쪽이라고 할 것도 없이 맥박이 고동치기 시작했다.

……그 앤 절개가 있어서, 지사님 말씀도 안 듣는다니까요……. 그럴 것이라고는 생각되지 않았다. 으음, 내가 속고 있군, 틀림없이 마담이 날 속이고 있는 거야. 초점이 맞지 않는 사팔눈이 이상하게도 사람의 마음을 흔들고 끌어당긴다. 그건 의외로 이 여자의 음탕한 내면이 지닌 흡인력인지도 몰라. 더구나 이 여자의 절개가 굳다는 것은, 순간적으로 얼핏 엿보이는, 어딘지 백치적인 순수함 탓인지도 몰라.

"단선인 내가 무섭지 않다고 했지……, 응."

"……"

그녀는 눈을 감듯 시선을 떨어뜨렸다. 지금 이방근은 여자의 손을 자기 쪽으로 끌어당기든가, 아니면 여자에게 손을 뻗어야 했다. 여자는 움직이지 않았다. 이방근은 여자의 손을 놓았다. 그리고 풀린 저고리 옷깃 속에서 젖 냄새가 풍겨 오는 듯한 풍만한 가슴으로 손을 뻗었다. 오른손 바닥이 여자의 젖가슴을 덮었다. 하얀 비단 저고리 안쪽에서 젖가슴이 떨듯이 두근거리고 있었다. 나는 여색에 끌려 여기 온 게 아니야, 여색에 이끌려 왔다는 것은 거짓말일 터였다……. 이방근은 괴로운 숨소리를 들었다. 팽팽해진 유방에 맞대응을 하듯이 손가락에 힘이 들어갔다. 여자가 가슴을 움츠렸다. 그리고는 마치 이방근이 속으로 중얼거리는 말을 엿듣기라도 한 듯 갑자기 벌떡 일어나 창문으로 다가갔다.

"아, 달이 보이네요, 반달이 예뻐요……. 선생님, 월식과 일식에 대한 옛날얘기 아세요? 까막나라(어둠의 나라) 이야기요…….”

여자는 등을 돌린 채 말했다.

이방근은 반사적으로 일어나 말없이 그녀의 뒤로 다가갔다. 유리창 너머 교교히 빛나는 달을 바라보는 그녀의 뒷모습은 무방비 상태였다. 마치 이방근이라는 존재를 의식하지 않는 것처럼, 아니, 의식하기 때문에 오히려 더욱 무장해제를 한 뒷모습처럼 보였다. 이방근은 저고리의 등 쪽에서 여자의 겨드랑이 밑으로 한 손을 밀어 넣어, 손가락이 왼쪽 젖가슴에 닿은 것을 느끼면서 여자의 몸을 자신 쪽으로 돌렸다. 저항은 없었다. 여자는 이방근의 입술을 받아들이면서 허리를 감은 남자의 오른손에 몸을 맡기듯 바싹 몸을 밀착시켰다.

두 사람의 입술이 맞닿은 뒤 깊은 곳으로 움직여 감에 따라, 마치 서향처럼 감칠맛 나는 향기가 여자의 입에서 풍겼다. 오랫동안 잊고 있던 기억의 단편을 되살리는 듯 감미로웠다. 부엌이의, 그 여체를 뛰어넘는 압도적인, 온몸을 뒤흔드는 입 냄새와는 확연히 달랐다. 그것은 솟아나는 타액의 감미로움이었지만, 이방근을 휘감아 버릴 만큼 전면적인 것은 아니었다. 여자는 두 손을 남자의 가슴에 대고 입술을 겹쳤다. 으-응…… 여자가 고개를 가볍게 움직이며 나지막하게 신음을 토했다. 이방근의 몸 안에 숨어 있던 정욕이 꿈틀대기 시작했다. 여자가 입술을 포갠 채 두 눈을 천천히 뜨고 이방근을 바라보았다. 깜짝 놀란 이방근은 겹친 시선을 피했다. 사시의 게슴츠레한 여자의 눈은 이방근을 향하면서도 어딘가 다른 곳으로 빗나가 있었다. 무표정하게 달빛을 비추어 내던 눈이 커다랗고 게슴츠레하게 다가와 이쪽을 쳐다보고 있는 것이었다. 여자가 천천히 눈을 감자, 그는 입술을 떼었다.

여자가 눈을 떴다. 이방근은 손수건을 꺼내어 자기 입에 묻은 입술

연지를 닦고, 그리고 나서 눈치를 챈 듯 손수건을 뒤집어 여자의 입술 주위를 닦아 주었다. 단선은 한동안 겁을 먹은 듯 멍하니 서 있었다. 이방근이 자리로 돌아가자, 창가의 작은 거울을 보며 얼굴을 다듬었다.

소주를 마시고 싶었다. 단선에게 가져오라고 일렀다. 여자는 죄송하다며 서둘러 입술에 연지를 바르고 나서 방을 나갔다.

이방근은 잔에 남은 술을 비우면서, 한참 입을 맞추고 있을 때 그 여자가 눈을 뜬 이유는 무엇일까 하고 생각했다. 그 눈은 무엇을 의미하는 것일까. 남자를 관찰하기 위한 눈일까. 내가 눈을 감고 있는 모습을 보고 싶었던 것일까, 남자가 여자를 보듯이, 여자가 남자를 본다? 그 사시의 눈으로…… 음, 생각지도 못한 일이었다. 이방근은 그것이 관찰하는 눈일 수도 있다는 점을 묘하게 두려워했다. 설마, 그 눈빛이 그럴 리가 없어. 갑자기 정신을 놓아 버리는 바람에 눈이 풀려 버린 것이 틀림없어. ……그 눈은, 지금 부엌이가 잃어 가고 있을지도 모를, 빛을 버린 구름 낀 하늘을 비추는 우물처럼 정지된 눈을 닮았다고 생각했다.

단선이 통 모양의 서 홉들이 호리병과 갓난아기 주먹만 한 잔을 쟁반에 담아 들고 왔다. 그녀는 원래의 밝은 표정으로 돌아가 있었고, 아무 일도 없었던 것처럼 고개를 조금 갸웃하고 생긋 웃었다. 이방근도 아무 일 없었던 것처럼 2층 변소로 갔다.

도중에 뜬 눈이 마음에 들지 않았다. 이곳에서 나갈까 생각했다. 그러나 달빛을 반사하던 그 눈이 또 사람을 끌어당겼다. 이방근의 마음 깊은 곳에서 기억을 되살린 욕정이 꿈틀거리고 있었다. 오랜만이었다. 감미로운 서향처럼, 콧속 깊숙이까지 밀려드는 냄새……. 이방근은 암모니아가 눈을 찌르는 듯한 변소의 악취 속에서, 여체에 대한 욕망과 이곳에서 나가고 싶은 마음을 술로, 술을 계속 마심으로써 억제해 보고자 결심하였다.

좁쌀 소주를 두세 잔 마시자 갑자기 취기가 돌았다. 머릿속이 띵하더니 빙글빙글 돌면서 기울어진다. 안주를 먹고 또 잔을 기울인다. 이윽고 취기는 무겁게 침전하듯 온몸으로 퍼졌다.

"선생님, ……좀 전의 월식 얘길 해 드릴게요, ……반달이 무슨 깨어진 조각처럼 쓸쓸하고 예쁘고, 그리고 점점 이쪽으로 더 크게 가까이 다가오는 것 같아서……, 선생님은 그런 이야기 알고 계시죠?"

달이 유리창에 들러붙은 것처럼 빛나고 있었다.

"으음, 까막나라 이야기 말이지……. 들은 적은 있지만 벌써 다 잊어버렸어." 이방근은 이 여자는 나와 자려 하겠지, 지금 적어도 여기에서 애무에 몸을 맡기겠지, 하는 생각을 하면서 말했다. "으음, 그 옛날 옛날 한 옛날의 이야기 좀 들어 볼까."

몸속을 가득 채웠던 취기가 몸 밖으로 퍼져 나갔다. 눈앞에 떠도는 취기 속에 초점 없는 여자의 눈, 묘하게 사람을 끌어당기는 사시의 눈이 떠올랐다. 몸 밖으로 퍼져 나간 취기가 여자를, 탁자를, 창가의 달을, 좁은 방을 끌어안고 가려는 것처럼 느껴졌다. 취기가 지금 피아의 경계를 없애고 있는 것만 같았다.

"……옛날에, 하늘에는 많은 나라가 있었대요……. 그 많은 나라들 중에 까막나라라는 나라가 있었는데요, ……그 나라에서는 무섭고 큰 맹견을 많이 기르고 있었대요. 불개〔火犬〕로 불리고 있었대요. 이 나라 임금님은 어둠을 무서워했대요. ……그래서 나라를 밝게 하고 싶었지만, 좌우지간 까막나라였기 때문에 캄캄해서 해도 없고 달도 없었대요, ……그래서 할 수 없이 아주 옛날부터 불개를 보내 태양이나 달을 훔치려고 했답니다. ……그러던 어느 날……."

"으음, 그러던 어느 날⋯⋯" 이방근은 문득 머리를 단선 쪽으로 향해 몸을 뉘었는데, 그대로 그녀의 무릎을 베개로 삼았다. "핫, 하아, 베개는 필요 없어. ⋯⋯얘길 계속해 줘. 취해서 자네 무릎을 베고 이야기를 들으니 기분이 좋군. 핫, 하, 하아, 단선이 어때⋯⋯" 이방근은 머리를 여자의 무릎에다 콩콩 장난스럽게 찧었다. 여자가 쿠쿠쿳 하고 교성을 질렀다. "자네 말대로 난 무섭지 않을 거야. 어때, 음, 난 이렇게 미인의 무릎을 베고 얌전히 잠만 자는 신사니까, 훗후후후, 무정한 신사란 말이야⋯⋯."

그것은 여자보다도 자신에게 들려주는 말이었다. 이방근은 여자의 허리에서부터 대담하게 쭉 뻗은 허벅지의 감촉 속에 뒷머리를 묻었다. 그리고는 여자의 손을 잡아 자기 가슴 위에 올려놓으며, 오늘 밤은 이 여자와 자지 않을 거다. 언젠가 이 사시의 여자를 안게 될지도 모르지만 오늘 밤은 자지 않으리라 다짐했다.

단선은 남자에게 손을 내맡긴 채 이야기를 계속했다.

"⋯⋯임금님 명령으로 태양을 훔치러 간 불개는, ⋯⋯그 개는 불덩어리도 입에 물 수 있는 아주 강한 개였지만, 태양을 한입 물어 보고는 너무나 뜨거워서 깜짝 놀라 그 자리에 떨어뜨리고 말았답니다⋯⋯."(이야기의 줄거리는 이렇다. 태양을 훔치는 데 실패한 개는 임금님에게 이번에는 태양처럼 뜨겁지 않으면서 다루기 쉬워 보이는 달을 훔치러 가도록 분부를 받았다. 달은 태양처럼 뜨겁지는 않았지만, 입에 물자 너무 차가워 견딜 수 없어서 또다시 떨어뜨리고 말았다. 까막나라 임금님은 그 후에도 몇 번이나 개를 바꾸어 태양과 달을 훔치러 보냈지만, 결국 한 번도 성공할 수가 없었다. 땅에 사는 사람들은 불개가 태양을 물었을 때의 모양을 일식, 달을 물었을 때의 모양을 월식이라고 했다. 다행히 불개의 힘이 모자랐기 망정이지, 만약 불개의 힘이 무서울 만큼 강해서 정말로 태양이나 달을 삼켜 버렸다면, 이 땅은 정말로 까막나라 대신 시커먼 세상이 되었을 것이다.)

이야기를 계속하던 단선의 한 손이 어느새 조심조심 이방근의 머리카락을 매만지고 있었다.

이방근은 취해 있었다. 그러나 음, 음, 하고 가볍게 맞장구를 치면서도, 취기 속에서도 의식은 내일 연락을 보낼지도 모를 강몽구나, 내일 성내에 올지도 모르는 남승지의 얼굴을 떠올렸다.

"덕분에 이 세상이 암흑세계가 되지 않고 일식이나 월식 정도로 끝났으니 다행이야. 하, 핫하, 음, 그렇지, 나도 한번 옛날얘기 좀 해볼까……."

"선생님."

그녀는 작게 외치더니, 무릎 위의 이방근을 들여다보며 이야기를 재촉했다.

"까막나라 얘기엔 무서운 불개가 나오지만, 이번에는 들개[山犬]……, 아니, 들개가 아냐, 그렇지, 늑대의, 몹시 굶주린 늑대 얘길 해 주지. 음……, 옛날에 넓은 산야를 맘대로 뛰어다니며 토끼 같은 사냥감을 쫓아다니던 늑대 한 마리가 있었습니다. 에 ─ 어느 해 겨울, 큰 눈이 계속 내리자 산야가 깊은 눈 속에 파묻혀 버리는 바람에 사냥감이 없어서 며칠 동안 굶주린 늑대가 산기슭 마을에 나타났습니다. 늑대가 어떤 집에 가까이 가 보니, 집 대문 앞에 커다란 개 한 마리가 있더랍니다. ……늑대는 비쩍 말라 있었지만, 그 개는 살이 많이 찐 데다 꽤나 근사한 개집에 살고 있었습니다. ……넌 뭘 먹고 그렇게 살이 많이 쪘니? 게다가 아주 따뜻해 보이는 걸, 늑대가 행복해 보이는 개에게 말했습니다. 우리 주인은 이 마을 제일의 지주에다가 돈도 많아. 매일매일 주인과 가족이 먹고 남긴 음식이 잔뜩 있어. 나는 항상 다 먹질 못해서 남기는 형편이야. 어때, 넌 매우 말라서 보기에도 힘들어 보이는데,

내가 주인님께 부탁해 줄 테니 너도 나와 함께 여기서 살지 그래, 개가 자못 뽐내듯 말했습니다……."

여자 무릎 위에 누운 이방근은 눈을 감고 이야기를 계속했다. …… 며칠이나 굶주린 늑대는 그 개의 말대로 주인에게 부탁해 달라고 할까 생각했습니다. 그런데 늑대는 문득 개의 목에 튼튼한 쇠사슬 같은 게 달려 있는 걸 보았습니다. 늑대는, 네 목에 달려 있는 것이 뭐냐고 물었습니다. 개는 의아한 표정으로 대답했습니다. 그런데 넌 아무것도 모르는구나. 이건 목걸이라는 거야. 내가 멋대로 여기저기 돌아다니지 못하도록 쇠사슬로 매어 놓은 거야. 그러니까 나는 이 집을 지키는 개야. 이 집에 도둑이 들지 못하도록 파수를 보고 있는 셈이지. 늑대는 개의 말에 크게 놀랐습니다. 개야. 네가 날 주인에게 부탁해 준다고 해도, 이래서는 나도 너와 똑같이 쇠사슬에 묶여서, 좋아하는 산야를 뛰어다닐 수 없게 되어 버리는 거 아니냐? 싫어, 난 설사 굶어 죽는 한이 있어도, 자유를 속박당하면서까지 잘 먹고 싶다고는 생각하지 않아……. 늑대는 이렇게 말하고는 그 집을 떠났습니다. 이방근은 어느 틈엔지 귓속을 울리는 자신의 취기에 촉촉해진 목소리에 상대보다도 자신에게 이야기를 들려주고 있는 느낌이 들었다.

해방되던 해 12월 29일, '모스크바 삼상회의 결정'—신탁통치 운운하는 외신에 조국 독립의 기쁨으로 들떠 있던 민중은 크게 놀랐고, 남한 전체가 분노의 도가니로 들끓으며 크게 요동쳤다. 그런 와중에, 전날 밤의 악몽이 채 가시지 않은 다음날 30일, 좌익진영이 주최하는 연설회가 서울 명동 공회당에서 열렸다. 경제학자인 백남운(白南雲)도 연사의 한 사람이었다. 마지막으로 등장한 그는 민족의 자주독립을 호소하면서 그 비유로서 이 늑대 이야기를 꺼냈던 것이다.

그는 과거 반세기 동안 우리 민족이 일본 제국주의의 식민지 통치하에서 수많은 애국자의 학살, 토지와 쌀의 수탈과 민중의 굶주림, 고유의 역사와 문화의 말살, 민족적 멸시와 자유의 박탈 등등의 '쇠사슬'에 묶여 있었던 일을 이야기한 뒤, 우리는 늑대처럼 조국의 산야를 뛰어다닐 수 있는 자유를 원한다고 호소했다. ……우리 민족은 미국인이 먹다 남긴 비프스테이크가 아무리 영양가가 높다 해도 그걸 원치 않는다. 또한 소련인이 먹다 남긴 보르스치가 아무리 맛있다고 해도 우리는 그것을 원치 않는다. 우리에게는 김치와 깍두기가 있다. ……우리는 미국인 감독도 소련인 감독도 필요로 하지 않는다. 우리는 더 이상 외국인의 노예가 되는 굴욕을 견딜 수 없다. 우리 민족의 자주적인 힘으로 새로운 독립국가를 건설하지 않겠는가…….

초만원인 회장 이곳저곳에서 여자들이 흐느껴 우는 소리가 점차 확산되었으며, 연설이 끝난 뒤에도 자리를 가득 메운 청중들은 우뚝 선 채 자리를 떠나려 하지 않았다. 그리고 '조선 독립만세' '신탁통치 반대' 등의 구호를 계속해서 외쳐 댔다.

"음, 단선이, 무슨 일이야. 무릎베개를 한 머리가 무거운가 보군……."

이방근은 머리를 만지작거리던 여자의 손가락이 멈춘 것을 깨닫고, 그리고 머리가 한쪽 무릎을 세운 여자의 하복부 언저리 움푹 들어간 곳에 끼이듯 닿는 것을 느끼면서 말했다.

"아니요, 아니에요. 그렇지 않아요……. 늑대가……, 훌륭하고 남자다운 늑대인 걸요……."

"그렇지, 훌륭한 늑대야. 그리고 단선이, 마담한테는 말해 뒀는데, 음, 나는 오늘 밤 여기서 혼자 자고 갈 테니, ……잠시만 더 내 얘기 상대를 해 줘. 음, 어험…… 이대로 잠들어 버리면 좋으련만."

먼 곳에서 들리는 것처럼 아래층 취객들의 목소리가 들려왔다. 마치 여자의 무릎베개를 타고 전해져 오는 것처럼 들렸다. 벌써 열한 시가 지나고 있었다. 조금 전까지 들리던 장구 소리가 남녀의 웅성거리는 소리로 바뀌어 그 여운조차 남아 있지 않았다.

4

　다음날 이방근은 아주 심한 숙취에 시달렸다. 성대가 찢어졌는지 목소리가 나오질 않았다. 머리맡 오지 주전자의 물을 거의 다 마시고 나서야 목구멍이 조금 부드러워졌지만, 두통은 가시지 않았다.

　음, 그렇다 해도……, 그 전에는 완전히 뻗드러져 고주망태가 될 때까지 마시곤 했었다. 그리고 다음날 눈을 뜨면 주변이 두꺼운 회색 베일로 둘러싸인 시계가 불투명한 공간 속에 내던져져 있거나 했다. 그렇게 밑도 끝도 없는 술버릇에 몸을 맡기고 있었던 것이다. 그게 무절제한 음주방식이었다고 한다면, 지금은 상당히 건전해졌다고나 할까……. 하지만 요 며칠간은 근래에 없이 계속해서 술이 들어가고 있다고 이방근은 생각했다. 술만 그런 것은 아니지만, 술이라는 것은 계속 마시다 보면 습관이 되기 마련이다. 매일이라도 마치 술독에 빠진 것처럼 아침부터 계속 마실 수도 있었다.

　이방근은 마담이 해장으로 조기탕을 끓여 준다는 것도 거절하고 가게를 나왔다. 열한 시였다. 뒷문으로 나와 어깨가 건물 벽에 닿을 것 같은 좁은 골목길을 지나 거리로 나왔다. 그때는 이미 해가 중천이었고 눈이 따끔거리고 거리가 눈부셨다. 햇볕이 두통을 자극했다. 그러나 톱니바퀴에 씹히는 듯한 두통이라도(대개는 편두통이었지만),

숙취일 경우에는 뭔가 발이 땅에 닿지 않는 듯한 부유감 속에서 자연스레 누그러진다. 약간의 두통이라면 즐길 수도 있는 것이 숙취의 좋은 점이었다. 더구나 이런 경우 두통은 해장술 한 잔이면 사라져 버리는 법이다.

이방근은 두세 번 편두통을 떨쳐 버리려는 듯 머리를 좌우로 강하게 흔들고, 표백된 듯한 햇볕 속으로 걸어갔다. 겨우 몸에 들러붙어 있던 숙취의 끈적끈적한 불쾌감에서 탈출한 기분이 들었다. ……아침 귓갓길을 당당하게 걷고 있는 자신을 의식하자 갑자기 우스워졌다. 집으로 가는 길을 찾고 있는 어린애 같기도 하고, 귀소본능에 이끌린 새 같은 기분이 들지 않는 것도 아니었다. 집…… 문도 벽도 처마도 지붕도 제대로 갖추어진 인간의 주거, 가재도구가 있는 방……, 정말 실없는 일이지만, 집이 서 있는 모습이 묘하게도 우습게 보였다.

관덕정 광장으로 나온 이방근은 우체국에 들러 집으로 전화를 걸었다. 그런데 여동생 유원이 마치 전화 당번이라도 섰던 것처럼 바로 수화기를 드는 바람에 이방근은 적이 놀랐다. 누군가가 받으면(물론 부엌이나 선옥이었겠지만) 여동생을 바꿔 달라고 할 작정이었다. 가장 먼저 여동생이 수화기를 들리라고는 전혀 생각지 않은 게 이상했다.

"뭐야, 너였구나……, 나야 나, 오빠야." 이방근은 약간 당황한 듯이 말했다.

"뭐야 너였구나라니, 말이 좀 심하시네요, 완전히 어제랑 똑같아요, ……오빠 지금 어디야?"

"어디긴, 우체국인데, ……음, 별일 없지?"

"모두가 걱정하고 있었는데……, 왜 오빠는 어젯밤에 안 들어왔어? ……오빠가 외박한 것 말고는 별일 없어요."

이 녀석이 주제 넘는 말을 하는군. 걱정……, 너 말고 걱정해 줄 사람은 없어……. 여동생의 목소리는 어젯밤 오빠가 집을 나올 때처럼 침울하지는 않았다. 책망하는 듯한 말투였다. 그것도 괜찮았다. 집에서 자신에 대해 그런 식으로 거리낌 없이 말할 수 있는 이는 이제 여동생 한 사람밖에 없는지도 모른다.

"어디서 온 전화냐, 누군가 오빠를 찾아오지 않았는지 묻고 있는 거야."

고일대……, 강몽구의 다른 이름은 그때, 고일대라고 했었던 것이 틀림없다.

"누구? …… 여자한테……."

"이런 바보!" 이방근은 자기도 모르게 여동생을 면박했다. 그는 창문 너머로 관덕정 광장 쪽을 보고 있었는데, 카운터에 서 있던 사람들의 시선이 얼굴에 느껴졌다. 목소리를 낮췄다. "……너는 무슨 주제넘는 소릴 하는 거야. 사정도 모르면서 나서면 안 돼. 너는 날 뭘로 보는 거냐, 네 오빠란 말이야. 넌 오빠가 어젯밤 한 말을 잊었어?"

"……"

여동생이 숨을 죽였다.

"유원아……, 아무 연락도 없었던 거지?"

"……예."

"넌 참 사리 분별력이 없어. 이젠 너도 어린애가 아냐……."

남아 있는 술기운이 이방근을 조금 신경질적으로 만든 모양이다. 여동생은 오빠가 여자 있는 곳에서 잔 것으로 생각하고 있음에 틀림없었다. 그렇다면 그에 대한 변명도 하지 않는 이방근의 말투는 자신의 난봉을 여동생에게 승인하라는 것과 마찬가지였다. 이방근은 적어도 여동생에게 그런 태도를 보일 인간은 아니었다. 여동생의 걱정을 위로할 겸 어쩌다 명선관에서 혼자 잤다고 말해 주고 싶었지만 그만두었다(아내의 경우라면 그런 말을 해 봤자 오히려 더욱 의심만 살 뿐이겠지만, 여동생은 믿어 주는 법이다). 만약 실제로 여자 있는 곳에서 잤다면, 일부러 그 사실을 여동생에게 말하지 않았을 것이기 때문이었다. 그리고 어젯밤 외박하기로 결정했을 그때의 의도대로, 여동생의 상상에 맡겨 두어도 좋을 것 같았다.

"식사 아직 안 하셨죠?"

유원은 오빠의 가시 돋친 말을 피하듯 물었다.

"식사는 괜찮아, 잠깐 어디 좀 들렀다 갈 거니까……." 이방근은 전화를 끊으려다가 문득 어제 아침에 새끼 고양이를 안고 집에 돌아온 여동생의 모습이 눈에 떠올랐다. "음, 고양인 어때, 건강해졌나?"

"……예, 건강하지만 꼬챙이처럼 말라서 햇빛에 갈비뼈가 보일 정도예요. 게다가 늘 가만히 웅크리고 앉아서 울지도 않고 슬픈 듯이 먼 곳만 바라보고 있어요."

"하아, 하, 하아, 그건 마치 인간이나 다를 바 없구나……, 어밀 그리워하는 모양이구나……. 너도 옛날엔 그랬었지, 유원아, 너무 신경 쓰지 마. 오빠는 곧 돌아갈 테니."

이방근은 전화를 끊었다.

정오가 가까운 햇살을 받으며 관덕정 광장에서 C길 쪽으로 들어갔다. 신작로와 C길이 갈라지는 모퉁이의 이발소 앞에서 마침 밖에 나와 있던 흰 가운 차림을 한 주인이 다가와, 참 좋은 날씨군요 하며 인사를 했다. 내성적이고 말이 서툰 사람을 보고 '벙어리도 이발소에 가면 말을 하는 법'이라고들 하는데, 정말로 벙어리 입이라도 열게 할 만큼 말주변 좋고 붙임성이 있는 오십 대 남자였다. 이방근은 가볍게 인사를 받으며 지나쳤다. 슬슬 머리를 깎을 때가 되었군, 아니, 오늘이나 내일이라도 이발을 하는 편이 좋겠어……라고 생각했지만, 제사 때문에 일부러 이발을 할 마음은 나지 않았다. 조금 성가신 주변의 눈초리를 피하기 위해서라면 기름이라도 발라 적당히 넘기면 될 것이었다.

정오가 가까운 C길에는 사람의 왕래가 꽤 많았다. 김동진이라도 만나면 함께 가자고 해 볼까 생각하면서 『한라신문』 앞을 지나쳤다. 이방근은 지금 새끼회〔아저회(兒猪膾)라고도 한다. 돼지의 태를 다져서 여러 가지 양념으로 무친 회〕를 파는 식당으로 가는 길이었다. 명선관에서 마담이 모처럼 만들어 준다는 조기탕을 거절한 것도 그 때문이었다.

그 식당은 도중에서 골목 오른쪽으로 돌아 큰길에서 조금 들어간 곳에 있었다. 간판도 없었다. 기름기로 우중충해진 유리문만 있는 식당으로, 글씨를 알아보기 힘든 낡고 커다란 문패가 어울리지 않게 걸려 있었다.

유리문을 열고 천정도 벽도 기둥도 거무스름한 어두운 식당 안으로 들어가니, 날고기 냄새가 조금씩 몸을 감쌌다. 냄새 속에서 두 남자가 이쪽을 보았다. 하나는 손님이었고 또 하나는 애꾸눈인 주인이었다.

왼쪽의 낡은 식탁에 등을 구부정하게 구부리고 앉아 있는 중년 사내는 뭐라고 혼잣말을 중얼거리면서 사발의 막걸리를 홀짝거리고 있었다. 앞에는 안주 접시도 없었다. 오른쪽 벽을 따라 두세 개의 탁자가 놓여 있었다. 술이 놓인 것으로 보아 선술집임에 틀림없지만, 돼지고기를 파는 정육점도 겸하고 있었다. 주인은 부탁을 받으면 남의 집 돼지도 도살하여 깔끔하게 해체까지 해 준다. 그가 불타는 듯한 애꾸눈으로 노려보면 돼지우리에서 도망 다니던 돼지도 체념한다고 말할 정도였다.

부엌칼을 사용하고 있던 주인이 날카로운 애꾸눈으로 이방근을 힐끗 쳐다보았지만, 어서 오세요, 라고 무뚝뚝하게 한마디 했을 뿐 일손을 멈추지는 않았다. 이방근은 말없이 식탁에 앉아 새끼회를 한 그릇 주문했다.

"꽤 드셨구만요."

주인이 애꾸눈을 번뜩이며 말했다. 새끼회는 숙취에 좋은 '해독제'이기도 하기 때문일 것이다.

"좀 마셨소."

"밖에서 주무신 모양이네요?"

"흐흥, 표시가 납니까?"

"헤헤헤에, 좋은 냄새가 납니다, 살포시 연지분 냄새 말입니다. 내일이 제삿날인데, 서방님은 느긋하게, 팔자 좋수다."

"냄새가……? 날 놀리고 있는 건 아니겠지."

"헤헤헤, 당치도 않는 말씀이세요. 제가 다른 사람도 아닌 서방님을 놀릴 리가 없지요. 전 서방님을 훌륭한 분으로 생각하고 있거든요. 서방님은 뭐든 하고 싶은 일은 하시는 분이죠. 입으로는 '예의범절' 어쩌구 하면서 뒤에서 남몰래 하는 인간들과는 다르지요. 저는 무능한 겁쟁이들처럼 뒤에서 남의 흉을 보지는 않거든요. 저는 서방님을 훌륭한 분이라고 생각합니다."

그저께였던가, 이 남자가 제사 때 쓸 돼지고기를 집으로 가져왔던 일이 생각났다. 애꾸에다 절름발이였지만, 이따금 불구자에게서 볼 수 있는 정화(淨化)된 듯한 표정이 이 남자에게는 없었다. 모나고 거무스름한 얼굴에서는 전투적인 험악함이 엿보였고 비린내가 났다.

"으응, 알았소. 요리나 빨리 해 주시오. 급하니까."

"……서방님이 재촉을 다하시네요."

주인은 상반신을 부자연스럽게 기울인 채 주방 안쪽으로 절뚝거리며 사라졌다.

이방근은 1미터쯤 떨어져 앉은 옆자리 사내가 염치없이 남의 얼굴을 빤히 쳐다보는 것을 의식하면서 담배를 꺼내 불을 붙였다.

"에헷헤, 댁은 말이오, 젊은 나이에 서방님 소리를 듣다니 신분이 높으신 양반인가 보오." 남자는 막걸리를 한입 홀짝이고 나서 이방근에게 말을 걸어왔다. "여기 주인은 사람을 칭찬하지 않는 남자라서 그말이 사실일 거라고 생각하는데 말이오……, 잇히히히, 내일 그 제사라는 게 대체 어느 분 제사를 말하는 거요, 젊은 서방님??"

"……"

이방근은 사내를 보았다. 후줄근한 양복을 입은 말라빠진 얼굴로, 움푹 들어간 눈이 술에 젖어 탐욕스레 빛나고 있었다. 뭐야, 이 녀석은……. 그러나 이상스레 화가 나지 않았다. 조금 전에 여동생에게 호통을 쳤을 때만큼의 분노도 일지 않았다. 그리고 어찌 된 셈인지 아무런 저항도 없이 "어머니 제사"라고 대답했다.

"어머니……? 허어—, 어머니 제사라……."

"그런데, 댁은 어디 사는 누군지 모르지만, 왜 남의 집 제사를 묻는 거요?"

"댁하고 난 인연이 있지. 이렇게 말이요, 아침부터 선술집에 나란히 앉은 거 말이요, 엣헤헤, 그야말로 대단한 인연이오. 소맷자락만 스쳐도 인연이라질 않소. 에헤헤에. 댁은 지금 어머니 제사라 하셨소, 그렇지. 댁은 훌륭한 사람이거나 서방님인지도 몰라도 부도덕한 인간이오. 헤헤에, 부모의 제사를 맞이하는 인간은 말이오, 몸을 깨끗이 하고……에—, 부정한 것을 가까이 하지 않는 법이오. 새끼회 같은 부정한 날것을 입에 대서는 안 된단 말이오. 해독제라는 등 그럴듯한 말을 하고 있지만, 새끼회는 보양식으로, 내일 신성한 어머님의 혼령을 맞아들일 사람이 여자 있는 곳에 머물며, 헤헤에, 정력을 다 써 버리고 나서, 이번에는 비린내 나는 보양제를 보충한다……, 이건 부정한 일이오, 부정한 일이란 말이오, 애당초 마늘 냄새를 풍기는 것도 좋지 않은 일이오. 새끼회에는 생마늘이 듬뿍 들어가니까 말이오. 나는 댁과 댁의 가문을 위해서…… 우, 후후후, 우리 동방예의지국을 위해서 말하고 있는 거요, 이건 한심스런 일이오…….” 남자는 급히 한숨을 돌리고는 술을 홀짝거리며 입맛을 다셨다. 그리고는 손바닥으로 입을 닦았다. “에에이, 이게 뭐야, 술이 다 떨어졌잖아. ……이보쇼, 서방님, 내가 댁을 위해서 충고를 해 드렸으니 말이오, 헤헤에, 서방님의 도량이 넓다는 표시로 딱 한 잔만 대접해 주시오.”

이방근은 말없이 담배를 피웠다. 쓴맛이 입안에 퍼졌다.

“아, 이 정도로는 약발이 안 받는다는 거로군…….”

“이봐, 거기서 뭘 그리 멋대로 떠들고 있어. ……서방님, 그 거지 녀석은 상대할 필요 없수다.”

주방 안쪽에서 주인이 호통을 쳤다.

“히이 히히이, 저건 이 집 주인인데, 좀 시끄럽지. 댁을 존경한다곤 하지만, 나쁜 사람이오. 나처럼 댁한테 충고를 하기는커녕, 내일 제사가 있다는 사람한테 새끼회를 먹이다니. 헷헤, 주인도 역시 부도덕한 인간이야. ……음, 하지만 저래도 장점은 있어서 말이지, ……그물로 물고기라도 잡듯이 간단히 돼지를 잡아 버리거든. 자루를 머리에 뒤집어씌우면, 헷헤에, 그걸로 끝장이야, 그 다음은 돼지머리에 일격을…… 헤헤에, 참 볼만한데, 저 사람은 돼지 잡는 것 하나만은 도사지……, 잇히히히, 아무도 따라가질 못해…….”

“이봐, 얌전히 있지 않으면, 달려가서 혼 내 줄 거야.”

“저 사람은 내 친척이라오, 나이는 위지만 내 조카뻘이라서 말이지, 헤헤에, 내가 삼촌이란 말이오. 엄연한 삼촌한테 하는 저 무례한 말버릇을 들으셨겠지? 조카가 화를 내고 있지만, 화낼 일이 아니야. 나는 지금 주인을 칭찬해 주고 있으니 말이오……. 우, 후후후, 내가 댁에게 다시 한 번 충고하지. 댁은 불효자가 되는 거요. 새끼회는 먹지 않는 게 좋아……."

주인이 헛기침 소리를 내며 이쪽으로 다가오는 기척이 났다. 남자는 혀를 차며 재빨리 자리에서 일어나 도망칠 자세를 취했다.

"에헤헤에, 조카가 오늘은 기분이 안 좋구만. 나한테 호통을 치지만, 제주도 놈들은 모두 겁쟁이야. '서북' 놈들이 위세를 부려도, 찍소리 한번 못 하니 말이야. 잇히히히, 난 해방 후 미국 하와이에서 돌아왔지만, 이제 완전히 정나미가 떨어져 버렸단 말이오. 이 섬에 사는 인간들에게, 젊은 서방님을 포함해서 말이지, 이젠 정나미가 떨어졌단 말이오. 엣헤헤, 이젠 이 섬을 떠날 거니까……, 이런 곳에 살 수 있느냐 말이야. 버러지들만 사는 섬에……, 아이고, 애꾸눈 악당 놈이 나왔네. 새끼회를 먹으면 벌 받을 거요……."

남자는 주인의 얼굴을 보기가 무섭게 상반신을 흔들며 도망쳤다.

"이 짐승 같은 놈아, 얼른 사라져! ……헤헤에, 이건 오늘 아침에 잡은 건데, 아직 몇 시간도 지나지 않았수다." 주인은 새끼회를 담은 사발을 탁자 위에 놓으면서 말했다. "소주도 드릴까요?"

"한 잔 주시오."

"좁쌀 소주로 드릴까요?"

"그거 좋지요……, 방금 그 남자는 누구요?"

"친척, 친척이라고 말하기도 부끄럽지만, 한심한 놈이죠." 애꾸눈의 주인은 부엌칼로 고기를 자르면서 쯧쯧 혀를 차며 말했다. "일본에서 돌아왔지만, 일자리가 없어서 거지처럼 친척 집을 돌아다니고 있는데, 일본으로 밀항한다고 해서 귀찮은 것 떨쳐 버리는 셈치고 친척들

이 뱃삯을 얼마간 모아 줬더니, 그걸 술로 탕진하는 바람에……, 저것
도 인간이라 죽일 순 없고."

"하와이에서 돌아왔다고 했는데……."

"헤헤에, 서방님도 다 아실 텐데. 곧이듣지도 않으셨으면서 그런 말
씀을 다 하시고."

이방근은 엷은 핏빛을 띤 걸쭉한 새끼회를 숟가락으로 잘 저었다.
식욕을 돋우는 갖은 양념 사이에서 어렴풋이 비린내가 풍겨 온다.
그러나 악취는 아니다. 이 적당한 비린내가 식후의 상쾌함을 남겨
주었다.

새끼회는 태아를 양막(羊膜)과 함께 잘 다져서 식초·고추장·후춧
가루·참기름·참깨·설탕·간장·마늘·파 등 갖은 양념을 넣어 맛을
낸다. 거기에다 소중히 받아둔 양수(羊水)를 적당히 넣어 섞으면 완성
된다. 이방근은 언젠가 주인에게 들은 적이 있지만, 새끼회의 태반은
아무것이나 다 되는 게 아니었다. 새끼를 밴 지 한 달 내지 한 달 반
정도 지난 것이 아니면 안 되었다. 돼지는 보통 114일을 전후로 출산
을 하는데, 2개월이 지나 버리면 회로 먹기에는 적당치 않다. 또한
도살 후, 여름에는 열 시간, 겨울에는 24시간이 지나면 좋지 않다고
한다. 주인이 몇 시간도 지나지 않았다고 한 것은 그런 의미가 있었다.

이방근은 두세 숟갈을 계속해서 입에 넣었다. 오도독오도독 하는
상쾌한 감촉이 느껴질 만큼 가볍게 씹으면서, 작은 연골을 혀끝으로
골라내고 마셨다. 때로는 연골도 씹어 삼켰다. 양수와 피가 섞인, 생
명의 원초에서 솟아 나오는 듯한 깊은 맛이 갖은 양념 맛을 제치고
입 전체로 퍼졌다. 처음 먹었을 때는 그 연한 비린내가 코를 찔러서
소주를 마시며 그 냄새를 없애곤 했었다. 그렇다고 너무 양념을 많이
넣어 이 미묘한 날음식이 지닌 생명의 냄새를 없애 버리면 그것은 더

이상 새끼회가 아니었다. 그리고 색깔은 역시 노랗거나 파랗지도 않으면서, 다름 아닌 살색 얇은 고기 조각을 덮은 연한 핏빛이 아니면, 이 냄새와 맛에 어울리지 않는 법이다. 이방근은 잘게 다진 고기 조각이 섞인 죽 모양의 걸쭉한 액체에 숟가락을 담그며, 양수가 생명의 냄새라면 생명은 핏빛을 띠고 있다고 생각했다.

이방근은 거뜬히 한 사발을 먹어 치우고, 술잔의 소주를 비웠다. 후후후, 보양제라……, 생각하기에 따라서는 신성하고도 괴이한 이 음식. 고기 조각이 붙어 있는 바닥에 탁하고 옅은 분홍빛 국물이 남아 있는 빈 사발을 앞에 두고 이방근은 순간 삶의 허무함 같은 것이 마음에 스쳐 지나감을 느꼈다. 위장에 흘러 들어간 한 사발의 태반. 냄새와 맛만이 존재감을 확인시켜 주었지만, 묘한 우스꽝스러움이 그 밑바닥에서 솟아올랐다. 이방근은 입을 닦으며 손수건에 연지가 묻어 있는 것을 발견하고 자신도 모르게 웃었다. 으음, 이거 난처하게 됐군……. 여동생 녀석이 세탁을 한다며 호주머니를 뒤졌다가는 골치 아프게 될 것이다.

밖으로 나왔다. 숙취가 온몸에 되살아나는 것 같았지만, 두통이 사라져 상쾌했다. 방금 전에까지 머리를 쥐어짜는 듯했던 톱니바퀴의 움직임이 사라진 해방감을 맛보며 집으로 향했다. 도중에 손수건을 돌돌 말아 쓰레기통에 버렸다.

쪽문은 닫혀 있지 않았다. 문을 열고 들어가니, 마침 안뜰에 나와 있던 부엌이가 다가와, 어서 오세요 하며 맞아 주었다. 어디서 잤느냐고도 묻지 않았다. 여느 때와 달라진 점은 없었다. ……움직임이 없던 눈이 빛나며 움직여. 파도가 일어……. 여동생이 말했던 부엌이의 표정을 찾기라도 하듯이 이방근은 한동안 부엌이의 얼굴을 바라보았다. 마치 돌할망의 석상처럼 감정을 안으로 가둔 채 무표정한 눈으로 부엌이가 거기에 서 있었다. 달라진 점은 없었다. 뭐가 어떻다는 거지? 이상했다. ……그 감정이 움직이기 시작했다는 불길한 눈이 아니었다. 찾을 수가 없었다. 그 눈은 빛이 없는 흐린 하늘을 비춘 잔잔한 우물과 같았다.

"부엌이……, 여동생이 서울로 돌아갈 때까지는, 그 애 말을 거스르지 마."

"……" 부엌이가 무표정하게 이방근을 올려다보았다. 그리고 여동생이 어젯밤에 말한 일들은 전혀 없었다는 듯한 말투로 대답했다. "서방님, 아가씨가 무슨 말씀을 하십디까?"

"그런 거랑은 상관없어. 어쨌든 식사든 빨래든 여동생이 있는 동안에는 그 애가 하자는 대로 하라는 거야. 그나저나 여동생이 없나 본데, 어디 나갔나?"

"아뇨, 집에 계시우다. 뒤뜰에서 빨래하고 있수다. 이 부엌이 대신 서방님 옷을 빨래해 주셨수다. 게다가 아가씨 자신의 옷까지……, 정말 면목이 없수다. 서방님, 제가 유원 님을 거역하거나 할 이유가 없수다. 제 일을 아가씨가 하시다니 그게 죄송할 뿐이우다."

"그건 신경 쓰지 마. 그 애가 하고 싶어 하니까, 하게 내버려 두면 돼. 그저 잠깐 동안만이야. 오래 갈 일도 아니야."

"예, 잘 알았수다."

이방근이 걸음을 옮기려는 것을 제지하듯, 부엌이가 서방님…… 하고 불러 세웠다.

"무슨 일이야."

"서방님, 술은 너무 많이 드시지 않는 게 좋을 거우다. 아가씨가 걱정하시우다."

이방근은 술 냄새가 나는 숨을 토하며 웃었다. 그리고 서재 쪽으로 향하려던 발길을 돌려서, 대문 옆의 하인방(전에 부스럼영감이 쓰던 방이었다)과 모퉁이에 있는 자신의 온돌방 사이로 난 통로로 향했다. 거기서 서재 뒤쪽으로 돌아갔다. ……넌 대체 날 뭘로 아는 거냐. 난 네 오빠야……. 이방근은 아까부터 뭔가 좋지 않은 뉘앙스를 담은 듯한 이 말이 마음에 걸렸다. 게다가 큰소리로 호통을 칠 필요도 없었던 것이다.

담장 밖으로 가지를 뻗은 동백나무와 장미 따위가 심어진 화단 앞을 지나 목욕탕 뒤뜰로 나오자, 헛간 옆 별채 앞에서 스웨터 소매를 걷어 올리고 머리에 녹색 스카프를 두른 여동생이 빨래를 널고 있었다. 오빠의 셔츠와 양말 등을 널고 난 장대에 몇 장이나 되는 여자용 손수건을 빨래집게로 고정시키고 있는 중이었다. 다갈색 스커트 아래로 곧게 뻗은 맨살의 늘씬한 다리가 젊고 아름답게 햇살에 빛나고 있었다.

"어머나, 오빠……, 어서 오세요." 유원은 순간적으로 당황한 듯했으나, 뜻밖에 밝은 목소리였다. "왜 이런 곳엘 왔어요?"

"네가 일하는 기특한 모습을 한번 보고 싶었어. 흐흥, 잘 어울려…… 게다가 넌 예쁘고."

"싫어요, 그런 말 하는 건……." 순간 수줍은 웃음이 얼굴에 번지며 볼이 발그레 물들었다. 그녀는 한숨 돌리려는 듯 앞치마에다 손을 닦으며 다소곳한 말투로 물었다.

"오빠는 또 술을 마셨어?"

"냄새가 나는 모양이구나."

이방근은 싱긋 웃었다.

"응, 술이랑 마늘 냄새랑……, 뭔가 불쾌한 냄새가 나, 비린내……."

"흐흥, 글쎄다……, 회야, 생선회에다 해장술 한잔했을 뿐이야. ……이제는 이런 쓸모없는 오빠 옷 같은 건 더 이상 빨아 주지 않을 줄 알았는데, 해 주고 있었구나, 핫, 하, 하아."

"……우리 어머니는 자식을 꾸짖어도 할 일은 꼬박꼬박 해 주셨어……. 다른 집처럼 벌주려고 밥을 굶긴다든가 하는 일은 없었잖아요? 확실히 구분을 지으셨어요."

"으흠, 그래서 너도 그렇다는 거지."

"그렇지 않아요, 난 전혀 화나지 않았어, ……정말로 화나지 않았다구요."

"정말일까, 그렇다면 좋겠지만."

"그러니까 오빠가 전화로 말했듯이, 나도 이제 어른이라구요……."

나도 어른이라구요……, 말투는 그렇지도 않았지만, 듣기에 따라서는 가시 돋친 말이었다.

"……그렇지 참, 방금 저쪽에서 부엌이를 만난 김에 한마디 해 뒀어. 부엌이는 일거리를 빼앗기고도 아무 말 안하더냐?"

"오늘은 이상하게 착해요. 유원 님 죄송합니다……라는 말까지 하고."

"네 생각이 좀 지나친 면이 있었어. 너한테 일을 시켜서 죄송하고 송구스러워하고 있으니까……, 너무 지레짐작하지 않는 게 좋아." 조금 전 부엌이의 눈에는 파도를 일으키며 움직이는 수상한 빛 따위는 없었다. 여느 때와 다름없는 평범한 얼굴이었다. 여동생의 말이 정말일까. 그 곰처럼 무표정한 얼굴 앞에서는 여동생의 말이 먹혀 들어가지 않을 것 같은 기분이 들었다. 도대체 어느 쪽이 진실일까, 이방근은 종잡을 수가 없었다. "음, 그 사이에 아무런 전화도 없었다는 거지. 양준오한테도……."

"예."

"음, 전화가 없어도 말이지, 오늘쯤은 사람이 올지도 몰라."

"오늘 올지 모른다는 게, ……어제 말한 남승지 씨 말인가요?

"현재로선 그게 확실치 않아. ……어쩌면 남승지가 올지도 몰라."

"그러면, 남승지 씬 미리 전화를 하고 올까요?"

"아니, 직접 올 거야."

"……아아, 어쩌면 좋아." 유원은 합장하듯 손을 맞잡고 한 곳을 응시하다가 오빠를 올려다보았다. "왠지 무서워……. 오빤 정말로 화나지 않았어? 오빠가 오늘 같은 날에 화를 낸다고 생각하면, 난 슬퍼져요……."

"아아, 어쩌면 좋아라니, 넌 남승질 만나는 게 무섭냐?"

"특별히 그렇지는 않아요, 승지 씨 때문이 아니라, 뭔지는 모르지만 눈에 보이지 않는 무언가가 무서워져요……."

실제로 여동생의 얼굴이 갑자기 창백해지는 듯했다.

"바보 같은 소리 하지 마. 어른은커녕 넌 영락없는 어린애야. 이제 그 얘긴 그만두자. 그런 기색을 집안사람에게 보이면 안 되겠지." 이방근은 여동생의 상반신이 흔들릴 만큼 어깨를 크게 두드렸다. "자아, 가자. 음, 새끼 고양이 흰둥이에게 인사를 해야지. 고양이는 어디 있지?"

"부엌에 있어요……. 바보같이 잠만 자요."

여동생은 빈 빨래 바구니를 들고 걸음을 옮겼다.

"잘 자는 아이는 건강하게 자란다고 하잖아. 자연계는 모두 마찬가지겠지. 갓난아기도 자는 게 인생이고, ……인생의 시작이니까 말이야. 그건 그렇고, 첫날밤인 어제 그 녀석은 어디서 잤지?"

"내 방에서 잤어요. 판지 상자에다 누더기 조각으로 이불을 만들어 방에 넣어 주었어요."

"흐음……."

부엌문이 열려 있었다. 아궁이 위에서 자고 있는 고양이가 보였다. 이방근은 안으로 들어갔다. 동그랗게 구부린 몸속에 긴 다리를 숨기고 있어서, 살아 있는 고양이라기보다는 한 줌의 하얀 덩어리에 지나지 않았다. 전화로 여동생이 햇빛에 비쳐 보인다던 갈비뼈가 뚜렷이 밖으로 드러났다. 옆 아궁이에는 커다랗고 검은 가마솥에서 물이 끓고 있었다. 그 열이 적당히 따뜻하게 전해져 오는 모양이었다. 귤색 털실 목걸이가 하얀 몸에 선명히 부각되었지만, 마치 태아 같은 모습으로 웅크리고 있는 게 애처로웠다. 머리를 쓰다듬어 주려다가, 문득 아까 먹은 새끼회가 생각나서 그만두었다. 이방근은 전화가 오면 혹시 자고 있더라도 깨우도록 이르고 나서, 마루로 올라가 자신의 방으로 들어갔다.

이방근은 문을 닫았다. 안뜰 가득 밝은 햇살이 머물고 있는데도 문을 닫은 것은 아무도 들어오지 말라는 의사표시였다. 코트를 벗고 소파에 누웠다. 두통은 해장술 한 잔으로 사라졌지만, 어렴풋이 머리가 저리는 듯한 권태감이 온몸을 가볍게 적시고 있었다.

남승지가 여기로 직접 올 리는 없다 해도, 강몽구가 직접 사람을 보내든가 전화를 할 것이 분명했다. 이방근은 강몽구가 잊었을 리가 없다고 생각했다. 음, 벌써 그들 사이에 어떤 연락이 닿았을지도 모른다. 그리고 S마을의 선과 조정을 하는데 시간이 걸리는지도……. 그렇다고 하더라도 전화든 뭐든 연락이 있어야 할 터였다. 그러나 생각해 보면, 시골에서 우체국까지 나와 전화를 거는 것은 너무 눈에 띄는 일이었다. 성내에 몇 집밖에 없는 개인에게 통화를 신청한 뒤 한참 기다리는 것 자체가 눈에 띄는 일이었다. 사소한 일이라도 도시와는 많이 달랐다. 그렇다면 내일이라도 찾아온다는 말인가, 제사를 한참 지내고 있을 당일 밤에……. 이방근이 은근히 기다리면서도 초조해하는 것은 내일 밤에 지낼 제사와 겹칠 수 있다는 게 신경 쓰였기 때문이었다.

이방근은 잠시 졸고 있었다. 미닫이 여는 소리에 눈을 뜨니, 여동생의 그림자가 다가와, 오빠, 전화 왔어요라고 말했다. 순간 움찔하여 여동생을 올려다보았다. 여동생이 마치 자신을 오빠가 아닌 한 남성으로 바라보고 있는 듯한 느낌을 받은 것이 이상했다.

"……O중학교의 유달현 씨예요."

유원은 당황한 듯이 말했다.

"뭐, 유달현……." 이방근은 약간 실망한 목소리로 말했다. "음, 그런데 유달현이 뭐라더냐?"

"……오빠한테 볼일이 있으니 바꿔 달래요. 그 사람 왠지 불쾌해요. 제게 경의를 표하기 위해 방문하고 싶다느니, 묘하게 점잔을 빼긴 하는데, 끈적거리게 웃으면서 농담인지 뭔지 알 수 없는 말을 해요……, 집에 없다고 할 걸 그랬나 봐요."

"으음……."

음, 그 녀석은 원래 그런 놈이야…… 하고 속으로 중얼거리며 이방근은 자리에서 일어나 응접실 쪽으로 갔다.

"여보세요."

이방근은 수화기를 들었다. 야아, 잘 있었나. 오랜만인데, 자넨 건강하신가? 후후후후…… 하고 수화기 저편에서 유달현의 우물거리는 듯한 낮은 목소리가 들려왔다. 학기말이라 좀 바빴다네. 여동생이 어제 돌아왔다면서. 후후후후, 난 자네 어머님 제사가 마음에 걸렸었는데……, 뭐랄까, 이방근 동무는 좀 박정한 것 같아. 어쨌든 마침 잘 됐네, 내일이 제삿날이라니 말일세. 내일은 물론 무리를 해서라도 찾아가겠네만……. 무리를 해서라도? 이 녀석은 뭐가 좋다고 혼자

신바람을 내는 거야, 누가 너더러 제삿날 와 달라고 하더냐? ……. 오늘 밤은 어떤가? 시간 좀 내줄 수 없겠나? 항상 내가 자네에게 대접만 받았으니, 가끔은 갚기도 해야지……. 여러 사람의 기척이 나는 걸 보니 학교 직원실인 듯했다. 그리고 후후후, 때로는 이런저런 얘기도 나누고 싶고……. 오늘 밤 여섯 시쯤이면 어떻겠나, 일단 내가 자네 쪽으로 가는 건 어떨까…….

이방근은 거절했다. 오늘 밤 연락이 있을지 어떨지 전혀 예측할 수는 없었지만, 수화기를 든 순간 몰래 기어들어 오는 듯한 그 목소리를 듣기만 해도 혐오감이 솟아났던 것이다. 만나고 싶지 않았다. 이상했다. 어젯밤에는 자신 쪽에서 보이지 않는 실에 끌려가듯 어슬렁어슬렁 그를 만나 볼 생각으로 집을 나갔었다. ……유달현을 불러내 한잔하면서 상대방이 어떻게 나오는지 보자……, 이것은 구실에 불과했다. 분명히 유달현과 뭔가를 매듭짓고 싶었던 게 틀림없었다. 그러나 치밀한 계산도 없이 무심결에 집을 나선 것도 사실이었다. 그런데 지금은 마치 조개처럼 마음이 닫혀 버린 것이다.

이방근은 은근하게 그러나 냉정하게 전화를 끊었다. 별놈이 다 있군! 뭐라구, 여동생에게 경의를 표하러 찾아뵙겠다고? …… 끈적끈적한 목소리로 웃으면서 그랬단 말이지……. 부엌 쪽으로 난 응접실 문이 열려 있었다. 부엌으로 가기 전에 마루방에는 벌써 이웃집 여자들이 찾아와서 잡담에 여념이 없었다. 제사상에 올릴 음식 준비가 시작된 모양이었다. 이방근을 보고 여자들이 인사를 했다. 그도 인사를 하고 자기 방으로 돌아갔다.

저녁식사를 마친 뒤에도 아무런 소식이 없었다. 다섯 시가 지나면 시골 우체국에서는 전화를 걸 수 없었다. 황혼의 시간이 저녁 빛으로 물들어 감에 따라 마음도 초조해졌다. 유원은 제사 준비를 돕는 일보다 찾아온 친구를 상대로 시간을 보내고 있었는데, 밥상을 가져왔을 때 안색은 그다지 좋아 보이지 않았다. 지난밤에 제대로 자지 못했는지도 모른다. 그런 기색을 가족들에게 보이지 말라고 주의를 주지 않았다면 자신의 방 안에 틀어박혀 있었을지도 몰랐다.

시간은 일곱 시가 가까웠다. ……양준오에게서도 연락이 없다는 것은 어찌 된 일인가. 이방근은 어슬렁어슬렁 양준오를 찾아가 볼까 생각하고 있었다. 가 봤자 별수 없겠지만, 슬슬 산책을 겸해서 가 보는 것도 나쁘지 않을 것이었다. 안뜰과 대문 근처에는 인기척이 끊이지 않았다. 점차 이웃 사람들의 출입이 빈번해지고 있는 탓이었다.

여동생의 목소리가 툇마루에서 나더니 미닫이가 열렸다. 양준오가 왔다고 했다. 그 목소리는 양준오의 방문이 자신과 관련되어 있다는 것을 직감적으로 느끼고 오빠의 지시를 바라는 듯했다.

이방근은 드디어 왔구나 하고 생각했다. 그는 고개를 끄덕이고 일어서려다가 다시 자리에 앉아 두근거리는 가슴을 진정시켰다. 남승지가 성내에 왔나. 아니, 그냥 훌쩍 와 본 것뿐인가. 이방근은 양준오를 안내하라고 말했다.

양준오는 여느 때와 다름없이 카키색 점퍼 차림으로 무뚝뚝하게 들어왔다. 그러나 그 함축성 있는 뭔가를 알고 있는 듯한 표정은 그냥 훌쩍 찾아온 사람 같지는 않았다.

"안녕하십니까."

"기다리고 있었네."

"남승지가 왔습니다."

양준오가 소파에 앉으며 말했다.

"으음, 수고했네. 지금 어디 있나?"

"제 하숙집입니다."

"……언제 돌아가나?"

"내일 돌아갈 겁니다."

"내일? ……." 내일이라……, 이방근은 난처한 생각이 들었다. "하루쯤 연기할 수는 없을까."

"왜 그러세요?"

"으음, ……실은 여동생과 만나게 해 주고 싶어서 그래."

"여동생?" 양준오는 의외라는 표정으로 이방근을 바라보았다.

"여동생이라면, ……좀 전에 본 유원 씨 말입니까?"

"그래." 이방근은 입가에 차가운 미소를 흘렸다. 그리고는 목을 어깨 사이에 묻으며 상대방의 표정을 살피기라도 하듯이 소리 죽여 말했다. "여동생 녀석이 그를 만나고 싶다는 거야. 다만, 이 일은 자네만 알고, 누이에겐 그런 기색을 보이지 말아 주게."

이방근은 제법 형다운 태도로 아무렇지도 않은 듯 말했다.

"……"

양준오의 갸름하고 예각적인 얼굴에 당혹스런 빛이 퍼졌다.

"곤란한가?"

"으-음, 이 형, 이 형이 만나고 싶었던 게 아닙니까?"

"그야 물론이지. 하지만 난 그를 만나는 것만으로 용건이 끝나. 무슨 특별한 용건이 있어서 만나는 건 아니니까. ……하지만 여동생을 만나게 해 주는 일은 좀 달라. 이건 상당히 구체적이야."

"으음" 양준오는 신음소리를 냈다. "그 친군 우리와 달라서……."

"지하활동을 하고 있다는 말이겠지. 이보게, 그 정도는 나도 알고 있다네."

"왜 지하활동을 하고 있는 동무에게 여동생을 만나게 하려는 겁니까?"

"지하활동을 하는 인간이라도 이런 기회에 여자 친굴 만나서 나쁠 건 없겠지. 모처럼 여동생은 서울에서 내려왔고, 서로 만날 기회도 별로 없으니. ……양 동무는 찬성하기 어렵다는 말인가?"

"그런 뜻으로 말한 게 아니라……. 너무나 갑작스러워서요…… 음, 그러나……, 지금 함께 가는 겁니까?"

"아니, 먼저 내가 그에게 여동생의 의사를 전하고 나서 만나게 할 생각이네. ……그러나, 라니 뭔가 마음에 걸리는 일이라도 있나?"

"때가 때인 만큼……."

"그러니까 만나게 하려는 거야. 음, 자네도 의외로군……."

그때 툇마루에 사람이 다가오는 발소리가 들리고, 여동생이 문 밖에서 오빠를 불렀다. 이방근이 입을 다물고 손으로 양준오를 제지했다.

"왜?"

"손님이 오셨어요."

"손님? 전화가 아니고, ……응, 누군데?"

이방근은 제기랄 유달현이란 놈이 왔나 보다 하는 생각을 했다.

"회사 화물부의 박산봉 씨예요."

"뭐라고? 박산봉……, 박산봉이라니, 웬일이야, 이런 시간에……. 음, 손님이 와 계시다고 말해서 돌려보내."

"……예."

여동생의 발자국 소리가 사라지고 조금 지나자, 또 돌아와서 박산봉이 돌아가지 않는다고 말했다. 창을 등지고 앉아 있던 이방근이 일어서서 입구 쪽으로 걸어가 문을 열었다.

"꼭 말씀드리고 싶은 게 있대요……." 여동생은 문 그늘에 약간 몸을 숨기듯 하며 작은 목소리로 말했다. "오빠한테 꼭 부탁해 달래요. 그리고 술을 좀 마신 것 같아요."

이방근은 순간적으로 짐작 가는 일이 있었다. 혹시……, 아니, 박산봉은 분명히 어젯밤 일로 찾아온 게 틀림없어, ……불에 뛰어드는 나방처럼. 으흠……, 이방근은 고개를 끄덕였다. 그리고는 쪽문을 닫고 문 안에서 잠시 기다리라고 여동생에게 일렀다.

여동생은 그 자리를 떠났다. 표정이 낮보다도 밝지 않았다.

"양 동무, 회사 사람이 뭔가 급히 의논할 일이 있어 온 모양이야. 30분 이상은 걸리지 않을 거야. 미안하지만, 먼저 돌아가 기다려 주지 않겠나." 소파 모서리에 선 이방근이 여덟 시 10분 전을 가리키는 손목시계를 들여다보며 말했다. "아마 회사 내부에서 마찰이 있었던 모양이야. 가끔은 이렇게 회사와 관계없는 나한테 의논을 하러 온다네……. 흐흠."

양준오는 가볍게 고개를 끄덕이고는 곧바로 자리에서 일어났다.

곧이어 박산봉이 안뜰을 비추고 있는 서재의 전등 불빛 속에 모습을 드러냈다. 그는 약간 겁먹은 듯한 굳은 표정으로 이방근의 시선 앞에 멈춰 섰다.

"자아, 올라오게."

이방근이 방 안에서 말했다.

박산봉이 이방근의 시선을 흘려 넘기며 툇마루로 올라섰다. 그리고 방에 들어와 천천히 문을 닫더니, 갑자기 두려운 표정에서 벗어나 체념한 듯 침착함을 되찾았다.

소파에 조심스런 자세로 앉은 박산봉은 눈을 내리뜬 채 가만히 있었다. 아무런 말도 하지 않았다. 말할 계기를 잃어버린 침묵이 테이블 위의 공기를 약간 긴장시켰다. 박산봉의 숨소리가 들리고 술 냄새가 풍겨 왔다.

"한잔한 모양이군."

"…… 예."

"혼자 마셨나?"

"예……."

"흐음." 이방근은 문득 부엌이에게 일러 박산봉에게 김치를 보낸다는 것을 깜빡했다고 생각하면서 말했다. "어젯밤은 갑자기 찾아가서 미안했네.'

"아, 아니오, 당치도 않습니다. ……저야말로 그땐 아무것도 모르고……."

박산봉은 어깨를 흠칫거리며 얼굴을 들었다. 충혈된 눈빛이 떨고 있었다. 그러나 이방근의 시선에 몇 초도 견디지 못하고 다시 눈을 내리깔았다.

"무슨 일이 있었나?"

"……"

박산봉은 고개를 숙인 채, 바쁘신데 죄송하다고 되풀이해서 말했다.

"할 얘기가 있다고 여동생이 그러던데, 무슨 일인가, 회사에서 문제라도 있었나?"

"아니오, 그런 게 아니고……."

"음, 그럼 무슨 일인가? 나는 오늘은 별로 시간이 없네……. 주저하지 말고 말해 주지 않겠나? 아무래도 박 동무답지 않군 그래."

"예…… 저는 지금부터 이야기를 할 작정인데……." 박산봉은 작업복 주머니에서 담배를 꺼내 불을 붙였으나, 성냥불을 갖다 댄 입술 끝의 담배가 실룩실룩 떨리며 불꽃을 흔들었다. 박산봉은 팔꿈치를 삼각형으로 내민 웅크린 자세로 담배를 한 모금 들이마시고 나서 말했다. "저는 비밀을 선생님께 털어놓겠습니다만, 이 비밀은 선생님만 알고 계십시오. 저에게 그걸 약속해 주셨으면……."

"약속? …… 으음, 좋아, 무슨 일인지는 모르지만 비밀을 지키라는 거겠지? 그 약속을 지키겠네. 어려운 일도 아니니까. 어떤가, 나도 시간은 별로 없지만, 한 잔만 하겠나? 그렇게 하면 마음이 차분해질 걸세."

"아, 아니. 괜찮습니다." 박산봉은 크게 고개를 저으며 막 불을 붙인 담배를 재떨이에 비벼 껐다. 그러나 그 고개를 젓는 모습이 오히려 어려워하고 있다는 것을 표시하고 있었다. "술보다도 저는 이야기를 먼저 해야겠습니다, 전 어젯밤 거의 자지 못했습니다. 어젯밤 선생님께서 돌아가시고 난 다음, 왠지 혼자 있기가 무서워져서, 당장이라도 선생님 뒤를 쫓아가고 싶었습니다. 도대체가 마음이 진정되질 않았습니다. 그래도 침착하게 생각해 보았습니다. 전 선생님이 제 일을 다 알고서 그런 걸 물으셨다는 생각이 들었습니다. 저는 시치미를 떼고 있었지만, 역시 선생님을 속일 수는 없다고 생각했습니다. ……네가 유달현이라면 당장이라도 목을 졸라주고 싶다던 선생님 말씀이 무서워서 잠을 이룰 수가 없었습니다. 이상하게도 어릴 적 일까지 전부 생각나고, 어머니까지 생각나서 잠을 잘 수가 없었습니다. 전 여러 가지를 생각해 보았습니다만……, 으, 음, 저어, 어젯밤 선생님은 제게 물으신 말씀이 있는데요, 응, 저는 당원입니다……, 선생님께서 너는 당원이냐고 물으셨는데, 전 지금도 당원입니다."

박산봉은 순간 비굴함과 긍지가 뒤섞인 복잡한 표정으로 바뀌었다. 그리고는 인기척이라도 느낀 듯 뒤를 돌아보았다.

"아무도 없으니까 걱정할 것 없네. 핫하하, 여기는 괜찮아."

얼마 지나지 않아 툇마루를 걷는 발자국 소리가 나더니, 문 밖에서 여동생 유원의 목소리가 들렸다. 김동진에게서 전화가 왔다고 했다. 무슨 일인지 밤이 되면서 자꾸만 전화가 걸려 왔다. 이방근은 여동생에게 문을 열어 놓도록 일렀다.

"야근이라 아직 신문사에 있는데, 지금부터 놀러 오겠대요."

여동생이 문지방 밖에 선 채로 말했다. 이방근은 이때 박산봉이 표정을 싹 바꾼 듯한 묘한 기분이 들었다.

"네가 돌아온 것을 알고 있더냐?"

"네……."

"내가 받지, 흥, 오늘 밤은 또 이상하리만큼 바쁘군."

이방근은 혼자 중얼거리면서 일어나 방을 나와서는 여동생과 함께 복도를 걸어갔다. 유원은 뭔가를 느꼈는지 말이 없었다. 이방근이 간단한 안주와 소주를 조금 가져오라고 이르자, 술을 가져와도 시간에 늦지 않겠느냐고 되물었다. 이방근은 걱정할 것 없다면서, 박산봉이 돌아갈 때 가져갈 수 있도록 고기와 김치, 그리고 술 한 병을 준비해 두라고 덧붙였다. 두세 마디 말을 나누다 보니 어느새 응접실이었다.

이방근은 수화기를 들고, 나는 이제 곧 나가 봐야 하지만, 동생도 돌아와 있고 하니 놀러 오면 어떻겠냐고 말했다. 김동진은 사정을 보고 가능하면 그렇게 하겠다고 말하고, 저어, 방근 씨……, 실은 말이죠, 으흠, 이번에 제 작품이 중앙의 문예지에 실리게 됐어요……라고, 밝지만 조금 쑥스러워하는 듯한 목소리로 말을 계속했다. 으흠, 그거 잘됐군. 잘 됐어……, 이방근이 말했다. 며칠 전에 경찰서에서 김동진을 만났을 때는 신문 기사만 쓰고 있고 소설은 지금 공부 중이라고 말했던 터였다. 이방근은 잡지가 나오면 꼭 읽어 보겠다고 말하고 전화를 끊었다. 그러자 순간 상쾌한 바람이 가슴을 뚫고 지나가는 듯한 기분으로 응접실을 나왔다.

이방근이 서재로 돌아와 소파에 앉자, 박산봉이 엉거주춤하게 일어나면서 손님이 오시느냐고 물었다.

"음, 올지도 모르지만 확실치는 않아, 왜 그러나?"

"아닙니다. 손님이 오신다면 전 이만 실례해야 될 것 같아서……."

여동생이 술과, 안주로 김치와 순대를 가져왔다. 이방근은 호리병을 손에 들고 자아…… 하며 재촉하듯 상대방에게 술을 권하고 자신의 술잔에도 직접 술을 따랐다.

"아직 약간은 시간이 있네. 그런데 자네는 왜 일부러 그런 말을 하러 왔나?"

"예?" 박산봉이 이방근을 마주 보았다. "……선생님이 어젯밤 제게 그걸 물으셨는데요? …… 전 선생님께 거짓말을 할 수가 없습니다. 선생님께 거짓말을 하고 있다고 생각하면, 제 자신이 자유롭지 못해서 몸도 마음도 굳어지고, 그래서 꼼짝달싹할 수 없을 것 같은 기분이 듭니다." 박산봉은 이방근이 권하기 전에 잔을 기울였다.

"이방근 선생님, ……제, 제 쪽에서 선생님께 여쭙고 싶은 것이 있습니다. 선생님은 왜 그런 걸 알고 싶어 하십니까?"

"으음……." 아니, 이 녀석이 뭐라고, 어젯밤에도 이런 질문을 했었는데……. 이방근은 금방 대답이 나오질 않았다. 왜냐고, 왜, 그런 걸 알고 싶어 하냐고? 왜 나는 알고 싶어 하는 거지? "그건 꽤 솔직한 질문이지만, 이봐, 이걸 확실히 해 두세나. 어젯밤은 어젯밤이고, 오늘 밤은 자네가 날 찾아왔어. 난 자네에게 뭘 강요하거나 하지 않았네."

"예, 그건 그렇고말고요. ……하지만, 전 지금 선생님께 이렇게 모두 말씀드렸습니다." 박산봉의 얼굴이 추하게 일그러졌다. 이럴 때의 버릇이겠지만, 듬직한 어깨를 움츠리고 앞머리를 긁으며 콧물을 훌쩍거렸다. "전 비밀을 말해 버렸습니다. 조직의 비밀을 말입니다. 전 배반자… 배반자입니다."

"이봐, 적당히 하게. 난 경찰도 아닌데, 어째서 자네가 배반자가 되겠나."

"아니, 다릅니다. 전 선생님에게 앞으로도 계속 추궁을 당하면 입을 다물 자신이 없습니다. 으, 으음, 비밀을 모두 말해 버릴지도 모른다는 생각이 듭니다. 제 혀가 멋대로 움직일 것만 같습니다. 선생님. 전 선생님을 존경하고 있기 때문에, ……뭐든지 말해 버릴 겁니다. 선생님이 물으시면 유달현 동지에 대해서도 말씀드리겠습니다……. 아, 그래도 좀 전의 약속만은 지켜 주십시오. 제발, 부탁드리겠으니……."

박산봉은 어린애처럼 코끝을 만지작거리며 거의 울 듯한 목소리로 말했다. 어젯밤의 그 당차 보이던 모습이 한순간에 무너져 버린 듯했다. 너무 연약했다.

그런데 묘하게도, 햇볕에 탄 그 억센 얼굴에 미소까지 섞인 밝은 표정이 점차 스며 나오고 있었다. 그것은 '고백'의 이면에 있는 표정이었다. 자신이 '당원'이라는 사실을 평가받고 싶어 하는 기색이 칠칠치 못한 그의 얼굴을 순간적으로 스쳐 지나가는 것을 이방근은 놓치지 않았다. 으음……, 이방근은 속으로 웃었다. 뭔가 사냥감을 노리듯 박산봉을 노려보았지만, 그 눈에는 어젯밤과 같은 독기는 이미 보이지 않았다.

"부탁하고 말 것도 없는 일이야. 대단한 일도 아니고, 자네가 말했다 해도 내가 듣지 않은 걸로 하면 그만이야. 음, 자네 심정은 알겠네. 하지만 비밀, 비밀 하면서 소란 피울 일은 아니야, 응."

"예……, 부탁드립니다."

박산봉은 엉뚱한 대답을 했다. 그 목소리는 지금까지와는 달리 힘이 없었다. 약속을 받아 낸 안도의 표정은 곧 맥 빠진 실망감에 가까운 안색으로 바뀌었다. 아마 이방근이 그 '비밀'의 고백을, 아니 '비밀' 그 자체를 의외로 가볍게 다루는 듯한 인상을 주었기 때문이었을 것이다. '고백'의 기대를 배반당한 기분이 들었을 것이다.

이방근은 분위기를 바꿔 보려는 듯 왼쪽 뒤편의 책상 위에 놓인 탁상시계를 돌아보았다. 주인이 돌아보자 시계는 갑자기 살아 있는 생물처럼 시간을 새기는 초침 소리를 높였다. 여덟 시 20분. 슬슬 일어서지 않으면 안 된다. ……선생님, 전 이만 실례하겠으니……라며 박산봉이 일어서려는 것을, 음, 마지막이니 이것만 마시고 가라며 잔에 술을 따랐다.

"예……."

박산봉은 두 손으로 호리병을 들고 이방근의 잔에 술을 채웠다. 그리고는 자신 잔을 들고 단숨에 마셨다. 이방근은 여동생을 불러 송구스러워하는 박산봉에게 술과 김치, 고기 따위를 싼 꾸러미를 들려 보냈다. 그가 조금 가여운 생각이 들었다.

어젯밤에 있었던 일은 제쳐 두고라도, 조금 전에는 박산봉을 추궁하여 그 이상 캐묻고 싶다는 생각이 들지 않았다. 박산봉이 당원이라는 사실을 안다 한들, 그게 어떻단 말인가. 어젯밤에도 그의 방에서 그렇게 자문한 바 있었다. ……왜 이런 일을 알고 싶어 하는가, 그저 알고 싶어서 알려고 하는가…… 하고. 그리고 유달현의 영향력을 두려워하고 있는 건 아닐까 하는 생각까지 하지 않았던가. 그 유달현과의 관계에 영향을 미칠 수 있는 '비밀'의 고백을 하고 박산봉은 방금 전에 돌아갔다.

이방근은 왠지 모를 한숨을 크게 쉬었다. 눈꺼풀이 발그레하게 붉어지는 듯 퍼지는 가벼운 취기와 함께, 고백을 들은 뒤 공허감이 작은 소용돌이를 일으키며 가슴을 스쳐 지나갔다. 갑자기 피로를 동반한 허탈감이 그 뒤를 채웠다. 인간의 정열을 해치는 감정이었다. 왜 어젯밤에는 그토록 박산봉을 추궁하여 자백을 받고 싶어 했던지, 그 충동이 거짓말 같았다. 유달현의 집까지 어슬렁거리며 찾아가기도 하고,

박산봉을 미행하기도 하고…… 몽유병 환자나 마찬가지였다. 게다가 이 허탈감, 술이 배어들 듯 퍼져 가는 공허한 기분은 예측하지 못한 것이었다. 우스꽝스러웠다. 내가 광대가 될 뻔했어, 응……. 이방근은 잔을 비우고 입맛을 다신 뒤 순대 한 조각을 입에 넣고 씹었다. ……그런데, 박산봉이 뭔가 도망치듯 돌아간 것은 혹시 찾아올지도 모르는 김동진과 얼굴을 마주치는 것이 두려웠기 때문이 아닐까 하는 생각이 번개처럼 스쳐 지나갔다. 두 사람은 안면이 있었고, 김동진이 온다고 해서 그렇게 안절부절못할 필요는 없었다. 게다가 박산봉은 전화를 걸어온 사람이 김동진이라는 것을 분명히 알고 있으면서도 그 이름은 말하지 않고 '손님'이라는 말을 반복하고 있었다.

으흠, 김동진이 설마…… 그 작가 지망생……. 그러나 그럴 확률이 없는 것도 아니었다. 음, 그렇다 해도 설마……. 어느 누구 할 것 없이 모두 다 관련되어 있는 듯한 느낌이 드는군. 그렇다고 한다면 말이지, 김동진도 그들과 한패라는 말인가, 핫, 하, 하아, 내가 모르는 곳에서 전부 연결되어 날 포위하는 모양새군, 모두 다 시치미를 뚝 떼고서 말이지…… 이방근은 묘하게 유쾌해졌다. 자아, 나가 볼까. 이방근은 담배를 입에 물고 일어나는 순간 가슴으로 바람이 빠져나가는 듯한 감정을 느꼈다. 성냥불을 붙여 한 모금 깊이 들이마시고 연기를 크게 내뿜었다. 담배를 입에 문 채 코트를 걸쳤다.

방을 나서려는 순간, 그는 문득 창가의 책상으로 다가가, 분명히 여기라고 생각하면서 맨 아래 서랍을 열었다. 편지 묶음 사이에서 라이터 하나를 찾아냈다. 론손이었다. 거의 사용하지 않아서(이방근은 주머니가 늘어질 만큼 무거운 라이터가 귀찮고 싫었다) 새것이나 다름없었다. 그것을 코트 주머니에 넣었다. 왠지 남승지에게 줘야겠다고 생각했다. 흐흠, 나한테는 필요 없지만, 그에겐 필요할지도 몰라, 일일이 성냥을 가지고 다니는 것보다는 낫겠지.

문을 열고 툇마루에 나왔다. 안뜰 맞은편에서는 평소와는 달리 밝은 응접실과 부엌 쪽에서 사람들의 웃음소리와 이야기 소리가 들렸다. 내일 치르는 제사는 그들을 위해 있는 듯한 기분이 들었다. 하늘에는 어젯밤과 마찬가지로 온통 별이 가득했다.

그런데 난 무엇 때문에 남승지와 만나는 걸까. 이방근은 주머니 속에 있는 차가운 라이터를 데우기라도 하려는 듯 손가락으로 만지작거리며 입술 끝에 웃음을 띠운 채 중얼거렸다. 그 순간, 불쾌한 냄새가 마음속에서 확 피어오르는 것을 느꼈다. 그는 침을 삼키고 라이터를 꺼내어 눈앞에서 찰칵 켜 보았다. 오랜만에 라이터가 불꽃을 피웠다. 불꽃 속에서 남승지의 모습이 보였다. 이방근은 툇마루에 선 채 한동안 불꽃을 바라보다가 훅! 하고 세게 입김을 불어 불꽃을 껐다. 여동생에게 말을 해야지…… 하고 생각했다.

5

툇마루에서 선 이방근은 라이터 불을 끄고 나서 "유원아" 하고 꽤 큰 소리로 여동생을 불렀다.

반복해서 부를 필요는 없었다. 바로 응접실 쪽에서 여동생의 밝은 대답이 들렸고, 문 입구에 모습을 나타내더니 툇마루를 종종 걸음으로 달려왔다.

오빠는 잠깐 나갔다 올 테니 넌 집에 있으라고 말할 참이었는데, 여동생이 눈앞에 서자 이방근은 남승지가 성내에 와 있는 모양이라고

만 짧게 얘기했다.

서재의 불빛 속에 떠오른 유원의 얼굴은 가볍게 끄덕였다. 이미 알고 있는 사실을 통고받은 것처럼 아무런 동요도 없었다. 반응이 없었다. 조금 전에 응접실에서 들려온 밝고 탄력 있던 대답이 거짓말만 같았다.

이방근은 별이 가득한 밤하늘 아래를 걸으며, 자신이 지금 아무런 감동도 없이 기계적으로 양준오의 하숙집을 향해 가고 있다는 느낌이 들었다.

어젯밤에도 이맘때 지금처럼 취해서 외출을 했었지, 라는 생각을 했다. 그리고 아침에 돌아왔다. 그러나 지금은 어젯밤에 유달현을 만나러 갔을 때와 같은 망설임이나 불안, 그리고 긴장감 같은 게 없었다. 적어도 마음의 풍파를 일으킬 만한 감정의 움직임은 없었다.

그 이유를 알 수 없었다. 그토록 만나고 싶다고 여겼던 남승지와의 대면을 목전에 두고도 감정의 기복이 일지 않는 게 이상하다면 이상했다. 꼭 만나게 해 달라고 양준오에게 거의 강요하다시피 한 끝에 S부락까지 갔었는데, 그때의 충동이 지금은 거짓말처럼 사라져 버렸다.

잡화점이 있는 네거리에서 관덕정 광장으로 통하는 길로 곧장 가지 않고 왼쪽으로 돌았다. 부두 쪽으로 흘러가는 냇가로 통하는 길이었다. 길이라고는 해도 인가 돌담에 둘러싸인 어디서나 볼 수 있는 어두운 골목길이었다. 가는 통나무 끝에 백열등을 달아 놓았을 뿐인 빈약한 가로등 하나가 달랑 서 있었다. 어둠의 포위망을 밀어내는 힘이 너무 약했다.

코트 주머니에 찔러 넣은 오른손이 라이터에 닿았다. 이방근은 손가락으로 라이터를 만지작거리면서 걸어갔다.

왜 라이터 같은 걸 가지고 나왔을까……, 불과 몇 분 전에 취했던 자신의 행동이 우스워졌다. 부탁받지도 않은 것을 남승지에게 준다는 건 어리숙한 사람이 저지르는 쓸데없는 참견이었다. 알코올 탓일 것이다. ……음, 그나저나 나는 대체 무엇 때문에 남승지 녀석을 만나는 것일까? ……. 이방근은 이렇다 할 이유를 찾아내지 못한 마음속 흔들림에 혼자 웃었다. 만나고 싶어서 만난다……. 말하자면 이게 이유일 것이다. 사람과 사람이 만나는데 이보다 더 훌륭한 이유가 있을까. 아무리 그렇다 해도 지금의 경우에는 다소 변덕스러운 면이 있는 것도 사실이었다. 엄연히 지하활동가로서 성내에 들어와 있는 남승지에게는 그것이 한가한 사람의 심심풀이 언사에 지나지 않을 것이다. 구체적인 목적이, 상대방인 남승지도 수긍할 만한 어떤 용건이 있어야만 했다. 그게 없었다.

흐흠, 지하활동을 하는 청년을 그냥 만나고 싶어서 만난다……. 이방근은 주위에 울려 퍼지는 딱딱한 구둣발 소리에 의외로 자신의 발걸음이 또렷하다는 것을 깨닫고, 문득 자기 자신이 이상하게 여겨졌다. 흐흥, 흔들거리고 있는 건 머리 쪽인가, 발 쪽인가. 지금 공이 있다면 달려가 힘껏 차 보고 싶었다. 문득 수런거리는 바다가 보고 싶다는 생각이 들었다. 아아, 내가 스스로에게 광대처럼 익살을 부리고 있는 것은 아닌가 싶었다.

이방근은 그 생각에 약간 움찔하면서 따뜻해진 라이터를 꺼내 괜스레 찰칵 하고 불을 켰다. 한동안 멈춰 서서 불꽃을 바라보았다. 라이터와 남승지는 아무런 관계가 없는데도, 기세 좋게 타오르는 라이터 불꽃에 비친 남승지의 볼 윤곽이 얼핏 나타났다 사라졌다.

……언제 본 얼굴일까? 이런 경우의 얼굴은 대개가 추상적이다. 이방근은 나올 때 본 여동생의 무감한, 적어도 겉으로는 동요가 없었던 반응을 떠올렸다. 남승지와 여동생을 만나게 한다……, 지금은 그것

이 구체적인 용건이 된 것이다. 여동생과 만나게 해서 어떻게 한다는 거지? 그의 마음은 대답을 망설였다. 그리고 불쾌한 냄새가 아지랑이처럼 피어오르도록 내버려 두었다.

냇가로 나왔다. 순간 시야가 트인 강 주변은 상류 쪽 하늘에 걸린 달빛으로 그을린 듯이 밝았다. 만조가 얕은 여울에 차올라 조용했다. 바닷바람이 부드럽게 불어왔다. 냇물 가득히 별이 총총한 밤하늘을 비추고, 잔잔한 은빛 파도가 끝없는 빛을 만들어 내고 있었다. 갑자기 물고기가 뛰어오를 것만 같았다.

왼쪽 방파제의 불빛과 그 너머 등대 불빛이 보였고, 파도가 밀려드는 어두운 밤바다의 수런거림이 냇물을 타고 희미하게 들려왔다.

바다, 망망한 밝은 바다. 바다는 밝아야 한다. 한낮의 바닷가 언덕 위에 누워서 자신의 몸을 끌어당길 듯한 바다를 보고 있노라면, 사람 한둘쯤 바다에 떨어져 죽어가는 것은 극히 자연스럽게 여겨질 때가 있었다. 한두 사람이 아니었다. 전 대륙의 사람이 남김없이 바다에 빠져 죽어도 바다는 여전히 망망할 것이었다. 그 바다를 밤의 색채가 뒤덮고, 또한 달과 별이 빛난다. 바다야말로 영원히 움직이는 것이다.

맞은편 물가에 돌계단이 어렴풋이 보이고, 계단을 올라간 높은 곳에 벽돌로 만든 기상대 건물이 시커멓게 솟아 있었다.

이방근은 냇가로 난 길을 따라 바다와는 반대인 오른쪽으로 돌아서, C길로 통하는 다리를 건너, 다시 좀 전에 냇물 너머로 올려다보던 기상대 앞으로 돌아왔다. 기상대의 바다 쪽 옆 절벽 아래 길을 올라가면 산지포(山地浦), 건입리(健入里), 동동(東洞)이 나온다. 동문교를 지나는 신작로로도 갈 수 있지만, 이쪽이 지름길이었다.

완만한 언덕길 왼쪽으로 인가가 드문드문 있었지만 오가는 사람은 없었다. 주위의 관목 속에서 갑자기 밤새가 날개를 쳐 사람을 놀라게 했다.

한참을 걷자 길이 넓어지고 산지가 나왔다. 포장이 되지 않아 먼지가 나는 울퉁불퉁한 이 넓은 길에서 달빛이 비치는 땅바닥만 바라보자니, 문득 인가가 없는 황야에 나온 듯한 착각에 빠졌다.

이방근은 바다 쪽으로 걷다가 모두가 초가지붕인 시골집들이 늘어선 골목으로 들어갔다. 다만 시골과 다른 점은 어느 집에나 소박한 전등이 켜져 있었고(개중에는 전기 요금을 절약하려고 남폿불을 켜 놓은 집도 있었다), 마치 표지판처럼 달랑 외롭게 서 있긴 했지만 빈약한 가로등이 불을 밝히고 있다는 점이었다. 전기가 들어오지 않는 시골에서는 볼 수 없는 풍경이었다.

이방근은 골목을 따라 바다 쪽으로 걷다가 막다른 곳에 가까운 어느 집 앞에 멈춰 섰다. 문이 없이 안뜰과 도로가 이어져 있는 집들 가운데, 쪽문을 두 개 맞추어 놓은 듯한 작은 문이 눈에 띄었다.

문을 밀자 가볍게 삐걱, 하며 문이 열렸다.

이방근은 안뜰로 들어섰다. 여느 때 같으면 헛기침이라도 해서 사람이 왔다는 기척을 알렸겠지만, 지금은 자연스레 헛기침도 나오질 않았다. 나오지 않는다기보다는 할 필요가 없을 것 같았다.

정면에는 안채가 있었다. 오른쪽 별채에 있는 양준오의 방과 안채 사이에 놓인 여러 개의 커다란 장독들이 괴이한 모습으로 달빛에 빛나고 있었다. 거대한 갑충류처럼 생긴 것이 말을 걸면 꿈틀하고 움직일 것만 같았다. 조용했다. 바다의 수런거리는 소리가 들려왔다.

손님이 온 기척을 알아차리고 이내 양준오의 방문이 열렸다. 이방근은 안뜰에 커다랗게 드리운 양준오의 그림자를 밟으며 방 쪽으로 갔다.

방은 두 평 남짓한 온돌방이었는데, 옆에 붙어 있는 헛방과 함께 작은 별채를 이루고 있었다. 양준오는 그 헛방도 빌어서 사용하고 있었다.

"이거 기다리게 해서 미안하네." 방 안으로 들어선 이방근이 양준오와 함께 일어서 있는 남승지의 손을 잡고 악수를 했다. 남승지는 나머지 손을 이방근의 손등 위에 포갰다. "남 동무, 오랜만이군. 일부러 오느라 고생 많았네."

"정말 오랜만입니다." 남승지가 인사를 겸해서 정중하게 고개를 숙였다.

양준오는 이방근이 벗은 코트를 벽에 있는 옷걸이에 걸고 나서 안뜰로 나가 대문 빗장을 걸고 돌아왔다.

방 한가운데에 놓인 둥근 소반 주위에 벌써 세 사람의 자리가 마련되어 있었다. 이방근이 뒷문을 등진, 이른바 상석에 앉았고, 두 사람은 문 쪽으로 앉았다.

소반 위에는 각진 위스키 병과 물 주전자, 김치, 고기 통조림, 치즈 등이 놓여 있었다.

"먼저 실례하고 있었습니다."

남승지가 뒤따라 앉으며 오른쪽의 이방근을 보며 말했다.

양준오가 뒷문 옆 책상 위에서 잔을 가져와 이방근 앞에 놓았다.

"이 형은 위스키도 괜찮습니까? 맥주는 없지만 소주는 있습니다."

"아니, 아무것도 필요 없다고 말하고 싶을 정도라네. 너무 많이 마셨어. 하지만 오늘 밤엔 그럴 수야 없지. 모처럼 성내에 온 손님 앞에서 이런 말을 하는 건 실례야. 양 동무, 고맙네, 귀한 사람을 이렇게 만나게 해 줬으니 인사를 해야지……." 이방근이 농담조로 말했다.

"후훗."

양준오는 코웃음으로 응대했다. 그리고 이방근의 잔에 위스키를 따랐다.

"둘이서 여러 가지로 할 얘기가 많을 텐데, 오늘 밤엔 내가 방해를 하게 됐군."

"……그런 걱정은 접어 두시죠. 이 형답지 않습니다. 어차피 남 동무는 여기서 묵을 것이고, ……할 이야기는 이 형 쪽에 있겠지요."

"이야기라……, 새삼스럽게 이야길 하라고 한다면, 사실, 별로 없다네." 이방근은 남승지를 보고 가볍게 웃었다. "음, 그렇지, 가능하다면 남 동무가 우리 집에 와서 묵었으면 좋겠군. 대접도 하고 싶고. 또 서울에서 여동생도 와 있고……."

"고맙습니다. ……여동생이라면, 이방근 씨의 여동생이신 유원 동무 말입니까?"

이방근은 고개를 끄덕였다.

"아, 여동생이 돌아왔군요."

남승지는 작은 놀라움과 당혹감이 뒤섞인 표정이었다.

"만나 보고 싶나?"

이방근은 기회를 놓치지 않고 말한 뒤 양준오를 힐끗 쳐다보았다.

"예에…… 글쎄요." 남승지는 조금 부끄러운 듯이 말했다. "유원 동무는 다정한 친구였고, 오랫동안 만나지 못했으니 역시 만나 보고 싶습니다. 하지만 지금은 보통 때가 아니라서……."

"흐음, 보통 때가 아니라고? 좀 우쭐거리는 말투로군, 핫, 하, 하아, 그런 말을 하다가는 막상 무슨 일이 생겼을 때 정작 만나고 싶은 사람도 만날 수 없게 되지. 음, 승지 동무를 만나자마자 이야기가 묘하게 돼 버렸군."

이방근은 위스키를 한 모금 마시다가 사레가 들렸는지 컵에 물을 따라 마셨다.

"과음하시는 것 같군요. 이 형은 요즘 피곤하신 건 아닙니까?"

양준오가 말했다.

"말도 안 되는 소리. 내가 뭘 했다고 피곤하겠나. 농담은 그만두게."

"물론 과음을 해도 피곤하지만, 술을 마시기 전부터 피곤한 인상이라서……, 요전날 밤에도 그런 느낌이 들더군요." 양준오는 말을 끊었다가 문득 생각난 듯이 덧붙였다. "좀 전에 댁에 회사 사람이 왔던 모양이던데. 무슨 일이라도 있었습니까?"

"으응, 대단한 일은 아니야. 아버지한테 말할 수 없는 일을 나한테 의논하러 왔더군. 흐흥, 아직도 내가 나설 일이 가끔은 있다는 증거겠지."

이방근은 그럴듯한 거짓말을 둘러대면서 씁쓸한 침을 삼켰다. 그는 처음부터 농담조로 여동생 이야기를 꺼내면서도, 예측하지 못한 어떤 긴장감이 밀려오고 있음을 느꼈다.

"별로 술을 마시지 않고 있는데, 한잔할까. 남 동무는 술을 마시면 심각해지는 편인가, 우리 양 선생도 심각해지는 편이라서 말이야, 자아, 멀리서 온 손님을 위해서 잔을 들자구."

이방근은 손에 든 잔을 올렸다. 세 사람은 잔을 마주쳤다.

이방근은 이번에는 목구멍으로 쭉 흘러 들어가 위장 밑바닥까지 적시는 위스키의 뜨거운 자극을 느끼면서, 도대체 이 긴장감은 어디서 오는 것인지 생각해 보았다.

이 방에 발을 들여놓는 순간, 그를 긴장시켰던 것, ……그것은 남승지의 표정이 의외였기 때문이었다. 어떤 정해진 표정을 예기하고 있었던 것은 아니었지만, 얼굴을 보는 순간 그렇게 느꼈다. 젊은 주제에 건방지다고 생각할 만큼 꽤나 엄숙한 표정이었다. 그 은근한 태도에도 불구하고, 한순간 사람을 긴장시키는 무언가를 지니고 있었다. ······작년에 두세 번 만났을 때의 인상과 다른 까닭은 무엇일까? 도중에 일부러 그 얼굴을 상상하면서 온 것은 아니었다. 라이터 불꽃에서 그의 얼굴을 본 것은 사실이지만, 그저 그뿐이었다. 목전에 남승지와의 대면을 앞두고 있으면서도 거의 그를 의식하지 않았던 것 같은 기분이 들었다. 분명히 무엇 때문에 그를 만나는가라는 자문도 했지만, 실제로는 자신의 딱딱한 구둣발 소리를 듣고, 이유도 없이 우스꽝스러운 그 소리 위를 걷는 듯한 느낌으로 찾아왔던 것이다. 그러나 지금 눈앞에 있는 남승지의 얼굴은, 야위어 굳건한 느낌은 햇볕에 탄 얼굴 때문이기도 했지만, 남에게 긴장감을 전염시키는 무언가를 지니고 있었다. 게다가 기억에 남아 있는 어두운 정열 같은 것을 감춘 그 눈은 지금 밝게 빛나고 있었다. ······으음, 뭔가가 있다······. 이방근은 점퍼 주머니에 손을 넣어 담배를 찾았다. ······아하, 안경이로구나, 안경······.

이방근의 중얼거림은 자신도 모르게 입 밖으로 나왔다.

"······안경? 이 형이 지금 안경을 찾고 있습니까?"

"뭐, 안경? ······아아, 담배를 찾고 있어······. 그런데 남 동무는 전에 분명히 안경을 끼고 있었어. 그렇지. 뭔가 동무의 얼굴 가운데 어떤 부분을 내 기억 속에서 끄집어내지 못한 기분이 들었다네. 핫, 하, 하아."

이방근은 웃으면서 마치 안경의 흔적이라도 찾으려는 듯 남승지를 똑바로 바라보았지만, 역시 그 얼굴의 인상이 바뀐 것은 안경 탓이 아니었다. 변해 있었던 것이다.

"담배라면 여기 있습니다만······."

남승지가 소반 위의 자신의 담배를 권했다.

"음, 고맙네……, 저기 있구만."

이방근은 자리에서 일어나 점퍼 차림의 뒷모습을 보이며 벽에 걸린 코트 쪽으로 두세 걸음 걸어갔다.

남승지가 그 뒷모습을 바라보았다. 양손을 번갈아 움직이며 코트 주머니를 뒤지고 있었다. 큰 키와 고양이등, 그리운 감정이 솟아났다. 오랜만이라고 생각했다. 작년 여름에 만나고 처음이었다. 이유원과도 그 후 만나지 못했다. ……보통 때가 아니라고? 좀 우쭐거리는 말투로군……. 음, 조금 우쭐거리는 말투였나. 부자라는 것에 대한 반발심과 함께, 마음 한구석에 존경심과 친근함을 불러일으키는 남자였다. 불균형한 인상을 주는 넓은 이마를 보아도, 순식간에 그에 대한 존경심이 우러나왔다.

이방근이 자리에 앉아 담배를 피우기 시작하자 "저어-" 하고 남승지가 입을 열었다.

"저어, 강몽구 씨로부터는 연락이 없었을 거라고 생각합니다만, 그 연락도 겸해서 제가 왔습니다. 강몽구 씨가 안부 전해 달라더군요."

"아, 고맙네……, 말하는 게 늦어졌네만, 양 동무와 S부락의 고모 댁에 가기도 하고, 강몽구 씨를 귀찮게 하기도 하고, 너무 법석을 떤 것 같아 미안하네. 강몽구 씨는, ……음, 남 동무의 친척 형님뻘 되시는 모양인데, 유치장에서 같이 있었다네. 핫, 하, 하아……."

"예, 그 일은 강몽구……, 몽구 형님에게 들었습니다."

"S부락까지 찾아가고, 뭔가 양다리를 걸친 것처럼 돼 버렸는데, 강몽구 씨가 화내지 않던가?"

"어제 막 형님을 만났었습니다. S부락에서도 연락이 있었고요. 어차피 넌 성내에 가야 하니까, 이방근 씨도 만나고 오라면서, 마침 잘됐다고 좋아했습니다."

남승지는 이방근이 "흐흠" 하며 작은 웃음과 함께 고개를 끄덕이는 것을 보았다.

이방근은 "음, 과연 그렇군……" 하며 고개를 끄덕이면서, 상대방 작업복의 맨 아래 단추가 떨어져 나간 자국을 지그시 바라보았다. 남승지 것으로 보이는 벽에 걸린 밀짚모자는 어찌 되었든 간에, 작업복도 그렇고 안경이 없는 것도 그렇고(분명히 작년에 만났을 때는 그렇지 않았다) 변장이라는 생각이 들었다. 흐흥, 그렇다 하더라도 강몽구의 무반응은 어떤가, 너무 산뜻해서 조금 실망을 하게 된다…….

"과연 강몽구 씨다운 말투로군. ……그런데, 음, 양 동무는 남 동무에게 내가 한 말을 좀 이야기해 주었나?"

"아니요, 이 형 얘긴 전혀 하지 않았어요. 어차피 본인이 직접 말할 테니까요……."

"그건 그렇지만, ……솔직히 말해 양 동무가 나를 S부락의 고모 댁에 데려갈 만큼 남 동무를 꼭 만나게 해 달라고 부탁한 건 사실일세. 강몽구 씨한테도 그렇게 말했고. 좋소, 내가 책임지고 만나게 해 주겠소, 라는 대답까지 들었지. 지정된 장소에 시간을 지켜서 혼자 오라고 했어. ……난 여동생을 데리고 갈 생각을 할 정도였지. 핫, 하하, 하아, 이건 농담일세. 음, 그런데 지금 여기서 막상 남 동물 만나면서, 적당한 말이 생각나지 않는 탓도 있지만, ……만나고 싶다고 말한 것은 구체적으로 이렇다 할 용건이 있어서가 아니라……. 강몽구 씨에게도 용건이 있다고 말하지는 않았네. 어쨌든 만나서 반갑군 그래……, 자아, 남 동무. 너무 긴장할 필요는 없어, 좀 마시는 게 좋아. 그러고 보니 나도 다시 혈관이 서서히 열리는 듯한 기분이 드는군."

이방근은 위스키 병을 들고 우선 남승지의 잔을 조금 채웠다. 남승지는 호박색의 액체가 흘러 떨어지는 것을 응시하고 있었다. 천천히 떨어지던 액체는 잔의 삼분의 일쯤에서 멎었다. 남승지는 자신의 잔에서 상대방의 얼굴로 시선을 옮기는 순간, 움찔하여 눈을 깜박거렸다.

어느새 이방근의 눈이 번쩍번쩍 빛나며 사람을 쏘아보고 있었다. ……만나고 싶다고 말한 것은 구체적으로 이렇다 할 용건이 있어서가 아니라……라고 방금 말했던 사람의 눈빛은 아니었다. 대체 이 남자는 나와 뭣 때문에 만나려 드는 걸까. ……이방근은 신뢰할 수 있는 남자다. 그런 사람을 우리의 후원자로 만들어야 한다. 그런 사람에겐 필요에 따라 비밀을 밝혀도 상관없어. 내가 공작하겠다. 일본에 갔다 오면 바로 내가 만나 보기로 하지……. 어제 강몽구가 했던 말이었다. 그리고 그는 이방근이 네게 볼일이 있는 모양이라고 말했었다. ……이 눈은 그 용무가 있는 눈, 그리고 사람의 마음을 도려내려는 눈이 아닌가……. 남승지는 순간 뭐가 뭔지 알 수 없었다.

"저도 마침 좋을 때 이방근 씨와 만날 수 있어서 기쁩니다만, …… 하지만 정말로 용무는 없습니까?

"흐흥……." 이방근은 가볍게 웃었다. "음, 남 동문 난처한 표정이 군, 미안허이. 특별한 용무는 없어, 변덕스럽다는 말을 들어도 어쩔 수 없지만, 문득 남승지 동무를 만나 보고 싶었을 뿐이야, 벗으로 서……."

남승지는 자세를 고쳐 앉았다. 불쾌했다. 얼굴에 나타났다. 이 남자는 문득 만나 보고 싶다는 사적인 기분만으로 지하조직에 있는 우리와 쉽게 만날 수 있다고 생각하는 걸까. 부자란 그런 일을 아무렇지도 않게 할 수 있다는 것인가? 3월 1일 대량 석방으로 경찰의 단속이 좀 느슨해졌다고는 하지만, 조직은 괴멸되지 않았고 비합법적이라는 것도 변함이 없었다. 그리고 석방된 사람과는 달리, 당당히 신분을 밝히고 성내에 올 수 있는 것도 아니었다. ……벗으로서……, 태평한 벗이로군. 이방근의 내부에 존경심을 불러일으키게 만드는 무언가가 갑자기 변해 오만함으로 나타났다고 생각하자, 순간적으로 상대방에게 모멸감을 느꼈다. 선명한 핏빛을 띤 입술, 피곤함이 여실히 드러나 보이는 푸석한 얼굴에다 번뜩이는 눈 그 자체가 불결한 색을 띠고 있는 듯했다.

양준오는 방관자처럼 벽에 몸을 비스듬히 기댄 채 말이 없었다.

"만나 보고 싶어졌을 뿐이라고 하셨지만, 솔직히 말해서 이방근 씨는 우리와는 다르다고 생각합니다. 한가하기 때문이겠지요. 저 같은 사람과는 입장이 다르다고 말할 수 있습니다……."

이방근은 옳은 말이라는 듯 고개를 크게 끄덕였다.

남승지는 시선을 떨어뜨렸다. 컵에 담긴 물을 마셨다. 물이 목구멍에서 고체로 변한 듯한 기분이었다. 그나마 양준오를 만나 볼 일이 있었기에 망정이지, 그렇지 않았다면 어떤 돈 많은 변덕쟁이 때문에 성내까지 어슬렁어슬렁 찾아온 꼴이 될 뻔했다.

양준오가 담배 연기에 기침을 하면서 일어나더니, "승지 동무, 그렇지 않아." 하고 말했다.

그는 남승지의 뒤를 지나(지나갈 때 왼손을 상대방의 어깨 위에 다정하게 올려놓았다), 이방근의 뒤편에 있는 뒷문을 조금 열었다. 따뜻한 온돌방 안에는 담배 연기로 자욱했다. 고여 있던 연기가 움직였다. 담배 연기는 작은 소용돌이를 일으키며 싸늘한 밤공기와 함께 흘러 움직였다.

"자네가 조직원이라는 입장에 있다는 건 알고 있어." 자리에 돌아온 양준오가 앉으며 말했다. "이 형은 말하자면 누군가를 만나고 싶다는 인간으로서의 심정을 말하고 있는데, 이건 개인적인 문제야, 일종의 우정이지. 자넨 거기에 이유를 묻고 있어. 그래서 이야기가 어긋나는 거야. ……애당초 이 형의 얘기에는 구체성이 없는 것이 사실이니까."

양준오는 그렇지 않느냐는 듯 쓴웃음을 지으며 이방근을 바라보았다.

이방근은 소반 위에 오른쪽 팔꿈치를 괴고 주먹으로 턱을 받친 모습으로 눈을 감은 채 듣고 있었다. 그러나 곧 눈을 뜨고 "맞아" 하고 가볍게 고개를 끄덕였다. 마치 눈꺼풀을 투시하여 양준오를 보고 있었던 것처럼 말했다. ……눈을 뜬 순간, 마침 시선이 닿은 재떨이 안에서 담배꽁초가 재와 범벅이 되어 있었다. 둥근 재떨이 가장자리에서 재가 소반 위로 흘러넘치고 있었다. 뭔가가 더럽혀져 있었다. 마음속 어딘가에 자라난 추한 털이 타다 남은 찌꺼기가 더러웠다.

남승지가 말없이, 끝이 검게 변한 담배꽁초를 물고 약간 고개를 숙인 자세로 성냥을 켰다. 그리고 연기를 천천히 내뿜으면서 열린 뒷문 저편의 밤하늘을 올려다보더니 순간 눈을 가늘게 찡그렸다. 근시에게 있는 흔한 버릇이었다.

좁은 방 안에 조금 숨 막힐 듯한 공기가 감돌기 시작했다. 음, 남승지는 아직 젊다, 외곬이라도 좋다고 생각했다. 일본에서 자란 것치고는 앞일을 미리 계산하는 교활함이 느껴지지 않았다. 흙냄새 나는 시골 사람의 교활함도 없었다. 같은 활동가라도 유달현 같은 놈한테서 나는 냄새가 없었다. 노동자인 박산봉도 조금 전에 비참하기까지 한 악취를 집 안뜰에 남기고 갔었다.

"그런 셈이야, 양 군이 지적했듯이 내가 한 말은 애매하다는 문제가 있어. 하지만 남 동무를 만나고 싶다고 말한 그 마음은 확실하네. 남 군은 지금 내가 한가한 사람이라고 약간 뼈 있는 말을 했지만(남승지가 그렇게 말했을 때, 이방근은 내심, 그래, 그렇고말고, 난 한가한 사람이야, ……생각했던 대로 역시 그 말이 나왔군, 하며 크게 끄덕였던 것이다), 그래, 나는 시간이 많은 사람이라서, 아까도 말했듯이, 동무를 만나기 위해서라면 찾아가는 것도 마다하지 않을 참이었네. 그런데 마침 오늘 이렇게 성내에 와 주었구먼. 용건에 구애받는 것은 너무 자유롭지 못한 것 같네. 어쩔 수 없는 일이겠지만 말야. 음……, 그러나, 용무가 없는 것도 아니야, 있기는 있다네." 이방근은 잔을 천천히 입술에 대면서 양준오를 살피듯 바라보았다. "여동생인 유원이 일로 볼일이 있네. 부탁이라고 하면 여동생이 불쌍해질지도 모르지만, 볼일은 있다네."

이방근은 이쪽으로 고개를 돌린 남승지를 똑바로 마주 보았다. 이마에 땀이 번지듯 솟아나고 있었다.

"볼일……?"

남승지가 말했다.

"그래. 툭 터놓고 말하면, 좀 전에도 말했듯이 남 동무가 성내에 온 김에 여동생을 만나 주었으면 하는 걸세. 그게 내 볼일일세. 상당히 구체적인……."

"만나 달라고요? 지금 '만나 달라'고 하셨습니까?"

"그래. 만나 달라고 말했네. 좀 전에는 만나 보지 않겠느냐고 말했지만."

"왜 그런 말투를 쓰십니까?"

"핫, 하, 하아, 그 애가 자넬 만나고 싶다고 하니 그러네." 핫, 하, 하아……라니, 나는 지금 돌이킬 수 없는 말을 하고 말았어─. 여동생을 향해서, 남승지가 널 만나고 싶어 한다고 말했을 때엔 느끼지 못했던 전율이 온몸에 엄습해 왔다. ……움직임이 없는 눈이 빛나며 움직여요, 파도를 일으켜요……, 부엌이의 표정을 본 여동생의 목소리였다. 움직임이 없는 눈이 빛나며 움직여요……. 바보 같은 소리.

왜, 왜 그렇죠? 오빠 탓 아닌가요? 라는 말을 하고 싶은 것이겠지, 바보 같이…… . 넌 대체 나를 뭘로 보는 거냐, 네 오빠란 말이야…… 전화벨 소리. 아아, 어쩌면 좋아. 오빠, 왠지 무서워요, 무언가 눈에 보이지 않는 공포 같은 게…… , 추악한 냄새가 뜨거운 연기처럼 피어 올라 엉덩이를 태운다. 이방근은 참았다. 아니, 그건 손가락 끝에 끼운 담배의, 입안에서 녹는 니코틴 냄새였다.

"그 앤 자네가 성내에 와 있는 걸 알고 있네. 물론 단단히 입막음을 해 놓았어. 어떻게 하겠나. 만나 주겠는가?"

만나 주겠는가…… 아아, 하고 중얼거렸다. 떨어지는구나, 떨어져. 이방근의 허공을 바라보는 시선이 떨렸다.

"……"

"음, 아무래도 취기가 도는 모양이군."

이방근은 손수건을 꺼내 이마의 땀을 닦았다.

"이방근 씨…… ." 남승지는 당혹스런 표정으로 양준오를 힐끔 보고는 말했다. 당혹스런 감정으로 햇볕에 탄 볼이 발갛게 물들어 있었다. "지금 제 입장으로선 함부로 사람을 만날 수가 없습니다. 성내에서 이방근 씨와 양준오 형을 만나고 돌아가는 게 정해진 저의 임무입니다."

갑자기 이방근이 소리 내어 웃었다.

"아아, 미안, 미안…… ." 이방근은 왼손을 쭉 뻗어 남승지의 오른쪽 어깨를 자상하게, 선배답게 다정히 토닥거렸다. "강몽구 씨가 명언을 말했었는데…… . 음, 그렇지, 땅 속에 굴을 파고 곰처럼 잠을 자고 있는 게 지하활동은 아니라고 말했어. 필요하면 사람을 만나야 된다고 했지. 나는 동무에게 강요할 입장은 아니지만, 그건 좀 지나치게 교조적이로군. ……좀 전에 양 동무가 왔을 때도 여동생과 만나게 해 주고 싶다고 넌지시 말해 두었네. ……물론 일이라는 것이 처음부터 완전할 수는 없지. '첫술에 배부르랴'라는 말도 있으니 말야."

소반 가장자리를 톡톡 두드리고 있던 남승지의 손가락이 멈췄다. 이방근은 그의 당혹한 표정과는 반대로 빛나는 눈빛을 감지했다.

남승지는 상대방의 시선이 자신의 표정 변화를 꿰뚫어 보고 있는 것을 의식하고 그 눈길을 피해 소반 위에 올려놓았던 손을 밑으로 내렸다.

"준오 형" 술기운으로 발그레하게 상기된 얼굴을 양준오에게 돌리며 남승지가 말했다. 마음이 몸과 함께 휘청하고 흔들렸다. 그는 아까부터 내심 놀라고 있었던 것이다. 설마 이 순간에 이유원이 성내에 있을 줄이야……. 대체 이것이 어찌 된 일인가. 만나고 싶었다. 며칠 전 성내에 왔을 때 묵었던 유달현의 방에서 그녀의 꿈을 꿨었다. 그런 그녀가 만나고 싶단다. 정말일까? 생각지도 못한 기회였다. 게다가 자네를 찾아가서라도 만날 작정이었다는 이방근의 말이 그 기분을 풀어 주었다. 그는 지금, 억눌려 있던 자신의 마음속 생각이 겉으로 부풀어 나오는 것을 느꼈다. "……어떻게 하면 좋을까? 어떻게 하지."

어떻게 하면 좋을까. ……어떻게 하면 좋을까가 아니라 주저하지 말고 만나, 라는 대답을 기다리고 있었다. 자신의 '교조적'인 생각이 두 사람으로부터 비판받기를 바라고 있었다.

"만나는 정도는 상관없지 않을까. 자네 사정이 어떠냐가 문제겠지. 잠깐 만나는 정도라면 시간도 걸리지 않을 거야."

"……"

남승지가 말없이 고개를 끄덕였다.

"이 형, 남 동무는 무슨 일이 있어도 내일 중으로 반드시 돌아가야 합니다."

"음……." 이방근은 천천히 좌우로 흔들고 있던 상반신을 똑바로 세우며 말했다. "하루 정도만 더 여유가 있다면 좋겠지만, 그런 일까지 멋대로 말할 수는 없지. 2, 3일이라도 머물면서 우리 집에 있어 주면 고맙겠지만 말이야. ……그러면 만날 수 있는 시간은 언제가 되나, 오늘 밤이나 내일 낮이 되겠군."

"……여동생은 언제까지 여기에 있습니까?"

남승지가 말했다.

"2, 3일 후에는 돌아간다네."

"내일 밤이 어머님 제사야. 그래서 내려왔지."

"예에, 제사군요……."

"그런데" 이방근은 급하다는 듯이 제사에 대해서는 언급하지 않고 말했다. "남 동무는 오늘 밤 우리 집에서 묵을 수는 없겠지, ……양 동무는 내일 출근하나?"

"예."

"음, 아무럼 어떤가, 동무들은 오늘 밤 밤새 이야기를 나누게. 만나는 건 내일로 하지. 내일 내가 이쪽으로 점심 전에 오도록 하겠네. 그렇지, 남 동무를 위해서 시간을 확실히 정해 두는 편이 낫겠군. 흐흠, 열한 시, ……아니, 열 시경이 어떨까. 그리고 함께 우리 집으로 가세. 여동생이 여기에 오는 것은 눈에 띌 테니 말이야."

남승지는 고개를 끄덕였다. 그리고 잠깐 생각하는가 싶더니, 자기 쪽에서 찾아가겠다고 했다. 혼자서 괜찮을까 하고 이방근이 되묻자, 그렇게 하는 편이 오히려 남의 눈에 띄지 않을 거라고 대답했다. 음, 그런가, 그렇겠구먼, 이방근은 웃으면서 남승지의 말대로 하기로 했다. 시간은 오전 열 시로 정했다.

이방근은 한동안 있다가 그곳을 나왔다. 아홉 시 반이 가까웠다. 좀 전에 왔던 길을 되돌아가면서, 어젯밤에 박산봉을 미행했던 일을 머리에 떠올렸다. 설마 지금 나를 미행하고 있는 놈은 없겠지. 밤 공기가 보이지 않는 파도처럼 발밑에 휘감겨 오는 듯했다. 역시 조금 취해 있어서인지 이마가 무겁게 떠오른다. 차가운 달빛이 뢴트겐 광선처럼 몸을 투과해서 술에 취한 통로를 비춰 주고 있는 듯했다.

코트 주머니에서 라이터를 꺼내 손바닥 위에 올려놓았다. 조금 전에 양준오의 방에서 담배를 찾다가 손에 닿았지만, 왠지 함께 꺼내기가 망설여졌던 것이다. 오히려 잘됐다. 주머니에서 꺼내지 않기를 잘했다고 생각했다. 남승지에게 라이터를 준다? 그가 아직 젊다고는 해도 실례가 될 것이다. 어떤 면에서는 라이터가 도움이 될지 모르지만, 성냥을 사용하는 편이 좋다. 그편이 좋을 것이다. 적어도 오늘 같은 만남에서 그에게 라이터를 준다는 것은 쓸데없는 참견에 불과하다. 음, 일전에 안개 낀 밤에 양준오가 지적했듯이, 나는 요즘 '감상적'이 되어 있는지도 몰랐다. 이것도 감상주의의 한 단면인가. 요즘 이 형 피곤한 거 아닙니까? 방금 전에도 양준오 녀석이 그렇게 말했지. ……손바닥 위에서 라이터를 가볍게 두세 번 공중으로 던져 보았다. 라이터가 달빛을 반사하며 손바닥 가장자리를 스쳐 땅에 떨어졌다. 이방근은 허리를 굽혀 흙먼지가 묻은 라이터를 주웠다.

그는 C길에 있는 다리를 건넌 뒤 냇가를 따라 부두 쪽으로 곧장 걸어갔다. 가로등 바로 밑으로 떠오른 행인의 뚜렷한 윤곽이 이내 부드럽게 희미해지며 밤 속으로 흩어져 버렸다. 어둠 저편에서 파도 소리가 점점 크게 들려왔다.

부두로 나왔다. 작은 어선들이 북적거리듯 정박해 있는 부두 앞쪽으로 3, 4백 톤급 연락선이 옆으로 매어져 있었다. 사람들이 드문드문 보였다. 승선이 끝났음에 틀림없다. 아마도 열 시에 출항하는 목포행 연락선일 것이다. 목포에서도 그렇지만, 밤에 출항한 배가 다음날 아침 목적지 항구에 도착하도록 시간이 짜여 있었다. 그것이 여행자에 게는 편리할지도 모른다. 밤의 출항, 그러고 보니 과거 일제 때의 관 부연락선이 그랬었지…… 하고 두서없는 일을 떠올렸다. 관부연락선 이라……. 이방근은 입 안에 쓴 침이 고이는 것을 느꼈다.

그는 콘크리트가 거친 살결을 드러내며 뻗어 있는 부두 쪽으로 가지 않았다. 강둑길을 가다가 건물 모퉁이를 왼쪽으로 돈 뒤, 선박회사와 창고회사 앞을 지나 어슬렁어슬렁 걸어갔다. 손은 라이터를 쥐고 만 지작거렸다.

파도가 조용히 흔들려 암벽에 부딪치는 소리가 상쾌했다. 그러나 그보다 간격이 넓은 큰 파도 소리는 등대불이 깜빡거리는 방파제 밖 의 넘실거리는 바다에서 나는 소리였다.

별이 가득한 밤하늘을 떠받치는 바다, 방파제 너머로 바다는 보이 지 않았다. 그 바다를 보면서, 2, 3일만 지나면 여동생이 저 연락선으 로 바다 저편으로 가겠지, 라는 생각을 했다. 음, 그때는 이미 남승지 와 만난 뒤다……. 왜 나는 여동생을 남승지와 만나게 하려는 걸까. 아니, 그게 아니다. 남승지 쪽을 여동생과 만나게 하려는 것이 틀림없 었다. 그리고 두 사람을 허구의 관계 속으로 밀어 넣는다. ……남승 지, 특별히 내세울 만한 것이 없는 그가 왠지 나를 위협하려고 한다는 느낌은 왜일까……, 왜 난 그렇게 느낄까.

이방근은 멈춰 서서 방파제 저편의 어두운 바다를 바라보았다. 그 러자 그는 힘껏 가슴을 쳐올리는 듯한 충동에 몸을 앞으로 내밀었 다. 순간 라이터를 쥔 손에 힘을 주며 바다를 향해 그것을 던지려다 그만두었다. 그리고는 한 발짝 뒤로 물러서더니, 이번에는 공이라도 찰 것처럼 자세를 잡고 라이터를 공중으로 던져 올렸다. 그리고 떨 어지는 라이터를 구두 끝으로 멋지게 차올렸다. 라이터는 의외로 제대로 맞았는지 쨍 하는 소리를 남기며 상당히 멀리 날더니 바다에 떨어졌다. 이방근은 마치 더러운 빈 깡통이라도 찬 것처럼 손을 털었다. 하늘을 보니, 가득 메운 별빛이 날카로웠다. 달은 뒤쪽에 떠 있었다.

6

이방근은 다른 곳은 들르지 않고 부두에서 곧장 집으로 돌아왔다. 열 시가 지나 있었다.

여동생 유원은 오빠의 귀가가 빨랐기 때문일까 좀 의외라는 표정이었다. 게다가 남승지와 함께 올 줄 알고 있었던 모양이다. 쪽문을 닫자 그녀는 마치 천진난만한 어린애 같은 말투로, "오빠, 혼자 왔어요?" 하고 확인하듯 물었다. 그리고는 후우 하는 한숨을 지어 보였다.

"음, 혼자야. 왜 그래, 그가 오지 않아서 실망이라도 했냐? 흐흥, 그 한숨은 또 뭐냐."

이방근은 안뜰을 가로질러 자신의 서재 쪽으로 가면서 말했다.

"그런 게 아니구요. 오빠 혼자라서." 여동생은 자신이 불쑥 내뱉은 말을 후회하듯 말했다. 그녀는 옷을 갈아입지 않고 귤색의 목이 달린 스웨터를 그대로 입고 있었지만, 흐트러져 있던 머리카락도 말끔히 정돈되어 있었다. 어딘지 모르게 손님을 맞을 몸단장을 한 흔적이 느껴졌다. "그나저나, 함께 오실 줄로만 알고 있었어요. 오빠는 그 때문에 갔잖아요. '그 한숨은 또 뭐냐'라니, 너무해요, ……왠지 모르지만 한시름 놓았어요."

"한시름 놓았다고? 그건 아니지, 핫, 하아, 네 한숨의 의미를 알고 있어. 음, 그도 함께 오고 싶어 했지만(그렇고말고, 분명히 오고 싶어 한 게 틀림없었다. 여동생에 대해 말할 때 그 녀석 눈이 갑자기 반짝이기 시작했었지.) 좀 사정이 있어 오지 못했다. 내일 아침에 올 거야."

"⋯⋯내일 아침?"

"그래. 열 시에 오기로 했어."

"찾아오다니⋯⋯, 낮에 와도 괜찮을까? 지하활동을 하고 있는 사람이잖아요."

"말을 조심해." 이방근은 힐끔 밝은 응접실 쪽으로 시선을 던지며 말했다. "때로는 오히려 대낮이 안전할 수도 있어."

"혼자 오나요?"

"그래. ⋯⋯내가 데리러 가겠다고 하니, 필요 없다는 거야. 핫, 하아, 오히려 혼자 오는 편이 눈에 띄지 않는다는 거야. 과연 그렇구나 하고 생각했지. 젊지만 무척 대단해."

이방근은 새삼스럽게 남승지를 칭찬했다. 적어도 마지막 말은 스스로 생각해도 쓸데없는 사족이었다.

"괜찮을까⋯⋯."

괜찮을까? ⋯⋯. 이방근은 흘깃 여동생의 옆얼굴을 바라보았다. 혼자서 찾아온다는 것이 대담하게 여겨지는 모양이었다. 아니, 그녀는 이미 지하에서 지상으로 잠깐 동안 부상한 남승지에게 호기심을 품기 시작했음에 틀림없었다. 호의로서는 조금 빨랐다. 흐흥, 너, 괜찮을까, 라는 말은 또 뭐야, 라면서 여동생을 놀려 주려다 그만두었다.

이방근은 툇마루 앞의 섬돌 위에 한 발을 올려놓고 구두를 벗으려다, 그대로 툇마루에 걸터앉았다. 여동생은 잠시 멈춰 선 채, 오빠가 담배를 꺼내어 불을 붙이는 것을 보고는 그 옆에 나란히 앉았다.

안뜰에 달빛이 가득하고, 밤공기는 차가웠다. 검게 넘실거리는 바다를 비추고 있던 달이었다.

"춥지 않니? 오빠 코트를 줄까?"

이방근은 응접실과 가까운 오른쪽에 앉은 여동생의, 달빛을 받은 아름다운 옆얼굴을 보며 말했다. 조각처럼 차가운 음영이 생겨 있었다.

"괜찮아요. 춥지 않아요……."

여동생은 목 달린 스웨터의 깃을 한 손으로 만지작거리며 말했다.

"……집을 비운 동안 김동진이 오지 않았냐?"

"아이고." 여동생은 쥐어짜는 듯한 목소리로 외쳤다. "……내일 점심때쯤 찾아오겠다고 전화가 왔었어요, 오빠도 없는데 오기가 뭣하다며……."

그 작고 놀란 듯한 말투는 내일 남승지와 약속한 시간을 갑자기 떠올렸기 때문인 듯했다.

"내일 점심쯤에 온다니……, 음, 그건 곤란한데……. 내가 어디 갔다고 했냐?"

"모른다고 말해 뒀는데요."

"음, 그건 잘했다. ……유달현은 오지 않았고?"

"예."

여동생은 고개를 가로저었다.

"좀 곤란한데……, 김동진을 어떻게 하지, 내일 점심쯤이라고 했지."

"함께 만나면 안돼요?"

"말도 안 되는 소리, ……승지는 그런 입장이 아닐 거야. 게다가 널 만나러 오는 거잖아."

이방근은 김동진과 남승지 사이에도 뭔가 관련이 있을지 모른다. 그러나 그걸 캐낼 생각은 없다고, 자신에게 들려주듯 말했다.

"그럼, 시간을 늦추든가 해서, 양해를 구하면 되잖아요."

"……음, 그건 그렇지만." 음, 이 녀석이……, 이방근은 섬뜩한 것을 느꼈다. 원래는 남승지보다 김동진과 더 오랫동안 친하게 지냈을 터였다. "그런데 넌 남승지를 어떻게 생각하냐?"

"……어떻게 생각하다니, ……특별히 생각해 본 적 없어요."

여동생은 미소 띤 얼굴을 오빠 쪽으로 돌리며 말했다.

"그렇군, 전혀 관심이 없다는 거냐? 상대방이 만나고 싶다는 데도 말이야."

"……" 여동생은 고집스럽게 턱을 당기며 말했다. "하지만 왜 만나고 싶다는 건지, 이유를 모르겠는걸."

"왜 너는 그런 말을 하는 거냐? 만나고 싶으니까 만나고 싶다는 거지, 전에도 말했듯이, 그게 진정한 만남이고 이유야. 잘 들어, 그런 바보 같은 말은 다시는 입 밖에 내지마, 알았지. 정말로 넌 아무런 느낌도 없어?"

"하지만……."

"싫은 것도 아니잖아?"

참으로 치사한 다짐이었다.

"하지만……."

여동생은 중얼거리듯 말하고는, 별 이상한 오빠도 다 보겠다는 듯이 올려다보았다.

"아니, 어쨌든, 그런 식으로 말하면 안 돼."

이방근은 여동생의 어깨를 다정하게 두드리며 말하는 순간, 깜짝 놀라며 상대가 눈치 채지 못하도록 슬그머니 경직된 손을 뗐다. 스웨터에 감싸인 그 부드러운 어깨가 갑자기 조각상처럼 딱딱한 반응을 보였던 것이다. 아니, 그렇게 느껴졌다. 마치 오빠의 의도를 간파한

반응처럼 느껴졌다. 이방근은 담배꽁초를 섬돌에 버린 뒤 구둣발로 비벼 끄고는 안뜰 쪽으로 시선을 던졌다.

응접실과 부엌 사이의 마루방 쪽에서 약간 취한 남자 일꾼의 굵은 목소리가 들려왔다. 조용한 집 안에서, 그 마루방 언저리만은 아까부터 여자들의 이야기 소리와 갑자기 터져 나오는 웃음소리, 그것을 제지하는 듯한 조심스러운 목소리 따위가 뒤섞여 밝은 분위기를 자아내고 있었다.

"저 사람들은 아직도 안 돌아갔네?"

"……아직요, 내일 제사 준비를 해 주고 있어요."

유원은 오빠 쪽으로 얼굴을 돌리며 말했다.

"으흠, 내일을 위한 준비라."

"……오빠가 그렇게 뭔가 자포자기한 듯한 말투를 쓰면 난 슬퍼져요. 갑자기 외톨이가 된 것처럼……. 내일 제사는 다른 누구도 아닌, 우리 엄마 제사잖아요?"

"……그야 물론이지. 우리들의 어머니야. 오빠도 그만한 분별은 있어." 이방근은 그게 어쨌다는 거냐고 물으려다가 그만두었다. 자포자기라……, 내 말투에서 그런 냄새가 났나? 그건 좋지 않아, 안 좋아. 음, 왜 또 여동생과 이야기에 빠져 버렸을까. 집에 돌아올 때까지만 해도, 곧장 잠자리에 들어가 잘 생각이었다. "아아, 네가 그런 식으로 말하면, 오빠는 할 말이 없어져 버린단 말이야. 너한테는 못 당한다고나 할까."

"그런 말이 무슨 소용 있다고……." 유원은 기분을 되돌린 듯한 목소리로 말했다.

"그래도 오빠는 저의 왕이시고, 전제군주세요."

"서로 지배하고 지배를 받는 셈인가, 이건 민주적이군, 핫, 하, 하아."

"……오빠는 아까부터 아버지 거실 쪽만 계속 바라보는데, 저쪽에 안 가 보실래요?"

여동생은 오빠의 말엔 신경 쓰지 않고 말했다. 그것은 화제를 바꾸려 한다기보다도 진작부터 준비하고 기다렸다는 듯한 말투였다.

거실 옆의 아버지 서재와 침실에 불이 켜 있지 않은 걸 보면, 아버지는 아마 거실에 있을 것이다.

"……뭔가, 좀 전에 너의 대사와 비슷한 말이지만, 특별히 갈 일도 없으니까."

"아버지는 오빠가 오기를 마음속으로 기다리실 거예요. 누이와 함께 가지 않을래요? 으응, 가 달라니까요?"

"뭐냐, 갑자기, 그 말투는."

"으-응, 의논할 게 있어요."

"의논……?, 너에 관한 일이야?"

"그래요. 지금이 아니라도 상관없지만."

"꼭 저쪽에 가서 해야만 되나……."

"응, 가능하면 그게 좋을 것 같은데, 별일은 아니에요. 제사가 끝난 뒤에도 괜찮아요, 그럼 그렇게 할게요."

"뭐야, 말해 봐."

"괜찮아요, 됐어요……, 누이 일은 그렇다 치고, 아버지한테 가 보지 않을래요?"

"핫, 하아, 너도 갑자기 새어머닐 닮아가는 것 같구나."

"오빠, 미워요." 여동생은 가볍게 상반신을 흔들며 오빠를 가볍게 밀쳤다. 그리고는 펄쩍 뛰듯이 툇마루에서 마당으로 내려섰다. "오빠는 외로운 사람이에요. 하지만 전혀 그렇게 보이지 않아요…… 그런 점이 멋져요, 후후후, 왠지 무섭긴 하지만……. 그 점이 역시 달라요.

좀 전에 오빠가 물었죠, 그 사람을 어떻게 생각하느냐고. 그 사람은 젊은 탓도 있지만, 그 점이 좀 모자란 듯해요…….”

“뭐라고?”

이방근도 마당으로 내려서서 여동생과 마주섰다.

“으응, ……아무것도 아니에요. 그냥 한번 말해 봤을 뿐. 우리 오빠와 비교해 본 것뿐이에요. 아직은 도저히…….”

유원은 갑자기 마치 얼버무리듯 웃음을 터뜨렸다.

“이 녀석이, 오빠를 놀리다니.”

이방근은 갑자기 손을 뻗어 장난치듯 여동생의 목덜미를 살짝 움켜쥐었다. 손바닥에 쏙 들어오는 여동생의 가녀린 목을 만지는 순간, 차가운 맨살에서 촉촉한 감촉이 손바닥으로 전해졌다.

“하지 마!” 이방근의 손바닥 안에서 곧게 뻗은 목을 비틀며 여동생이 등을 구부리며 장난스럽게 비명을 질렀다.

이방근은 다시 섬돌 위에 올라서서 구두를 벗고 툇마루로 올라갔다. 여동생이 뒤를 따랐다. 비스듬히 마주 보는 거실 미닫이에 사람 그림자가 비치며 움직이는 게 보였다. 누군가가 일어나 밖으로 나오려는 듯했다. 여동생의 장난기가 섞인 비명 탓인지도 모른다. 어디선가 고양이의 애절한 울음소리가 들려왔다.

“……저건 네 흰둥이 울음소리가 아니냐?”

“아니에요. 흰둥이는 지금 깊이 잠들어 있어요. 오빠는 바보 같아. 저건 어른 고양이 울음소리잖아요.”

“음, 그러고 보니 그렇군.”

“아버지가 나오셨어요.”

거실 앞 툇마루에 아버지인 남자가 있었다. 이쪽을 보고 있는 듯했다.

이방근은 아버지의 시선을 등에 느끼며 말없이 서재로 들어갔다. 그리고 음, 좀 피곤하군, 하고 중얼거리면서 소파에 앉았다. 유원은 그 이상 아무 말도 하지 않았다. 오빠의 코트를 받아들고는 잠자리 준비를 하겠다면서 온돌방으로 통하는 미닫이를 열고 들어가 조용히 이불을 깔기 시작했다. 이불을 깔면서, 남승지 씨가 오면 이 방에 나란히 자리를 깔아야 할지, 아니면 별채로 안내해야 할지 망설이다가, 오면 결정하기로 하고 그냥 내버려 두었다며 밝은 목소리로 말했다. 이방근은 자신의 이부자리를 깔아 주는 여동생의 모습을 보면서, 갑자기 정체 모를 복잡한 감정이 솟구침을 느꼈다.

이방근은 여동생에게 내일 올 손님을 조심스럽게 맞이하도록 이르고 물러가게 했다.

이방근은 옷을 벗고 바로 이불 속으로 들어갔다. 몹시 피곤하다는 생각이 들었다. ……이 형, 이 형은 요즘 피곤한 거 아닙니까, 요전날 밤에도 왠지 그런 인상을 받았는데요……. 음, 요전날 밤이라면 그 안개 낀 밤의, 그렇지……, '서북' 놈들을 때려눕혔을 때 말이군, 내가 피곤해 있다니, 무슨 일을 하고 있는 것도 아닌데……, 양준오 녀석은 나의 어딜 보고 그런 말을 하는 것일까. 남승지……, 오랜만에 만나고 싶어서 만난 청년이었다. 단지, 그뿐이란 말인가……. 남승지의 긴장감을 불러일으키는, 뭔가 작년과는 다른 의외의 인상을 주는 얼굴. 안경을 쓰지 않은 탓이 아니었다. 어딘가 변해 있었다. 여동생의 말처럼 어딘가 좀 부족해서 그런 게 아니었다. 분명히 앞으로 나아가고 있는 인상을 주는 얼굴이었다. 그 녀석은 전진하고 있고 발전하고 있는 것이다. 그 염세적이고 다분히 감상적이기도 한 청년이 그것을 누에고치 같은 껍데기로 감싸면서 발전하고 있다……. 음, 그 어두운 정열 같은 것을 감춘 눈이 지금은 밝게 빛나며 나를 쏘아보기 시작했다. 그 밝음은 뭔가, 무엇일까. 여동생 때문만은 아니었다. 그 이전의, 저편에서 빛나고 있는 게 분명했다. 흐흠, 그 밝음이 나를 찌른다. 그 녀석은 분명히 발전하고 있다……. 고양이가 지붕 위 밤하늘에서 울고 있었다. 지붕에 올라간 모양이었다. 고양이 소리가, 발정 난 울음소리인지 달밤의 바람에 실려 칠흑같이 어두운 하늘로 여운을 남기며 흩어졌다. 이방근은 사람의 신경을 긁는 듯한 야밤의 고양이 울음소리를 들으며 곧 잠들었다.

이방근은 종잡을 수 없는 꿈을 계속 꾸면서도(눈을 떴을 때는 꿈의 단편밖에 생각나지 않았지만, 그렇게 생각했다) 새벽녘까지 푹 잤다.

평소에는 별로 꿈을 꾸지 않는다고 은근히 자부할 정도였는데, 요즘은 주마등처럼 이것저것 연결되지 않는 잡다한 꿈을 자주 꾸었다. 지금 눈을 뜨기 전에 꾼 꿈도 그랬다. ……라이터를 넣어 둔 서랍 구석에 난장이처럼 웅크리고 숨어 있다가 갑자기 모습을 드러낸, 과거에 사랑을 나눴던 여자들, 기억이 날 듯 말 듯한 남자와 여자들의 군상……. 숲 속에서 알몸으로 여자와 사랑을 나누고 있는데, 곁에서 산지기가 감시를 계속하고 있었다. 조금이라도 사랑의 행위를 멈추면, 산지기가 호통을 치며 곤봉으로 내리치려 한다. 이 숲에는 여러 가지 비밀이 있어, 너희들은 그 비밀을 알면 안 돼. 너희가 행위를 멈추면 그 비밀이 드러나게 돼, 너희는 죽을 때까지 그저 그 행위를 계속해야 돼, 숲을 보지 마……. 이건 마치 어른들의 만화나 다름없다. 영문을 알 수 없는 장면과 얼굴들이 잘린 필름처럼 띄엄띄엄 나타났다가 사라지는, 번잡한 느낌을 주는 꿈이었다. 머릿속을 가득 메운 잡동사니가 잡념과 망상의 일종으로 변해, 밤중에 먼지를 일으키며 멋대로 돌아다니고 있는 듯한 느낌을 주었다.

그러나 술기운은 거의 사라져 숙취는 남아 있지 않았다. 엎드려 담배 한 대를 피우고 나서 다시 이불을 뒤집어쓰고 눈을 감았다. 아직 잠이 부족하다는 느낌이지만, 뭔가가 의식 밑바닥에서 콕콕 자극하는 것 같아 잠을 이룰 수가 없었다. ……그것은 의식 속에서 뚜벅뚜벅 들려오는 남승지의 구둣발 소리였다. ……이 형, 그는 무슨 일이 있어도 내일 중으로 돌아가야 합니다. 음, 오늘 중에 남승지는 돌아간다는 거지. 오늘 만남은 그와 여동생 간의 어떤 계기를 만들어 주는 정도밖에 되지 않을 게다. 두 사람의 마음속에서는 눈에 보이지 않는 어떤 상호작용이 일어나게 될 터인데, 그것이 충분히 촉발되지 못한 채 끝나 버릴 우려가 있었다. 그것이 열을 품지 못한 채 식어 버렸을 때, 그들 눈에는 무엇이 보일까? 두 사람은 눈을 두리번거리며 이 기묘한 만남의 과정을 확인하려 들지도 모른다. 그리고 어느 쪽에서든 허구의 냄새, 기묘한 착각의 냄새를 감지할지도 모른다……. 두리번두리번, 뚜벅뚜벅……, 두리번거리게 해서는 안 된다. 뚜벅뚜벅…… 남승지의 발소리가 의식의 밑바닥을 섬세하게 콕콕 찌르는 것 같았다. 꾸벅꾸벅 졸면서도 이방근의 의식은 깨어나 있었다.

잠시 후에 그는 여느 때보다 이른 여덟 시경에 이부자리에서 나왔다. 시계 문자판의 여덟 시에서 열두 시까지의 각도가 꽤 넓어 보이고, 갑자기 날이 길어진 느낌이 들었다.

하늘은 높았지만 구름이 꽤 많이 깔려 있어서, 어제의 청명함은 회색으로 거의 덮여 있었다.

약속시간이 다가오자, 이방근은 소파에 앉아 남승지가 오기를 기다렸다.

열 시를 1, 2분 정도 지났을 무렵, 남승지가 온 모양이었다. 일러둔 대로 유원이 맞아들였다.

설사 쪽문을 열고 맞아들이는 짧은 순간일지라도, 거기에는 기계적으로는 끝나지 않을, 오직 두 사람만이 경험할 어떤 정감의 설렘이 있을 것이다. 좋고 싫은 감정은 차치하고서라도.

유원은 스웨터 차림 그대로였지만, 말끔히 다림질한 감색 스커트에 스타킹으로 예쁜 각선미를 돋보이게 했고, 머리도 손질한 것 같았다. 외출할 것도 아닌데 아침부터 부자연스러운 정장 차림을 하고서 갑자기 집안 식구들에게 의심을 사는 것도 좋지 않았다. 그래도 여동생이 다가왔을 때 이방근은 크림 아니면 스킨로션 냄새가 은근히 풍겨 오는 것을 느꼈다. 어쨌든 여동생은 다른 손님을 맞는 경우처럼 편하게는 대할 수 없을 것이라고 이방근은 생각했다.

남승지가 온 기척을 느꼈을 때 이방근은 이상하게도 쿵 하며 욱신거리는 듯한 심장의 높은 고동 소리를 들으며 자리에서 일어나 툇마루로 나갔다. 그리고 응접실 쪽을 흘낏 쳐다보고 나서 대문 쪽을 보았다.

1, 2분 정도, 뭔가 그들끼리의 인사라도 나누는 모양이었다. 툇마루에 선 이방근의 눈에 그들의 모습이 들어오지 않았다. 하인방 건물의 모서리에 가려서, 대문 옆의 쪽문 쪽은 보이지 않았다.

으음, 좋은 일이야, 하고 이방근은 생각했다. 두 사람은 이미, 적어도 지금 이 순간만큼은 현실적으로 허구의 관계 속에 들어가 있을 것이다. 설령 그것이 착각 위에 생겨난 것이라 해도, 일반적으로는 느낄 수 없는 하나의 정감을 현실적인 감정으로서 경험하고 있을 것이다. 설마 여동생이, 당신이 날 만나려는 이유가 뭐죠? 라는 식의 '이유'를 묻거나 하지는 않을 것이다.

조금 부끄러운 듯 찡그린 표정의 유원이 한두 걸음 앞서 있었지만, 거의 두 사람이 함께 이방근 쪽으로 안뜰을 건너왔다.

"오빠, 오셨어요."

가까이 온 여동생이 말했다. 눈이 부신 것처럼 찡그린 표정은 그 나름대로 좋았지만, 그 말투가 좋지 않았다. 마치 오빠를 찾아온 손님을 안내하는 듯한 말투였다. 오셨어요, 라니 바보같이, 널 만나러 온 거잖아!

남승지는 이방근을 보자 밀짚모자를 벗고 고개를 숙여 인사했는데, 이방근은 아니? 하고 상대의 발밑을 보면서 자기도 모르게 쓴웃음을 지었다. 아침 무렵에 꾸벅꾸벅 졸면서 뚜벅뚜벅 울리는 의식 밑바닥을 찌르는 듯한 그의 발소리를 듣고 있었던 것은, 머릿속에서 멋대로 상상해 낸 소리에 불과함을 깨달았던 것이다. 남승지는 끝이 둥근 조선식 작업화를 신고 있었던 것이다. 그 신발로는 뚜벅뚜벅이고 뭐고 딱딱한 구둣발 소리가 날 리도 없었다. 아마 어젯밤 양준오의 하숙집을 찾아가는 도중에 들었던 자신의 구둣발 소리가 의식 속에 되살아나 울렸던 모양이었다.

이방근은 남승지와 함께 서재로 들어갔다. 여동생이 손님의 신발을 뒷마루에 놓인 신발장 속에 넣고는 차를 끓여 오겠다며 서재 문을 닫고 나갔다. 방 안이 얇은 투명 막을 펼친 것처럼 조금 어두워졌다. 유원이 다시 신발을 신고(그것은 여자용 고무신이었다) 안뜰에서 부엌 쪽으로 가는 것을 알 수 있었다.

이방근은 창을 등지고 남승지와 소파에 마주 앉았다. 탁자 위의 담배 케이스에서 한 개비를 집어 불을 붙이고는, 자신 앞에서 조심스러워하는 남승지에게도 담배를 권했다.

"도중에 아무 일 없었나?"

"예, 길에서 경찰과도 스쳐 지나갔습니다만, 아무 일 없었습니다. 게다가 처음 찾아오는 길도 아니고……. 혹시 검문당하면, 사실 그대로 이방근 씨 댁에 가는 중이라고 말할 작정이었으니까요……."

남승지는 조금 웃다가, 곧 진지한 표정으로 말했다.

"음, 그랬구먼, 사실이 그러니까 말이야. ……일부러 오느라 고생 많았네, 여동생도 내심 기뻐하고 있을 거야. ……미리 말해 두지만, 여기에 온 이상은 신변 걱정이나 경계를 할 필요가 없네. 집안사람이 라고 해도, 지금 집에 있는 사람은 계모와 식모뿐일세. 혹시 얼굴을 마주치면 고개를 숙여 인사 정도만 하면 될 거야. 나를 찾아올 사람도 없고, 아무도 이 방에는 들어오지 않으니까 안심해도 돼."

"예, 감사합니다."

남승지는 송구스러운 듯이 말했다.

"음, 그런데……." 이방근은 꼬고 앉은 다리를 바꾸면서 말했다. "승 지 동무, 설마 자네는 그 애한테 왜 나를 만나자고 했느냐는 식의 멋대 가리 없는 말은 하지 않겠지. 저 앤 자네도 알다시피, 분명 제멋대로 인 구석은 있지만, 그래도 여자야. 어젯밤에도 말했듯이, 그 애 심정 을 내가 대신 자네한테 전한 거니까, 불쑥 그런 말을 해서 누이의 자 존심이 상하지 않도록 해 주게. 오빠로서의 부탁일세. 남자와는 달리, 그런 경우 여자의 반응은 예민한 거라네. 그게 이를테면 예의라는 거 겠지. 핫, 하, 하아, 물론 남승지 동무가 그만한 일쯤은 분별하고도 남을 청년이라는 건 충분히 알고 있네만."

"말씀은 잘 알겠습니다." 남승지는 약간 쓴웃음을 지으며 말했다. "하지만 말씀하셨다시피, 그런 일은 상식적으로 말할 순 없지요. 전 오랜만에 유원 동무를 만날 수 있는 것만도 반갑고 기쁩니다. 이렇게 되리라곤 꿈에도 생각지 못했는데……. 어젯밤에는 꾸물거리며 미적 지근한 말을 했습니다만, 지금은 옛 친구를 만나게 해 주셔서 무척 고맙게 생각하고 있습니다."

"그건 다행이네만, 내 말을 이해한다니 고맙네. 옛 친구라고 할 것도 없지, 요전에 만나고 나서 겨우 반년 남짓 지났을 거야. ……그건 그렇고, 안색이 별로 좋지 않은데, 수면 부족인 모양이군……."

남승지는 피곤해 보였으나, 그 표정은 결코 어둡지 않았다. 어젯밤 만났을 때의 인상과 다름없는 어떤 밝음이 표정 밑바닥에 깔려 있었다. 그 밝음은 피곤의 막에 덮여 있다기보다는 그 막을 밀어내는 표정이었다. 유원 탓이라고 단순히 단정할 수 없는 무언가가 있었다.

"네, 준오 형과 오랜만에 만났기 때문에……."

유원이 차를 내왔다. 그런데 쟁반에는 손님과 이방근의 찻잔 밖에 놓여 있지 않았다.

찻잔이 각각 두 사람 앞에 놓였을 때, 남승지는 조금 기대가 어긋났다는 듯 당황한 표정으로 이방근 남매의 얼굴을 번갈아 바라보았다.

"유원아, 너도 좀 앉지 그러냐?"

"바로 식사를 준비해 오려구요." 유원은 오빠 쪽을 보고 말했지만, 그것은 손님에 대한 인사이기도 했다.

"아, 그렇지, 그게 먼저야. 승지 동무는 배가 고프겠지."

"저어." 남승지는 조금 일어나면서 황급히 유원을 제지했다. "저, 저는 괜찮습니다. 좀 전에 막 먹고 왔으니까요……. 아아, 실례했습니다. 두 분이 아직 안 드셨다면, 저는 상관 마시고 식사를 하시죠."

이방근은 어젯밤, 아침식사는 집에 와서 하라고 남승지에게 말한다는 걸 깜박 잊고 말았음을 깨달았다. 사양하는 것을 억지로 권할 수도 없어서, 식사는 나중에 하기로 했다.

방을 나간 유원이 사과와 곶감, 그리고 자신의 차를 가지고 와서 오빠 옆에 앉았다.

조용한 침묵이 흘렀다. 그것은 가시 돋친 침묵은 아니었지만, 대개의 침묵이 그러하듯, 오래 계속되면 가슴이 답답해져 오는 법이다.

이방근은 말없이 담배를 피웠다. 유원은 "승지 씨, 어서 드세요." 하며 상대에게 차를 권한 뒤 두 손으로 찻잔을 들었다. 조용한 분위기가 감도는 가운데 귤차 향기가 흘렀다.

남승지는 맛있게 차를 마셨다. 각자 차를 마시는 소리가 들렸다. 남승지는 찻잔을 탁자 위에 놓고 나서, 두 손을 무릎 위에 올려놓고 예의 바르게 앉았다. 이방근 남매 앞에서 조금 긴장한 듯 보였다.

유원은 만나고 싶다면서 찾아온 남승지 쪽에서 당연히 먼저 말을 꺼낼 거라고 생각했는지, 아무 말도 하지 않고 천천히 차를 마시고 있었다. 그리고는 머리를 약간 갸웃하며 오른쪽에 앉은 오빠를 바라본 뒤 탁자 위에 찻잔을 내려놓았다.

이방근은 여동생의 시선을 볼에 느꼈지만 아무 말도 하지 않았다. 그대로 담배를 계속 피우며 좀 더 침묵을 지킬 작정이었다.

"좀 전에요." 유원이 말했다. "쪽문을 열었잖아요. 그때 깜짝 놀랐는데, ……글쎄, 남승지 씨는 안경도 쓰지 않았고, 누구지? 하고 생각했을 정도예요……, 오빠한테 조금 들었을 뿐 자세한 건 전혀 모르지만, 승지 씨는 대단하세요. 작년에 만났을 때와는 어딘가 인상이 다른 것 같아요. 부러운 생각이 들어요."

"그게 아니고……, 시골 깊숙한 곳에 처박혀 있으면 시골 사람이 되어 버리는 겁니다." 남승지는 긴장을 풀 듯 몸을 가볍게 움직이고 발을 뻗으며 말했다. "그러니까 부러워할만 한 게 뭐가 있겠어요."

"아니, 그렇지 않아요. 승지 씨가 말하는 시골 사람은 지하활동가들이겠지요. 그 정도는 알고 있어요. 훌륭하다고 생각해요. 나는 음악을 하니까 정치 같은 건 모르지만, 이승만 박사 같은 반공주의자는 아니에요, 아시겠지만. 그건 지금도 마찬가지예요. 힘든 일이겠지만, 목숨을 걸고 할 수 있다는 건 훌륭한 일이고, ……그러니까, 부럽기도 하구요. 작년에 만났을 땐 남승지 씨를 그렇게 생각지 않았어요."

"응, ……좀 과대평가하는 것 같군요, 누구나 하는 일이에요……."

남승지는 머리카락에 손가락을 찔러 넣고 연신 긁적이면서 이방근 쪽을 향해 약간 농담조로 말했다.

"어머, 제가 하는 말을 과대평가라니……."

"신경 쓸 것 없네. 여동생은 자넬 칭찬하는 거니까." 이방근이 웃으며 말했다. "음, 승지 동무, 이건 이른바 '부잣집' 아가씨라는 종족한테서 흔히 볼 수 있는 착각원망(錯覺願望)의 일종이야."

"아아, 오빠도 참, 싫어요, 손님 앞에서 동생에게 그런 실례되는 말을 하다니." 유원의 하얀 얼굴이 굴욕감으로 금세 빨개졌다. 순간 눈이 매서워진 것이 정말로 화가 난 모양이었다. "오빠, ……그 착각원망이 뭐예요?"

"핫, 하아, 아무래도 여동생을 화나게 한 모양이군. 설마 어린애처럼 방을 뛰쳐나가지는 않겠지."

"화내지 않을 거예요."

유원은 발갛게 물든 얼굴을 숙이고 말했다.

"응, 그만한 일로 화낼 것도 없겠지, 그건 단순한 비유였어." 이방근은 소파 등에서 몸을 일으켜 약간 앞으로 내밀었다. "음, 그건 그렇다치고, ……여기 두 사람이 오랜만에 이렇게 만났는데, 자유로이 그리고 여유 있는 마음으로 만날 수 없다는 것이, 제3자인 내가 보기에도 유감스럽기 짝이 없군. 실은 바깥공기라도 맘껏 마시면서 만나야 하는데 말이야. 하지만 이제 와서 그런 말을 해 봤자 소용없는 일이고. 다만 자네들이 잠시나마 서로 얼굴을 맞댈 기회가 있어서 무엇보다 다행으로 생각하네. 여동생이 서울에서 돌아오지 않았다든가, 승지 군이 이렇게 성내로 오지 않았다면, 설사 만나고 싶은 마음이 있다 해도 만나지 못했을 거야. ……그리고 나도 성내에 있으면서 두 사람의 중개 역할을……, 음, 아니 아니야, 이런 표현은 좋지 않군……."

이방근은 순간 말문이 막혔다. ……대체 누가 무슨 중개를 부탁했단 말인가, 아니, 가당치도 않다. 지금 이 순간의 현실은 두 사람의 마음속에서 의식화된 착각 그 자체인 것이다. 지금, 현실은 없다. 거짓말이 현실이 되어 두 사람의 마음속에 있다……. 이방근의 말문이 막혔던 것은 잠깐 말을 쉬는 정도의 고작 몇 초에 불과했다. 그는 말을 계속했다. "핫, 하, 하아, 중개라는 말은 별로 어감이 좋지 않지만, 어쨌든 두 사람이 이렇게 만나는데 내가 작은 계기가 된 것만은 사실일 거야. 내가 여기서 이러쿵저러쿵 떠들 필요는 없겠지만, 딱 한마디만 당부해 두겠네. 두 사람은 착각이 뭔지를 알고 있나 하는 문제야. 인간은 동물과 달리 관념을 먹고 살아가는 이상, 뭔가의 착각 속에서 살아갈 수밖에 없다는 거지. 사랑도 사상도 착각 위에 서 있지. 착각을 시정하는 과정이 착각을 필요로 해. 인간은 끝없는 상상력의 산물이야. 다만 그 착각을 믿느냐 믿지 않느냐의 차이일 뿐이야. 믿는 것도 착각일지 모르고, 믿음이 무너지면 착각도 사라진다는 거지. 다만 그 경우엔 착각만이 아니라, 모든 게, 착각이었던 현실 그 자체도 사라지는 게 틀림없다고 할 수 있을 거야."

이방근은 차를 마셨다. 그리고는 조금 열기로 축축해진 눈으로 남승지를 바라보았다. 그 눈에는 독기가 없었다. 그는 이마에 땀이 배어 나오는 것을 느꼈다.

남승지의 시선이 움직여 이방근이 아닌 그 옆의 유원과 마주친 모양이었다. 남승지도 유원도 말이 없었다. 마치 선생님께 설교를 듣는 학생끼리 느끼는 연대감 같은 것이 서로의 표정에 나타나기라도 한 듯 두 사람은 서로 얼굴을 마주 보았다.

"핫, 하, 하아, 내가 오늘은 무슨 일인가, 좀 설교처럼 되어 버렸군. 이거, 쓸데없는 짓을 했어, 결코 설교하려 했던 게 아니었어. 하지만 이것도 내 생각임에는 틀림없어."

"방근 씨는 지금도 뭔가 깊은 관념 속에 갇혀 계신 것 같아요."

"핫, 하, 하아, 승지 군도 그런 말을 하게 됐군, 이건 대단한 발전이야. 자넨 발전하고 있어." 이방근은 유쾌한 듯 소리 내어 웃었다. "이거, 실례했네……, 으−응, 깊은 관념이라, 더구나 지금도……란 말이지, 자네의 표현은 재미있지만, 관념은 관념이야. 나는 '갇혀 있을' 인간이 아니야. '관념 속에 갇혀 있다', 오래 전부터 사용해 온, 게다가 이건 좌익이 사용하면 무서운 힘을 가지게 되는 말이야, 이건. ……그러나, 달라 자네들은…… 자네들이라는 건, 즉 좌익을 말하는 건데, 툭하면 그런 말들을 하는데, 달라. 관념에 갇히든 말든 인간은 생각하게 되어 있어. 이렇게 말하면 자네들은 기다렸다는 듯이 바로 '현실'이라는 것을 어디로부턴지 들고 나오지. 그리고 거기에는 반드시 빈곤, 대중의 빈곤이 대의명분으로, 마치 인간의 사고를 규제하는 규범처럼 등장해. 빈곤이 왕의 자리에 올라가는 거지. 중산계급 인텔리들은 노동자, 농민, 빈민들 이상으로 그들의 가난과 빈곤의 철학 앞에 무릎을 꿇고 경배하지. 그리고는 제멋대로 나팔을 불며 용감해지고 싶어 안달하지. 이건 정신의 빈곤이라 할 수 있어. 무슨 일에나 그게 유일한 대의명분…… 원칙, 정의가 되어 버젓이 통용된다는 건, 참으로 무서운 빈곤이야. 결코 자랑할 수는 없는 일이 말이지……음."

이방근은 잠시 말이 막혀 침을 삼켰다. 아니, 잠깐만, 내가 대체 왜 이러는 거야……. 그의 손이 다시 탁자 위의 담뱃갑으로 뻗어 한 개비 집어 든 뒤 입가로 가져가 불을 붙였다. 나는 뭔가를 착각하고 있는 게 아닐까……. 남승지는 도중에 끊어진 이방근의 말을 기다리듯 잠자코 있었다. 유원이 과도를 집어 들고 사과 하나를 네 쪽으로 잘라 깎기 시작했다. ……음, 지금 눈앞에서 내 뒤를 따라 담배를 문 건 남승지지 유달현이 아니다. 으흠, 그래도 무의식적으로 유달현의 모습과 겹쳐진 것일까. 젊은 남승지를 내가 인정해 주는 건 그가 유달현에게 없는 것을 가지고 있기 때문이다. 그들이 설사 '동지'라 해도 유달현과 겹쳐 생각하는 건 이상했다. 아니, 남승지는 유달현에게 없는 게 아니라, 나에게 없는 걸 가지고 있는 것이다. 지금도 발전하고 있고, 계속 더 축적하고 있다. 그 탓인지도 모른다, 날 이렇게까지 말하게 만드는 건……. 나는 그의 앞에서, 지금부터 거짓말과 허구의 착각이 탄로 나는 걸 두려워하여 이 청년에게 공격적으로 나오고 있는지도 몰라. 으흠, 한심하군, 내 마음이 그만한 일로 흔들리다니, 바보같이! 이방근은 자조하는 듯한 웃음으로 입가를 일그러뜨리며(여느 때의 엷은 웃음과도 달랐다), 마치 자신을 부정하듯 손을 내저으며 말을 이었다.

"핫, 하, 하아, 이거 정말 미안하네. 내가 또 왜 이러나 모르겠군, 이쯤에서 그만두기로 하지. 난 오늘 이런 말을 할 작정은 아니었네. 여동생만 그런 게 아니고 나 역시 자네와 오랜만에 만났으니까. 남승지 동무의 얘길 듣고 싶었는데 말야. 아니, 자네들 두 사람이 대화를 나누는 게 좋겠어. 두 사람에겐 나름대로 여러 가지 공통된 화제가 있을 테니 말야."

이방근은 담배를 재떨이에 비벼 끄고 손목시계를 보았다.

"열 시 반이라……." 이방근은 혼잣말처럼 중얼거렸다. "음, 벌써 나와 있을 시간이군, 전화를 해야겠네……."

"어디 나가십니까?"

남승지가 물었다.

"설마 멀리서 온 귀한 손님을 팽개쳐 놓고 내가 나갈 거라 생각하나? 나가지는 않지만, 몇 군데 전화로 처리해야 할 일이 있다네. 마침 잘 됐어, 나는 지금까지 너무 많이 지껄였으니, 잠시 자리를 비우기로 하지. 자아, 승지 동무, 식사는 나중에 하기로 하고 과일이라도 좀 들게나."

이방근은 일어서면서 남승지를 정면으로 보면서 말했다.

"예……"

남승지는 순간 당황한 표정으로 그의 시선을 받으며 자리에서 일어났다. 그리고 자기 옆을 지나 문 쪽으로 걸어가는 이방근을 바라보았다.

"금방 돌아와요?"

유원이 일어나서 말했다.

"조금 시간이 걸릴 거야. 그동안 이야기라도 하고 있거라."

"예."

이방근은 문을 열고 서재를 나왔다. 남승지는 뒤로 손을 돌려 문을 닫는 이방근의 점퍼 차림의 뒷모습을 멍하니 바라보았다.

"승지 씨, 앉으세요."

유원이 소파에 앉으며 말했다.

남승지는 유원의 목소리에 끌리듯 그녀를 힐끗 바라본 뒤 다시 제자리로 가 앉았다.

7

일단 소파에 앉은 유원은 남승지와 마주 보고 앉기 위해 옆으로 몸을 조금 움직여 오빠가 앉았던 자리로 옮겼다. 그녀가 조금 전까지 앉아 있던 오빠의 옆자리는 남승지와 대각선으로 마주 보고 있었기 때문이다.

유원은 무릎 위에 두 손을 올려놓고 마치 남의 집에라도 온 사람처럼 얌전히 앉았다. 그리고는 가볍게 인사하듯 웃었다.

"……"

남승지는 자신과 마주 보는 자리로 옮겨 앉은 그녀에게 호감을 느끼면서도, 금방 말이 나오지 않았다.

"……사과 안 드실래요?" 유원이 두 손을 접시 가장자리로 가져가며 말했다. "과자 대신 곶감도 가져오긴 했는데, 식후라서 소화에 안 좋을지도 몰라요. 자아, 드세요. ……저도 먹을게요."

유원은 반짝 빛나는 작은 포크로 하얀 사과를 얌전히 찍었다. 그리고 하얀 치아를 살짝 내보이며 웃었다. 포크에 찔린 사과 조각이 공중으로 떠올랐다.

남승지는 하얀 가루가 덮인 부드러운 곶감을 집어 들었다. 사과를 집으려던 손이 순간적인 반작용으로 소화에 좋지 않다는 곶감 쪽으로 움직인 것 같았다. 남승지의 마음속에 그녀의 관심을 끌고 싶다는 기분이 무의식중에 작용했는지도 몰랐다. 아니, 그녀의 가늘고 부드러운 손가락 끝에서 메스처럼 빛난 포크 탓인지도 모른다.

"난 곶감을 먹겠습니다."

"사과는 싫으세요?"

유원은 사과를 한 입 베어 먹은 뒤 말했다.

"아뇨, 그런 건 아니지만……."

"그럼, 나중에 드세요……, 곶감을 가져오길 잘했나 봐요."

남승지는 집어 든 곶감을 맛있게 먹었다. 다시 말이 끊겼다. 음식을 씹는 소리가 들려올 만큼 조용한 침묵이 한동안 두 사람을 감쌌다. 그것은 결코 가슴을 답답하게 만드는 침묵은 아니었다. 적어도 남승지에게는 그랬다. 만일 무언가의 압박감이 있다고 한다면, 그것은 어떤 감미로운 것이 지긋이 밀려오고 있을 때의 느낌과 같은 것이라 해도 좋았다.

유원이 등지고 앉은 창가 구석의 책상 위에서 탁상시계의 초침 소리가 뚜렷하게 들려왔다. 문자판 부분이 아치형이고 받침대가 양 날개처럼 튀어나와 있는 대리석 시계는, 마치 지금 작동을 시작한 것처럼 째깍째깍 소리를 내며 움직였다.

밝은 귤색 스웨터와 수수한 감색 스커트, 그것이 지금 눈앞의 살아 있는 육체를 생생하게 감싸고 있었다. 스커트 자락에서 조금 비스듬히 모아 날씬하게 뻗은 두 다리. 남승지는 살색 스타킹을 신은 매끄러운 다리에 시선이 갈까 봐 두려웠다. 다리가 탁자에 거의 가려져 있는 것이 다행이었다. 그러나 등을 뒤로 젖히고 시선을 자신의 무릎에 떨어뜨린 순간, 탁자 밑에 놓인 두 발이 보였다. 발등이 포동포동했다. 그녀는 그의 시선을 의식했는지, 발을 숨기듯 조금 끌어당겼다. 얼른 눈을 돌렸다. 여기는 현실적으로 이방근의 방이 틀림없었다. 남승지는 그녀 앞에서 달콤한 떡 같은 두툼한 곶감을 먹고 있다는 자신이 한순간 믿기 어려울 지경이었다. 현실이면서도 비현실적인 감각이 압박하면서 기분 좋은 막처럼 몸을 감싸고 있었다. 한동안 멍하니 있었다. …… 착각, 음, 그는 자주 착각이란 말을 했었다. 사랑도 사상도 그 현실감각도 모두 착각 위에 서 있다. 무슨 말을 한 것일까…….
엉뚱한 소리였음에도 불구하고, 이방근이 반복해서 말한 착각이라는
단어가 어렴풋한 감각을 지탱하듯 되살아났다.

"저, 승지 씨. 아까 오빠의 모습이 좀 이상하다고 생각하지 않았
어요?"

"네에?"

남승지는 엉겁결에 대답을 하다가 곶감 씨를 씹고 혀를 깨물 뻔했
다. 대체 나는 왜 이렇게 멍하게 있는 거야! 그는 머릿속에서 비현실
적인 장막을 걷어 내기라도 하듯이 고개를 흔들었다.

"무슨 일 있어요?"

"아니요. ……좀 전에 오빠가 한 얘길 말하는 군요."

남승지는 곶감 씨를 손으로 집어 재떨이에 넣고는 주름 잡힌 손수건
으로 손을 닦았다.

"예, 그래요. 오빠가 왜 그럴까요?" 유원은 미소를 띤 채, 조금 당황
스러워하는 상대방을 개의치 않고 말을 이었다. "그런 일은 드물어요.
오빠는 의외로 원만하게 사람과 사귀는 것 같으면서도, 속으로는 좋
고 싫은 게 확실한 사람이잖아요. 이리저리 말을 걸어 와도 싫은 사람
에게는 거의 침묵으로 묵살해 버리든가, 때로는 말이 많아져서 상대
방을 매도하는 말도 스스럼없이 해 버리지만, 좀 전의 그 말은 결코
그런 것과는 달랐어요. 전 그렇게 생각해요. 물론 가시 돋친 말도 있
었지만, 오빠의 본심은 절대로 그렇지 않았어요. 저, 오빠가 한 말
때문에 기분이 상했다면 용서해 주세요."

"핫하하……." 남승지는 당황했다. 예기치 않은 일이었다. "누가 방
근 씨의 말을 매도라고 받아들이겠습니까. 나도 그 정도는 알고 있습
니다."

"그렇다면 고마워요." 유원은 자기 이야기를 계속하려는 듯이 곧바로 말을 이었다. "하지만 여느 때 오빠와는 다른 것 같아요. 그런 식으로 말하는 경우는 별로 없거든요. 그리고 왠지 모양새가 이상해요, 괜히 혼자서 화를 내고 있는 것 같은 기분이 들어서……. 으응, 하지만 별문제 없을 거예요. 그런데…… 오빠는 역시 승지 씨에게 관심이 있나 봐요. 승지 씨는 훌륭해요. 다름 아닌 우리 오빠가 인정하고 있잖아요……."

그녀는 손짓을 해 가며 이야기하는 모습은 상당히 자신을 의식하고 있는 것 같았다. 미소를 띠고 있음에도 불구하고 얼굴이 약간 창백했다. ……승지 씨는 훌륭해요. 우리 오빠가 인정하고 있잖아요…… 후후흥, 남승지는 자기도 모르게 웃었다. 대체 이건 나에 대한 모욕일까, 아니면 찬사일까. 마치 남매가 자기들끼리 자랑을 늘어놓는 것처럼 느껴졌다.

"음, 오빠는 내가 깊은 관념 속에 갇혀 있다고 말했기 때문에 발끈했을 겁니다. 방근 씨의 말뜻은 나도 알고 있습니다. 나는 실제로 방근 씨를 존경하고 있지만, 그래도 뭐랄까, 나는 역시 오빠와는 입장이 다릅니다."

"입장이 다르다니요……, 그야 물론 사람은 각자의 입장이 있을 테니까 다른 것도 당연하겠지만, 구체적으로 어떻게 다르다는 거죠?"

"……" 남승지는 순간 말문이 막혔다. "말하자면 방근 씨는 조직원이 아니라는 겁니다."

"조직원? …… 조직원이라면 당원을 말하는 거겠죠? 오빤 애당초 '당원'이라는 사람들을 경멸하고 있어요. 물론 승지 씨에 대해서는 그렇지 않아요. ……하지만, 승지 씨는 설마 오빠를 반공주의자로 생각하는 것은 아니겠죠?"

"설마요, 그렇다면 내가 방근 씨를 만날 수 있겠습니까?"

남승지가 웃으며 말했다.

"……그건 그래요." 유원은 고개를 끄덕이며 말했다. "오빠가 제일 싫어하는 건 위선자예요. 조직이나 당원을 내세우는 사람도 있잖아요. '애국'이나 '조국'을 내세우는 사람도 많고요. 오빠가 그런 사람을 경멸하고 있다는 것은 나도 알아요. 승지 씬 지금 조직원이 아니라 했지만, 당원이든 그렇지 않은 사람이든 인간으로서 공통된 생각을 가질 수는 있지 않을까요. 당원만 인간이고, 그렇지 않은 사람은 제대로 된 인간이 아닌 것처럼……."

"아니, 그렇지 않습니다. 그런 뜻으로 말한 건 아닙니다. 내가 말한 건, 현실로서 당원이라는 것과 그렇지 않다는 사실을 말했을 뿐입니다. 당원이라면 그런 말을 할 수는 없을 테니까요."

조금 전 이방근의 비판이 자신에 대한 것이 아님을 남승지도 알고 있었다. 그러나 일언반구 반론다운 반론도 하지 않고 그것을 듣는 것이 기분 좋은 일은 아니었다. 그게 자신에 대한 직접적인 공격이었다면 잠자코 있었을까 하는 생각이 방금 전에 편치 않던 기분을 되살려 놓았다. ……게다가 이 우쭐거리는 '부잣집 아가씨'는 자기 좋을 대로 오빠를 변호하고 있지 않은가. 아니, 처음부터 그녀는 의식적으로 화제를 오빠에게만 집중하는 것처럼 생각되기까지 했다.

"그렇겠지요, 큰일 나겠지요. 하지만 오빠가 하는 일은 알 수가 없어요." 유원은 뻗은 발끝의 위치를 바꾸고 무릎 위에 두 손을 올려놓으며 말했다. "그래도 오빠의 속마음을 아는 사람은 거의 없을 거예요……. 오빠는 말이죠, 고독한 정신의 소유자예요. 그런 기색은 전혀 보이지 않지만, 난 알 수 있어요."

이야기는 오빠, 오빠……가 지속되며 점점 옆길로 빠지는 것 같았다. 전부터 그렇기는 했지만, 열띤 이야기의 분위기가 완전히 오빠에게 빠져 있는 듯해서, 듣는 쪽이 초조해졌다. 반년 만에 만났음에도 불구하고, 남승지는 실망에 가까운 감정이 가슴속에 번져 가는 것을 느꼈다. 연막일지도 모르지만, 과연 이것이 오빠를 통하여 만나고 싶다는 뜻을 전해 온 여자의 태도일까. 그는 담배를 물었다. 불을 붙인 뒤 크게 들이마셨다. 품어져 나와 흩어지는 연기 때문에 유원의 모습이 흐려졌다.

"유원 동무의 말은 알 것 같기도 합니다. 나도 방근 씨에 대해선 어느 정도 알고 있다곤 생각하지만…… 어쩌다 이런 조직이니 당원이니 하는 얘기가 나왔죠? 어쨌든 유원 동무와도 별로 관계없는 얘기고……, 흐음, 그러고 보니 전과 달리 좀 변한 건가요, 작년에 만났을 때는 이런 정치적인 얘긴 전혀 나오지 않았잖아요."

남승지는 겨우 화제의 방향을 바꿨다.

"후후후, 내가 변했나요? 으─응, 글쎄요. 그래도 사실 저는 정치 같은 건 관심 없어요. 하지만 이런 이야기를 하는 경우는 드물잖아요……. 게다가 승지 씨를 만나면 더욱 생생한 느낌이 들어요. 서울에서 시골로 돌아와 흙냄새를 맡는 것처럼, 정치가 살아 있는 느낌이랄까. 재미있다고 하면 실례가 되겠지만, 그래도 내가 말을 하면서 아주 신선한 느낌이 들어요. 하지만 역시 승지 씨 말대로 나와는 아무런 관계도 없어요. 그러니까 전이나 지금이나 조금도 달라진 건 없어요. 달라진 건 승지 씨 쪽이에요. ……놀라운 일이에요."

"내가 변했다고요? 그렇군요. 그렇다 해도 놀라운 일이라는 건 좀 과장이네요. 솔직히 말하면, 오히려 내가 놀랐으니까……, 지금 이렇게 만날 수 있을 거라고는 생각도 못했으니까. 설마 유원 동무가 서울에서 돌아와 있다니, 오빠에게 듣고 깜짝 놀랐습니다."

"승지 씨가 성내에 오신다는 말을 듣고 나도 놀랐어요."

그녀의 솔직한 목소리가 좋았다.

"유원 동무는 지금 내가 달라졌다고 했어요. 놀라운 일이라며……, 저는 의식하지 못하고 있는데, 정말 그런가, 그게 눈에 보입니까?"

"눈에 보이느냐……, 후후후, 구체적으로는 말할 수 없지만 뭔가 보여요. 역시 전보다 인상이 밝아졌어요."

유원은 눈부시다는 듯이 남승지를 슬쩍 쳐다보고는 살짝 웃었다. 순간 딱딱한 벽이 무너지고 소녀 같은 천진난만함이 얼굴에 퍼졌다.

"인상이 밝아요? 내가……, 정말입니까?"

남승지는 의외라는 생각이 들었다. 밝다……, 적어도 작년에 유원과 만났을 때보다는 나름대로 성장했다고 자부하고 있었지만, 그러나 밝다……라는 말을 듣는 것은 의외였다. 거의 의식하지 못하고 있었던 것이다. 실제로 요즘 하루 이틀 마음이 들떠 있었던 것은 사실이다. 그러나 남이 놀랄 만큼 밝아지다니……. 남승지는 순간 자신의 무언가를 부정당한 듯한 가벼운 실망감을 느꼈다. 어두운 것이 곧 심각함이라고 느끼는 일종의 감상, '심각'을 원하는 마음에서 벗어나지 못하고 있었던 것이다.

"그래요. 하지만 이상하네요, 승지 씨가 스스로 놀라고 있는 걸요. ……자신은 모르는 모양이네요. 게다가 뭔가 시시한 표정이에요, 그런 말을 하는 게 아니었나 봐요."

"아니, 천만에요." 남승지는 고개를 흔들어 부정했다. "전혀 의식하지 못하고 있었기에 좀 의외라는 생각이 들었을 뿐입니다."

"왜 그렇죠? 승지 씨는 민감해 보이면서도 의외로 태평하군요."

"정말, 내가 깨닫지 못한 걸 말해 줘서 고맙습니다. 헤헤에, 나는 어딘가 좀 모자라요……."

밝다……고. 뭐가 밝다는 거야……. 그리고 재미없어 보인다니, 깜짝 놀랐어. 남승지는 자신도 모르게 얼굴이 붉어지는 것을 느끼며, 마지막으로 한 모금 피운 담배꽁초를 재떨이에 비벼 껐다. 일전에 유달현의 방에서 꾸었던 그녀를 안는 꿈이 갑자기 눈앞에 떠올라 본인과 겹쳐지는 것이었다. 서로 상반신이 알몸으로 뭔가 빨판처럼 떨어지지 않았다……, 그는 그 이미지를 떨쳐 버렸다. ……음, 밝아진 것은 당신 탓이야. 한번 만나고 싶었던 당신을 만날 수 있었기 때문이야. 사실은 어젯밤 방근 씨에게 이야기를 들었을 때부터 가슴이 두근거리고 있었어……. 남승지는 사과를 손가락으로 집었다.

"차를 드릴까요?"

잠시 후, 유원이 말했다.

남승지는 그녀를 마주 보며 고개를 끄덕였다. 유원은 찻잔 세 개를 하나씩 쟁반에 얹은 뒤 자리에서 일어나 방을 나갔다. 미닫이문을 꼭 닫았다.

흐흥, 이상한 일이다, 그렇게 얼굴에 드러나는 걸까……. 남승지는 그녀가 나가자 안도의 한숨을 내쉬면서 이해가 안 된다는 듯이 중얼거렸다. 그리고 장님이 자신의 얼굴을 더듬듯이 손바닥을 이마에 대고 얼굴을 쓸어내렸다. 수면 부족으로 움푹 파인 눈두덩이의 앙상한 뼈의 감촉이 손바닥에 전해진다. 이것이 밝은 얼굴이라……. 마치 손거울처럼 손바닥을 얼굴 앞에 펼쳐 보았다. 여동생 말순과 닮은 손이었다. 밝은 얼굴……, 아니 아니야, 난 일본에 가기 때문에 마음이 들떠 있는 거야. 앞으로 2, 3일 안에 나는 일본에 가. 2년 반 만에 일본에 가…….

남승지는 석방된 지 얼마 지나지 않은 강몽구와 함께 급히 일본으로 가기로 되어 있었다. 그가 성내로 찾아온 것은 단순히 이방근과 만나기 위해서만은 아니었다. 일본으로의 출발을 앞두고 양준오와 만날 필요가 있었는데, 그 일과 마침 겹쳐졌던 것이다.

강몽구는 석방된 다음날이 그저께였는데, 휴식을 취할 겨를도 없이 도당(島黨) 간부회의에 참석하였고, 그 자리에서 일본 파견이 결정되었다(제주도는 행정구역 단위로서는 1946년에 본토의 전라남도에서 분리되어 '도(道)'가 되었지만, 당 조직은 도(島)위원회로서 전라남도위원회 산하에 소속되어 있었다). 일본 파견은 무장봉기에 대비한 물자와 자금을 제주도 출신 재일조선인 실업가들로부터 조달하기 위해서였다.

몇 명인가의 실업가 명단 중에는 남승지의 사촌 형인 남승일이 들어 있었다. 게다가 가장 중요한 인물 중의 한 사람이었는데, 그를 중재역으로 삼아 주변에 대한 공작까지 계산되어 있었다. 사촌 형은 전쟁이 끝난 뒤 새로이 고무 공장을 시작하여 사업을 확장했는데 성공을 거두고 있었다. 남승지가 수행하게 된 것은 사촌 형에 대한 설득 공작이라기보다는 서로를 소개하는 역할을 맡았다고 하는 편이 옳을 것이다. 강몽구도 사돈인 남승일과 면식이 있었지만, 사촌 동생인 남승지를 데려가는 편이 교섭을 진행하기 쉬울 것으로 확신하고 있었다. 그리고 입 밖에 내지는 않았지만, 오랜만에 어머니와 여동생을 만나게 해 주려는 마음도 있었다.

가능한 한 서둘러야만 했다. 십 톤 남짓한 밀항선을 일본 오사카 근처에 댄다고 해도 왕복 일주일은 잡아야 한다. 공작 일정을 최소 열흘로 잡는다 해도 보름에서 20일은 충분히 걸릴 것이다. 머뭇거리다가는 3월 한 달을 꼬박 일본에서 보내게 될지도 모른다. 그럴 수는 없었다. 모레는 성내에서 유달현 등이 참석하는 관음사회의를 앞두고 있는데, 남승지는 바로 강몽구와 함께 섬을 떠나야 했다.

양준오와는 어젯밤 늦게까지 일본에 가는 문제와 오사카의 어머니와 여동생 이야기를 포함해 여러 가지 이야기를 나눴다. 그러나 그는 정작 중요한 특별(비밀)당원이 되는 것을 꺼렸다. 그리고 3월에 군정청을 그만두고 도청으로 옮길 예정이라고 했다. 그가 통역을 그만둘 것이라는 것은 처음 듣는 이야기는 아니었다. 그만두고 섬을 떠나고 싶다는 말은 이전부터 하고 있었다. 남승지는 그에게 그런 생각을 단념하도록 설득하기 위해 온 것이었다. ……들어 봐, 승지 동무, 난 친척도 아무도 없는 고향 땅이지만 그래도 해방된 조국이니까 돌아왔어. 육친을 일본에 남기고 온 자네도 마찬가지야. 난 그걸 조금도 후회하지 않아. 좋든 나쁘든 돌아와야 했으니까. 그런데 말이지 그 현실이 가치가 없다고 생각될 때는 미련 없이 섬을 떠나야만 해……. 흐흠, 그러니까 당장이라도 그 가치 없는 현실을 바꿔야 한다는 말이 자네 입에서 튀어나올 것 같은 기분이 들어. 나는 고향에 미련이 없네. 훌륭하고 가치 있는 현실이라도 나한테는 하찮은 경우가 있으니까 말이야. 미국인은 조선을 통치하기 위해 조선인을 부리고 있다고밖에 생각되지 않아. 이게 무슨 해방인가, 일제강점기 조선총독부의 연장일 뿐이지. 해방되었다고 생각하는 건 우리뿐이야. 미국은 전쟁에서 이겼기 때문에 점령하러 왔다고 생각하고 있어. 그들은 우리 민족을 야만인으로 생각하고 있으니까, 고용주인 그들의 입장을 두둔하지 않는다면 그곳을 나와야겠지. 그러나 나는 아직 섬을 떠나지는 않을 거야. 그래서 도청으로 간다네. 자네와 이방근의 존재는 나로 하여금 인생에 대한 의리를 느끼게 해 준다네. 음, 그래서 쉽게 떠나지 못하는 걸세. 그 문제는 도청에 가서 다시 한 번 생각해 보기로 하자구……. 그리고 설사 내가 자네들의 조직 일을 한다고 해도, 지방군정청의 통역보다는 오히려 지사의 비서 역할을 겸할지 모르는 경리과장이 되는 편이 좋겠지만, 아직 거기까지는 생각지 않고 있다, 라고 말했다. ……게다가 월급도 통역보다는 많아, 라는 농담을 하고는 웃었던 것이다.

양준오가 조직원이 되기를 주저하는 이유 중의 하나는 무장봉기에 비판적이라는 점도 있었다. 그러나 그는 결코 폭력을 부정하고 있는 것은 아니었다. 이 섬에서 무장봉기를 일으켜서 과연 승산이 있겠느냐 하는 의문을 갖고 있었던 것이다.

만약 이런 발언이 조직 내부에서 있었다면 이단자 취급을 받았을 것이다. 강몽구와 친한 어떤 간부는 그런 주장을 했다가, 도(島)위원회에서 전라남도위원회로 소환 당했다. 강몽구도 그런 생각을 가지고 있었지만, 그래도 싸우지 않을 수 없다는 입장이었다. 즉, 승산 운운하는 것은 싸우기 전부터 투쟁을 포기하는 '투항주의'였다. 남승지는 제주도 봉기가 도화선이 되어 마침내 남한 전역에서 빨치산 투쟁이 일어날 것이며, 거기에 군대가 가담하여 반란을 일으키면 단번에 제주도를 장악할 것이고, 그것이 본토에 결정적인 영향을 줄 수 있을 것이다……라는 식의 반론을 폈다. 반론이라 해 봤자, 그것은 당의 방침을 되풀이한 것에 불과했다. 유달현의 주장도 마찬가지였다. 양준오는 말없이 무뚝뚝한 표정으로 듣고만 있었다.

남승지는 자신의 말을 믿고 있었다. 단순하다면 그뿐이지만, 조직을 신뢰하고 그 방침에 충실하려고 노력하고 있었다. 그리고 그러한 조직의 방침은 충분한 승산이 있는 것처럼 여겨졌다. 무엇보다도 제주도 도민들의 조직에 대한 절대적인 지지가 있었다. 사람들은 뭔가를 하지 않으면 안 된다고 생각하고 있었다. 도민 스스로가 게릴라가 되어 '서북' 따위를 앞잡이로 내세운 지배 권력과 투쟁할 필요가 있었던 것이다.

게다가 '서북' 무리의 무도한 횡포를 물리치려면 폭력 외에는 달리 방법이 없었다. '서북'의, 과거 일제강점기에도 없었던 폭력이 제주도 민을 잠재적인 폭력으로 몰아가고 있었다고 할 수 있다. 폭력에는 폭력을! 비폭력으로 폭력을 쓰러뜨릴 수는 없다. 평화로운 섬이, 더구나 해방된 이 땅에서 폭력으로 벼랑 끝까지 내몰리고 있지 않은가……. 남승지의 기분도 그러했고, 양준오조차 '서북' 이야기가 나왔을 때는 폭력을 부정하지 않았다. 그러나 '무장봉기'에는 사람의 영웅심을 부추기는 '멋진 허세'가 있었던 것도 사실이다. '무장봉기'라는 말의 폭력적 이미지가 자아내는 '혁명성'으로 말미암아, 다소간의 비장감이 섞인 매우 낙천적인 영웅주의에 도취되어 있었던 것도 사실일 것이다. 그것은 사람을 선동하는 힘을 갖고 있었다. 남승지 역시 '무장봉기'라는 말에 자기도 모르게 몸이 저려 오고 저절로 엄숙해질 때가 있을 정도였다.

어쨌든 양준오는 남승지가 일본에 가는 것을 가족이나 되는 것처럼 기뻐해 주었다. ……자네처럼 가족이 있는 건 아니지만 나도 일본에 가고 싶군, 다만, 나는 자네와는 달라, 가면 다시는 돌아오지 않을 거니까. 그래서 말이지, 고향에서 일어나고 있는 섬 사람들의 투쟁을 멀리 다른 나라에서 바라보게 될 거야…… 하고 웃으며 말했다. 그리고 다음날 아침 남승지를 하숙집에 남겨 놓고 군정청에 출근했다. 출근하기 전에 그는 한동안 못 만나겠다며 어머니와 여동생에게 뭔가 사 드리라며 약간의 돈을 전별금으로 주었다. 남승지는 거절했지만, 양준오는 그러는 게 아니라고 나무라며 억지로 상대의 주머니에 밀어넣었다. 남승지가 그의 하숙집을 나온 것은 그로부터 한 시간 뒤였다.

남승지는 소파에 등을 기대고 한동안 멍하니 앉아 있었다. 조용했다. 갑자기 층을 이룬 듯한 고요함이 귓속에서 수런수런 수군거리기 시작했다. 성내 한복판에 이렇게 안전을 보장받은 넓은 공간이 있다는 것이 비현실적인 느낌마저 준다(넓다고는 해도 네 평 남짓한 서재로, 이 섬의 보통 가정집을 기준으로 보면 상당히 넓은 방이었다). 책상 위의 탁상시계 소리가 성급하게 아주 똑똑히 들려왔다. 열 시 45분을 지나고 있었다. 여기 온 지 벌써 한 시간 가까이 지났구나 하는 생각이 들었다.

앞으로 2, 3일만 있으면 일본으로 간다……. 정말 기적 같다는 느낌이 든다. 해방 후 일본에서 서울로 들어온 지 2년 반 만이다. 남승지가 작년 봄 서울에서 학교를 그만두었을 때, 만약 당원이 아니었다면 그는 그대로 일본에 건너갔을 것이다. 아니, 그는 실제로 일본에 가버릴까 하는 생각도 했었다. 하다못해 조직의 승인을 얻어서라도 잠시 일본에 가서, 경제적인 준비를 갖춘 다음 다시 오고 싶다고 생각했었다. 그러나 당원이라는 자가, 게다가 조직에 들어간 지 아직 6개월밖에 되지 않은 자가 입 밖에 낼 수 있는 일이 아니었다. 그리고 학교를 중퇴한 것은 경제적인 이유도 있었지만, 격동하는 조국의 사회 정세 속에서 직접 '혁명'에 참가하겠다는 결의가 있었기 때문이었다.

제주도에 온 뒤 남승지는 성내의 동쪽에 솟아 있는 사라봉에서 그리 멀지 않은 S부락의 고모 댁에 기거하면서 전년(1946년) 여름에 신설된 N중학교 영어교사가 되어, 가두세포(街頭細胞)에 소속되었다. 중학생이라고는 하지만 자기와 동년배인 학생도 몇 명이나 있었다. 국민학교를 갓 졸업한 소년들과 함께 스무 살이 넘은 청년이 책상을 나란히 하고 공부하는 모습은 그를 감동시켰다. 나이로 하자면 선생과 학생의 관계라고 할 수가 없었다. 처음에는 다박수염을 기른 건장한 그들에게 압도되어 숨이 막히고 혀가 굳어지는 느낌이었다. 그러나 손을 든 스무 살의 학생으로부터 선생님! 하고 불렸을 때의 당혹감과 몸이 떨리는 듯한 감동은 잊을 수가 없다. 그들의 태도에는 냉소나 짓궂음이 없었다. 영어독본 I이나 II를 배우는 그들의 모습은 열 두세 살의 소년과 다를 바 없었고, 그들보다 어린애처럼 보이기까지 했다. 운동장에서는 소년들과 함께 축구를 하면서, 친절한 선배이자 좋은 코치가 되어 주었다. 그러는 한편 우리 나이로 18세 이상이면 당원이 될 수 있었기 때문에, 그들은 교사들의 직장세포와는 별도로 학생세포를 만들어 교사들 못지않은 조직활동을 벌이고 있었다. 다만 그들은 이미 처자를 거느린 가장이거나 한 집안의 중요한 노동력이기도 했으므로, 농번기 때는 결석자가 많아져 그 보충수업이 힘들었다. 희미한 남포등 밑에서 그들을 위한 야간학교가 열리기도 했다. 여기저기 구멍이 난 것처럼 빈자리가 눈에 띄는 낮의 교실도 결코 수업 분위기가 나쁘지 않았다. 오히려 수업에 긴장감이 생기는 경우가 많았다. 남승지는 이처럼 일본이나 서울에 있을 때는 상상도 하지 못했던 새롭고 뭔가 자긍심 있는 분위기 속에서 교원생활을 시작할 수 있게 된 것이 기뻤다. 당원은 아니었지만 새로 들어온 그에게 여러 가지로 친절히 대해준 윤상길과 만난 것도 이때였다. 진정 독립된 조국의 숨결을 직접 가슴 속 깊이 들이마시고 있는 듯한 충만감을 느꼈던 것이다. 그러나 그것도 오래 계속되지는 않았다. 작년 연말 무렵부터는 지하로 숨어들어야 했기 때문이다.

쉰 살이 가까운 고모는 외아들인 조카를 무척 사랑했다. 다만 이 애정은 다분히 유교사상에 토대를 둔 가족제도라는 의식에서 나온 것이었다. 그도 그럴 것이, 사촌 형인 남승일은 소위 집안의 장손이었지만, 나이가 사십 대 중반이 되도록 아직 자식이 없었던 것이다. 게다가 그도 외아들이었다. 따라서 사촌 동생인 남승지가 결혼하여 아들을 낳는 것이, 이른바 종가의 가계를 잇게 만드는 일이었다. 남승지는 내심 그것을 번거롭게 생각하고 있었다.

고모는 스스로가 자신은 남자로 태어났더라면 좋았을 거라고 말할 만큼 기가 센 여자로, 집안에서는 남편을 꼼짝 못 하게 만드는 타입이었다. 말다툼이라도 벌어지면, 아내가 포효하고 남편은 거북이처럼 침묵을 지켰다. 나는 팔자가 기구해서 아버지도 어릴 적에 돌아가시고, 결국 천한 상놈의 집안에 시집을 오고 말았지만, 옛날 같으면 감히 길도 함께 걷지 못할 양반집 딸이란 말이야. 옛날에 제주 목사가 말을 타고 온 섬을 돌아볼 적에, 우리 할아버님이 사시던 마을을 그냥 지나치는 법이 없을 정도였으니까. 신작로에서 얼른 말을 내려, 할아버님이 계시는 집까지 수행원과 함께 걸어서 인사를 하러 왔었지……. 나는 그래도 당신을 남편으로 섬기고 당신 부모를 시부모로 공경해 왔는데, 도대체 나한테 더 이상 무슨 할 말이 있다는 거요! 하고 반드시 가문을 들고 나오는 것이 고모의 입버릇이었다. 과묵한 농부인 남편은 콧수염을 기른 남자다운 입술 끝에 엷은 웃음을 띠고, 또 시작이군…… 하는 식으로, '쳇' 하고 혀를 찰 뿐 상대하지 않았다. 그리고 툇마루에 나와 앉아 짚신을 삼거나 새끼를 꼬거나, 아니면 어쩌다 한 번씩 목침을 안뜰에 내던져 화풀이를 하는 정도였지, 이날 이때까지 아내에게 손찌검을 한 적이 없었다. 아이고, 저것 좀 보소. 선비처럼 콧수염만 멋지게 길러가지고, 무식한 인간이 하는 꼴 좀 보소. 목침에 무슨 죄가 있다고 내던진단 말이요. 그러니 머리가 점점 돌이 될 수밖에 없지……. 고모의 미움과 조소가 담긴 목소리다. 그러나 고모는 안뜰에 내려가, 흙이 묻어 더러워진 목침의 흙을 털어 낸 뒤 들고 온다. 고모는 집안일에 빈틈이 없는데다, 늙은 시부모를 봉양하고 농사일에도 열심이었다. 따라서 남편은 그녀에게 이렇다 할 불만을 품을 까닭도 없었다.

고모는 남승지가 아직 고향에 살던 어린 시절부터, 방학 때면 승지를 당신의 시댁에 데려와 자기 자식들과 함께 지내게 했다. 그리고는 한 달이든 두 달이든 돌려보내지 않는 바람에, 끝내는 승지의 어머니와 다툰 적도 있었다. 국민학교 3학년 무렵, 공부하기에는 일본이 좋다면서 오랜만에 귀향한 사촌 형에 이끌려 일본에 가게 되자, 고모는 조카의 작은 손을 꼭 쥐고 성내의 부두에서 엉엉 울었었다. 아이고, 내 조카야…… 하면서, 여동생과 함께 온 어머니를 제쳐 두고 울었다.

고베(神戸)의 사촌 형 집에서 생활하게 된 남승지는 마침내 중학교에 진학하게 되었다. 당시에 재일조선인의 자제가 중등학교에 진학할 수 있다는 것은 상당히 혜택받은 경우라고 말할 수 있었다. 어릴 적부터 부모 슬하를 떠나 있었던 남승지는 그것을 자각하고, 성실한 학생으로서 열심히 공부하여 다른 학생들을 앞질렀다. 그것은 자신이 교육을 받지 못했고, 더구나 자식도 없었기 때문에, 사촌 동생의 학교생활에 지장이 없도록 노력한 사촌 형의 배려와 뒷받침이 있었기에 가능했음은 말할 것도 없었다. 사촌 형은 십여 명의 남녀 직공을 두고 운동화 갑피(甲皮)를 만드는 작은 공장을 경영하여 꽤 성공을 거두었다. 남승지는 해방 후 일본을 떠날 때까지 사촌 형 집에서 생활을 계속했다.

양준오……, 남승지는 소파에서 혼자 담뱃불을 붙이며 친구의 이름을 중얼거렸다. 자네처럼 가족이 있는 건 아니지만 나도 일본에 가고 싶군……. 다만, 나는 자네와는 달라, 가면 다시는 돌아오지 않을 거니까……. 가면 다시는 돌아오지 않는다는 말은 이대로 이 땅에 눌러 살겠다는 뜻인가. 양준오와는 고베 시절부터 친구였다. 사촌 형 집 근처에 양준오의 지인이 있어서, 그는 오사카로부터 이따금 놀러 오곤 했다. 양준오가 오사카의 공립단과대학 고상부(高商部)에 막 입학했을 무렵이었는데, 우연히 그 지인 집에 남승지가 놀러 갔다가 그곳에서 알게 되었다. 마침내 남승지의 2층 방에도 놀러 오게 되었고 남승지도 오사카의 그를 찾아가곤 했다. 양준오는 당시부터 반일 사상을 가진 민족주의자였다. 남승지의 주위에는 귀축미영(鬼畜美英) 격멸의 성전(聖戰) 완수를 외치는 일본인 학생과 교사뿐이었고, 사촌 형은 그저 묵묵히 일에만 열중하고 있었다. 그와 같은 환경 속에서 양준오와의 만남은 남승지에게 상당한 영향을 미칠 수밖에 없었다.

언제였던가, 일본의 전황이 조금씩 기울어져 가고 있을 무렵, 두 사람은 서고베(西神戶) 나가타초(長田町)의 어두운 해변을 걷고 있었다. 등화관제가 실시되고 있어서 거리는 어두웠다. 바다는 썰물이었다. 어두운 파도가 밀려온다. 파도가 밀려왔다가 빠져나간다. 빠져나갔다가 다시 밀려오는 파도가 달빛에 부서졌다. 두 사람은 해변에 앉아 어두운 바다를 바라보고 있었다. 주위를 경계하면서 조금은 낭만적이고, 조금은 비장감을 느끼면서 일본의 전황과 조국의 독립에 대해 이야기했다. 남승지는 가슴이 몹시 두근거리는 것을 느끼면서, 뭔가 꿈속의 해변에 있는 듯한 기분이 들었다. 양준오는 조선어로 '조국'이라는 말을 반복했지만, 그 자신도 무언가 조국의 독립을 위한 어떤 구체적인 방법이 있었던 것은 아니었다. 민족적 자각을 지닌 식민지인으로서, 독립에 대한 강렬한 희망을 이야기했던 것이다.

"……그건 이 파도가 밀려오는 모양과 마찬가지야."

양준오가 무거운 어조로 말했다.

"예……?"

남승지는 되묻듯 양준오를 바라보았다. 양준오의 이 말은 일본이 정말로 패배하겠느냐는 상대의 의문에 대한 것이었다.

"파도는 물러갔다가 또다시 밀려오지. 물러갈 때보다도 밀려올 때의 기세가 더 강해. 그러나 아무리 밀려온다 해도, 대세는 지금 썰물이라는 거야. 큰 파도도 간조를 거스를 수는 없어. 더 이상 해변을 적실 수 없지. 일본은 그야말로 간조 속에 있는 거야. 어쩔 도리가 없다는 거지. ……바다는 머지않아 만조가 될 거야. 그러나 일본에는 만조가 오지 않아. 그리고 전쟁이 끝나. 일본 제국이 패망하고 조국은 독립할 거야."

"……"

남승지는 파도 소리가 소란스런 어두운 해변에서 그저 눈을 반짝이고 있을 뿐이었다. 그리고 왠지 가슴이 쥐어짜듯 아파오는 것을 지그시 참고 있었다. 생각해 보면 심각한 이야기도 아니었다. 과학적으로 전황을 분석한 것도 아니고, 말하자면 단순한 비유에 지나지 않았다. 그러나 당시의 파도 소리에 자꾸만 묻히던 양준오의 말이 어찌 된 셈인지 매우 상징적인 여운과 함께 남승지의 가슴에 새겨졌다. 남승지는 그 뒤에 바다를 보면, 특히 그 고베의 해변을 걸으면, 양준오의 말이 파도 소리와 함께 되살아났다. 그리고 그 말처럼 간조 속에 떠도는 일본 제국의 패배가 다가오기를 손꼽아 기다렸다.

양준오는 전쟁이 끝난 직후 조국으로, 마치 고향에 자신을 기다리는 가족이라도 있는 것처럼 돌아갔다. 조국은 독립했다. 자네도 꾸물대지 말고 조국으로 돌아가, 새로운 조국 건설에 청춘을 바치는 거야……. 한발 먼저 일본을 떠나면서 그는 말했었다. 그런 양준오가 지금 조국의 현실에 절망하고 있는 것이다.

8

　서재 창문과 나란히 있는 문 옆에 둥근, 마치 보름달 같은 모양의 거울이 빛나고 있었다. 벽의 그 부분만이 없어진 것처럼 안쪽 깊숙이 비쳐 보이고 있어 손을 찔러 넣으면 저쪽으로 뻗어나갈 것 같은 느낌이 든다. 왼쪽 벽을 따라 장롱과 책장이 놓여 있었는데, 책장은 유리문 안쪽에 녹색 커튼이 쳐져 있어서 안이 들여다보이지 않는 만큼, 더욱 고요한 느낌이 들었다. 이방근은 학생 시절에 아버지의 뜻에 따라 일단 법학과에 들어갔다가, 나중에 핑계를 대어 동양사 쪽으로 다시 입학했다고 한다. 그러나 그의 장서 가운데에는 그런 책이 전혀 없을지도 모른다. 언젠가 양준오는 이방근이 이전에 자신의 장서를 전부 불태워 버렸다고 말한 적이 있었다.

　책장 위에 놓여 있는 두 개의 백자 항아리의 배어나는 듯한 희미한 빛이 주위에 차분한 분위기를 자아내고 있었다. 가만히 보고 있으면, 묘하게 생생한 느낌이 전해져 오는 것 같았다.

　남승지는 이렇다 할 세간도 없는 간소한 방 안을 둘러보고 나서, 천천히 일어나 책장 앞으로 갔다. 그리고 어른의 머리만한 하얀 항아리에 살짝 손바닥을 대보았다. 뭔가 손바닥에 축축하게 달라붙는 듯한 차가운 감촉이 느껴졌다. 조심스럽게 천천히 한 번 쓰다듬었다. 매끄러우면서 먼지는 묻어 있지 않았다. 언제나 손으로 만지고 있던가, 매일 같이 먼지를 닦아내고 있는 모양이었다. 언젠가 이방근이, 여자의 피부와 마찬가지로 떡살 같은 느낌이 난다고 말한 것이 떠올랐다. 남승지는 숨을 죽이고 다시 한 번 천천히 쓰다듬었다. 그런데 보는 사람의 시선에 차분하고 희미한 빛을 쏟아 내는 듯한 백자와,

빈 집의 창문처럼 커튼이 드리워진 책장은, 기묘한 대조를 이루고 있는 것처럼 생각되었다.

기묘한 것으로 말하자면, 그 거울의 모양도 조금 신경이 쓰였다. 황토색 회반죽을 바른 벽에 걸린 거울 쪽을 돌아보았다. 전혀 특이할 것도 없는 그저 둥근 거울이었지만, 그 동그란 수은 색 빛 저편이 깊은 구멍처럼 느껴져서 견딜 수 없다. 거울 속에 고베 시절의 과거가, 아니 일본에 있는 어머니와 여동생의 생활이 보일지도 모른다는 생각이 들었다.

그는 거울 옆으로 갔다. 거울 속에서 자신의 얼굴이 이쪽을 향해 커다랗게 다가와 둥근 공간을 메웠다. 그뿐이었다. 음, 이게 밝은 얼굴인가……. 조금 표정을 꾸며 보려 했지만, 별로 달라진 것 같지 않았다. 그러나 유원은 변했다고 말했다. 일종의 놀라움이라고까지 말했다. 농담은 아니겠지. 그리고 그녀의 말을 뒷받침이라도 하듯, 최근 하루 이틀은 마음이 들떠 있었던 것도 사실이었다.

남승지는 입가에 미소를 띠었지만, 웃지 않는 눈이 가만히 이쪽을 보고 있었다. ……이봐, 뭘 그렇게 점잔을 빼고 있는 거야. 좀 웃어 봐, 넌 틀림없이 기뻐하고 있겠지, 그렇다면 웃는 얼굴을 해 보는 게 어때. 심각한 얼굴을 해 가지고서……, 이방근을 봐, 그 사람은 은근히 기분이 나쁠 만큼 언제나 미소를 짓고 있잖아. ……오빠는 말이에요, 고독한 정신의 소유자예요, 전혀 그런 내색을 하지 않고 있지만, 난 알 수 있어요……. 이전에도 서울의 다방에서 유원은 보란 듯이 오빠 이야기를 끄집어내 나를 감상적이라고 단정한 적이 있었다. ……정말로 고독한 사람은 남승지 씨처럼 그다지 고독한 인상을 주지 않는 법이에요. 응, 그렇지 않아, 하지만 남승지 씨는 아직 젊잖아요, 무리도 아니죠. 게다가 가족이 일본에 있으니까……. 나이도 나와 두

살 밖에 차이가 나지 않는데, 마치 누나 같은 얼굴을 하고 그런 말을 했었다. 밝다고…… 음, 그러나 밝다……라는 것은 나에 대한 그녀의 평가일지도 모르겠군…….

남승지는 거울에 코가 닿을 만큼 바싹 들이대고, 원숭이처럼 이빨을 드러내며 씩 웃었다. 그리고 장난삼아 혀를 쑥 내밀었을 때, 착하지, 착하다, 하며 방 밖의 툇마루를 따라 사람이 다가오는 기척이 났다.

……그래 그래, 이쪽이야, 이쪽, 응, 영리하네, 영리해……. 유원의 목소리였다. 뭔가 젖먹이를 달래고 있는 듯한 목소리였지만, 갓난아기 대신 야옹 하는 새끼 고양이의 가느다란 울음소리가 들렸다.

남승지는 기름기 없는 머리카락을 손가락으로 쓸어 올리고, 거울 속에 눈으로 안녕이라는 신호를 보낸 뒤, 서둘러 소파로 돌아가 아무 일도 없었던 것처럼 앉았다.

유원이 기다리게 해서 미안하다며 들어왔다. 뒤를 돌아본 남승지는 야옹야옹 하면서 그녀의 뒤를 따라오는 하얀 새끼 고양이를 보았다. 새끼 고양이는 닫힌 문 옆에 커다란 귀를 쫑긋 세우고 멈춰 섰다. 방 안에서 낯선 사람을 발견하자 경계하고 있는 것이다. 그 대비태세를 보고 남승지는 자기도 모르게 미소를 지었다.

그녀는 쟁반의 뜨거운 차를 탁자 위에 하나씩 옮겨 놓고 나서 흰둥아, 흰둥아 하고 고양이를 불렀다. 고양이는 불길하게 빛나는 보석 같은 눈으로 남승지를 흘깃 바라보고선 원을 그리듯 멀리 빙 돌아 맞은편 소파로 가더니 그 위로 뛰어올랐다. 그리고는 등을 아치처럼 높게 구부려 금방이라도 쓰러질 듯이 몸을 그녀의 허벅지에 비벼댔다.

그녀는 그렁그렁 목을 울리는 새끼 고양이를 스커트가 흐트러지지 않도록 팽팽하게 당겨 앉은 무릎 위로 안아 올렸다.

"귀엽죠?"

남승지는 "예에" 하고 대답했지만, 특별히 귀엽다고는 생각지 않았다.

"안아 보실래요?"

남승지는 웃으면서 괜찮다고 했다.

"고양이를 싫어하세요?"

"아니요, 그런 건 아닙니다……. 일본에 있을 때, 옆집 고양이를 자주 안아 준 적이 있었는데, 고양이는 사람을 별로 따르지 않는 동물이더군요."

"그렇지도 않아요. 후후후. 따르지 않아서 싫다는 건 아니겠죠. 남자들은 고양이를 싫어하나. 오빠도 그래요. 난 고양이를 싫어하는 사람은 이기주의자라고 생각해요."

"으―응, 그것 또한 재미있는 생각이군요."

"고양이는 원래 제멋대로이고 이기주의적이에요. 이 고양이는 아직 꼬맹이지만, 지가 싫을 때는 아무리 부르고 달래도 돌아보지도 않아요. 나중에는 화가 치밀어서…… 응, 고양이는 개처럼 함부로 꼬리를 흔들며 재롱을 부리거나 치근덕거리지 않아요. 그래서 우리나라처럼 유교 도덕의 대가족제도에 의지해 온 남자들은 고양이를 싫어하는 게 아닐까요?"

"글쎄요, 그건 좀 비약이 아닐까요. 그렇다면 고양이를 좋아하는 남자는 민주적이라는 건가요?"

"그런 뜻이 아니에요. 그거야말로 비약이네요. 하지만 조선 남자들은 봉건적인 절대권 같은 것으로 여자를 억눌러 왔잖아요. 무능해도 권위가 있으면 우쭐댈 수 있으니까……. 남자라는 것만으로, 그것을 유교사상이 도덕으로써 받쳐 주고 있어요. '암탉이 울면 집안이 망한다'고 하잖아요. 승지 씨는 '칠거지악(七去之惡)'이라고 아세요……?"

"칠거지악?"

"그래요, 칠거예요, 일곱 칠에 떠날 거, 라고 쓰잖아요."

"아아, 칠거……, 유교의……."

남승지는 약간 얼빠진 대답을 하고 고개를 끄덕였다.

"네. 그래요. 그 '악' 말이에요. 여자의 '악'이라고요. '여필종부(女必從夫)'라는 가르침과 마찬가지죠. 아들을 못 낳는 경우……, 아들을 낳지 못하면 집을 나가라는 거죠. 그리고 말이 많고, 간통한 경우라든가, 또 있어요, 질투가 심하다든가, 나쁜 병이 있는 경우라든가, 이 중에 하나라도 해당될 때는 남편은 언제든지 처와 이혼할 수 있다는 거예요. 어릴 때부터 자주 들어 왔어요. 남자는 첩이 두셋 있어도 추궁을 당하지 않는데, 여자의 경우에는 큰 죄가 되다니……. 사회주의를 한다는 사람이 가정에서는 유교를 신봉하는 일도 많아요. 어머, 이야기가 빗나가 버렸네요. 고양이 이야기를 하고 있었는데……. 그래도 여자는 고양이 같아야 돼요. 고양이는 자존심이 센 동물이죠. 아아, 가엾게도 이 고양이 너무 야위었죠. 어미를 잃은 고양이예요."

화제를 원래대로 돌린 유원은 사흘 전 밤에 목포항에서 개에게 쫓기고 있는 것을 구해 주었다는 이야기를 했다. 남승지는 고양이보다도 일부러 육지에서 이 녀석을 데려왔다는 이야기가 더 재미있었다. 뭔가 그녀답다는 생각이 들었다. 단순히 부잣집 딸의 변덕이라고는 말할 수 없는 따뜻한 마음씨를 느꼈다. 게다가 새끼 고양이 한 마리 있는 것만으로도, 단둘이서 얼굴을 맞대고 있는 어색한 기분을 얼버무릴 수가 있었다(그것은 한층 밀실적인 기분을 조장하고 있었다). "지금은 그다지 자존심이 센 것처럼 보이지는 않지만, 조금만 더 지나면 그렇게 될 거예요. 통통하게 살쪄서 훨씬 귀여운 새끼 고양이가 되겠죠. 그리고 머지않아 훌륭한 어른 고양이가 될 것이고……. 하지만 그때는 이미 내가 없을 거예요. 이제 곧 헤어져야 되는 걸요. 나는 내일 밤 서울로 돌아가야 하는데, 데려갈 수도 없고……. 이 고양이는 말이죠, 하루 종일 잠만 자든가, 그러지 않을 때는 부엌 아궁이 같은 곳에서 가만히 웅크린 채 밝은 바깥을 질리지도 않고 바라보고 있어요. 그 요상하게 빛나는 눈으로 어딘가 먼 곳을 보는 듯한 표정이 마치 작은 동물 철학자라도 되는 것 같아요. 그게 가여워서…… 후후후, 이것이냐 저것이냐, 새끼 고양이 한 마리를 놓고 햄릿처럼 고민하고 있어요."

유원은 말하면서 새끼 고양이를 자상하게 쓰다듬어 주었다. 고양이는 몸을 둥글게 웅크리고 기분 좋은 듯이 눈을 감고 있었다.

"유원 동무가 가 버리면 새끼 고양이는 쓸쓸해지겠는데요. 이제 누가 보살펴 주나요?"

"승지 씬 우리 부엌이 아시죠, 식모 말이에요. 나 대신 부엌이 방에서 함께 지내기로 했어요. 그녀는 말이 없어 무슨 생각을 하는지 알 수 없는, 응, 정말 알 수 없어……, 그런 여자지만, 마음씨 하난 착해요. 틀림없이 흰둥이를 소중히 보살펴 줄 거라고 생각해요, 단단히 부탁해 두었으니까요……. 그런데 고양이는 밤에 별로 자지 않아요. 그래서 새끼 고양이는 돌보기는 힘들 거예요."

새끼 고양이는 그녀의 무릎 위에서 목을 한껏 늘이고, 등과 발끝과 꼬리를 핥기 시작했다. 그리고 가련한 앞발로 얼굴을 열심히 문질렀다. 마치 사람이 얼굴을 씻는 듯한 그 동작이 귀여웠다. 그녀는 만족스러운 듯이 그것을 지켜보았다.

남승지는 차를 마셨다. 그리고 문득, 고양이 상대를 계속하고 있는 그녀는, 어쩌면 의식적으로 고양이를 데려와서 화제로 삼는 게 아닐까 생각했다. 실제로 그녀는 고양이 이야기를 하면서도, 자신이 뭔가 본론에서 벗어난 이야기라도 하고 있는 듯한 쑥스러운 표정을 지어 보였던 것이다.

그렇다 하더라도 아까는 오빠를 화제로 삼더니, 이번에는 고양이였다. 일부러 오빠를 중재역으로 삼아 놓고서, 서로의 개인적인 일이 화제에 오르는 것을 피하고 있는 것처럼 여겨졌다. 그녀의 자존심 때문일까. 그런 이야기는 이쪽에서 꺼내야 되는 것인가. 음, 무슨 말을 하면 좋을까. 유원의 어깨 너머로 검게 빛나는 둥근 거울이 이쪽을 응시하고 있었다. 네 마음은 그녀를 좋아하고 있다고 말하고 있어, 라고 거울이 말했다. ……흐흥, 무슨 소리를 하는 거야. 남승지는 유원을 힐끗 보았다. 좋아한다, 좋아한다면……. 그러나 정작 자신 쪽에서 화제를 찾으려고 하니 말문이 막혔다. 마치 자신의 말이 뭔가 뜨거운 입김처럼 그녀의 살갗에 직접 닿을 것만 같았다.

"저어, 오빤 아직도 전화 중이시던가요?"

남승지가 말했다.

"아니요, 아직 통화를 못 하셨나 봐요. 아까 응접실에서 신문을 읽고 있었는데, 좀 더 시간이 걸릴 것 같다고……."

"아, 그렇습니까. 그렇다면 이리로 오시면 좋을 텐데……. 방근 씨는 아무것도 하지 않는 것 같은데, 꽤 일이 많군요."

"글쎄요……. 어쨌든 머릿속은 항상 무언가가 소용돌이치며 격하게 움직이고 있을 게 틀림없어요. 보통사람 눈에는 잘 안 보이겠지만요."

보통사람의 눈이라……, 아아, 또 시작이군……. 남승지는 잠깐 손을 뻗는 바람에 드러난 손목시계를 보았다.

"시간이 급하신가요?"

유원이 물었다.

"아뇨, 아닙니다." 남승지는 고개를 저으며 부인했다. 그리고는 자신의 담배를 탁자 위에 꺼내 놓은 채, 이걸 한 대 피겠습니다, 라고 양해를 구한 뒤 케이스의 담배를 집어 들고 불을 붙였다. 자개를 박은 담배 케이스 안에 매끈한 미제 담배가 단정하게 놓여 있었다. "그런데, 유원 동무는 이제 내일이면 서울로 가는 겁니까?"

"네, 내일 밤에 배를 타지 않으면 모레 밤까지 시간을 맞출 수 없어요."

"모레 밤? 모레는 토요일입니다. 다음날은 일요일이고……."

"그래요, 일요일에 중요한 볼일이 있거든요."

"으흥……."

남승지는 어정쩡하게 대답했다. 무심코 그 일요일을 질투했다. 일요일의 서울, 인간, 인간…… 그 가운데 누군가 한 사람에게 '일요일'은 형태를 갖추며 좁혀져 간다.

"일요일까지 맞추어 가다니, 대단한 강행군이군요."

"네, 그렇지 않으면 하루 더 늦게 가도 좋을 텐데, 아는 사람 음악회가 있어요. 사실은 우리 학교 피아노 선생님인데요……."

그녀가 웃었다.

"음, 그렇습니까……." 뭐야, 그런 일이었구나, 남승지도 무심코 함께 웃었다. 그리고는 담배를 재떨이에 비벼 껐다. "그야 어쩔 수 없겠지요. 오랜만에 만났다고 생각했더니 웬걸 바로 작별이군요……. 하루 더 늦춰 봤자 나는 오늘밤에 만날 수가 없으니까 마찬가지지만, 그래도 하루라도 더 성내에 유원 동무가 있다고 상상할 수 있는 건 역시 기쁜 일이죠, 친구가 멀리 떠난다는 건 쓸쓸한 일이거든요."

"멀리 떠나다니요…… 서울이에요, 좀 과장됐어요……. 그래도 고마워요."

그녀는 미소를 지으며 말했다.

"고맙다니요……?"

"그래요, 아니, 고맙다기보다도, 뭐랄까, 나도 기쁘다는 거예요. 내 말투가 거슬리나요?"

그녀는 남승지의 의아해하는 얼굴을 보며 말했다.

"아니, 아닙니다. 과장된 게 아니라, 서울은 멉니다. 이 섬에서
는……."

"그렇게 말씀하시면 그렇기도 해요. 좀 더 자유롭게 만날 수 없다
는 게 생각하면 아쉽긴 해요. 그래도 다른 사람과 이런 식으로 만나
는 것도 멋있다고 생각해요. 전 처음이거든요, 이래 봬도 내심 긴장
하고 있었어요. 승지 씨는 이제 작년과는 달라서, 우리처럼 자유로
운 몸은 아니잖아요. 내가 지금 부러워하는 사람이에요, 그런 사람
과 만나는 기분은 멋져요. ……시골에는 오늘 가시겠네요. 전 잘 모
르지만, 앞으로는 힘들겠지요. 한쪽에서는 총선거다, 또 한쪽에서는
남쪽만의 단독선거다 해서, 서울에서도 거리나 학교 분위기가 심상
찮아요……. 힘내 주세요, 오빠의 소중한 친구이기도 하고, ……정
말로 승지 씨는 훌륭하다고 생각해요."

유원은 머리카락에 손을 대고 커다랗게 뜬 눈으로 남승지를 똑바로
바라보았다. 깊고 검은 눈동자와 입술 사이로 살짝 보이는 하얀 치아
의 반짝임이 어울려 아름다웠다. 매력적이라고 생각했다. 모습은 이
따금 엿보이는 그녀의 오만한 표정을 가리고도 남는 조용한 아름다움
이었다.

남승지는 부끄러운 듯 고개를 옆으로 저었지만, 그 얼굴은 밝았다.
그에게 유원의 말은 매우 감격적으로 들렸다.

"음, 이다음에는 언제 만날 수 있을지……. 유원 동무, 다음에 만날
기회가 생기면, 그때는 내 쪽에서 먼저 만나고 싶다는 뜻을 전하겠습
니다."

"……" 그녀는 후후후…… 하며 손을 입가에 대고 웃다가 갑자기

웃음을 그치고 손을 내렸다. 그리고는 저어…… 하더니 조금 심각한 표정이 되어 있었다. "지금 승지 씨는, 내 쪽에서 먼저 만나고 싶다……고 말씀하셨죠?"

"예에."

아니, 내가 지금 무슨 말을 한 거야, 내 쪽에서 먼저 만나고 싶다고? 남승지는 자신이 한 말이 되돌아와 뺨을 찰싹 때리는 기분이었다. ……자네는 설마, 여동생에게 왜 날 만나고 싶어 했느냐는 식의 멋대 가리 없는 질문을 하진 않겠지. 이방근의 말이 머릿속에서 고통스럽게 갈등을 일으키며 관통했다. 남승지는 거의 몸을 제대로 가눌 수 없을 정도로 당황했다.

"……그게 무슨 말이죠? 내 쪽에서 먼저라는 건……."

"아니, 아무것도 아닙니다. 그." 남승지는 상대의 말을 가로막으려고 황급히 말했다. "지금 내 쪽에서 먼저라고 말한 것은 직접 유원 동무를 만나러 오고 싶다, 그런 의미인데요……, 내가 이번에 성내에 왔잖아요. 마침 유원 동무가 서울에서 돌아와 있어서 말이죠, 그러니까 굉장한 우연이라고 생각합니다만, 그래서 어쨌든 유원 동무를 만날 수 있었지요. 그건 내게 멋진 일입니다. 하지만 내가 성내에 온 것은 조직의 일이 우선이었기 때문에, 실제로는 유원 동무와 만나기 위해 온 게 아니라……, 아시겠죠. 그래서 다음에는 그렇게 하지 않고 내 쪽에서 만나고 싶다는 것인데요……, 그런 말을 해서 기분이 상했나 보군요."

"아니요, 그렇지 않아요."

그녀는 고양이의 등에 가볍게 손을 올려놓고 고개를 끄덕였다.

"다음엔 언제 이곳에 돌아오게 됩니까?"

남승지는 계속되는 상대방의 말을 가로막듯이 말했다. 이상하게도 절박해지자 말이 술술 나오는 것 같았다.

"……모르겠어요, 이달 말이 학기말이지만, 아직 잘 몰라요."

"그럼 안 돌아올지도 모르겠네요."

남승지는 그녀가 왜 내 쪽에서 만나고 싶다고 한 말에 구애되는 걸까 하는 의구심을 떨쳐 버리지 못한 채 말했다.

"그게 말이죠. 서울에 가 보지 않으면……."

그러자, 그때 갑자기 피아노 소리가 울려와 남승지를 놀라게 했다. 연습 삼아 치는 소리가 나더니, 바로 곡의 주제 같은 내용으로 옮겨 갔다.

"어머나, 오빠예요, …… 무슨 일일까요."

유원이 눈을 크게 뜨고 말했다.

잠깐 처음의 도입부에서 막히는지 반복되었지만, 곧 손가락의 움직임에 곡이 실려 남승지의 마음을 끌어당겼다. 아아, 하고 생각해 보니, 그것은 역시 들은 기억이 있는 곡이었다.

"저건 「나비」네요, 그렇지요?"

남승지는 엉뚱하게 큰소리를 지르다시피 했다.

"그래요, 잘 아시네요. 「나비」 중에서 '가면무도회'의 테마예요. 아아, 그렇지, 작년이었잖아요, 그때가 생각나네요……. 으, 응, 또 잘 못 쳤네, 음을 빼먹었어요. ……그래도 잘 치죠? 저긴 어려운 부분이에요."

"음……."

남승지는 귀를 기울이면서 고개를 끄덕였다. 어디를 빼먹었는지는 잘 모르겠지만, 작년에 들었던 그 곡이 멋지게 되살아난 느낌이었다. 그런데 왜 갑자기 저 곡을 치기 시작한 걸까 하는 생각이 들었다. 작년 여름방학 때 응접실에서 유원이 연주한 뒤에 가벼운 말다툼이 있었는데, 그리운 곡이었다. 아니, 그때 처음 들은 남승지의 마음을 사로잡은 곡이었다.

이윽고 피아노 연주가 끝났다. 허망한 느낌이 들었지만, 몇 분도 채 지나지 않았다. 유원이 생긋 웃으며 고개를 끄덕였다. 그 부분을 그럭저럭 잘 쳐냈다는 뜻일 것이다.

잠시 후, 이방근이 다가오는 기척이 났다. 응접실 쪽 툇마루에서 헛기침 소리가 들렸다. 남승지는 괜스레 긴장되었다.

지금 막 이야기가 나오려던 참이었는데……, 남승지는 언제 또 만날 수 있는지, 유원에게 물어볼 기회를 놓쳤다고 생각했다. 하긴 그것을 물어보았자, 별 수 없는 말만 오갔을 것이다. 그도 그럴 것이, 남승지는 자신의 일조차 예상할 수 없었기 때문이다. 2, 3일 내로 일본에 가야 했고, 이달 말에 설령 그녀가 서울에서 돌아온다고 해도, 그리고 자신도 같은 시기에 일본에서 돌아온다고 해도, 그때의 상황은 어떻게 변해 있을지 알 수 없었다. 무장봉기의 시기가 다가오고 있지 않은가. 서로 만날 의사가 있다고 해도, 그녀를 만날 수 있는 기회와 시간이 내게 있을까, 음…….

이방근이 문을 열고 들어왔다.

유원의 무릎 위에서 자고 있던 새끼 고양이가 삼각형의 커다란 귀를 쫑긋하고 튕겨내듯 움직였다. 남승지가 자리에서 일어나며 뒤를 돌아보았다.

"일어설 것 없네. 앉게나."

옆에 선 이방근이 남승지의 얼굴을 보고 말했다. 목소리는 부드러웠지만, 남승지를 움찔하게 할 만큼 매서운 눈빛이었다. 유원도 새끼 고양이를 안은 채 일어나서, 오빠가 처음에 앉아 있던 자리를 내주었다.

"너흰 그대로 앉아 있는 편이 좋지 않을까? 오빠가 이쪽에 앉을 테니까."

"이 방 주인은 오빠니까요."

"으흠, 그러면 너도 손님이 되겠네, 흘려들을 수 없는 말인데……, 핫, 하, 하아."

"오빠도 참, 미워요." 고양이를 소파에 내려놓은 그녀는 찻잔을 자기 앞으로 옮기며 말했다. "금방 오빠 차를 내올게요."

"괜찮아."

"……안 마셔요?"

"그렇다니까."

그녀는 소파 위에서 기지개를 켜고 있는 고양이를 안아 올린 뒤 오빠 왼쪽에 자리를 잡았다.

남매의 대화를 지켜보고 있던 남승지도 거의 동시에 이방근과 마주 앉았다. 그리고 방금 전에 섬광처럼 스쳐 지나간 날카로운 눈빛은 무엇일까 생각하면서 상대의 얼굴을 보았다. 이방근의 미소 띤 얼굴이 여동생에게서 이쪽으로 향했을 때 눈과 눈이 마주쳤다. 남승지는 눈을 한 번 깜박였다. 이미 조금 전의 빛은 없었지만, 눈이 마주친 순간 아프다는 느낌까지 들었다.

이방근은 눈을 돌린 남승지가 볼에 얼얼함을 느낄 정도로 한동안 시선을 집중시켰다. 그는 탁자 위에 놓인 담배를 집어 입에 물었다. ……음, 승지 녀석의 얼굴은 어떤가. 아니, 탁자 위에 뭔가 잔열 같은 것이, 인간의 정감에서 피어오르는 냄새 같은 게 남아 있었다. 음, 이 녀석은 이 방의 분위기가 나쁘지 않았다는 얼굴을 하고 있어. 여동생의 표정도 의외로 평온한 것 같고…….

이방근은 응접실을 나올 때 시계를 보았다. 열한 시 5분. 서재를 나온 지 반 시간 이상이 지났다. 두 사람 사이에 만들어진 분위기는 어색한 것이 아니었음을 이방근은 직감했다. 무엇보다도 가장 염려했던 일―, 그것은 이 기묘한 만남의 냄새를 누군가가 알아차리는 것, 즉 허구가 탄로 나는 것이었다. 착각의 냄새가 감돌고 있었는지 어땠는지는 알 수 없었지만, 어쨌든 반 시간만으로는 서로 간에 냄새를 맡을 수 없었던 모양이었다. 음, 그러면 된 거야. 잘 된 거야. 이제 두 사람은 한동안 만나지 못한다. 두 사람의 정감에 떨어진 효모균이 증식하고, 서로 교감을 갈구해 갈 게다. 최소한 여동생에게 떨어진 효모는 내가 키운다. 음, 누군가 한 말인데, '최초의 짧은 만남으로 사랑을 시작하지 않은 사람이 있을까'란 말이야……. 이방근은 담배에 불을 붙인 뒤 다리를 포개고서 천천히 피웠다.

"오빠, 피아노 쳤지요?"

"아, 그래, 오랜만에 말이지. 전화로 이야기를 하는 도중에 문득 쳐보고 싶어졌어. 그것도 친 거라고 할 수 있나?"

"잘 쳤어요."

유원이 키득키득 웃었다.

"바보같이……."

이방근이 웃으며 담배 연기를 내뿜었다.

"좋았습니다. 방근 씨가 그렇게 잘 칠 줄은 몰랐습니다."

"음, 고맙네, 때로는 인사치레를 하는 것도 훌륭한 예의가 되는 법이지."

"아니, 전 인사치레가 아닙니다."

"그럼, 놀리는 말이었다는 겐가?"

"승지 씨 말은, 그러니까, 진실이에요. 좀 전에 정말 감탄하고 있었어요."

여동생이 새끼 고양이의 머리를 쓰다듬으며 말했다.

"으음, 진실이라…… 그렇구면, 승지 동무가 한 말은 진실이고, 네가 한 말은 인사치레였구나, 아무렴 어때. 모처럼 돌아온 여동생한테 인사치레를 받는 것도 기쁜 일이지, 핫, 하, 하아……. 그건 그렇고, 어때, 멀리서 온 손님을 위해 선생께서 한 곡 선사하는 게 도리 아닐까."

"오빠, 적당히 좀 하세요……, 그렇지, 흰둥아."

유원은 힐끗 남승지를 보고 나서 고양이에게 뺨을 갖다 대었다. 탁자 주변에 부드러운 공기가 흘렀다. 남승지는 말없이 웃고 있었다.

"승지 동무는 어때, 듣고 싶지 않나? 부탁하지 않으면 선생은 쳐 주질 않아."

남승지는 아무렴요, 꼭 듣고 싶다고 진지한 얼굴로 말했다.

"음, 그렇군, 이제 슬슬 점심때군, 식사라도 하고 나서 여동생에게 한 곡 쳐 달라고 해 보자구." 이방근은 또 여동생을 화나게 하면 곤란하다고 생각하면서 농담을 그만두고 말했다. "그런데, 승지 동무는 어떻게 할 셈이야, 버스로 돌아갈 예정인가?"

남승지는 번쩍 정신이 든 것처럼 상반신을 일으키며 "그렇습니다."라고 대답했다.

"동쪽으로 돌아가는 트럭 편이 있는데, 여의치 않으면 거기에 편승해도 돼." 이방근은 어쩌면 운전수가 박산봉일 거라고 억지 추측할지도 모른다는 생각에, 한마디 덧붙였다. "오후에 한 편, 고 라는 사십대 남자가 운전하는 편이 있어."

"……" 남승지는 한동안 생각하는 듯하더니 말했다. "예, 고맙습니다만, 역시 버스가 좋을 것 같습니다. 트럭에 운전수와 함께 타고 있으면 이야기를 나눠야 하고, 모르는 사람끼리 부대끼며 가는 편이 이런 경우에는 편하니까요……."

"으음, 과연……."

이방근은 고개를 끄덕이며 남승지를 바라보았다. 버스로 가겠다고
한 것은 박산봉과의 만남을 두려워해서가 아니었다. 이방근은 문득,
그가 아침 무렵에 마중 간다는 것을 혼자 찾아온 일을 생각해 냈다.
강요할 필요는 없을 것이다. 뭔가 긴급한 경우라면 몰라도, 지금은
본인의 판단에 맡기는 편이 좋으리라 생각했다.

시계를 보니 열한 시 20분이 가까웠다. 여느 때와는 달리 공복감을
느꼈다.

"슬슬 배가 고프기 시작하는군. 배가 고프다는 느낌은 상쾌한 데가
있어. 인생에 대해서 의욕적으로 변하니까 말이야, ……정신 건강에
도 좋아." 이방근은 웃으면서 여동생에게 식사 준비를 하라고 일렀다.
부엌에 드나들다 보면 점심때가 될 것이다. "음, 그것도 승지 동무를
만난 탓인지도 모르지."

유원은 가볍게 일어나서 고양이를 소파에 눕혔다. 스웨터 자락을
약간 잡아당겨 옷매무새를 가다듬고는 탁자 위를 치우고 방을 나갔다.

남승지가 이방근 남매와 점심을 마치고 돌아간 것은 두 시가 다 되
어서였다. 두 시에 버스가 있었다. 헤어질 때 이방근은 남승지가 김명
우라는 가명을 사용하고 있다는 것을 비로소 알았다. 강몽구도 가명
을 고일대라고 했던 것을 생각해 내고, 이방근은 혼자 고개를 끄덕였
다. 새삼스럽게 조직의 움직임이 가까운 곳에서 바람처럼 피부를 스
치고 지나가는 것을 느꼈다.

밖에는 바람이 불고 있었지만 하늘은 여전히 흐렸다. 아침보다도
구름이 두꺼운 층을 이루며 더욱 낮아진 듯했다. 슬슬 비가 오기 시작

할지도 몰랐다.

이방근은 남승지를 배웅한 뒤에도, 오늘은 오랜만에 즐겁게 식사를 했다는 생각이 사라지지 않았다. 여느 때 같으면 독상을 받고 말없이 수저를 들었을 것이다. 식사를 하면서 대수롭지 않은 뭔가를 생각하는 것은 습관이 되어 버렸다. 자신의 방에서 밥상을 둘러싸고 식사를 한 것은 오래 전의 일이었다고 할 수 있었다.

즐겁기는 했어도 특별히 재미있었다든가 대화가 활기를 띤 것은 아니었다. 그저 오랜만이라는 일종의 그리운 감정에 이방근은 솔직하게 젖어 있었을 뿐이었다. 그는 오랫동안 그런 감정에서 격리되었다. 남승지가 그 감정을 되살려 주었을 때(누구나 가능한 일은 아니었지만), 이방근은 상쾌한 당혹감조차 느꼈다.

이전의 남승지는 이쪽이 초조해질 만큼 상당히 조심스러운 청년이었다. 그러던 그가 모처럼 맛있는 음식을 먹게 되었다는 식으로, 전과는 달리 선선하게 눈앞의 음식을 깨끗이 먹어 치우는 모습은 보기에도 기분이 좋았다. 혹은 많이 먹는 것이 그 자리의 어색함을 감추기 위한 것이었는지도 몰랐다. 아니, 작년과는 분명히 달라져 있었고, 그것이 그의 '발전'된 모습인지도 몰랐다. ……아아, 진수성찬을 정신없이 먹었더니 배가 꽉 찼습니다. 이제 됐습니다, 며칠 안 먹어도 견딜 수 있을 것 같군요. 다 먹고 난 남승지가 술로 약간 불그레한 웃는 얼굴을 찡그리며 한숨 섞인 말을 하자, 유원이 웃었다. 호호홋, 승지 씨는 마치 겨울잠에 드는 곰 같은 말을 하시네요. 아, 그러고 보니, 승지 씨는 이제 곧 어딘지 모르는 '지하'로 들어가겠군요…….

이방근은 유원이 식탁을 치우고 있는 동안에도 소파에 앉아 툇마루 너머로 안뜰을 바라보고 있었다. 가볍게 두세 잔 마신 소주 때문에 나른해진 탓에 상쾌했다. 담배가 맛있었다. 보랏빛 연기가 천천히 나

선형을 그리며 피어오르는 것이 아름다웠다.

여동생이 큰 쟁반에 치울 것들을 담아 눈앞의 툇마루를 가로질러 주방으로 여러 차례 걸쳐 옮겼다. 부엌이가 도와주러 왔지만, 제사 준비에서 손을 떼서는 안 된다며 주방으로 돌려보냈다. 이방근은 그러한 여동생의 기특한 모습을 보고 있자니(집에 보름이나 한 달 정도만 있으면, 자신의 세탁물도 부엌이에게 맡길 것이 틀림없다), 아직 분별력이 없는 어린 소녀 같았다. 그런데도 사람들 앞에서는 상당히 어른스럽고 침착하게 보이는 게 신기했다. 아니, 밖에 나오면 변하게 된다는 것뿐이었다.

이방근은 담배 연기를 눈으로 쫓으면서, 남승지와 여동생의 허구의 만남이 얼마나 현실에 발을 들여놓았을까를 생각하고 있었다. 지금 만나서 금방 어떻게 될 일도 아니었지만, 뭔가의 교감이 두 사람 사이에 있었다. 부드러운 덩굴 끝에 있는 촉수끼리의 얽힘. 그것은 투명하여 눈에 보이지 않는다. 식사 도중에 잡담과 함께 슬며시 얽힌 두 사람의 시선에는 그 상태를 즐기는 듯한 온화한 빛이 있었던 것이다. 그것은 순간 무방비 상태로 열린 눈과 눈이었다.

그러나 허물없이 서울에서의 추억을 이야기하면서도, 과연 남승지는 조직에 대해서는 일체 언급하려 들지 않았다. 문득 유원이, 승지 씨는 어디로 돌아가요? 하고 물었을 때, 그것은 일반적으로는 아무렇지도 않은 질문이었지만, 남승지는 순간 말문이 막혔다. 바로 그 자리를 모면하기 위한 적당한 거짓말도 둘러대지 못했던 것이다. 이방근은 웃으며 화제를 돌렸지만, 낌새를 눈치 챈 유원은 그 이상 조직과 관련된 질문은 하지 않았다. 그러나 그녀는 조직에 대해서도 자신의 행선지에 대해서도 말하지 않는 남승지에게 호기심을 넘어서 매력을 느낀 모양이었다. 유원으로서는 드물게도, 한발 물러나 상대방을 우러러보는 듯한 눈으로 잠시 동안 남승지를 응시하고 있었다. 그리고 대문 밖에서 그를 배웅할 때도, 그녀의 얼굴에는 지금까지 슬며시 내비치던 오만한 그림자가 보이지 않았다.

이윽고 뒷정리를 끝낸 유원이 서재로 들어왔다.

"저 여기서 잠깐만 쉬었다 갈게요."

"음, 수고했다." 이방근은 자신과 마주 앉은 여동생을 보면서 말했다. "잠깐만이 아니라, 천천히 쉬어도 괜찮아."

"그럴 순 없어요. 슬슬 저도 제사 준비를 거들어야죠……. 저어, 오빠."

유원은 갑자기 말투를 바꾸어 오빠의 눈을 들여다보듯 응시하며 말했다.

"무슨 일이야?"

"응…… 저어, 오빠는 지금, 오늘 밤 집에 제사가 있다는 걸 잊어버린 건 아니죠?"

"뭐라고? 제사가 있는 걸 잊고 있다……." 이방근은 깜짝 놀라며 말했다. "핫하, 설마 그럴 리가 있나, 갑자기 이상한 말을 다 하고……, 왜 그래. 그렇게 오빠를 시험하면 못써." 이방근은 장난삼아 담배 연기를 유원 쪽으로 내뿜으며 말했다.

"아이, 정말." 유원은 얼굴을 돌리고 손으로 가볍게 연기를 쫓았다. "그렇게 능청을 떨어도 난 안 속아요."

"너는 참 의심도 많다. 서울에서 돌아오자마자 한 말이 그 소리 아니었더냐. 네겐 오빠의 머릿속이 보이기라도 한다는 거냐?"

"오빠는 의외로 단순해요. 머릿속이 아니라 지금 얼굴에 나타나 있다고요. 내가 제사라고 말하는 순간, 앗, 그랬었지, 하면서 그제야 생각난 듯 당황하는 얼굴이었단 말이에요. 내버려 두면 오늘 밤 누군가와 만날 약속이라도 할 것 같았어요. 오빠, 뭘 생각하고 있었는데요?"

"무슨 바보 같은 소리를 하는 거야. 그럴 리가 없잖아." 이방근은 호호오 하며 말도 안 된다는 듯이 웃고 있었지만, 적잖이 당황하고 있었다. ……뭘 생각하고 있었는데요? 아니, 아무것도 생각하지 않았다. 다만, 어머니 제사가 있다는 건 구멍이 뻥 뚫린 것처럼 잊고 있었던 것이다.

"으-응, 하지만 뭔가를 생각하고 있었잖아요?"

"그렇고 보니, 생각은 하고 있었지. 남승지를 생각하고 있었어."

생각하고 있던 건 아니었다. 그러나 거짓말은 아니었다. 머리 한구석에서 어른어른 남승지의 그림자를 보고 있었던 것은 사실이었다. 남승지는 아마 양준오의 하숙집을 나올 때 미리 준비해 두었겠지만, 어머니 제사의 부조금이라면서 봉투를 내놓아 이방근을 놀라게 했다. 이방근은 웃으면서 그것을 돌려주고, 오히려 미리 준비해 두었던 얼마간의 돈을 억지로 건넸다. 말하자면 개인적인 자금을 기부할 요량이었지만, 상대는 완강하게 이방근의 손을 뿌리치며 거절했다. 그 부조금 봉투를 생각해 놓고도, 묘하게 정작 제사가 오늘 밤으로 다가왔다는 사실은 까맣게 잊고 있었던 것이다. 마치 제사가 앞으로 2, 3일은 있어야 되는 듯한 멍한 감각이었다.

"남승지……." 유원이 낮은 소리로 말했다. "……그러고 보면, 승지 씨는 괜찮을까요? 오빠."

"흐흥, 글쎄다, 걱정되면 버스 차고까지 가 보는 게 어때? 아직 두 시가 안 되었으니, 지금 가도 늦지 않을 거야."

"오빠는 바로 그렇게 나오네요. 그거야말로 나를 시험하고 있는 것 같아요……." 유원은 진지하게 오빠를 타이르는 듯한 표정으로 말했다. "그게 승지 씨는 이제 보통사람이 아닌 걸요. 오빠도 알다시피 힘든 일이잖아요. 게다가 날 만나러 찾아왔다가 돌아가는 길이에요. 걱정하는 게 예의라고 생각해요."

"핫하아, 그 말이 맞아, 그렇고말고. 넌 왜 그렇게 정색을 하고 나오는 거야, 남승지 군은 걱정 없어. 그런 식으로 하자면, 섬 사람들이 성내 거리를 돌아다닐 수 없게 돼." 음……, 이방근은 여동생의 진지한 표정에 내심 놀라며 말했다. 이 녀석의 눈은 일종의 동경이랄 수 있는 빛을 띠고 있군. 남승지에 대한 이미지가 그 짧은 시간에 여동생의 마음속에서 달라진 모양이었다. "설령 만에 하나라도 붙잡히는 일이 있다 해도 걱정할 필요는 없어, 금방 나올 수 있으니까. 핫하, 이방근 댁을 찾아왔다가 돌아가는 길이라고 하면 이리로 연락이 오겠지. '현행범'도 아니고, 그가 지하조직의 인간이라는 증거가 있는 것도 아니잖아. 오빠가 우리 집에 찾아온 손님을 그냥 내버려 둘 리가 없지."

"……"

유원이 고개를 끄덕이며 가볍게 웃었다.

"그런데 분위기는 어땠어? 그는 널 만나고 싶어 했는데, 오빠가 자리를 비운 동안 무슨 그럴듯한 얘기라도 하더냐?"

"아뇨, 그런 말은 전혀 없었어요." 유원은 미소를 띠며 아무렇지도 않게 대답했다. "그것도 그렇지, 승지 씬 온 지 얼마 되지도 않았잖아요, 그런 말을, 후후, 할 수 있을까?"

"왜 못하는데?"

"왜라니……."

유원이 부끄러운 듯이 웃었다.

"그럼 아무 말도 하지 않고 둘 다 그냥 앉아 있었다는 거냐?"

"그렇지는 않고, 으-응, 흰둥이 얘기 같은 걸 하고 있었어요."

"흰둥이? 핫하아, 고양이 얘길 했단 말이지." 이방근은 자신도 모르게 웃었다. "음, 그래서 승지 군은 고양일 좋아한다더냐?"

"아니."

"그럼 나하고 마찬가지로군."

"싫어하지도 않았어요, 고양이를 이해하는 사람이에요."

"어려운 말이구나. 나도 이해는 해. 무엇보다 널 이해하는 사람이니까……." 이방근은 잠시 말을 끊고, 허공에 시선을 보내며 말했다. "음, 그러고 보면, 꼭 노인네처럼 비쩍 마른 그 새하얀 고양이한테, 오빠는 뭔가 묘한 예감 같은 걸 느끼고 있어. 예감이라기보단 뭐랄까, 직감에 가까운 건데, 보통 고양이와는 다른 것 같아. 그게 길에서 주워 와서 그럴 수도 있겠지만, 멀리 바다를 건너왔기 때문에 그런 느낌이 드는지도 모르지. 게다가 데려온 너는 떠나고, 고양이만 남게 돼. 어느 날 문득 정신을 차리고 보니, 마치 하늘에서 떨어져 내린 것처럼 눈앞에 고양이가 있더라는 이야기가 되는 거야. 아직 익숙해지지 않아서 그럴 수도 있겠지만, 보통 집에서 기르는 고양이하고는 다른 것 같아. 뭐랄까, 인간으로 치자면 정체불명의 존재와 같은 느낌을 준다고나 할까, 핫, 하, 하아……."

"정체불명이라니…… 오빠는 이상한 말을 하시네요, 불쌍하게. 내가 무슨 귀찮은 물건이라도 놓고 가는 것처럼……."

"그런 뜻으로 말한 건 아니야. 정체불명이라는 건, 음, 배후가 암흑이라는 거지. 목포항의 어두운 암흑에서 온 가련한 동물이야, 흰둥이는. 흐흠, 암흑에서 나오는 것은 비단 그 고양이만이 아니지만 말이야. 인간은 훨씬 더 깊은 암흑에서 나오지……. 얘기가 고양이 쪽으로 빗나가 버렸는데, 원래 얘기로 돌아가자. 그런데 넌 남승지를 어떻게 생각하니?"

"……어떻게 생각하냐니요?"

유원이 표정을 가다듬고 말했다.

"……" 좋아하는지 어떤지를 물은 건 아니었지만, 이방근은 순간 말문이 막혔다. "그러니까, 네가 그를 어떻게 보고 있느냐, 이 말이야."

"별로 말을 하지 않아서……. 잘은 모르겠지만, 이전의 승지 씨와는 조금 달라진 것 같아요. 밝아졌어요. 작년에 만났을 땐 그렇지 않았거든요. 그랬죠(이방근은 여동생을 흘낏 쳐다보고 말없이 고개만 끄덕였다). 응, 그래요, 그래서 내가 그렇게 말했더니, 자신은 몰랐던 모양이에요, 잘 모르겠다고……."

"네 말대로야. 그의 표정이 밝아진 건 분명해. 이전의 그와는 달라. 넌 그 밝음을 뭐라고 생각하니?"

"……모르겠어요." 유원은 오른쪽 둘째손가락을 볼에 대고 잠시 생각하더니 말했다. "변했다고는 생각했지만, 어째서 변했는지는 전혀 생각해 보지 않았어요. 지금 생각해 보면, 그냥 변했다고 느꼈을 뿐이에요. 왜 그럴까요. 현재의 모습에만 사로잡혀, 그 원인을 생각해 볼 마음의 여유를 갖지 못했어요. 이상해요. 그래요, 원인은 말이죠, 틀림없이 승지 씨가 지금 하고 있는 자신의 일에 보람을 찾아 만족하고 있기 때문이겠지요. 분명히 그럴 거예요. 어때요, 오빠, 아닌가요?"

"아닐 거야."

"……" 유원은 눈을 크게 뜨고 오빠를 쳐다보았다. "왜요?"

"아니, 네 말도 맞지만, 그 밝은 표정은 널 만났기 때문이야." 유원은 뭐라고요? 라고 작게 중얼거린 뒤 눈을 깜박거렸다. 그리고는 고개를 숙였다. 유원의 뺨이 발갛게 물드는 것을 이방근은 보았다. 그 밝은 표정은 널 만났기 때문이야……, 아직 입 안에 일종의 잔혹한 울림이 남아 있었다. "사실을 말하자면, 어젯밤 양준오의 하숙집에서 네가 돌아와 있다고 말했을 때부터 승지 군의 표정이 갑자기 빛나기 시작했어. 수면 부족으로 피곤하던 얼굴의 막을 걷어 내고 여전히 밝게 빛나던 그 얼굴은 어젯밤과 마찬가지였어. 오빠는 알 수 있어. 어젯밤에 그 얼굴을 보았으니까."

유원은 양손의 손가락을 마주잡고 만지작거리며 고개를 끄덕였다. 그리고 아마도 강한 의지력을 동원하고 있겠지만, 눈앞에 있는 사람이 오빠가 아니라 타인이라도 되는 것처럼 차가운 미소를 떠올렸다. 홍조가 사라진 그 얼굴은 침착했다. 이방근은 여동생의 표정 변화에 깜짝 놀랐다.

"하지만 사람의 표정이 그렇게 갑자기 밝아질 수 있는 건지 모르겠어요. 그 밝음은 갑자기 만들어진 건 아닌 것 같았어요."

그녀는 냉정하게 말했다.

"갑자기 만들어진 것은 아니야. 잘 들어, 무슨 일에나 시작이 있는 거야. 어떤 일의 시작은 갑자기 만든 것과는 달라. 아무리 오래 사귄 친구라 해도, 한 번의 첫 만남이 없으면 성립되지 않는 것과 마찬가지야. ……음, 예를 들어, 너는 태양이야, 그는 달이고…… 핫, 하, 하아 (유원이 예쁜 눈썹을 꿈틀 움직인 것처럼 보였다). 태양은 그의 앞에서 어젯밤부터 빛나기 시작했어. 그리고 달은 그 빛을 반사해서 빛나기 시작한 거야. 그러나 반사한 빛은 이제 그 자신의 내부에서 빛나기 시작하고 있어……, 그런 거라고 생각해. 그건 좋은 일이지."

상당한 무리해 보이는 주장이었다. 그러나 이방근의 표정이나 눈에는, 여느 때 같으면 이럴 때 뿜어 나오곤 하던 독기가 없었다. 그 온화한 태도는 억지 주장이라는 인상을 풍기지 않았다. 그는 가볍게 헛기침을 한 뒤 다리를 꼬았다. 탁자 위의 케이스에서 담배를 하나 꺼내 불을 붙였다. 코끝을 달구는 성냥불을 담배에 옮기며, 남승지에게 주려고 꺼냈다가 결국은 바다에 던져 버린 라이터가 생각났다.

풍덩. 조용한 수면을 가르며 무거운 라이터가 떨어지는 소리……. 남승지의 밝음은 너 때문이라고 단정적으로 말했을 때, 유원의 마음에는 무거운 추 하나가 떨어졌을 것이다. 풍덩 하는 소리를 내면서. 허구에서 현실로 발을 들여놓는 순간을 포착하여, 놓치지 않고 여동생을 몰아붙였다. 여동생의 마음속에 남승지의 그림자가 추가 되어 가라앉지 않으면 안 된다. 서울로 돌아간 뒤에도 사라지지 않을 것 같은 추…….

"……"

유원은 아무런 말도 하지 않았다. 잠자코 오빠를 바라보다가 시선을 재떨이에 떨어뜨렸다. 얼굴은 창백했지만, 슬픈 표정은 아니었다. 그녀는 휴지를 꺼내서는 둥근 유리 재떨이에서 넘쳐 탁자로 떨어진 담뱃재를 닦아냈다. 그리고 비스듬히 놓여 있던 담배 케이스를 똑바로 고쳐 놓았다. 마치 꾸지람이라도 받은 뒤의 동작 같았다. 오빠 생각은 알고 있어요, 오빠 말대로 하라는 거겠죠, 알고 있어요, 하고 무언의 반응을 보이는 것처럼 여겨졌다.

"벌써 두 시군."

이방근은 재떨이에 담뱃재를 떨어뜨리고 나서 말했다.

"버스가 떠나겠지요."

"음, 남승지는 버스를 타고, 이제 곧 구름 속에라도 숨듯이 어디론가 사라지는 거야. 재미있군. 상대의 행선지를 모르는 채 전송을 한다는 게……. 후후후, 어쨌든 그는 좋은 청년이야."

"……" 유원은 잠시 고개를 끄덕였을 뿐이었다. 그리고는 새삼스럽게 몸을 똑바로 세우며 말했다. "난 부엌 쪽에 가 봐야겠어요."

"부엌? ……아아, 그렇게 하렴."

음, 남승지 일에 대해 너무 집요하게 매달린 것 같았다. 이방근은 꼬고 앉았던 다리를 풀며 말했다.

"차를 내올까요?"

"됐어."

"……오늘은 수염을 아직 깎지 않았군요."

"핫하, 알고 있어. 수염만이 아닐 거야. 오빠 머리도 신경 쓰이겠지." 이방근은 손으로 부드러운 머리카락을 빗어 넘기며 말했다. 조만간 이발을 해야 할 만큼 자라 있었다. "저녁까지는 말쑥하게 해 놓을 거야. 그나저나 네 말꼬리 같은 머리는 어떻게 할 건데?"

"말꼬리라니……, 내 걱정은 하지 마시고."

유원은 생긋 이를 보이며 웃었다. 웃는 얼굴 속에서 이마가 밝게 펴졌다. 이방근은 그 웃는 얼굴을 보자 왠지 모르게 안심했다.

자리에서 일어선 유원은 조금 익살스럽게 무릎을 살짝 굽히며 마치 무희의 인사 같은 몸짓을 하고 서재를 나갔다.

음, 이걸로 됐어. 더 이상 추궁하면 오히려 억지로 강요하는 듯해서 부자연스러워질 것이다. 한동안 내버려 두는 게 좋다. 여동생의 마음 속에서 효모가 발효하도록 맡겨 두면 된다. '사랑'은 혼자 성장해 가는 것이니……. 이방근은 여동생의 여유 있는 느낌을 주는 뒷모습을 바라보면서 그렇게 생각했다.

"음, 그렇다면……."

이방근은 소파에서 일어섰다. 하지만, 그렇다면……, 하면서 자리에서 벌떡 일어날 정도의 볼일도 없었다. 일어서고 나서야 자신도 모르게 여동생의 모습을 보고 따라 한 것임을 깨닫고 혼자 웃었다. 일어선 김에 뒷짐을 지고 방 안을 천천히 걷기 시작했다. 그렇다면, 그렇다면……. 목을 체조라도 하듯 돌려가면서, 빙글빙글 방 안을 몇 바퀴 돌았다.

조금 전에 남승지 앞에서 자리를 떴을 때, 몇 군데 전화로 처리해야 할 일이 있다고 말했지만, 그건 핑계였다. 자연스러운 형태로 짧은 시간이나마 단둘이 있게 해 주고 싶었던 것이다. 이방근은 전화를 받은 김동진에게, 지금 외출해야 되기 때문에……라고 말했다. 김동진과 남승지를 만나게 하는 것은 좋을 것 같지 않았다. 점심시간을 겸해서 들를 예정이었던 김동진은, 그럼 어차피 제사가 있으니까 일이 끝난 뒤 밤에 가겠다며 전화를 끊었다. 그때 문득 생각이 나서, 회사에 전화해 트럭 편이 있는지 물어보았던 것이다.

　오빠, 오늘 밤 집에 제사가 있다는 걸 잊어버린 거 아녜요, 라니. 뭐라고 중얼거리며 방 안을 걷고 있던 이방근은 그대로 미닫이를 열고 툇마루로 나왔다. 갑자기 이발을 해야겠다고 생각하였다. 조금 전에 여동생이 물어 왔을 때까지만 해도 저녁에 수염을 깎고 머리에는 가볍게 기름을 발라 적당히 얼버무릴 작정이었다. 핫하, 어머니 제사에 목욕재계까지는 못할망정, 이발하는 정도는 나쁘지 않아. 댁은 부도덕한 인간이군. 헤헤헤, 부모 제사를 앞둔 사람은 새끼회 같은 부정한 날것을 입에 대는 게 아니야…….

　이방근은 툇마루를 따라 응접실 가까이에서 멈춰 선 뒤, 부엌에 있을 여동생을 불렀다. 부엌 쪽에서는 여자들의 목소리가 들려왔다. 벌써 친척이나 이웃집 아낙들이 와 있어 제법 떠들썩했다. 어이구, 오빠가 불러, 유원이 오빠가 불러, 하면서 몇몇 여자들이 소란스런 소리를 냈다. 조금 떨어진 곳에서 "예—" 하는 여동생의 대답이 들리더니, 곧 앞치마를 두른 유원이 툇마루로 나왔다. 그사이 벌써 뭔가를 씻고 있었던지, 앞치마에 닦은 두 손이 발개져 있었다. 이방근은 여동생과 나란히 자신의 방으로 돌아가면서, 지금 이발을 하고 오겠다고 말했다. 그리고는 소리를 죽여, 남승지와 관련해서 무슨 일이 있으면 관덕정 광장 모퉁이에 있는 이발소로 즉시 연락하도록 일렀다.

유원은 고개를 끄덕였다. 그리고는 안심했다는 표정으로, 오빠 정말로 이발소에 가는 거예요? 라고 물었다.

"물론, 가고말고."

"오빠가 제사 당일에 이발을 다하다니……."

"그렇게 놀란 표정을 지을 것까지는 없어. 농담이라도 하는 줄 아나 보군. 어쩌면 유원 님의 비위를 맞추려는지도 모르지, 오늘 밤 집에 제사가 있다는 걸 잊어버린 거 아니냐……고 말한 건 누구였지, 핫, 하, 하아."

이방근은 여동생의 부드러운 어깨를 가볍게 두드렸다.

제4장

1

이방근은 북국민학교 옆을 지나 관덕정 광장으로 나왔다. 여동생에게 이발을 하겠다고 한 것은 빈말은 아니었다. 오른쪽 대각선으로 보이는 버스 차고 앞에는 사람들이 드문드문 있을 뿐 버스는 없었다. 시간은 두 시 20분이었는데, 아마 예정 시각인 두 시경에 출발했을 터였다. 남승지는 틀림없이 그 버스를 탔으리라 생각했다.

바로 왼쪽의 C길 모퉁이에 이발소가 보였지만, 이방근은 우체국 모퉁이를 오른쪽을 끼고 돌았다. 그리고는 어슬렁거리듯 경찰서 문(도청 등 다른 관청과 함께 쓰는 문이었다) 앞까지 간 뒤 멈춰 서서 구내를 들여다보았다. 점잔 빼는 말단 공무원들이 서류를 옆구리에 낀 채 걷고 있었다. 유달리 근엄한 표정을 짓고 있는 것은 검찰청이나 법원 직원들일 것이다. 개중에는 이방근을 알아보고 가볍게 인사하는 사람도 있었다. 그들 사이를 한복 차림의 노인이 조심조심 길을 비켜 가며 걷고 있었다. 이방근은 곧 그곳을 떠났다. 그리고는 관덕정 앞에서부터 광장을 한 바퀴 빙 돌아 이발소로 들어갔다.

이발소 안에 있는 세 개의 의자는 모두 비어 있었다. 하얀 가운을 입은 주인이 얼른 자리에서 일어나 손님을 거울 앞으로 안내했다. 말하기를 좋아하고 붙임성이 있는 오십 대의 주인은 가위질을 하면서 이야기를 시작했다. 구름이 낀 것만으로도 화제가 되었다. 서비스 정신이 투철한 주인은 마치 가려운 곳을 긁어 주는 듯한, 아니 너무 긁어 피곤할 만큼 말을 많이 했다. 거울 속에는 자기 모습 너머 투명한 유리문을 통해 관덕정 광장이 비치고 있어 행인들이 오가는 움직임을 영화 스크린을 감상하듯 지켜볼 수 있었다.

이방근은 한동안 감고 있던 눈을 뜨는 순간, 거울 속에서 뭔가를 살피듯 들여다보는 주인의 시선과 마주쳤다. 상대는 그런 일에 익숙한 듯 미소로 흘려 넘겼다. 이방근은 시선을 자기 얼굴로 돌렸다. 머리카락이 짧아진 얼굴에 위화감을 느꼈다. 아니, 위화감은 그 때문이 아니었다. 다른 사람 앞에서 거울을 보고 있는 자기 자신에 대한 위화감이었다. 그것은 이발 도중에 이따금씩 고통으로 다가왔다.

"오늘은 광장에서 뭔가 색다른 일은 없었습니까?"

"광장에서? 그러니까⋯⋯, 참 그렇지, 선생님, 가엾은 일이 하나 있었어요. 촌에서 시장으로 닭을 팔러 온 남자의 바구니에서 어쩌다 그만 닭 한 마리가 도망치는 바람에⋯⋯, 그놈이 푸드득 푸드득 날아가더니 막 출발한 버스 지붕 위로 올라앉아 버렸지 뭡니까. 닭은 금방 내려왔지만, 그래도 4, 50미터는 쫓아가서 간신히 붙잡았지요. 그런데 돌아와 보니, 어느새 닭 세 마리가 들어 있던 바구니가 없어져 버렸지 뭡니까. 참, 각박한 세상입니다⋯⋯, 아니 그게 아니라, '서북' 놈들이 가져가 버렸거든요⋯⋯."

"으음."

이방근은 말없이 고개를 끄덕였다. 뭔 일인가 있었다는 것이 남승지와 관련된 일은 아니었다. 누군가 체포되어 경찰서 대문 안으로 끌려갔다면, 눈앞의 거울에 비쳤을 것이다. 남승지는 버스를 타고 간 것이 틀림없었다.

이발은 한 시간도 못 되어 끝났는데, 이방근은 주인으로부터 생각지도 않던 말을 들었다. ⋯⋯그리고 보니, 오늘 밤 선생님 댁에서 모친 제사가 있지요, 라고 말했다.

그렇기는 한데, 어떻게 그걸 알고 있느냐는 물음에 대한 주인의 대답이 뜻밖이었다. 어제 이발하러 온 '서북' 간부 둘이(그들은 결코 혼자

다니지 않는 '습성'이 있었다), 불쑥 내일 밤 남해자동차 사장 댁에 제사가 있다는 이야기를 나누었다는 것이었다. 으흠, '서북' 놈들이 어머니 제사를 알고 있다니, 이방근은 거울 속을 보면서 혼잣말처럼 중얼거렸다. 한순간 얼굴이 크게 일그러졌다. 예에, 선생님, 그것 참, 잘 들어 두었더라면 좋았겠지만, 그게……. 주인은 영업을 하는 사람이 거절할 수도 없어서 머리를 깎아 주기는 했지만, '서북'과는 말할 기분이 나질 않아서 그 일에 대해서는 자세히 물어보지 못했노라 변명하듯 말했다.

이방근은 '서북'이 어머니 제사를 알고 있다는 것만으로도 형언하기 어려운 혐오감을 느끼며 이발소를 나왔다. 음, 대체 어떻게 된 일일까, 누구 입을 통해서 놈들 귀에까지 들어갔을까…….

집에 돌아온 이방근은 잠시 후 점퍼를 벗고 양복으로 갈아입었다. 일을 도와주라고 안식구들을 먼저 보낸 친척들이 일찌감치 찾아오기 시작했던 것이다. 유원도 하얀 치마저고리로 갈아입었다. 머리는 뒤로 둥글게 뭉쳐서 검은 리본으로 묶은 것이, 완전히 조선 여인의 옷차림으로 바뀌었다. 처음에 여동생이 방에서 나왔을 때, 이방근은 몰라보게 달라진 그 모습에 적잖이 놀랐다. 정말 아름답다는 생각이 들었다. 다가가서는 안 되는 어떤 고귀한 새색시 같은 착각에 빠질 정도였다.

날이 저물자 제단의 준비가 시작되었다. 이런저런 번문욕례(繁文縟禮), 즉 유교의 관습에 따라 준비를 하는데, 이것만으로도 족히 한 시간은 걸렸다. 부친 이태수는 평소와 같은 시간에 돌아왔지만, 거실에서 친척들을 상대할 뿐 제단 쪽은 아들에게 맡겨 둔 채 관여하지 않았다. 그리고 무슨 일이 있으면 방근이에게 물어보라고 일렀다. 이방근은 그러한 아버지의 태도에서 암암리에 자식과의 연줄을 확인하고 싶어 하는 듯한 의중을 느꼈다. 그것은 또한 자식에게 맡기고 있다는 식의, 여러 의미를 내포한 일종의 과시이기도 했다.

생각해 보면, 아니 생각할 것도 없지만, 상주인 아버지의 죽은 아내는 자신에게는 어머니였다. 설사 오늘 밤 제사가 남의 눈을 의식한 겉치레의 성격이 있다 할지라도, 자기 어머니 제사임에는 틀림없었다. 겉치레 의식이라 할지라도 나름대로 구색을 갖추면 좋지 않겠는가…… . 이방근은 자신의 일이지만 기특하다는 생각을 하면서, 이발소에 다녀온 것을 다행스럽게 여겼다. 실제로 뒤쪽 목덜미에 생긴 푸르스름한 면도 자국이 묘하게 착실한 인상을 주었다. 그가 묵묵히 제단의 준비 따위를 지시하고 있는 한은, 어느 모로 보나 집안의 질서를 유지하는 믿음직한 '맏아들'이라는 느낌이 들었다. 제사를 중시할 줄 아는 민족으로서의 예절을 잘 지키고 있는 인간이라는 인상을 주기에 충분했다. 그것은 평소 볼 수 없었던 이방근의 모습이었다.

제단은 거실과 이어진 가장 안쪽 방에 마련되었다. 제단을 둘러싸듯 삼면에 커다란 병풍이 둘러쳐지고 돗자리가 깔렸다. 거기에 제물을 진열해 놓을 긴 다리의 접이식 큰 탁자를 세운 뒤, 그 앞에는 향과 술잔을 올려놓을 작은 탁자가 놓여졌다.

여자들이 놋쇠로 된 여러 종류의 제기에 담은 제물을 가져오면 제사 의식에 따라 큰 탁자의 안쪽부터 차례로 늘어놓았다. 그것은 이방근과 육촌 형 이상근의 일이었다. 상근은 어머니뿐 아니라, 조부 등의 제사 때도 일찌감치 와서 준비를 지휘하고, 제사가 시작되면 집사 역할을 도맡았다. 그는 이런 일에 정통할 뿐만 아니라, 의식(儀式)의 집전을 좋아했다. 그것은 유교의 인습이 남아 있는 대가족제도 사회에서는 귀중한 지식이었다.

쇠고기와 돼지고기, 생선 등의 꼬치, 산적, 회, 도미와 조기 등의 통구이, 전복찜, 고사리와 산채 등을 버무린 나물, 잡채, 대추, 기름에 튀긴 네모난 전병, 팥을 뿌린 커다란 시루떡, 반질반질 윤이 나는 조선식 찐빵과 그 밖의 떡들, 계란 및 밀가루 등과 함께 동물의 간이나 버섯 등을 넣어 한 장씩 철판에 구은 전, 약간 딱딱한 두부를 철판에 지진 두부전, 그 밖의 여러 음식들. 이 모든 것이 집안사람들과 이웃 여자들이 손수 만들어 낸 것이었다. 큰 접시에 쓰러지지 않도록 높이 쌓아 올린 과일들. 그중에서도 그릇 가득히 두 자 가까운 높이로 쌓아 올린 밤은 볼만했는데, 마치 집 쌓아 올리기 놀이라도 한 것처럼 보였다.

이방근은 육촌 형이 다른 곳을 보고 있는 틈에, 장난삼아 그것을 손가락으로 톡톡 튕겨 보았다. 반응은 딱딱했으며 허물어지지 않았다. 허물어지면 몇백 개나 되는 밤이 소리를 내면서 주위로 흩어질 것이다. 물론 그런 소동은 벌어지지 않으리라는 걸 알고서 한 일이었다. 겉으로는 보이지 않지만, 밤은 하나하나가 긴 꼬챙이에 꿰어져 있었던 것이다. 그밖에 밥과 탕 종류도 놓이게 되는데, 이런 제물들이 큰 제사상에 빈틈없이 가득 올려졌다. 이방근이 제물을 조금이라도 잘못 놓으면, 육촌 형인 상근이 그것은 이렇다는 식으로 고쳐 주었다. 이방근은 고개를 끄덕이며 거기에 따르기만 하면 되었다.

청동 촛대가 제사상 좌우에 놓였고, 커다란 양초가 세워졌다. 그리고 지방(紙榜)이라는 종이에 쓴 위패를 제사상 안쪽에 안치되어 있는 '독(櫝)'이라 불리는 검은 나무 상자에 붙이면 된다. 그런데 그 지방은 역시 아버지가 써야 한다. 상주인 아버지를 대신할 수는 없었다. '亡室孺人……神位'라는 식으로, 망실(亡室)로 시작되는 문자를 자식이 쓰는 것은 저항감이 느껴졌다. 예전에 아버지는 아들에게 지방까지 쓰라고 분부한 적이 있었지만, 아무리 아버지 대신이라고는 해도 어머니 위패를 '망실(亡室)······'이라고 쓰는 것은 도리에 맞지 않았다. 그래서 이방근은 설령 형식적이라 하더라도 '제사 지내기를 살아 계신 것처럼 하라'는 제사의 취지에 어긋나는 게 아니냐고 약간 주제 넘는 말을 해서 아버지에게 붓을 들도록 했던 것이다.

이태수는 아들의 말을 듣고 지방을 쓰기 위해 제단이 있는 방으로 들어갔다. 그는 향을 피운 탁자 앞에 정좌를 하고, 옆에 놓인 벼룻집에서 붓을 집어 들고 붓 끝을 입술 사이에 넣어 적신 다음 천천히 먹물을 묻혔다. 그리고 미리 위패 모양으로 잘라놓은 흰 종이에 "亡室儒人······"이라고 단정히 써서 아들에게 건네주었다. 지방을 두 손으로 받아 든 이방근은 '독'에 붙였다. 촛대에 불이 켜지고 전등이 꺼졌다. 잠시 후 집안 식구들만의 배례가 시작되었다. 아버지는 자못 만족스러운 듯 아들의 동작을 바라보다가 거실로 돌아갔다. 아버지로서는 한집에 살면서도 며칠씩 얼굴을 보지 못하는 아들이 제삿날만은 먼 여행지에서 돌아오기라도 한 것처럼 생각하는 듯했다. 이방근으로서도 아버지에 대한 최소한의 인간적인 관계는 유지하고 싶은 마음이 있었다.

이방근은 집사 역할을 맡은 육촌 형과 함께 거실로 돌아왔다. 그곳에는 육촌 형의 부친과 친척 서너 명이 술상 앞에 모여 앉아 잡담을 나누고 있었다. 이방근은 손님이 오면 어차피 먹고 마셔야 될 입장이었지만, 가볍게 요기를 해 두고 싶었다. 유원이 마침 얼굴을 내밀었기 때문에, 국수를 한 그릇 가져오라고 일렀다. 담배를 피우고 싶었지만, 아버지와 노인들 앞에서는 참기로 했다. 당숙 어른은 이미 일흔을 넘긴 친척 중에서도 장로 격인 노인으로, 이런 자리에서는 유난히 말을 많이 했다.

"에헴······." 이방근의 대각선 맞은편에서 장죽 담배를 피우던 노인이 헛기침을 했다. 그리고는 털 뽑힌 닭처럼 가느다란 목을 늘여 이방근에게 말을 걸었다. 그러고 보니 얼굴 모습도 닭과 비슷한 것 같았다. "상근이도 방근이도 모두 수고했다. 음, 상근이 이름을 먼저 말한 것은, 상근이가 형이라서 장유유서를 따른 것이고, 그런데 아까부터 방근이 하는 것을 보고서 감탄했다. 잘 했다. 제사 예법을 제대로 알고 있더구먼. 효는 인륜의 근본이요, 장제(葬祭)는 효도 중에서도 가장 중요한 행사야. 혼백은 비례(非禮)를 받지 않는다고 하는데, 흐음, 보아하니, 방근이는 모친의 제사를 맞이하여 목욕재계하고 나온 것임을 금방 알겠구나. 옛날에 어른들은 말이지, '제사 전에는 반드시 목욕재계하고, 마음으로는 생전에 부모가 계시던 곳을 생각하며……,' 음, 에헴, '부모가 즐기고 좋아하시던 음식을 생각한다. 사흘 전에는 눈앞에 선명하게 부모의 얼굴을 보아야 하며, 제사 당일에는 삼가 부모의 음성을 듣도록 하고, 대문을 나설 때는 반드시 부모의 한숨 소리를 듣도록 하라'고 했었지. 요즘 세상에 이렇게까지 하기는 어렵겠지만, 진심으로 임한다면 사람과 혼백의 소통은 이루어지는 법이야……" 노인은 술잔을 입에 댔지만, 목에 걸려 사래가 들렸는지 콜록콜록 기침을 하기 시작했다. 옆에 앉아 있던 아들이 얼른 노인의 등을 부드럽게 쓰다듬어 주었다. 그 동작에는 겸연쩍어 하는 기색 같은 게 없었다. 기회를 맞아 모범답안을 물어보는 듯한 동작이었다. "아이고, 이제 됐다, 됐어. 편해졌어, 편해지고말고……. 이야기를 어디까지 했더라? ……음, 그렇지, 방근아, 공자는 보잘것없는 밥과 국, 오이 하나로 제사를 지내더라도 재계하는 마음으로 행하라고 말씀하셨는데, 하찮은 식사와 나물국이 아니라, 제상에 온갖 음식이 넘쳐 나는 제사를 지내고 있으니 모친께서 얼마나 기뻐하시겠느냐. 쿨럭, 쿨럭……, 나도 제사는 모두 아들놈에게 맡겨 두고 있다만, 이 녀석은

예법에 밝아서 내가 참견할 게 하나도 없어. 남은 일은 죽은 뒤에 제
사상이나 받는 일이라고나 할까, 쿨럭, 쿨럭……."

기침을 하는 노인의 마른 얼굴은 검버섯이 핀 곶감 같았다. 노인의
말은 이방근을 칭찬하고 있는 것인지 타이르고 있는 것인지 알 수가
없었다. 노인의 목소리가 작았고, 이방근 옆에서 다른 사람들이 잡담
을 하고 있어 잘 들리지 않았기 때문만은 아니었다. 그러나 이런 장소
에서 으레 있게 마련인 노인들의 두서없는 이야기라고 생각하면 그뿐
이었다. 원래가 제사 지내는 자리에서는 노인들의 권위가 가장 인정
받고 존경받게 마련인 것이다.

"예, 언제나 감탄하고 있습니다. 상근 형님은 당숙 어른 말씀대로
예법에 밝아서 여러 모로 배우고 있습니다. 함께 제물을 놓고 있자
면 형님의 경건한 태도가 저에게 저절로 옮겨 오는 것 같으니까요.
그야말로 혼백과 통하고 있는 것 같다고나 할까요. 형님은 정말 효
자십니다."

이방근은 한마디, 아니 두 마디 정도로 잔뜩 추켜세웠다. 그리고는
만족스러운 듯이 가느다란 목을 아래위로 끄덕거리는 노인을 보면서,
이발을 하지 않았다면 무슨 말을 들었을까 하고 생각했다. 노인과 나
란히 앉아 있던 아버지는 무표정하게 커다란 눈을 굴려 아들을 힐끗
쳐다보았다. 이방근은 젓가락을 집어 들고 손을 대지 못하고 있던 국
수를 먹기 시작했다. 국물이 식어 있었다.

이윽고 손님들이 오기 시작했다. 거실에는 탁자가 새로 놓이고, 친
척들은 제상이 차려진 방과 거실 사이의 방으로 자리를 옮겼다. 이방
근의 부친은 거실에서 한동안 손님들을 상대하고 있었으나, 집사를
맡은 상근으로부터 이제 곧 초헌(初獻)이 시작될 거라는 말을 듣고
자리에서 일어났다. 그리고는 집사와 아들을 거느리고 방으로 들어갔

다. 시간은 일곱 시가 가까워 있었다.

초헌은 한마디로 하면, 제상 앞에 무릎을 꿇은 상주가 집사의 도움으로 먼저 술을 신전(神前)에 바치고 제사를 시작하는 의식이다. 집사가 잔에 술을 따르면 상주는 향을 피운 향로 위에서 잔을 세 번 돌린다. 그러고 나서 집사는 상주 대신 잔을 신전에 바치는 의식으로, 마지막에 상주가 두 번 절을 한다. 이후에는 다른 사람이 뒤를 이어 이를 행하는 의식이었다.

오늘 밤 제사의 상주는 당연히 부친인 이태수였지만, 제상 앞에는 이방근이 무릎을 꿇고 집사인 상근의 시중을 받으며 의식의 진행에 따랐다. 부친은 그동안 제상 옆에서 정좌를 하고 무릎에 팔꿈치를 괸 오른손에 이마를 댄 채 묵념하듯 머리를 숙이고 있었다. 아들이 마지막으로 재배를 할 때도, 그 모습을 본 둥 만 둥 고개를 숙이고 있었다. 즉 '고인'이 부모가 아니고 또 상주 자신이 예순을 넘긴 노인이었기 때문에, 절을 생략하고 다만 마음으로 죽은 아내를 추모하는 식이었다. 촛불이 흔들리는 어슴푸레한 방 안은 향을 태우는 냄새로 가득하였고, 그 향내가 옅은 연기와 함께 옆방으로 흘러들어 갔다. 집사인 상근은 '혼백을 제사 지낼 때는 혼백이 살아 있는 것처럼' 경건한 표정으로 의식 진행의 시중을 들었다. 재배가 진행되는 동안 일어나 있던 사람들은 그 나무랄 데 없는 동작을 가만히 지켜보고 있었다. 실제로 그 동작은 경지에 올라 있었다.

절을 마친 이방근이 자리에서 일어났다. 아버지는 자리에서 일어나 그대로 방을 나갔지만, 이방근은 사람들의 배례가 끝날 때까지 계속해서 두 손을 앞으로 모으고 제단 옆에 서 있었다. 가족과 친척의 뒤를 이어 손님들이 제단 앞으로 들어와 절을 계속했다. 향이 꺼지자 집사가 향이 놓인 탁자로 다가가, 향갑에서 피처럼 선명한 색깔의 잘

게 썬 향나무를 집어 향로에 태웠다.

이방근은 촛불 그림자가 흔들리는 것을 보고, 연기와 함께 피어오르는 향냄새를 맡으면서, 나는 도대체 무엇인가라는 생각을 했다. 아버지의 죽은 아내에 대한 사모의 정을 과시하고, 세상에 대한 허영과 속된 냄새로 잔뜩 찌든 제사를 가장 그럴듯하게 떠받치고 있는 것은 당사자인 아버지보다도 오히려 이방근 자신이었다. 아버지는 자식에게 맡김으로써 자신의 체면을 보다 효과적으로 유지하고 있었다. 묵념만으로 죽은 아내를 추모함으로써 번거로움을 피하고 가부장적인 위엄을 보전할 수 있었다. 자식을 시키는 것이 또한 아들 자랑도 될 것이다. 그리고 무엇보다도 집안 제사의 원만한 진행이 보장되는 것이었다.

그런데 아들이 대신하는 것은 그다지 드문 일이 아니었다. 아들이 성장하면 그렇게 시키는 경우가 많았다. 그리고 자식은 그것을 당연한 일로 받아들이고, 가문을 이어 가게 하기 위한 증거로 삼았다. 그러나 이방근은 달랐다. 게다가 아버지는 네 어머니 제사라는 식으로 완전히 그에게 떠맡기고 있었다. 이방근에게는 그것이 제사에 무관심한 아들의 마음을 알아차린 아버지의 의도적이고 노회한 연출이라는 생각도 들었다.

그는 그렇게 하는 것이 아버지에 대한 일종의 최소한의 예의라고 인정하면서도, 어느새 집안 울타리 속에 갇혀 버린 자신을 느꼈다. 지금 아내가 있는 이 남자에게 도대체 죽은 아내는 무엇이란 말인가. 동침할 마음이 나지 않았던 하얀 음모의 늙은 아내는 그야말로 제사의 대상으로서는 딱 알맞은 존재라고 해야 할지도 모를 일이다.

어두컴컴한 제단 앞에 무릎을 꿇고 아무 생각 없이 앉아 있으면, 혼백이 없다 하더라도 있는 것처럼 느껴진다. 이방근은 사람들이 정중하게 절하는 굽은 등을 보면서 하얀 음모라는 아버지의 말을 생각해 내고, 잠깐 어머니를 머릿속에 떠올렸다. 어머니는 간경변으로 고생하였는데, 결국 황달을 일으키고 복수가 차는 바람에 늙은 임신부처럼 추한 모습으로 세상을 떠났다.

양준오가 왔다. 그가 절을 마치고 물러가자마자 김동진이 왔다. 문득 유달현과 함께 왔나 싶었는데 혼자였다. 여동생이 두 사람을 거실 쪽으로 안내했다.

이방근은 배례하러 들어오는 손님이 잠시 끊기자, 담배를 피우려고 자리에서 벗어났다. 제단이 있는 방을 나와 거실로 가자, 양준오가 이 형, 잠깐 와서 앉으세요, 하며 불렀다. 이방근은 가볍게 고개를 끄덕인 뒤, 잠시 바람 좀 쐬고 싶다며 거실 밖 툇마루로 나왔다. 밤공기가 싸늘한 것이 상쾌했다.

이방근은 담배를 물고 불을 붙인 뒤 한 모금 들이마시고 있을 때, 대문 옆의 쪽문을 열고 들어오는 두세 명의 그림자를 보았다. 순간 의아한 생각이 들었다. 분명히 사람이라고 확신한 것도 아니었지만, 왠지 그런 느낌이었다. 안뜰을 건너온 사람은 세 명이었다. 이쪽으로 다가오더니, 맨 앞의 남자가 말을 걸었다.

"거기 있는 건 방근이 아닌가."

"아, 안녕하세요, 세용이 형님이시군요. 전 또 누군가 했습니다, 일부러 와 주셔서 감사합니다."

제주경찰서 경무계장으로 있는 정세용이었다. 그러나 뒤에 있는 두 사람은 모르는 남자들이었다. 의아하게 생각했던 것은 그들 때문이었던 것이 분명했다. 이방근은 순간적으로 놀라면서, 아, 이들은 '서북'이구나 하고 생각했다.

2

'서북'……, 음, 이 자들은 무엇 때문에 온 것인가. 제사를 구실 삼은 시위인가……. 이방근은 발끝에 '신세기'에서 '서북'을 걸어차 쓰러뜨렸을 때의 감각이 찌릿하고 되살아나는 것을 느꼈다. 그는 막 피우기 시작한 담배의 끝부분을 엄지와 인지로 잘라내듯이 떼어 내 불을 끈 뒤 안뜰에 버렸다. 그리고 단 몇 초에 불과했지만, 그들을 '서북'이라고 생각한 순간 움찔했던 자신이 어이없게 느껴져 속으로 웃었다.

정세용이 먼저 툇마루로 올라섰다. 두 사람이 천천히 뒤를 따랐다. 두 사람 모두 키가 크지는 않았지만 다부진 체격의 어깨를 흔들며 올라왔다. 어느 쪽이나 검은 색의 질 좋은 맞춤양복을 입고 있었다. 한 사람은 미국의 암흑가 영화에 나오는 살인자 같은 몸차림이었다. 몸 전체 윤곽이 날카롭고 직선적이었다. 밤의 빌딩가에 서 있으면 어울릴 것 같았다. 어제 두 사람의 '서북'이 왔었다는 이발소 주인의 말이 머리를 스쳤지만, 이 남자들은 아닌 것 같았다. 포마드로 말끔히 빗어 넘긴 머리카락이 두껍고 검게 빛나고 있었지만, 막 이발한 머리는 아니었다. 가볍고 산뜻한 맛이 없었다. 지금 눈앞에서 보니, 그들이 안뜰을 걸어올 때 의아하게 생각했던 것은 낯선 사람이라서가 아니라 그 깡패 같은 차림 때문이었던 것이다. 아니, 단순한 깡패는 아니었다. 깡패 이상의 것, 그 곧게 세운 등줄기를 뒤에서 받쳐 주고 있는 권력의 무서움 같은 것을 지니고 있었다.

정세용이 방 안의 전등 불빛이 닿는 툇마루에 서서 먼저 올라온 간부인 듯한 남자를 이방근에게 소개했다. 역시 그 서른 살가량의 남자는 서북청년회 부지부장으로, 최근에 성내 지구로 왔다고 했다. 굵은 목과 떡 벌어진 어깨에 비하면 빈상의 얼굴을 한 남자였는데, 악센트를 주는 듯한 가느다란 눈빛이 집요해 보였다. 유달현의 눈이 순간적으로 떠올랐다.

"그렇습니다. 내가 '서북' 제주지부의 마완도입니다." 남자는 커다란 명함을 꺼내면서 이방근의 얼굴을 똑바로 쳐다보았다. 전등 그늘 속에서 시선이 마주쳤을 때, 서로 간에 무언가가 눈을 파고드는 기분을 느꼈다. "최근에 서귀포 지구에서 이곳으로 옮겨 왔습니다. 아마 제 이름은 들으셨을 줄 압니다만."

이방근은 흘낏 명함을 쳐다본 뒤 아무렇게나 상의 주머니에 넣었다. 명함에는 마완도라고 써 있었다. 마완도……, 그러고 보니 들은 적이 있는 것 같기도 하고 없는 것 같기도 했다. 그러나 그건 문제가 아니었다. 흐흥, 이방근은 상대방을 기쁘게 해 주고 싶어서, 아아, 마완도 씨…… 알고 있습니다, 라고 대답해 주었다. 그러나 지금 상황에서 이 말이 오히려 상대방을 멀리하는 말투가 되고 말았다. "……서귀포의 '서북'에 마완도가 있다고 들은 것 같은데."

이렇게 말한 순간, 마완도라는 이름은 처음이라는 생각이 들었다. 이 남자는 함께 온 부하와 같은 복장이었지만, 옷맵시가 다소 안정되어 있어서 노골적인 폭력단처럼 보이지는 않았다. 그러나 부하들의 충동적이고 무서운 폭력의 지휘자인 것만은 틀림없었다. 조직된 폭력의 정상에 있을 때, 그들의 잔인함이 발휘되는 것이다. '서북'의 졸개는 자기 이름도 쓸 줄 모르는 자들이 거의 대부분이었지만, 간부는 그렇지 않았다. 개중에는 고등교육을 받은 자도 있었다. 그들은 일제 강점기 때 지주나 자산가, 고급 관리, 고등경찰의 자제나 관계자들로서 남쪽으로 도망쳐 왔던 만큼 그들의 반공의식은 철저했다. 그것은 증오와 복수의 일념으로 뒷받침되어 있어서, 그들에게 폭력은 신성한 반공 투쟁의 무기가 되었다. 폭력은 '애국'을 위한 불가결한 수단이었다.

"'서북청년회' 제주도 부지부장, 서귀포만이 아니오."

소개되지 않은 또 한 사람, 약간 젊고 키가 큰 남자가 옆에서 등을 조금 흔들며 말참견을 했다. 이 자는 이른바 호위병임에 틀림없었다. 부지부장이 상반신을 똑바로 세운 채 일종의 폼 나는 손동작으로 악수를 청했다. 이방근은 기계적으로 응했지만, 자신도 모르게 손에 힘이 들어가는 것을 느꼈다. 아하, 이 자식이……, 상대의 자신 쪽으로 끌어당기는 듯한 악수에 순간적으로 저항하고 있었던 것이다.

"부지부장은 영전에 배례하고 곧 돌아간다는군."

정세용이 여전히 침착하고 조용한 어조로 말했다.

"아, 그래요……."

이방근은 별로 관심이 없다는 듯이 대답하고 뒤를 돌아보았다. 아까부터 부엌 쪽에서 여자와 어린애 목소리가 나고 있었는데, 호위병이 갑자기 호기심 가득한 눈으로 그쪽을 보았기 때문이다. 부엌과 응접실 사이에 있는 마룻방에 여동생이 얼굴을 내미는가 싶더니 이내 안으로 들어갔다. 이방근은 방금 의식적으로 뒤돌아보았다는 듯이 천천히 몸을 돌리더니, 마완도 씨는 언제 성내에 왔느냐고 물었다.

"얼마 안 됩니다."

"오호, 얼마 안 된다구요……."

조금 전에 마완도가 성내 지구로 옮겨 왔다고 한 것은 우연히 그렇게 되었다는 말이 아니었다. 간부인 경우는 조금 달랐지만, 대부분의 '서북'은 한 곳에 두세 달도 머물지 않는 게 보통이었다. 계속 순환하듯 섬 안을 뱅글뱅글 돈다. 한 달이 채 못 되는 '체재'도 적지 않았다. 바로 일주일 전쯤에 '신세기'에서 싸웠던 '서북'의 두 사람도 지금 성내에 있는지 어떤지 알 수 없었다.

"아버님은 돌아오셨나?"

정세용이 말했다.

"예, 물론이죠. 일찍 돌아오셨어요. 너무 오래 서서 이야기한 것 같
군요. 자아, 안으로 들어가시죠."

이방근은 앞장서서 거실로 들어갔다. 사람들이 세 사람을 쳐다보았
다. 이미 바깥의 기척을 알고 있는 듯한 시선이었다. 이방근은 양준오
와 시선이 마주쳤지만, 무표정하게 바라본 뒤 제일 안쪽의 제단이 있
는 방으로 직행했다. '서북'이 일종의 이상한 분위기를 조성한 것은
틀림없었고, 방 안 공기가 새로운 바람을 불어넣은 것처럼 흔들리고
있었다.

"아, 잘 왔네. ……같이 온 분들인가, 음, 먼저 제단에 갔다 오는
게 좋겠지."

가운데 방에 있던 이방근의 아버지가 옆을 지나치면서 인사하는 정
세용에게 가볍게 고개를 끄덕이며 말했다(제사를 지낼 때는 일일이 사람들
에게 인사를 하지 않고 우선 제단으로 직행하여 배례를 끝내는 것이 관습이었다).
그리고 검은 양복 차림의 남자들을 흘깃 보았을 뿐이었다. 어쩌면 아
버지는 '서북'이 온다는 것을 알고 있었는지도 모른다.

육촌 형 이상근이 향로에 향을 피우고, 정세용이 제단에 술잔을 올
릴 수 있도록 집사 역할을 했다. 무릎을 꿇고 두 번 절하는 배례를
끝낸 정세용이 물러나자, '서북'의 두 사람이 함께 절을 하였다. 친척
이나 친구와 같이 특별한 관계가 아닌 경우에는 그저 배례만 하면
된다.

이방근은 제단 옆에 선 채, 어색한 자세로 절하는 '서북'들의 두껍고
모난 등을 바라보고 있었다. 정세용이 회색 양복의 등을 보였던 만큼,

지금 나란히 절을 하고 있는 두 사람의 검은 등은 한층 도드라져 보였다. 성복제(成服祭)라고 불리는 상복을 입고 올리는 제사, 또는 소상(小祥, 一周忌), 대상(大祥, 二周忌)이 아닌 한 반드시 제단 옆에 서 있을 필요는 없었지만, 아까는 친척들만의 초헌 의식이었고, 지금은 안내를 했다는 체면 때문에 서 있는 것이었다. 아니, 그들로부터 눈을 떼지 않고 거동을 관찰하려는 마음이 작용했기 때문이라고 하는 편이 옳았다.

이방근은 두 사람의 배례를 내려다보다가 순간적으로 이상한 느낌이 들었다. 그들의 동작이 어색하게 보였던 것은 이런 장소에 익숙하지 않은 탓만은 아니었다. 마완도가 무릎을 꿇고 절할 때, 일단 짚었던 두 손 중에 한쪽을 들어 상의 왼쪽 가슴 언저리에 뭔가 무겁게 축 쳐지는 것을 살짝 눌렀던 것이다. 그것이 배례 동작의 리듬을 깨뜨렸다. 뭘까? ……아하, 권총이구나, 직감이었다. 권총이 틀림없었다. 권총, 이방근은 등에 싸늘한 감촉이 순간적으로 모였다 흩어지는 것을 느꼈다. 음, 나도 권총을 한 자루 확보해 두어야겠군, 이라고 머리 한구석에서 두서없이 중얼거리는 소리가 들려왔다.

마완도는 그 동작을 감추려 하지 않았다. 권력을 배경으로 한 폭력에 익숙해진 뻔뻔스러움이 있었다. 어머니 제사에 아무런 연고도 없는 자가 권총을 차고 와서 배례를 한다, '서북', '서북'……, 이거는 완전히 어머니의 제단을 더럽히는 것과 마찬가지 아닌가……. 이방근은 뱃속에서 확 치밀어 오르는 불쾌함이 분노로 바뀌는 것을 가까스로 참았다. 이봐, 자네, 그 무겁게 쳐진 건 권총이 아닌가. 신성한 영전에서 품안에 살인 도구가 웬 말인가. 풀게나. 풀어서 옆에 내려놓고 절하게. 핫, 하하, 신성한 영전이라고? 으흠, 무슨 상관이란 말야. 권총은 '서북' 간부가 일상 호신용으로 지니고 다니는 물건이야. 지금 여기에 구경거리 의식(儀式)이 있어서, 그들은 그들 나름의 복장으로 찾아온 것에 지나지 않아. 지금 이 순간 고인을 살아 있는 인간, 살아 계신 어머니인 것처럼 꾸미고 있는 내 쪽이 뭔가 잘못된 거야. 의식, 어리석은 의식, 어머니가 실제로 살아 계셨다면 이러한 의식을 용납하지 않았을 것이다……. 아니, 권총을 풀고 절을 해. 너희들이 감히 권총을 지니고 제단이 있는 곳의 문지방을 넘는다는 것이 말이 되나…….

이미 배례를 마친 두 사람이 정세용의 뒤를 따라 제단이 있는 방에서 나가려 하고 있었다. 이방근은 잠시 멍하니 다른 생각을 하고 있었던 모양이다. 텅 빈 돗자리에 무심코 발이 미끄러지면서 세 사람에게 시선을 주고 그 뒤를 따라 방을 나왔다.

옆에 있는 서재에서 먼저 나온 정세용이 '서북' 간부를 이방근의 부친에게 소개했다. 아버지 이태수는 처음부터 제단 앞에 배례하는 '서북'들의 뒷모습을 지켜보고 있었다. 제단 옆에 서 있던 이방근의 위치에서는 그런 아버지의 모습이 보였다. '서북' 두 사람이 어색한 배례를 끝내고 돌아서자, 이태수는 앞에 놓인 탁자 쪽으로 얼굴을 돌렸다. 그리고 지금 정세용이 뒤에서 말을 걸자, 배례는 다 끝났는가, 라고 시치미를 떼며 뒤를 돌아보았다.

술과 음식이 놓인 탁자 옆에 그대로 앉아 있던 이태수는 마완도가 불청객이 실례했습니다……라며 내민 명함을 받아들고는, 아니 천만에요, 어서 앉으시오, 하며 자리를 권했다. 그리고 안주머니에서 돋보기를 꺼내 명함을 들여다보았다.

"음, 당신이 부지부장이구려."

상대방은 두 사람 모두 선 채로 있었다. 다리를 반쯤 벌린 채 주위를 둘러보는 듯한 모습으로 서 있었다. 묘하게도 이상한 느낌이 주위를 압도했다. 한쪽이 앉든가, 한쪽이 서는 것이 인사의 도리일 것이다. 그러나 이런 경우에는 설사 손님이라 해도 젊은 사람 쪽이 먼저 무릎을 꿇고 앉는 것이 조선의 풍습이라 할 수 있었다.

이 방은 책상이나 책꽂이 같은 가구들이 들어 있어 거실에 비해 상당히 좁아서 탁자를 하나밖에 놓지 못했다. 탁자 주위에 앉아 있던 친척들이 허리를 펴고 자리를 좁혀 공간을 마련했다.

"어서 앉으시오."

이태수는 자기 명함을 상대방에게 건네면서 다시 한 번 말했다. 술기운으로 조금 붉어진 얼굴에 쓸쓸한 미소가 스쳤다.

"이 사장님께 인사를 겸해서 들렀습니다만, 오늘 밤은 이것으로 실례하겠습니다. 조만간 또 뵙게 되겠지요."

'서북' 부지부장이 우뚝 선 채로 말했다. 부하가 고집스럽게 턱을 움직이며 끄덕였다.

"뭐, ……돌아가?" 이태수는 안경 너머로 힐끗 손님들을 올려다보고 나서 정세용을 향해 말했다. "그럴 순 없지. 제사에 온 사람이 앉지도 않고 술도 한 잔 안 하고 돌아가는 법은 없지 않나. ……지금 인사라고 하셨는데, 음, 그 뜻은 나도 알아. 세용이, 두 분을 좀 앉히도록 하지 그러나. 뭣하면 자리를 바꿔서 이야기를 해도 좋고. 그런데 세용이까지 함께 돌아간다는 것은 아니겠지."

이태수는 안경을 벗어 안주머니에 넣으면서 웃었다.

"오늘 밤은 삼촌 댁 제사에 와서 배례도 끝냈으니 그거면 충분하겠지요."

단정한 얼굴의 정세용이 혈색이 좋지 않은 입술에 희미한 미소를 띠며 대답을 하고선 입을 다물었다.

"저어, 아버지." 이방근이 바로 정세용의 말을 이어받았다. 이 사장

님께 인사차 들렀다는 '서북'의 말이 그를 자극했다. 게다가 조만간
또 만나게 될 거라고 했다. 그 '신세기' 건으로 교섭 상대를 아버지만
으로 한정한 이야기가 틀림없었지만, 태도와 말투가 무례했다. 제사
만 아니었다면 그냥 넘어가지는 않았을 것이다. "제가 좀 전에 밖에서
이야기를 했으니 신경 쓰실 것 없습니다. 이 일은 저와 경무계장에게
맡겨 두세요."

'서북' 두 사내가 노려보듯 바라보았다. 이방근은 그 시선을 무시하
고 재촉하듯 정세용을 바라보았다.

"넌 밖에 나갔다 왔느냐?"

"핫하, 방 밖에서요." 이방근은 꾸며낸 듯한 아버지의 말이 매우 뜻
밖이라는 듯이 대답했다. "마침 툇마루에 나갔을 때 만나, 잠시 서서
이야기를 했습니다."

"그러면 됐어. 어쨌든 세용이도 그렇게 말한다면 그렇게 해야겠지."
아버지는 속으로 웃고 있는 것처럼 보였다. 그리고 헛기침을 한 번
하고는 천천히 일어나서, 아들에게 분부하듯 일렀다. "방근아, 너, 손
님들을 배웅해 드려라."

이방근은 "예" 하고 대답을 하면서 속으로 웃었다. 연극을 하듯 아버
지의 권위에 복종하는 것이 조금은 유쾌하기도 했다. 그리고 아버지
로서도 제삿날 밤에 '서북' 따위의 뒤숭숭한 무리들을 동석시킬 마음
은 없었을 것이다.

'서북'들은 성큼성큼 방을 나갔다. 무슨 까닭인지는 모르지만, 그들
이 진수성찬으로 가득한 탁자를 그대로 두고 돌아간다는 것은 기특한
일이 아닐 수 없었다. 왜냐하면, 그들은 공짜 술 마실 기회를 결코
놓치는 법이 없었기 때문이다. '빨갱이'라고 생각되면 돈을 강요하거
나 폭력을 동원하는 것이 예사였고, 온갖 구실을 가져다 붙여서는 공

짜 술과 음식을 얻어먹는 일이 다반사였는데, 이것이 그들의 기본적인 생활이었다. 그것은 곧 '애국'을 위한 불가결한 행동이었다.

이방근은 툇마루에 멈춰 선 '서북'들에게 잠시 기다려 달라고 말했다. 상대방은 그 말뜻을 알아차린 듯 멈춰 섰다. 이방근은 마침 부엌에서 그들을 위해 술잔과 음식을 들고 나오는 부엌이에게 다가가, 서둘러 고기 등의 가져갈 음식을 싸도록 일렀다.

"좀 전에 한 내 말이 귀에 거슬렸다면 용서하시오." 툇마루로 돌아온 이방근이 '서북' 부지부장에게 담배를 권하고 자신도 한 대 물면서 말했다. 정세용은 담배를 피우지 않았다. 당신은 담배를 안 피웁니까? 하면서 또 한 사람의 '서북'에게도 킹사이즈의 양담배를 권했다. 이 남자는 입술을 빨아들이듯 계속 움직이고 있었다. 상당히 신경질적인 동작이었다. 상대방은 조금 뒷걸음질을 치고는 응, 하고 고개를 끄덕이면서 굵고 우락부락한 손가락으로 한 대를 뽑았다.

"아버님은 지금 한잔 하셔서, 그런 식으로 말하지 않으면 좀처럼 손님을 놓아주시지 않으니, 기분 나쁘게 생각하지 마십시오."

"이 선생은 낮에도 댁에 계십니까?"

부지부장이 가벼운 바람에 불려 흩어지는 하얀 담배 연기를 계속 내뿜으면서 말했다. 온돌방에서 막 나온 탓인지, 싸늘한 밤바람이 상쾌했다.

"저 말입니까?"

"그렇소."

"게으른 생활을 하다 보니, 늘 집에 있지요……."

"흐흠, 게으른 생활은 요즘 같은 비상시국에는 애국적이라 할 수 없군요."

"하하아, 애국이라고요……."

"왜 웃습니까?"

"아니, 웃은 게 아닙니다. 내가 애국적이라는 것은 경무계장이 잘 알고 계십니다." 이방근은 입에서 나오는 대로 말했다. 정세용은 웃지도 않고 차갑게 빛나는 눈으로 자신의 주위를, 사람들의 입 언저리를 관찰하듯 살피고 있었다. 이런 곳에서도 형사 같은 눈빛을 하고 있었다. 어차피 '서북'들은 재판까지 끌고 갈 생각이 없다. 재판을 해 봤자 이로울 건 아무것도 없었다. 그들에게 필요한 건 돈이었다. 돈을 갖고 있는 쪽에 힘이 있었다. "어쨌든 저는 시간을 주체하지 못하는 인간이니, 언제 한번 놀러 오시지 않겠습니까, 아니 아니지, 이런 실례를, 조만간 부지부장님을 만나지 않으면 안 되겠군요."

부엌이가 짙은 녹색의 커다란 보자기를 들고 부엌에서 나왔다. 이방근이 받아 들었을 때 털썩 아래로 떨어뜨릴 만큼 무거웠다. 삶은 돼지고기 덩어리와 맛을 낸 음식들이 들어 있을 것이다. 그들은 서둘러 이것을 안주로 삼아 오늘 밤 잔치를 벌일 게다. 개나 돼지처럼 탐욕스럽게 먹어 치우는 놈들이다. 이방근이 빈손으로 돌아가게 할 수는 없다면서 '호위병'에게 보자기를 건네주었다. 상대방은 그 무거운 짐을 조금 머리를 숙였을 뿐 망설이지도 않고 받아 들었다.

정세용은 방으로 돌아가고, 이방근이 두 사람을 대문까지 배웅했다. '서북'들은 경례하는 시늉을 하고 떠났다. 밤길에 양팔을 휘저으며 활보하는 검은 양복의 군상들. 어느 누구도 그들에게 손을 댈 수 없었다. 민족청년단이나 대동청년단 같은 다른 반공단체도 한 수 접고 들어갈 수밖에 없는 '폭력단'이자 테러조직이었다. 생각해 보면, '신세기'에서의 싸움은 무모한 짓이었다는 것을 깨닫게 된다. 상대가 간부였다면, 그 자리에서 총에 맞았을 게 틀림없었다. 간부가 아니라도 보통 사람 같으면 지금쯤 멀쩡한 몸을 부지하기 어려웠을 것이다. 다리나

팔 하나쯤은 부러졌을 것이다. 아니. 그 정도의 문제가 아니라. 목숨이 어떻게 되었을지도 모를 일이었다. 이방근은 새삼 싸늘하게 소름이 끼쳤다.

하늘을 올려다보니 어두웠다. 어젯밤 밝은 달도 반짝이던 별도 두꺼운 구름에 감춰져 있었다. 빗방울이 떨어질 것 같으면서도 떨어지지 않았다. 이방근은 안뜰을 가로질러 가면서 음, 하고 신음하듯 웃었다. 전에 '서북' 대표가 인사차 아버지를 찾아와 응접실에 올라간 적은 있었지만. 어머니 제단에 부조금을 바치게 될 줄은 몰랐다. 부지부장이 대표로 냈으니, 아마 개인 명의가 아니라 서북청년회 제주지부 명의로 되어 있을 것이다. 대체 이게 어찌 된 일일까. 묘한 기분이 들어 견딜 수가 없었다. 무언가 이상하다. 아니야 아니야……, 이방근은 잠시 괴로운 마음으로 자신의 생각을 억제했다. 이 섬의 여자로서 그들의 아내가 되어 있는 경우도 있지 않은가……. '서북'의 아내로 말이다.

그렇다 해도 나는 뭐란 말인가. 지금 뭘 하고 있는 것인가. ……방근아, 너, 손님들을 배웅해 드려라. 예ㅡ, ……아버지의 목소리가 되살아났다. 이방근은 여자들의 수다가 새어 나오는 밝은 방 쪽으로 가면서, 흐흥, 나는 오늘 밤 효자 노릇을 제대로 하는구나 하고 생각했다.

방에 들어가자 정세용이 아버지 옆에 앉아 있었다. 그가 방금 전에 검은 양복을 입은 두 남자를 데려왔다고는 도저히 믿을 수가 없었다. 마치 검은 바람이 휙 스쳐 지나간 것 같은 맥 빠진 분위기 속에 정세용이 앉아 있었다. 아무 일도 없었던 것처럼 말이다.

"그렇다 해도 기특한 일이야. 세용이는 술도 담배도 하지 않으니 틀림없이 오래 살 거야, 핫하, 하." 아버지는 맥주를 천천히 음미하듯한 모금 마시고 나서 말했다. "음, 서북패들이라는 건 역시 예의범절을 모르는 개쌍놈들이야. 원래가 그런 놈들이지. 응, 그래도 그 거지 같은 공갈배들이 체면을 차린답시고 그냥 돌아가다니. 그 자들이 무슨 점잔이라도 뺀다는 겐지, 하, 하, 핫."

"체면을 차리려는 것만 해도 다행이 아닐까요. 태수 아저씨 댁이니 말입니다. 아무리 그런 자들이라도 여기는 만만치 않다는 느낌이 들었겠지요. 어떻든 제사에 와서 제대로 배례를 하고 얌전히 돌아갔으면 된 거 아니겠습니까. 그들 나름의 예를 갖췄다고 해야겠지요."

"음, 그건 그렇네만……."

이태수는 조금 만족한 듯 턱을 한 번 쓰다듬고 고개를 끄덕였다.

정세용과 주위에 둘러앉은 이방근의 친척들은 서로 인척지간인데도, 그가 자리에 앉자 탁자 위의 공기가 흐름을 멈춰 버린 것 같았다. 사복을 입긴 했지만, 현직 경무계장이라는 느낌을 떨쳐 버릴 수가 없었다. 그가 '서북'패들을 데려온 것을 알고 있었기 때문에, 아무도 그 불쾌한 자들에 대해 언급하지 않았다. 게다가 일제강점기를 겪은 민족으로서 경찰에 대한 뿌리 깊은 거부반응이 있었다.

여동생 유원이 쟁반에 새로 음식을 가져와 정세용 앞에 내려놓기 전에 인사를 했다. 하얀 치마저고리 차림의 유원이 나타나자, 주위가 갑자기 밝아진 느낌이었다. 아니, 이게 누군가, 만날 때마다 자꾸만 예뻐지고……, 라면서 정세용이 누이를 칭찬했는데, 단순한 인사치레는 아닌 것 같았다. 실제로 그는 눈을 크게 뜨고 다시 보았다. 지금까지 차갑게 빛나고 있던 눈이 감정을 담아 움직이기 시작했고, 순간적으로 넋을 잃은 채 유원을 바라보았다.

유원이 조용히 정세용 앞에 음식을 놓았다. 음식 중에는 제단에 오르지 않은 순대, 은행과 대추 등을 넣은 닭다리 요리도 있었다. 유원은 정세용이 술을 마시지 않는 것을 알고 있었지만, 그래도 잔과 맥주 컵을 탁자 위에 갖추어 놓았다. 그리고는 차를 내올까요, 하고 물었다. 정세용은 고개를 끄덕였다.

"……형님, 커피가 없는 게 유감이군요."

이방근이 옆에 선 채 말했다. 자칫 경무계장님이라는 말이 나올 뻔했지만, 얼른 형님이라고 고쳐 말했다. 그렇게 부르는 것은 다소 지나친 농담이라고 할 수 있었다. 그러나 그저 친척이라는 것만으로, 경찰 간부인 상대에 대한 경계심이 순간적으로 누그러져 버리니 이상한 일이었다.

"괜찮아, 난 내가 내린 커피만 마시니까. 그보다도 내가 술을 못해서, 모처럼 진수성찬을 가져다준 여동생이 싫어할 것 같아 유감이군." 정세용은 이태수 쪽을 바라보며 말했다. "아저씨, 어떻습니까, 한 판 두시지 않겠습니까. 파제(罷祭)까지는 앞으로 몇 시간은 남았으니까요. 방근이, 바둑판을 좀 가져다주지 않겠나."

이방근은 거실에서 바둑돌 함을 올려놓은 바둑판을 가져왔다. 정세용은 음식에는 손도 대지 않고, 아버지와 바둑판을 사이에 두고 마주 앉아 유원이 가져온 귤차를 마셨다.

이방근은 거실로 가서 양준오와 김동진 일행이 차지하고 있는 탁자에 앉았다. 벽 쪽에 있는 탁자는 완전히 비어 있었다. 손님은 그밖에도 두세 명 더 있었는데, 한 사람은 국민학교 시절의 은사인 차 선생이었다. 그는 은사라고는 해도 지금은 남해자동차에서 사무를 보고 있어서, 말하자면 아버지에게 고용되어 있는 셈이었다.

이미 쉰 살을 넘겼지만 이렇다 할 두각을 나타내지 못하고 있는 차 선생은 이방근의 국민학교 담임이었다는 사실을 훈장처럼 내걸고 자랑스러워했다. 지금도 이방근이 '선생님'이라고 부르면, 때로 더는 참지 못해 눈물을 흘리곤 했다. 소년 이방근이 줄곧 일등을 차지했을 뿐만 아니라, 정의감이 풍부했다는 것, 이미 그 무렵부터 반일감정을 지니고 있어서, 어느 날 운동장 한구석에 있는 '봉안전(奉安殿 : 일제강점기 천황과 황후의 사진을 모신 곳)'에 오줌을 누다가 들켜서 큰 문제를 일으키는 바람에 6학년이 되자마자 퇴학 처분을 당했다는 것. 그래서 자신도 책임을 지고 사직을 했다는 등의 일화를 술자리에서 의기양양하게 떠드는 버릇이 있었다. 그는 자신의 컵에 담긴 맥주를 단숨에 비우고 맞은편에서 양준오와 나란히 앉아 있는 이방근에게 잔을 건넨 뒤 맥주를 따랐다. 병 주둥이가 잔 끝에 닿자 쨍 하는 소리를 냈다.

"자아, 후래자삼배(後來者三杯)라니까, 쭉 들이켜 잔을 비우게." 차 선생은 자식을 지켜보듯 자애로운 눈으로 이방근을 바라보았다. "그렇지, 그렇지, 훌륭해, 훌륭해, 훌륭하고말고. 지금도 얘길 하던 참이지만, 좀 전의 그 사람들은 '서북'일 거야, 응, 그랬을 거야, ……그렇고말고, '서북'임에 틀림없어……. 무슨 연유로 우리 고향 땅에 그놈들이 들어와서, 응, 그것도 먼 북쪽 끝에서 찾아와서는 멋대로 설치고 다니는 거야(차 선생은 주변에 신경을 쓰고 있었는데, 말이 잘못 나온 모양이었다). 음, 그런 일을 보더라도, 일전에 들었던 자네 무용담은 대단했어. ……아이고, 선생님은, 정말로, 응, 선생님은 말이야, 그 이야기를 듣고 감격하고 말았네. 정말로 눈물이 쏟아지더구만. 그런데 재미있는 일야, 이곳에 '서북'이 찾아와서는 제대로 제단에 배례하는 걸 보았으니 말야, 사실 난 많이 놀랐네. 그치들도 인간이라는 걸 발견한 기분이라고나 할까……." 차 선생은 갑자기 소리를 낮추어, 방근 군, 하고는 말을 이었다. "듣자 하니 이 사장님은 그 최 판사의 추천인이 되신다던데, 자네도 알다시피 최상화는 변변치 못한 인간이야, 으, 으으이, 지금도 생각이 나는군. 자네가 아직 국민학생일 때, 그 왜놈의 봉안전에다 오줌을 눈 사건이 있었지 않나. 그 일은 북국민학교에서 빛나는 저항의 역사의 한 페이지를 장식하는 것이지. 그때 최상화 군은 말이지, 나와 같은 교사였어. 나중에 무슨 시험인가를 치르고 전라남도 일제 재판소 제주지청에 근무하기 시작했는데……, 당시에는 왜놈 교장과 많은 왜놈 교사들 중에서 몇 안 되는 조선인 교사였지. 지금도 또렷이 생각나는데, 이방근 군이 퇴학 처분을 당했을 때, 최상화 선생은 찬성을 했네……. 으-응, 그때 반대를 하지 않았으니까 찬성한 거나 마찬가지야. 나는 그때 일을 잘 기억하고 있어, 그림이라도 그릴 수 있어, 당연히 반대해야 할 부당한 처분이었는데, 그는 왜놈 교장 편에 붙었던 거야, 음, 그런 인간이 입후보할 테니 추천인이 돼 달라고 사장님께 말할 수가 있나. 어떤가, 으, 으으이, 부끄러움을 아는 인간이라면 상식적으로 생각해도 말하지 못할 거야."

이때 차 선생이 깜짝 놀란 듯이 목을 움츠렸다. 밖에서 인기척이 나고, 에헴! 하며 내방을 알리는 헛기침 소리가 들렸는데, 그건 아무래도 최상화 본인인 모양이었다.

밖에서 계모인 선옥과 다른 여자들의 목소리가 들리고 툇마루 미닫이가 열리더니, 최상화 부부를 포함한 몇 사람이 들어왔다. 이방근은 일어서서 그들을 맞았지만, 제단이 있는 안쪽 방까지는 따라가지 않았다. 배례만 하는데 일일이 제단 옆에 서 있을 필요는 없었다. 그리고 육촌 형 상근만이 아니라 이방근보다도 어린 친척들이 있었기 때문에, 사소한 일은 그들에게 맡겨 두면 되었다.

그런데 이방근은 손님들 중에 최상화와 그 사촌 형이자 제일은행 이사장인 최상규의 아들 용학이 있어서 놀랐다. 지금 광주의 은행에서 계장으로 근무하는 '엘리트'로서, 아버지가 여동생의 결혼 상대자로 이야기를 꺼냈던 청년이었다. 설마 여동생이 돌아와 있는 날에 맞춘 것은 아니겠지만, 언제 본토에서 돌아왔을까.

배례를 끝낸 최상화와 그의 조카 최용학은 아버지에게 인사를 한 뒤 이방근의 안내를 받아 거실로 왔다. 최상화는 입후보를 염두에 둔 것인지 낮은 자세로 주위에 인사를 건네고 있었다. 그를 보자마자 작게 움츠러든 채 입을 딱 닫아 버린 차 선생에게도, 아, 자네도 왔는가, 라며 인사를 던져 상대방을 놀라게 했다. 여느 때 같았으면 길에서 마주쳐도 파리 한 마리 지나가는 정도로밖에 반응하지 않았을 것이다.

최상화의 부인과 함께 온 사람은 최용학의 모친으로, 그녀들은 여자들만 모여 있는 응접실 쪽으로 갔다. 벌써 오십 전후의 부인들이었지만, 아련한 분 냄새를 풍기고 있었다. 삼촌과 함께 빈 탁자에 앉은 최용학은 아버지가 본토에 출장 중이라 마침 자신이 볼일이 있어 이 지방에 온 김에 대신 왔노라고 이방근에게 말했다. 태도는 은근하고 정중했다. 여동생을 의식하고 있는 듯한 냄새가 풍겼다.

이방근은 그러나 인사 방식이 마음에 들지 않았다. 겉으로는 공손한 척하면서 실은 무례한 경우가 있는데, 너무나 상대를 의식하고 있는데다, 자신이 정중하다는 것을 과시하는 듯한, 그리고 무슨 예절독본에서 튀어나온 것 같은 인사였다. 무엇보다 말투가 마음에 들지 않았다. 서울 말씨를 쓰는 것은 그렇다 처도, 억양까지 서울 말씨를 흉내 내고 있는 것을 듣고 있자니 매우 불쾌했다. 게다가 '이 지방'이라니, 외지인 같은 말투는 도대체 뭐야, 하는 생각이 들었다.

그리고 윗주머니에 손수건을 보이게 꽂고 있는 것도 마음에 들지 않았다. 단정한 얼굴이었지만, 간들거리는 청년으로 허영심이 강해 보였다. 향수 냄새가 나지 않는 게 이상할 정도였다. 왜 이런 청년이 아버지 마음에 들었을까, 아버지의 눈은 어떤 목적 때문에 흐려져 있는 게 아닐까 하는 생각이 들었다. 여동생이 아버지와 계모의 이야기를 전혀 꺼내지 않은 게 새삼 기특하게 여겨졌다.

이 친구는 또 허례허식이 심했다. 육촌 형 상근과 닮았다고 생각했다. 양준오 일행이 담배를 피우고 있는데도, 일부러 한 대 피우고 올 동안 잠깐 자리를 비우겠다고 최상화에게 말하고는 일어나 옷매무새를 단정히 고치고 나서 밖으로 나갔다. 모든 게 마음에 들지 않아 불쾌해지면서 갑자기 쓰디쓴 침이 입 안에 고였다. 제사에 온 손님만 아니었다면 호통을 쳤을지도 모른다. 양준오의 눈이 웃고 있었다.

"저 아이는 어릴 적부터 양친의 엄격한 예절교육을 받으며 자라서 말이지, 올바른 예절이 자신도 모르는 사이에 몸에 배고 말았어." 최상화는 대각선 맞은편에 있는 이방근을 보며 말했다. 마치 조카를 칭찬할 기회가 오기만을 기다리고 있었던 것 같았다. "음, 그리고 말이야, 아직 우리 나이로 스물일곱이지만 말이야, 지금은 은행 계장급이니 꽤 전도유망한 청년이지. 앞으로 몇 년만 있으면 지점장이 될 거야. ……원래 젓가락을 떨어뜨려도 자신이 줍지 않을 정도의 청년이야."

"저어, 최 선생님……." 김동진이 불쑥 내뱉듯이 말했다. "젓가락을 떨어뜨리고도 줍지 않는다고 하셨는데, 그러면 누가 젓가락을 줍는다는 겁니까. 어린애처럼 어머니가 지켜보지 않으면 밥도 못 먹는 거 아닙니까."

옆에서 양준오가 싱긋 웃었다. 맞은편에 있던 차 선생이 눈을 반짝였다.

"음, 김 군은 내 말뜻을 이해하지 못하는 모양이군. 젓가락을 떨어뜨려도 줍지 않는다는 것은, 그만큼 가정교육이 잘돼 있다는 비유일세. 즉, 양반다움을 잃지 않고 있다는 말을 하는 게야."

"흐흥, 젓가락을 떨어뜨렸는데도 줍지 않는 것이 좋은 가정교육이고 양반답다는 말이군요. 구태의연한 특권계급적 사고방식 그 자체입니다."

차 선생이 이히히, 하고 웃으며 컵에 남아 있던 맥주를 단숨에 들이켰는데, 갑자기 사레가 들렸는지 기침을 하기 시작했다. 최상화가 차 선생을 노려보았다.

"……특권계급이란 말이 맘에 안 드는군. 내가 아는 바로는 그건 공산당이 가장 즐겨 사용하는 좌익 용어 가운데 하나야. 부르주아라든가 프롤레타리아라는 말처럼, 으음, 법정에서 재판관인 나를 향해서 특권계급이니 부르주아의 앞잡이니 하고 떠든 자가 있었는데, 한 번 떠들 때마다 나는 3개월의 실형을 추가해서 언도했지. 법정모독으로 1년 판결이 2년으로 뛰어오르는 것이 보통이었지만, 나는 그래도 사계절 중에 한 계절인 석 달로 감해 주었어. 바로 효과가 나타나더군. 나중에는 그런 바보 같은 소리를 떠드는 자가 없어졌지……, 후, 후, 후우, 김 군도 그런 좌익 용어로 내가 비유해서 말한 내용을 재단하는 것은 좋지 않아."

"그러나 최 선생님, 툭하면 빨갱이, 빨갱이 하고 너무 떠드는 거 아닙니까? '서북'에게 우리 제주 사람들이 너무 큰 영향을 받고 있습니다, 최 선생님은 이번 선거에 출마하시니까, 우리 지역주민의 의견을 존중해 주셨으면 합니다. 작년 여름의 전국에 걸친 대대적인 검거 때도, 지금의 한 지사까지 이 지역 출신이라는 것만으로 빨갱이 혐의를 받아 며칠간이나 경찰서 유치장에 들어가 있지 않았습니까. 현직 도지사가 말입니다. 하지만 한 지사는 빨갱이도 뭐도 아니었지 않습니까. 한 지사의 좋은 점은 역시 지방의 이해관계를 제대로 생각하고 있다는 것이지요."

"호오─, 자네, 국회의원이 되겠다는 사람이 어떻게 지역의 의견, 즉 민의를 존중하지 않을 수 있겠나. 그냥 흘려듣고 말 수 없는 이야기를 하는구먼, 후, 후, 홋."

최상화는 기분을 돌이킨 듯, 넓적한 얼굴을 한층 넓적하게 만들며 웃었다. 이때, 헛기침을 한 번 하며 '엘리트' 조카가 방으로 돌아왔다. 그는 두 손을 비비듯이 자리에 앉으며, 무슨 일입니까, 삼촌? 하고 물었다. 마치 무슨 일이 있었느냐고 캐묻기라도 하는 듯한 말투였다.

"아니야, 대수롭지 않은 일이야. 지금 지역의 신문기자와 대화 중이야. 모두 다 내 친구니까. 그런데 김동진 기자, 자네는 한 지사 이야기를 했는데, 으음, 나는 그 양반을 충분히 인정하고 있다네. 그 사람은 지사가 될 만한 자격이 되는 인사니 말일세. 후, 후, 홋, 그런데 말이지 자네도 알다시피, 제주도지사라고는 해도 1, 2년 전까지는 일본인 제주도 경찰서장이 겸임했던 제주도 도사(島司)였지 지사는 아니었네. 작은 시의 시장 정도밖에 안 됐어. 전라남도에서 분리되어 제주도가 탄생했다는 사실을 무시하면 안 돼. 면적이 2천 평방킬로미터 미만으로, 섬으로서는 한반도에서 제일 크지만, 인구는 30만 미만의 행정구역이라는 걸 말이지. 또 지사는 임명제지만, 국회의원은 그렇지 않으니 말이야. 무엇보다도 지역주민의 애국적 총의에 의해서만 단군 건국 이래 반만년 역사상 처음인 국가적 대사업이 성공적으로 이루어질 수 있다는 것이지. 으음, 본토에서는 지사라는 중책을 내던지면서까지 선거에 출마하는 인사들이 있을 정도니까, 이번 총선거가 얼마나 중대한지 알 수 있지, 당연한 얘기겠지만. 후, 후, 홋, 그러니 앞으로 지방기자 제군의 협력이 꼭 필요한 이유라네……."

최상화는 이승만이 이끄는 국민회 소속이라는 것만으로, 아직 공시되지도 않은 국회의원 선거에서 당선이 확실하다는 듯이 말했다.

이방근은 최 판사님은 '국회의원'이 못 되면 어떻게 하실 거냐고 묻고 싶은 생각이 굴뚝같았지만, 적어도 오늘 밤은 제사에 와 준 손님이라는 생각으로 참았다. 이 섬에서는 두 달 앞으로 다가온 5월 단독선거를 분쇄하기 위해 무장봉기가 일어나려 하는 판인데, 참으로 태평한 이야기라고 말할 수밖에 없었다. 비록 지방법원이라고는 하지만 판사직을 그만두고 감행한 출마가, 까딱 잘못하면 게릴라의 표적, 즉 죽음과 맞바꾸지 않는다고 단정하기도 어려웠다. 아버지는 결국 이 남자의 추천인이 되었다는 말인가. 공들여 길러온 '정치가'를 중앙정계에 보내겠다는 속셈일 것이다. 나쁜 일은 아니었다, 아버지는 나름대로 꿋꿋하게 자신의 정해진 길을 가면 되는 것이다. ……으흠, 알 수 없는 일이다. 무장봉기라고는 해도, 그것이 절대적인 승리, 혁명의 성공이 보장되어 있는 것은 아닐 것이다, 알 수 없다, 알 수 없는 일이다…….

이방근은 간들간들한 청년 은행가가 따라 준 맥주잔을 입에 대면서 곁에 있는 김동진과 양준오를 흘낏 바라보았다. 아마 두 사람 모두 서로 간에 직접적인 관계는 없겠지만, 각자의 입장에서 무장봉기에 대해 알고 있을 게 틀림없었다. 그런 기분이 들었다. 양준오는 이따금 히쭉 웃을 뿐(무장봉기를 떠올리고 있었는지도 모른다), 이럴 때 거의 아무 말도 하지 않고 침묵을 지킬 수 있는 인간이었다. 남의 이야기에 귀를 기울이고 있는 것처럼 보이기도 하고, 반대로 남을 완전히 무시하고 있는 것처럼 보이기도 했다. 김동진도 표정 변화 없이 담배를 피우며 술잔을 기울였다. 그는 빨갱이라는 말을 자신도 모르게 내뱉은 것 같지만, 어쩌면 계산된 발언인지도 모른다. 그 정도의 말을 하는 것이 오히려 빨갱이를 객관시하고 있는 인간으로서의 자연스러움이 엿보인다고 할 수 있었다.

모처럼 조카인 최용학이 화제에 끼어들려고 했지만, 최상화의 '대화'는 끊어지고 각자 잔을 기울이거나 수저를 들면서 잡담을 시작했다. 김동진은 거의 최상화를 놀리다시피 했다. 신문기자라는 사람들은 흔히 그런 버릇을 드러내곤 한다. 최 판사로 말하자면, 빈대를 넓적하게 확대해 놓은 것처럼 불그스레한 얼굴 인상 때문이기도 했지만, 일종의 우스꽝스러움이 따라다니는 것은 어쩔 수 없었다. 이방근도 그가 방에 들어왔을 때, 며칠 전인가의 결혼식에서 목을 매단 사람처럼 높은 칼라로 목을 졸라맨 연미복을 떠올렸던 것이다.

　악인은 아니었다. 권위에 약하고 교조적이며 기회를 엿보는 일에는 민첩하지만, 정치적으로 약간 지조가 결여된 인간임에 틀림없었다. 말하자면 결정적인 자기주장을 내세우지 않는 무난한 인간이라는 것인데, 오히려 그런 점이 아버지에게는 편했는지도 몰랐다. 꼭두각시로서의 소질을 갖고 있기 때문이었다. 이런 인간이 자칫하면 잔혹해지기도 한다.

　이방근은 이쪽 탁자의 손님들의 컵에는 맥주를, 잔에는 술을 따랐다. 그리고 차 선생에게는 맥주를 천천히 따르면서, 너무 많이 마시지 않는 게 좋겠다고 작은 소리로 말했다. 아아, 알고 있어. 알고말고……으, 으으이, 나는 취하면 신세타령, 내 슬픈 신상 얘길 늘어놓을 거라는 것이겠지, 이 군은 내가 술주정이라도 할 줄 아나? 헤헤헤, 그런 일은 없어. 장래 국회의원 나리도 계시고, 무엇보다도 이 사장님 댁에서는 황송해서……, 걱정할 필요 없구말고, 괜찮아, 괜찮다구, 난 아직 맥주를 마시고 있어, 맥주, 맥주는 물이야, 헤헤헤……. 이방근은 다시 최상화와 그 조카가 앉아 있는 자리까지 가서 술을 권했다. 제사에 와 준 손님에 대한 감사의 표시라고나 할까. 평소 이방근에게 엿보이던 독기가 완전히 감춰진 행동이라 할 수 있었다. 극단적으로 말해서, 그를 아는 사람에게는 이중인격적이라는 인상을 줄 수도 있었다. 최상화는 잔을 손에 들고 감격스런 만족감으로, 이보게, 방근군, 잘 부탁하네, 라는 무슨 뜻인지 알 수 없었지만, 그렇게 말했다.

여덟 시경이 되자, 갑자기 사람들이 몰려오기 시작했다. 한 지사가왔다. 이방근은 물론, 과연 모두 일어나 경의를 표했다. '지사는 지사지만 변변찮은 시골 지사'라고 주장하던 최상화도 사람들에게 이끌리듯 자리에서 일어섰다. 처음에는 계속 앉아 있을 생각이었지만, 끝까지 앉아 있기가 불편했던 모양이다. 사람이 착하다는 표시일 것이다.

온후한 시골 신사, 어느 곳의 촌장 같은 타입인 지사는 이방근에게 가벼운 인사를 하고 나서, 그 옆에 서 있는 양준오에게 다가가, 양군, 잘 부탁하네, 라고 한마디 하면서 악수를 청했다. 그리고는 이방근의 안내를 받아 부인과 함께 제단이 있는 안쪽 방으로 갔다. 이방근의 아버지도 지사가 온 것을 알고는 일단 바둑을 중지하고, 방에 있던 사람들과 함께 일어나 지사를 맞았다. 개인적으로는 그럴 입장도 아니었지만, 남들 앞이라 경의를 표했던 것이다. 정세용도 일어나 공손하게 절을 했다.

그 밖의 사람들이 제단 쪽으로 계속 가고, 아직 사람들의 배례가 완전히 끝나지 않았을 무렵에 유달현의 모습이 보였다. 이방근은, 아, 드디어 왔구나 하고 생각했다. 기다리고 있었던 것도 아닌데, 왠지 그런 생각에 휩싸이며 그를 맞았다. 유달현은 가느다란 눈으로 들어와 신중한 표정으로 재빨리 거실 탁자 쪽을 힐끗힐끗 둘러보고 나서 안쪽으로 들어갔다.

"핫핫핫핫, 호오호호, 그것 참 우스운 이야기군……."

툇마루에서 갑자기 웃음소리가 들려왔다. 이어서 들어온 것은 외과 의사인 고원식이었다. '신세기'에서 뛰어 들어온 '서북'에게 치료를 해

준 뒤, 1개월 진단서를 강요당하고도 완강히 버티어 일주일밖에 써주지 않았던 의사였다. 그도 안쪽으로 들어가고, 배례를 끝낸 사람들이 거꾸로 안쪽에서 몰려나왔다. 친척까지 합치면 남자들만 해도 벌써 20여 명, 슬슬 본격적으로 붐비기 시작했다는 느낌이 들었다. 여자들을 합치면 이제 곧 수십 명이 될 것이다.

여자들과 함께 자리 준비를 위해 온 여동생이, 오빠, 저쪽은 어떻게 하죠? 자리를 옮기지 그래요, 라고 말했다. 저쪽이라는 것은 이방근의 방을 말하는 것으로, 손님을 위한 탁자가 준비되어 있었다. 여동생 말대로 자리를 옮기는 편이 나을 것이다. 이방근은 말하는 것이 조금 늦은 것 같다는 생각을 하면서, 양준오에게 맞은편 자신의 방으로 옮기라고 재촉했다. 그러자 나도 가겠다며 차 선생도 함께 자리에서 일어났다. 그러는 게 좋을 것 같았다. 취해서 탈선할지도 모른다. 저쪽이라면 코를 골며 잠들어도 상관없었다.

양준오 일행이 방을 바꿨다. 배례를 끝낸 유달현도 그걸 알고는 직접 이방근의 방으로 갔다. 잠시 서서 이야기를 나누고 있던 외과의사 고원식도 으흥, 저쪽이 좋을 것 같군, 하면서 따라왔다.

이방근의 아버지는 지사가 배례를 끝낸 뒤에도 바둑을 멈추지 않았다. 좀 전에 이미 경의를 표했다는 뜻일 것이다. 반대로 제단이 있는 방에서 나온 한 지사 쪽이 농사꾼처럼 바둑판 옆에 엉거주춤하게 앉아서 한동안 국면을 구경하고 있었다. 한 지사가 최 판사 말대로 시골 지사일지는 몰라도 이방근은 그에게 호감을 가지고 있었다.

거실에는 자리가 새로 마련되고, 사람들은 제각각 탁자를 둘러싸고 앉았다. 다시 맥주와 청주, 그리고 여자들이 음식들을 계속 날라 왔다. 온돌이 따뜻한데다 바삐 움직이느라 친척과 이웃 여자들의 얼굴에 땀이 배어 있었다. 이방근은 정해진 자리도 없었지만, 잠시 동안은 여기에 있어야겠다고 생각했다.

아까부터 멀리서 천둥이 울리고 있었다. 멈추는가 싶으면 계속해서 다시 울리는 것이 마치 넘실거리는 커다란 파도가 밀려오는 것 같았다. 이제야 비가 오려나……, 그러나 지금부터 비가 내리면 곤란하다, 아무도 우산 같은 것을 가지고 오지 않았으니까.

그때 갑자기 안뜰 쪽에서, 아이고, 누구 좀 와 보세요! 하고 외치는 여자의 비명 소리가 들렸다. 이방근은 마침 서 있었기 때문에, 얼른 툇마루 쪽으로 달려나갔다. 이어서 몇 사람이 방을 나왔다.

"무슨 일이야!"

"무슨 일이냐니까!"

"무슨 일이고 뭐고, 저기, 거지 말이에요, 늙어빠진 거지가 왔단 말이에요!"

"거지라면 그렇게 크게 소란 필 일도 아니잖아. 나는 또 '서북'에라도 쫓겨 온 줄 알았네."

여자들의 목소리는 응접실 앞 툇마루에서 들려왔다. 툇마루 밑의 섬돌 위에 꾀죄죄한 한복 차림의 자그마한 남자가 여자들에게 등을 돌리고 앉아 있었다. 노인인 것 같았다.

확실히는 보이지 않았지만, 이방근은 순간적으로 부스럼영감이 불쑥 돌아온 것이 아닌가 하는 생각이 들었다.

"정말로 사람 까무러칠 뻔했네."

안심한 여자의 목소리였다. 맞은편 이방근의 방 앞에도 방금 자리를 옮긴 사람들이 얼굴을 내밀고 있었다.

이방근은 툇마루를 따라 여자들 쪽으로 걸어갔다. 여자들이 옆으로 물러서서, 거지 노인 바로 위에 공간을 만들어 주었다. 부스럼영감은 아니었다. 이방근은 툇마루 끝에 조금 전에 한 지사가 했던 것처럼 엉거주춤 앉아서 상대의 등에다 대고, 여보시오, 하고 불렀다. 노인은 대답하지도 돌아보지도 않았다.

빗방울이 떨어지기 시작했다.

"여보시오, 당신은 누구시오?"

문득 그 두툼한 등이 왠지 낯익은 느낌이 들어서, 이방근은 다시 한 번 불렀다. 거지치고는 빈 깡통이나 침구 대신 쓸 돗자리 하나도 가지고 있지 않았다.

그런데 돌부처처럼 앉아 있던 노인의 몸이 움직이고, 왼손을 이방근 쪽으로 뻗는가 싶더니, 자신의 뒷목을 벅벅 긁기 시작했다. 그리고는 등을 돌린 채, 나는 목탁영감이라오, 굵고 쉰 목소리로 말했다.

"……목탁영감?"

이방근은 반사적으로 되물었다.

3

이방근은 반사적으로 되물으면서, 목탁영감……? 하고 마음속으로 똑같은 말을 중얼거렸다. 들었는지 못 들었는지, 노인은 대답하지 않았다.

"목탁영감이라고요……?" 이방근은 다시 물었다. 그리고 보니, 분명히 본 기억이 있는 두툼한 등이었다. 벗겨진 머리도 그랬다. 노인은 머리를 가볍게 상하로 움직여 대답을 대신했다. 이방근은 끄―응 하는 거의 신음에 가까운 소리를 내며 일어섰다. "목탁영감……, 목탁영감이 무슨 일로 여기에……."

"절에 있는 목탁인지 종인지는 모르겠지만, 목탁영감이라면 부스럼 영감과 같은 부류에요, 틀림없이. 어차피 같은 노인네인 걸요." 한숨 돌린 조금 전의 중년 여자가 주제넘은 말을 했다. 여자들이 웃었다. "게다가 비는 내리는데 잘 곳이 없으니까, 비를 피하러 왔을 거예요. 나쁜 영감은 아니에요. 하지만 아까는 정말로 놀랐다니까요."

쉬잇, 그만하세요, 하고 제지하는 목소리가 이방근 뒤에서 들렸다.

"처음에 날 보고 거지라면서 깜짝 놀란 여자분, 난 거지는 아니지만, 남이 그렇게 말하면 거지이기도 하지. 지금 비를 피하러 왔다고 했는 데, 그건 그렇기도 하고 또 안 그렇기도 해. 여기 온 건 비 내리기 전이었으니까." 노인은 여전히 툇마루를 등진 채 의외로 소탈하게 말 했다. 여자들이 또 웃었다. 반대편을 보고 말하는 노인의 태도도 우스 웠지만, 벙어리가 갑자기 말을 시작한 듯한 의외로움이 웃음을 자아 낸 게 분명했다. 게다가 파제까지 무료하게 긴 밤을 보내야 할 판에 적당한 웃음거리가 굴러 들어왔다고 사람들은 생각했는지도 몰랐다.

이방근은 이러쿵저러쿵 노인에게 계속 수작을 부리고 싶어 하는 여 자들을 손으로 제지하고, 섬돌 한 곳에 벗어 둔 고무신을 끌며 안뜰로 내려섰다. 그리고는 노인 앞으로 가서, 상대방을 관찰하듯 허리를 조 금 굽혔다. 방에서 흘러나오는 전등 불빛 정도로는 상세한 얼굴은 알 수 없었지만, 거의 눈을 감다시피 하고 앉아 있는 사람은 틀림없는 목탁영감이었다. 툇마루 위에서는 하얗게 빛나 보이던 빗방울이 볼을 적셨다.

"아아, 이것은 틀림없는 목탁영감인데, 도대체 어찌 된 겁니까, 이 런 시간에?"

"음, 이방근 청년이구먼, 헤헤헤. 밤중에 말없이 남의 집에 숨어드 는 건 좋지 않아, 헤헤헤."

노인은 달마대사를 연상시키는 커다란 눈을 뜨고 자상하게 웃었다. 사람을 대할 때 노인의 얼굴에서 떠나지 않는 미소였다. 문득, 천진난만한 어린애의 웃음처럼 보일 때가 있다. 그러나 굵고 쉰 듯한 그 목소리는 아직 탄력이 있었고, 사람을 압도하는 힘을 지니고 있었다. 몸은 건강해 보였다. 거의 벗겨진 머리는 돌처럼 단단한 두상의 골격을 드러내고 있었다. 웃음과 소탈한 말투 속에 침묵을 가둔 듯한, 커다란 주먹코의 순박한 얼굴은, 아니, 몸집 전체가 돌하르방이 자아내는 표정과 비슷했다.

"핫하하, 목탁영감, 그렇지 않습니다. 그런 곳에 앉아 있지 말고, 자아, 어서 방으로 오르시죠."

"방으로 말이지. 자네는 지금 내가 어디 앉아 있다고 생각하나?"

"그야 섬돌이지요."

이 얼마나 나답지 않은 어리석은 대답인가, 이방근은 말해 버린 뒤 그런 생각을 했다.

"섬돌은 뭘로 만들어졌나?"

"아까부터 소란을 피우고, 뭐야 그 노인네는. 남의 집 제사에 와서 트집이라도 잡겠다는 것인가. 방근이, 제물이라도 좀 싸주고 적당히 쫓아 버리는 게 좋아. 자네는 오늘 밤 아버지를 대신하는 상주니까 말이야."

사람들이 응접실 툇마루로 몰려나와 있었다. 앞줄에 얼굴을 내민 육촌 형 상근이 이방근을 타이르듯 말했다.

"자아, 목탁영감, 방으로 올라갑시다." 상근이 이 위선자가……. 이방근은 노인의 어깨를 두드렸다. 그리고 툇마루에 서 있는 상근을 바라보았다. 상대는 순간 주눅이 들었는지 시선을 돌렸다. "아, 상근 형님, 알겠습니다. 여러분, 죄송하지만 여긴 저에게 맡겨 두시고 방으로 들어가시지 않겠습니까."

"어머나. 이봐, 방근이, 다른 일이라면 간섭을 하지 않겠지만, 방으로 들어오라니, 좀 지나친 거 아니야? 왜 그렇게 신경을 쓰는 거야. 오늘은 보통날이 아니잖아. 정말이지 모처럼의 제삿날인데, '서북'패가 돌아갔나 했더니 이번에는 부랑자 노인네라니, 쯧쯧……."

선옥은 남들 앞에서 방근에게 당당히 의견을 말할 수 있는 것은 자신뿐이라는 어투로 말했다. 불필요하게 혀를 찬 것은 기세가 남아돈 탓이었겠지만, 이방근을 자극했다.

이방근은 자신도 모르게 허리를 펴고 계모를 노려보았다. 자신의 눈이 독기를 품고 있다는 게 느껴졌다. 계모에게 고함을 칠 뻔했지만, 그만두었다.

"저, 적당히 좀 해 두세요."

이방근의 목소리가 떨리고 있었다.

"헤헤헤, 난 돌 위가 제일 좋아, 알겠지, 섬돌은 돌로 만들어져 있으니까 말이야." 목탁영감은 마이동풍식으로 섬돌에 앉은 채 말했다.

사람들의 헛기침 소리가 나고, 그 공간이 넓어졌다. 사람들이 이방근의 분노를 눈치 채고 슬슬 그 자리를 떠난 것이다. 툇마루를 스치는 발소리에는 그에 대한 두려움보다는 차가운 경멸이 담겨 있는 듯했다. ……자아, 여러분, 방 쪽으로 갑시다. 육촌 형 상근의 목소리였다. 상근은 나름 애를 쓰고 있었다. 설사 여기가 이방근의 집이라 해도, 제삿날 밤에 있어서는 안 되는 일을 일족의 연장자로서 충고했던 것이며, 그것이 당연한 의무라고 여기는 듯한 태도였다. 그리고 선옥은 선옥대로, 아이고…… 오늘이 제삿날만 아니었더라면……이라고 이방근이 껄껄거리며 크게 웃을 말을 남기고 그곳을 떠났다. 아이고……라는 것은 남들 앞에서 계모에게 무슨 말을 그렇게 하느냐! 는 한탄이 담겨 있는 게 틀림없었다. 그러나 보통날 같았으면, 아무도 이방근에게 이런 식으로 말하지는 못했을 것이다. 이것은 씨족제도의 관습이 초래한 눈에 보이지 않는 힘이었다. 그리고 사실, 악취가 풍기는 부랑자 같은 노인을 상대하는 것은 그렇다 쳐도, 굳이 방에까지 들일 필요는 없을 것이었다. 그것은 일종의 악취미로 여겨진다 해도 어쩔 수 없는 일이었다. 얼마 후 저쪽에서 부엌아, 서방님께 우산 갖다 드려라, 하는 선옥의 목소리가 들렸다.

"핫핫핫, 목탁영감이라면 한라산 기슭의 동굴에 사는 영감이야. 이 형이 그걸 모를 리가 없을 텐데, 음, 그렇지, 영감은 돌바닥 위에서 지내지 아마. 핫핫핫, 영감은 멀고 먼 산천단 구석에서 이 집 제사를 노리고 찾아왔나?

서너 명이 아직 툇마루에 서 있었는데, 그중에서 담배를 문 외과의사 고원식이 웃으며 말했다.

"헤헤헤, 제사라니 마침 잘됐군, 가는 날이 장날이라더니, 좋은 날에 맞춰 왔구만."

우산을 가지고 온 부엌이가 목탁영감에게 인사를 하고 갔다. 노인은 비로소 고개를 움직여 부엌이의 뒷모습을 바라보았다. 흩뿌리는 빗방울은 노인의 대머리 위에서 이슬처럼 반짝이다가 사라졌다. 그리고 점차 머리카락이 없는 머리를 적셔 갔다. 이방근은 그 자리에서 움직이려 하지 않는 노인을 위해 우산을 받쳐 들고 옆에 섰다.

"영감은 무엇 때문에 성내까지 내려왔지?"

조금 취한 듯한 고원식은 이방근이 그랬듯이 엉거주춤하게 앉아 노인의 등에 대고 말을 걸었다.

"왜 왔냐고 물어도 곤란해. 이유 같은 건 없어. 그냥 왔으니까 온 거지."

"흐흥, 영감은 궤변가로구만……." 고원식은 혼잣말을 하더니 다시 말을 걸었다. "심술궂은 영감이야. 악귀 같아. 무엇 때문에 왔는지, 오게 된 그 이유를 묻고 있잖아. 질병도 그렇지만, 인간이 하는 모든 일에는 인과관계라는 게 있어."

"성내에 내려왔다가 잠깐 들렀을 뿐이야. 특별히 볼일이 있는 것도 아니지만, 아는 집이고 해서 무심코 그냥 들어오게 된 거야."

"영감은 이전부터 이 집을 알고 있었나?"

"조금 알아."

노인은 여전히 등지고 앉아서 문답을 계속했다.

"그게 언제부터인데?"

"그긴 잊어버렸어. 나이를 먹으면 자꾸만 잊어버려."

"영감은 '춘추'가 어떻게 되는데?"

"그것도 잊어버렸어. 젊을 땐 알고 있었는데, 언제부턴가 잊어버렸어."

"헷헤, 그렇군, 영감은 불로불사(不老不死)로군. 나로선 당해 낼 도리가 없어 도망쳐야겠어. 음, 영감, 모처럼 여기 있는 젊은 주인이 권하는데, 방으로 들어가는 건 어떨까, 비도 내리는데."

"헤헤헤, 당신은 묘한 사람이군. 방금 날 보고 돌판 위에서 지낸다고 말한 건 당신이잖아."

"아핫핫핫, 그랬었군, 내가 그만 어느새 잊어버리고 있었어."

고원식은 웃었다. 그리고는 마른 몸을 가볍게 일으켜 그곳을 떠났다. 툇마루에는 양준오와 김동진이 서서 노인의 뒷모습을 가만히 내려다보고 있었다. 마치 노인이 뒤를 돌아보는 순간을 기다리는 것 같기도 하고, 안뜰에 남은 두 사람을 마지막까지 지켜보는 것 같기도 했다. 김동진은 우산 아래로 엿보이는 이방근의 얼굴을 지켜보면서,

불안한 듯 상반신을 흔들고 있었다. 무슨 계기만 있으면 당장이라도 안뜰로 뛰어 내려갈 기세였다. 문학청년인 그는 전부터 동굴에 사는 목탁영감에게 어떤 동경심을 품고 있었다. 양준오는 술이 깬 표정으로 툇마루 끝에 우뚝 서 있었다.

"이봐요, 차 선생. 당신은 몸을 제대로 가누지 못해요. 이제 와서 어슬렁거리면서 나갈 필요 없어요. 가만 계세요. 자아, 방으로 들어가세요, 들어가서 한잔하셔야지······."

"헤헤헤, 고 선생이시군. 들어오세요······, 으, 으으이, 우리 이 군을 괴롭히는 사람이 대체 어디서 온 누굽니까?"

"호오호─, 그 반대예요. 차 선생 제자가 늙은이를 괴롭히고 있어요. 핫핫핫, 자아, 안으로 들어가세요."

"아니, 난 변소에 갈 거요."

외과의사는 온돌방에서 비틀거리며 나온 차 선생의 팔을 억지로 잡아끌고 방으로 들어가 버렸다.

노인은 외과의사가 가 버리자, 가볍게 기침을 한 번 하고서 천천히 일어섰다. 키는 이방근의 어깨에 닿을 정도의 단신이었다. 그러나 그것이 오히려 다부져 보이는 노인의 체구를 더욱 두드러져 보이게 했다.

삐걱거리는 소리와 함께 미닫이가 열리고, 사람들의 이야기 소리가 어두운 안뜰로 전해졌다. 우산에 떨어지는 빗방울 소리가 잦아지는 것이, 아무래도 본격적으로 쏟아질 모양이다. 노인이 앉아 있던 섬돌은 점점이 검게 젖으며 색이 변해 갔다.

"그럼 가시지요."

이방근은 겨우 일어선 노인 쪽으로 우산을 든 손을 뻗으며 자신의 방 쪽으로 몸을 돌렸다. 거실로 안내하여 호기심에 찬 사람들의 시선을 받게 할 필요가 없었다. 물론 그것을 싫어할 목탁영감이 아니었지만, 성가신 일은 피하고 싶었다.

"아니야, 난 방은 질색이야. 나는 원래 제사라 하더라도 배례를 하지 않는 인간이라서 말이지."

"제사의 제단과는 관계없는 제 방으로 가는 겁니다."

"고맙지만 괜찮아, 방금 전에 술 취한 분이 말했듯이, 나는 돌바닥 위에서 지내는 사람이야. 헤헤헤, 비도 내리기 시작했으니 비도 피할 겸, 대문간이나 헛간 지붕 밑에서 자도 충분하지만, 모처럼 머슴방에 들어가면 어떻겠나, 아니, 머슴방 앞의 툇마루라도 괜찮아. 부스럼영감이 지내던 곳 말이야, 그러고 보니, 부스럼영감이 내 동굴에서 이틀 밤을 묵고 갔었지, 헤헤헤……."

"부스럼영감이……?"

"그래."

"에헴……, 거기 있는 사람은 방근이 아닌가, 뭘 하고 있나?"

거실 툇마루 쪽으로 우산을 같이 쓰고 가던 몇 사람 중에 하나가 말을 걸었다. 이방근은 얼굴을 돌려 가볍게 인사했다. 방금 온 손님들이었다. 밝은 거실 쪽에서 사람들의 웃음소리가 새어 나왔다.

"그래서, 이틀 밤을 묵은 부스럼영감은 어디로 갔습니까?"

이방근은 툇마루에 서 있는 두 사람은 아랑곳하지 않고, 노인에게 우산을 받쳐 든 채로 머슴방을 향해 안뜰을 걸어갔다. 빗방울이 후두둑, 기세 좋게 떨어졌다.

"헤헤헤, 어디로 갔을까. 부스럼영감은 세상을 깨달은 사람이야. 머물 곳을 알지 못하니, 갈 곳밖에 없는 사람이라고 스스로도 말했지만, 물이 흐르는 것과 마찬가지겠지. 어딘지 모르지만 섬 동쪽으로 갔어. 새벽에 산길이 어슴푸레하게 보일 무렵 산천단을 비스듬히 내려갔지.

다리를 절면서 절뚝절뚝 힘차게 내려가더군."

"동쪽으로…… 으흥, 동쪽으로……."

동쪽으로……, 이방근은 동쪽이라는 방향이 서서히 마음속에 자리 잡기 시작했음을 느꼈다. 머물 곳을 알지 못하고, 갈 곳밖에 없는……, 물의 흐름과 같이……. 아니, 며칠 전 부스럼영감이 작별을 고하러 왔을 때 한 말을 잘 기억하고 있었는데, 난 돌아갈 곳이 없는 인간이라서 갈 곳밖에 없다고 말했었다. 어차피 같은 말일 것이다. 그리고 서방님 계시는 곳이 내가 돌아갈 곳인지도 모른다고 말했었다. 갈 곳밖에 없는 인간이라……. 아주 멋진 말이었다.

음, 부스럼영감……, 이방근은 대문 옆 머슴방(예전에 부스럼영감이 쓰던 방이었다)의 작은 툇마루에 노인을 앉혀 두고 덧문과 미닫이문을 열었다. 청소는 부엌이가 해 놓았겠지만, 캄캄하고 좁은 방에서는(1평 반 정도의 어두운 굴이라고 하는 편이 옳을 것이다) 한순간 숨이 막힐 듯이 무겁고 쉰 냄새가 흘러나왔다. 틀림없이 먼지가 앉은 벽과 온돌의 흙냄새였겠지만, 그것만이 아니었다. 흙이 뜸들 정도로 물씬 배어 있는 땀내와 기름기랑 찌든 때, 그리고 인간의 숨결이 느껴지는 냄새였다. 문득 머릿속에 유치장의 벽이 스쳐 지나갔다. 그는 두세 번 기침을 하고 호흡을 고르고 난 뒤, 이 방에 전등이 없다는 것을 생각해 냈다. 이방근은 코끝에 달라붙는 듯한 쉰내를 의식하면서, 부스럼영감…… 하고 중얼거렸다. 그리고는 부엌 쪽으로 성큼성큼 걸어갔다.

멀리서 천둥이 마치 인간을 위협하듯 천천히 울려온다. 이방근은 웬일인지 몸을 떨었다. 아니, 비가 그치나? 기묘한 날씨로, 금세 한 방울 한 방울 똑똑 떨어지는 것으로 보아 그 기세가 점점 잦아들고 있었다. 그것이 사람의 기분을 초조하게 만들었다. 지평선으로부터 천천히 밤을 뒤덮는 듯한 천둥소리……, 묘하게도 천둥소리가 그의 화를 돋우고 있었다. 아니, 어떤 예감이 그의 마음을 고양이처럼 까칠까칠한 혓바닥으로 핥고는 도망쳤다. 그 정체 모를 바람 같은 예감이 그의 마음을 불안하게 만들었다. ……핫하하, 난 오늘 밤 제사의 상주야, 오늘은 훌륭한 아들이야, 언제나 훌륭한 아들이지…….

"서방님, 마님의 허락이……."

이방근에게 불려 나온 부엌이가 묵직한 몸을 툇마루 끝에서 굽히며 작은 목소리로 말했다. 이방근이 머슴방에 등잔을 켜라고 일렀던 것이다.

"괜찮으니 빨리 해." 이방근은 노기를 띤 목소리로 말했다. "내가 그렇게 말했다고 하면 돼."

"예, 서방님, 잘 알았수다."

"그래, 시키는 대로 잠자코 하면 돼."

왜 넌 화를 내고 있는 게냐. 어떻게 된 거지, 그건 마치 계모의 대사와 똑같지 않느냐……. 잘 들어, 넌 하녀야, 뭐든 분부대로 잠자코 하기만 하면 된다고…….

"예, 예, 서방님. 잘 알았수다."

부엌이는 같은 말을 되풀이하고 나서 부엌 쪽으로 갔다. 지금까지 떠들썩하던 여자들의 목소리가 갑자기 잠잠해졌다. 이방근의 노기를 띤 목소리가 들렸는지도 몰랐다.

이방근은 좌우편 방에서 안뜰로 새어 나오는 웃음소리에 뒤섞인 웅성거림을 들으며 머슴방 앞 툇마루로 돌아갔다. 담배를 피우고 싶었다. 그는 노인과 나란히 앉아, 담배를 피우겠느냐고 물었다. 노인은 고개를 끄덕였다. 평소에는 피우지 않지만, 있으면 이따금 피운다고 했다. 이방근은 노인에게 담배를 권하고 성냥을 켰다. 그리고는 나도……라고 양해를 구하고 자신의 담배에 불을 붙였다. 조금 전에는 깨닫지 못했는데, 응접실 앞에는 양준오와 김동진의 모습이 보이지 않았다. 방으로 돌아간 모양이었다. 음, 나도 방으로 돌아가야 하는데……. 계모 선옥의 말대로 분명히 오늘 밤은 '보통날'이 아니었다. 뭐가 '보통날'이 아니라는 거야, 철면피 같은 인간이……. 아니, 그녀의 말대로다. 음, 그건 그렇고 도대체 목탁영감은 이 시기에 뭣 하러 성내에 나타났을까……. 이방근은 왜 성내에 왔느냐고, 외과의사와 똑같은 말을 물을 참이었다. 이유는 없다, 없다고 본인의 입으로 말하지 않았는가. 그렇다면 더욱 이상하다고 할 수밖에 없다.

부엌에서 밝은 남포등 불빛이 흔들리면서 나왔다. 부엌이가 벌써 불을 켠 모양이었다. 남포등 불빛은 부엌이와 함께 툇마루에서 지면으로 내려왔다. 노인이 기침을 했다. 성내 한구석에서 목탁영감이 기침을 한다……. 노인이 성내의 인파 속으로 나오는 것은 몇 년에 한 번 있을까 말까 한 일이었다. 해방 직후 조국의 독립을 외치는 소리가 들끓던 시절에도 노인은 산에서 내려오지 않았다. 일제강점기에 한번 경찰에 의해 동굴에서 끌려 나와 성내로 연행된 적이 있었다. 동굴로 찾아뵈러 가는 청년들이 있었는데(이방근도 그들 중 하나였지만), 그 일이 경찰의 귀에 들어가자, 세상을 현혹시킨다는 이유로 연행된 것이다. 특별히 '세상을 현혹시키는' 말은 한마디도 한 적이 없었는데, 세상을 현혹시킨다는 것으로 인식되었다……. 부엌이가 마치 어딘가의 등대지기처럼 말없이 걸어왔다. 깨끗이 닦인 유리통이 안쪽으로부터 아름답게 비쳤다. 윤곽이 희미해진 빛의 테두리에 촉촉이 젖은 땅이 비쳤다. 불꽃이 흔들리자 빛 속의 지면이 움직였다.

부엌이가 남포등을 달았다. 머슴방에 오랜만에 부드러운 불빛이 숨쉬기 시작했다. 헤헤헤, 남포등이 없어도 괜찮은데 말이야, 나도 하나 가지고는 있지만, 별로 쓴 적이 없어서……라고 노인이 붉은 남포등 불빛에 얼굴을 물들이며 말했다. 부엌이가 쭈그리고 앉아 장판에 걸레질을 했다. 마치 통나무처럼 듬직한 팔, 여전히 검은 치마에 감싸인 허리는 커다란 절구통이었고, 깊은 바다 냄새가 나고……, 그녀의 몸이 가져다주는 압박감이 되살아났다. 이방근은 조금 전의 정체 모를 분노가 시원하게 가라앉는 느낌이었다. 문득, 명선관의 사시 눈의 여자 단선이 생각났다. 달빛이 쏟아져 들어오는 2층 창가에서 포옹했을 때, 그녀는 양손을 내 가슴에 대고 탄력 있는 젖가슴을 계속 밀어붙이며 몸부림치듯 내 몸에 밀착시켜 왔었다. 부엌이와는 반대로 하얀 치마저고리를 입고 있었다. 그 여자가 나를 기다리고 있을 것이라는 생각이 명선관을 사이에 두고 스쳐 갔다.

이방근은 부엌이에게 노인의 식사를 준비하도록 일렀고, 온돌에는 불을 떼지 말도록 일렀다. 노인에게 묻지 않아도 그것은 당연한 일이었다. 따뜻한 방은 오히려 해가 될 것이다. 부엌이는 말없이 고개를 숙이고 방을 나갔다.

"헤헤헤, 이렇게 되면 내 쪽에서 몸의 때를 떨어뜨릴까 걱정이군, 으흠, 이건 궁전이야, 궁전이라구."

노인은 의식적으로 엉덩이와 바지 자락을 털면서, 두세 번 헛기침을 하고는 방으로 올라갔다.

이방근은 노인을 혼자 두고 거실 쪽으로 돌아갔다.

방으로 들어간 그는 순간 사람들의 표정이 서먹서먹해진 것을 느꼈다. 아니, 무슨 일이야, 이 어색한 분위기는? 하지만 상관없는 일이다. 흐흥, 목탁영감 탓이로군, 그렇구만…… 마치 내가 손님 같아. 그는 짧은 순간이었지만 미닫이를 등지고 우뚝 선 채 차갑게 미소를 지었다. 벽 쪽 탁자에 앉아 있던 한 지사가 손짓을 하면서 이리 오라며 이방근을 불렀다. 옆의 최상화와 이야기를 나누던 참이었다. 최상화의 점잔을 뺀 밋밋한 얼굴에는 조금 전의 '지사는 지사지만 변변찮은 시골 지사'론을 펼치던 흔적은 남아 있지 않았다. 이방근은 특별히 정해진 자리가 있는 것은 아니었지만, 가볍게 인사를 하고 거절했다.

그는 옆방으로 들어갔다. 아버지 이태수와 정세용은 아직도 바둑판을 사이에 두고 마주 앉아 있었지만, 판세는 이미 결정 난 듯했다. 각자의 돌로 바둑판을 흑백 두 가지 색으로 메워가고 있었다. 아무래도 백을 쥔 아버지가 우세한 기색이었다. 옆 탁자에 앉아 있던 상근이 조금 어색한 표정을 지으며 앉으라고 자리를 좁혀 주었다. 방금 전의 목탁영감의 일 때문일 것이다. 그것이 틀림없었다. 설교 한마디라도 하겠다는 것인가. 이런 경우의 상근은 항상 옳았다. 이방근은 노인을 대하는 자신의 태도가 남들에게는 상당히 주관적인 것으로 비쳤음을 느꼈다.

이방근은 말없이 제단이 있는 방으로 들어갔다. 갑자기 촛불의 불꽃이 크게 흔들리더니, 작지만 검은 연기를 피우며 똑바로 타올랐다. 아하, 이거 재미있는데, 아들을 맞이하는 어머니의 신호인가……. 이방근은 만일 지금 어떤 격정에 사로잡혀 이 호화로운 제단을 단숨에 뒤엎어 버리면 어떻게 될까 생각하면서 금세 방을 나왔다. 분노가 있었던 것은 아니었다. 아니, 조금 전의 정체를 알 수 없는 분노조차 사라졌던 것이다. 다시 빗소리가 들리기 시작했다.

바둑은 끝난 모양이었다. 아버지의 얼굴에 천천히 웃음이 번지고 있었다. 두 사람은 흑백의 돌을 골라내어 바둑통에 담았다.

"에헴." 이태수는 아들의 기척을 느끼고 헛기침을 한 번 했다. 그리고는 이방근 쪽으로 고개를 돌려 흘낏 바라보면서 말했다. "목탁영감이 왔다면서."

"……"

이방근은 말없이 아버지의 백발이 섞인 머리를 내려다보았다.

"으흠, 별일도 다 있군. 더구나 제삿날 밤에 말이지. 흘러 들어온 것이 봉황인가 기린인가, 아니면 잡귀의 일종인가."

"허어, 참나, 뭐가 봉황이고 기린이야." 장로인 상근이 아버지가 털 뽑힌 닭마냥 같은 목을 늘이며 이의를 제기했다. 비유가 맘에 들지 않는다는 뜻일 게다. "봉황이나 기린이라는 건 성인군자가 태어나기 전에 먼저 나오는 상서로운 짐승이야, 음, 요즘 같은 세상에 성인군자가 날 리도 없겠지만……. 콜록, 콜록, 으음, 목탁영감 이야기는 나도 들은 적이 있지. 젊은이들이 신선으로 착각하고 있는 모양인데, 엉뚱한 사기꾼이야. 으흠, 그렇다고 잡귀 종류도 아니고, 잡귀가 어떻게 인가에 들어와 사람과 얘길 나눌 수 있나, 그냥 늙은 부랑자 정도로 생각하면 돼. 되도록 가까이 하지 않는 편이 좋아, 특히 오늘 밤 같은 제삿날에는 말야."

정세용이 앉으라고 권했지만, 이방근은 고개만 끄덕이고는 그곳을 떠났다. 그는 툇마루로 나왔다. 비가 내리고 있었다. 지면 곳곳에 작은 물웅덩이가 생기기 시작한 것을 보니, 드디어 본격적으로 내리는 모양이었다.

이방근은 한동안 망연히 안뜰에 떨어지는 빗줄기를 바라보고 있었다. 빗줄기 저편으로 부드러운 빛을 품은 하인방이 보였다. 그때 뒤에서 유원이 살짝 다가와, 두 손으로 오빠의 팔을 다정하게 잡았다. 어렴풋한 화장수 냄새가 기분 좋게 콧구멍을 간질이듯 풍겨 왔다.

"오빠, 괜찮아?"

"……뭐가 말야?"

"뭐가, 라니……." 유원은 목소리를 죽였다. 그리고는 장난치듯, 있잖아요, 하면서 속삭이듯 말했다. "어머니 기분이 상해 있어요."

"핫하하, 난 또 무슨 일이라고. 너도 참 바보같이. 그냥 내버려 두면 돼. 제사라는 형식을 갖추다 보면, 때로는 화를 내야 할 경우도 있는 거야, 신경 쓸 거 없어. 그러나 너는 거스르지 마. ……음, 넌 내일 서울로 돌아가는구나. 그러고 보니, 어젯밤 오빠한테 의논할 일이 있다고 한 것 같은데, 그렇지?"

"그래요, 의논할 게 있어요. 오빠는 잊지 않았군요. 기뻐요. 상담건은 내일 말씀드릴 테니 기대하고 계세요……."

"이 녀석이." 이방근은 웃으며 여동생의 머리를 손가락으로 찔렀다. "자아, 안으로 들어가. 오빠는 저쪽 방으로 갈 테니까. 내일을 기대하고 있을게."

이방근은 여동생의 손을 떼어 놓고(아니, 팔을 빼어 자연스럽게 여동생 쪽에서 떨어져 나왔기 때문에, 그 부드러운 맨손을 만진 건 아니었다), 잠깐 뒤를 돌아보다가 움찔했다. 부엌 출입구 기둥 뒤에 선 사람 그림자가 이쪽을 살피고 있기 때문이었다. 그 그림자는 천천히 부엌 안으로 사라졌다.

"왜 그래요?"

오빠의 기색을 눈치 챈 여동생이 부엌 쪽을 보았다.

"아니, 아무것도 아니야."

부엌이였다. 엿보고 있었다면 지나친 말이 될지 모르지만, 어쨌든 부엌이는 두 사람의 모습을 보고 있었던 것이다. 가만히 지켜보고 있었다. 그늘진 얼굴 속에서 눈이 푸른빛을 내뿜었다고 이방근은 생각했다. 그런 부엌이를 본 것은 처음이었다.

이방근은 툇마루를 따라 자신의 온돌방으로 갔다. 넘쳐흐르는 전등 불빛을 타고 밝은 이야기 소리가 들려와, 순간 남의 방 앞에 서 있는 게 아닌가 하는 착각에 빠졌다. 아아, 이 방 주인나리 행차요……,

툇마루에서 미닫이를 열고 들어가자, 외과의사가 코에까지 취기가 돈 듯한 목소리로 웃으면서 말했다.

몇 명의, 친숙한 손님들만이 탁자를 둘러싸고 앉아 있었다. 꽤 큰 탁자여서, 아직도 두세 명은 더 앉을 수 있었다. 이방근은 툇마루를 등지고 양준오의 옆자리, 고원식과 유달현의 맞은편 자리에 앉았다. 양준오의 왼쪽에는 김동진, 그 옆 탁자 모서리에는 등을 잔뜩 구부린 차 선생이 앉아서, 김동진에게 뭔가 열심히 이야기하던 참이었다. 그러나 그는 '제자'임이 분명한 이방근이 미닫이를 열고 얼굴을 내밀자, 거의 반사적으로 자세를 바로하고, 이야기를 딱 멈춰 버렸다.

이방근이, 아, 차 선생님, 문지방 옆에 앉지 말고 이쪽으로 오시라고 말하자, 차 선생은 열심히 고개를 저었다. 그리고는 갑자기 울음 섞인 목소리로 코를 훌쩍이며, 아니, 괜찮아, 나 같은 인간은 여기 앉아도 충분해, 충분하고말고, 인간은 말이지, 자기 분수를 모르면 안 되는 거라구. 나에게는 아직 그 정도의 겸손함은 남아 있어. 으, 으으이, 이 군, 자네는 말야, 신경 쓸 거 하나 없어. 젊은 여러분과 동석할 수 있는 것만으로도 얼마나 멋진 일인가. 음, 거기다 술이 있으니 최고로 좋은 자리라 할 수 있지. 난 여기가 제일 편해. 김동진 기자가 옆에 있어서, 언젠가 내 이야기를 기사로 써 주지 않겠느냐고 부탁하던 참인데, 헤헤헤, 내가 도둑질을 하거나 살인을 하면 신문에 나겠지. 으, 으으이, 이 군은 스승인 나한테 신경 쓸 거 없어. ……헤헤헤, 내가 좀 취했나 봐……. 차 선생은 코를 훌쩍이며 단숨에 잔을 비웠다. 소주였다. 조금만 더 있으면 감정이 복받쳐 울기 시작할지도 모른다. 사람들 얼굴에 냉소가 흘렀다. 외과의사 옆에 앉아 있던, 의사보다 몸집이 두 배는 될 것 같은 뚱뚱한 읍사무소 직원이 흥, 하고 코웃음을 쳤다.

자리에는 위아래가 없었지만, 그래도 유달현이 '상석'에 가까운 방 안쪽에 자리를 잡은 게 우스웠다. 그의 어깨 너머로 앉은뱅이책상 위에 놓인 둥근 백자 꽃병에 꽂힌 철쭉꽃이 보였다. 여동생이 꽂아 놓은 것으로, 방 안에 따뜻하고 안정된 분위기로 바꾸어 놓고 있었다. 설마 이 자가 꽃이 있는 쪽이 '상석'이라는 것을 의식하고 앉은 것일까.

유원이 오빠를 위해 음식과 컵 등을 담은 쟁반을 가져와 탁자 위에 놓았다. 음식으로 가득한 탁자가 더욱 좁게 느껴졌다. 유달현이 바로 맥주병을 들어 이방근의 컵에 따랐다. 그 눈이 신중히 움직이는 것이 거의 취하지 않아 보였다. 금방 세수를 한 듯한, 의식적으로 취하지 않으려 애쓰고 있는 냄새가 났다.

이윽고 화제는 당연하다는 듯이 목탁영감 이야기로 옮겨 갔다. 그렇다고 탁자를 둘러싼 모든 손님들이 노인을 좋게 평가하고 있는 것은 아니었다. 그런 의미에서는 관심이 거의 없었다. 다만, 노인이 성내에 나타났다는 보기 드문 일에 대해서만큼은 충분히 술자리의 화제가 될 만했다.

그런데 유달현은 코웃음을 치는 듯한 태도로 목탁영감을 전혀 문제 삼지 않았다. 노인이 성내에 온 것은 이빨 빠진 늙은 들개 한 마리가 어쩌다 마을로 흘러들어온 것과 마찬가지라는 식의 논리였다.

노인에 대해서는 김동진이 가장 큰 관심을 보였는데, 그것이 유달현의 마음에 들지 않는 모양이었다. 김동진이 잠깐 목탁영감한테 가볼까라고 말하자, 유달현은, 자네 취했나, 어리석은 '참배'는 그만두는 게 좋아. 하고 갑자기 찬물을 끼얹는 듯한 말을 하였다.

"난 취하지 않았어요." 김동진은 술기운으로 불그레해진 얼굴을 더욱 붉히며 말했다. "이제 와서 '참배'라고 할 것까지는 없지 않습니까. 멀리서 온 지인에 대한 인사지요."

"후후후, 멀리서 온 지인이라니 잘됐군. 하지만 인사든 '참배'든 마찬가지가 아닌가. 어쨌든 상관없는 일이니, 이런 일로 말다툼하는 건 그만두세."

유달현은 가느다란 눈으로 상대방을 힘주어 노려보듯 말했다.

"근데 말이죠." 김동진은 얼굴을 똑바로 들고 그 시선을 받았다. "당신은 목탁영감을 이 주변에 돌아다니는 보잘것없는 특이한 노인에 지나지 않는다고 말하지만, 역시 그 노인은 그런 것이 아니고, 보통사람과는 차원이 다르다고 난 생각해요. 예를 들어서 말이죠, 동굴 입구가 막힐 정도로 깊은 눈이 쌓인 한겨울에도 목탁영감은 거적 한 장 깔아 놓은 바위 위에서 얇은 이불 한 장만을 덮고 잔단 말이에요. 이건 단순히 체력만의 문제가 아니에요. 어떤 강인한 정신력 같은 게 작용하지 않으면 힘든 일이라고 생각해요, 난 전적으로 그렇게 믿어요……, 방근 씨, 그렇지 않은가요?"

이방근은 입속에 웃음을 담고 있을 뿐 대답을 하지 않았다.

"흐흥." 유달현은 담배를 입으로 가져간 뒤, 거의 경멸에 가까운 얼굴빛을 띠며 말했다. "동무는 약간 제정신이 아닌 모양이군. 후후후, 그래서는 안 되지, 지금이 어떤 세상이라고 생각하나, 김동진 군은 한가한 모양이야(이 말에는 뭔가 두 사람만이 통하는 뉘앙스 같은 게 있었다). 그런 신비주의는 집어치우게. 생각 좀 해 보게나, 북극곰은 눈 위에서 살고 있어. 개도 눈 위를 뒹굴고, 눈 위에서 잠을 자. 동물은 자연에 순응하는 법이고, 인간도 생물학적으로는 동물이니까, 목탁영감도 환경에 순응하여 살아간다고 생각하면 이상할 것도 없어. 철학자라느니, 목탁영감이니 하면서 떠드는 게 문제인데, 그게 바로 동무 같은 문학청년이 하는 일이지. 영감은 영감 나름대로 자신의 삶을 살아가고 있으니까 내버려 두면 되는 거야. 그런데 호기심 많은 청년들이

'참배'를 하니까 점점 이상해지는 거고. 그런 걸 두고 일종의 감상주의라고 하는 거야."

"흥, 같은 동물은 동물이라도, 인간은 곰이나 개와는 다를 텐데요. 달현 씨 말은 상당히 속물적이군요."

"속물……." 유달현은 불끈 화가 치민 모양이었지만, 침착하게 말했다. "음, 어떤 것을 속물이라고 하나?"

"속물은 속물이지요."

"속물은 속물……?"

"유 선생, 그만두세요." 외과의사 고원식이 짐짓 큰 목소리로 말하며 유달현의 등이 흔들릴 정도로 탁 때렸다. 그리고 보니, 유달현은 고원식 아들의 담임선생이었다. "핫핫하, 성내에 살고 있는 패들은 모두 속물이야. 의사는 그중에서도 제일 으뜸이고."

"음, 뭐랄까, 누가 무슨 소릴 하든 목탁영감은 자유 그 자체야." 양준오가 탁자 위를 응시하며 말했다. "그 노인에게는 인간의 인과관계 같은 걸 초월한 데가 있어. 아무도 그런 흉내는 낼 수 없으니 말이야."

"핫핫핫하, 알았어, 알았다구. 으흠, 이 사람들의 얘긴 너무 어려워. 의사란 단순해서 말이지, 얘기가 '철학적'이 되면 골치가 지끈지끈 아프기 시작한다네. 자아, 딱딱한 얘기는 그쯤 해 두고 술이나 마시자고."

외과의사가 맥주병을 들고 다른 사람들의 컵에 따랐다.

이방근은 맥주잔을 천천히 입에 대면서 잠자코 있었다. 확실히 유달현은 속물이었다. 그러나 이방근은 유달현의 그 말에 움찔하는 무언가를 느꼈다. 목탁영감에게 마음을 쓰는 것은 감상주의이고, 문학청년이나 호기심이 많은 사람이라는 말은 무시할 수 없는 힘을 지니고 있었다. 바로 속물이 갖는 힘이었다. 음, 미처 알아보지 못했군,

이 자는 상당한 현실주의자야. 핫하, 내가 목탁영감 때문에 감상주의자가 되는 건가. 음, 목탁영감, ……목탁영감은 자유 그 자체야, 목탁영감이. 그러나 노인의 정체를 아는 사람은 아무도 없었다.

목탁영감은 해방되기 수년 전부터, 그러니까 이방근이 보석으로 출감한 태평양전쟁 한 해 전부터 산천단 절 옆의 동굴에 살고 있었다. 말투로 보아 이곳 섬 사람은 아니고 본토 어딘가에서 건너왔을 것이다. 목탁영감의 존재를 알게 된 이방근은 이따금 멀리 나가 바람도 쐴 겸 산천단이 있는 마을에 가곤 했다. 벗나무 몽둥이를 들고 출발하였는데, 올라가는 데만도 서너 시간이 걸렸다. 우물쭈물하다 보면 하루가 저물었다. 노인에게는 귀찮은 일이었겠지만, 이방근만이 아니라 처음에는 신기하기도 해서 많은 사람들이 관심을 보인 것도 사실이었다. 그러나 그것도 일시적인 것이었고 이내 잊혀졌다. 애당초 옛날이야기에 나오는 동굴의 현인은 이런 사람이 아니었을 것이 분명하다. 현실의 노인은 찾아간 사람들에게 설교할 줄도 모르고, 초라한 모습의 '머슴'에 불과했던 것이다. 한라산을 등반하거나 산 중턱 관음사를 찾는 사람들은 도중에 있는 산천단 마을(마을이라 해도 십여 가구가 옹기종기 모여 사는 작은 촌락이었다)의 벼랑길에서 싱글벙글 웃으며 똥통을 지고 다니는 노인의 모습을 흔히 볼 수 있었다. 노인은 절의 분뇨를 퍼서(절에서는 돼지를 키우지 않았다) 밭에 내다 주고, 절이나 일손이 부족한 집에서 장작을 패는 등, 힘이 필요한 노동을 해 주고는 곡식이나 채소를 품삯으로 받았다. 찌그러진 오래된 알루미늄 냄비를 두 개 가지고 있었는데, 그것으로 '자취'를 하고 있었다. 누가 보아도, 이래서는 현인이라 생각할 수가 없었다. 미치광이나 일종의 괴짜에 지나지 않았다. 현인이라면 좀 더 세련되고 멋진 모습을 하고 있어야만 했다.

성내의 어느 돈 많은 부인이 산천단 마을에 목탁영감이라는 신선이 살고 있다는 말을 믿고, 일부러 '참배'를 한 적이 있었다. 그러나 실제로 만나 본 노인의 모습과 악취에 할 말을 잃을 만큼 실망한 나머지 욕설을 퍼붓고 돌아갔다는 이야기가 있었다. 애당초 똥통을 지고 돌아다니는 성인이나 신선이 있을 수 있겠는가. 신선이라면 청결한 흰옷을 걸치고, 지면에 닿을 정도로 흰 수염을 늘어뜨린, 보기에도 고귀한 느낌을 주는 분이어야 했던 것이다. 그러나 마을 사람들은 노인을 소중히 여겼다. 동굴의 돌 위에서 살고 있는 것은 분명히 남다르게 보였지만, 그렇다고 해서 특별히 '성인'이나 '신선'도 아니었고, 무엇보다도 일 잘하고 마음씨 좋은 노인이었던 것이다.

이방근은 빗줄기 저편에서 노인의 '헤헤헤' 하는 특유의 웃음소리가 들려온다고 생각했다. 조금 전에 오랜만에 들었던 그 웃음소리는 결코 비웃음도 아니고 비굴하지도 않은, 굵고 쉰 목소리가 자아내는 친근하고 낙천적인 울림을 지니고 있었다.

화제가 바뀌어 있었다. 이방근은 잔을 비우고 돼지고기를 김치에 싸서 입에 넣었다. 마침내 배가 고파오기 시작한 느낌이었다.

"소주 한잔하시렵니까?"

곁에 앉은 양준오가 말했다. 그는 별로 말도 하지 않고, 호리병의 소주를 따라서 조금씩 마시고 있었다.

"음, 그렇지, 그래도 아직은 일러. 난 '상주'야. 한동안 맥주로 하겠네. 그런데 좀 전의 '노인은 자유 그 자체'라는 말은 아주 좋았어."

"흠, 그래요?"

양준오는 조금 부끄러운 듯이 웃었다.

유달현이 맥주병을 들고 이방근 옆으로 다가왔다.

"자아, 마시게, 맥주라면 내가 따르지, 쭉 들게나." 유달현은 이방근에게 상반신을 밀어붙이는 듯한 자세로 맥주를 따랐다. 그리고는 귓가에 입을 대고 속삭이듯 말했다. "동무, 어떤가. 저쪽 방에서 나하고 시선이 마주쳤을 때, 자네는 뭔가 생각난 듯한 얼굴을 했는데, ……응, 결심이 섰나? 일전의 그 이야기 말일세, 일전의……."

이방근은 자기 귀를 의심하며 무심코 고개를 저었다. 그리고는 신기하다는 듯 유달현의 얼굴을 바라보았다. 상대는 빙긋이 엷은 웃음을 입가에 남긴 채 시선을 피했다. 기분 나쁜 녀석이다. 도대체 무슨 말을 하는 거야, 사람들 앞에서……. '공작'에 대해 말하고 있는 게 틀림없었다. 이방근은 그처럼 대담하게 의표를 찔러 오는 태도에 조금 놀랐다. 아니, 이 녀석은 남들 앞이라고 일부러 이런 태도를 취하는 것이다. 잠깐, 잠깐만, 이방근은 울컥 화가 치미는 것을 억제하면서, 도대체 이렇게 연기를 하는 목적이 무엇일까 생각해 보았다.

"아니야, 천천히 생각해 보도록 하겠네." 이방근은 남에게 들릴 만한 목소리로 말했다. "내 생각만으로는 안 돼, 아버지와 상의도 해야 되고."

"뭐라고?" 유달현은 놀란 표정으로 이방근을 마주 보았다. "아버지라면 자네 부친을 말하는 것인가?"

"그렇다네. 그러나 오늘은 그 이야기는 그만두세. 자아, 자네도 한 잔하게, 모처럼 찾아온 손님이야, 전혀 마시지 않았잖은가." 이방근은 상대방에게 잔을 들게 하고 맥주를 따랐다. "모처럼 온 손님께 실례되는 말을 해서 미안하네만, 난 제삿날 밤이 되면 왠지 불쾌해지는 게 문제야."

"호오, 그것 참 곤란하겠군…… 좀 전에 한 얘기는 나중에 다시 하기로 하세."

"그런데 말이지, 오늘 밤 '서북'패들이 찾아왔었어." 이방근은 상대를 아랑곳하지 않고 화제를 바꿨다. "그들은 권총을 품고 제단에 절을 하더구만. 핫, 핫, 하아."

"'서북'이라고? 별일이 다 있군. 자네가 해치웠던 놈들이던가?"

"아니, 그렇지 않아, 간부였어."

"간부……, 권총을 가지고 있었다면 분명히 간부겠지. 음, 그랬구만, 그들이 제사에 왔단 말이지……, 그래서 어떻게 됐나? 저쪽 방에는 없는 것 같던데."

그때 툇마루에서 볼일이 있음을 알리는 헛기침 소리가 들리더니, 사람이 다가오는 기척이 났다. 빗소리에 섞여 툇마루를 걷는 발소리가 확실히 들리지는 않았지만, 아무래도 헛기침의 주인공은 경무계장인 정세용 같았다.

"아, 지금 이쪽으로 찾아오는군. '서북'을 데려온 남자가 이쪽으로 오고 있어."

이방근이 말했다.

유달현은 마치 개나 고양이가 귀를 쫑긋 세운 듯한 자세로 미닫이 쪽을 바라보았다.

4

"'서북'을 데려온 남자라니, 대체 누군가?"

유달현은 미닫이문 저편을 응시하듯 가느다란 눈을 번쩍이며 말했다.

"정세용일세. 경무계장이 '서북'을 데려왔었다는 거네."

이방근은 남의 이야기처럼 말했다.

"경무계장?"

유달현은 깜짝 놀란 표정을 지었지만, 이내 아아, 정세용 계장 말이군, 방근 동무의 친척이라는…… 하면서 얼른 자신의 자리로 돌아가앉았다. 그리고 맥주잔을 입에 대었을 때, 이방근이 말한 대로 회색 양복을 입은 정세용이 방으로 들어왔다. 입술 색깔이 거무스름한 것이 조금 마음에 걸렸지만, 상당히 멋지고 잘생긴 신사라는 느낌이 들었다. 순간, 방 안 공기의 흐름이 멈춰 버린 것처럼, 사람들의 웅성거림이 끊어졌다.

"여러분, 안녕하십니까. 나도 이쪽에 끼고 싶어서 왔습니다."

정세용은 시선의 그물을 던지듯 탁자 주위를 재빨리 둘러보며 말했다. 그 인사말에 어울리지 않는 차가운 눈빛과 억양 없는 침착한 목소리에 사람들은 등줄기가 오싹해지는 것을 느꼈다. 안면이 있는지 몸집이 큰 읍사무소 직원이 자신의 자리를 양보하려 하자, 정세용은 이를 제지하며 이방근 옆에 앉았다. 서로 마주 앉은 양쪽 사람들을 한눈에 볼 수 있는 그 자리는 마치 좌장의 좌석처럼 무게 있어 보였다. 이방근은 손목시계를 보았다. 아홉 시 5분. 정세용이 방에 들어온 시간을 확인이라도 하려는 듯한 동작이었다.

"끼고 싶다고 하셨지만, 세용 형님은 저쪽이 어울릴 것 같은데요. 저쪽은 말하자면 귀빈실이고, 이쪽은 삼등실이나 마찬가진데요."

이방근이 웃으며 말했다.

"호오, 설마 그럴 리가 있나. 그런 말투는 여기 계신 손님들에게 실례가 되는 거야. 내가 형으로서 한마디 충고를 하는 걸세." 정세용은 농담조로 가볍게 미소를 띠며 말했다. "이쪽에는 고 원장이 계시고. ……읍사무소 직원, 군정청 통역관, 신문기자, 그리고 O중학의 유 선생(정세용은 자신의 오른쪽 옆에 앉은 유달현에게 힐끗 시선을 던지며 말했지만,

상대는 정세용 쪽을 보고 있지 않았다)…… 음, 이쪽이야말로 엘리트 집단
이지. 방근이는 터무니없는 말을 하는 거야. 으흠, 그렇지 않으면 날
내쫓기 위한 구실로 한 말이거나……."

"아아, 잘 오셨어요, 경무계장님. 난 원래 경찰을 별로 좋아하지 않는
사람이지만, 방금 말한 겉치렛말은 마음에 들었소이다. 그 말에 넘어
간 셈 치고 이쪽에 끼워 주도록 합시다. 여러분, 어떻습니까, 핫핫핫.
아니, 당신은 경찰 중에서도 이해심 많기로 평판이 자자하니까."

고외과 의사가 넉살좋게 말했다.

"내가 빈말을 못하는 인간이라는 걸 모르시는 모양이군. 사실을 말
했을 뿐입니다." 정세용은 태연히 말했다. "경찰을 좋아하지 않는 건
고 선생만이 아닐 겁니다. 우리 민족의 특성이지요. 미움받는 경찰이
라는 걸 알면서도 이쪽 방에 이끌려 들어오고 싶어지는 것도 고 원장
처럼 경찰이 싫다고 단도직입적으로 말할 수 있는 사람이 계신 까닭
이죠."

"아니, 미움받는 경찰이라고 자신의 입으로 말할 수 있다는 것은,
과연 경무계장님다운 모습이군요. 자신, 자신이 있다는 거지요." 고원
식은 단숨에 맥주를 비우고, 컵을 정세용에게 건네려다 그만두었다.
"아아, 그렇지, 그랬었지, 경무계장님은 술을 안 드시지."

정세용이 탁자 위의 맥주병을 들고 고원식이 들어 올린 컵에 맥주를
따랐다.

"아이고, 이거 황송합니다." 고원식은 컵에 맥주를 받아 탁자 위에
놓으면서 말했다. "난 말이죠, 사내가 술을 못하는 것은 아무래도 미
덥지가 않습니다만, 음, 경무계장님, 당신의 경우는 금연금주를 하고
있다는 느낌이 들어요. 그만큼 무서운 사람이지요."

"무섭다는 게, 무슨 말이죠? 그건 좀 곤란한 진단이군요. 원래 술을

못하는 것뿐이지, 금연금주의 신조 같은 것은 없습니다. 그런 사람을 붙잡고 무섭다니 무슨 말입니까? 못 들은 체 넘길 수가 없는데요."

정세용은 맥주병을 손에 든 채 조용히 웃었다. 차가운 웃음이었다.

"아니 이거, 정 경무계장님이 너무 점잖은 말씀을 하시는군요, 핫핫핫, 일부러 술을 안 마신다는 얘길 풍문으로 들었습니다."

"사실과 다른 난처한 풍문이군요……."

두 사람 사이에 낀 유달현은 아무렇지도 않은 척 시침을 떼면서 뺨을 씰룩거리고 있었다. 정세용이 화제를 바꾸어, 자아, 유달현 선생도 한잔 어떠십니까, 하고 권하자, 유달현은 반사적으로 상반신을 움찔하며 잔을 들었다. 그 순간, 맞은편에 앉아 있는 이방근을 힐끗 쳐다보았다. 정세용이 아니라 이방근을 향한 눈빛은 마치 상대의 안색을 살피고 있는 듯 느껴졌다. 그러나 이방근은 그 시선에 저항감을 느끼지 않았다. 슬며시 자신의 눈 속으로 들어왔다가 사라져 버리는 느낌을 주는 시선이었다.

"형님, 차라도 가져오라 할까요?"

이방근이 말했다. 음, 유달현 이 녀석, 눈 한 번 깜박이는 순간에 사라져 버린 저 눈빛은 무얼 의미하는 것일까? 마치 연기 같은 눈빛이었다.

"음, 그렇군. 그럼 차를 한잔 부탁할까. 음식은 필요 없다고 미리 말해 두는 게 좋을 것 같고."

이방근이 일어서려는 것을 옆에 있던 양준오가 말렸다. 그러자 그 옆자리에 있던 김동진이 자신이 가장 어리다며 일어나 방을 나갔다. 미닫이가 열리는 순간, 잊고 있던 빗소리가 싸늘하게 흘러 들어오는 밤공기와 함께 또렷이 들려왔다.

"경무계장님은 술도 안 드시고 담배도 피우지 않는다니, 정말 보기

드문 일이군요. 그러면 무료해서 꽤 힘들 것 같은데요."

유달현이 술잔을 되돌려 주는 대신 무난한 이야기로 말을 걸었다.

"아무렇지도 않아요. 남들이 생각하는 것만큼 힘들지는 않아요. 술자리에서 이런 말을 하면 몰매 맞을 각오를 해야겠지만, 술을 마시거나 담배를 피우는 일은 매우 성가시고 귀찮을 것 같단 기분이 들어요. 담배는 연기가 나서 피우지 않는 사람의 얼굴을 간질이고, 재떨이가 더러워져요. 술은 또 담배와는 달리 마신 뒤에도 취기가 계속되고. 아니 아니오, 이런 바보 같은 말을 하다니, 그래서 사람들이 술을 마시는데도 말이죠."

"흐흠, 그런 말씀을 하시니까 경무계장님은 무서워요……, 핫핫핫."

"이러면 곤란한데요. 유달현 선생께 하나 물어봅시다. 술과 담배를 하지 않는 커피광인 이 사람이 무섭습니까?"

"아니, 조금도 무섭거나 하지 않습니다."

유달현의 가느다란 눈이 주의 깊게 움직이고 있었다.

"헤헤헤, 나도 전혀 무섭지 않아요." 차 선생이 끼어들었다. 등을 구부리고 앉은 채 거북이처럼 길게 늘인 목을 흔들며 말했다. "난 말이요, 앞에 앉아 있는 이 읍사무소 직원이 훨씬 더 무서워요. 으, 으 으이, 이 사람은 말이지, 아까부터 나를 노려보며 흥흥 하고 콧방귀만 뀌고 있어요, 내가 옛 제자인 이 군 얘길 하는 게 맘에 들지 않나 봐요……."

이방근이 차 선생을 제지했다. 읍사무소 직원은 목각인형처럼 무뚝뚝하게 입을 다문 채 상대를 노려보았지만, 흥! 하고 콧방귀를 뀔 뿐이었다. 아까부터 두 사람은 옥신각신하고 있었는데, 아무래도 말다툼을 하고 있던 모양이었다.

"그렇겠지요, 무서울 리가 없겠지요. 유달현 선생은 내 증인이나 마찬가집니다. 고맙소. 그런데 선생도 그다지 마시지 않는 것 같군요."

정세용이 잡음을 무시하고 말했다.

"학기말이라, 일이 많이 쌓여 있다 보니……."

"호오, 일 때문이군요. 그러고 보니 학기말이네요, 유달현 선생은 몇 학년 담임이셨더라."

"3학년입니다."

"음, 3학년이라……. 그럼 바쁘겠군요. 하지만 술을 하는 사람은 가끔 마시는 편이 좋을 겁니다. 음, 그런데 유 선생은 교무주임이지요?"

"……아니, 교무주임은 아니고 저는 학년주임 쪽입니다."

유달현은 같은 주임이라도 학년주임과 교무주임의 차이에 구애받는 듯한 말투를 썼다.

"음, 학년주임……." 정세용은 고개를 끄덕였지만, 교무주임이 아닌 것을 알면서 물었는지도 모른다. 그보다는 많은 학교 교사 가운데 유달현이 평교사가 아니라는 것을 알고 있다는 사실이 중요할 것이다. "학년주임이 된 지 얼마나 됐습니까?"

"아직 1년밖에 안됐습니다."

유달현의 얼굴에 불쾌한 기색이 엿보였으나, 순순히 대답했다.

"1년이라……, 그러고 보니 전에는 서울에 있었지요. 음, 방근이." 정세용은 이방근 쪽을 보았다. "일전에 석방되어 나온 강몽구 씨가 집에 들르지 않았나?"

"들렀습니다."

"무슨 말이라도 하고 갔나?"

설령 무슨 말을 했다 해도 이방근이 그걸 말할 리가 없다는 것을 알면서도, 정세용은 묻고 있었다. 이방근도 속내를 알고 있었다.

"이런저런……, 음, 그렇지, 형님이 관심을 보일만한 말을 하고 갔어요." 이방근은 일부러 그렇게 말했다. "그러나 내가 형님께 그걸 말할 수는 없겠지요, 핫하, 하아."

"그랬군, 허나 나도 굳이 묻고 싶은 생각은 없어. 어쨌든 그자는 보통사람이 아니야. 적이지만 대단해. 유 선생은 강몽구 씨를 아시나?"

정세용은 교묘하게 이야기를 유달현 쪽으로 돌렸다. 유달현은 고개를 저으며 모른다고 대답했다.

"모른다고요? 옛날 동지가 아닙니까?"

"세상에는 이전의 동지라도 지금은 동지가 아닌 경우가 얼마든지 있습니다. 나는 그 사람을 모르지만 말입니다."

유달현은 욱하고 화가 치민 듯 대답했다. 이방근은 정세용을 말리려다가 그만두었다. 잠시 두고 보는 것도 괜찮을 것 같았다.

"이름도 모릅니까?"

정세용은 계속 물었다.

"모른다니까요."

유달현이 컵을 입으로 가져다 대었다. 목구멍으로 흘러든 액체가 일단 멈추었다 꿀꺽 넘어가는 소리를 냈다.

"이름도 모른다. 그렇군요. 강몽구라는 이름도 모른다는 겁니까?"

"난 모릅니다." 유달현이 왼쪽 대각선에 앉은 상대방의 얼굴을 비로소 제대로 쳐다보며 말했다. 그 낮은 목소리가 가늘게 떨리고 있었다. "경무계장님, 이건 실례입니다. 내가 왜 그 강몽구인지 하는 사람의 이름을 알아야 하나요. 그 사람 이름을 모르는 게 이상하단 말투시군요. 고 선생께도 한번 물어보시는 게 어떻겠습니까. 아니, 이방근 동무는 알고 있을지도 모르지만, 다른 사람들도 알고 있는지 어떤지 말이죠. 당신은 경찰 경무계장이지만, 여기는 경찰서가 아닙니다. 이방근 동무, 그렇지 않은가 말일세, 여긴 자네 어머님 제사를 모시러 온 자리란 말이야."

"흐흠, 누가 여기를 경찰서라고 했나요. 유 선생은 뭔가 지나친 억측을 하고 있는 것 같군요. 나는 여러분과 같은 손님 입장에서 잡담에 끼어들었을 뿐이니, 경찰 운운할 필요는 없겠지요. 다만, 당신이 강몽구라는 이름 정도는 알고 있어도 이상하지 않다는 게, 당신은 적어도 남로당이 불법화되기 전까지는 공공연한 좌익이었기 때문이고⋯⋯, 유 선생이 해방 후 좌익이 되어 서울에서도 활약하고 있었다는 것은 공공연한 사실이라 물어본 것뿐인데⋯⋯, 음, 난 당신이 일제강점기 때 한 일들을 다소 알고 있고⋯⋯."

정세용은 더욱 온화하고 침착한 어조로 말을 계속했다. 미닫이문 밖에서 김동진과 여동생인 유원의 이야기 소리가 들려왔다.

"저어, 이방근 군⋯⋯." 유달현이 정세용의 말을 가로막았다. 얼굴이 한순간 경련을 일으키며 창백해졌다. "이게 어떻게 된 일인가, 이분은 자네 친척일세. 나는 저쪽 방으로 가는 편이 나을 것 같네. 오늘 밤이 친한 친구 어머님의 제삿날만 아니었다면, 자리에서 일어나 돌아가 버렸을 거야. 한마디 하겠네. 난 거의 마시지 않았으니 취하지 않아서 정신이 멀쩡하게 맑은 상태야. 난 누구에게도 실례가 될 만한 말이나 행동을 하지 않았어. 그러나 자네 형님의 태도는 나에 대한 모욕 아닌가. 난 적어도 신성한 교직에 몸담고 있는 사람으로서, 나름의 자부심을 지니고 있단 말일세."

유달현은 이방근만이 아니라 다른 손님들에게도 호소하는 듯한 어조로 말했다. 무엇보다도 일제강점기 운운하는 말이 마음에 걸린 모양이었다.

이방근은 유달현의 말을 막았다. 그리고 형님, 조금 탈선하셨다며 정세용을 나무랐다. 바로 뒤에서 두 사람의 인기척이 나더니 미닫이

가 열렸다. 귤차를 든 유원과 함께 김동진이 들어왔다. 어렴풋이 화장
수 냄새가 풍겨 왔다. 유달현은 반사적으로 조금 자리를 고쳐 앉으며
아무렇지도 않은 척 시치미를 뗐지만, 표정은 굳어 있었다. 유원은
유달현 쪽을 쳐다보지도 않고, 정세용 앞에 김이 모락모락 피어오르
는 귤차를 조용히 내려놓고 말없이 방을 나갔다. 툇마루에서 김동진
과 함께 방금 전에 나누던 이야기 소리가 거짓말처럼 느껴졌다.

"흐흠, 내가 나잇값도 못하고 탈선을 했나. 이거 실례했네. 방근이
가 하는 말이니 틀림없겠지. 나는 어디까지나 잡담할 요량으로 한 말
이고, 그 이상의 뜻은 없으니 양해해 주시오. 저쪽 방으로 가야 할
사람은 유 선생이 아니라 이쪽입니다."

정세용은 차를 한 모금 마시고는, 누구랄 것도 없이 탁자 주위의
사람들을 둘러보며 말했다. 차분한 모습이었다. 강몽구의 이름을 꺼
내기도 하고, 해방 후의 좌익이라든가 일제강점기 운운한 것은 탈선
이라고 할 수밖에 없었지만, 그러나 정세용은 꽤 의도적으로 말을 했
던 것이 틀림없었다. 탈선 속에 계산이 들어 있었다고 보는 게 옳을
것이었다. 우회적인 도발인지도 몰랐다.

"아니 이거, 경무계장님……." 고원식이 에헴, 하고 헛기침을 한 번
하더니 말을 이었다. "당신 말투에는 아무래도 직업상 버릇이 나오는
것 같군요. 즉 일에 너무 몰두하여 그리 된 것이라고나 할까……. 으
음, 그런데, 방근 형님 말로는 좀 전에 '서북'이 왔다 갔다고 하는데,
경무계장님이 데려왔다면서요……."

"그건 데려왔다기보다는 함께 왔다고 하는 편이 옳겠지요. 그나저
나, 손아랫사람에게 방근 형님이라니 무슨 말투십니까?"

"아아, 방근 형님이면 어떻습니까. 나이 어린 사람에게도 형님이라
고 하지 않습니까. 안 그런가요? 게다가 존경하고 있는 경우에는 더

욱 그렇고요. 음, 그러고 보니, 요전날 밤에 벌어진 난투극 때, '서북' 두 사람이 뛰어들어 왔었는데, 헷헤헤, 1개월 진단서를 쓰라고 협박을 하기에, 돌아가라고 호통을 쳐 주었지요. 암, 호통을 치고말고요……, 핫핫핫, 그들이 굽실굽실하더군요. 경찰에 제출된 진단서는 분명히 일주일이었던 것 같은데요. 정 선생님, 어떻습니까, '서북'패들이 좀 지나치게 날뛰는 것 같지 않습니까. 경찰은 그들에게 고개를 들지 못하나 봅니다."

"그렇게 말씀하시면 안 되죠, 고 선생님. '서북'이든 뭐든, 우리 경찰은 법에 따라 단속하고 있습니다. 그게 경찰이 할 일이죠. 다만 '서북'에 대해서는 인식의 차이가 있을 테니, '서북' 이야기는 이쯤에서 그만두는 편이 좋겠군요."

"인식의 차이? ……으, 음, '서북' 이야기가 나오자 피하려 하시다니 경무계장님답지 않군요. 핫핫핫."

"하, 하, 하." 정세용도 상대방이 웃는 대로 조용히 따라 웃었다. "피하려는 게 아닙니다. '서북'이라는 건 예를 들어 나 개인의 좋고 싫음과 관련되는 문제도 아니고, 내가 '서북'을 부정한다든가 긍정한다든가 하는 일과는 상관없습니다. ……음, 우리 조국의 정세, 우리 민족이 놓여 있는 정치적 환경의 문제죠, 다 알고 계시지 않습니까. 즉 공산주의 문제와 결부되는 겁니다. 이 문제에 대해선 더 이상 말하지 않겠지만, 우리나라의 적화혁명과 깊은 관계가 있다는 겁니다. 공산주의자가 있으니 서북청년회라는 게 생기는 건 당연하고, 천지에 음과 양이 있는 것과 마찬가지 이치로 말이죠, 그렇지 않습니까. 북쪽은 적색분자가 지배하고 있단 말입니다. 게다가 남쪽에까지 공산혁명의 마수를 뻗치고 있습니다. 이를 묵인하고 용서할 수 있습니까. 공산혁명이라는 용암이 밀어닥치는 걸 수수방관할 수 있습니까? 조국의 문제, 애국심의 문제입니다. 이런 현실을 무시하고 '서북'을 이야기할 수는 없습니다. 그건 일방적으로 '빨갱이'에 가담하는 일이 됩니다."

"그러면 '서북'이 애국적이라는 건가요?" 고원식이 술기운으로 다소 느슨해진 입술 끝을 일그러뜨리며 말했다. "흐음, 실제로 그들은 스스로 애국자라고 부르고 있지……."

"서북청년회가 그렇게 확신하고 있는 게 틀림없다고 봐야죠."

"경무계장님도 그렇게 확신한다는 뜻인가요? ……."

"아시다시피 나는 '서북'이 아닙니다. 이 나라에 '서북'이 존재하는 것은 그럴 만한 이유가 있다는 건데요, 이렇게 말하면 고 선생은 이해하시겠지요. 이 정도로 해둡시다. 여기는 그런 장소도 아니니까요. 그리고 난 정치가도 법률가도 아닙니다. 토론이 서툽니다. 다만 범죄를 수사하고 사실을 추구하여 완전한 사실로 만들어서, 즉 법률을 적용할 수 있게 될 때까지 사실을 준비하여 사법에 맡깁니다. 그 과정의 잔심부름꾼에 불과합니다. 그것이 내 일입니다. 하, 하, 하."

정세용은 '서북'의 화제를 적당히 얼버무렸다.

"하하, 이거 재미있는 말인데요."

이방근이 갑자기 거의 외치다시피 소리를 질렀다. 뭐라고 혼잣말처럼 투덜거리고 있던 차 선생이 깜짝 놀라 고개를 번쩍 들었다.

"재미있는 말? 어떤 점에서……."

정세용의 차가운 눈이 순간적으로 독기를 뿜는 이방근의 눈과 부딪쳤다. 쩽, 하는 소리가 울린 것처럼 이방근은 느꼈다. 애국심이니 일제강점기니 하는 말은 정말 혼자 잘난 줄 아는 착각에 지나지 않았다. 정세용이 자신은 일제의 앞잡이였는데, 아무런 망설임도 없이 그런 말을 내뱉는다는 것은 과연 그답다고 할 수밖에 없었다. 아니, 해방 이후 남한사회의 권력구조 자체가 그것을 필요로 하고 있었다.

"핫하하아, 형님이 법률을 적용할 수 있게 될 때까지의 사실이라고 한 점 말입니다."

"흐흥, 그게 어때서?"

"이건 변호사에게나 어울리는 말이에요. 요즘 세상에는 지조 있는 변호사가 없어서, 우리 세용 형님 입에서 대신 나왔다는 게 재미있습니다."

"이 형이 말했듯이, 방금 그 말은 재미있다고 생각합니다." 양준오가 이방근의 말을 이어받듯이 말했다. "방금 그 말을 뒤집으면, 아니, 이미 뒤집어져 있는지도 모르지만, 법의 세계에서 사실이란 법률을 적용시키기 위해서 존재한다는 말이 됩니다. 그러니까, 법률이 요구할 때는 사실을 꾸며낼 수도 있다, 즉 정당화된다는……."

"호오, 잠깐 기다려 보게." 정세용이 상대의 말을 가로챘다. 차가운 미소가 심하게 일그러진 표정 속으로 사라졌다.

"이 방에는 상당한 자유가 보장되어 있고 제군들도 젊지만, 그러나 조심성이 없는 말이야. 법에 대한 모독적인 언사는 함부로 입에 담지 않는 게 좋아. 여기는 물론 경찰서가 아니고 내가 지금 사복을 입고 있지만, 그러나 현직 경찰 간부라는 사실을 잊지 말아 주게. 친한 사이일수록 예절을 지켜야 한다고 했어. 농담도 도를 넘으면 안 되네."

"법을 모독한 게 아니지 않습니까……." 양준오가 뾰족한 턱과 세모꼴 눈으로 정세용을 바라보았다. "지금 현직 경찰 간부라고 하신 건 무슨 뜻입니까?"

"아이고 이거, 그만두게, 그만둬." 고원식이 끼어들었다. "현직 경찰 간부라고 말한 것은, 으음, 경찰의 입장을 생각해 달라는 거야. …… 아무래도 이쪽 방 사람들은 토론을 좋아하는 모양이군. 그래서 금방 울컥하는 거야. 그건 좋지 않아, 좋지 않다고. 경무계장님 쪽은 토론을 싫어한다고 하셨잖아, 핫, 핫, 핫."

"좋아하지 않습니다. 나는 이론가가 아니라 현장에 있는 사람입니다. 고 원장 말대로, 이런 이야기는 그만두는 게 좋겠습니다." 정세용은 차를 한 모금 마시고 일어섰다. "하지만 고 선생님, 젊은 사람들과 동석하면 긴장감이 있어서 좋지요."

"아니, 돌아가시게요? 방금 전에 동석하셨는데 말이죠."

고원식이 얼굴 가득 의외라는 표정을 지으며 말했다.

"돌아가는 것이 아니라, 저쪽 방으로 가 보겠습니다. 소란을 피운 것 같아 죄송하군요. 생각대로 이쪽 분들은 만만치 않아요. 역시 나는 저쪽에 어울리는 인간인가 봅니다."

정세용은 미소를 띤 침착한 태도로 방을 나갔다. 미닫이문 너머 툇마루에서 에헴 하는 헛기침 소리가 한 번 났다.

이방근은 일어나서 뒤뜰 쪽의 미닫이문을 열었다. 담배를 싫어하는 남자가 나간 뒤였지만, 담배 연기로 방 안 공기가 꽤나 탁해져 있었던 것이다. 방 안에서 흘러나온 불빛에 동백나무 잎사귀에 빗소리가 나고 무수한 물방울이 빛을 발하고 있었다.

시간은 그럭저럭 열 시가 가까웠다. 내일 밤 열 시에는 여동생이 부두에서 밤바다로 떠나 서울로 향한다. ⋯⋯의논할 일은 내일 말씀드릴 테니까, 기대하세요⋯⋯. 대체 의논할 일이란 무엇일까? ⋯⋯.

그는 미닫이문을 반쯤 열어 놓고는 자리로 돌아왔다. 무슨 말을 하고 있는지, 고외과 의사에게 몸을 기대다시피 한 유달현의 뒷모습이 눈에 띄었다. 웬일인지 갑자기 그 뒷모습이 칠칠치 못해 보여 싫었다. 문득, 이것이 정세용에게 슬그머니 팔뚝의 맥을 잡힌 남자의 뒷모습인가 하는 생각이 들었다.

"이방근 동무." 유달현이 자리로 돌아온 이방근을 향해 말했다. "그 남자 나이는 얼마나 됐나?"

"음(그 남자라……), 글쎄, 몇 살일까, 마흔 안팎일 것 같은데."

이방근은 조금 당돌한 느낌이 드는 질문에 당혹감을 느끼며 말했다.

"마흔……, 불혹(不惑)이군, 물론 가족도 있겠지."

이방근은 대답하지 않았다. 계속 대답하기에는 언사가 너무 당돌하고 앞뒤 맥락이 맞지 않았다. 정세용은 유달현의 냄새를 맡으러 온게 틀림없었다. 그걸 유달현이 알아채지 못할 리가 없었다. 그 남자가무엇 하러 왔냐고 하면 몰라도, 갑자기 나이가 몇이냐고 물어온 것은뜻밖이었다.

"……혼자 사는가?"

유달현이 연거푸 물었다. 이 녀석은 정세용이 가고 나니까, 그와똑같은 말투를 하고 있군. 게다가 에둘러서 나이가 몇이냐고 물어오다니…….

"독신은 아냐. 그런 걸 왜 묻나?"

"후후후후, 왜냐니……, 특별한 이유는 없네. 그냥 물어봤을 뿐이야. 물어보면 안 되나?"

그때 갑자기 고원식 옆에 앉아 있던 뚱뚱한 읍사무소 직원이 맞은편에 앉은 차 선생과 말다툼을 시작했다. 흥, 자네가 뭐야, 자네가. 말조심을 하라구. 난 읍사무소 계장대리야. 흥, 남해자동차 사무원이 나더러 자네가 뭐야. 계장대리는 돼지 같은 목을 똑바로 세우고 '자네'란말을 취소하라고 다그쳤다. 차 선생은 가느다란 목을 비실비실 구부리며 순순히 잘못을 인정하고는, 아, 내가 '자네'라고 했단 말이죠, 으,으으이, 그 말이 그렇게 마음에 들지 않는다면 취소하리다. 취소하면되지 않느냐며 물러났다. 시뻘건 얼굴의 계장대리는 납득이 갔는지,잠자코 잔의 술을 목구멍에 흘려 넣었다.

차 선생은 계속 고개를 숙이고 있었다. 그러다 다시 고개를 들고는, 이보시오, 당신…… 하며 말을 시작했다. 나는 으음, 들어 보시오, 지금 '자네'라고는 하지 않았소, '읍'의 높으신 양반. 여기가 어딘 줄 아시오, 물론 이태수 사장님 댁이지만, 그중에서도 여기는 내 제자인 이 군 방이란 말이오. 당신은 이 군에 대해 알지 못해요, 아까도 말했듯이. 이 군은 말이지…… 그게 졸업식 날이었고, 이 군은 재학생 대표였소……. 여느 때의 버릇이 또 나오기 시작했다. 차 선생님! ……이 방근이 큰 목소리로 제지했다. 차 선생의 입술 끝에서 침이 한 줄기 흘러내리고 있었다. 차 선생님, 잠시 누우시는 게 어떠십니까. …… 아아, 이 군 걱정 말게. 나는 자네에게 걱정을 끼치지는 않겠네. 아아, 나더러 누우라는 건가. 자네가 싫다면 나는 말도 꺼내지 않겠네, 으, 으으이, 나는 아무 말도 하지 않을 거니까……. 차 선생은 혼자 고개를 끄덕이다가, 다시 고개를 숙였다. 5분도 지나지 않아 코를 골기 시작했다. 옆자리의 김동진이 벽장에서 베개와 담요를 가져와 차 선생을 눕혔다.

이방근은 변소에 갔다. 툇마루를 잠시 걷다가 멈춰 서서, 머슴방 쪽을 돌아보았다. 전에 부스럼영감이 살고 있을 때처럼, 부드러운 빛이 빗속에 번지고 있었다. 이상했다. 지금 남포등 불빛 속에 목탁영감이 자리하고 있는 게 이상했다. 무엇 때문에 성내에 내려왔을까. 그것이 또한 이상했다.

차 선생……, 목탁영감 같은 노인도 있는가 하면, 차 선생 같은 노인도 있다. 좀 전에 이야기를 제지당하자 나를 돌아본 차 선생의 눈에 어렴풋이 눈물이 번져 있었다. 졸업식 날…… 운운한 것은 착각이었다. 이제 기억이 희미해져서, 앞뒤를 혼동하고 있는 것이다. 이방근은 소변을 보다가 문득 반사적으로 요도가 막히는 것을 느꼈다. 오줌은 여전히 마려운데 소변이 멎었다. ……여기야, 여기, 이방근이 오줌을 쌌어, 큰일 났어. 이방근이 오줌을 갈겼어……. 봉안전 주위의 푸른 풀밭……. 이방근은 한동안 눈을 감고 우뚝 서 있다가 조용히 미소를 띠며 다시 소변을 보기 시작했다. 요도가 뚫렸다. 맥주를 마신 탓인 지, 소변이 길게 이어졌다. ……여기야, 여기, 이방근이 오줌을 쌌어, 봉안전에 오줌을 갈겼어…….

그 일은 졸업식 전날이었다. 수업이 끝난 오후였다. 졸업식을 앞두 고 운동장 청소와 풀 뽑기 작업을 하고 있었는데, 특히 '교육칙어'와 '어진영(御眞影, 천황과 황후의 사진)'을 모신 '봉안전' 주위는 상급생들이 맡았다. 당시는 초등학생이라 해도(이방근은 적령기에 입학했지만), 십칠, 팔 세나 스물을 넘겨 장가를 간 사람들이 많이 있어서, 이방근은 국민 학교 5학년 때 열아홉 살 난 급우의 결혼식에 참석했을 정도였다. 흐 뭇한 광경이라 할 수도 있지만, 그만큼 교육의 기회가 균등하지 못했 다는 말이 될 것이다. 따라서 국민학교라고는 해도, 그 안에서 반일감 정이나 민족주의적 사상의 영향을 받는 것은 어려운 일이 아니었다. 게다가 본토의 광주형무소 같은 곳으로 이송되는 사상범을 전송하려 고, 섬 주민들이 상복을 입고 부두에 모여들던 무렵이었다.

국민학교 5학년짜리 소년에게 어마어마한 사상적 동기가 있을 리는 없었다. 그러나 '조선인은 여덟 살이면 사상가가 된다'고 말한 것은 조선을 체험한 어떤 일본인 교수였다. 물론 그것은 칭찬이 아니라 공 포심을 담은 발언이었지만, 우리 민족이 그러한 정치사회적 환경 속 에 살고 있던 것은 사실이었다. 또한 이것은 일본의 침략에 의해 초래 된 것이었다. 무엇보다도 어린 이방근 같은 학생들이 매일 학교에서 참배를 강요당하는 '봉안전' 주인은 일본의 현인신(現人神)인 이교신 (異敎神)이었고, 일장기 이상으로 일본인과 일본을 상징하는 것임에는 틀림없었다. 그것이 일본과는 다른 오랜 문화와 전통을 가진 우리 민족에게 친숙해질 리가 없었다. 소년 이방근은 민감하게 그것을 느끼고 있었다. 그러다 마침 풀 뽑는 날, '봉안전' 옆 벽에다 대고 기세 좋게 오줌을 갈겼던 것이다. 급우들이 놀라서 떠들어 댔다. 그때 마침, 외출했다가 교문을 통해 운동장으로 들어온 일본인 교장이 아이들의 떠드는 소리를 들었고 현장으로 찾아와 오줌 사건을 알게 된 것이다.

교장은 새파랗게 질렸다. '범인'은 1학년 때부터 수석을 지켜 온 우등생이기도 하여, 어떻게든 은밀히 수습하고 싶었지만, 그렇게 되지 않았다. 소년이라고는 해도 '불경죄'에 해당하는 행위를 저질렀기 때문이다. 전체 교사의 절반 이상을 차지하는(그래 봤자 칠팔 명이었지만) 일본인 교사가 잠자코 있지 않았다. 조선인 교사 중에서도 속마음이야 어떻든 거기에 동조하는 자가 나왔다. 결국 소문은 학교 밖으로 퍼졌고, 결국 경찰 당국이 알게 되었다. 학교 측이 선수를 쳐서 경찰에 보고하는 것이 현명한 일이었던 것이다.

이방근은 교무주임이자 검도 선생이기도 한 가와지마(川島)라는 일본인 교사에게 인계되었다. 가와지마는 비국민(非國民)이라고 욕하면서 어린 소년을 죽도로 구타했다. 나중에는 아랫도리를 발가벗기고, 작은 고추에 파랗게 빛나는 일본도를 들이대며 잘라 버리겠다고 위협까지 했다. 이방근은 공포에 떨었지만, 그렇다고 울지는 않았다. 이 조센징 어린놈의 자식, 조센징치고는 머리도 좋지만, 고집도 대단한 놈이야……, 가와지마의 말이었다. 물론 호출당한 아버지는 학교로 찾아와 머리가 땅에 닿도록 숙이며 선처를 부탁했다. 아직 제주도에 버스가 다니기 전이었는데, 아버지 이태수는 조선총독부가 발행한 교과서의 독점판매에 손대고 있던 무렵의 일이었다.

초등학생 이방근은 죽도로 얻어맞은 상처를 안은 채, 학교 당국으로부터 성내 경찰서에 넘겨진 뒤 유치장에서 사흘을 보냈다. 담임인 차 선생은 인책사직을 당했다. 이리하여, 일본식으로 하자면 '할복자살해야 마땅한 '사건'이 '최소'한의 조치로 끝나게 되었다. 그런데 유치장에서 석방되고 보니, 이방근은 2, 3일 내로 섬을 떠나야만 했다. 어머니는 울었다. 퇴학 처분을 당하고 삼 일간의 유치장 생활로 많이 어른스러워진 소년은 바로 아버지에 이끌려 바다를 건넜다. 목포에 있는 친척 집에 맡겨져서, 소학교를 다니게 되었던 것이다. 말하자면, 우리 나이로 열세 살짜리 소년이 일본 관헌에 의해 태어난 고향에서 추방당하게 된 것이었다.

그러나 소년 이방근에게는 원래 고독을 견디는 힘을 지니고 있었는지, 부모 곁을 떠나서도 의외로 의연했다. 처음에는 급우들과 유달산에 올라가 멀리 수평선 너머로 제주도가 보이는지 찾아보기도 했지만, 그것도 재미 삼아 한 일이었고, 부모가 그리워서 울거나 하지는 않았다. 경제적인 고생을 모르는 이방근이 부잣집 도련님 같은 청년으로 자라지 않은 것은, 타고난 성격도 그러했거니와 어린 시절부터 줄곧 부모 슬하를 떠나서 생활한 것이 크게 작용했다고 할 수 있었다.

봉안전 소변 사건이라⋯⋯. '봉안전'도 일본 제국주의의 지배도 이젠 모두 지나간 일이었다. 꿈같은 일이었다. 그러나 얼마나 깊은 상처가 이 나라, 이 민족의 가슴에 남아 있는지 알 수 없었다. 일찍이 소변 사건을 일으켰던 소년도, 성장하여 대학생활을 했던 일본 오사카에서 다시 체포된 뒤 서울 서대문형무소에서 '전향'을 하지 않았던가. 십년 전의 일이었다. 옥중에서의 각혈, 폐결핵, 보석(保釋). 일체의 '불온사상' 운동에 관계하지 않겠다는 '전향' 의사의 표명⋯⋯, 생각하고 싶지 않았다. 이것은 지나간 꿈이 아니었다. 음⋯⋯. 그렇다 하더라도 그때는 무슨 배짱으로 '봉안전'에 오줌을 쌌나 하는 생각에, 새삼 미소가 이방근의 볼에 넘쳐흘렀다.

　날카로운 번개가 치더니, 가까이에서 천둥이 울렸다. 한바탕 비가 쏟아지기 시작했다. 이방근이 방으로 들어오자, 한두 사람이 변소에 갔다. 김동진 옆에서는 차 선생이 작게 코를 골며 기분 좋게 자고 있었다. 철없는 어린애나 다름없었다. 정세용이 가 버린 뒤, 유달현이 갑자기 많은 말을 했다. 등을 똑바로 펴고 그 땅바닥을 기어가는 듯한 낮은 목소리로, 해방 직후부터 자신이 서울에서 어떤 활동을 해 왔는지에 대해 자랑스럽게 이야기했다. 누군가 말참견이라도 하면, 지금 발언 중이라며 상대방을 제지했다. 그 '발언 중'이 여러 번 반복되었다. 정세용에 대한 앙갚음을 정작 당사자가 없는 곳에서 하고 있는 것이었다. 손님들은 꽤나 따분해 보였다. 이방근이 화투라도 가져오겠다고 했지만, 무엇보다 혼자만 떠들어 대던 유달현이 그건 쓸데없는 일이라고 했고, 다른 사람들도 별로 흥미를 보이지 않았다.

　이런 날 밤에 주역이 되는 사람은 으레 장로, 즉 노인이었다. 어디에서나 제삿날 밤은 노인들의 독무대가 되는 경우가 많았다. 제사 그 자체가 '경로'와 관련되기 때문이기도 하지만, 노인들은 반드시 옛날이야기를 하였고, 사람들이 거기에 귀 기울이는 '관습'이 있었다. 그 노인들의 이야기는 사람들을 끌어당기는 힘을 지니고 있었고, 그렇기 때문에 주역의 자리가 유지되는 이유가 되기도 했다. 그러나 이 방에는 노인이 없었다. 차 선생은 노인 축에 들기는 하겠지만, 옛날이야기보다는 소년 이방근과 자신의 과거 이야기에 열중하여 남의 반감을 살 게 뻔했다.

　시간은 벌써 열 시였다. 앞으로 30분만 지나면 슬슬 파제를 시작해야 한다. 자시(자정)에 파제를 지내어 돌아가는 혼백을 전송하는 게 원칙이었지만, 그 시각을 앞당기기로 아버지가 동의해 주었다. 파제를 끝내고 나서 다시 술상을 마주하는 자리, 즉 '음복(飮福)'이라는 술자리가 다시 시작되는 것은 대개 한 시가 지나서였다. 제사에서 본격적으로 음식을 먹게 되는 것은 파제 후에 차려지는 '음복' 때이고, 나머지는 그 곁상에 불과했다. '음복'은 제물을 참례자와 함께 나눠 먹고 '신'이 남긴 영력을 몸속에 받아들이는 의식으로서, 그것이 바로 심야의 향연이 갖는 본래 의미였다. 따라서 제사가 끝나는 시간은 새벽 두 시나 세 시가 되어야만 했다. 세상이 뒤숭숭한 때인 만큼, 그렇게 하는 것은 바람직한 일이 못 되었다. 물론 파제가 끝나자마자 돌아가는 사람도 있고, 파제 전에 배례만 끝내고 가는 사람도 있지만, 가능하면 '음복'을 앞당겨 자정 전에는 사람들이 모두 해산하도록 하는 편이 좋았다. 어느 집 제사에서나 그렇게 하고 있는 일인 만큼, 형식만을 고집할 필요는 없었다.

번거로운 파제의식을 일찍 끝내기 위해서는 우선 이방근이 얼굴을 내밀어야 했다. 20분쯤 후에, 그는 손님들을 남겨 둔 채 자신의 방을 나왔다.

한때 세차게 퍼붓던 비가 잦아들어 있었다. 천둥이 이미 비를 데려 간 것처럼 멀리서 울려왔다.

아버지가 미리 일러두었는지 친척 노인들은 제사의 원칙을 주장하는 따위의 이의를 제기하지는 않았다. 육촌 형 상근이 집사를 맡은 가운데, 이방근이 아버지를 대신해서 상주 자리에 앉아 첫 배례를 마쳤다. 그리고 나서 아버지를 제외한 가족이(그래 봤자 여동생과 계모 선옥밖에 없었지만) 집사의 시중을 받으며 배례를 끝내자, 이어서 친척들이 뒤를 따랐다. 다음에는 일반 참례객들이 절을 두 번 하는 배례만 하면 되었다. 그러나 사람들이 많았다. 줄지어 선 수십 명의 사람들이 제단 앞으로 두 사람씩 나가 배례를 했다. 그동안 탁자에 남은 음식이 모두 치워지고, '음복'을 위한 준비가 시작되었다. 이방근의 방에 있던 손님들도 줄을 섰다. 잠에서 막 깬 차 선생도 아주 묘한 얼굴을 하고 줄에 끼어 있었다.

사람들의 배례가 끝나고 '철상(撤床)', 즉 제단의 제물과 제구(祭具)가 정리되자, 제단은 흔적을 찾아볼 수 없게 되었다. 여자들이 바쁘게 드나들며 제물을 일단 부엌으로 가져갔다. 곧바로 여러 그릇에 담긴 진수성찬과 술이 치워지고 깨끗해진 식탁에 다시 차려졌다. 조금 시간은 걸리겠지만, 탁자가 가득 차면 '음복'의 향연이 시작되는 것이다. 시간은 벌써 열한 시였다.

사람들은 탁자 앞에 앉거나 선 채로 이야기에 열중했다. 누군가가 목탁영감이 와 있는 모양인데, '음복'에는 부르지 않느냐고 농담조로 말했다. 그 높은 목소리가 모두에게 잘 들렸다. '감초' 씨였다. '감초'라는 것은 남의 집 '관혼상제'에 한 번도 거르지 않고 얼굴을 내밀 뿐 아니라, 때로는 초대받지도 않은 결혼식에까지 참석하기 때문에 붙은 별명이었다. 바꿔 말하면 잔치를 좋아하는 일종의 괴짜로, 사람들이 모이는 곳에서 잘난 체하기를 좋아했다. 잘난 체를 한다 해도 그다지 대수로운 일은 아니었다. 아아, 자네도 오는가, 나도 왔다네……라는 식의 분위기를 너무 좋아하는 인물이었다. 그것이 나쁜 것은 아니었다. 최저액의 형식만 갖춘 것이라 할지라도 '부조금'까지 가져오기 때문에, 남에게 비난받을 일은 하나도 없었다. 애당초 예로부터 '관혼상제'로 집안 기둥뿌리가 뽑힌다고 할 정도니까, 그런 행사가 있는 곳에 뻔질나게 드나드는 게 '미덕'이 되었던 셈이다. 그러나 '감초' 씨는 그것을 넘어서 '취미'가 되어 버렸다. 게다가 그 자신은 그것을 조선의 윤리도덕에 맞는 아름다운 행동이라고 믿고 있었다. 왜냐하면 '관혼상제'야말로 인류의 근본을 이루기 때문이었다. ……음, 그렇군, 목탁 영감도 제사에 온 참례객이니 말이야……, 다른 한 사람이 '감초' 씨의 말에 맞장구를 쳤다. ……에헴, 누군가, 그런 불경스런 말을 하는 게……. 귀 밝은 장로가 탁자 앞에서 가느다란 목을 늘이고 소리 나는 쪽을 찾는 시늉을 했다.

몇 사람이 툇마루로 나갔다. 이미 툇마루에는 사람들이 '음복'이 시작되기를 기다리며 찬바람 속에서 담배를 피우고 있었다. 비도 거의 그쳐서, 방 안의 불빛을 받은 안뜰의 물웅덩이에 한두 방울 떨어지는 빗방울을 분간할 수 있을 정도였다. 안뜰 건너에 있는 머슴방의 낡은 미닫이문이 남포등 불빛을 흡수하여 두껍게 느껴졌다.

"음, 음복에 부를 수는 없으니, 이렇게 할까, 흔치 않은 기회니까, 우리 쪽에서 한번 목탁영감의 얼굴을 보러 가는 게 어떨까?"

"그렇구만, 거 좋은 생각일세. 흔치 않은 기회니 말야." 같이 온 남자가 맞장구치며 옆에 있는 사람에게 말을 걸었다. "어때요, 댁은 그렇게 생각하지 않소? 목탁영감이란 이름은 나도 들은 적 있지만, 지금까지 실물이 어떻게 생겼는지는 본 적이 없어서 말요."

그렇구만, 과연 그렇소……, 그 말은 들은 상대방이 고개를 끄덕이며 따라갈 기색을 보였다. '감초' 씨가 비를 피하여 툇마루에 올려놓은 신발 등속에서 자기 것을 찾아 신었다. 같이 온 남자도 그 뒤를 따랐다. 두 사람은 나란히 물웅덩이를 피하면서 안뜰을 건너갔다. 그러자 갑자기 툇마루에 서 있던 다른 사람들도 각자 신발을 찾아 신더니, 두 사람을 따라 줄지어 안뜰을 걸어가는 것이었다. 이방근은 거실 앞 툇마루에서 그 광경을 바라보고 있었다. 이 기묘한 행진은 무엇이란 말인가, 묘한 예감이 들었다. 남자들은 '절'을 하러 가는 것이다. 그것이 농담이라 해도 '절'을 하러 가는 것을 막을 수는 없을 것이다.

방 안의 사람들도 나와서 안뜰을 건너기 시작했다. 어느새 머슴방 앞을 둘러싼 십여 명의 사람들이 모여 담장을 치는 바람에 어슴푸레 밝은 미닫이문이 보이지 않게 되었다. 이방근은 맞은편 툇마루에서 김동진이 안뜰로 내려서는 것을 보았다. 김동진도 둘러선 사람들 틈에 끼었다. 사람들의 웅성거림이 들려왔다. 여자들이 툇마루로 나왔다.

"어머나, 어찌 된 일일까, 이상하네."

"무슨 일 있어요?"

"아아, 그렇지, 영감이 저 방에 있잖아요."

"응, 가 봐야겠네."

조금 불안해진 이방근은 안뜰로 내려가 머슴방 쪽을 향해 걸어갔다. 웅성거리는 소리가 가까워졌다.

으─응, 마침 좋은 기회야, 이참에 목탁영감을 뵈어야지. 사람들은 각각의 말주변으로 그런 말들을 나누며 서로 확인하고 있었다. 그러나 그 내용은 가만히 앉아서 '동굴참배'를 할 수 있다든가, 실물을 볼 수 있다는 호기심의 수준을 넘어서지는 못했다. 분명히, 지금의 목탁영감은 구경거리였고 사람들은 관객이었다.

"목탁영감……."

"목탁영감 있나?"

"계시오, 목탁영감……."

"목탁영감, 주무시오?"

담을 이룬 사람들의 노인을 부르는 소리가 계속되었다. 미닫이문에 남포등 불빛의 그림자가 흔들릴 뿐, 대답이 없었다. 다시 누군가가 큰 소리로 목탁영감을 불렀지만, 대답은 돌아오지 않았다. 그러고 보니 응접실 앞 섬돌에 앉아 있었을 때도, 처음에는 대답을 하지 않았었다. 이제 곧 서서히 반응이 있을 것이었다. 이봐요, 영감! 하고 조급해져서 고함치는 소리가 들렸다. 제삿날 밤에 조심성 없는 목소리였다. 쉿, 조용히. 사람들이 숨을 죽였다. 대답이 없다. 빛바랜 한 장의 낡은 미닫이문을 사이에 두고, 불길한 침묵이 투명한 막처럼 내려졌다.

　이방근이 여러분…… 하고 침묵을 깨뜨렸다. 그리고는, 슬슬 음복 준비도 다 되었고, 노인은 자고 있는 모양이니 방으로 돌아가자고 했지만, 사람들은 움직이지 않았다. 자고 있었다 해도 이미 잠을 깼을 거야, 이렇게 많은 사람들이 얼굴을 보러 모였는데도 한마디 대답도 없다는 건 실례 아닌가. 한 번만 보여 주면 돼, 사람을 무시해도 정도가 있는 법이야. 듣고 보니 그 말이 옳아. 다시금, 영감, 어서 나와, 라든가, 네 정체가 뭐야……라며 사람들은 노인을 비난하기 시작했다. 드디어 술기운이 올라오기 시작한 것이다. 그래도 미닫이를 열고 방으로 밀고 들어가려는 기색은 보이지 않았다.

　"목탁영감……."

　미닫이문 앞에 선 이방근이 노인을 불렀다. 어쩔 수가 없었다. 반복해서 불렀다. 대답이 없었다. 좁은 툇마루에 한쪽 무릎을 댄 채 미닫이에 얼굴을 바싹 들이대고 가만히 귀를 기울였지만, 인기척이 없었다. 그때, 아니? 하는 의아한 생각이 들었다. 툇마루에 있어야 할 게 없었던 것이다. 휑하고 차가운 것이 등줄기를 달렸다. 노인이 방에 들어갈 때 짚신을 벗어 툇마루 구석에 놓아두었는데, 그게 없었던 것이다.

　이방근은 자신도 모르게 미닫이문을 좌우로 열었다. 으-응……, 담을 이룬 사람들 틈에서 한순간 낮은 웅성거림이 일어났다. 방 안은 텅 비어 있었다. 한 평 반 남짓한 좁은 방에 남포등 불꽃만이 빨갛게 흔들리고 있었다.

　"목탁영감이 없어!"

이방근이 외쳤다.

김동진이 이방근 옆으로 달려왔다.

"뭐야, 이건, 아무도 없잖아. 속임수 같은데, 누가 이리로 데려왔어, 정말 어처구니가 없군. 정말로 목탁영감이 이리 왔었나? 정말로 산에서 성내로 내려왔었냐고?"

"목탁영감은 어디 있어?"

잠시 구경꾼이 되었던 손님들의 목소리가 들렸다.

대체 이게 어찌 된 일인가! 짚신이 없다니……, 노인이 여기를 나간 게 틀림없었다. 비가 그치기 시작할 무렵에 떠났을까. 아니, 사람들이 몰려오려는 낌새를 눈치 채고 뒷문으로 살짝 빠져나갔는지도 모른다. ……정말로 목탁영감이 여기 왔었나, 정말로 산에서 성내로 내려온 거야? 음……, 이방근은 한동안 멍하니 텅 빈 머슴방을 바라보며 우두커니 서 있었다. 음, 텅 비었어, 텅 비었다고…….

5

아침 일찍 눈을 뜬 이방근은 일단 잠자리에서 일어나기로 했다. 아직 여섯 시 반도 되기 전이었다.

어젯밤은 '음복'이 끝난 뒤 손님들이 돌아가고 나서 친척들끼리 탁자를 둘러싸고 앉아 있다가 결국 세 시를 넘겨서야 잠자리에 들었다. 그래도 술을 마신 셈치고는 일찍 눈을 뜬 편이었다. 뒤뜰에 심어 놓은 장미와 동백나무에 앉아 지저귀는 작은 새들의 노랫소리에 깨어났으므로, 잠이 모자라긴 했지만 그다지 불쾌한 기분은 들지 않았다. 그러나 참새들이라 시끄러워도 화낼 수 없었을 뿐이고, 그게 가족 중에 누군가였다면, 분명히 호통부터 쳤을 것이다.

이방근은 눈을 뜨자마자 피우기 시작한 담배를 문 채 잠자리에서 빠져나와 툇마루로 나왔다.

비가 갠 아침은 조용했다. 하늘이 흐리고 주위에 아침의 화려한 분위기가 없어서 그런지, 한층 조용함을 느끼게 했다. 모두 깊이 잠들어 있을 것이다. 각각의 방에서 자는 숨소리가 희미하게 안뜰로 새어 나오는 기분이 들었다.

뒤뜰의 참새들의 지저귐은 계속되고 있었다. 그때 부엌 쪽에서 놋쇠 제기(祭器)가 부딪치는 듯한 금속성 소리가 들려왔다. 두세 번 불규칙하게 반복된 그 소리는 명복을 빌 때 쓰는 작은 종소리와 같은 울림이었다. 부엌이가 틀림없었다. 잠자리에 드는 시간에 관계없이 일어나는 시간은 항상 일정하다는 것을 뜻했다. 이방근은 안뜰로 내려가 쪽문 옆에 있는 머슴방 앞까지 갔다. 지면은 단단해서 어젯밤 비에도 괜찮았지만, 그곳만은 십여 명의 사람들이 담을 이루고 모여 있었던 만큼 사람들의 발자국으로 땅이 질척거렸다.

이방근은 머슴방의 미닫이를 열고 안을 들여다보았다. 텅 빈 좁은 방에는 쉰 땀 냄새가 차갑게 고여 있었다. 부스럼영감의 냄새였다. 목탁영감이 어젯밤 이곳에 있었다는 흔적은 없었고, 실감도 나지 않았다. 지금 머슴방을 둘러싸고 소란을 피던 사람들의 웅성거림이 되살아날 정도인데(젖은 땅에 사람들의 발자국이 남아 있는 탓도 있었지만), 노인은 마치 잠 속에서 꿈을 타고 지나가 버린 그림자나 다름없었다. 정말 허무한 목탁영감의 출현이었다고 할 수밖에 없었다.

이방근은 머슴방 뒤쪽으로 가 보고 싶어졌다. 뒤뜰로 나가는 통로를 지나, 머슴방과 나란히 서 있는 헛간을 빙 돌아 뒤쪽으로 갔다.

건물과 돌담에 둘러싸인 1미터 남짓한 좁은 공터에는 비바람에 방치된 목재와 잡동사니가 놓여 있었지만, 발밑을 조심하면 사람 하나쯤은 충분히 지나갈 수 있었다. 그러나 노인의 발자국 같은 것은 눈에 들어오지 않았다. 벌써 어린 풀이 파랗게 돋아나고 있는 것은 신선한 놀라움이었지만, 여기저기 짓밟힌 듯한 자국에 아침 이슬이 빛나고 있었다. 담장 높이는 2미터에 가까워서, 노인이 넘기는 어려웠을 것이다. 목탁영감이니까 어쩌면 그렇지 않을지도 모른다. 아니, 분명히 노인은 사람들이 소란을 피우고 있는 사이에 헛간 뒤를 지나 뒤뜰의 초목이 심어져 있는 곳으로 숨어들었음에 틀림없었다. 헤헤헤 하고 웃으면서. 그리고 안뜰에서 사람들이 물러나기를 기다렸다가, 천천히 쪽문으로 나갔다고 생각하는 것이 타당했다. 그러나 노인이 이곳을 떠난 이상은 그것은 아무래도 상관없는 일이었다. 대체 노인은 어디로 간 것일까, 머슴방으로 돌아가 미닫이문을 닫으면서 이방근은 생각했다. 흐흠, 목탁영감의 행선지를 궁금해하는 자야말로 오만하고 가련하다고 해야 하나. 영감의 일이니, 어딘가 남이 귀찮게 굴지 않을 곳을 찾아 그곳에서 잤음에 틀림없었다. 그리고는 지금쯤 산천단 동굴을 향하여 걸어가고 있을지도 모른다.

이방근이 자신의 방 앞 섬돌에서 고무신을 벗고 있을 때, 부엌 쪽에서 사람 그림자가 움직이더니 부엌이의 모습이 보였다. 인기척에 나온 것이 틀림없었다. 이방근을 보자 인사를 했다. 입속에서, 서방님, 안녕하세요, 라고 말하는 것을 알 수 있었다. 이방근은 방으로 올라가 다시 이부자리 속으로 들어갔다. 음, 내가 평소와 다르게 일찍 일어난 것은 시끄러운 참새들 탓이 아닌 것 같았다. 아무래도 목탁영감 때문인 모양이었다……. 왜 하필 지금 성내의 인파 속에 모습을 드러낸 것일까. ……영감은 무엇 하러 성내로 내려왔나? 무엇 때문이냐고 물어도 대답하기 곤란해, 이유 같은 건 없어, 그냥 왔으니까 온 것뿐이야……. 어젯밤의 노인과 고외과 의사의 문답이었다. 음, 그럴 것이다, 이유 같은 것은 없다. 양준오의 말대로, 인간의 인과관계를 초월하는 곳에 이유 같은 것은 없다. 이방근은 어떤 징조라는 예감이 들었다. 천재지변이 일어날 때는 쥐나 여러 동물들이 먼저 이변을 일으킨다고 했다. 목탁영감의 출현은 인간의 일이 아니라, 뭔가 자연현상 같은 느낌조차 들었다. 그렇지 않으면 이틀 밤 묵고 떠났다는 부스럼영감에게 자극을 받아 그저 걸어 보고 싶어진 것일까. 그렇다 해도, 부스럼영감이 계모 선옥에게 쫓겨나 이 집을 떠난 것은 어떤 계시가 아니었을까. 목탁영감과 부스럼영감은 전혀 닮지 않았지만, 확실히 그들은 자연에 보다 가까운 존재였다. ……부스럼영감은 새벽의 산길이 어슴푸레하게 보일 무렵에 섬의 동쪽으로 갔어. 동쪽으로……. 동쪽이라는 게 마음에 걸렸다. ……갑자기 이방근은 혼자 소리 내어 웃기 시작했다. 내가 무슨 바보 같은 생각을 하고 있는 거야. 도대체가 나는 얼마나 한가로운 사람인가!

이방근이 다시 눈을 뜬 것은 여동생인 유원이 흔들어 깨웠기 때문이었다. 여동생이 머리맡 미닫이 밖에서 부른 것도, 그리고 문을 열고 들어온 것도 모르고 있었다. 여동생이 오빠를 연거푸 부르면서 어깨를 덮은 이불을 가볍게 두드려 눈을 떴을 때, 눈앞에 여동생의 얼굴이 커다랗게 다가와 있었다. 아무래도 깊이 잠든 모양이었다. 무슨 일이야? 하고 묻자, 친척들도 모두 일어났고, 함께 식사를 하기 위해 지금 준비 중이라고 했다. 그리고는, 아버지도 기다리고 계셔요, 라고 덧붙였다. 누구를 말이야? 누군 누구예요, 오빠죠, 오빠가 오기를 기다리고 계신다구요……. 편할 때 식사를 하면 좋으련만, 오늘은 친척들도 있고 하니, 예의를 차려 함께 먹자는 것이었다.

"아버지가 너를 보냈어?"

"오빠는 이상해요. 왜 바로 그런 식으로 물으세요? 정말로 혼자 생각해서 왔으니까 안심하세요, 그럼 됐죠?"

유원이 하얗게 빛나는 앞니를 내놓고 웃으며 어른스러운 말투로 말했다. 그녀는 어젯밤 입었던 하얀 치마저고리를 벗고 스웨터로 갈아입었으며, 머리도 원래의 '말꼬리' 모양으로 바뀌어 있었다. 이방근이 이부자리 안에 엎드린 채 담배에 불을 붙이자, 여동생은 잠시 그 옆에 앉았다. 머리맡에 놓인 손목시계는 열한 시를 지나고 있었다. 이제 일어나야 할 시간이었다.

"방석을 가져다 앉아."

유원은 마룻바닥이나 마찬가지로 딱딱한 장판에 무릎을 대고 앉아 있었다. 안색은 조금 창백했지만, 입술 색깔은 선명하고 아름다웠다.

"괜찮아요. 무릎을 조금 펴고 앉았어요."

"고생 많았다. 피곤하지?"

"괜찮아요." 유원은 오빠의 말을 돌리려는 듯이 밝은 표정으로 말을 이었다. "저어, 오빠, 아버지가 아침부터 아주 기분이 좋으세요. 친척 되는 큰아버지들 앞에서 오빠 자랑만 하고 계셔요. 오빠가 국민학교 때 일제에 저항하다 퇴학당한 일까지 말씀하시는걸요(하하하, '일제에 저항'이라, 이방근은 속으로 웃었다), 마치 사무소에 근무하는 차 선생 같아서, 우스워요……. 당연히 우스울 수밖에요. 오빠도 마찬가지지만, 아버지는 오빠 앞에서는 못마땅한 얼굴을 하고, 아들과 대립이라도 하는 것처럼 어깨에 힘을 주기도 하시잖아요. 그런데 오빠가 없는 곳에서는 전혀 달라요. 아들 얘기를 하면서 싱글벙글 하신다니까요. ……웃기죠. 게다가 그 자랑하는 방식이 의외로 설득력이 있어요."

그녀는 마치 그걸 보고하려고 온 것처럼 말했다.

이방근은 담배 연기를 천천히 내뿜으면서, 아버지도 늙으셨구나 하고 생각했다.

"응, 아버지가 이런 말씀을 하셨어요. ……그 아이는 술꾼에다 난봉꾼이라고 세상에서는 여러 가지 소문들이 있지만, 그렇다고 남의 것을 빼앗아 먹는 것도 아니지 않느냐고 말이에요. 응, 그리고 또, 세상 사람들은 그 아이의 본바탕을 모르고 있다. 그 아이는 내 아들이지만 대단한 사내라고 생각한다, 자식 자랑한다고 비웃어도 아빠는 부끄럽지 않다고 단언했어요. 오히려 내 쪽이 왠지 부끄러워서……."

"이런 바보 녀석, '대단한 사내'인 오빠에 대해 실례하는 거야."

잠에서 깬 자신의 옆에 앉아 있는 여동생의 존재감이 피부에 와 닿자, 이방근은 마음이 따뜻해지는 것을 느꼈다. 흐흥, 조만간 남의 아내가 되어 집을 떠날 여동생이었다. 타인이 될…….

이방근은 아버지의 기분이 좋다는 여동생의 말에 납득이 갔다. 아버지 이태수는 제사 때 이방근이 보여 준 '효자' 노릇에 기분이 좋아진 것이었다. 한밤중에 '음복'이 끝나고 이방근이 아버지께 인사를 하고 자기 방 앞까지 왔을 때, 계모 선옥이 쫓아오듯 따라왔다. 그리고는, 정말로 오늘 방근이는 훌륭했다, 오늘 밤 제사를 아버지 대신 정말 잘 지냈다. 이로써 돌아가신 어머님이 얼마나 기뻐하시겠는가, 아버지는 눈물을 글썽일 만큼 기뻐하고 계신다며 말문을 열었다. 목탁영감 일로 이방근이 고함을 친 것도 잊어버린 모양이었다. 이방근이 선옥을 향해 어머니라고 부르며(몇 번을 들어도 선옥은 이 말에 감동했다), 아까는 사람들 앞에서 큰소리를 질러 죄송합니다, 마음에 두지 말아 주십시오, 라고 말하자, 감격하여 자신도 모르게 이방근의 손을 움켜잡았을 정도였다. 괜찮아, 괜찮아, 방근이의 격한 성품은 내가 알고 있으니까 마음에 두지 않아, 남자란 화를 낼 때는 남자답게 크게 화를 내야지. 그때는 내가 좀 주제넘게 나섰던 거야. 나는 방근이한테 그런 자상한 말을 들으면 기뻐서 울고 싶어져, 나는 조금도 마음에 두고 있지 않으니까……. 그보다도 아버님을 좀 생각해 드려, 아버님이 그 엄한 얼굴에 웃음을 지으며 기뻐하고 계시는걸, 호호호……. 선옥은 정말로 울 것 같은 목소리로 호호호, 호호호 하며 웃었다.

이방근은 어젯밤 제사로 상당한 점수를 딴 셈이었다. 그것도 부담 스러운 점수를 말이다. 점수의 이면에 있는 의미는 간단했다. 앞으로 도 어젯밤 제사 때 그랬듯이 '좋은 아들'이 되어 달라는 아버지의 소망 외에는 다른 것이 아니었다.

"오빠 머리카락은 부드러워요, 윤기가 있고, 여자처럼……." 유원이 장난스럽게 오빠의 머리카락을 엄지와 검지로 잡고 둘둘 말아서 천천 히 잡아당겼다.

"아파, 하지 마."

"오빠는 의외로 겁쟁이네요."

"장난치지 마. 안뜰에서 누가 보면 이상하게 생각할 거야."

"그럴까요? 왜 이상하게 생각해요. 나는 오빠 머리에 있는 이를 잡 고 있는 걸요……, 어머나, 나도 참 천한 애죠, 교양 없는 여자, 오빠, 미안해요."

유원이 이방근의 머리카락에서 손가락을 뺐다.

"서울에 돌아갈 준비는 다 됐어?"

이방근은 엎드린 채 담배를 계속 피웠다.

"준비할 건 아무것도 없어요. 밤이 되면 표를 사서 배에 오르기만 하면 돼요."

"그렇겠지, 그래도 서울까지는 멀어. 제주도는 한반도의 끝이니까. 이것저것 바빠서 친구들과 느긋하게 만나지도 못했겠네."

"아녜요, 만났어요. 그저께 밤에 몇 명이 찾아왔잖아요. 오빠가 방에 있을 때 왔었어요. 그리고 양준오 씨 댁에 간 사이에 돌아갔는데, 오빠가 '서북'을 혼내 준 이야기뿐이었어요. 국민학교 선생을 하고 있는 황춘자 같은 애는 오빠와 얼굴을 마주치는 것이 부끄럽다면서, 움찔움찔 떨고 있었어요. 그만큼 오빠를 존경하고 있는 거지요."

"핫하하, 국민학교 선생이라면 그 잡화점 딸 말이로군. 어제 이발하러 나갔다가 관덕정 광장에서 잠깐 스쳐 지나갔어. 전혀 부끄러워하는 것 같지 않던데. 옆구리에 무슨 서류봉투 같은 것을 꽉 낀 것이 꽤 당당해 보였어."

"정말? 그럼 당당한 척했던 모양이네. 얼굴을 붉히지 않던가요?"

"천만에 말씀. 임격한 모범선생 같았어. 마치 학교 조회시간에 할 법한 인사를 하더라고."

"으—응, 의외인데요. 그럴 수도 있어요……."

"어젯밤 넌 김동진하고 툇마루에서 이야기를 하던데, 김동진의 애인은 어떻게 지내나? 동진 군이 한때, 푸른 옷에 푸른 구두의 '여자'라고 선전했었는데 말이야."

"조영하를 말하는 거죠. 김동진 씨 애인은 아니에요. 그 앤 나와는 달라서 아무하고나 교제하지만, 누구의 애인도 아니에요. 영하는 지금 열심히 소설 공부를 하고 있어요."

"호오, 소설 공부라……." '나와는 다르다'라니……. 이방근은 문득, 네 남자 친구는, 하고 말하려다 그만두었다. 남승지의 그림자가 앞을 가로막았다. "……넌 서울에서 혼자 쓸쓸하지 않아?"

"별로요, 그런데 왜……."

유원은 이제 와서 새삼스럽게……라는 표정을 지어 보이며 웃었다. 그리고는 저어, 오빠…… 하면서 분명히 다른 화제를 바꿀 때와 같은 어조로 말을 이었다.

"뭔데."

"어젯밤에 최용학 씨가 왔었잖아요, 최상화 아저씨와 함께, 광주은행의……."

"아아, 아, 최용학……, 그 사람이 최용학이었나, 그러고 보니 왔었군."

"어젯밤 응접실에서 그분 어머님이 말씀하시기를, 내일 아들이 찾아뵐 거래요. 점심쯤에 그분이 우리 집에 오신다는 거예요."

"뭐야, 그분이라는 말투는." 이방근은 오른쪽에 앉아 있는 여동생 쪽으로 고개를 비틀듯이 돌리며 퉁명스럽게 말했다.

"……어머, 제가 잘못 말했나 봐요." 유원은 조금 기가 죽은 듯이 입속에서 우물거렸다. "난 그저 그렇게 말한 것뿐이에요. 손님이잖아요. 어젯밤에 무슨 일이 있었나 보네요. 오빠, 너무 감정적이에요……."

"무슨 일이 있었냐는 건 또 무슨 소리야, 아무 일도 없었어. 넌 그 남자에게 관심이라도 있어?"

"오빠는 금방 이렇게 일방적으로 단정하는 말투를 쓴다니까요." 유원은 무릎을 반쯤 덮은 감색 스커트자락을 손가락으로 만지작거리며 말했다. "상대방이 찾아오겠다는데 거절할 수도 없잖아요. 게다가 어젯밤에는 계모 앞에서 그런 이야기를 했단 말이에요. 오빠는 최용학 씨가 싫어요?"

"너도 역시 일방적으로 단정하는 듯한 말투를 쓰고 있잖아." 이방근은 머리맡 재떨이에 담배를 비벼 껐다. "오빠는 싫더라. 마음에 안 들어. 여자인 너는 어떻게 느끼고 있는지 모르지만, 그렇게 간들거리는 남자는 좋아하지 않아. 기분이 나빠. 하지만 모처럼 오겠다는데, 네 말대로 거절할 수는 없지. 그 이야긴 이 정도로 해 두자." 이방근은 일방적으로 화제를 바꾸어 말했다. "그건 그렇고, 오빠한테 내일을 기대하라고 했던 약속은 어떻게 된 거야. ……네가 의논하고 싶다고 한 일 말이야."

여동생은 오늘 밤 서울로 돌아간다. 다시 이 집에는 창고처럼 햇볕이 닿지 않는 공기가 머물기 시작할 것이다. 아들에 대한 아버지의 감격과 자랑 이야기, 어젯밤 계모의 아버지의 말을 그대로 옮겨 놓은 것에 불과한 이야기도, 여동생이 떠난 뒤의 집안 공기를 예측한 하나의 포석이라 생각할 수도 있었다. 정신없이 바빴던 요 며칠간은 여동생 덕분에 고여 있던 공기가 움직이기 시작한 활기 넘치는 날들이기도 했다(확실히 이방근에게도 바쁜 나날이었지만, 그것은 제사 때문이 아니었다). 그것이 이제 곧 사라진다. 이방근은 노인처럼 하루 종일 서재의 소파에 앉아 안뜰만 바라볼 것이다. 안뜰과 맞은편 툇마루를 지나다니는 가족의 모습도, 툇마루의 기둥이나 문지방의 선과 마찬가지로 추상적이고, 그리고 표백된 것처럼 보일 것이다. 이방근은 머슴방 미닫이를 열었던 순간의 공허한 기분이 되살아나는 것을 느꼈다. 사라진 목탁영감……, 여동생의 방도 비게 된다. 요란하기만 했던 제사가 끝남과 동시에 모든 것이 사라져 가는 느낌에 사로잡혔다.

"그래요, 나중에 천천히 말씀드릴게요. 하지만 지금은 그럴 시간이 없어요." 유원은 일어섰다. 그리고는 약간 들뜬 것처럼 말했다. "아, 내가 깜빡했네. 난 지금 잠꾸러기 오빠를 깨우러 왔단 말이에요. 그러니까 오빠, 제발 빨리 일어나세요. 자아, 빨리요, 빨리, 이불을 갤 거예요."

"또 네 멋대로 하는구나, 네가 심각하게 이야기하다가 갑자기 일어나라고 난리를 피우는 건 또 뭐냐."

이방근은 쓴웃음을 지으며 이부자리에서 빠져나왔다. 여동생이 뒤뜰 쪽 미닫이와 양쪽으로 열리는 덧문을 열고 재빨리 이불을 개기 시작했다. 이방근은 쫓겨나듯 방에서 나왔다. 툇마루로 나온 순간 큰 소리로 방귀를 한 방 뀌었다. 여동생이 비명을 지르며 쫓아 나왔다가, 악취에 어쩔 줄 몰라 하며 이내 방 안으로 도망쳐 들어갔다. 이방근은 세면실 쪽으로 툇마루를 걸어가면서, 부엌에서 흘러나오는 고기 볶는 냄새와 기름진 음식 냄새를 맡았다.

곧 거실에서 식사가 시작되었다. 거실과 뒤쪽 별채에 나누어 잠을 청했던 친척 칠팔 명과 부엌이를 제외한 가족이 '음복' 못지않게 음식을 차려 놓은 식탁에 둘러앉았다. 제사 다음날 아침이라 하여(사실은 벌써 한낮이었지만) 남은 제주(祭酒)를 서로 따라 권하며 이런저런 이야기들이 부드럽게 시작되었다. 아버지 이태수는 아들을 의식해서인지 별로 말을 하지 않았지만, 여동생 말대로 심기가 불편한 것 같지는 않았다. 이방근은 천천히 식사를 하는 동안, 남의 이야기에 고개만 끄덕일 뿐 거의 입을 열지 않았다.

유원은 친척들을 전송한 뒤 뒷정리를 돕고 나서 이방근이 있는 서재로 왔다.

이방근은 소파에서 담배를 피우고 있었다. 유원은 얌전하게 닫은 미닫이를 뒤로 하고 오빠와 마주 앉았다. 그리고는 한동안 오빠의 얼굴을 살피듯이 말똥말똥 바라보다가, 조금 긴장된 표정을 지으며, 오빠……, 내가 무슨 말을 해도 화내지 않을 거죠? ……라며 말을 꺼냈다. 그러나 금방 말이 나오지 않는 듯 고개를 떨어뜨리는가 싶더니, 하고 싶은 말이 막혀 버린 반동이었겠지만 순간적으로 얼굴을 찡그리며 울 듯한 표정을 지었다. 오빠에 대한 어리광인지도 몰랐다.

"무슨 일이야?" 이방근은 남승지의 모습이 머릿속을 달려 지나가는 것을 보면서 웃고 있었다. "화낼지 말지는 이야기를 들어 봐야 알지. 말해 봐. 무슨 말을 한다 해도, 어른이 된 너한테 화를 낼 일은 없을 거야. 뭐야, 그 표정은, 마치 어린애 같구나."

"……오빠, 나 일본에 가고 싶어요."

"뭐? 일본에 가고 싶다고?"

일본……, 이방근은 놀랐다.

"예."

"……"

당돌했다. 예, 라고 간단히 대답할 수 있는 일이 아니다……. 이방근은 한 손을 크게 뻗어 소파 등받이에 얹고 다리를 꼬며 느긋한 자세를 취했다. 설마, 요즘 번지는 '일본 밀항병'에 감염된 건 아니겠지. 양준오 녀석까지 조국의 현실에 싫증이 나 섬을 떠나고 싶다고 말할 정도니까 말이야…….

"으음, 일본이라." 이방근은 내심 놀라움을 억누르며 침착하게 말했다. "갑자기 그런 말을 해도 알아들을 수 없으니, 천천히 이야기해 봐."

"아버지가 알면 큰일 나잖아요, 허락해 주지 않을 거예요(마치 오빠라면 허락해 줄 거라는 말투였다). 외동딸이 일본에 가다니, ……난 아버지께 걱정을 끼치고 싶지 않아요. 오빠와 의논하고 나서 결정할 거니까, 아직 아버지께는 아무 말도 하지 마세요…… 약속해 주실 거죠?"

"약속하지."

이방근은 웃고 나서 고개를 끄덕이며 말했다. 유원은 모은 무릎 위에 두 손을 깍지 낀 채, 불안과 기대로 조금 표정을 긴장시키며 말을 꺼냈다.

한마디로 말해서, 서울의 음악학교는 선생도 충분하다고 할 수 없고, 가능하면 일본 도쿄에서 유학하고 싶다. 모레인 일요일, 서울에서 연주회를 갖는 피아노 개인교수(그는 도쿄의 M음악학교 출신이었다)도 가능하면 그렇게 하는 편이 좋다고 찬성한다는 것이었다. 그리고 일반적인 생각으로도, 격동하는 서울은 안온하게 공부할 수 있는 상황이 아니었다. 그러나 느닷없이 일본 '유학'을 가겠다고 하니, 대답할 말이 떠오르지 않았다. 게다가 내년에 졸업을 앞두고 있었다.

이방근은 한동안 말없이 담배만 피웠다. 여동생은 시선을 무릎 위로 맞잡은 자신의 손에 떨어뜨리고 있었다. 밀항은 그다지 어렵지는 않을 것이다. 여자를 포함한 많은 사람들이, 그것도 대부분 뱃삯만 달랑 들고 친척이나 아는 사람을 의지하여 바다를 건너가고 있는 형편이었다. 그러나 여동생이 혼자 일본에 가서 공부한다고 하면 이야기가 달랐다. 다를 것도 없는데, 그저 여동생이라는 것만으로 다르게 느껴졌다. 으흠……, 도쿄, 음악공부를 위해서는 서울을 떠나는 편이 좋을 것이다. 이방근은 커다랗게 삐걱거리는 마음의 소리를 들으며, 문득 깨달은 것처럼 생각에 몰두하였다.

"으흠." 이방근은 담배를 재떨이에 비벼 끈 뒤 한 번 헛기침을 하고 나서 입을 열었다. "그건 그렇다고 하고, 설령 일본에 갔다고 치자, 일본은 서울과는 달라, 너는 처음 가 보는 땅이니 말이야. 도쿄에서는 일본인 집에 하숙이라도 할 생각이냐?"

"도쿄에 친척이 있잖아요. 용근 오빠도 있어요……."

"뭐? 용근……." 용근이……, 정말 오랜만에 들어 보고, 입에 담아 보는 이름이었다. "용근 형님이라……, 그렇구만, 하지만 그는 '일본인'이야, 일본 여자와 결혼해서 왜놈의 종자로 귀화했단 말이야."

"형님한테 왜놈의 종자라니, 너무 심한 말을 하시네요. 오빠가 정색을 하고 그렇게 말하면 난 슬퍼져요. 일본인이 되었다 해도 피를 나눈 오빠인 건 틀림없잖아요."

"아냐, 타인이야." 이방근은 긴장이 풀리지 않는 여동생의 창백한 얼굴을 바라보며 말했다. 이유도 없이 심술궂은 감정이 솟아나는 것을 느꼈다. 조금 마신 낮술의 취기가 거기에 가세하여 박수를 보내려 하고 있었다. "생각해 봐. 상대는 조선인이 아니야. 외국인이 되었어, 게다가 다른 외국인도 아니고 일본인이야. 그런데 어떻게 형제자매라는 거야, 타인이지."

"방근 오빠는 너무해요……. 일본인이라도 상관없잖아요, 일본인이라고 나쁜 사람만 있는 것도 아니잖아요."

유원은 고개를 옆으로 흔들다가 아래로 숙였다. 여동생이 '방근' 오빠라고 이름을 부른 것은 근래에 없던 일이었다. 용근을 의식하고 한 말일 것이다.

"내 말 들어 봐, 일찍이 일본인이, 그것도 '좋은' 일본인이, 조선인 중에서도 좋은 사람이 있다고 말했었지. 그건 그렇다 치고, 난 그런 이야기를 하고 있는 건 아니니까. 너는 지금 너무하다고 했는데, 그건 저쪽에 해당하는 말이 아닐까. 일본인 아내를 맞은 건 그렇다손 쳐도, 일본인이 될 필요까지는 없었겠지. 일제강점기에 양자가 된 뒤 아내 호적에 들어간 채 그대로 있단 말이야. 용근 오빠가 아니라, 하타나카 요시오(畑中義雄)라구, 이름에도 이용근(李容根)이라는 본명의 흔적을 찾아볼 수가 없어. 하타나카는 처가 쪽 성이야. 우리는 여자라도 남편 성을 따르지 않는다구. 난 말이지, 그 형님 이야기가 나오면 기분이 나빠져." 이방근은 말없이 고개를 숙인 여동생을 아랑곳하지 않고, 일부러 상대의 가슴을 찌르는 말을 계속했다. "물론 일본에 있는 그 사람도 네 오빠인 건 분명해. 네 말대로야. 그러나 미리 말해 두지만, 일본에 간다 해도 하타나카의원(醫院)에 하숙할 생각은 하지 마. 그쪽이 귀찮아할 거야. 일본인 가정에 조선인이 밀고 들어가는 꼴이야. 그것도 그냥 일본인이 아니고 귀화한 일본인 집이니까, 더욱 난처해 할 거야. 설사 내가 너의 일본 유학을 찬성한다 해도, 하타나카 집에는 하숙시키지 않을 거야. 안 된단 말야, 그 사람은……. 핫, 하, 하아, 어찌 되었든, 형님이란 자는 일본인 따위가 되어 버렸다고."

"……" 여동생이 얼굴을 들었다. 이를 악물고 뭔가를 참고 있는 듯한 표정이었다. "난 알고 있어요. 오빠가 일제강점기에 경찰서와 형무소에서 고생하신 일의 의미를 알고 있어요. ……그렇지만, '일본인'이라 해도 용근 오빠는 육친이에요. 방근 오빠를 괴롭힌 건 일제잖아요. 일본에 있는 용근 오빠가 아니라구요. ……역시 이런 이야기를 꺼낸 내가 바보였어요. 오빠, 미안해요, 오빠 기분을 상하게 해서……. 난 일본 같은 덴 가지 않겠어요, 이젠 싫어요, 가고 싶지 않아요……."

여동생은 고개를 숙여 두 손에 얼굴을 묻고 우, 우, 우 하며 흐느끼기 시작했다.

"울 거 없잖아." 이방근은 차갑게 말했다. "네가 말하는 일제강점기 형무소나 경찰서 따위와는 관계없어. 나는 그런 일 때문에 말하는 게 아니야……."

난 말야, 해방이 되고 나서도(그것이 이름뿐인 것이었다 할지라도), 많은 사람이 과거 지배국이었던 패전국 일본으로 밀항해 가는 게 견딜 수가 없어. 더구나 독립한 조국에 일단 돌아왔던 사람들까지 다시 일본으로 건너가고 있잖아. 그게 맘에 안 들어. 여기 있는 사람들의 입장이 난처해지고 있단 말이야……. 이방근은 이런 속마음을 입 밖에 내어 말하지는 않았다. 우발적인 충동에서가 아니라 깊이 생각한 끝에 결심을 하고 일본 유학 문제를 상의하고 있는 여동생에게 찬물을 끼얹는 꼴이 될 것이다. 그러나 한편으로는 지금 여동생을 괴롭히면서 약간의 쾌감을 느끼고 있었다. 꽤 심술궂은 짓을 하고 있는 자신의 모습이 떠올라 이상했다. 말투에는 조금 가시가 돋아 있었지만, 눈은 자상했고, 그 자신이 생각해도 성난 감정은 전혀 없었다. 실제로 형인 용근에 대해서도, 지금 이 순간 분노의 감정이 끓고 있는 것은 아니었다. 이방근은 자신과는 달리(형제라고는 해도, 얼굴도 별로 닮지 않았고, 성격도 많이 달랐다), 꾸준히 의학공부에만 매달려 자기 나름대로 독립한 평범한 형을 사랑하고 있었다. 그러나 역시 일본인이 된 사실은 용서할 수 없었다. 기정사실로 인정하려 해도 기분이 풀리지 않았다. 형 위에 덧씌워진 '일본'이라는 도금이 마음에 들지 않았다. 그러나 그것도 지금은 아무래도 상관없는 일이었다. 한 개인으로서 자신의 의지로 그 나름의 생활방식을 선택한 것은 어쩔 수 없는 일이었다.

"어쨌든, 생각해 보기로 하자. 음, 생각 좀 해 보자고."

유원은 손수건으로 젖은 볼을 닦고 나서 일어섰다. 방에서 나갈 것 같은 낌새에 이방근은 여동생의 손을 잡고 말리려 했다.

"이제 됐어요……."

여동생은 이방근의 손을 뿌리치듯 방을 나갔다. 방 바깥의 공기가 표백된 것처럼 빛나고, 빛 저편 툇마루에서 오빠 같은 사람 싫어! 하고 외치던 소녀 시절의 여동생의 목소리가 들려오는 기분이 들었다.

이방근은 혼자 웃으며, 잠시 내버려 두는 편이 좋겠다고 생각했다. 약간의 어리광도 있을 것이다. 어리광이. 오히려 그편이 낫다고 생각했다.

여동생이 일본에 간다……, 일본에, 일본에 말이다. 이방근은 악몽으로 가득 찬 상자의 뚜껑이 삐걱, 소리를 내며 열리기 시작한 느낌이었다. 밀항했다는 소문은 성내에서도 거의 매일처럼 끊이지 않았지만, 설마 바로 발밑에서 그 소리가 들려올 줄은 꿈에도 생각지 못했다. 이방근에게도 학창 시절의 청춘을 두고 온 일본이 그립지 않을

리 없었다. 그것이 설사 '왜정'의 지배 아래였다고 하더라도, 일과성인 인간의 존재——생활이 그 시대를 제외시킬 수 없다는 사실은 어쩔 도리가 없었다. 괴로움과 슬픔만이 아니라, 소년시대의 생활에는 기쁨과 즐거움이 혼재한 기억은 어쩔 수가 없었다. 일상생활을 지배하고 육체와 의식의 구석에까지 침투해 있는 과거의 '일본'. 아니, 과거가 아니다. 그것은 지금도 여전히 남아 있었다. 마치 폐 속 결핵균처럼 살아 있었다. 예를 들면 일본어가 그랬다. 이따금 독서할 때 말고는 사용하지도 않고 또 쓸 기회도 없는 일본어가 지금도 튀어나오려 할 때가 있다. 일본인에 뒤지지 않을 정도로 자신의 내부에 남아 있는 일본어가 역겨웠다. 마치 우리 땅을 점령한 일본 그 자체인 것처럼 역겨웠다. 우리 민족에게 그처럼 역겨운 외국어는 달리 없을 것이었다. 강간이라도 당한 것처럼 깊이 새겨진 '일본'이라는 각인이, 악몽이 연기처럼 피어올랐다. 어린 시절의 추억이 즐겁지 않고 그립지 않을 리 없지만, 그것이 '황국신민(皇國臣民)'이어야만 했던 일제감정기라는 필터를 통해서 보지 않으면 안 된다는 점에서, 악몽의 층에 가로막힌다. 일본, 그러한 일본에 간다고 한다. 과거의 기괴하기 짝이 없는 광신적인 일본은 아니라 해도, 과거의 지배자였던 그 일본에 간다고 한다. 여동생까지 그런 말을 한다. 이방근은 발밑이 흔들리는 느낌이 들었다.

아니, 여동생이 오빠가 딛고 있는 발밑의 사다리를 떼어 내려고 한 것은 그 일만이 아니었다. 이방근은 천천히 방 안을 걸었지만, 피어오르는 추악한 냄새와 함께 '계획'이 허물어지고 있다는 생각이 머리를 스치고 지나갔다. 대체 여동생의 마음속에서는 어제 만난 남승지라는 존재를 어떻게 생각하고 있을까. 그녀의 마음에 떨어진 효모균은 어떻게 된 것일까. 겨우 허구의 관계 속으로 두 사람이 들어갔다고 생각하고 있던 참에, 느닷없이 그것을 무너뜨리듯 터져 나온 여동생의 목소리가 발밑을 흔들어 대기 시작했다.

소파로 돌아와 앉은 이방근은 자기 얼굴 앞으로, 독립된 인격체로서 여동생이 남의 얼굴을 하고 다가오는 것을 느꼈다. 당연하다면 당연한 일이었다. 더 이상 오빠나 아버지의 지배 아래 놓아둘 수 있는 나이는 아니었던 것이다. 그렇다 해도 느닷없이 허를 찔린 듯한 느낌에서 헤어나기 힘들었다. 여동생의 생각을 키워 온 서울이 멀게만 느껴졌다. 어찌 되었든 어려운 문제였다. 우선 학교를 졸업하면 결혼을 생각하고 있는 아버지가 허락할 리 없었다. ……바다를 건너 일본에 간다고? 그리고 무엇보다, 우물쭈물하다가는 혼기를 놓쳐 버린다는 논리를 앞세울 것이다. 음, 어찌 하면 좋을까. ……이방근은 검은 아지랑이처럼 흔들리는 남승지의 그림자가 여동생 앞을 가로막아 서는 것을 보고 눈을 떴다. 어느새 눈을 감고 있었던 것이다. 갑자기 머리가 띵 하고 울릴 만큼 맑게 비워지고 등 뒤의 탁상시계 소리가 선명하게 들려왔다. 남승지, 여동생의 결혼…… 아아, 그렇지, 최용학이 온다. 그가 올 거라던 여동생의 말이 생각났다.

최용학이 온 것은 반 시간쯤 지나서였다. 서재 문은 닫혀 있었지만, 그 기척이 느껴졌다. 부엌이의 안내로 안뜰을 건너 응접실 쪽으로 걸어가는 말쑥한 양복 차림의 모습이 미닫이 건너편에 보였다. 목소리도 들려왔다. 선옥의 붙임성 있는 목소리가 나고, 여동생의 목소리가 거기에 겹쳐졌다. 그 외에 다른 손님의 목소리는 들리지 않는 게 아무래도 혼자 방문한 모양이었다. 조금 의외라는 생각이 들었다. 어엿한 남성이 혼자서 온 게 이상할 것은 없지만, 최용학은 누군가와 함께 올 것 같은 느낌을 주는 남자였던 것이다.

잠시 후 여동생이 왔다. 그 목소리에 대답을 하자, 미닫이를 연 채

문지방 밖에 서서 부끄러운 미소를 지어 보였다. 오빠, 화났어요? 좀 전에는 미안했어요……. 귤색 스웨터 위에 감색 양복의 재킷을 입고 있었다. 색이 하얀 얼굴이 한층 야무져 보이는 것이, 여동생에 대한 불안감을 불식시켰다.

"왜 그런 곳에 우두커니 서 있어. 마치 선생님한테 꾸지람 들은 국민 학생 같구나." 이방근이 웃으며 말했다. "네겐 화를 내고 싶지 않아. 그런 일로 네 기분을 상하게 하고 싶지는 않거든. ……어쨌든, 좀 전에 나눈 이야기는 생각해 보기로 하자고, 그렇게 하자."

유원은 소파로 다가와 달랑 앉더니, 모은 무릎 위에 두 손을 올려놓고 오빠를 바라보았다.

"아니요, 그 일이 아니고요……, 지금, 그 아침에 말했잖아요. 최용학 씨가 오셨어요."

"그 일이 아니라는 건 또 무슨 소리야. 너한테는 그 일이 중요할 텐데. 최용학이 왔다는 건 알고 있지만, 그게 어떻다는 거야."

"오빠한테 인사를 하고 싶다는데요."

"으흥, 인사, 그 사람은 널 만나러 왔을 텐데, 장수를 쏘려면 먼저 말을 쏘라는 식의 인사로군, 뭐, 아무렴 어때."

이방근은 여동생에게 손님을 이쪽으로 안내하라고 일렀다.

유원은 고개를 끄덕였다. 그리고는 있잖아요, 오빠, 하며 미간을 찌푸린 얼굴에 당혹스런 표정을 짓더니, 최용학 씨가 나한테 주는 프레젠트라며 가져온 선물이 있다고 말했다.

"호오, 프, 레, 젠, 트란 말이지. 넌 그 사람한테서 그런 걸 받을 이유가 없을 텐데. 내용물이 뭔지는 모르지만, 그래서, 너는 어떻게 했어?"

"내용물은 콤팩트래요. 거절했지만, 끝까지 거절할 수가 없어서……, 게다가 옆에서 어머니가 호의를 고맙게 받아들이라고 하셔서……, 어쩌면 좋을지 모르겠어요."

"콤팩트라, 그럴 만도 해, 그 사람은 자신의 콤팩트도 가지고 다닐 지 모르니까, 핫, 하, 하아."

"웃을 일이 아니에요. 어떻게 하면 좋을까요? 서울 백화점에서 산 거라는데……."

"일부러 그런 말을 하더란 말이지……, 바보 같은 녀석이. 널 시골 처녀 취급하는 거야."

"오빠……."

"'프레젠트'를 받고 싶어?"

"제발, 그런 식으로 말하지 마세요. 여동생에 대한 모욕이에요."

"그렇다면 돌려주면 되겠네. 거절하는 방법이 서툴렀을 뿐이야."

"이제 와서 그런 말해 봤자, 어머니가 고맙게 받으라고 용학 씨 앞에 서 말해 버렸다니까요."

"바보 같은 소리, 계모와는 상관없는 일이야. 거절해야 될 건 거절 해야 돼."

유원은 아랫입술을 삐쭉 내밀고는 고개를 끄덕였다. 말을 알아들었 다는 표정으로 소파에서 일어났을 때, 툇마루 맞은편에서 선옥의 목 소리가 들려왔다. 남자 목소리도 들리는 것이 최용학도 함께 있는 모 양이었다.

"어머나, 어머니가 데리고 오네요."

여동생이 열려 있는 미닫이문 쪽으로 걸어갔다.

문지방 밖에 두 사람의 모습이 보이고, 여동생이 비켜서자 선옥이 앞장서서 들어왔다. 청년 신사의 멋진 양복 가슴에는 어젯밤과 마찬 가지로 손수건이 고개를 내밀고 있었다. 마술사였다면 손가락으로 살 짝 그 손수건을 꺼내어 상대방의 코앞에서 살랑살랑 흔들다가, 손수

건에서 뭔가가 튀어나와 깜짝 놀라는 순간 코를 꽉 쥐고 싶은 충동이
일었다. 옅은 하늘빛 손수건으로, 파도 모양의 수를 놓은 가장자리가
마음에 들지 않았다. 이방근은 소파에서 일어나 손님을 맞아들이고,
악수를 하려고 내민 상대방의 오른손이 허공에 떠 있는 것을 의식하
면서, 자리에 앉으라고 권했다. 단정한 모습에 비해 간들간들한 인상
을 지우기 어려운 얼굴이 한순간 빛을 잃고, 소파에 쑥 빠지듯 앉았
다. 선옥은 손에 들고 있던 선물로 보이는 작고 평평한 상자 모양의
핑크색 리본으로 묶은 꾸러미를 여동생에게 건네고는, 차를 가져오겠
다며 곧 방을 나갔다. 유원은 오빠 옆에 나란히 앉아, 깨지기 쉬운
물건이라도 다루듯 탁자 위에 조용히 선물을 내려놓았다.

　곧 원래의 모습을 되찾은 최용학이 흘낏 그 동작을 훔쳐보았다. 그
리고는 라이터로 담배에 불을 붙여 피우면서, 최상화 숙부로부터 여
러 가지로 말씀은 많이 들었지만, 오늘은 댁으로 방문해 존경하는 이
형을 뵐 수 있어서 기쁘다는 식으로 말을 꺼냈다. ……존경하는 이
형이라니 과찬입니다. 아니, 천만에요. 이 형은 존경할 만한 분입니
다. 이 형에 대해서 여러 가지로 이야기를 듣고 있을 뿐만 아니라,
제 자신의 판단으로도 그렇게 생각하고 있습니다. 아, 저건……, 잠
깐 실례하겠습니다. 하고는 일어나서 책장으로 다가가 그 위에 놓은
백자 항아리 하나를 손바닥으로 살며시 쓰다듬으며, 이거 골동품이군
요……라고 진부한 인사말을 늘어놓고는 자리로 돌아와, 제법 예의
바른 자세로 앉았다.

　최상화한테서 무슨 이야기를 들었는지는 알 수 없다. 어차피 사
고만 치고 다루기 어려운 방탕아라는 식으로 말했을 것이다. 그건 아
무래도 상관없었다. 최용학이 들어왔을 때, 미소 띤 그 간들간들한
얼굴이 한순간 토라진 것처럼 보였는데, 그것은 상대에 대한 경멸과

두려움을 동시에 가진 자의 표정이었다.

코를 찌르는 포마드의 끈적거리는 냄새가 싫었다. 손목에 찬 금시계가(순금인지 도금인지는 모르겠지만, 어쨌든 금색 시계였다) 소맷자락에서 이것 보란 듯이 삐져나와 있는 것이 마음에 들지 않았다. 아니, 도대체 서울 말씨를 쓰고 있다는 게 마음에 들지 않았다. 서울말이 지닌 여성적인 억양이 구역질 날 정도로 참기 어려웠다. 어젯밤에는 남들과 나누는 대화를 듣고 있을 뿐이었지만, 지금은 직접 걸어오는 말에 대답해야 한다는 게 몹시 불쾌했다. 여동생 유원도 본토에서 오래 살았지만, 이런 역겨운 말투는 쓰지 않는다. 이방근은 용납할 수 없었다.

"댁은 서울말을 잘 하시는군요. 서울에는 오래 계셨고……?"

"길지는 않지만, 그래도 3, 4년은 있었습니다. 서울말 같은 건 노력하면 금방 몸에 익혀집니다. 물론 지금은 아시다시피 광주시에 살고 있습니다만, 은행에 근무하는 관계로 저는 오로지 서울말만 사용하고 있습니다. 우리는 좁아터진 사투리를 버리고, 만인이 어디에서나 통할 수 있는 표준말을 사용해야 할 신시대입니다. 언제까지나 지방주의라는 인습과 그 폐해에 젖어서는, 우리 조국의 건설이라는 대사업에도 큰 지장을 초래할 것이라고 생각합니다만……."

"그런데, 난 말이오." 이방근은 상대방의 말을 가로막고, 일그러진 입술 끝에 엷은 미소를 띠며 말했다. "그 서울말을 싫어하는 편입니다. 서울말이라는 게 여자가 사용할 땐 상당히 매력적이고 아름다운 말이지만, 남자들이 쓰면 아무래도 거북하단 말입니다."

유원이 흘낏 옆에 앉은 오빠에게 시선을 던졌다.

"예에?" 최용학이 똑바로 고개를 들었지만, 순식간에 불쾌한 기색이 그 얼굴에 퍼지고 있음을 알 수 있었다. "그렇지는 않겠지요. 서울말이라는 것이 방금 말했듯이 표준어이기 때문에, 어느 말이나 마찬가지겠습니다만, 여자들만 사용할 수는 없지 않겠습니까. 우리나라의 오랜 역사의 발전 과정에서 세련되어진 문화어니까요. 그 점에 있어서는 뭐랄까요, 이 형의 개인적인 취향 문제는 있겠지만, 저의 서울말과는 전혀 상관없는 일이겠지요."

최용학은 이야기하면서, 단정히 단추를 채운 상의 가슴 언저리를 왼손 엄지와 집게손가락으로 계속 잡아당겼다가 놓는, 마치 땀으로 끈적거릴 때 옷 속으로 바람이라도 불어넣는 듯한, 아니, 계속 먼지라도 털고 있는 듯한 동작을 반복했다. 그때마다 흔들리는 금색 시계가 반짝이며 이방근의 눈을 자극하고 신경을 곤두서게 만들었다. 이봐, 적당히 좀 하라고, 괴상한 잘난 체는 그만두라고, 그만두란 말이야…….부엌이가 차를 가져와, 김이 피어오르는 찻잔을 제각각 세 사람 앞에 놓고는 나갔다.

"핫하아, 당연한 말이지요, 나 개인의 좋고 싫은 문제는 제쳐 두고라도, 너무나 당연한 말입니다. 당신 말이 옳아요." 이방근은 상대방에게 어서 차를 들라고 권하며, 뜨거운 찻잔을 들고 천천히 한 모금 마셨다. 순간, 자신도 모르게 눈을 감았다. 입 안을 에는 듯한 뜨거움이 짜릿하게 퍼졌다. "……다만, 당신은 내 말뜻을 못 알아들은 것 같소. 당신은 이 지방 사람이 맞지요. 자신의 고향에 돌아왔을 때는, 나도 지금 '표준어'를 쓰고 있는 셈이니 서울말을 사용하는 것이 나쁘다고는 할 수 없지만, 당신의 그 서울말 특유의 여성적인 억양 정도는 고치는 게 좋을 것 같소, 아무래도 듣기가 좀 거북해서 말이오. 그리고 그 상의를 손가락으로 잡아서 바람을 일으키는 듯한 그 동작 말이죠, 그것 좀 그만두면 안 되겠소. 설마 더워서 그런 건 아닐 테고. 요즘 조금 조바심 나는 일이 있어서 그런지 신경에 거슬리는군요. 그리고 무엇보다 당신같이 젊은 사람에게는 그런 동작이 어울리지 않아요."

"오빠……, 손님에게 실례돼요."

유원이 얼굴을 발갛게 붉혔다. 이방근은 반응하지 않았다. 들은 척도 하지 않았다.

"아니요, 유원 씨, 됐습니다. 괜찮습니다. 오빠는 뭔가 저에 대해 오해를 하고 계신 것 같습니다." 최용학은 일그러져 가는 표정을 억누르면서 말했다. 그리고는 순간적으로 상의를 막 집다가, 거의 습관이 된 듯한 손가락을 떼었다. "이 형은 신경질적이시군요. 이 형 같은 분이 이럴 줄은 몰랐습니다. 대범한 분이라고만 생각하고 있었으니까요. 그리고 상당한 편견의 소유자이신 것 같고……. 또 이 형은 나에게 이 시방 사람이라고 말씀하셨지만, 나는 최근에 본적을 광주로 옮겼으니까, 호적법상으로 보면 이곳 사람이 아닙니다."

"그―랬군요……, 호오, 그렇습니까. ……그거 금시초문이군요." 이방근은 과장되게 고개를 끄덕였다. 흐흥, 공세로 나오는군, 이곳 사람이 아니라니. 이런 녀석이 콤팩트를 들고 와서 이제부터 여동생과 인연을 맺겠다니……, 핫하아, 우리 집을 어떻게 보는 거야. 이방근은 마음속에서 분노의 불꽃이 이글이글 타오르는 것을 느꼈다. 본토에 거주하는 제주도 출신자 중에는 본적을 바꾸는 사람이 적지 않았다. 지방차별이 강한 본토에서는 옛날부터 그랬지만, 제주도 출신이라는 것만으로 소위 출세에 지장을 받았다. 그것을 피하기 위해 이적을 하는 경우가(이적 자체는 어디에나 있는 일이지만) 있었던 것이다. 흐―응, 본적을 본토로 옮겼다고 의기양양하게 말할 수 있는 이 녀석은 꽤나 어수룩하든가 뻔뻔스럽기 짝이 없는 작자자로군, 도대체가. "그건 몰랐소, 하지만 내가 알 바는 아니오. 다만, 서울 사람 이상의 억양으로 서울말인 양 이야기하면 난 몹시 신경이 곤두서요. 기분이 나쁠 정도로 말이오. 그렇다고 해서, 모처럼 오신 손님인데 서로 말도 없이 마주 보고 있을 수도 없지만, 핫, 하, 하아."

"아아, 그렇습니까. 알겠습니다. 그건 나더러 돌아가라는 것이겠지요." 최용학은 유원을 날카로운 눈초리로 바라보았다. "이 형, 내가 당신을 오해할까 봐 두려워서 다시 한 번 묻겠습니다만, 이 형이 하신 말씀의 뜻은 나더러 돌아가라는 겁니까?"

"당신은 머리가 좋은 분이군요. 말뜻이 직접적으로는 그런 것은 아닙니다만. 그러나 방금 당신이 말했듯이 그렇게 해석해도 괜찮습니다."

이방근은 폭발할 것 같은 감정을 억누르고 있었다. 기특하게도 식산은행 이사장실에 앉아 있는 아버지 얼굴이 눈앞에 어른거려, 나는 지금 스스로를 억제하고 있다는 생각을 했다. 희미하게 몸이 떨리며, 마음 밑바닥에서 점점 크게 밀고 올라오는 분노의 불꽃이 보였다.

"아, 그렇습니까. 그렇군요. 알겠습니다. 손님인 나에게 돌아가란 말이죠. 분명히 당신은 보통사람이 아니군요……." 최용학은 조금 휘청거리듯 일어났다. 핏기가 사라진 얼굴이 창백하게 굳어지고, 입술이 실룩실룩 튕기듯 떨리고 있었다. "유, 유원 씨, 당신 오빠는 무례해요. 손님인 나에게 이런 태도로 대해도 됩니까. 유원 씨, 나는 매우 유감스럽습니다. 그럼 나는 돌아가겠습니다. 이런 대접을 받고 돌아가도 좋다는 거지요. 그렇다면, 난 돌아가고말고요."

"돌아가!" 이방근은 선물꾸러미를 움켜쥐고 일어나면서 호통을 쳤다. 그러나 그는 상대방을 매도한 것은 아니었다. 이 자식, 돌아가! 꾸물거리고 있으면, 네놈의 흔적도 남기지 않고 박살내 버리겠다! 라는 욕설이 마음속에서 터져 나오고 있었다. 그는 그 욕설을 생략하고 겉으로 드러나는 자신을 의식할 수 있는 여유를, 지금은 가지고 있던 것이다. "이걸 가지고 얼른 돌아가."

최용학은 깜짝 놀라며 몇 발짝 물러나 소파 뒤로 몸을 피했다.

"아이고, 오빠⋯⋯."

유원이 오빠의 팔을 잡았다.

"가만있어!"

이방근은 여동생의 손을 아무렇게나 뿌리치고 상대에게 다가가, 독기를 뿜어내는 눈을 똑바로 들이댔다. 최용학은 몹시 겁을 먹고 엉거주춤한 자세로 뒷걸음질을 쳤다. 이방근은 발밑에 내동댕이치고 싶은 충동으로 떨리는 손에 움켜쥔 선물을 상대에게 말없이 들이밀었다.

최용학은 한 걸음 물러났다. 그리고 순간적으로 소파 옆에 서 있는 유원 쪽을 보았다. 그녀는 말없이, 거의 무표정하게 매달리는 듯한 그 시선을 물리쳤다. 최용학의 크게 뜬 눈은 그 반응에 더욱 움츠러들었고, 스러질 것처럼 힘없이 깜빡였다. 그것은 방 전체를 투명하게 감싼 극도로 긴장된 순간이었다. 그러자 그는 갑자기 이방근의 손에서 선물꾸러미를 빼앗듯 받아 들었다. 그리고는 뒷걸음질 치다가, 문에서 홱 방향을 바꾸어 뛰쳐나갔다. 도로가 아니라, 툇마루를 달려갔다. 얼마간 발바닥으로 툇마루를 울리는 소리가 들렸다. 이방근은 소파로 돌아와, 담배에 천천히 불을 붙였다. 심장이 격렬하게 고동치고 있는 것을 느꼈다. 여동생이 그 자리에 멍하니 서 있었다.

선옥의 새된 목소리가 들렸다. 안뜰에 최용학의 모습이 보였는데, 갑자기 이쪽을 향하여 뭐라고 한두 마디 외치고는 사라져 버렸다. 그러나 이상하게도 그것이 마치 팬터마임처럼, 혹은 무성영화 속에서 외치는 인간처럼, 전혀 대사가 들리질 않았다. 분명히 갑작스레 청년의 얼굴이 둥글고 어두운 구멍이 되면서 외침 소리가 터져 나왔을 터인데, 들리지 않았다. 아니, 사라졌던 것이다. 외침과 동시에 사라지는 초라한 목소리였던 것이다. 사라진 남자와 마찬가지로. 도대체 그

목소리는 뭐라고 외쳤던 것일까. 뒈져 버려라, 미친 자식아. 역시나
넌 소문대로 뻔뻔스러운 인간이었어!⋯⋯. 영문도 모른 채 안뜰로 뛰
어나온 선옥이 여동생의 이름을 부르며 대문 쪽으로 최용학을 뒤쫓아
가는 모습이 소파에서 보였다. 어느새 비를 뿌리기 시작했는지, 빗줄
기가 하얗게 빛나고 있었다.

"또 비가 내리기 시작하는군."

이방근이 조용히 말했다. 여동생이 안뜰을 바라보며, 네에, 하고 고
개를 끄덕였다. 이방근은 여동생에게 미닫이를 닫으라고 일렀다. 곧
선옥이 왔지만 안으로 들여보내지 않았다. 성가실 뿐 아니라, 할 말도
없었다.

소파에 돌아와 멍하니 앉아 있던 여동생이 기분을 돌이킨 듯한 표정
으로 생긋 웃어 보였다. 말없이 미소만 짓고 있었는데, 갑자기 오빠,
난 어찌나 웃기던지, 너무 웃겨서⋯⋯라는 웃음소리를 내더니, 순식
간에 웃음보를 터뜨리고 말았다. 상반신을 비틀며 깔깔거리는 버릇없
는 웃음소리로 한바탕 웃어 댔다. 고개를 흔들고 얼굴에 빨간 핏대를
세우며 웃었다. 이방근은 순간 숨을 죽이고, 두 손으로 얼굴을 감싼
채 웃어 대는 여동생을 보았다. 구석구석에 독기를 쏟아 붓는 듯한
여동생의 웃음소리에 소름이 끼치는 것을 느끼면서 여동생을 바라보
았다.

여동생은 한참이나 서재에서 나가지 않았다. 계모에게 잡히면 성
가신 일을 당한다는 것이었다. 그녀는 새끼 고양이 흰둥이를 걱정했
다. 눈에 반짝이는 눈물까지 보이면서, 자신이 돌아가더라도 부엌이
가 있으니까 괜찮을 거라는 말을 되풀이하면서도, 걱정을 계속했다.
⋯⋯방근 오빠는 일어났나⋯⋯, 사흘 전 아침, 이불 속에서 오랜만
에 들어 보는 여동생의 목소리였다. 이방근은 새끼 고양이를 안고 온

여동생의 그 목소리를 떠올리면서, 음, 오늘 밤은 껄끄러운 밤이 될 것 같은데……라는 생각을 했다. 바로 소문이 퍼질 것이다. 오늘 밤 비 내리는 어두운 바다로 떠나는 여동생에게 미안한 마음이 들었다. 이방근은 겨우 그렇게 고함 칠 필요는 없었다는 씁쓸하고도 까칠까 칠한 감정이 뒷걸음질로 밀고 들어오는 것을 느꼈다. 실제로, 고함을 치지 않고도 적당히 응대하여 돌려보낼 수도 있었을 것이다. 그러면 여동생을 상처 입히지 않고 일이 끝났을 것이다. 지면에 떨어지고, 지붕에 떨어지는 빗방울 소리가 마음의 중얼거리는 소리와 겹쳐졌 다. 적당히 응대하여 돌려보낼 수도 있었을 것이다……, 그게 가능 했을까. 정말 그럴 수 있었을까……. 그러나 여동생의 저 이상하게 메마르고 독기를 품은 웃음소리가 그런 생각을 날려 버리고 말 것 같 은 생각이 들었다.

이방근은 오랜만에 담배 맛이 좋다고 생각했다. 그는 보라색 연기 를 뿜어내며 여동생의 얼굴을 자상하게 바라보았다. 그리고는 말없이 고개를 끄덕였다.

여동생도 조금 쓸쓸해 보이는 미소로 답하듯 끄덕였다.

제5장

1

　열 시, 분명 열 시였어……, 남승지는 작은 대나무 가지를 다듬던 손을 멈추고 천천히 일어났다. 일부러 일어날 일도 아니었지만 자신도 모르게 일어나고 말았다. 유원이 성내 부두에서 타게 될 목포행 연락선은 분명 열 시일 것이다. 그는 아무렇지도 않은 듯 손목시계를 보았다. 움막 구석의 남포등 불빛은 출입구 가까이에 있는 남승지의 위치까지 닿기는 어려웠지만, 이미 열 시 반 가까이 되었다는 것을 알 수 있었다. 어느새 일에 몰두하고 있었던 것이다.

　손목시계를 아무렇지도 않게 보았다는 것은, 눈에 띄지 않도록 했다는 것인데, 여기에는 그럴 만한 이유가 있었다. S마을의 고모 집에 머물며 중학교 교사를 하고 있을 때였는데, 마을 젊은이가 "이봐, 넌 말이야, 일본에서 돌아온 것이 무슨 자랑인 양 손목시계를 자꾸만 내보이는데, 맘에 안 들어." 하며 시비를 걸어온 적이 있었다. 남승지로서는 어처구니없는 트집이었지만, 그 말이 잊히질 않았다. 손목시계라고는 해도 너무 낡아서 문자판이 노랗게 바랜 물건이었다. 그래도 시골에서는 손목시계가 매우 귀한 물건이었고, 그것을 차고 다닌다는 것은 상당한 하이칼라로 보이게 마련이었다.

　남승지 곁에서 손도끼를 든 손 서방의 팔이 올라가는가 싶더니, 나지막한 날카로운 기합 소리와 함께 왼손으로 땅바닥에 세워 놓은 파란 대나무가 비스듬히 잘려 나갔다. 잘려 나간 대나무 조각이 천천히 쓰러졌다. 몸집은 작지만 까무잡잡하고 야무진 얼굴의 손 서방은 잘려 나간 대나무 끝을 자세히 들여다보면서 만족스러운 듯 히죽 웃더니 남승지 쪽을 보았다.

"명우 동무는 어디 갈 데가 있나 보지?"

"아니야, 아무데도 안 가. 왜 그러는데?"

"헤헤헤. 아무것도 아니야. 난 그냥 동무가 시계를 들여다보길래. 왠지 안절부절못하는 것 같은데. 순실이 할머니, 안 그래요?"

"아, 글쎄, 내가 귀신도 아닌데 그걸 알 리가 없지, 젊은이들은 안절부절못할 때도 있는 법이야. 둥지를 막 떠난 어린 새 모양으로 말이지."

흙으로 만든 커다란 풍로의 아궁이 앞에 앉은 순실이 할머니가 말했다. 국민학교에 다니는 손자가 있어서 할머니로 불렸지만, 나이는 쉰 정도였다. 남승지는 강몽구의 아내 소개로 순실이 할머니의 작은 온돌방에서 벌써 한 달 가까이 묵고 있었다. 강몽구의 처와 그녀는 사촌간이었으므로 남승지하고는 사돈이었다. 순실이 할머니는 끝이 탄 막대기로 대나무 잔가지와 마른 솔가지 따위를 발밑으로 긁어모아 아궁이 안으로 밀어 넣었다. 풍로 위에 얹힌 검은 가마솥에서는 참기름이 부글부글 끓고 있었다. 순간 연기가 치솟으며 불기운이 강해지자 그 여파로 뭉클 하는 기름내가 가슴을 자극하듯 천천히 흘러들었다.

"명우 동무가 막 둥지를 떠난 어린 새처럼 보이다니요. 내 선생님이 되실 동무인데 말이오. 무슨 좋은 일이 있는 게 틀림없어요." 손 서방은 예리하게 날이 선 채 잘려 나간 파란 대나무에 부엌칼 날이라도 만지듯이 엄지손가락 안쪽을 살짝 대면서 말했다. 그리고는 헤헤엣 하고 익살스럽게 웃으면서 남승지 쪽으로 몸을 돌렸다. "이것 좀 보라구. 자아, 이놈은 쇠로 만든 칼보다 낫지……."

남승지는 파란 대나무의 잘린 단면을 집게손가락으로 만져 보며 음 ― 하는 신음소리를 냈다. 늘 그랬지만 손 서방의 회심작이라 할 만했다. 잘린 단면은 면도날을 세운 것만 같았다.

"호호오, 또 경찰이 한 명 쓰러지겠군. 그걸로 몇 명 째가 되지?"

순실이 할머니 옆에서 대나무 잔가지를 쳐낸 뒤 마디에 줄질하고 있던 윤 영감이 말했다.

"……열한 명이우다."

"오오, 열한 명이라……, 벌써 죽창을 열한 자루나 만들었다니."

윤 영감은 튼튼한 목을 어깨 사이로 움츠리며 고개를 끄덕였다.

"함부로 죽일 사람 수를 세면 안 돼. 경찰 목숨도 사람 목숨 아닌가……."

옆에 앉은 야윈 노인이 긴 곰방대에 담배를 채우며 말했다.

"젠장, 자넨 또 그 잘난 소리를 하고 있구만. 놈들의 염탐꾼 같은 소리는 그만 좀 하라구. '서북' 놈들 때문에 이곳 사람들이 어떤 꼴을 당했는지, 자네는 모른단 말인가? 일전에도 우리 친척 딸이 말이야……."

"음, 그 이야기는 요전에도 들었네. '서북' 놈들이라면 나도 불만은 없어. 그런 놈들이야 열한 명이 아니라 백한 명이라도 상관없어."

"그렇다면, 내 생각과 마찬가지구만. 대체 '서북'하고 경찰이 뭐가 다르단 말인가?"

"다르고말고. 경찰 가운데는 여기 사람도 있고, 그런 만큼 우리 형편을 잘 알고 있는 사람도 있으니 말야. 내 조카 녀석도 성내에서 순경을 하고 있고. 경찰은 경찰이라도 마음속에 감추고 있는 게 있다네. 겉만 보고는 빨갛게 익은 수박을 알 수 없다고 하질 않는가. 함부로 경찰 죽인다는 소릴 하면 나는 기분이 안 좋아."

"자네는 사람 입장을 곤란하게 만드는구만. 경찰 죽이는 얘길 누가 했다고 그러나. 그저 죽창 숫자를 하나 둘 하고…… 음, 그러니까, 한 사람 두 사람 하고 세었을 뿐이지 않는가. 그 정도 열정도 없다면

죽창에 혼을 담을 수가 없다네. 그래도 자네 말뜻은 알겠네. 그러고
보면 자네 말에도 일리가 있어."

"홍 씨 할아버지 말이 맞수다. 그런데 홍 씨 할아버지 조카 얘길 하
는 건 아니니 기분 상할 것도 없지만, 경찰을 믿었다간 큰코다칠 거
우다. 난 일제 때부터 경찰이 싫었수다. 왜놈들 엉덩이에 찰싹 달라
붙어 짤랑짤랑 허리에 찬 칼을 울리며 무슨 짓을 했수꽈. 나라가 독
립을 했는데도 경찰은 같은 짓을 하고 있수다. 처음에만 잠깐 좋았
수다……."

"아아, 알고 있고말고, 그야 물론 누구나 알고 있는 일이지. 할망은
젊을 때부터 미인에다 심성도 착한 여자지만, 상대방이 다 아는 일을
장황스럽게 늘어놓는 게 옥에 티란 거지……."

"후후후후, 이제 곧 환갑을 맞을 사람이 입은 여전하시구려. 그럴
싸한 말을 다 하고……."

죽창을 만들려면 우선 대나무의 잔가지를 깨끗이 쳐낸 뒤 1미터 반
정도의 길이로 만든 다음 비스듬히 절단해야 한다. 이때 죽창의 끝과
단면의 날이 전부 예리하게 서도록 단숨에 잘라내는 게 어려웠다. 잘
갈아 푸른빛이 감도는 손도끼로 손에 쥔 파란 대나무를 땅에 세우고
는 숨을 죽이고 단숨에 잘라내야 했다. 단번에 잘라내지 못해 대나무
에 날이 박히게 되면 오히려 손도끼의 날이 빠질 수도 있었다. 사람들
은 대나무 한 개라고 우습게 여겨서는 안 된다, 우리들에게는 총이나
마찬가지다, 라는 식으로 적에 대한 살의를 품고 손도끼를 휘두르면
매우 훌륭하게 절단할 수가 있다는 것이었다. 그러나 이것은 아무나
할 수 있는 일이 아니었다. 할 수 없다는 게 아니라, 역시 어느 정도의
기량은 갖추고 있어야만 했다. 사람들은 교대로 죽창 만드는 일을 하
고 있었지만, 그중에서도 손 서방이 만든 죽창 날이 가장 예리하다는

것은 평판이 나 있었다.

철창이나 죽창 등의 제조는 원래 산간 부락에서 비롯되었다. 관헌의 힘이 거기까지는 미치지 못했기 때문이다. 따라서 해안 부락에서는 경찰력이 약하고 또 민중의 힘이 강해서 경찰이 마음대로 출입할 수 없는 지역에 한해 철창보다는 훨씬 제조법이 간편한 죽창의 제조가 시작되었다. 그리고 제한적인 그런 지역에서 인접한 마을과 그 밖의 산악지대로 운반되었던 것이다.

지금 순실이 할머니 앞에 있는 가마솥에서는 죽창을 담금질하기 위한 기름이 끓고 있었고, 작업은 이미 마무리 단계로 접어들고 있었다. 일이 여기까지 진행되려면 우선 대나무 벌채부터 시작하여, 운반, 잔가지 쳐내기와 마디에 대패질하기, 끝부분에 날 세우기 등의 작업을 거쳐야만 했다. 마을 요소요소에 파수꾼을 배치하는 일도 소홀히 할 수 없었다. 앞으로 한 시간 후인 열두 시 무렵이 되면 노인들은 집으로 돌아간다. 이후에는 교대해 온 젊은이들과 남은 사람들이 철야작업을 계속한다.

손 서방은 신기료장수였다. 그는 틈만 나면 나무 조각을 하거나, 주변의 마을 사람들을 위해 나무를 다듬어 일용품을 만드는 손재주가 좋은 젊은이였다. 대나무를 능숙하게 절단하는 것도 아마 그런 재주와 연관이 있을 것이다.

게다가 남들이 하기 싫어하는 일이라도 앞장서서 해치우는 성격이었다. 본토 남단의 어느 시골 출신인 그는 이곳 사람들과 어울리기 위해 애썼는데, 그런 노력의 결과인지도 몰랐다. 그러한 점이 일본에서 살았던 남승지의 기분과도 통하는 점이었다. 손 서방은 죽창 제조를 위해 철야하는 것을 꺼리지 않았다. 일몰과 관계가 깊은 농민을 상대하려면 아침 일찍부터 일을 시작해야 했는데, 그럴 때면 철야한 채 신발 수선을 시작했다. 그리고 언제부턴가 죽창 제조의 '명인'으로 통하게 되면서 사람들에게서 인정받게 되었다.

손 서방은 이 마을 민위대(民衛隊)의 분대장이었는데, 분대장이 된 이유도 '명인'이라는 점이 크게 작용했다고 할 수 있었다. 덕분에 손 서방은 죽창 제조로 더욱 바빠졌으나 싫은 내색을 하지 않았다. 어쨌든 손 서방은 이 움막에서 밤늦게까지 잠을 쫓으면서도 무기 만드는 일에 재미를 붙인 모양이었다.

남승지는 일어난 김에 움막의 판자문을 열고 밖으로 나왔다. 빗발은 가늘어진 대신 바람이 불고 있었다. 비가 내렸다 그쳤다 하는 것이 마치 장마철 같은 날씨다. 처마 밑에서 팔을 내밀고 손바닥을 펴 보니 바람 탓으로 빗방울이 불규칙하게 떨어지고 있음을 알 수 있었다. 주위가 어두워 빗발은 보이지 않았다. 불빛이라 해 보았자 왼쪽에 있는 이 집 안채의 장지문에 비친 남포등 불빛이 반사되는 정도라서 발밑을 분간하기 어려울 정도로 어두웠다. 그래도 움막 옆에 나란히 놓여 있는 여러 개의 큰 장독이 비에 젖어 있음을 알 수 있었다. 움막은 송한의원 뒤뜰 가까이에 있는 헛간으로, 집주인이 마을 민위대의 무기 제조장으로 제공한 것이었다.

바람이 움막 뒤쪽의 돌담 너머로 펼쳐진 대나무 숲을 해명처럼 요란한 소리를 내며 빠져나갔다. 한동안 귀를 기울이고 있자니 해변 쪽에서 커다랗게 부서지는 파도 소리가 바람 사이로 들려왔다. 때마침 대나무 숲이 바람에 수런거리는 것이, 어둠을 틈탄 바다가 돌담 너머 바로 아래까지 밀고 들어온 듯한 착각을 일으키게 했다.

명우 동무는 안절부절못하고 있는 것 같았어, 무슨 좋은 일이 있는 게 틀림없구만……. 음, 손 서방은 눈치 빠른 남자였다. ……명우 동무는 무슨 좋은 일이라도 있나? 어제도 손 서방은 싱글거리며 말했었다. 남승지는 그때 자신의 속마음을 훤히 들여다보고 있는 것 같아 움찔했지만, 그런 인상을 주는 자신이 싫었다. 아니야, 아무 일도 없어. 왜 그러는데? 으, 응, 무슨 일이 있는 건 아니고 왠지 그런 느낌이 들어서……. 이전보다 인상이 밝아졌다고 말한 것은 이방근의 여동생인 유원이었다. 남승지는 자신의 속마음이 그런 말에 반박하고 있다는 것을 알고 있었다. 음, 그는 빗방울이 섞인 밤바람을 맞으며 알 수 없는 혐오감에 빠졌다. 온돌방에서 거울을 쳐다보았지만 그 속에 비친 얼굴은 전혀 달라진 곳이 없었다. 여전히 우울해 보이는 얼굴이다. 기분 좋게 들리지는 않았지만, 유원은 감상적인 심각함이 어린 얼굴이라고 했다. 그럼에도 불구하고, 밝아졌다는 말을 들었을 때 왠지 석연치 않은 이 마음은 무슨 연유에서일까. 아니, 그런 것이 아니었다. 최근 2, 3일 사이에 일어난 일(그것은 일본행의 결정과 이유원과의 재회였다)로, 다른 사람의 눈에 띌 만한 인상의 변화가 자기 얼굴이나 태도 어딘가에 나타나고 있다는 것을 용납할 수 없었다. 적어도 그와 같은 자신이기를 바라고 있었다.

그러나 이 두 가지 일이 젊은 그의 마음을 흔들어 놓은 것은 사실이었다.

삼일 전 늦은 밤에 찾아와 잠을 깨운 강몽구가 일본행을 전해 주었을 때, 처음에는 남승지로서도 도저히 믿을 수가 없었다.

방으로 들어온 강몽구는 좀 전에 도당 간부회의가 끝났는데, 무장투쟁을 준비하기 위한 자금과 물자를 제주도 출신 재일조선인 실업가들로부터 조달받기 위해 자신이 일본으로 가게 되었으며, 수행원으로 남승지가 동행한다고 말했다.

본인의 의사 확인도 없이 결정된 일이었지만, 그런 것은 중요하지 않았다. 강몽구가 자신의 입장을 대변했을 것이었다. 무엇보다도 강몽구의 경우는 그렇다 치더라도, 왜 자신과 같은 사람까지 동행하는 것인지 얼른 납득이 가지 않았다. 겨우 공작 대상의 한 사람인 사촌 형 남승일을 만나기 위해서라는 사실을 알았을 때, 남승지는 일본 파견이라는 결정을 실감했던 것이다. 이러한 결정에는 일본에 가족이 있는 자신에 대한 조직의 배려가 깃들어 있는 듯싶어 고마움마저 느꼈다.

강몽구가 돌아간 뒤에도 흥분한 남승지는 잠을 거의 이루지 못했다. 잠 속에 이 믿기 어려운 사실을 바로 묻어 버리는 게 아깝다는 생각조차 들었다. 게다가 어제는 성내에서 우연히 유원과도 만났다. 이는 남승지에게 큰 기쁨이었다. 그런 감정의 움직임이 그의 표정 어딘가에 나타나 있다 해도 결코 이상한 일이 아니었다.

해명으로 수런거리는 남승지의 머릿속에서 뱃고동이 울렸다. 지금 연락선은 성내에서 멀지 않은 해상을 북쪽으로 향하고 있을 것이다. 달도 없고 별빛마저 없는 바다에서 아직 성내의 반짝이는 불빛이 보이고 있을 게 틀림없다. 머지않아 칠흑 같은 어둠에 아무것도 보이지 않게 된다. 유원이 향하는 서울이 머릿속에 펼쳐진 지도 위에 보이고, 동시에 그 반대편으로 일본이 보이자, 남승지는 갑자기 자신이 그녀로부터 떨어져 나가는 느낌에 빠졌다.

……승지 씬 이제 작년과는 달리 우리 같은 자유인이 아니에요. 그는 유원을 마음속에 잡아 두려는 듯 어제 그녀와 나눈 대화의 일부를 회상해 보았다. ……내가 지금 부러워하고 있는 사람인데, 그런 사람과 만나고 있다고 생각하니 너무 좋아요. 앞으로가 힘들겠죠. 힘내세요, 정말로 승지 씬 멋져요……. 남승지는 콩닥콩닥 심장이 뛰는 것을 느꼈다. 어제 성내에서 돌아오는 버스 속에서도 이런 말들을 되새기며 그 얼마나 가슴 설레었던가. 그리고 유원의 말은 그의 기운을

북돋아 주는 힘을 지니고 있었다.

남승지는 그녀와 언제 다시 만날 수 있을까 생각해 보았다. 우리가 일본에서 돌아올 즈음인 3월 하순에 그녀는 성내에 있을까. 만일 우리 일정이 예상과 달라진다면 어떻게 될까? 그는 자신이 그녀에게 끌리는 것을 부정하듯 고개를 좌우로 흔들었다. 아니, 그게 문제가 아니다. 무장봉기가 다가오고 있다. 무력에 의한 투쟁이 시작된다……, 순간 눈앞에 포화가 작렬하고 어둠을 가르는 밝은 섬광이 번쩍이다가 사라졌다. 포화와 같은 중화기는 아니다. 그러나 총성이 울리고 함성이 번지자, 사람들은 손에 무기를 들고 일어선다……. 그때 바람으로 수런거리는 대나무 숲 속에(눈에 대나무 숲이 보이는 것은 아니었지만, 소리로 그렇게 생각하였다) 도깨비불 같은 불빛이 한순간 흔들리다 사라졌다. 깜짝 놀라 눈을 부릅뜨고 바라본 전면에 나타난 불빛은 도깨비불이 아니었다. 대나무 숲 건너편에 있는 오름에서 피어오르는 봉화였다. 틀림없는 봉화였다. 그것이 대나무 숲에 가려 보였다 안 보였다 하기를 반복하며 도깨비불처럼 빛나고 있었다.

빗줄기가 가늘어지자 서둘러 봉화를 올리기 시작한 모양이었다. 움막에서는 웃음소리가 들렸다. 그런데 명우는 어디 갔지? 어디긴, 이 근처 어디에 있겠지……. 치직치직 하는 물을 튀기는 소리와 함께, 끓고 있는 기름에 죽창 끝을 담금질하는 기척이 전해졌다.

남승지는 문을 열고, 그다지 놀랄 일도 아니었지만 지금 봉화가 올랐다고 움막 안쪽을 향해 말했다.

"호오, 어디쯤인가."

윤 영감이 물었다.

서쪽 오름인 것 같다고 남승지가 말했다. 으흠, 서쪽이란 말이지, 봉화가 많이 올랐나? 아니, 하나뿐이라고 남승지는 대답했다. 하나라면 첫 번째 봉화군, 어디 나도 봐야지, 라며 손 서방이 담금질한 죽창을 지면에 내려놓고 눈에 띌 만큼 거칠게 일그러진 손을 털면서 움막 바깥으로 나왔다.

이제 막 올린 듯한 봉화는 점점 커지면서 새까만 하늘에 한 점을 밝은 불꽃으로 태우고 있었다.

"저것 봐, 저쪽에서도 보이는군."

손 서방의 말에 따라 대나무 숲이 있는 서쪽에서 섬 중앙 산악지대로 이어지는 남쪽으로 눈을 돌리자, 그 사이에 있는 오름들이겠지만, 봉화가 마치 밤낚시 나간 고깃배의 불빛처럼 어둠 속에 여기저기 타오르고 있었다. 비가 잦아들기를 기다렸다가 일제히 봉화를 올리기 시작한 모양이었다.

"아이고, 저길 좀 봐, 저건 산 쪽이잖아. 지금쯤 우리 아들이 봉화를 올리고 있을 거구만."

순실이 할머니의 조금 자랑스러운 듯한 말소리가 들리더니 어느새 손 서방 옆에 서 있었다. 세 사람은 한동안 산 쪽에서(이 섬에서 산이라고 하면 영봉(靈峰)으로서 사람들의 신앙 산이기도 한 한라산을 말한다) 켜졌다 꺼졌다 하는 여러 개의 봉화를 바라보고 있었다. 하나, 둘, 셋, 넷…… 제법 간격을 두고 여러 개의 불이 타오르고 있었다. 두 노인도 허리를 두드리며 움막에서 나왔다.

봉화는 올해 들어 자주 오르기 시작했다. 그 이유는 남한만의 단독 선거를 실시할 목적으로 '국제연합 조선위원회'가 서울로 입성한 시기와도 겹치지만, 특히 '2월 7일 전국총파업'을 전후한 시기에는 거의 매일 봉화가 올랐다.

이 섬에 있는 대부분의 마을은 해안과 산간지대 사이에 여기저기 솟아 있는 기생화산, 즉 오름 기슭에 가까운 평지에 자리 잡고 있었다. 봉화는 그러한 오름에서 올려졌다. 그리고 이미 몇몇 마을에서는 실제로 경찰대와 마을 청년들 사이에 소규모 무력충돌이 일어나 화승총, 수류탄, 일본도 등이 적에 대항하는 무기로 사용되었다. 죽창이나 철창 등이 만들어지기 시작했다는 것은 투쟁이 군중화와 조직화로 방향이 전환되었음을 의미하는 것이었다.

따라서 오름에 오르는 봉화는 데모였다. 그것은 '2·7투쟁'과 마찬가지로 한반도의 분할을 실시하려는 유엔 조선위원회에 반대하는 데모, 남한만의 단독정부 수립을 반대하는 데모, 미소 양군의 동시철수와 조선통일민주정부 수립을 조선 인민에게 맡기라는 데모, 노동자와 농민, 주민의 생활권을 요구하는 데모, 그리고 그 밖의 데모였다.

이러한 봉화 데모의 출몰은 관헌의 신경을 자극했다. 예를 들어 어느 경찰지서와 가까운 오름에서 봉화가 오르면 경찰은 놀라서 성내에 있는 본서로 긴급전화를 걸었다. 하지만 본서에서는 전화를 받고 있는 사이에도 여기저기서 봉화가 올랐다는 긴급전화가 걸려 오는 형편이라서 손을 쓸 수가 없게 되고 말았다. 지서는 지서대로(대체로 한 개 면에 지서가 하나, 경찰 수는 열 명 이하였다) 적은 인원만으로는 본서에 출동이라도 요청하지 않는 한 어쩔 도리가 없었다. 더구나 익숙지 않은 산속으로 적은 수의 경찰이 들어갈 상황도 못 되었다. 경찰은 가끔 지서 앞에서 봉화를 향해 발포를 하였지만, 별을 향해 발포하는 것이나 다름없는 이런 행위는 위협사격이라 하더라도 사람들의 웃음거리밖에 되지 않았다.

얼마 후 사람들이 움막으로 돌아와 제각기 일을 시작했다.

남승지는 담금질한 죽창을 대여섯 개씩 굵은 새끼줄로 다발로 묶은 거적으로 둘둘 말아 동여매어 하나의 짐으로 만들었다. 그리고 다시 대나무 잔가지를 치는 따위의 일을 계속했지만 그가 지금 그런 일을 위해 죽창 제조 움막에 있어야 하는 것은 아니었다. 마을 민위대의 학습회와 전단지 등사를 도와주고 돌아오다가 마을의 서동(西洞)지구 분대장인 손 서방과 함께 움막에 왔던 것이다.

손 서방에게는 내일 신고 갈 구두의 수선을 부탁해 놓았고(그가 뭔가를 알아챈 것은 그 때문일 것이다), 게다가 일본으로 떠나면 이 움막과도 한동안 작별해야 했다. 물론 일본행은 비밀이었기 때문에 그냥 들러 일을 거들었던 셈이다.

남승지는 중학생과 노인들까지 참가해서 죽창을 만들고 있는 현장에 있다 보니 묘하게 관념적인 잡념이 사라지는 느낌이 들었다. 적당히 음담패설로 농담을 해 가며 담담하게 작업을 진행하는 그곳에는, 자연스런 형태인 투쟁의 숨결이 가득했다.

투쟁은 이미 시작되고 있었다. 무장봉기는 이른바 선전포고나 다름없었고, 사람들은 묵묵히 그 준비를 생활의 일부로 받아들여 진행시키고 있었다. 당연한 일이지만, 그러한 준비는 죽창 제조에만 국한되는 것은 아니었다. 식량 확보를 위한 여성 동맹원(주로 농민이자 해녀들이었지만)들의 활동이 있었고, 또 사람들의 모금운동이 있었다.

투쟁의 주역은 말할 것도 없이 청년들이었고, 이들을 뒷받침하는 힘은 가족이었다. 가족이라기보다는 대가족주의, 씨족제 사회였으므로 일족(일가 또는 문중)이라고 하는 편이 옳았다. 이러한 가족이 이곳 섬사람들에게는 다양한 형태의 친척이나 인척 관계로 얽혀 있었기 때문에 더욱 넓게 연결되어 있었다. 그러므로 섬 주민들의 의사는 혈연적인 요소로 인해 자식들이 지향하는 방향으로 조직될 수밖에 없는 풍토를 지니고 있었다. 그러나 이런 투쟁의 잰걸음 속에서도 섬을 떠나려는 움직임 또한 이어졌다.

"자아, 해 볼까." 손 서방이 자기 발밑에 날을 세운 대나무 하나를 집어 들고 끓는 기름 가마 앞에 섰다.

그는 조금 신묘한 표정을 짓는가 싶더니 순간적으로 손에 든 죽창 끝을 기름 안에 푹 담갔다. 그리고는 치직, 치지직 하는 소리를 내며 흰 연기가 피어오르자 얼른 죽창을 꺼냈다. 창끝에는 기름이 번들거리고 기름에 담가 누렇게 변색된 부분이 윤기 있게 빛났다. 이렇게 완전한 죽창이 만들어졌다.

손 서방은 이윽고 죽창 끝을 지면에 내리꽂아 시험을 해 보았다. 이제 쇠로 된 칼날처럼 단단해진 죽창 끝은 쉽게 꺾이거나 날이 빠지지 않았다. 그는 다시 두세 번 푹푹 지면을 찔러 보았다. 지금이 낮이고 전망이 좋은 들녘이었다면 표적을 만들어 놓고 멀리서 던져 보고 싶어졌을 것이다. 손 서방은 창끝을 자세히 확인한 다음 헝겊으로 깨끗이 흙을 닦아냈다. 이것으로 합격이었다.

이런 과정을 거치는 이유는 펄펄 끓는 기름에 그저 창끝을 기계적으로 집어넣는다고 해서 담금질이 되는 것은 아니기 때문이었다. 얇게 잘려진 끝 부분이 고열을 견디지 못하고 타 버리면 이가 빠지거나 하여 무기로서는 쓸모가 없기 때문이었다. 손 서방은 대나무 끝을 절단하여 날을 세우는 일뿐만 아니라, 담금질하는 요령도 터득하고 있었다.

남승지는 이 마을에서 처음으로 대나무 하나가 눈앞에서 순식간에 죽창으로 변하는 것을 보고는 형용할 수 없는 생생한 감동에 침을 삼켰다. 일찍이 일본에서 군수공장에 노력동원을 당했던 일이 생각났는데, 공장의 작업에서는 이처럼 생생한 감동은 없었다. 나사 하나, 베어링 한 개의 부속품으로 만들어지는 무기 제조공정은 추상적이라서, 아직은 무기라는 실감을 느낄 수 없는 먼 곳에 자신을 둘 수가 있었다. 아니, 부속품만으로는 무기인지 아닌지 알 수가 없었다. 하나의 나사,

한 개의 베어링. 무기의 어느 곳에 쓰이는 것인지도 모르는 와셔. 하지만 죽창은 달랐다. 더구나 죽창은 칼과 마찬가지로 눈앞의 적을 마주해야만 사용할 수 있었다. 이것이 인간의 신체 어딘가를 뚫고 지나갈 것이라 생각하자, 아니, 이것은 자신도 손에 들어야 할 물건이라 생각하자, 남승지의 가슴은 심하게 떨렸다.

손 서방은 죽창의 날을 세워 가며 담금질까지 다 마치자 담배 한 개비를 입에 물고 남승지와 나란히 앉았다. 그리고는 뒷벽에 기대어 쌓아 놓은 대나무를 집어 잔가지를 치기 시작했다. 날을 세우기 전단계 작업이 미처 뒤를 대지 못했기 때문이다.

"손 서방은 손이 빠르다니까. 게다가 일도 꼼꼼하고……, 아무도 자네를 당해 낼 사람은 없다구. 손 서방은 이 마을을 위해 많은 일을 했수다. 안 그렇수꽈, 윤 영감……."

순실이 할머니가 아궁이를 들여다보더니 재를 긁어내고 불을 조금씩 줄여갔다. 그리고 한숨 돌리듯 머리에 쓴 흰 수건을 벗어 가볍게 털었다.

"음, 물론 그렇지."

윤 영감은 일손을 멈추지 않고 고개를 끄덕여 답했다.

"허지만, 순실이 할머니……." 곁에 있던 홍 영감이 말참견을 했다. "그런 소릴 하면 손 서방이 섭섭게 생각한다구. 이보게, 손 서방은 말여, 이 마을을 우리와 마찬가지로 자기 고향이라 여긴단 말여."

"아아, 난 또 무슨 말이라고. 그야 나도 잘 알고말고. 그래도 고마워서 한 소리니 기분 나빠 하진 말게나. 이깐 일로 언짢게 생각하면 벌을 받는다네."

"무슨 말씀을요, 기분 나쁠 리 있나요. 칭찬받은 것 같아 감사할 따름이여유. 전 이 마을을 좋아하니께 나가라고 해도 안 나갈 거구만요."

"그려, 무슨 일이 있어도 나가지 말게나. 우리랑 함께 살아야지. 얼마나 좋은 일인가, 이 마을에 와 주어서 참 고맙네잉……."

"이봐요, 윤 영감……."

"왜 그러시나……."

윤 영감은 대나무 마디에 줄질을 하면서 대답했다.

"난 말이우다. 지금 옛날 어렸을 적 일이 생각남수다. ……옛날 사람들도 직접 죽창을 만들어 싸웠다지 않소?"

"……아, 옛날 사람들, 옛날 우리 조상들도 물론 이렇게 죽창을 만들었지……."

"그렇게 먼 옛날이 아니라, 내가 어렸을 적 얘기를 하고 있는 거우다. 난 아직도 생생히 기억하고 있수다. 손 서방은 육지에서 온 사람이라 모르겠지만, 옛날 이 섬에, 내가 아직 어릴 때였는데, 이재수(李在守)란 훌륭한 장수가 있었수다…… 그때 일이 지금 생각남수다."

"어험, 이재수라면 나도 알고 있지." 홍 영감이 긴 곰방대의 대통을 줄 손잡이에 통통 두들겨 재를 털면서 말했다. "내가 서당에 다니던 개구쟁이 시절 일인데, 이 마을에서도 많은 사람들이 무기를 들고 일어났지. 이재수가 가는 마을마다 폭죽을 터뜨리며 환영하고 술이랑 음식을 내어 대접했어. 그래서 모두들 농민군에 가담해서, 이재수를 따라 말일세, 관리들과 양놈들이 한패가 된 천주교도들이 우글거리는 성내로 쳐들어갔다네. 큰 난리가 났는데, 이재수는 보통 사람이 아니었어. 이재수는 잡혀서 서울로 압송되어 죽었는데, 그때 옷을 벗겨보니 이재수 몸에 멋진 날개가 두 개 달려 있었다는 거야. 물론 관리들은 칼로 그 날개를 베어 버렸지만 말야. 어렸을 적 우리들은 이런 얘길 많이 들었었지……."

젊은 남승지조차도 어렸을 때 어머니가 동경과 존경이 가득한 표정으로 이재수 이야기를 들려주던 일을 기억하고 있었다. 두 개의 날개 이야기도 들었다. 어린 그는 날개가 돋아난 훌륭한 '장수'에 대해 신비 하면서도 뭔가 괴물과 비슷하다는 상상도 했다. 이렇게 1901년에 일 어났던 민란 지도자는 현실의 틀을 벗어나 섬 사람들 사이에 전설 속 인물이 되어 있었다.

"홍 영감, 이재수가 죽은 얘기는 아직 일러요. 죽으면 그걸로 얘기 가 끝나지 않수꽈." 순실이 할머니가 웃으며 말했다. 남승지는 아궁 이 열기로 얼굴이 벌겋게 달아오른, 자기 어머니와 동년배인 그녀의 말에 귀 기울였다. "그래서 말인데 손 서방, ……명우 씨도 좀 들어 봐(인척 관계라고 그녀는 경칭을 썼다). 내가 다섯 살인가 여섯 살인가 되 던 해였어. 그땐 우리 아버님도 아직 젊으셨는데, 지금은 거짓말 같 은 생각이 들지만, 자네들처럼 젊었었지. 들일로 한창 바쁜 늦봄 무 렵 일어난 일이었는데, 지금도 어렴풋이 눈앞에 떠올라 마을 청년들 이 집안 부엌 봉당에서 아버지와 함께 죽창을 만들고 있었어. 그땐 관리들이 백성을 어찌나 괴롭히고 터무니없이 세금을 거둬가던지, 사람들이 모두 굶어죽을 지경이었지. 우리 생활이야 가난하긴 지금 도 마찬가지지만, 그땐 제삿날이 돌아와도 1년에 쌀밥 한 번 조상님 께 올릴 수가 없었어.

대정촌(大靜村)에서 이재수란 장수가 나온 건 바로 이때였다구. 게 다가 관리들은 법국(프랑스)놈들 하고 한패가 돼 가지고선 섬 사람들 을 함부로 죽이고 훔치고…… 참으로 천주교도들은 몹쓸 짓을 많이 했었지……. 나보다는 홍 영감이나 윤 영감이 더 잘 알고 있을 테니 얘기를 천천히 들어 보면 알겠지만, 그래서 이재수는 관리들과 천주 교도를 응징하려고 난을 일으켰던 거야. 물론 우리 아버지도 죽창을 들고 함께 싸웠고."

"음……." 두 노인이 동시에 고개를 끄덕이더니, 홍 영감 쪽이 곰방대에서 연기를 한 번 뿜어내고 나서 말했다. "음, 오래 전 얘기로, ……나도 어렴풋이 기억하는 것도 있지만, 많은 사람들이 죽었어. 성내는 피바다가 됐다고들 했으니까. 천주교도들이 선교사와 한패가 되어 가지고는 자기들도 법국인이라고 거들먹거리며 그야말로 도리에 어긋나는 횡포를 부리는 바람에 난이 일어나서, 신도들도 많이 죽고 우리 쪽도 많이 죽었지. 으흠, 법국이라는 건 지금의 프랑스란 나라를 말하는 거고. 그래서 본토에서 관군이 오고, 지금 말한 법국 군대도 상륙을 하니 난리가 더욱 커졌지. 그때 이재수는 스물다섯이었어. 말을 타고 칼로 지휘를 하면서 천주교도를 벨 때 이재수는 귀신처럼 무서운 사람이었다더군……."

이때 움막의 판자문을 덜컹거리게 하던 바람이 갑자기 딱 멈추는가 싶더니 딱딱한 구둣발 소리가 밖에서 들리고 여러 사람의 인기척이 났다.

"누가 오는 모양이군."

손 서방이 말했다.

어험, 하는 헛기침 소리가 나더니 구둣발 소리가 문 앞에까지 다가와 멈췄다. 문을 열고 들어온 사람은 송 한의원이었고, 그 뒤를 강몽구가 따라 들어왔다. 두 사람이 문을 닫고 입구에 서자 두세 평밖에 안 되는 움막이 매우 좁게 느껴졌다. 아이구, 도장배기(큰 얼굴) 송 한의원님 오셨네……, 사람들이 무릎 위에 쌓인 대나무 찌꺼기를 털면서 일어나려는 것을 송 한의원이 말렸다. 두 사람이 들어서자마자 바람에 밀려 든 밤공기와 함께 술 냄새가 났다. 두 사람 모두 조금 얼굴이 붉었다.

수염이 제멋대로 자란 송 한의원이 수고가 많다며 말을 걸자, 윤

영감이 우린 지금 이재수 얘길 하던 참이라고 웃으며 말했다. 이재수? ……, 송 한의원은 묵직한 보따리를 한 손에 든 채 쉰 목소리로 되물었다. 옛날에 있었던 '이재수의 난' 얘기 말이우다……. 아아, 이재수, 그렇군, 누굴 말하나 했더니 옛날의 그 이재수 얘기였군, 좋은 얘기우다. 음, 여기는 이재수 얘기를 하기에 딱 좋은 곳인지도 모르겠군요. 어떻습니까, 이재수 얘길 많은 젊은이들에게 알려 줄 필요가 있을 것 같은데…… 강몽구는 큰 눈을 한 번 굴렸을 뿐 잠자코 미소만 짓고 있었다. 응, 어떤가, 명우군, 이재수연구회라도 만들어 보면 재미있을 것 같은데. 이건 '공산주의' 연구회가 아니니 괜찮을 거야, 핫핫핫, 아참, 순실이 할머니, 이건 선물이우다……. 송 한의원은 커다랗고 붉은 얼굴 가득히 웃음을 띠며 쥐고 있던 보따리를 그녀에게 건네주었다.

"어이쿠, 이거 꽤나 무거운데, 뭐가 들었수꽈?"

"열어 보면 알겠지요……."

"……으ー응, 이건 떡이잖아. 응, 시루떡이네. 저쪽 대나무 바구니에 찐 감자를 마련해 놨는데, 애써 가져오셨으니 고맙게 받겠수다."

"그쪽으로 앉아요."

윤 영감이 말했다.

"……바로 돌아갈 거지만, 잠시 앉아볼까."

두 사람은 짚방석을 깔고 땅바닥에 앉았다. 순실이 할머니가 보따리를 풀어 내용물을 꺼냈다. 문종이로 싼 시루떡이었다. 팥고물을 뿌린 둥글고 두툼한 떡 두 장이 포개져 있었고, 거기에 한가운데부터 열십자로 썰려 있었다.

순실이 할머니는 위에 있는 떡 한 장씩을 모두에게 나눠 주었다. 송 한의원과 강몽구는 떡 대신 각자 담배를 꺼내 한 대씩 피웠다.

아까 송 한의원이 들어왔을 때 사람들이 아이고, 도장배기 송 한의원이 오셨다며 맞이했는데, '도장배기'라는 것은 마을 사람들이 송 한의원한테 붙인 별명이자 애칭이었다. 그 네모지고 혈색이 좋은 넓적한 얼굴은 상당한 면적을 자랑하고 있었는데, 보통 사람 얼굴 두 개는 족히 들어간다고 해서 도장배기로 불렸다.

말할 것도 없이 그가 이 움막의 제공자였다. 만일 관헌에게 들키는 날이면 목숨이 걸린 일이었지만, 한의원 송진산은 두말없이 청년들의 부탁을 들어줌으로써, 두 사람 분의 큰 얼굴값을 증명해 보였던 것이다.

잠시 후 먼저 담배를 다 피운 강몽구부터 일어섰다. 남승지도 강몽구의 말에 따라 자리에서 일어나, 세 사람이 움막을 나왔다.

비는 거의 그쳐 있었다. 발밑을 조심하면서 안뜰을 돌아 안채로 왔을 때, 송 한의원이 방에 들어가지 않고 그냥 가겠냐고 물었다. 강몽구는, 그럼, 한동안 못 뵙겠지만, 뒷일을 잘 부탁한다는 인사 한마디를 하고 남승지와 함께 커다란 팽나무 아래, 돌담으로 둘러쳐진 입구를 통해 밖으로 나왔다. 남승지는 두 사람이 인사를 나누는 모습으로 보아 송 약국이 강몽구의 일본행을 알고 있다는 생각이 들었다.

맞바람이 불어오는 어둡고 구불구불한 길(골목길이라고 하는 편이 옳겠지만)을 두 사람은 해안 쪽으로 걸어갔다. 눈이 어둠에 익숙해지자, 지상보다는 다소 밝은 하늘빛을 받은 길이 어슴푸레 떠올라 걷는 데 큰 지장이 없었다. 게다가 길 양쪽으로 늘어선 집에서는 돌담 너머이긴 했지만, 아직 군데군데 창호지에 남포 불빛이 번져 나오고 있어서 희미하게 밝았다.

"내일 떠날 준비는 다 되었나?"

강몽구가 말했다.

"예, 달리 준비할 것도 없습니다."

사실이 그랬다. 지금까지 신고 있던 코끝이 둥근 조선식 헝겊신 대신 구두로 바꿔 신으면 그만이었다. 구두는 수선을 맡겨 놓았으니 내일이면 찾을 것이다. 그리고 작업복을 벗고 한 벌뿐인 양복으로 갈아입으면 그만이었다. 밀항하는 사람이 선물이니 뭐니 하는 쓸데없는 생각도 필요 없었다. 다만, 고향의 돌멩이를 하나 가방에 넣어 갈까 하는 생각은 했지만.

"음, 그것도 그렇군. 가는 것 자체가 일이니 말이지."

방파제에서 부서지는 거친 파도 소리가 또렷이 들려오는 지점까지 왔을 때 강몽구는 멈춰 섰다. 그리고는 자신은 지금부터 해안을 따라 서쪽에 있는 인근 마을로 갈 것이니, 내일 밤 직접 S리 부두로 아홉 시 반까지 오도록 하되, 내일 오후 일곱 시 30분쯤에 마을 서쪽 언덕길 아래에 트럭 한 대가 멈춰 서거든 그걸 타고 오라고 일렀다. 남승지는 내용을 재차 확인하고 고개를 끄덕였다. 돌담 사이를 뚫고 들어오는 세찬 바람이 휘파람 소리를 냈다. 한기가 조금 느껴졌다.

"형님은 돌아다녀도 괜찮습니까?"

"뭐가, 나 말이야? 후후, 난 석방된 지 며칠밖에 지나지 않았어. 방금 석방된 사람이 돌아다니지 못한다니 말이나 되나, 응, 그렇고말고, 핫하하."

강몽구는 웃으며 남승지의 어깨를 탁 치고는, 해안가 서쪽으로 시골길을 서둘러 걸어갔다. 마치 강한 밤바람에 낚아채인 것처럼 이내 모습을 감추었다.

남승지는 바다가 보이지 않는 어두운 바닷가로부터 왔던 길을 조금 되돌아갔다. 그리고 집회소로 사용되기도 하는 커다란 팽나무 아래 모퉁이에서 자그마한 세 갈래 길을 왼쪽으로 돌아 묵고 있는 집으로 돌아왔다.

문이 없는 돌담 사이로 들어가자 정면에 안채가 보였고, 판자문 사이에서 희미한 불빛이 새어 나왔다. 순실이 할머니의 며느리와 아이들이었다. 돌담을 따라 안뜰 오른쪽으로 거름 창고, 헛간, 작은 온돌방이 늘어서 있었는데, 그곳이 남승지의 방이었다. 온돌방 건너편의 돼지우리에서 돼지가 꿀꿀거리며 일어나는 기척이 들렸다. 아직 잠들지 않았던 모양이다.

일곱 시 반에 오는 트럭이라……. 음, 도대체 어디 트럭일까. 이 마을에서 S마을까지 트럭으로 가려면 3, 40분은 걸린다. 버스라면 한 시간 가까이 걸린다. 일곱 시 반에 출발한다고 하고 한 시간 남짓 잡으면 여덟 시 반 조금 지나 S리 해변에 닿는다. 그래도 약속시간까지는 한 시간 정도 여유가 있다. 그동안 무얼 해야 하나.

이 Y리는 성내에서 동쪽으로 약 20킬로미터 떨어진 조천면의 동쪽 끝에 위치한 300호 정도 되는 작은 해변 마을이었다. N리에서 대검거 선풍이 불었던 다음 도당지도부 일부 아지트가 이곳으로 옮겨 왔지만, 마을 사람들은 알 리가 없었다. 남승지도 마을 어디에 아지트가 있는지 알지 못했고, 조금 전에 강몽구와 만났던 것처럼 다른 사람과 접촉할 경우에도 간접적인 절차를 밟아야 했다.

온돌에는 불이 넣어져 있었다. 좁은 방에 남폿불이 켜지자 몸과 마음에 따뜻한 온기가 전해졌다. 남승지는 바깥쪽 덧문과 장지문을 닫았다.

벽기둥에 걸린 거울이 반사하는 남폿불에 이끌린 그는 거울 앞에 섰다. 군데군데 수은이 벗겨진 좁고 긴 조각 거울이었다. 마치 밀가루를 뿌린 것처럼 하얗게 살결이 부르터 보이는 자신의 얼굴을 지켜보고 있자니 문득 유원이 생각났다. 그리고 그녀가 어제 한 말도…….

정말일까, 정말로 그녀는 그렇게 생각하고 있는 것일까. 음……, 유원, 유원 하고 이름을 중얼거려 보았다. 시간은 벌써 열두 시였다. 연락선은 어디쯤 가고 있을까. 거친 바다에 흔들리며 꾸준히 북쪽을 향해 나아가고 있을 게 틀림없었다. 아들을 못 낳으면 소박맞는다, 칠거지악……. 문득 그녀가 했던 말들이 머리를 스치고 지나갔으나, 생각해 보면 그것은 그리 특별할 것도 없는 일이었다. 물론 그녀는 유교적인 가정에 예속될 여자가 아니었다. 일찍이 서울에 있을 때 그녀들 앞에서 여자 중에는 천재가 없다는 식으로 말한 바이닝거처럼 여성모멸론을 펼쳤던 기억이 낯간지럽게 되살아났다.

남승지는 빗물에 젖어 땀 냄새 나는 양말을 벗어던지고 따뜻한 방바닥에 누워 천정을 보았다. 조용히 눈을 감고 초가지붕을 스치는 바람 소리와, 쿵 하고 지면을 울리는 파도 소리가 들리는 대로 귀를 열어 두었다. 갑자기 가벼운 현기증이 나더니 방이 배처럼 기울어지며 움직이는 착각에 빠졌다.

그는 눈을 뜨고 당장이라도 무너져 내릴 듯한 낡은 천정을 바라보았다. 음, 일본이라, 일본……. 나는 일본에 간다. 그러나 나는 결코 이 섬을 떠나기 위해 가는 게 아니다. 다른 사람들과는 달라, 조직의 임무를 띠고 가는 나는 다시 이 섬으로 돌아올 거야. 남승지는 빙긋이 웃고는 한껏 손발을 뻗어 기지개를 켰다. 기분 좋은 피곤함이 몰려오고, 이대로 잠들어 버리면 좋겠다는 기분이 들었다.

2

남승지는 온종일 거의 방 밖으로 나가지 않았다. 수선한 구두는 점심 무렵 손 서방이 지나는 길이라며 가져왔기 때문에 나갈 일도 없었다.

외출을 삼간 이유는 늦은 밤에 출발한다는 이유도 있었지만, 불필요하게 가능하면 남의 눈에 띄지 않도록 주의했기 때문이다. Y리는 조직의 힘이 강한 이른바 '해방구(解放區)'에 가까웠으나(이 섬에서는 지형적인 특성 때문에 완전한 해방 부락을 만들기 어려웠다), 아지트는 비밀이었으므로 외부에서 이 마을로 들어온 사람은 필요 이상으로 나다니지 않는 게 좋았다. 조직의 일은 산간 부락을 제외하고는 주로 야간에 하였고, 회의도 때로는 마을을 벗어난 숲 속에서 이루어졌다. 인가가 가까이 있어서 어떤 한 집에 마을 사람도 아닌 사람들이 자주 드나들게 되면 그 어떤 냄새가 자연히 퍼지게 마련이었다.

그러나 설사 아지트가 마을 사람들에게 알려진다 한들 그다지 대수로운 일도 못 되었다. 알려지게 되더라도 동네 사람들이 서로 비밀을 지켜 마을 밖으로 새어 나가는 일은 결코 없었다. 아지트는 또한 마을 어귀에서 상당히 먼 곳에 있었다. 만일 경찰이 마을로 들어왔을 경우에는 릴레이식 통보가 몇 분 안에 닿게 된다. 그러므로 설령 관헌이 이 마을에 아지트가 있다는 것을 눈치 챘다 하더라도, 마을을 동서남북, 북쪽의 바다까지 포위해서 압박해 오지 않는 한, 그 장소를 찾아낸다는 것은 불가능했다. 그렇다 해도 원칙적으로는 아지트의 관계자 외에는 알 수 없도록 되어 있었다.

이 마을에 아지트가 있건 없건 상관없이 마을 여자들은 산간 부락으로 식량을 보급하는 일을 공공연히 하고 있었다. 남승지는 Y리를 구성하는 몇 개 동네 중에서 서동 지구에 살고 있었지만, S리에 사는 고모와 친한 친구도 있어서 동네 사람들과는 어느 정도 안면이 있었다.

　오늘도 점심때가 좀 지나 서동 지구 여성 동맹원들이 이 집 부엌에 모여서 식량보급을 시작하려 할 때 얼굴을 마주쳤다. 그녀들은 시끄럽게 수다를 떨고 큰 소리로 웃으며 일하고 있었다. 그것이 건너편에 있는 남승지 방에까지 잘 들렸다. 젊은 엄마가 울음을 그치지 않는 등에 업은 아이를 달래며, 자랑자랑 윙이자랑…… 하는 자장가를 불렀다. 이윽고 민요를 부르는 소리가 이어졌다. 이 섬에 많은 본처와 첩이 다투는 노래였는데, 또 다른 목소리가 가사의 문구 '첩'을 '그 여자'로 바꿔 불러 사람들을 웃겼다.

　　　까라기가 달린 보리를 껍질째 먹어도
　　　그 여자와 한 집에는 살 수가 없네
　　　물이 떨어져 같은 물은 마셔도
　　　그 여자와 같이 걸어서 물 길러 갈 수는 없네
　　　길을 새로이 만들 수만 있다면
　　　그 여자의 길은 따로 만들고 싶네……

　　　대문으로 온 편지 뒷문에서 읽어 보니
　　　그 여자가 죽었다고 연락이 왔네
　　　고기반찬에도 입맛 없던 밥이
　　　갑자기 소금만 있어도 맛있게 먹었네……

여자들의 요란한 웃음소리가 터져 나오고, 계속해서 꾀꼬리라고 하고 싶을 정도로 귀여운 목소리가 섬의 민요조로 새로운 유행가를 불렀다. 상사랑(相愛)이라는 노래였다. 경쾌한 멜로디와 유쾌한 가사는 당장이라도 춤추고 싶게 만드는 노래였다. 아니, 여자들은 일을 내팽개치고 정말로 춤을 출지도 모른다.

너영나영 두리둥실 놀고요
낮이낮이나 밤이밤이나 상사랑이로구나
아침에 우는 새는 배가 고파 울고요
저녁에 우는 새는 님이 그리워 운다

너영나영 두리둥실 놀고요
낮이낮이나 밤이밤이나 상사랑이로구나
호박은 늙으면 맛이나 좋고요
사람이 늙으면 무엇에나 쓰나……

남승지는 자신도 모르게 리듬을 타고 가벼운 목소리로 노래를 따라 불러 보았다. ……호박은 늙으면 맛이나 좋고요. 사람이 늙으면 무엇에나 쓰나……. 헤헤에, 참 잔인한 구절 아닌가……. 건너편 부엌에는 순실이 할머니도 함께 있었는데, 그녀도 손뼉을 치며 장단을 맞추고 있을 것이다. 여자들은 노래를 부르며 각자가 가지고 온 갈치 토막이나 포를 뜬 전갱이 등을 소금에 절여 작은 항아리에 담는 일을 도왔다. 그 항아리는 대바구니에 하나씩 넣어 산간 부락으로 운반되었다. 하지만 이런 일이 가능한 마을은 극히 적었다.

남승지는 일곱 시를 넘겨서야 집을 나섰다.

한동안 계속 떠나 있을 것이므로 이 집 사람들에게 아무 말도 없이 갈 수는 없었다. 그래서 낮에 손 서방이 찾아왔을 때처럼 서울로 간다고 말해 두었다. 순실이 할머니는 지금 서울에……라고 놀라며 반신반의했으나, 일본에 갈 것이라고는 생각지 못할 터였다. 손 서방에게 서울행을 알렸을 때 반응은 아주 단순했다. 그 말을 들은 그는 의문이 풀렸다는 듯한 밝은 표정으로, 무슨 좋은 일이 있는가 싶더니 바로 그 일이었군, 난 또……라는 식의 조금은 맥 빠진 어조로 말했다. 같은 '동지'라는 것도 있었지만, 손 서방이 남승지와 친해진 것은 서로가 타향 출신이라는 공감대가 작용하고 있었음에 틀림없었다. 사회에서는 자신이 두세 살 선배라며 구두 수선비도 받지 않았다. 그것은 친숙함의 표현이기도 했지만, 국민학교에 다닌 적이 없는 손 서방은 가능하면 남승지를 붙잡고 선생 대신 여러 가지를 배우고 싶었기 때문이었다.

지정된 장소는 서쪽으로 난 도로(도로라고는 해도 겨우 우마차가 다닐 정도로 좁은 길이다)를 나와 다시 서쪽으로 신작로를 한참 걸어야만 되는 언덕길 아래였다.

인가가 끊긴 곳에서부터 길은 오른쪽으로 대나무 숲과 소나무 숲이, 반대편으로는 보리밭이 펼쳐진 사이로 나 있었다. 비가 갠 밤하늘은 아직 흐려 있었지만, 구름이 옅어진 탓인지 어젯밤만큼은 어둡지 않았다.

남승지는 인가 사이로 난 길을 다 빠져나올 때까지 돌담 위를 눈여겨보았다. 만약 마을에 경찰이 들어와 있으면 바로 돌담 위로 신호가 나타난다. 예를 들어 짚단을 넌지시 돌담 위에 얹어 놓았을 경우에는 경찰이 마을에 있다는 위험신호였다. 그것은 주로 마을 어귀에 있는 집에서 쓰는 방법이었지만, 일단 마을로 들어서고 나서도 특정한 집으로 접근하지 않도록 하기 위해 사용되기도 했다. 또한 대나무를 사용하는 경우도 있었다. 대나무가 똑바로 세워져 있으면, 지금 마을에는 경찰이 한 명도 없다는 신호였다. 비스듬히 놓여 있으면 위험하니까 마을에 들어오지 말라는 뜻이었고, 대나무 끝이 조금 꺾여 있으면 경계하라는 뜻이었다. 대나무를 사용하는 이유는 낮에 먼 곳에서도 확실히 보이기 때문이었다. 만일 경계 신호가 나타나면 근처에 있는 대나무 숲 같은 곳에서 뒹굴며 지내다가, 경계해제 신호로 바뀌고 나서 유유히 마을로 들어가면 되었다. 신호 담당은 마을의 여자나 아이들 몫이었다.

이러한 신호는 접선 등으로 특정한 마을에 들어가는 사람을 위한 것으로, 마을을 떠나는 경우에는 특별히 신경을 쓸 필요가 없었다. 다만, 언제 마을 입구 언저리에서 경찰과 마주칠지 알 수 없는 일이었으므로, 주의는 필요했다. 대개의 경우 이 마을뿐만이 아니라, 무슨 특별한 일이 없는 한 밤에 적은 수의 경찰들이 마을로 들어오는 일은 거의 없었지만.

신작로에 거의 다다랐을 때 갑자기 왼쪽에서 밝은 빛이 비치는 바람에 남승지는 긴장했다. 도깨비가 이빨을 드러내듯이 강한 빛을 뿜어내면서 다가오는 헤드라이트의 높이로 보아 트럭이었다. 뛰어서는 안 된다. 아니, 뛸 것도 없었다. 기다리는 트럭인지 아닌지 알 수 없기 때문이다. 어두워서 손목시계를 볼 수는 없었지만, 여유를 두고 일곱 시 조금 지나서 나왔으니까 지금은 고작해야 일곱 시 15분 정도밖에 되지 않았을 것이다.

남승지는 갑자기 자기 시계가 늦을지도 모른다는 불안에 쫓겨 신작로로 서둘러 갔다. 헤드라이트가 다가오는 것과 동시에 그는 반사적으로 손을 흔들었으나, 트럭은 그의 눈앞에서 자갈을 튕기며 그냥 서쪽으로 지나쳐 가 버렸다. 성내와는 달리 빈약한 가로등 하나 서 있지 않은 어두운 신작로에는 인적이 끊겨 있었다. 남승지는 전방에서 설지도 모르는 트럭을 쫓아 외투 자락을 잡고 한동안 뛰었다. 트럭이 갑자기 경적을 울렸다. 남승지는 자기에게 보내는 신호라 생각하고 움찔했으나, 멈춰 설 기미가 보이지 않았다. 빨간 미등이 언덕길을 오르며 점점 작아지다가 사라져 버렸다.

제기랄, 서지도 않을 거면서 경적을 울리기는…… . 남승지는 트럭에 돌이라도 던져 주고 싶은 기분으로 언덕을 향해 걸어갔다.

언덕 아래 다다른 남승지는 아무렇지도 않은 듯 멈춰 서서 뒤를 돌아다보았다. 그리고 앞뒤로 왕래하는 사람이 없다는 것을 확인하자 옆에 있는 소나무 숲으로 얼른 몸을 숨겼다. 머리 위에서 나뭇가지 사이를 통과하는 바람 소리가 빗방울처럼 떨어져 내렸지만, 숲 속은 공기가 갇힌 것처럼 조용하고 바람이 없었다. 어제 분 바람처럼 세차지는 않았다. 파도도 꽤 잠잠할 것이다. 남승지는 신작로를 따라 서 있는 나무 그늘에 서서 멀리 왼쪽으로 어렴풋이 하얗게 뻗어 있는 밤길을 지켜보고 있었다. 일곱 시 30분……, 손목시계가 맞다면 앞으로 10분 정도 지나면 트럭이 올 것이다.

초침을 새기는 시간이 심장의 고동 소리와 장단을 맞추듯 지나갔다. 약속시간이 지난 듯한 기분이 들었다. 성냥을 켜서 시간을 확인해 볼 수도 있겠으나, 그것은 이 상황에서 조심성 없는 행동이었다. 그는 공연히 낮에 들었던 여자들의 밝은 수다와 웃음소리, 그리고 노랫소리가 숲의 어둠에 젖어든 머릿속에서 되살아나는 것을 느끼면서, 이제 곧 저쪽에서 돌진해 올 헤드라이트에 신경을 집중시켰다.

설마 좀 전의 트럭이 마을을 잘못 알고 지나쳐 버린 것은 아니겠지, 으음, 아무렴 그럴 리는 없을 것이다. 그렇지만, 혹시 그 얼빠진 트럭이 서쪽에서 돌아오는 것은 아닐까. 아니, 그렇지 않다, 약속한 트럭이 서쪽에서 올 수도 있는 것이다……. 남승지가 언덕 쪽으로 고개를 돌렸을 때였다. 왼쪽 눈이 반대 방향에서 비치는 빛을 포착했다. 이윽고 트럭의 것으로 보이는 헤드라이트가 주변의 어둠을 가르며 눈을 찌를 듯 다가왔다.

남승지는 순간 숨을 죽인 채 나무 뒤로 몸을 숨겨 다가오는 불빛을 차단하면서 기다렸다. 트럭이 그냥 지나칠 것인가, 아니면 눈앞에 정차할 것인가.

트럭은 거의 속도를 줄이지 않은 채 다가오더니 남승지가 숨어 있는 곳 근처에서 급하게 정차했다. 엔진 소리가 마치 트럭의 심장인 양 계속 울렸다. 주위를 살피고 있던 남승지는 소나무 숲에서 트럭 쪽으로 뛰어나갔다.

군용 트럭이었다. 트럭의 왼쪽으로 다가간 남승지를 발견한 운전석 병사가 반대편으로 돌아오라는 신호를 보냈다. 헤드라이트 속을 가로질러 반대쪽으로 가자, 창문으로 고개를 내민 하사관인 듯한 남자가 "달"이라고 말했다.

"별."

남승지가 응답했다.

하사관이 문을 열고 타라고 했다. 트럭 뒤에 타는 줄 알고 있던 남승지는 서둘러 조수석으로 올라탔다.

문이 닫히자 트럭은 곧 움직이기 시작했다. 완만한 언덕길 중턱에서 왼쪽으로 크게 구부러진 길을 트럭은 힘차게 달렸다. 과연 군용 트럭답다는 생각이 들었다. 승차할 때 서로 주고받은 '달', '별'이라는 말은 일종의 암호로, 같은 동지임을 확인하는 신호였다. '땅'이라고 하면 '하늘' 하는 대답도 일종의 암호였고, 서로의 이름은 밝히지 않았다.

"S리로 가는 거지요."

가운데 앉은 하사관이 말했다. 말씨로 보아서 제주도 출신은 아닌 듯했다.

"예."

남승지가 대답했다. 그는 잠시 말을 끊었다가, 운전석에 이대로 앉아 있어도 괜찮은지 물었다. 경찰차가 스쳐 지나가거나, 혹은 지서 앞을 지날 때 군인과 함께 평복을 입은 사람이 앉아 있는 모습이 보이면 좋지 않을 것이라는 생각 때문이었다. 옛날 일본군 전투모와 비슷한 군모를 눌러쓴 상대방의 둥근 얼굴이 웃음을 짓는 듯했다. 그는 괜찮소, 걱정하지 마시오, 라고 대답했다. 단, 신호를 보내면 상반신을 숙이라고 일렀다.

사방이 빛 한 점 없는 어둠이었다. 트럭은 마치 빛의 고열로 암흑 덩어리를 녹여 버리기라도 할 것처럼 헤드라이트로 길을 열면서 전진을 계속했다. 그 속으로 마치 유령처럼 흰 옷을 입은 행인이 작게 나타났다가 이내 사라졌다. 울퉁불퉁한 길에서 이따금 트럭이 덜컹덜컹 흔들리면 엉덩이가 자리에서 튀어 오르곤 했다. 아아, 역시 군용 트럭이구나……. 남승지는 어지간히 놀라기도 하면서 알 수 없는 즐거운 마음이 트럭의 진동으로 흔들리는 온몸에 퍼지는 것을 느꼈다. 음, 음, 하면서 내심 감탄하고 있었다. 결코 예상하고 있었던 일은 아니었지만, 역시 그랬었구나 하고 납득해 가는 감정의 움직임이 이상했다. 굳이 말할 필요도 없는 일이었지만, 제주도에 주둔하고 있는 국방경비대 제9연대에는 상당히 많은 세포조직이 있었다.

트럭은 네 개의 마을과 두 곳의 경찰지서 앞을 통과해서 S리까지 왔다.

도중에 스쳐 지나간 차도 없었다. 마을로 들어서자 과연 인가에서 새어 나오는 희미한 불빛이 눈을 즐겁게 했으나, 신작로 양쪽에 있는 인가를 비춰대는 헤드라이트의 밝은 불빛은 위압적이었다. 마을 지서의 남포등 불빛이 비치는 유리문 안쪽에서 움직이는 경찰의 모습이 보였으나, 그것도 한순간이었다. 헤드라이트의 강렬한 불빛 속에 떠오른 흰색의 목조 단층건물은 순식간에 내팽개쳐지듯 어둠 속으로 흘러가 버렸다. 그리고 여기저기 남폿불이 깜빡이는 마을을 벗어나자, 주위는 다시 자연 그대로인 어둠에 갇히고 헤드라이트 불빛만이 어둠을 밝게 태웠다.

S리 부락은 신작로에서 해안 쪽으로 빠지는 길을 걸어가야만 했다. 그래서 길가에는 인가가 없었다. 한참을 가면 사라봉('봉'이라고는 해도 오름을 말하는 것으로, 고작 2, 3백 미터에서 5, 6백 미터 정도 되는 인덕이라는 편이 옳았다) 기슭에 놓인 다리 근처에 인가 몇 채가 있는 것 말고는 보리밭이 펼쳐져 있을 뿐이었다.

트럭은 그 인가에서 한참 못 미치는 곳에서 정차했다. 남승지는 두 사람의 군인과 악수를 나누며 고맙다는 말을 하고 트럭에서 내렸다. 하사관이 가볍게 손을 흔들었다. 트럭이 멀어지기 시작하자 이제까지 헤드라이트에 눈이 익숙해져 있던 남승지는 순간 앞뒤를 분간할 수 없는 어둠 속에 내팽개쳐진 기분으로 작아져 가는 트럭의 미등을 한동안 바라보았다. 순간, 서로 얼굴도 익히지 못한 저 두 사람과 언제 어디서 다시 만날 수 있을까 하는 감상이 가슴을 뭉클하게 만들었다. 이게 바로 동지였다. 서로 다른 전선에서 투쟁하고 있는 동지, 동지…….

시간은 조금 전에 운전석에서 성냥을 켜서 확인해 보았는데, 여덟 시 반이 가까웠다. 트럭이 Y리에 도착한 시각이 생각보다 늦었는지도 모른다. 여기서 해안까지는 십여 분이면 갈 수 있을 터였다. 약속한 아홉 시 반까지는 아직 한 시간이나 남아 있었다. 남승지는 어찌하면 좋을지 잠시 망설였다. 마을로 들어가는 길옆 관목 숲에서 잠시 시간을 보낼까, 아니면 고모 집에 들를까. ……고모 집에 들러서는 안 될 것이다. 들르면 깜짝 놀랄 것이다. 더구나 일본에 간다는 걸 알면 더욱 놀라 30분 만에 일어설 수는 없을 것이다. 고모한테 일본행을 알린다 해도 비밀이 샐 염려는 없었지만, 그러나 조직의 기밀에 속하는 일을 함부로 말해서 좋을 것은 없었다. 게다가 굳이 알릴 필요도 없었다.

남승지는 여러 채 집이 모여 있는 쪽으로 걸어가다가 S리로 통하는 오른쪽 길로 돌았다.

그는 마을 어귀에 가까운 관목 숲 속에서 한동안 시간을 보냈다. 어둠에 눈이 익자 이쪽 숲에서 마을의 신호를 담당한 집의 돌담 언저리가 보였다. 만약 검은 돌담 위에 짚단이 올려져 있는 경우에는 밤중이라도 10미터 정도 떨어진 곳까지 희끄무레하게 보이게 마련이었다. 짚단은 없었다. 이 마을 동쪽 끝, 이웃 마을과 경계 지점에 새로 생긴 작은 지서가 있었다.

남승지는 정확히 시간을 재 보지는 않았으나, 약 반 시간쯤 지났을 때 숲에서 나왔다. 그리고는 태연히 마을로 걸어서 들어갔는데, 가죽 신발 밑창 닿는 소리가 왠지 신경에 거슬렸다. 두세 명의 청년들을 지나친 뒤 조금 더 가니 어두운 골목 어디에선가 흥겨운 노랫소리가 흘러나왔다. 이 섬의 민요였다. 마을의 남녀가 함께 노래를 부르며 춤을 추는 모양이었다. 네거리를 바다 쪽으로 가로지를 때 오른쪽 골목에서 노랫소리가 들려왔다. 조오타! 잘한다……라며 남자가 추임새를 넣고, 장구가 뚱, 땅, 뚱, 땅, 땅…… 하며 밤의 정적을 깨는 탄력적인 소리가 밝게 울려왔다. 그러나 어둠 속에서 들려오는 형태 없는 소리와 음성은 꽤나 괴이한 느낌이 들면서 어떤 환상조차 불러일으켰다. 조금이라도 도시의 전등 불빛에 익숙해진 사람이라면 이런 착각에 빠지기 쉬울 것 같았다.

남승지는 달이 없는 어두운 밤이라 차라리 잘됐다고 생각하면서 방파제에 부서지는 파도 소리가 들려오는 해변으로 갔다. 서울에서 제주도로 온 뒤 1년 가까이 머물렀던 마을인지라 낮에 길을 걷고 있었다면 아는 사람과 여러 번 마주쳤을 것이 뻔했다.

바닷물이 출렁이며 돌로 쌓은 해안을 간질이고 있는 방파제 안쪽에는 작은 어선들이 줄지어 있었다. 어디에 밀항선이 있는지 바로 알아내기는 어려웠다.

남승지는 주변의 동태에 주의를 기울이면서 해안가에 있는 작은 공회당 옆을 지나 국민학교가 있는 언덕 쪽으로 향했다. 언덕 아래쪽 방파제와 이어진 해안 근처에서 인기척이 났기 때문이다. 남승지는 사람들이 왕래하지 않는 길을 따라 소리 나는 쪽으로 걸어갔다. 해안 곳곳에 볏단처럼 쌓아 놓은 속새 더미에서 강한 바다 냄새가 코를 찔렀다. 갯바람이 얼굴을 향해 불어왔다. 늘어선 어선들 가운데 가장 끝 쪽으로 뱃전이 유달리 높아 밀항선 같은 느낌을 주는 배가 보였다. 그 주변에 두세 사람의 그림자가 움직이고 있었으나 윤곽이 뚜렷하지 않았다. 시야를 차단하는 검은 장막이, 순간적으로 머리부터 베일을 씌워 놓은 느낌을 주었다.

구둣발 소리를 내며 걸어가자 저쪽에서 외투를 걸친 작달막한 남자가 다가왔다. 순간, 강몽구로군…… 하고 생각했다.

"명우 맞지, 응."

거리가 좁혀지자 강몽구가 말했다.

"예."

남승지가 대답했다.

강몽구를 만난 것만으로도 이제 안심이라는 안도감이 남승지의 가슴을 채웠다.

"나도 지금 막 왔어. 마침 잘됐다. 배가 우릴 기다리고 있으니 바로 출발할 거야." 강몽구는 목소리를 낮추려 하지도 않고 말했다. "이웃 마을에서도 사람을 태운다는군. 여기서 타는 사람은 화주(貨主)뿐인 것 같아."

화주라는 것은 밀항하는 상인들을 가리키는 말이 틀림없었다. 일본을 오가는 배 모두가 밀항자를 실어 나른다기보다는, 일종의 밀무역선이라고 하는 편이 옳았다. 이러한 배들은 일본 선적(船籍)으로, 일본으로 갈 때는 김을 싣고 갔다가, 약품이나 의류 등의 물건을 싣고 오는 항해를 반복하고 있었다. 가는 편에 밀항자를 태우는 것이었지만, 그중에는 상인(일종의 영세한 행상인 같은 존재였다)도 있었다. 선주 자신이 큰 화주였지만, 선창에 쌓인 짐이 모두 선주의 것은 아니었다.

물론 그중에는 밀항자만 나르는 배도 있었다. 그런 배들은 5, 6톤 정도로 작았고, 활어가 들어갈 수조에 사람이 대신 들어가 갇혀 있게 된다. 그리고 일본의 쓰시마(對馬島)나 야마구치(山口) 현, 시마네(島根) 현, 규슈(九州) 같은 해안에 내팽개치듯 내려놓고 가 버린다. 이런 배는 특히 본토에서 출발하는 밀항선에 많았다. 그에 비하면 이런 배가 훨씬 안전했다. 강몽구는 표면상 화주의 한 사람으로 되어 있었다.

배로 가까이 다가가자 어둠 속에서 흰 페인트칠을 한 선체가 희미하게 윤곽을 드러냈다. 십여 톤쯤 되어 보이는 배였다. 남승지는 문득 해방 직후 일본을 떠나올 때 탔던 배에 비해서 좀 작구나 하는 불만 섞인 기분이 들었다. 그때의 배는 아마 20톤쯤 되었으니 이것보다는 컸을 것이다. 그런데도, 비록 날씨가 고르지 못한 탓도 있었겠지만,

지독한 뱃멀미를 했었다. 마치 빌딩이 덮쳐 오는 듯한 큰 파도에 휘말리면서 배가 전진했었다. 지금도 배를 나뭇잎처럼 희롱하면서 집어삼킬 듯이 밀려들던 파도가 눈앞에 떠올랐다.

갑판에는 두세 사람의 그림자가 보였으나, 선원의 지시로 각각의 선창으로 내려갔다. 조타실 뒤에 작은 선실이 하나가 붙어 있었는데, 강몽구는 남승지를 데리고 그곳으로 들어갔다. 다다미가 깔린 한 평 반 정도인 방에는 꼬마전구처럼 생긴 실내등이 켜져 있어서 그것만으로도 좁은 공간이 꽤 밝고 넓어 보인다는 순간적인 착각을 불러일으켰다.

방 안에는 푸른 작업복을 입은 까무잡잡하고 건장한 체격의 남자가 서 있었다. 강몽구가 가방에서 몇 다발의 돈뭉치를 꺼내 남자에게 건넸다. 백 엔짜리 일본 지폐였다. 상대는 다다미에 앉아 뼈마디가 굵은 손가락에 침을 묻혀 가며 여섯 다발을 세었다. 뱃삯일 것이었다. 한 사람에 3만 엔, 6만 엔이라는 큰돈이었다.

보통 밀항할 경우에는 일본에 상륙하고 나서 돈을 건네지만, 이 경우는 이른바 선불이라 할 수 있었다. 푸른 작업복 차림의 선장인 듯한 남자는 기분이 유쾌해진 모양이었다.

"당신네들 도착할 때까지 이 방을 써도 좋수다."

푸른 작업복 차림의 남자가(기관장을 겸한 선장으로 선주는 아니었다) 제주도 사투리로 말했다. 강몽구는 고개를 끄덕이면서도 괜찮다고 사양했다. 남승지는 두 사람이 주고받는 말투로 보아 이전부터 아는 사이일 것이라고 생각했다. 강몽구는 전에도 임무 때문에 일본을 한두 번 다녀온 적이 있었는데, 어쩌면 그때도 이 배를 이용했는지도 모른다.

두 사람은 선창으로 내려갔다. 숨이 막힐 듯한 김 냄새가 비좁은 공간에 가득했다. 선창이라고는 해도 반 이상이 짐으로 들어차 있어서 천정의 뚜껑을 덮으면 머리가 부딪쳐서 일어설 수도 없었다. 선장이 비춰준 회중전등의 불빛 속으로 이미 자리 잡고 앉은 서너 명의 모습이 천막 시트 위에 보였다. 마치 원숭이처럼 웅크린 사람들 중에 한 사람이 담배를 피우고 있었는데, 아마도 화주인 모양이었다. 하찮은 밀무역을 위해 이런 꼴로 위험한 바다를 빈번히 오가는 사람들이었다.

이윽고 배는 S리 해안을 떠났다. 방파제 밖으로 나오자 배는 새로운 파도에 올라탄 듯 휘청, 흔들렸다. 조용한 흔들림이 계속되었다. 이웃 마을인 사라봉 주변 바닷가에서 밀항자들을 태운 다음, 배는 키를 정반대 방향으로 돌려 동쪽인 일본으로 향해 가게 된다.

S리 해안을 따라 배가 서쪽으로 향하고 있었는데, 선창의 덮개가 열려 있어서 그곳으로 고개를 내밀 수 있었다. 그러나 눈에 들어오는 것은 아무것도 없었다. 전기가 들어오지 않는 마을은 암흑이었다. 배전체를 흔드는 기관실 엔진의 진동이 몸으로 고스란히 전해지고, 뱃전에 부딪치는 파도 소리가 느긋하게 들릴 뿐이었다. 장지문에 내비치는 희미한 남포등 불빛조차 덧문이나 돌담에 가려 밖으로 새어 나오지 않는 어두운 시골 마을의 모습은 그저 시커멓게 돋아난 지면의 융기와 다를 바 없었다.

전방에 사라봉의 산지(山地) 등대가 어둠을 뚫고 빛나는 것이 벌써 이웃 마을 해안에 당도한 모양이었다. S리의 방파제를 떠난 지 채 10분도 지나지 않았을 것이다.

이웃 마을의 해안은 모래사장이라 방파제가 없었다. 배는 엔진 소리를 낮춘 채 마을 변두리의 바위가 있는 곳에서 멈췄다. 조타실 옆에 서 있던 선장이 해안 쪽으로 회중전등 불빛을 두세 번 빙글빙글 돌려 신호를 보냈다. 이윽고 어둠 속에서 번쩍번쩍 하는 신호가 되돌아왔다.

"좋았어."

배가 다시 움직여 천천히 바위 있는 곳으로 다가가 멈췄다. 어둠 속에서 작은 너울 위에 배가 있었기 때문에 배를 너무 가까이 댈 수는 없었다.

선장이 다시 회중전등으로 신호를 보내고 잠시 지나자, 5, 6분 정도 였을 것이다. 가까운 해면 위에서 삐걱거리며 노 젓는 소리가 들리더 니 나룻배가 다가왔다. 나룻배는 밀항선 왼쪽에 대려는 것처럼 다가 왔다. 나룻배 안에서 갑자기 이야기 소리가 들리더니 여러 사람이 움 직이기 시작했다. 나룻배가 천천히 위아래로 흔들렸다.

"자아, 조심하세요. 한 사람씩 차례대로 타세요." 노를 잡은 남자가 고함을 치듯 말했다. "짐은 나중에 던져 줄 테니 사람만 먼저 타세요."

나룻배는 뱃전에서 선원이 손을 뻗으면 충분히 닿는 위치에 있었기 때문에 올라타는데 그다지 힘들지 않았다. 남자 일곱 명이었다. 노 젓던 남자가 작은 보따리와 가방 같은 짐을 선원에게 하나씩 다 건네 주자, 밀항자 승선이 모두 끝났다.

"다들 무사히 가시오." 나룻배를 밀항선에서 쭉 밀어내며 남자가 말 했다. 어두운 바다 위에서 노의 삐걱거리는 소리와 함께 들린 굵은 목소리가 가슴을 쥐어짜듯 묘하게 울렸다.

뱃머리를 돌려 앞바다로 나온 배는 동쪽을 향해 전속력으로 달리기 시작했다. 파도에 올라탄 것처럼 전진하는 배의 기세는 동물에 비유 하자면 뭔가 탐욕스런 식욕 같은 것을 느끼게 만들어 상쾌했다.

사람들은 선창에서 제각각 적당한 장소를 찾아 앉았다. 천정 덮개 가 닫혀 있어서 칠흑 같은 움막 안에 갇힌 것이나 다름없었다.

"이거야 정말, 칠흑 같이 어둡군."

단조로운 엔진 소리와 진동 때문에 잘 들리지 않았지만, 어딘지 익살스럽게 들뜬 목소리가 들려왔다.

"당연한 거 아니겠소, 밀항하는 데 그 무슨 팔자 좋은 소리요."

"그렇다 해도 이 냄샌 너무 지독하군. 일본에 가면 죽을 때까지 김 먹고 싶다는 생각은 나지 않을 것 같소."

사람들은 무사히 승선을 마치자 적어도 이 순간만은 안심이 되는 모양이었다. 그 안도의 기분을 엔진의 경쾌한 리듬에 맡기고 있는 듯한 기색이 전해져 왔다. 빛이라곤 찾아볼 수도 없는 선창 안에서 자기 소개도 인사도 없었다. 그저 주고받는 짧은 말들이 잠시 이어졌을 뿐이다. 누가 말을 하는지도 알 수 없었다. 소리가 나니까 그저 거기에 사람이 있다는 생각을 할 뿐이었다.

사람들의 대화나 그 행동에서 밀항하여 떠나가는 고향에 대한 감상적인 분위기를 느낄 수 없다는 것이 이상했다. 밀항선을 탄 마당에 새삼스레 감상 따위에 젖어 있을 상황이 아니란 말인가. 실없는 수다는 안도감이 아니라, 새로운 불안에 직면한 또 다른 얼굴인지도 몰랐다. 게다가 제주도 사람들의 경우는 대부분이 일본에 연고자가 있으므로 이들을 도와줄 수 있을 것이다. 가령 남승지가 두 번 다시 돌아오지 않을 밀항자로서 섬을 떠난다고 해도 마찬가지인 것처럼.

그러나 선창 안에 있는 사람들이 모두 수다를 떨고 있는 것은 아니었다. 같은 목소리의 대화가 반복되고 있었고, 이는 서너 명에 불과했다. 다른 사람들은 어둠에 잠긴 듯 아무 말도 하지 않았다. 소탈한 성격의 강몽구도 잠자코 있었다. 남승지 곁에 있던 그가 드러누운 듯했다. 남승지도 가방을 베개 삼아 몸을 뉘었다. 귓전에서 가죽 가방과 마찰하면서 뿌득거리는 소리가 들렸다. 안에는 갈아입을 속옷과(그는 꽤 더러워진 속옷을 그냥 입은 채로 떠나왔다) 세면도구 정도밖에 들어 있지 않았다. 그 밖에 낡은 케이스에 든 안경이 있었다. 용암 덩어리를 하나 넣어 올 생각이었으나 그만두었다. 고향의 돌멩이를 가져가는 것은 괜찮다 해도, 이내 돌아와야 하는 여행에서 돌멩이만 달랑 남기고 떠나온다는 것은 오히려 어머니나 여동생에게 감상을 자아내게 할 뿐이라고 생각했기 때문이다. 부질없다, 부질없어……라는 생각을 했다. 자신이 없는 곳에서 어머니가 자식을 생각하며 돌멩이를 어루만지는 모습을 상상하는 건, 부질없는……, 하찮은 일이다.

다리를 쭉 뻗다가 누군가와 닿으면 서로 간에 다리를 굽혔다가 다시 공간을 찾았다. 저절로 몸을 새우처럼 구부리지 않을 수 없었다. 그래도 몸이 서로 닿았다. 두꺼운 시트 아래는 의외로 짐들이 꽉 들어차 틈새를 메우고 있었지만, 울퉁불퉁한 곳도 있어서 평평한 바닥에 자는 것과는 많이 달랐다.

파도가 있었지만 그리 심하지는 않았다. 그래도 배는 좌우로 가볍게 흔들리면서 달렸다.

남승지는 눈을 감았다. 눈을 감았다고 해서 이제까지 보아 온 것들의 형체가 말끔히 사라지는 것은 아니었다. 눈을 뜨나 감으나 온몸이 어둠 속에 녹아내린 것처럼 아무것도 보이지 않았다. 그저 눈꺼풀이 무겁고 위아래 속눈썹이 닿는 촉감만이 자신의 얼굴과 그 중심부의 위치를 확인시켜 줄 뿐이었다.

그다지 자고 싶지는 않았으나 남승지는 한동안 눈을 감고 있었다. 그럴 필요도 없는데 어둠 속에서 눈을 뜨고 있는 것은 피곤한 일이었다. ……나는 지금, 바다 위를 잠자코 누운 채 나아가고 있는 것이다. 바다 위를 달리고 있다……. 고작 몇 센티의 두께를 가진 선창의 벽밖이 깊은 바다라는 것을 생각하면 기분이 오싹했다. 그 바다를 계속 달린다. 바로 옆에 있는 뱃전을 세찬 기세로 깎아 내듯 스쳐 지나가는 파도 소리. ……오늘 아침까지 Y리의 온돌방에 누워 있었던 일이며,

바로 몇 시간 전만 해도 돼지우리에서 꿀꿀거리던 돼지 울음소리를 들으며 온돌방에 있었던 일들이 어두운 바다 저편으로 떠밀려 사라져 버리는 것 같은 느낌이 들었다. 마을 여자들의 떠들썩한 웃음소리와 아름다운 노랫소리, S리에서 트럭에 앉아 손을 흔들며 떠나간 하사관의 둥근 얼굴 윤곽……, 이 모든 것들이 아주 오래 전에 있었던 일처럼 뱃전을 때리는 파도 소리와 함께 일시에 현실감을 잃고 바다 속으로 사라져 갔다. 일종의 현실적인 감각의 이탈이었다. 그러한 감각은 문득 파도에 휩쓸려 버리고 말 것 같은 공포를 불러왔다.

　남승지의 귀밑에서 강몽구의 코 고는 소리가 가볍게 들렸다. 배가 흔들릴 때마다 몸이 균형을 잃고 위치에서 조금 벗어났다가 다시 제자리로 돌아갔다. 그래도 강몽구의 코 고는 소리는 멈추지 않았다. 드르렁, 드르렁…… 하며, 엔진 소리에 겹쳐지는 기분 좋은 소리였다. 태평한 성격이기도 했지만, 간밤에 별로 자지 못했던 모양이다. 드르렁, 드르렁, 푸우―……, 음, 좀 유감이군, 일본으로 떠나기 전에 이방근을 이 마을로 데려왔더라면 좋았을 것을……. 나흘 전, 밤 늦게 자고 있는 남승지를 깨워 일본행을 알려 주던 강몽구가 흘린 말이었다. 음, 일본에서 돌아온 뒤에는 좀 늦을지도 몰라서 말이야……. 경찰서에서 석방되던 그날, 유치장에서 같이 지냈던 이방근의 집에 들렀을 때, 그를 한번 Y리로 부르고 싶다는 생각을 했다는 것이었다. ……형님, 그 사람을 이 마을로 불러서 어쩌시려고요? 음, 난 말이야, 그를 데려와서 송진산의 집 뒤뜰에 있는 죽창 제조 현장을 보여 주는 것만으로도 좋은 결과가 있을 것이라 생각해. 흥미가 있어 보이면 산간 부락으로 데려가는 것도 괜찮겠지, 핫핫하. ……관계없는 사람에게 그렇게 해도 됩니까? 그렇군, 관계가 없단 말이지, 관계가 없다면 관계를 만들면 되는 거고……, 음, 아무래도 시간이 없어, 돌아온 뒤에 생각해 봐야겠어……. 드르렁, 드르렁, 푸우-, 푸우…… 하고 코 고는 소리가 계속 들렸다. 코 고는 소리로 번역된 강몽구의 음성이었다.

갑자기 눈꺼풀 바깥쪽이 빨갛게 물드는 바람에 남승지는 눈을 떴다. 누군가 담배에 불을 붙인 모양이었다. 이내 불만이 터져 나왔다.

"여긴 밀항선 선창이야. 선장이 담배는 절대로 피우지 말라고 했잖아."

"당연하지, 혼자만의 배가 아니니 말이야. 다른 사람 입장도 생각해서 멋대로 행동하지 않는 게 좋아."

막 붙인 담뱃불이 순순히 꺼졌다.

"그렇고말고, 개인주의를 내세우지 말고 모두 협력해서 가 보자구."

맥없이 불이 꺼져 버린 어둠 속에서 결론을 짓는 듯한 목소리가 들렸다.

강몽구의 코 고는 소리가 푸우-, 푸우-…… 하고 계속되었다. 입이 벌어져 있는지도 모른다. 이방근을 말이지……, 강몽구는 이방근을 공작 대상으로 삼고 있다고, 유치장에서 처음 만났을 뿐인 남자를 말이지……. 이방근, 이방근……, 남승지는 이방근의 이름을 입속에서 살며시 중얼거렸다. 이방근, 이방근……, 의식적으로 중얼거렸다. 그러자 뒤로 사라져 가는 밤바다 저편에서부터, 오늘 아침까지 묵었던 온돌방과, 지금쯤은 서울에 도착했을 이유원, 전별금을 쥐어 주던 양준오의 뜨거운 손, 오늘 김동진 등이 참가했을 관음사의 회의, 그리고 한라산 그 자체가 확고한 현실감을 지닌 채 다시금 마음속에 들어와 자리 잡는 것을 느꼈다.

생각해 보면 1945년 해방되던 해 연말에 서울로 건너온 지 어언 2년 남짓 지나고 있었다. 그 당시에는 백주대낮에 보란 듯이 배를 일본의 오사카 덴포잔(天保山) 부두에서 출항시켰다. 2년……, 일본에 갈 거라고는 생각지도 못했던 만큼, 어느새 2년……이라는 감회가 남 승지의 가슴을 뜨겁게 했다. 그동안 여러 일들이 있었다. 영양실 조……. 자폐증이 되면서 생긴 '어쨌든……'이라는 말버릇. 어쨌든, 어쨌든……. 이 '어쨌든'이라는 버릇은 이제 사라졌나. 그 표현은 달 리고 있는 인생이라는 버스에 완전히 올라타지 못하고, 투덜투덜 반 복하는 결단력이 부족한 중얼거림이었다. 열이틀이라는 짧은 기간이 었지만 유치장 생활도 하였고, 고문도 경험하였다. ……아니, 조국의 현실 그 자체가 크게 격동하는 바람에, 전혀 예측하지 못한 상황 속에 서 엉뚱한 방향으로 돌진해 버리고 말았던 것이다. 서울이, 조국 그 자체가 심각한 영양실조에 빠졌다. 적어도 이러한 용서할 수 없는 현 실이 '어쨌든……'이라는 입버릇을 깨부수기 시작한 것은 사실이었 다. ……그래, 확실히 그랬다는 생각이 들었다. 너무나 갑작스런 일 이라 그렇겠지만, 기분이 정리되지 않았다. 별도 달도 없는 망망한 밤바다 위에서 남승지는 몸도 마음도 과거와 미래의 시간이 뒤섞인 듯한 감각 속에 있었다. 문득 파도 소리에 귀를 기울이는 이 순간이 믿어지지 않았다. 아무것도 보이지 않는 선창의 어둠과 연결되는 게 바다 밑바닥이라고는 도저히 믿겨지지 않았다.

으−응……, 남승지는 가만히 누워 있을 수가 없어서 상반신을 일 으키고 앉아 어둠 속에서 눈을 크게 떴다. 설마 이런 식으로 다시 일 본에 가게 될 줄이야!

이윽고 다시 누운 남승지는 강몽구의 코 고는 소리에 끌리기라도 하듯 잠에 빠졌다. 엔진의 울림과 뱃전을 씻어 내리는 파도 소리 사이 를 이어 가듯 가볍게 들리는 코 고는 소리는 묘한 안도감으로 잠을 재촉했다.

상당한 시간이 흘러 잠에서 깼을 때, 남승지는 아무것도 보이지 않아 장님이 되어 버린 자신에게 놀라 바싹 긴장했다. 양쪽 눈을 떠 보려고 했지만 떠지지 않았다. 마치 아래위 눈꺼풀을 꿰매 놓은 것 같았다. 아니, 두 눈을 잔뜩 치켜뜨고 있으면서도 빛을 찾아 필사적으로 더 크게 뜨려고 애쓰고 있을 뿐이었다. 그는 천천히 등이 올라가기도 하고 머리 쪽으로 미끄러져 내려가는 바닥의 요동에, 아아, 여기는 밀항선의 선창이라는 사실을 깨달았다.

옆에서 강몽구의 헛기침 소리가 났다. 남승지는 별생각 없이 여기가 어디쯤이냐고 물어보았다. 알 수 없지, 알 수는 없지만 아직 그렇게 많이 오지는 못했을 거라는 강몽구의 목소리만이 들렸다. 남승지는 고개를 끄떡였으나 상대방에게 보일 리도 없다는 생각에, 그렇습니까 하고 큰 목소리로 대답했다. 그 말이 맞을 것이다. 여전히 같은 지점에 머물고 있는 것 같은 생각이 들기도 했지만, 이런 갑작스런 항해로 그렇게 간단히 일본에 갈 수 있을 거라고는 생각되지 않았다.

"어때, 뱃멀미는 괜찮아?"

"예, 괜찮습니다."

꽤 흔들리고 있다는 느낌은 들었으나 배 멀미는 없었다. 어머니와 고향의 여자들이 배에 타기 전에 돼지비계 같은 지방을 먹어 두면 묘하게도 배 멀미를 하지 않는다고 한 말이 떠올랐다. 현해탄을 건널 때는 롤링과 피칭이 동시에 일어나고 배가 파도 사이에서 몸부림을 치며 나아가는 바람에 바닥이 거의 수직으로 올라와 벽처럼 느껴질 정도로 기울어지면 인간도 굴러다니지 않을 수 없었다. 2년 전의 경험이 있는 만큼 배 멀미는 아직 멀었다는 여유를 가질 수 있었다.

단조로운 엔진 소리와 파도 소리가 되풀이되는 가운데 배는 끊임없이 앞으로 나아가는 듯했다. 사람들은 모두 잠들어 있는 모양이었다.

아무런 소리도 들리지 않았다. 순간 배가 기울어진다 싶더니 파도가 뱃전을 때리며 부서지는 소리가 나고, 선창의 천정 덮개에 씌운 시트 위로 물보라가 떨어졌다. 서로 붙어 누운 몸들이 어둠 속에서 뒤척이며 움직였으나, 배의 요동에 그냥 몸을 맡겨야 한다는 사실을 사람들은 알고 있었다. 이따금 선체의 삐걱거리는 소리가 들렸다. 그러나 그뿐이었다. 이 소리가 이를 갈듯이 심하게 계속되면 파도에 농락당하면서도 배가 해체되기 직전의 위기에 빠졌다는 공포에 사로잡히게 된다.

남승지는 또 깜박깜박 잠이 들었는데, 그래도 꽤 잔 모양이다. 눈을 뜨자 선창을 덮은 틀 여러 틈새에서 희미한 반점 같은 빛이 보였다. 처음에는 잠이 덜 깨어 눈이 흐려졌다고 생각했으나, 암흑 속에서는 그런 일이 있을 수 없었다. 그것은 빛 그 자체일 뿐 다른 것일 리가 없었다. 드디어 날이 밝은 것이었다.

머리 위에 있는 갑판으로 선원들이 나타난 것은 그로부터 두세 시간이나 지난 뒤였다. 시트가 벗겨지고 덮개가 열리면서 빛이 한꺼번에 쏟아져 들어오자, 사람들은 순간적으로 아이고! 하는 환성을 질렀다. 눈을 몇 번이고 깜빡거려 빛에 익숙해져야 했지만, 머리 위에는 두 팔을 벌린 양손으로도 다 껴안을 수 없는 하늘이 있었다. 밝은 빛이 커다랗게 뜬 두 눈 구석구석까지 마치 뭔가 기분 좋은 액체처럼 스며드는 것을 느낄 수 있었다.

멀리 뿌옇게 보이는 수평선으로는 망망한 바다가 하늘과 합쳐져 있었다. 태양은 이미 높이 솟아 있었다. 사람들은 선창에서 고개를 내밀고 태양을 올려다보며 심호흡을 했다.

향기로운 바람과 바다 냄새는 너무 좋았다. 그리고 바다와 하늘의 빛깔. 봄이었다. 하늘 높이 떠 있는 작고 흰 구름은 맑은 하늘을 강조하는 자연의 화필로 그린 터치 그 자체였다.

사람들은 서로 눈부신 듯한 표정으로 상대의 얼굴을 보며 인사를 나누었지만, 다른 한편으로는 한순간 어딘지 사람을 피하려는 기색도 엿보였다.

시간은 열한 시였다. S리 방파제를 떠난 지 열두 시간. 섬 하나 눈에 들어오지 않았다. 푸른색 작업복을 입은 선장이 지금부터 두세 명씩 잠깐 갑판 위로 올라와도 좋지만, 바로 내려가야 한다고 명령했다. 밀항자들에게 선장은 환자를 돌보는 의사와 마찬가지로 절대자였다.

사람들이 갑판으로 나갔다. 양팔을 벌리고 기지개를 켜거나, 시간이 없다는 듯 얼른 담배를 꺼내 무는 사람도 있었다. 부드러운 바람에 흩어져 사라지는 담배 연기조차 눈부셨다. 그리고 또 갑판 손잡이를 움켜쥔 채, 달리는 바다를 향해 내갈기는 오줌이 햇빛을 받아 은색의 물보라로 흩어졌다. 남승지도 강몽구와 함께 갑판으로 나왔다. 모두가 교대로 갑판에 나와서 대개 같은 볼일을 보고는 선창으로 되돌아갔다. 잠시 후에 단무지가 든 커다란 주먹밥이 하나씩 배급되었다. 그리고 나서 잠수를 위해 공기를 잔뜩 들이마신 듯한 잠깐의 해방은 끝이 났다. 다시 짐짝과 함께 덮개가 닫히고, 그 위에 시트를 덮은 암흑세계 안에 갇히게 되었다.

밀항선은 일본을 향해 수평선으로 둘러싸인 채 아무것도 보이지 않는 바다를 쉬지 않고 달렸다.

3

밀항선은 꼬박 하루 반나절을 항해한 뒤 저 멀리에 겨우 섬 그림자 하나를 찾아볼 수 있게 되었다. 아침에 갑판으로 나온 남승지는 귀밑 머리를 살랑거리는 상쾌한 바람 소리를 들으며 그 섬을 바라보았다. 이키(壹岐) 섬이라 한다. 이키, 이키……, 섬이라면 한반도에 보다 가까운 대마도를 떠올리게 된다. 이키 섬이 어디 근처인지 남승지는 머릿속에 펼쳐진 지도를 따라 찾아보았다. 그 명확한 위치는 떠오르지 않았지만, 일본이 목전에 바싹 다가왔다는 중압감을 느꼈다. 산이 없고 낮은 언덕 모양으로 보이는 섬이 이키였다.

남승지는 드디어 일본이라는 감상보다는 압박해 오는 뭔지 알 수 없는 힘에 사로잡혀 끌려갈 것만 같은 일말의 두려움을 느꼈다. 높은 곳에서 아래를 내려다볼 때 느끼는 순간적인 현기증과 비슷한 반응이 었다. 남승지는 그때 문득 일본에 사랑해 마지않는 육친이 있음에도 불구하고 등 뒤로 펼쳐진 광대한 바다 건너 아름다운 한라산 자락 아래 펼쳐진 제주도의 모습을 떠올렸다. 그리고는 뒤를 돌아보며 망망한 수평선 너머로 한라산을 찾아보았던 것이다.

배는 그날 오후 늦게 간몬(關門) 해협을 무사히 통과했다. 백주에 당당히 해협을 통과하는 것은 매우 대담한 행동이라 할 수 있었다. 그러나 오히려 그편이 더 안전한지도 몰랐다.

밀항자들은 어두운 선창에 갇힌 채 간몬 해협을 지나 일본의 내해(內海)로 들어갔다. 선창에 있는 사람들이 그것을 확실히 알 리가 없었지만, 선장이 앞으로 몇 시간 있으면 간몬 해협으로 들어간다고 말했기 때문에 대충 짐작은 할 수 있었던 것이다. 무엇보다도 간몬 해협에 접근했다고 느낄 수 있었던 것은 갑자기 울리는 날카로운 기적 소리 때문이었다. 뱃전을 스치는 파도 소리 바로 근처에서 갑자기 요란한 소리가 났던 것이다. 도선사가 탄 배였는지도 모른다. 배가 계속 나아감에 따라 여기저기서 음색이 다른 기적 소리가 들려왔다. 증기선에서 나는 듯한 큰 기적 소리가 판자 한 장으로 된 뱃전을 흔들어대듯 윙윙거리며 고막을 울렸다.

남승지는 어두운 선창에서 긴장으로 가만히 귀를 기울인 채 뱃전 너머에 있을 밝은 마을 풍경을 상상하고 있었다. 바쁜 항구의 분위기, 반짝반짝 봄 햇살을 반사하고 있는 바다를 오고 가는 크고 작은 배들, 정박 중인 배. 기선이 지나가는 것인지 꽤 큰 파도가 밀려와 뱃전을 때리자 배는 이리저리 흔들렸다. 오른쪽은 모지(門司) 항이었다. 틀림없이 푸른 산등성이를 배경으로 커다란 굴뚝이 숲처럼 솟아 있는 도회지이고, 왼쪽으로는 일찍이 한 많은 관부연락선의 발착지였던 시모노세키(下關), 거대한 크레인 숲이 보일 것이다. 그것이 움직이는 소음.

해방 후 오사카를 출발한 배가 간몬 해협을 통과해 일본 외해(外海)로 나왔을 때, 남승지는 갑판에 서서 이들 도시의 먼 경치가 점점 작아져 보이지 않을 때까지 바라보고 있었다. 언제 또 오게 될지 알 수 없는 일본 땅의 도시 풍경이기 때문이었다. 그것이 지금은 아무것도 보이지 않는 선창에 갇힌 상태이긴 했지만, 그때와는 반대 방향으로 배가 나아가고 있었다.

남승지는 지금 자신이 일본의 내해로 들어왔다는 사실을 몸으로 느낄 수 있었다. 일본행이 무슨 공상의 산물이기라도 한 것처럼 비현실적으로 느껴지던 해상에서의 감각은 양쪽 해안 도시의 소란스런 숨결이 전해지는 해협에서 무너져 내리고 있었다. 소리와 배의 진동 외에는 아무것도 느낄 수 없는 어둠 속에서 솟아나는 일말의 불안감이 남승지로 하여금 뚜렷한 현실감을 되찾아 주었다. 배를 포위하며 좁혀 들어오듯 좌우로부터 육지가 압박해 오는 해협에 들어섰다는 느낌……, 사람들이 몸으로 느끼는 그것은 현실의 위험을 의미하고 있었다.

그런데 여기가 간몬 해협을 통과한 일본의 내해라는 것을 도대체 선창에 있는 누가 확인해 줄 수 있단 말인가. 여기가 하카타(博多)라고 할 수도 있었고, 사세보(佐世保)라고 할 수도 있었다. 선장의 말 한마디가 없었다면 어두운 선창에 누워 있으면서 여기가 어디인지, 어디로 끌려가는 것인지 알 도리가 없었다. 눈가리개를 하고 어딘가로 끌려가는 것과 조금도 다를 바가 없었다.

그것을 해소시킬 것이라곤 인간적인 신뢰밖에 없었다. 설령 돈을 벌기 위한 밀항선이라고는 하더라도, 눈가리개를 한 것과 마찬가지인 사람들의 마음을 안정시키기란 역시 쉬운 일은 아닐 것이다. 난파라든가 체포와 같은 사태는 둘째 치고라도, 사람들은 배에 자신들의 모든 것을 맡기고 있었다. 조선인이면서 동향인의 배라는 이유만으로…….

사람들은 어두운 선창에서 긴 외항에서의 항해와는 다른 긴장의 시간을 감내하고 있었다. 눈은 아무런 쓸모도 없는 어둠 속에서 그저 귀만이 긴장감으로 크게 열린 채 머리 위를 오가는 선원들의 발소리와 뱃전을 때리는 파도 소리의 미묘한 차이도 놓치지 않으려 애쓰고 있었다.

배는 순조롭게 달렸다. 파도도 잔잔했다.

밤이 되었다. 선창에 있는 사람들 사이에서 콧노래라도 들려올 듯한 여유가 생겼다. 그러나 여전히 아무것도 보이지 않는 눈가리개 상태는 계속되고 있었다. 선창에서 들려오는 피곤한 노랫소리는 마치 노예의 신음소리로 느껴질지도 몰랐다.

오후 여덟 시를 지나자, 강몽구와 남승지는 갑판으로 나와 조타실 뒤에 있는 선실로 들어갔다. 그리고 두 사람만의 상륙에 대비했다. 남승지는 옷의 먼지를 털고 주름을 편 뒤 가방에서 안경을 꺼냈다. 선실의 작은 거울에 얼굴을 비쳐 보았다. 가느다란 셀룰로이드로 된 귀에 걸치는 부분이 휘어진 검은 테의 둥근 안경을 쓰자, 거울에 비친 자신의 모습이 조금 어색해 보였다. 자신이면서 자신이 아닌, 오랜만에 만나는 다른 사람 같았다. 검은색 코트, 짙은 녹색의 머플러, 연지색 넥타이, 남승지는 거울 속에 비친 청년을 보고 미소를 지었다.

밀항자 중에는 같이 데려가 달라고 부탁하는 사람도 있었으나 그럴 수는 없었다. 선장이 마치 견습 선원을 꾸짖기라도 하듯이 고함을 치더니 가차 없이 그 남자의 머리 위로 무거운 선창의 뚜껑을 닫아 버렸다. 인정사정 봐주지 않았다. 남승지는 거친 뱃사람이라는 말을 떠올렸을 정도로 난폭한 인상을 받았다.

배는 머지않아 작은 항구에 도착했다. 야마구치(山口) 현 산요(山陽) 본선의 H시에 있는 역에서 가깝다고 했다. 작게 만을 이루는 곳으로 들어간, 드문드문 백열전등 불빛이 쓸쓸하게 비치고 있는 해안이었다. 조용한 해면에 달걀 노른자위를 풀어 놓은 것처럼 빛이 흔들리고 있었다. 그래도 출발했던 S리 해안에 비하면 한순간 눈을 비비고 싶을 만큼 눈부신 전등 불빛이 비추고 있었다. 하늘을 올려다보자 별이 가득했다. 밤공기가 꽤나 차가웠다. 하늘만 보고 있으면 순간 여기가 일본이라는 현실감이 어이없이 무너져 내리려 했다.

밀항선은 몇 척의 작은 어선이 줄지어 있는 안벽에 선미를 대고 접안했다. 그 주변에 창고로 보이는 건물 두세 채가 있었지만, 인적은 없었다. 왼쪽으로 멀리 떨어진 곳에 붉은 초롱 불빛이 흔들리고 있었고, 그 앞에 두세 명의 사람 그림자가 보였다.

선장은 해안에 뛰어내렸다. 강몽구와 남승지가 그 뒤를 따랐다. 마치 날개가 돋은 것처럼 해안에 내려서서 발로 땅을 밟는 순간, 남승지는 갑자기 격하게 치밀어 오르는 심장의 고동을 느꼈다. 가슴의 벽을 안쪽에서 쿵쿵 치고 올라왔다. 음, 여기는 일본이다, 일본 땅이란 말이다……. 발밑에서 냉기가 전신으로 피어오르는 듯한 긴장감 속에서 남승지는 소름이 돋으면서 몸이 부르르 떨리는 것을 느꼈다.

선장은 창고가 서 있는 모퉁이의 해안과 직각으로 나 있는 길까지 따라와 두 사람과 작별했다. 배는 세토(瀨戶) 내해를 피해 분고스이도(豊後水道)를 지난 뒤 시코쿠(四國)의 태평양 연안을 돌아 와카야마(和歌山)로 향할 예정이었다. 와카야마에 도착하려면 앞으로 3, 4일은 족히 걸릴 것이었다.

두 사람은 바다를 등진 채 똑바로 걸어갔다. 길 양옆으로 인가가 늘어서 있었지만 쥐 죽은 듯 조용했다. 한참을 가자니 예상치 못한 곳에 상점가와 비슷한 거리가 나왔다.

강몽구는 상점가를 오른쪽으로 돌아 느긋하게 걸어갔다. 남승지는 누가 봐도 조선인이라는 것을 알 수 있을 그 팔자걸음에 조마조마해하면서도 문득 풋, 하고 웃음이 솟구쳐 올랐다. 아무튼 따라가기만 하면 되는 것이었다. 남승지도 만일의 사태에 대비해 역으로 가는 길을 알아 두었고, 역 앞에 있는 조선인의 구둣방을 찾아가면 된다는 말도 들었다. 시간은 아홉 시에 가까웠고, 대부분의 가게가 문을 닫은 뒤라서 사람 통행도 많지 않았다. 그래도 이따금 양쪽 가게에서 일본어로 말하는 소리가 들려왔다. 오랜만에 듣는 탓이겠지만, 남승지는 무심코 그 자리에 멈춰 설 정도로 신선한 울림을 느꼈다. 엄마……라는 아이의 목소리가 듣기 좋았다.

두 사람 모두 가방을 들고 있어서 얼핏 여행자처럼 보이기도 했지만, 밀항자처럼 느껴지는 구석은 조금도 없었다. 이곳 주변 지리에 밝은 듯한 강몽구는 마치 자신의 집 근처나 익숙한 마을이라도 걷고 있는 것처럼 당당하게 걸어가고 있었다. 쓸데없이 의심을 하고 말이라도 건다면, 크게 야단날 것이 틀림없었다. 남승지의 긴장이 바로 풀릴 리는 없었지만, 그러나 어느새 불안은 사라져 있었다. 강몽구 곁에 있으면 그러한 기분이 드는 게 이상했다.

이윽고 십자로로 나와 왼쪽으로 구부러지자 강몽구가 말했던 H시역 단층건물이 정면에 보였다. 급행이 정차한다고 한다.

"오늘 밤은 여기서 묵을 거야."

강몽구가 조선어로 다짐을 하듯 말했다. 여기라는 것은 역 근처에 있다는 강몽구의 지인이 하는 구둣방을 가리켰다. 사람들이 드나드는 아직은 밝은 역을 앞에 두고 남승지가 동요하고 있다고 생각했다.

"예, 알고 있습니다."

남승지가 대답했다. 그는 오늘 밤 기차를 탈 수 있다면 무리를 해서라도 타는 것도 괜찮다고 생각했다. 기차 시간은 알 수 없었지만, 오늘 밤 타게 된다면 내일 점심 무렵에는 오사카에 도착할 수 있을 것이다. 그러나 지금은 그것보다도 먼저 안전지대에 몸을 숨기지 않으면 안 된다. 뒷일은 후에 생각해도 늦지 않을 것이다.

"피곤하지?"

"아니, 괜찮습니다. 형님은 어떠세요?"

"음, 조금 피곤하군, 과연 나이는 못 속여, 핫핫하아."

목적지를 앞에 두고 설레는 듯한 두 사람의 구둣발 소리가 남승지의 귀에 경쾌하게 울렸다. 남승지는 마음이 놓였다. 아아, 배가 고프다……는 생각이 들었다. 갑자기 피로가 몸의 표피를 물들이듯 배어 나오는 것을 느꼈다.

강몽구는 역 쪽으로 향하다가 왼쪽으로 난 골목의 입구에서 멈췄다. 길가에 늘어선 2층짜리 연립주택 모퉁이에 있는 집 앞이었다. '헌 구두·신발 수리'라는 낡은 간판이 붙어 있었다. 신발 수리? ……남승지는 자신도 모르게 중얼거렸다.

유리문이 하얀 커튼이 쳐진 채 닫혀 있었다.

"다쓰키치(達吉) 있나."

강몽구는 일본어로 말하고는 가볍게 문을 두드렸다. 남승지는 깜짝 놀라 막 사라져 가는 일본어를 다시 들어야겠다는 듯이 뒤를 쫓았다. 다쓰키치 있나……, 남승지는 강몽구의 얼굴을 보았다. 생각지도 못한 일본어였다.

"실례합니다. ……다쓰키치 계십니까."

2층에서 사람이 내려오는 소리가 나고 유리문 너머 커튼에 밝은 빛이 물들었다.

문을 열고 얼굴을 내민 것은 여자였다. 기모노 차림을 한 몸집이 큰 그녀는 강몽구를 보자마자, 아니, 어머나, 야스카와(康川) 상……, 이건 또 어떻게 된 일이세요, 라며 반가운 듯이 가게 안으로 맞아들이며 2층을 향해 '아빠' 하고 남편을 불렀다. 남자처럼 굵은 목소리였다. 남승지는 그녀가 강몽구를 야스카와 상이라고 부르는 바람에 당황했다. 재일조선인들의 경우는 통명(通名)인 일본어로 부르는 경우가 많기 때문에 그렇게 당황할 일도 아니었지만, 일본에 상륙한 지 얼마 지나지 않은 강몽구가 갑자기 야스카와 상으로 불리는 상황이 남승지에게는 당돌하게 다가왔다. 그러고 보면 좀 전에 '다쓰키치 있는가'라고 말했을 때 다쓰키치라는 것도 일본식으로 발음한 이름이었던 것이다.

2층에서, 야스카와 형님이 틀림없겠지, 라고 일본어로 중얼거리면서 작지만 다부진 체격을 가진 남자가 내려왔다. 목이 달린 스웨터를 입고 있어서 더욱 몸이 작고 뭉쳐진 인상을 주었다. 게다가 아내가 몸집이 컸으므로 남편은 훨씬 작아 보였다. 방금 '아빠' 하고 불렀던 여자의 굵고 쉰 목소리가 다쓰키치의 몸에 그대로 머물러 있는 듯한 느낌에 남승지는 저절로 밝은 웃음을 지었다.

"아이고, 몽구 형님, 언제 오셨어요?"

다쓰키치는 형님이라는 말만 일본어를 사용했을 뿐 조선어로 말했다.

"지금 막 도착했어."

강몽구가 조선어로 대답했다.

"아, 지금 도착한 건 알겠는데, 그러니까 어디서……, 음, 오사카에서 왔어요?"

"바보같이, 무슨 잠꼬대 같은 소리야, 고향에서 왔어, 고향, 제주도 말이야. 방금 전에 저쪽 항구로 상륙했어."

"고향? 아아, 고향, 그렇겠지요…… 응, 아니, 그게 아니지, 이거 큰일났네." 다쓰키치는 겨우 사정을 이해했다는 듯이 큰 눈을 이리저리 굴렸다. 남승지는 신발수리점이라는 것도 그랬지만, 순간 놀랄 만큼 Y리의 손 서방을 떠올렸다. 몸집이라든가 큰 눈까지도 몹시 닮아 있었다. 왼쪽 관자놀이에서 볼까지 난 칠팔 센티의 상처 자국이 전등에 희미하게 빛나고 있는 것이 손 서방과 달랐는데, 왠지 건달 같은 무서운 분위기를 풍기고 있었다. 다쓰키치는 아내에게 오사카 사투리로 바꾸어 말했다. "우리 형님, 고향에서 오셨다는군, 멀리 우리 고향에서 오신 거지. ……그럴 거라고 생각했어. 잠꼬대를 하는 게 아니라, 잠깐 멍하니 있었을 뿐인데, 형님이 이런 일본에서 어슬렁거리고 있을 리가 없지, 정말 힘드셨죠, 너무 고생하셨어요……."

"그러니까 그 작은 배로……, 어선인지 뭔지로 오셨어요?"

"물론이지, 요즘 조선과의 사이에 정기선이 있을 리 없잖아……. 자아, 2층으로 올라갑시다."

다쓰키치의 일본어는 강몽구와는 달리 거의 조선식 말투가 없었다. 남승지는 오랜만에 듣는 간사이(關西) 사투리라는 생각을 했다. 조선인의 입을 통해서 듣게 되니 오히려 더 그리워지는 오사카 사투리였다. 왠지 모를 생활의 냄새가 느껴졌다.

"그거 정말 힘드셨겠네요. 자아, 누추한 곳이지만 어서 올라가시죠."

조심하라는 말 그대로 경사가 급한 계단이었다. 2층은 두 평 반쯤 되는 방과 그 안쪽으로 세 평쯤 되는 방 두 개가 있었다. 장지문을 열어 놓은 옆방 벽에 레닌의 초상화가 걸려 있었다. 모자를 쓰지 않고 약간 고개를 옆으로 돌린, 아마도 연설하고 있을 때 사진으로 생각되는데, 다쓰키치의 얼굴에 난 상처를 보더라도 이 집 분위기와는 조금 맞지 않는다는 느낌이 들었다.

두 사람이 벗은 코트를 안주인이 옷걸이에 건 뒤 벽에 걸었다. 둥근 밥상 위에 있던 장부 등이 정리되고 다시 재떨이가 놓여졌다.

강몽구가 다쓰키치 부부를 향해, 볼일이 있어 같이 온 이쪽은 나의 육촌 친척이 되는 남승지라고 소개했다. 다쓰키치는 우리말로 문달길(文達吉)이라고 자신의 이름을 밝힌 뒤, 아내 쪽을 바라보며 이쪽은 일본 여자라고 덧붙였다. 그녀가 소개를 이어받듯이 잘 부탁합니다, 기누코(絹子)입니다, 라고 인사를 했다. 실례가 되겠지만, 극단적인 표현을 하자면 마치 소 같은 여자였다. 이름 따위야 어찌 되었건 상관없겠지만, 기누코라는 이름은 조금 어울리지 않는 듯한 느낌이 들었다. 그렇다면 어떤 이름이 어울린단 말인가, 설마 우시코(牛子)라고 할 수는 없을 것이다. 그러자 그녀는 마치 그러한 분위기를 눈치라도 챈 것처럼, 이런 커다란 몸매에 기누코라는 이름이 어울리지 않아 놀라셨겠지요, 그렇지만 옛날에는 이름에 걸맞은 날씬한 몸매였답니다, 라고 소탈하게 말하여 사람들을 웃겼다. 그 말이나 태도에 전혀 불쾌감은 느껴지지 않았다. 게다가 얼굴은 제법 예쁜 편이었다.

"달길(達吉)이는 여기서 다쓰키치로 통하는데, 말하자면 두목인 셈이지. 이 주변 건달들이 꼼짝을 못하기 때문에 경찰도 함부로 대하지 못하는 인간이야, 핫핫하아."

강몽구는 그 다쓰키치 두목을 '다쓰키치 있는가'라고 불렀던 것이다. 강몽구가 우리말로 계속 이야기하자, 옆에 있던 기누코가, 야스카와 상 일본어로 말해 주세요, 죄송하지만 저는 아직 잘 못 알아들어서……라고 부탁했다. 당신들만 좋은 것을 차지하지 말고 이쪽도 좀 나눠 달라는 식의 농담 섞인 말투로 불쾌한 느낌을 주지 않았다. 탁트인 성격인 듯했다. 강몽구도 그 부탁을 이해한다는 듯 바로 아아, 그렇지, 하고 맞장구를 치며 간사이 사투리의 일본어로 바꾸어 이야기했다.

"음, 그런데 두목은 두목이지만, 지금은 건실한 조련(在日朝鮮人連盟)의 활동가야, 상당한 애국자지."

"형님, 그렇게 다른 사람 앞에서 창피를 주시면 안 되지요……. 그런데, 그쪽은 남승지 씨라고 했지요, 남승지 씨에게도 형님이 되겠지만, 나에게도 형님이 되는데, 으ー음……, 야스카와가 아니고, 헷헤에, 몽구 형님께는 그 옛날 일제강점기부터 신세를 지고 있는 관계지요. 전쟁이 일어나기 훨씬 전부터 오사카의 위대한 노동운동 지도자라서 말이죠. 그리고 보면 참, 형님도 자주 별장(형무소)에 들어가곤 했어요……."

강몽구의 체면을 세워 주려는 것이겠지만, 서른대여섯은 돼 보이는 문달길이 젊은 남승지를 무시하지 않고 시종일관 대등한 말투를 썼다. 신발 수선과 건달과는 어떤 관계가 있는 것일까. 얼굴에 난 상처는 분명히 건달 시절이 남긴 유물일지도 모른다. 칼에 베인 상처 같았다. 게다가 오른쪽 새끼손가락이 밑동부터 없었는데, 뭔가의 일로 절단한 흔적인지도 몰랐다. 살이 녹아든 흔적인 양 둥글게 융기한 새끼손가락 밑동과 얼굴의 상처만으로도 상상을 자극하는 무언가가 있었다.

그 문달길이 구두 수선을 하면서 조련의 활동을 하고 있다는 말을 듣는 순간 남승지의 가슴은 뜨거워졌다. 레닌의 초상이 걸려 있던 것은 결코 우연이 아니었던 셈이다. 건달 출신이라고 해서 레닌의 초상을 걸지 말라는 법은 없다. 게다가 조련의 활동가 대부분이 일본공산당에 가입하고 있었으므로 어쩌면 그 역시 가입했는지도 모른다. 남승지는 아무렇지도 않은 듯 옆방에 걸린 초상화를 다시 한 번 바라보았다. 좀 전의 위화감을 누그러뜨리기라도 하듯이.

기누코가 뜨거운 차를 내왔다. 오랜만에 맛보는 일본차였다. 조선에서는 거의 차를 마시지 않았다. 찻잔에 입술을 대기 전부터 탁자 위에 감도는 향기롭고도 구수한 냄새가 좋았다. 차는 그리운 미각을 되살려 주었다. 다다미 위에 앉아서 일본어로 대화를 나누었다. 여기가 일본이라는 현실감이 하나씩 확인되고 굳어져 가는 듯한 기분이 들었다.

"오늘 밤, 여기서 좀 묵고 가도 되겠나?"

"오늘 밤이라는 것은 또 무슨 소린가요, 내일 떠난다는 건가요?"

"오늘 밤은 좀 쉬고, 내일 일찍 오사카 쪽으로 가야 돼."

"오사카라고요…… 아니, 무슨 말씀을 하시는지, 오자마자……. 갑자기 왔다가 갑자기 떠난다니 묘하게 박정한 생각이 드네요. 모처럼 오셨으니 4, 5일쯤 푹 쉬셨다 가세요, 형님."

"그게 말처럼은 안 돼."

"안 된다……, 무슨 일이 있어도 안 된단 말입니까?"

"그렇다니까 글쎄."

"그런 말도 안 되는……."

문달길은 어쩔 수 없다는 듯이 마지못해 고개를 끄덕이고 나서, 여기가 비좁으면 여관방을 잡겠노라고 말하자, 강몽구는 그럴 필요는 없고 우선 목욕을 좀 했으면 좋겠다고 말했다. 문달길은 아래 층 부엌에서 일하고 있는 아내를 불러 목욕물을 준비하라고 일렀다. 기누코는 시키는 대로 커다란 몸을 부지런히 움직이고 있었다. 왠지 모르게 남편을 쥐고 흔드는 연상의 아내 같은 구석이 있었다.

목욕물이 준비되었을 때 문달길은, 형님, 등을 밀어드릴까요, 라고 진지한 얼굴로 말했다. 마치 두목과 부하의 관계라도 되는 분위기였다.

"음, 등을 민단 말이지……."

벗은 상의를 문달길에게 건네면서 강몽구는 문득 뭔가 생각나는 것이 있는 것처럼 내성적인 표정을 짓더니, 자신은 그다지 욕조에 오래 몸을 담그지 않으니 승지와 함께 들어가겠다. 달길이 일부러 몸을 적실 필요는 없다, 등은 승지에게 밀어 달라고 부탁하면 된다고 말했다.

목욕탕은 아래층 안쪽의 변소 옆에 있었다. 어렴풋이 풍겨 오는 변소의 냄새를 맡으며 옷을 벗고 목욕탕에 들어가자 뭔가 묘하게 달콤한 화장품 냄새 같은 것이 풍겨 왔다.

"뭐야, 이 목욕탕은 좋은 냄새가 나는군, 응, 무슨 향수라도 뿌렸나, 핫하아."

먼저 들어간 강몽구가 흥흥 하는 콧소리를 내면서 말했다. 처음에는 향수까지는 아니더라도 향료 정도는 풀었나 싶었지만, 아무래도 반쯤 열린 창문을 통해 들어오는 서향인 모양이었다. 꽃향기를 타고 들어온 이른 봄의 냄새였다.

목욕탕은 반 평 정도로 좁았는데, 통 모양의 욕조는 1인용이었다.

남승지는 꽃향기를 눈으로 잡으려는 것처럼 밤하늘이 내다보이는 창을 올려다보았다. 물의 온도를 확인해 보려고 욕조 안으로 몸을 구부린 강몽구의 알몸으로 시선을 옮기던 남승지는 자신도 모르게 눈을 크게 뜨고 바라보았다. 다시 한 번 그 괴이한 등을 뚫어져라 쳐다보았다.

"형님……."

"왜 그래."

바가지로 푼 데운 물을 조용히 가슴 언저리에 끼얹으면서 강몽구가 대답했다. 남승지는 바로 다음 말이 입에서 떨어지지 않았다.

"등은 어떻게 된 겁니까?"

순간, 제주도까지 일직선으로 이어지는 의식의 저편에서 고문이라는 팽팽하게 긴장된 단어가 들려오는 것을 의식하면서 남승지는 말했다.

"으–음, 등에 난 상처를 말하는 것이냐."

"그때의 고문입니까, ……이건 너무 심하네요……."

"별거 아냐."

"……"

그때의 일이라는 것은 강몽구가 제주경찰에 체포되어 1개월 남짓 감옥에 있었던 일을 말하는 것이었다.

그것은 차마 눈뜨고 볼 수 없을 정도의 처참한 상태로서, 넓고 두꺼운 등이 짓이겨진 것처럼 상처로 가득했다. 커다란 지렁이가 들러붙은 듯한 상처들이 수없이 교차하여 지나고, 엷은 자주색 또는 핑크빛으로 반들반들하게 빛나는 살이 부풀어 오르거나 도려낸 듯 패어 있기도 했다. 인간의 등이라고 보기 어려웠다. 울퉁불퉁한 바위 표면을 떼어다 등에 덧씌워 놓았다고 하는 편이 옳았다. 살덩이에 새겨진 괴기한 추상화였다. 새살이 상처를 덮고 있는 것처럼 보였지만, 아직 딱지가 여기저기 남아 있었다.

좀 전에 2층에서 문달길이 등을 밀어주겠다고 했을 때 강몽구의 반응이 좀 이상하다고 생각했는데, 그 느낌이 틀리지 않았다. 이 등 때문이었을 것이다.

"뭘 그리 멍하니 서 있어, 먼저 들어가."

"형님은 욕조에 들어가지 않으세요?"

"아니, 나중에 알아서 들어갈 테니 먼저 들어가."

"지금도 아프세요?"

그렇습니까, 하면서 먼저 들어갈 마음이 나지 않았다. 서향의 향기고 뭐고 다 날아가 버렸다.

"좀 눌러봐, 응, 터져 버릴지도 모르니까 말이야. 핫핫하아, 농담이야. 이제 거의 다 나았어. 전혀 신경 쓸 거 없다구." 강몽구는 데운 물을 조용히 전신에 끼얹는가 싶더니 벌써 비누로 몸을 씻기 시작했다. 좁은 목욕탕이 수증기로 채워졌다. "으흠, 다 큰 사내가 묵직한 물건을 가운데 매단 채 멍하니 서 있는 건 꼴불견이야. 얼른 욕조에라도 들어가라구."

남승지는 대충 몸을 씻은 뒤 먼저 욕조에 들어갔다. 먼저 더러워진 몸을 깨끗이 씻어 내고 나서 들어가고 싶었지만, 욕조가 좁아서 둘이 들어가 앉기는 곤란했다. 목욕을 해 본 지 족히 반년은 지난 것 같았다. 공중목욕탕이 성내에만 있는 섬에서는(원래 조선에서는 건조한 기후 탓에 일본처럼 목욕을 자주 하지 않는다고 해도) 목욕탕에 갈 기회가 없었다. 집에서 몸을 닦든가, 따뜻할 때는 지하수가 솟아나는 해변에 공동으로 씻을 수 있도록 돌담을 둘러 만든 곳을 이용하는 정도에 불과했다. 남승지는 조금 긴장된 기분으로 깨끗하게 데워진 물속으로 몸을 밀어 넣었다. 숭고한 물에 몸을 담갔다는 기분이 들었다. 강몽구보다 먼저 욕조에 들어간 것이 무언가를 모독한 것 같아 기분이 개운치 않았다.

그렇다 하더라도, 강몽구가 석방되고 나서 여러 차례 만났음에도 불구하고 지금까지 고문에 대한 생각을 하지 못했던 것은 무슨 까닭일까. 지금 욕조 속에 가만히 앉아 있을 수 없을 만큼 자신이 싫어졌다. 수증기가 가득 차는 바람에 강몽구의 상처는 잘 보이지 않았지만, 완전히 드러난 상처 자국을 직접 본 것은 충격이었다. 자신도 예전에 서울의 경찰서에서 고문을 당한 경험이 있다는 나름의 자부심이 있었다. 그러나 지금 이 두껍고 듬직한 등이 꺾이지 않고 받아 냈을 고문의 낙인 앞에서는 그러한 자신의 경험은 덧없는 먼지처럼 날아가 버릴 수밖에 없었다. 이런 몸으로 용케도 석방되자마자 바로 조직의 활동을 시작하고, 게다가 중요한 임무를 띠고 일본까지 왔다는 생각이 들었다.

남승지는 조금 전까지만 해도 콧노래를 부르고 싶다는 기분에 젖어 있었다. 왠지 모르게 뒤가 켕기기도 했지만, 마음이 가벼워져 가는 것을 스스로가 느끼고 있었기 때문이다. 일각이 여삼추라는 말이 있듯이, 갑자기 어머니와 여동생을 만나고 싶다는 생각이 간절하게 다가왔다. 허락만 해 준다면 오늘 밤이라도 혼자서 오사카로 떠났을 것이다.

그러나 지금 강몽구의 등은 그의 느슨해진 마음을 단숨에 제주도의

현실로 되돌려 놓고 말았다. 말할 것도 없이 등에만 고문을 받지는
않았을 것이다.

"아아, 개운한 게 기분 좋다. 일본은 여유가 있어서 좋구만. 응, 이
건 마치 놀러 온 것 같은 기분이야. 고향에서는 이렇게 느긋하게 목욕
을 한다는 건 생각도 못하지. 남은 사람들에게 미안하구만. 앗핫핫,
이봐, 승지, 등 좀 밀어주겠나."

머리를 감은 강몽구가 말했다. 젖은 머리가 이마에 달라붙은 얼굴
은 훨씬 젊고 다른 사람처럼 보였다.

"예."

남승지는 해방된 듯한 기분으로 욕조에서 나와 강몽구의 등 뒤로
돌아갔다. 수건에 비누를 칠하기는 했으나 어떻게 밀어야 좋을지 몰
라 망설였다.

"등을 전부 밀어드릴까요?"

"조금 눌러 봐."

"상처를 말입니까?"

조금 전에도 눌러 보라는 말을 들었던 것을 떠올리면서 물었다.

"그래."

"어떻게요……?"

"어떻게라니, 손가락으로 눌러야지."

남승지는 눈을 가까이 대고 마치 살덩이의 부조처럼 울퉁불퉁한 등
에 살며시 손가락을 대 보았다.

"아프세요?"

"아프지는 않아. 이미 나았으니까. 좀 가렵긴 하지만, 더 세게 눌
러 봐."

살점이 돋아난 상처 자국을 여기저기 세게 눌렀다. 말랑말랑한 게

아직 부드러운 느낌이 들었지만, 상처가 벌어져서 그곳으로 세균이 들어갈 것 같지는 않았다. 딱지가 갓 떨어진 새살이 매끄럽게 빛나고, 젖은 딱지가 거의 떨어질 것처럼 붙어 있었지만, 상처 자국은 모두 아문 듯했다. 남승지는 떨어지려는 딱지를 살그머니 집어 떼었다.

"괜찮으세요?"

"괜찮고말고, 기분이 아주 좋아. 아팠다면 옷을 입고 돌아다닐 수도 없었겠지. 좌우지간 등 주위를 좀 밀어 봐, 그리고 상처 자국도 가볍고 부드럽게 부탁 좀 하자구."

남승지는 강몽구의 주문대로 작지만 다부진 몸의 등 주위를 밀기 시작했다.

"여기는 무엇으로 맞은 겁니까, 곤봉입니까?"

"음, 비슷하긴 한데, 장작이야."

"장작?"

"경찰서 앞에 있는 검찰청 2층에서 당했지. 그 방에 마침 난로가 있었는데, 커다란 드럼통 아래쪽에 난 구멍으로 장작을 때는 구조였어. 좌우 양쪽에 두세 사람씩, 모두 해서 대여섯 명이 달려들어 고문을 하더군. 쉬지 않고 장작을 집어넣어 불을 피우면서 그 장작으로 패는 거야. ……참 잘도 패더군, 응, 빌어먹을 놈들이 소주를 병나발 불어 대면서 지칠 때까지 때렸지. 땀을 흘리고 숨을 헐떡거리면서 말이야, 핫핫하아, 그런데, 이런 얘길 하면 뭣하나, 쓸데없는 짓이지."

"형님, 그렇지 않습니다. 저는 듣고 싶어요."

강몽구는 헛기침을 하고는 상처투성이의 등을 이쪽으로 향한 채 한동안 침묵을 지켰다.

남승지는 강몽구의 옆구리와 허리 주위를 닦던 손을 잠시 멈추고 자신의 말이 경솔하지는 않았는지 생각해 보았다. 이야기하고 싶지 않을지도 모른다. 등에 난 잔혹한 상처가 말해 주는 대로 느끼면 되는 일이 아닌가. 얼마 지나지 않은 고문의 기억을 끄집어내는 것은 아무리 강몽구라 해도 고통일 수 있었다.

"어떠세요, 괜찮으세요?"

남승지는 울퉁불퉁한 상처 자국을 부드럽게 문지르면서 말한 뒤 천천히 데운 물을 끼었었다. 강몽구는 응, 응, 하고 고개를 끄덕이며, 가려운 곳에 손이 닿는다는 말을 이해하겠어, 어허, 기분 좋다, 기분 좋아, 라는 말을 연발했다. 그리고는 남승지의 생각과는 달리 하던 이야기를 계속했다.

"음, 그 취조를 맡았던 자는 살인청부업자 같은 면상을 한 남자였는데, 관부연락선에서 15년간 형사를 지냈다고 자기 입으로 말하더군. 일본의 경찰이었다는 것이지. 이 자가 앞장서서 고문을 했는데, 솔직하게 털어놓으라는 게 놈들의 상투적인 말투야. 무슨 말이든 털어놓으라는 거지. 소주를 들이키다가 결국은 얻어맞고 있는 나와 함께 맹수처럼 으르렁거렸다니까, 마치 자신이 고문을 당하는 것처럼 말이지. 거꾸로 매달린 채 고문을 당하기도 했는데, 정신을 차려 보니 글쎄 눈앞에서 아는 사람이 고문을 당하고 있더군. 그런 모습을 지켜보는 건 몹시 괴로운 일이야. 음, 한 남자는 내 눈앞에서 발가벗겨진 채 남근을 줄로 묶어서 잡아당기며 때리는 고문을 당하고 있더군. 지독한 놈들이지. 모두 일본의 특고(特高)를 흉내 낸 거라구. 그러나 결국에는 상대가 나에게 항복했지. 질렸는지, 선생님 어쩌구 지껄이더군. 선생님 졌습니다 어쩌구 말이지. 열한 시간을 계속해서 고문당했는데, 유치장으로 돌아왔을 때는 셔츠에 밴 피가 꽁꽁 얼어붙어 있더군. 1월 말 엄동설한이었으니까. 그래도 셔츠를 입은 채 얻어맞은 게 다행인지도 몰라. 응, 이런 얘길 들었다고 두려워서 주눅 들진 않겠

지. 핫핫하, 이건 농담이야. 자네 역시 고문을 당한 경험도 있고 말이
야……."

"무슨 말씀을요……, 저 같은 경우완 비교가 안 되지요."

"고문이라는 건 본질적으로 모두 같은 거야. 으흠, 어떤 형태로든
고문과 연관이 없는 혁명운동 같은 건 지금까지 없었고, 우선 연관되
지 않을 수도 없겠지. 혁명이란 그런 것이고. 모두 그것을 알면서 하
는 거지. 일제강점기에도 마찬가지였어. 그런 걸 일일이 신경 쓰다가
는 아무 일도 못하지. 상황이 좋을 땐 설치다가 상황이 나빠졌다고
꽁무니를 뺀다면 혁명은 이루어지지 않아. 혁명이 있는 곳엔 위험이
도사리고 있어. 음, 이제 곧 두고 봐. 우리 고향 땅에서 먼저 놈들을
쫓아내지 않으면 안 될 거야. 반드시 쫓아내고말고, 응……."

자, 어떨 것 같아……라는 듯이 강몽구는 잠시 뒤를 돌아보았다.
그 얼굴은 자상하게 웃고 있었다.

그는 남승지와 교대로 욕조에 들어갔으나 오래 있지는 않았다. 강
몽구가 먼저 목욕탕을 나왔다. 남승지는 여자처럼 몸을 꼼꼼히 닦았
다. 닦으면서 앞으로 목욕할 기회는 좀처럼 없을 것이라는 단정적인
생각을 하고 있었는데, 생각해 보면 우스운 일이었다. 일본에 있는
동안에는 목욕하는 일이 어려운 일은 아니지 않는가. 강몽구의 등에
난 상처는 충격이었지만, 남승지는 좁은 공간에서 상쾌한 기분을 자
신의 육체에 확인시켜 주려는 듯이 자꾸만 팔을 뻗어 크게 기지개를
켜고 허리를 굽혀 체조를 했다. 음, 생명의 세탁인가……. 생명의 세
탁……, 그는 중얼거렸다. 이 세속적인 말이 지금 자신의 몸속에서
숨쉬기 시작했음을 실감하고 있었다. 몸의 내부가 혈관 구석구석까지
깨끗하게 씻겨 나가는 기분이었다. 목욕탕에서 나와 세탁해 둔 속옷
으로 갈아입었을 때, 그러한 느낌은 완전한 것으로 바뀌면서 해방감

이 심신을 적셨다.

 그러나 더러워진 속옷은 결국 오사카로 가지고 가서 어머니에게 빨아 달라고 할 수밖에 없을 것이었다. 남승지는 2년 몇 개월 만에 상봉하는 어머니에게 빨랫감을 가지고 가기는 싫었다. 가능하다면 지금 욕조의 물을 사용해서 빨래를 하고 싶었으나 그럴 수도 없었다.

 엊그제 Y리를 출발하기 전에 갈아입으려고 했지만, 그대로 온 데는 나름대로 이유가 있었다. 땀으로 절어 쉰내 나는 세탁물을 언제 집주인이 들어올지 모르는 좁은 온돌방 구석에 내팽개쳐 둘 수도 없었고, 그렇다고 빨래를 해 놓을 수도 없었다.

 전날 밤 비에 젖은 양말은 아침에 빨아 온돌방에서 말렸지만, 셔츠나 바지 등은 그리 간단하지 않았다. 물이 없었기 때문이다. 마을의 각 집에서 마시는 음료수는 여자들이 물동이를 등에 짊어지고 아침저녁으로 몇 번씩 해변에 있는 샘에서 물을 길어 오는 것으로 해결했다. 그것도 샘에 바닷물이 들어오지 않는 간조 때가 아니면 안 되었다. 물 긷는 일은 여자들의 날마다 빠뜨릴 수 없는 중요한 일과의 하나였다. 물이 귀한 산간 부락 등지에서는 빗물을 먹는 물로 사용하였다. 용천(湧泉)이 있는 해변은 조금 달랐지만, 물을 둘러싼 분쟁이나 물 도둑 같은 소동이 벌어질 만큼 섬에서는 물이 소중했다. 주방에 있는 커다란 항아리에서 물을 퍼다 세탁을 한다는 것은 있을 수 없는 일이었다. 따라서 빨래는 날씨 좋은 날 여자들이 해변의 공동목욕탕인 용천에서 했다. 순실이 할머니가 걱정하지 말라며 빨아 주었지만, 매번 그럴 수도 없는 노릇이었다. 하지만 물을 자유롭게 사용할 수 없는 상황에서는 어쩔 수 없었다.

 그래서 열흘 이상을 계속 입었던 땀내 나는 속옷 그대로 출발하기로 했다. 어머니에게 빨아 달라고 부탁할 참이었다. 거기에는 다분히 유

아적인 소원을 동반한 일종의 어리광이 섞여 있다고 할 수 있었다. 어머니에게 가지고 갈 게 없어서 하필 빨랫감을 선물로 가져간단 말인가! 라며 아직 입을 만한 것을 버리기에는 너무 아까웠다. 문득 이방근이라면 이런 것은 버렸을 것이라는 생각이 들었다.

남승지는 빨랫감을 싼 보자기를 들고 2층으로 올라갔다. 식욕을 돋우는 냄새가 코를 찔렀다. 식탁 위에는 아래층에서 끌고 올라온 긴 고무관에 연결된 가스 곤로가 놓여 있었고, 거기에는 이미 소고기와 두부 등이 보글보글 끓는 전골냄비가 올려져 있었다. 군침이 돌았다. 그 냄새가 공복 상태인 창자 속으로 비틀듯이 자극적으로 스며드는 순간, 뱃속에서는 꼬르륵꼬르륵 하는 소리가 다른 사람에게 들릴 만큼 크게 나는 바람에 남승지는 몹시 당황했다.

"어이구, 뱃속에서 꽤나 힘찬 소리를 내는군, 건강하다는 증거야. 오늘은 한번 실컷 먹어 보자구. 일부러 이런 시간에 부인께서 나가서 사 온 것이니 말이야……."

강몽구가 소리 내서 웃고, 문달길도 조용하게 미소 지었다. 남승지는 다른 사람들과 함께 둥근 밥상에 둘러앉았다. 미닫이 옆에는 한 되짜리 맥주병이 나란히 놓여 있었다. ……보리밥과 고구마만으로 끼니를 때우던 나날, S리 방파제에서 출발한 밀항선, 김 냄새로 가득한 칠흑 같은 선창, 남승지는 지금 이 순간, 밝은 전등 아래 생각지도 못한 별세계에 앉아 있는 기분이 들었다. 아니 뭔가 착각에 빠진 건 아닌가 하고 주위를 둘러보았다. 분명히 강몽구가 옆에 있었다. 문달길 부부는 처음 만난 사람들이었지만, 그 옆에 있는 사람은, ……음, 그렇지, 강몽구임에 틀림없었다. 제주도에서부터 계속 함께해 온 강몽구의 얼굴에 틀림없었다. ……머릿속에서 바람처럼 울리는 것이 있었다. 그것은 점차 섬 여자들이 부르는 민요조가 되었다. ……까라기 달린 보리를 껍질째 먹어도, 그 여자와 한집에서 살 수가 없네……, 어째서 바다 건너 저편에서 부르는 노래가 지금 내 머릿속에 떠오르는 것일까. 아니, 그 노랫소리가 들려오는 곳이 별세계인가……. 음, 너무나도 갑작스러웠다. 남승지는 아직 자신의 기분이 정리되지 않고 있음을 느꼈다.

남승지는 사양하지 않고 먹었다. 사양해야 할 장소나 분위기가 아니었다. 비합법적인 조직활동을 하다 보면 식사에 대한 생각이 즉물적(卽物的)으로 바뀐다. 어딘가에서 밥을 얻어먹게 될 경우, 허례적인 사양은 거의 하지 않는다. 그런 사양은 아무런 의미를 갖지 못했다. 강몽구는 잘 먹고, 또 문달길과 이야기를 나누면서 잘 마셨다. 남승지는 백주를 한 잔 마셨을 뿐 그 이상은 삼갔다.

모두가 침상에 들었을 때는 새벽 한 시가 되어 있었다. 집주인 식구들은 아래층 안쪽 방에서, 두 사람은 2층 안쪽의 세 평짜리 방에서 잤다.

남승지는 아주 곤히 잠들었다. 침상에 들자마자 강몽구가 이내 코를 골기 시작하면서 술 냄새를 풍겼기 때문에 금방은 잠들지 못했지만, 곯아떨어지고 나서는 아침에 흔들어 깨울 때까지 눈을 뜨지 않았을 정도로 푹 잤다. 일곱 시가 되어 있었다.

두 사람은 아침 일찍 시모노세키를 출발하여 도쿄로 가는 급행열차를 탔다.

두 사람이 집에 남는 기누코에게 정중하게 인사를 하고 길을 나서자 두 사람을 전송하기 위해 문달길이 따라왔다. 먼저 매표창구에 선 문달길은 강몽구가 돈을 내려 하자, 왜 이러시냐는 듯이 가로막으며, 오사카까지의 표 두 장과 입장권을 산 뒤 함께 플랫폼으로 들어왔다.

표는 오사카까지였지만, 두 사람은 고베(神戶)에서 내리기로 했다.

남승지로서는 가장 먼저 어머니를 찾아뵙고 싶었으나, 그것이 일본에 온 목적은 아니었다. 고베가 오사카 뒤쪽에 있으면 몰라도 가기 전에 있었으므로, 고베에 있는 남승일을 먼저 방문하기로 예정되어 있었던 것이다. 역 매점에서 강몽구가 신문을 두세 종류 사서 한 부를 남승지에게 건넨 뒤 자신의 가방에도 넣었다. 그는 남승지의 가방 안에 속옷을 싼 보자기 밖에 없다는 것을 알고 있었다.

플랫폼에는 밝은 이른 봄의 햇살이 비치고 있었다. 꽤나 쌀쌀해서 코트의 깃을 여몄다. 승객들이 제각각 긴 그림자를 플랫폼 위에 드리운 채 드문드문 서 있었다. 남승지는 플랫폼 가장자리에 서서 희미하게 빛나는 레일을 바라보았다. 기분 좋게 일직선으로 뻗은 레일이었다. 기차가 들어오고 무거운 금속성의 삐걱거리는 소리를 내며 정차하자, 사람들은 곧바로 기차에 올라탔다. 아무도 내리는 사람이 없었기 때문이었다. 기관차, 오랜만에 보는 철로 된 괴물이었다.

1분 정도 정차한 뒤 기차는 곧바로 발차했다. 문달길은 바람처럼 왔다가 사라져 가는 강몽구를 어이없는 표정으로 전송하고 있었다. 남승지는 강몽구와 함께 감사의 마음을 담아 손을 흔들어 손 서방을 닮은 문달길과 헤어졌다.

차내는 빈자리가 꽤 많았다. 시모노세키를 출발한 지 아직 두 시간 정도 밖에 지나지 않았으므로 이제 서서히 자리가 채워질 것이었다. 두 사람은 한 칸의 자리에 서로 마주 보고 앉았다. 먼저 들어간 강몽구가 진행 방향과는 반대로 자리를 잡았다. 그는 먼저 담배에 불을 붙여 천천히 들이마신 뒤, 다리를 꼬고 신문을 펼쳤다. 때마침 페이지를 넘기자 얼굴이 보이지 않게 되었다. 펼쳐진 신문 위쪽으로 담배 연기만이 계속해서 피어올랐다.

남승지도 신문을 꺼내어 펼쳤다. 아침에 문달길의 집에서도 잠깐

보았지만, 오랜만에 읽어 보는 일본어 신문이었다. ……요시다(吉田) 내각의 조각 준비가 추진되고, 각료 구성원이 거의 결정되었다는 표제가 눈에 들어왔다. 사회당 가타야마(片山) 내각의 연장이라는 표제도 있었다. 음……, 남승지는 기사에 감탄을 하는 것인지, 오랜만에 만져 보는 일본 신문의 촉감에 감탄하는 것인지 자신도 알지 못한 채 그저 음, 하고 마음속으로 혼자 수긍하고 있었다. 말하자면 기사는 가타야마 내각이 총사직했다는 것이었다. 그게 어쨌다는 말인가. 아니, 가만있어 보자……, 총사직은 했지만, 사회당에서 수상이 나오기도 하고, 공산당이 합법적으로 활동을 계속하기도 하고……, 음, 이게 전후 일본이었다. 일찍이 조선을 식민지로 삼았던 패전국이 이처럼 앞으로 전진하고, 독립하여 해방되었을 조선이 오히려 역방향으로 돌진하고 있는 것이었다. 그리고 한반도 남쪽 끝자락에 있는 섬 제주도에서 무장봉기를 일으키는 상황이 되어 버린 것이다. 그것은 혁명이 가까워졌다는 것을 의미하기도 했지만, 그렇다 해도 조국과 비교해 볼 때 일본은 너무나 평화로웠다. 이러한 일본으로 남한은 물론 제주도에서 많은 사람들이 밀항해 왔다. 남승지는 최근에 서울 중앙지에 실린, '뒤바뀐 미군정'을 비난하는 미국인 기자의 기사를 떠올렸다. 그 내용은 한마디로 말해, 연합국에 협력한 조선이 자유를 상실하고 잔혹한 개인적 제한을 받고 있는 데 비해, 최근까지 미국의 적이었던 일본은 전쟁을 일으킨 중대한 책임이 있는데도, 그들이 지금껏 향유하지 못했던 자유와 민주화를 구가하고 있다는 내용이었다. 현재 남한의 많은 사람들이 자유를 찾아 일본으로 입국하려 하고 있다……. 실제가 그랬다. '평화와 민주화를 구가하는 일본'……. 신문을 손에 들기만 해도, 차 안에 있는 사람들의 모습을 얼핏 보기만 하여도 그것을 느낄 수 있었다. 기차 창문도 얼핏 보기에는 깨진 곳이 없었다. 이미 패전 직후의 혼란은 없었다. 또한 남한과 같은 공포정치를 두려워하는 낌새도 없었다.

기차는 계속 힘차게 달렸다. 맑게 갠 하늘을 거칠게 가르며 퍼져 나가는 기적 소리가 좋았다. 그 소리는 짐을 짊어지고 내달리는 우렁찬 울부짖음이었다. 처음 H시 역에서 기차에 올랐을 때, 남승지는 엷은 눈에 보이지 않는 막이 전신을 감싸는 느낌이었다. 그것은 외부의 세계를 투과해 보여 주면서도, 그 외부의 세계로부터 가두어 버리는 막이었다. 또다시 칠흑 같은 선창에 갇힌 느낌이 눈에 보이지 않는 막으로 되살아나 몸을 감쌌다. 그러나 그러한 느낌은 얼마 지나지 않아 공기 중에 녹아들듯 사라졌다. 피부에 달라붙었던 막이 벗겨지는 것 같았다. 단조롭게 반복되는 차체의 진동에 몸을 맡기고 있어도 불안감은 전혀 느껴지지 않았다.

두 사람은 출발할 때 문달길의 아내가 건네준 밀감의 껍질을 벗겨 입안에 넣었다. ……형님, 달길 씨와는 어떤 관계세요, 형님 부하 같던데요……라고 남승지가 물었다. ……핫핫핫, 부하고 두목이고 그런 거 없어. 달길은 죽 오사카에 있었는데 말야, 라고 강몽구는 대답한 뒤, 전에 좀 보살펴 준 적이 있다는 정도로 밖에 말을 하지 않았다.

돌진하는 기차의 기적이 울려 퍼졌다. 이제 남승지는 확실히 자신의 가족이 살고 있는 곳에 차츰 가까워지고 있다는 느낌이 들었다. 밀감을 먹기도 하고, 신문을 읽기도 하고, 눈을 감기도 하면서, 전진하는 기차와 함께 시간을 보내면 그만이었다. 밤 아홉 시가 좀 지나면 확실하게 고베에 도착할 것이다.

기차는 평야에서 해안으로 나왔다. 갑자기 예리한 햇살이 반사해 들어오는 창문 너머로 세토 내해가 반짝반짝 빛나고 있었다. 푸른 섬들이 보였다. 어선이 바다를 가르며 달렸다. 밀항선과 같은 작은 배였다. 남승지는 마음속으로 중얼거렸다. 형님, 우리가 타고 온 배는 어디쯤 가고 있을까요. 지금쯤 분고스이도를 지났을까요, 안 지났을까요……. 강몽구는 잠자코 반짝이는 바다를 바라보고 있었다. 음, 강몽구의 등에는 평생 남을지도 모를 상처가 있다……, 남승지는 계속해서 중얼거렸다.

4

만원인 기차는 밤이 돼서야 고베 시가지로 접어들었고 얼마 지나지 않아 고베 역에 도착했다. 강몽구와 남승지는 자리에서 일어나 통로로 밀려든 사람들 틈에 끼었다.

승객들이 줄을 지어 서 있는 플랫폼으로 내려선 남승지는 다른 사람들처럼 그대로 계단 쪽으로 내려갈 수가 없었다. 한동안 멍하니 플랫폼에 선 채로 주변을 둘러보고 있다가 매점에서 담배를 사 온 강몽구에게 재촉을 당할 만큼, 그는 이제 겨우 일본에 왔다는 사실을 실감하고 있었다. 어젯밤 야마구치 현의 작은 어촌에 발을 내딛었을 때, 여기가 일본이라는 실감에 전율하고 달길의 집에서 그 실감을 하나하나 확인해 본 것은 사실이었다. 그러나 지금 내려선 콘크리트 플랫폼의 구두 밑창을 받쳐 주는 이 견고함이야말로 다름 아닌 일본이라는 기분이 들었다. 어젯밤의 실감이 현재와 중첩되면서 훨씬 선명하게 되살아났다. 남승지는 발밑을 확인이라도 하려는 듯 두세 번 가볍게 제자리걸음을 하였다. 반복해서 흘러나오는 간사이 사투리의 부드러운 일본어 안내방송. 도시락, 도시락…… 판매원의 목소리. 여기저기 네온사인이 번쩍이는 거리의 불빛. 강렬한 라이트 불빛에 공기마저 타 들어 갈 것 같은 항구의 야경……, 맞은 편 플랫폼으로 시선을 가로막 으며 미끄러져 들어오는 눈에 익은 초콜릿색 전차. 소란스러움이 거 리의 생명인 양 숨을 쉬고 있었다. 남승지는 흘러내린 안경을 손가락 으로 밀어 올렸다. 오는 도중에 설레던 마음은 어디로 사라진 것일까. 시간을 거슬러 올라가려고 하는 억제하기 어려운 심정. 기차는 레일 이 아니라, 그 위에 새겨진 시간을 달려왔다……, 남승지는 그런 기 분이 들었다. 시간의 움직이기 힘든, 아니, 움직일 수 없는 어떤 확실 함에 실려 왔다는 기분이 든다.

　더러워진 벽을 따라 계단을 내려온 뒤 개찰구에서 역구내로 나오는 순간 남승지는 플랫폼에서 울리는 발차의 벨소리를 들었다. 이윽고 머리 위 튼튼한 천정이 덜컹덜컹하면서 레일을 밟고 미끄러져 나가는 바퀴의 움직임으로 무겁게 울렸을 때, 아아, 우리를 여기까지 싣고 온 시간은 가 버렸는가, 라는 묘한 감상에 빠졌다. 마치 기차에 실려 온 것이 시간이기라도 한 것처럼 말이다. 남승지는 아무렇지도 않은 듯 개찰구 위에 매달려 있는 새로운 전기시계를 돌아보았다. 하얀 문 자판이 선명하게 들여다보였다. 아홉 시 6분. 그는 문득 거대한 철문, 아니 좀 더 우아한, 뒤를 돌아볼 수 있으나 돌아갈 수는 없는, 그래서 훨씬 잔혹한 수정처럼 투명한 시간의 문으로 천천히 등이 떠밀리는 느낌을 받았다. 그것은 지금 또 다른 충족감과 중첩되고 있었다.

　"전화를 거시겠어요?"

　강몽구와 나란히 정면의 현관 쪽으로 가면서 남승지가 일본어로 말 했다.

　"음, 물론, 그렇게 하는 게 좋겠지."

　강몽구가 일본어로 대답했다.

"예."

일본어로는 바로 '하이'라는 대답이 나오지 않는다. 이상하게도 혀가 굳어지는 느낌으로 '예'가 튀어나왔다. 강몽구의 단정적인 대답이 없었다면 전화를 하지 않고 곧장 갈 생각이었다.

"전화번호는 알고 있지?"

"예, 알고 있습니다."

남승지는 정면의 현관 옆에 있는 전화박스를 발견하고 그리로 걸어 갔다. 그때, 오른쪽 매점이 있는 통로에서 경찰봉을 손에 쥔 두 명의 경찰관이 이쪽을 향해 다가오는 것을 보고 남승지는 가슴이 덜컥했다. 사람들의 왕래가 많음에도 유달리 이쪽을 응시하고 있는 느낌에 사로잡혔던 것이다. 순간, 조선 사람이라는 것을 여실히 보여 주는 듯한 강몽구의 팔자걸음이 마음에 걸렸으나, 곧장 다가온 경찰관들은 그들의 등 뒤를 직각으로 지나쳤다. 남승지는 등에서 탁탁 하고 불이 튀는 것을 느꼈으나, 그뿐이었다. 달리 아무 일도 일어나지 않았다. 경찰은 H시 역에서도 만났었다. 그때는 아무렇지도 않았는데(달길이 함께 있었기 때문인지도 모르지만), 고베까지 와서 새삼스럽게 가슴이 덜 컥하는 것은 대체 어찌 된 일인가. 아니, 아니야, 방심은 안 된다. 플 랫폼에 서서 주위를 둘러보는 등, 내가 조금 자만하고 있다, 일본에 온 순간 마음이 해이해져서……, 빨리 전화를 해서, 어서 형님이 있는 곳으로 가야만 한다……. 남승지는 볼이 붉어지는 것을 느꼈다. 순 간, 일본은 외국이라는 생각이 가슴을 파고들었다.

남승지는 옆에서 태연히 걷고 있는 강몽구를 힐끔 쳐다보고는 휴 우— 하고 가벼운 숨을 토해 내었다. 고국에서는 '양반은 대로행(大 路行)'이라는 말이 있는데, 강몽구가 바로 그렇게 걷고 있었다. 강몽 구는 제주도에서도 지하조직의 간부이면서도 백주에 당당하게 신작로를 활보함으로써 경찰을 어이없게 만들곤 했으니까…….

두 사람은 전화박스 안으로 함께 들어갔다.

남승지는 사촌 형의 전화번호를 외우고 있었다. 수화기를 들고 교환수에게 번호를 알려 준다. 사촌 형은 자식이 없어서 가족이라고 해도 아내인 경자와 식모인 일본인 할머니 셋이서 살고 있었지만, 지금은 어떻게 됐는지 알 수 없었다. 경자는 남승일이 일본으로 건너와 함께 살게 된 여자였다. 본처는 나중에 일본으로 건너왔지만, 그 후로 죽 별거하는 관계로 남편이 사는 곳에는 제사 때가 아니면 오지 않았다.

바로 전화가 연결되었다. 꽉 움켜쥔 수화기 저편에서 분명히 남승일의 헛기침 소리가 나고, 여보세요, 라는 무뚝뚝한 일본어가 들렸다. "여보세요…….." 상대방이 일본어로 여보세요를 반복하고 있는데도, 남승지는 똑같이 여보세요…… 하고 일본어로 계속 말했다. 바로 대화체로 연결이 되지 않았던 것이다. 마치 상대방의 목소리가 들리지 않는다는 듯이 말끝에 악센트를 집어넣어 반복하다가 마침내 고국의 말로 연결되어 갔다. "승일 형님이세요? ……. 저예요. 승지입니다."

여보세요, 그쪽은 누구…… 하며, 남승일의 고국의 말투가 섞인 일본어가 수화기를 댄 귓불에 정겹게 울렸다.

"승지입니다. 저예요, 형님…….."

"승지? 승지……, 당신이 승지라고?"

"그래요, 형님."

"무슨 소린지……, 승지라면 그러니까, 조국에 돌아간 승지 말인가?"

남승일은 여기서부터 남승지와 마찬가지로 고국의 말로 바꾸었다.

"예, 그렇습니다."

"……너, 일본에 온 거야? ……, 설마 국제전화가 될 리도 없고……."

국제전화……라는 말에 남승지는 자신도 모르게 웃음이 나왔지만, 상대의 입장에서는 너무 갑작스런 일이었기 때문에 지금 고베 역의 전화박스에 있다고 한들, 곧이들을 상황이 아니었다.

"그래요, 지금 고베 역이에요."

"……고베 역? 고베라면 내가 살고 있는 고베를 말하는 건가."

"그렇다니까요."

"너, 지금 고베에 와 있어?"

"예, 지금 역에 막 도착했어요."

"……오사카에서?"

"어머니 계신 곳에는 아직 가지 못했어요, 지금 막 도착해서요……."

남승일은 겨우 같은 고베 시내에서 전화를 걸고 있다는 사실을 인정한 모양이었다. 강몽구가 전화를 바꿔 인사를 나누고 나서 두 사람은 전화박스를 나왔다. 언제 다가왔는지 전화박스 옆에는 누더기를 걸치고 더러운 수건으로 머리부터 얼굴을 푹 감싸거나, 찢어진 전투모를 쓴 부랑자 서너 명이 웅크리고 있었다. 남승지는 깜짝 놀라 바라보았다. 그들 중 한 사람이 시커먼 손가락을 콧구멍에 쑤셔 넣고 코딱지를 후비면서 두 사람이 나오는 것을 힐끗 쳐다보아서가 아니었다. 특별한 이유도 없이 그저 그곳에서 부랑자를 발견했다는 일종의 놀라움이었다.

그때, 맨발에다 얼굴에 숯을 바른 것처럼 더러운 소년이 구두닦이 도구를 들고 역의 입구로 들어오는 것이 보였다. 뒤에 또 다른 동행이 있었다. 서울에서 본 것과 같은 행색의 소년들이었다. 다른 게 있다면, 뒤에 있는 소년이 여자들이 신는 커다란 헝겊짚신을 신고 있었다

는 정도일 것이다. 부랑자는 이들만이 아니었다. 구내의 인파 속에서
빈 깡통을 들고 담배꽁초를 주우러 다니기도 했다. 어째서 조금 전에
는 그들의 모습이 눈에 들어오지 않았을까. 당연히 보이는 것을 보지
못한 것이었다.

"형님, 아직 부랑자가 있네요……."

역 정면에 있는 현관을 나온 뒤 남승지가 작은 소리로 말했다.

"당연한 거지. 전쟁에 지고 나서 몇 년도 채 지나지 않았어. 도쿄의
우에노(上野)나, 오사카의 우메다(梅田) 지하도에는 지금도 많이 있
을 거야. 어디에서나 기적은 그렇게 간단히 일어나는 게 아니야."

남승지는 강몽구의 말이 끝나기도 전에 고개를 끄덕이고 있었다.
아직 부랑자나 부랑아가 있다고 해도 전혀 이상할 것이 없었다. 남승
지 자신이 쓰레기 더미에 묻힌 듯한 패전 직후 일본의 모습을 눈으로
직접 확인하고 조국으로 출발한 지 2년 밖에 지나지 않았던 것이다.
그동안 고국에서 보낸 혹독한 생활에 익숙해진 눈이 일본의 현실에
대한 인상을 미화하고 비약시켜 버렸던 것이다.

"승일 씨는 전화 수화기를 자신이 직접 든 모양이지?"

강몽구가 남승지에게 넌지시 물었다.

"예, 그랬습니다." 남승지는 강몽구를 돌아보며 말했다.

"……그게 이상한가요?"

"아니, 아무것도 아니야. 다만, 나는 승일 씨가 직접 전화를 받으리
라고는 생각하지 못해서 말이지. 음, 요즘 조선인들 중에 돈을 좀 번
자들은 말이야, 갑자기 사장입네 하면서 말이지, 어울리지도 않는 격
식을 차리려고 하거든. 남 사장 정도 되면 웬만하면 직접 전화를 받으
려 하지 않아. 음, 승일 씨는 그런 점에서 좋은 분이야. 우리 사돈께서
는 말이지……."

강몽구는 기분 좋은 목소리로 말했다. 전화이긴 했지만, 직접 공작의 대상인 남승일에 대한 인상이 그리 나쁘지 않은 모양이었다.

"……다른 사람이 아무도 없었는지도 모릅니다. 게다가 그렇게 격식 차릴 정도로 규모가 큰 사장도 아니고……."

남승지는 그렇구나, 그런 식으로 해석할 수도 있겠구나, 하고 생각하면서 말했다.

두 사람은 택시를 탔다. 등을 똑바로 세우면 머리가 닿을 정도로 작은 차였다. 그러나 남승지는 신분에 어울리지 않는 교통수단에 너무 쉽게 올라타는 것 같아 잠시 뒤가 켕기는 기분으로 강몽구의 뒤를 따랐다.

엑셀을 밟은 차가 역전 광장을 왼쪽으로 빙 돌아 밖으로 나왔을 때, 남승지는 자신도 모르게, 아니, 자전거택시가 달리고 있네……라고 외칠 뻔하다 겨우 목소리를 삼켰다. 자전거 뒤에 포장을 쳐서 인력거와는 달리 두 사람이 충분히 탈 수 있는 객석을 마련한 삼륜차 운전수가 안장에서 엉덩이를 들고 열심히 페달을 밟고 있었다. 마찬가지로 운전수들이 엉덩이를 치켜든 모습의 자전거택시 여러 대가 느릿느릿 줄지어 가고 있었다. 힘껏 페달을 밟고는 있지만, 생각처럼 나아가지 않는 모양이었다. 햇살에 비친 부리 모양의 하얗고 긴 차양의 야구모자와, 핸들을 잡은 하얀 면장갑이 인상적이었고, 뒤로 불룩해진 텐트용 포장이 무슨 곤충의 등줄기처럼 보였다. 한순간, 눈에 뭔가 필터라도 낀 느낌이 들었다. 자전거택시의 행렬이 몽환의 세계에 늘어선 것처럼 작게 축소되면서 달리는 택시의 뒤쪽으로 사라져 갔다.

역전에서 일단 북쪽으로 달리던 택시는 시영(市營) 전차가 다니는 길로 나와 좌회전한 뒤 야마노테(山手) 도로를 따라 서(西)고베 쪽으로 달렸다. 신개발지역 일대의 번화가를 제외하면 도중에 지나는 길가에는 가로등 불빛이 눈에 띌 정도로 어둡고, 낮은 건물과 신사(神社)의 숲, 그리고 공원이 조용한 밤의 적막함에 잠겨 있었다. 지나가는 행인도 거의 없었다. 이따금 스쳐 지나가는 시영 전차의 불빛과(레일을 달리는 열차 바퀴의 높은 음향이 어찌나 반갑던지), 자동차의 라이트가 눈부셨다. 택시의 타이어가 밀착하여 달리며 엉덩이에 전해지는 아스팔트 도로의 부드러운 감촉은, 2, 3일 전 제주도에서 울퉁불퉁한 길을 달리던 버스나 트럭을 생각하면 거짓말 같았다. 문득 남승지의 머릿속에 일직선으로 뻗은 포장된 신작로가 떠올랐다. 포장된 신작로, 그건 언제쯤 이루어질 수 있을까. 무장봉기를 일으켜 싸움을 계속하고…… 음, 제주도의, 그리고 남한의 혁명이 승리하고 난 뒤에나 이루어질 일이다…….

남승지는 그리운 시내를 달리면서도 여기저기 두리번거리며 창밖을 보려고 하지 않았다. 강몽구는 말이 없었고, 남승지도 잠자코 시트에 몸을 파묻고 있었다. 운전수도 묵묵히 핸들을 잡고 있을 뿐, 말을 걸어오지 않았다.

바다와 산 사이에 놓인 띠 모양의 도시 전차가 옆으로 계속해서 달리는 도시. 바다가 반짝이고 산에 울창한 녹음이 한눈에 들어오는 아름다운 도시였다. 바다와 산의 색채를 반사하는 것처럼 밝은 연두색의 모던한 시영 전차도 도시와 잘 어울렸다. 우중충한 팥죽색의 오사카 시영 전차보다 훨씬 좋다며 자랑스럽게 여기던 철없던 시절도 있었다. 패전하던 해 3월 대공습으로 거의 불타버린 도시였지만, 조금 전의 고베 역 플랫폼에서 바라보던 항구의 불빛과 번화가의 시끌벅적함을 보더라도, 이미 폐허를 딛고 일어서는 새로운 분위기가 역력했다. 좌우로 갈라지며 뒤로 사라져 가는 낯익은 건물들이 늘어선 거리의 풍경은 한낮의 햇빛을 되살려 또렷이 눈앞에 나타났다. 그러자 일찍이 고베에서 살았던 기억이 단편적인 암전을 거듭하면서 떠올랐다. 처음 기차를 내렸을 때 역구내에서는 순간적으로 일본은 외국이라는 생각에 가슴이 옥죄어 왔지만, 이곳은 단순한 외국이 아니었다. 소학교 학생 무렵 잠시 귀향한 사촌 형 남승일을 따라 일본으로 건너온 후 축적된 생활이 그렇게 느끼도록 만들었다. 고베를 떠난 지 2년 4개월 만에 찾아온 지금, 택시 안에서 이 땅이 외국이라는 인식과 그 인식에 익숙하지 않은 감정이 대립하며 충돌하고 있었다.

일본……. 처음 일본으로 기미가요마루(君が代丸)를 타고 왔을 때, 남승지는 밤 항구의 반짝이는 등불을 보고 동화의 세계에 잘못 들어온 듯한 착각에 빠지고 말았다. 반짝이는 불빛은 마치 하늘 가득 깜박이던 별들이 지상으로 일제히 내려온 것처럼 보였는데, 너무 놀란 나머지 멍하니 바라보았던 기억이 되살아났다. 분명 상륙한 곳이 오사카 항이었으므로, 그 풍경은 바다 위에서 바라본 고베의 야경이었는지도 모른다.

천정이 낮은 초가지붕과 전기도 수도도 없는 생활에서 빠져나와 도회지에서 살게 되었을 때 소년 남승지는 자신이 갑자기 무슨 대단한 사람이라도 된 것처럼 느껴졌다. 남승지가 어렸을 적에는 대체로 일본에서 온 사람을 보통사람과는 다른 어느 별세계에서 온 특별한 인간인 양 생각했던 것이다. 그런데 막상 만나 보니 마을 사람들과 조금도 다름없는 인간이어서 뭔가 실망하기도 했고, 안심이 되기도 하는 묘한 기분이 들었던 기억이 지금도 남아 있다. 휙 하고 머리를 스쳐 지나가는 어린 시절의 기억을 쫓았다. 그 다이아몬드처럼 반짝이던 야경을 봤을 때의 놀라움과 감탄하던 마음은 지금도 때때로 꿈에 나타날 만큼 망막의 깊숙한 곳에 남아 있었다. 그리고 제주도와 오사카를 왕복하던 사연 많은 수백 톤급의 낡은 여객선 기미가요마루는 어린이들의 많은 꿈을 자극하고도 남았었다. 해변에서 놀다가 한 달에 두 번 정도 들어오는 기미가요마루를 우연히 발견하게 되면 친구들과 함께 죽어라 배를 쫓아 달리곤 했었다.

 기미가요마루는 당시 제주도와 오사카를 잇는 정기선의 하나였다. 그 배가 사연이 많다는 것은 러일전쟁 때 노획한 제정 러시아의, 그것 도 침몰당할 뻔한 군함이기 때문이었다. 이그나티오·알간스키 백작 호(伯爵號)가 본래 이름으로 발틱함대 소속의 작은 순시선이었다. 일 본과의 해전에서 선미를 파괴당한 채 노획되었다가 객선으로 개조되 어 소생하게 되었다. 그런데 선체의 3분의 1, 즉 선미가 떨어져 나간 상태에서 수리를 했기 때문에, 연돌이 배의 뒷부분에 붙어서 당장이 라도 전복될 것 같은 이상한 모양으로 완성되었던 것이다. 1921년 무렵부터 제주도에서 값싼 노동력을 도입하기 위해 취항했는데, 기미 가요마루가 제주도 출신자를 오사카에 이주시키는 연결고리의 역할 은 매우 큰 것이었다. 그러나 사람들은 그 배를 기미가요마루라고는 부르지 않았다. '군대환'이라고 조선식 발음으로 불렀는데, 그 이유는 '기미가요(君が代)'라는 천황을 칭송하는 일본어 특유의 뉘앙스를 완 전히 없애 버린 것이었다.

 S병원 쪽으로 들어가는 모퉁이에 커다란 팽나무 그림자가 오른쪽 으로 보였다가 스쳐 지나갔다. 결핵으로 1년 남짓 입원한 병원이었 다. 지금도 하얀 제복을 입은 간호사의 모습이 무슨 하얀 나비라도 되는 것처럼 하늘거리며 당시의 기억이 되살아났다. 전쟁 말기, 조선 인에게도 천황 폐하가 '일시동인(一視同仁)'의 은덕을 베푼다면서 만 19세 이하로 낮추어 징병 의무를 부과했고, 남승지도 전쟁이 끝나던 해 봄에 징병검사를 받았다. 원래는 결코 허약한 몸의 소유자가 아니 었으나, 퇴원한 지 얼마 지나지 않은 까닭에 병종(丙種)으로 불합격

판정을 받았다. 진정한 '황국신민'이라면 참담한 마음을 견디지 못하고 자결이라도 해야 할 불명예라 할 수 있었다. ……자네와 같이 우리 제국이 비상시국에 있음에도 태평하게 폐병이나 앓고 있는 비국민(非國民)이 있다니, 게다가 자넨 일시동인의 은혜를 입은 반도의 청년 아닌가, 우리 황군이 지금 최전선에서 어떻게 싸우고 있는지 생각이나 하고 있나……. 군복 위에 청결한 가운을 걸친 군의관이 최전선도 아닌 일본 본토의 검사장에서 고함을 쳤다.

남승지는 얼마 지나지 않아 군수공장으로 보내졌지만, 덕분에 징집당하지 않고 넘길 수 있었다. ……핫핫, 그거 참 잘됐네. 비국민이면 어때, 우린 일본 국민이 아니니까, 즉 비일본 국민이지. 비국민이라 불러 주는 걸 고맙게 생각해야지. 일본 군대에 들어가면 배울 것도 여러 가지 있겠지만, 자칫하면 목숨을 잃을 수도 있으니 일부러 들어갈 필요는 없다구……. 학도동원을 피하기 위해 이미 대학의 고상부(高商部)를 중퇴한 오사카의 양준오를 찾아갔을 때 그는 매우 기뻐하며 그 불합격을 축복해 주었다.

남승지가 길을 안내하며 차로 20분 정도 달려서 K초(町)에 있는 남승일의 집에 도착했다. K초는 신미나토가와(新湊川)의 다리를 건너 조금 가면 있는 전쟁의 피해를 입지 않은 서민 동네의 하나로, 어렸을 적에 다니던 소학교와 민가 건물이 그대로 남아 있었다. 이 주변에는 고베 중에서도 조선인들이 비교적 많이 살고 있었다. 고무 공장이 많았고 그곳에서 일하는 조선인들도 많았다. 남승일은 전쟁이 끝난 후 운동화 갑피공장을 확장하여 새로운 고무 공장의 경영을 시작하였고, 갑피만이 아니라 고무바닥 접착에 이르기까지 전 공정과, 새롭게 고무장화를 생산하기 시작했다.

이층건물인 집의 외관은 얼핏 보기에 그다지 색다른 점은 없었다.

북쪽에 접해 있던 창고를 사들여 확장했다는 공장 건물이 늘어서 있었다. 택시가 도착하는 소리를 들었는지 두 사람이 내리자 윗부분이 젖빛 유리로 된 문에 '국제고무공업KK'라고 쓰인 쌍바라지가 열리고, 검은 가죽점퍼를 입은 남승일과 그의 아내 경자가 나와 두 사람을 안으로 안내했다.

"아이고, 대체 이게 어떻게 된 거야? 나는 잠깐 옆집에 가 있었는데, 형님한테 듣고 어찌나 놀랐던지……."

수수한 원피스를 입은 경자가 그리움과 놀라워하는 감정이 뒤섞인 목소리로 말했다. 그것은 대답을 원하는 말이라기보다는 독백에 가까웠다. 웃으면 오른쪽 아래 송곳니에 씌운 금관이 빛나 보였는데 잘 어울렸다. 왼손 약지에 낀 금반지가 반짝였다. 원래 피부가 약간 검고 애교 띤 얼굴을 하고 있었는데, 여전히 변함이 없었다. 경자는 또 성격이 시원스런 여자였다. 남승일과 만나기 전까지 조선인의 음식점에서 고생하며 일했기 때문인지도 몰랐다.

전에는 재봉틀이 놓여 있어 작업장으로 쓰던 아래층이 사무실 겸 응접실로 바뀌어 있었다. 두 사람은 경자가 가지런히 놓아준 슬리퍼로 바꾸어 신고 칸막이로 가려진 안쪽의 소파에 나란히 앉으면서 코트를 벗었다.

남승일 부부가 강몽구와 인사를 나누고 그동안의 노고를 위로했다. 그런 다음 남승일은 사촌 동생의 얼굴을 지긋이 바라보다가, 승지야, 너는 대체 어떻게 된 거냐 하고 경자와 똑같은 말을 하였다. 그러나 경자와는 달리 대답을 요구하는 어감이 섞여 있었다.

"……."

남승지는 곧바로 대답이 나오지 않았다. 결코 대답을 못 해서가 아니었다. 사촌 형의 얼굴을 보자 갑자기 눈시울이 붉어지는 것을 느끼고 억제하려 애썼다.

"사돈님." 강몽구가 웃음을 지으며 말했다. "승지는 내가 데리고 왔습니다."

"몽구 사돈님이 말입니까?"

넓은 이마가 벗겨지고 윤기가 도는 남승일의 얼굴에 약간 의아해하는 빛이 떠올랐다. 살이 찐 탓에 눈이 가늘어져서 검은 눈동자의 움직임이 다른 사람에게는 잘 보이지 않았기 때문에 무슨 생각을 하고 있는지 알 수 없는 인상을 주었다.

"예, 그렇습니다. 가족과도 만나게 할 겸해서 말예요."

"음……."

남승일은 가볍게 끄덕이고 나서 너는 물으려 하지 않았다. 지금은 그럴 계제가 아니라는 생각 때문일 것이다. 말수가 적은 탓도 있었지만, 언행이 안정되어 있었다. 사촌이라고는 해도 남승지와는 상당한 연령차가 있어서 사십 대 중반에 달했고, 강몽구보다도 연장자였다.

"사돈님, 어서 2층으로 올라가세요. 여긴 스토브도 켜 놓지 않아서……(사무실 한가운데에 스토브가 한 대 놓여 있었다), 승지, 가자구, 자아, 코트도 가지고, 가방은 내가 들고 갈 테니……."

남승일 옆에서 조금 공손한 자세로 서 있던 경자가 말이 끝나기를 기다렸다는 듯이 우리말로 말했다. 그리고는 소파 끝에 함께 놓아둔 두 사람의 가방을 들더니 사무실 계산대 밖의 통로로 나가지 않고 "이리 오세요"라고 말한 뒤 안쪽 마루방으로 이어지는 문을 열고 앞장서서 2층으로 올라갔다. 세 사람이 자리에서 일어났다.

계단을 올라갈 때 부엌 쪽에서 무언가 뭉클하고 맹렬하게 식욕을 돋우는 냄새가 풍겨 왔다. 영계 뱃속에 마늘을 채워 넣은 백숙을 만들고 있음에 틀림없었다. 기차에서 도시락으로 요기했을 뿐인 배가 다시 꼬르륵거릴 것만 같았다. 계단을 다 올라가자 바로 옆으로 가운데 방이 있었는데, 그 옆 도로 쪽 세 평짜리 방으로 안내되었다. 안내되었다고는 해도 남승지에게는 2년 남짓 전까지 살았던 정든 집이었다. 아래층은 안쪽 방과 부엌을 제외하고는 완전히 바뀌어 있었지만, 2층은 약간의 생활가구를 바꿔 놓은 정도로 방 배치는 그대로였다. 남승지는 조금 전에 계단을 올라와 아무렇지도 않은 듯 뒤돌아보았으나, 안쪽의 두 평 반짜리 방은 일찍이 그가 기거하던 곳이었다.

세 사람은 벌써 방석을 깔아 놓은 둥근 탁자에 둘러앉았다. 경자가 두 사람의 코트에 옷걸이를 끼워 벽에 걸었다.

남승지는 그리움으로 감정이 부드럽게 부풀어 오르는 것을 느꼈으나, 일찍이 자신이 살고 있던 집에 돌아왔다는 실감이 나지 않았다. 묘하게도 그리움만 허공에 둥둥 떠 있었다. 이 감정은 그를 약간 당혹스럽게 만들었다. 물론 이곳은 그의 집이 아니었다. 그렇다고 자신의 집이 제주도에 있는 것도 아니었다. 또한 결코 그곳에 확실히 뿌리를 내렸다고 할 수도 없었는데, 왠지 위화감을 느끼는 것이었다. 아마 오사카에 어머니가 계신 곳에 가더라도 이러한 감정은 같을지도 모른다는 생각이 들었다.

"너, 목소리가 바뀌었구나."

남승일은 그렇게 말하고는 담배를 한 모금 천천히 빨아들이더니 연기를 내뿜었다.

"목소리……? 제가 말하는 목소리 말인가요."

"그래."

"그럴까요, 그럴 리가 있나요."

남승지는 웃으며 대답했지만, 전혀 의식하지 못한 일이었다.

"아까는 전화 목소리를 알아볼 수가 없었어. 음, 지금은 아까와는 조금 다른 것 같지만 그래도 좀 변했어. ……그게 언제였더라, 네가 조국으로 돌아간 게 말야. 해방되던 해 말이었으니까, 벌써 그쪽에서 새해를 세 번 맞이했다는 것이군. 역시 조국의 물을 마시면 목소리도 변하나 봐, 흐흥, 제주도의 기후와 바람 탓인지도 모르지, 얼굴도 좀 변한 것 같은 기분이 들고, 하, 하, 하."

남승지는 입을 느긋하게 벌리며 웃었다. 남승지는 사촌 형과 강몽구의 얼굴을 번갈아 보면서 정말로 그런가-, 라는 식의 장난기 섞인 웃음을 흘렸다. ……조국의 물과 제주도의 바람 탓인지도 모른다니, 흐음, 얼굴도 변했단 말이지……. "음, 그러고 보면 변했을지도 모르겠군요." 강몽구가 크게 끄덕이며 말했다. "일본에 있을 때와는……. 일본과 조국과는 진혀 비교할 수 없을 만큼 환경이 다르니 말입니다. 오랜만에 만나는 사돈님의 눈이 정확하다고 해야겠죠. 어떻습니까, 목소리도 얼굴도 늠름하게 변했지요?"

"하, 하, 하, 글쎄요, 뭐라 말씀드려야 하나……."

차를 내오고, 밀감 등의 과일을 가져온 경자가 목욕물은 좀 시간이 걸릴 것 같은데, 식사는 어떻게 하겠냐고 남승일에게 물었다.

"그렇군, ……목욕을 마냥 기다리고 있을 수만도 없지. 목욕은 자기 전에 하기로 합시다."

남승일이 강몽구에게 말했다.

"음, 목욕이라……. 아이고, 그거 고마운 말씀입니다." 강몽구는 일단 거절하려다 급하게 마음을 바꾼 듯 말을 이었다. 그리고 어젯밤 H시의 지인 집에서 하룻밤 자고 왔기 때문에 목욕은 연속 이틀을 하게 되는 셈이니 나중에 자기 전에 천천히 하고 싶다. 이런 분에 넘치는 생활은 제주도에서는 생각지도 못할 일이라고 말하며 웃었다. "일본에 오자마자 팔자가 핀 것 같아서……, 핫핫핫."

"저어, 형수님, 제가 거들어 드릴까요?"

남승지가 일본어로 말했다.

"아니, 방금 조국에서 돌아온 사람이 무슨 말을 하는 거야, 승지는 오늘 밤 보통 사람과는 다르다구."

경자는 과장된 몸짓으로 거절하며 빛나는 금이빨을 내보이고 웃었다.

"그런데, 일본 할머니는 어디 갔어요?"

"사정이 좀 있어서 시골로 내려갔어. 참 일을 잘 했는데……. 그 대신 지금은 근처에 사는 조선인 아이가 와서 일하고 있어."

목욕, 목욕……, 남승지는 목욕이라는 말이 갑자기 묘하게 느껴졌다. 강몽구의 말을 따라 하는 것은 아니지만, 일본에 오자마자 팔자가 펴서, 목욕, 또 목욕……. 게다가 식사, 진수성찬을 말이다. 목욕에 진수성찬…… 어젯밤과 똑같은 일이 반복되고 있었다. 남승지는 밀감 껍질을 벗기면서 그런 생각을 했다. 이런 밀감조차도 조선에서는 먹을 수가 없다. 식사라는 말만 들어도 아귀처럼 진수성찬의 이미지가 침과 함께 솟구쳐 올랐다.

마치 소녀의 볼과 같은 연한 핑크빛의 저민 돼지고기가 김치와 함께 들어왔다. 주문을 한 것인지, 잠시 뒤에 검은 칠을 한 커다란 쟁반에 가득 담긴 초밥이 탁자 위에 놓였을 때 남승지는 압도당하고 말았다. 아까부터 계속 코를 자극하고 있던 부엌에서 올라오는 영계백숙 냄새도 어디론가 밀려나 버렸다.

대체 이건 어떻게 된 일일까. 남승지는 김치에 두툼한 고기를 싸 입안에 넣어 씹으면서, 김치 맛이 스며든 수육의 녹아드는 황홀한 식감에 거의 죄책감에 가까운 감정이 솟구쳐 오름을 느꼈다. 잠시 씹기를 멈춘 채, 쿡쿡하고 가슴이 찔려 욱신거리는 소리를 들었다. 곁에 있는 화로에 올려놓은 주전자에서 물이 소리를 내면서 끓기 시작했다. 조금 전에 역 구내에서 보았던 맨발의 부랑아와 담배꽁초를 주우러 다니던 부랑자를 떠올렸다. 문득, 혁명이 일어난다면 빈 깡통과 구두닦이 도구는 무엇으로 변할까……, 혁명과 그들은 무슨 관계에 있는 걸까, 이런 부질없는 생각을 하면서 입안에 든 고기를 계속 씹었다. ……이건 뭐 천국이나 다름없군. 아무리 조직 일로 왔다곤 해도, 설사 처음에만 그렇다고 해도, 이런 진수성찬을 먹는다는 건 일종의 타락이 아닌가. 어머니를 만난다면 내일도 같은 일이 반복될 것이다. 2, 3일 전까지만 해도 감자와 보리나 조밥밖에 먹지 못했던 제주도의 현실은 어떻게 되는 건가……. 실제로 농민들이 쌀밥 짓는 일은 설날이나 제삿날을 제외하고는 없었다. 음, 최근 2, 3일 사이의 간극이 너무 컸던 탓이야. 묘하게 잰 체하는 감상주의적 스토이시즘은 그만두자……. 남승지는 씹고 있던 음식을 삼키며 강몽구의 왕성한 식욕을 바라보았다.

강몽구는 잡담을 하면서도 거침없이 먹고 있었다. 그리고 또 잘 마셨다. ……있잖아, 승지야, 많이 먹어 둬, 어디선가 진수성찬에 얻어걸리거든 사양하지 말고 먹어 둬. 먹을 수 있을 때 먹어 두는 거야. 그게 살이 되고 지방이 되니까. 그렇게 하면, 언젠가 먹지 못할 때를 대비할 수 있게 되는 거야, 겨울잠 자는 동물처럼. 동물은 가만히 겨울잠이라도 잘 수 있지만, 우린 항상 뛰어다녀야 하고, 훈련할 땐 돌담도 건너뛰어야만 하잖아. 핫핫, 잘 먹을 것, 이건 혁명을 준비하는 인간의 의무야……. 언젠가 강몽구가 한 말이었다. 남승지는 위장의 활발한 움직임을 의식하면서 혼자 씩 웃고 난 뒤 다시 젓가락을 든 손을 탁자의 한가운데로 뻗었다.

남승지는 맥주도 마셨다. 강몽구가 권하자 남승일이 어디, 마실 수 있으면 마셔 보라며, 맥주병을 손에 들고 컵에 따라 주었던 것이다.

생각해 보면, 사촌 형으로부터는 처음 받는 술잔이었다. 음, 마실 수 있으면 마셔라, 라니. 난 벌써 우리 나이로 스물넷이다. 조국에서는 결혼해서 자식이 있어도 이상하지 않은 나이였다. 어머니도 그렇지만, 사촌 형한테 결혼하라고 설교당할지도 모를 일이다……(종가의 종손으로 자식이 없는 남승일은 남승지가 빨리 결혼해서 남자 아이를 낳아 혈족을 끊이지 않게 함으로써 친척인 자신의 입장을 견지하고, 조상에 대한 불효를 면하겠다고 생각하고 있었다. 그런 일도 있고 해서, 두 사람의 관계는 사촌간이라기보다 친형제에 가까웠다). 컵을 입에 댄 남승지가 윗입술에 맥주 거품을 하얀 수염처럼 붙이자, 사촌 형은 미소를 지으며 바라보았다.

그러나 남승지는 담배는 사양하며 피우지 않았다. 사촌 형이 너, 담배는 안 피우냐, 라고 물었을 때, 피웁니다, 헤헤에……라고 멋쩍은 웃음으로 대답했지만, 결국은 피우지 않았다. 왜 그런지는 모르겠지만, 연장자 앞에서는 술보다도 담배 쪽을 더 금기시 하는 경향이 있었다. 일반적으로 부모 앞에서도 술은 함께 마실 수 있지만, 담배를 피우는 것은 용납되지 않았다. 남승지도 조국에 있으면서 자연히 몸에 밴 습관이 되어 있었다.

가벼운 취기가 몸을 뜨겁게 물들이기 시작하자 기분이 편안해졌다. 택시를 타기도 하고, 지금 현재 신분에 걸맞지 않는 곳에 의탁하고 있다는 꺼림칙한 면이 없지도 않았지만, 그렇다고 너무 신경 쓸 필요는 없다고 생각했다. 앞으로 열흘이나 보름 정도면 원래의 생활로 돌아가게 된다. 시간의 문이 그 아름답고 투명한, 게다가 잔혹한 수정(水晶)의 문이 천천히 등을 밀고 나오는 것이다. 진수성찬도 목욕도, 시영 전차가 스파크를 일으키는 불빛과 네온도, 지금 머리 위에서 빛나고 있는 전등도 없는 감자와 보리밥만 있는 시골생활로 돌아간다.

바람과 돌투성이인 고도(孤島), 그곳에서 한반도의 지축을 뒤흔드는 무서운 시간이 폭발하는 것이다. 지금 먹을 수 있을 때 많이 먹어 두는 것이 좋다.

시계가 열 시를 치기 시작했다. 가운데 방에 있는 소리도 옛날 그대로인 둥근 기둥시계였다. 기둥시계의 졸리는 듯 울려 대는 소리가 갑자기 주위의 조용함을 의식하게 만들었다. 집안 구석구석에 스며들어 있는 생활의 체취가 그 여운을 타고 천천히 되살아나는 기분이 들었다. 와아 하고. 밖의 어둠 속에서 어린 시절 손에 막대기를 든 소년들의 환성이 들려올 것만 같았다. 딱 한 시간쯤 전에 지나온 고가선을 달리는 기차의, 그 일종의 향수를 자아내는 듯한 울림이 밤하늘 가득 퍼져 나갔다.

"……" 기둥시계 소리가 멈추자, 남승일은 그것이 마치 무슨 신호나 되는 것처럼 가볍게 헛기침을 하고 말했다.

"좀 전에 아래층에서 몽구 사돈께서 너를 데리고 왔다고 하셨는데, 어째서 어머니 계신 곳에 먼저 들르지 않았지?"

"오사카에는 내일 가려고요. 어머니는 애당초 자식이 일본에 온 것을 아실 리도 없고, 게다가 교토였다면 오사카를 그냥 지나치기 어려웠겠지만, 고베는 도중이라서 말이에요. 차표도 오사카까지였던 것을 도중에 내렸어요."

"차표는 오사카까지였단 말이지……." 남승일은 가볍게 고개를 끄덕였다. "그래도 숙모님은 사촌 형 집에 먼저 들렀다고 서운하게 생각할 거야."

"그럴 리가 있나요."

"우리 조선 사람은 그렇지 않아. 이웃 사람에게 전화를 걸어서 부탁하면 연락해 줄 것이니, 전화로 연락을 해 둘까……." 남승일은 무슨 깊은 생각이라도 하는지 담배를 깊이 들이마시고 나서 손가락으로 톡 하고 가볍게 재떨이에 재를 떨었다. 그리고는 고개를 조금 비틀며 말을 계속했다. "음, 그렇지. 전화를 거는 것은 조금 생각해 볼 필요가 있겠어."

남승지는 고베 역에 도착했을 때도 오사카에 있는 가족이 신경 쓰였다. 지금 이곳에 앉아서 불러내겠다고 생각을 한다면……, 바로 옆방에 있는 전화로 어머니나 여동생과 통화할 수도 있었다. ……그러나 그렇게 해서는 안 된다. 노인네를 놀라게 할 필요는 없다. 내 목소리를 듣게 된다면 아마 졸도할지도 모른다……. 부엌에서는 영계백숙 냄새가 다시 코를 자극하듯 피어올라 왔다.

도로 쪽으로 난 창가에 앉은 강몽구는 침묵을 지켰다.

"……전화 같은 거 할 필요 없어요. 자식이 일본에 왔다고는 꿈에도 생각지 못하고 있을 텐데, 지금 고베에 있다는 걸 알게 되면 어떻게 되겠어요? 오늘 밤은 잠들지 못할 거예요. 여동생도 마찬가지일 거고, 가만히 있는 편이 나을 거예요. 어차피 내일이면 알게 될 테니까."

"……그것도 그렇군. 지금 당장이라도 숙모님이 말순이를 데리고 달려올지도 몰라. 당신 말대로 가만히 있다가 내일 직접 가는 편이 낫겠어." 남승일은 그렇게 말하고 나서 작은 눈으로 사촌 동생을 지그시 바라보았다. 남승지는 군살 때문에 눈의 표정을 알기 어려운 시선을 되받아 바라보며 형님이 전보다도 살이 쪘다는 생각이 들었다. 원래 좀 뚱뚱한 편이었지만, 지금은 족히 20관(75㎏)은 될 것 같았다. "그건 그렇고, 승지야, 네가 일본에 온 이유가 뭐냐. 조국에는 이제 돌아가지 않을 생각으로……, 일본에 돌아온 거냐?"

"그렇진 않습니다, 형님……." 남승지는 사촌 형의 작은 눈에서 발하는 빛과 시선을 마주친 채 웃는 얼굴로 자신 있게 대답했다. 상대는 그럴 요량으로 한 말이 아니었겠지만, 왜 일본에 돌아왔느냐는 말이 어딘가 모멸적으로 남승지의 가슴을 찔렀던 것이다. "돌아가고말고 요, 가까운 시일 내에 몽구 형님과 함께 돌아갈 겁니다. 일본에는 잠시 조직의 일 때문에 왔을 뿐이니까요……."

"조직의 일……?"

"예……."

남승지는 그렇게 대답하고 나서 깜짝 놀라 왼쪽에 있는 강몽구를 보았다.

탁자에 앉았을 때부터 남승지는 강몽구가 일본에 온 목적을 어떤 식으로 말을 꺼낼지, 오늘 밤 이 자리에서 꺼낼지 어떤지 신경을 쓰고 있었다. 강몽구는 재일조선인 조직 앞으로 된 당의 신임장을 가지고 있었지만, 개인에게 보여서 통용될 수 있는 것은 아니었다. 조직에서는 이미 그 양식을 확인하고 있었지만, 그렇지 않은 곳에서는 위조해도 알 수가 없기 때문이었다. 따라서 조직을 경유하는 형태로 남승일에게 접촉하는 게 순서였지만, 그것은 오히려 남승일에게 권위적으로 비쳐질 염려도 있었기 때문에 역효과를 불러오기 쉬웠다. 중개자를 내세우기보다는 직접 만나는 편이 나을 수 있었다. 무엇보다 강몽구와 남승일은 서로 간에 안면이 있었다. 또 남씨 일가가 남승지의 모친 강씨의 시댁이라는 점에서 사돈지간이기도 했으며, 또한 남승지가 살아 있는 증인으로서의 역할을 해낼 수도 있었다. 즉 남승지는 일에 대해서 특별히 참견을 할 필요가 없었기 때문에 잠자코 있으면 되었던 것이다. 그런데 술기운이 확 퍼진 탓도 있었겠지만, 일 때문에 왔다고 무심코 말을 해 버리고 말았던 것이다.

그러나 강몽구는 저고리 옷깃을 여미며 잠시 자세를 가다듬더니 남승지의 말을 이어받아 이야기를 계속했다.

"그러니까 승지 군이 말한 대로 우리 두 사람은 일이 있어서……, 밖으로 말이 새어 나가서는 안 되겠습니다만, 남로당에서 파견되어 일본에 왔습니다." 강몽구는 처음부터 남로당이라고 대담하게 이름을 꺼냈다. 남승지는 순간 깜짝 놀랐지만, 뭐 그렇게 놀랄 것도 없다, 실제가 그러하므로 나중에 말해도 놀라기는 마찬가지일 것이라고 생각을 고쳤다. "실은 다시 정식으로 말씀드려야 될 일이라서, 특별히 취한 것은 아니지만, 지금은 술자리이기도 해서 내일 다시 천천히 말씀드려야겠다고 생각하고 있었습니다……."

그때 계단에서 삐걱거리는 소리가 나더니 경자가 천천히 올라오는 기척이 났다. 그녀보다도 먼저 방금 삶은 백숙 냄새가 올라와 방 안으로 퍼졌다. 방으로 들어온 경자는 김이 피어오르는 통닭을 담은 큰 접시를 쟁반에서 집어 탁자 위에 내려놓았다. 통닭이라고는 해도, 날개와 다리를 통째로 뜯어 놓은 것 말고는, 먹기 좋게 잘게 찢어 놓아서 본래 형태를 찾아보기 힘들었다. 접시 가장자리에는 간이나 똥집 같은 내장구이가 나란히 놓여 있었다. 꽤 큰 닭을 잡았는지 다리 하나만 먹어도 배가 불러올 듯싶었다. 작은 접시와 소금이 함께 나왔고, 네 번 접은 작은 수건과 휴지도 나왔다. 사전 예고도 없이 찾아든 손님에 대한 갑작스런 접대치고는 호화스럽기 그지없었다.

경자가 서둘러 준비하다 보니 변변치 못한 차림이 돼서……라며, 남승일의 옆에서 맥주병을 양손으로 들고 강몽구에게 술을 따랐다. 강몽구는 술잔을 받으며 답례를 하고 안사돈님께서도 함께 드시자고 권했다. 그러나 이 말은 인사에 불과했고, 내심 막 꺼낸 이야기를 계속하고 싶었음에 틀림없었다. 남승지도 형수님도 함께 앉으세요……라고 말하려다가 그만두었다. 그러나 그럴 필요도 없었다. 경자가 먼저, 아직 부엌에 할 일이 남아 있어서……라며 쟁반을 들고 일어섰던 것이다. 남승일이 방을 나가는 그녀를 향해 여보 하고 불러 세우더니, 잠깐 여기서 할 이야기가 있으니 한동안 올라오지 말라고 일렀다.

그녀가 계단을 내려갔다.

"찾아뵙자마자 이거 사모님께 큰 실례를 범하게 됐습니다……."

"남자들끼리 이야기가 있을 때 여자들이 자리를 피하는 건 우리 조선 사람의 풍습, 관습이 아닙니까. 특별히 조선만 그런 것도 아닙니다만……."

남승일은 거의 무표정하게 말하고는, 뜨거울 때 먹는 것이 좋다며 두 사람에게 아직 김이 나는 닭다리를 권했다.

남승지는 이거 하나 먹으면 더 이상 먹지 못할지도 모른다고 생각하면서 두 개의 기름진 다리 중에 하나를 집어 들었다. 그리고는 소금을 듬뿍 찍어 앞니로 먹음직스런 살점을 뜯어먹었다. 순식간에 입과 양손가락이 기름범벅이 되어 번질거렸다. 고깃살이 크다 보니 볼에까지 기름이 묻었다. 희미하게 김이 서려 흘러내릴 것 같은 안경을 손등으로 밀어 올리고 혀로 입술을 핥아가면서 단숨에 먹어 치웠다. 허리띠를 늦추고 싶다는 포만감과 함께, 허리띠를 늦추면 더 먹을 수 있을 거라는 생각이 들 정도로 맛있었다. 남승지는 다 먹고 나서 후유 하고 한숨을 쉬었다. 이것이야말로 염치없이 식탐만 부리는 아귀였다.

사촌 형을 어려워할 필요는 아무것도 없었다. 남승지는 자기 생각에 구애되고 있었을 뿐이었다. 이제는 그럴 필요도 없었다.

"몽구 사돈님은 좀 전에 남로당에서 파견되어 왔다고 하셨는데, 그럼 승지도 함께 파견되어 왔다는……."

"그렇습니다."

강몽구는 단호하게 말했다.

남승지는 순간 얼굴이 붉어지고 있다는 생각과 동시에 등줄기가 똑바로 서는 것을 느꼈다. 파견할 가치가 있는가 없는가는 둘째 치고라도, 조직의 결정으로 일본에 온 것은 틀림없었다. 그러나 이 결정에는 상응한 보답이 필요했다. 공수표는 용납되지 않았다. 남승지에게 지금의 사촌 형은 단순한 형이라기보다는 조직의 요청을 받아들일지 어떨지와 관련된 공작의 대상자라는 위치에 있었다.

"좀 전에 저에게 다시 할 말씀이 있다고 하셨는데……, 음, 사돈님께서 괜찮으시다면 저는 내일이 아니고 오늘 밤이라도 상관없습니다."

남승일은 술은 그다지 마시지 않았다. 담배를 좋아하는지 거의 손가락에서 놓지 않고 천천히 피우면서 이야기를 했다. 유리로 된 재떨이가 하얀 담배꽁초와 재로 파묻혀 가고 있었다.

"감사합니다. ……실은 말이죠, 이쪽에 있는 어떤 기관을 통해서, 우선은 그 기관의 동지와 함께 이야기를 하는 게 순리겠습니다만, 그 점은 양해해 주실 수 있겠습니까. 물론 필요에 따라서는 조직적인 조치를 취하겠습니다만……."

강몽구는 남승일과는 대조적인 큰 눈으로 상대를 바라보며 어떻습니까……라는 식으로 말했다.

"……이쪽의, 그 기관이라는 것은 무엇입니까. 저는 이런 얘길 듣는 게 처음입니다만……."

남승일의 가는 눈에 감춰진 검은 눈동자가 조심스럽게 움직였다.

"조련(재일조선인연맹) 조직을 말합니다. ……아시다시피 조련 활동가 대부분은 일본공산당 당원입니다만, 그 조련 조직의 어떤 기관을 말합니다." 강몽구는 어떤 기관이라는 말로 그 이상의 언급은 피하려는 것 같았다. 그는 일단 말을 끊었다가 덧붙이듯 말했다. "……그러나 저는 지금 남로당의 신임장을 가지고 있으니 보여 드릴까요?"

"아니, 괜찮습니다." 남승일은 조금 당황한 듯한 웃음을 지었다. "그렇군요……, 저는 그렇게 어려운 일은 잘 모르고, 또 저로서는 말씀만 들으면 되니까, 그렇게 번거로운 일은 하실 필요가 없을 것 같습니다. 어떤 사람인지는 모르지만, 그 사람이 오면 뭔가 특별한 게 있습니까. 그것보다는 지금 여기서 사돈님의 말씀을 듣는 편이 훨씬 마음이 편할 것 같습니다. 한 잔 하시죠, 승지야, 너도 한 잔 마셔라."

남승일이 맥주병을 들고 각각의 잔에 따랐다. 탁자 위에 굳어 있던 공기가 갑자기 흔들리며 사람들의 동작과 함께 천천히 흐르기 시작했다. 조직이고 뭐고 그것은 그것이고, 모르는 사이도 아니니 당신의 이야기를 듣고 싶다는 느낌이 사돈님이라는 말에서 느껴졌다. 그러나 특별히 변화가 없는 남승일의 표정만으로는 그가 무슨 생각을 하고 있는지 헤아리기 어려웠다. 경제인의 직감으로 이미 경계심을 일으키고 있는 것인지, 아니면 당으로부터 직접 자신에게 파견되어 왔다는 말에 일종의 만족스런 호기심을 느끼고 있는 것인지 알 수 없었다. 혹은 그 두 감정이 섞여 있는지도 몰랐다.

미닫이를 열어 둔 옆방에서 갑자기 울리기 시작한 전화벨 소리가 남승지를 놀라게 했다. 바로 옆에서 전화벨 소리를 들어 본 적이 없었기 때문이다. 남승일은 시끄럽게 울어 대는 전화 쪽으로 얼굴을 돌렸지만 일어서려 하지 않았다. 경자가 재빨리 계단을 올라와 수화기를 들었다. 그녀는 우리말로 응대하다가 잠시만 기다려 주세요, 라고 말하고는 겨우 일어선 남승일에게 수화기를 넘겼다. 남승일은 소학교 교장이라는 상대방과 한동안 이야기를 계속했다. 민족학교 문제로 회합을 위한 협의 등을 하는 모양이었다.

전화를 마친 남승일은 어험, 하고 마른기침을 한 뒤 자리로 돌아와 앉으면서, 흐흠, 조금 전에 잠시 이야기가 나왔지만, 지금 고베는 민족교육 문제로 난리가 나서 말이죠, 현청(縣廳)은 우리 주장을 전혀 들어주지 않고 있어요⋯⋯라고 강몽구를 향해 말했다.

"⋯⋯동포의 수가 1만 5천 정도라고 들었습니다만, 우리 학교의 학생 수는 몇 명이나 됩니까?"

강몽구가 그 말을 받아 물었다.

"⋯⋯1만 5천이라고요. 사돈님은 조국에 계시면서도 일본의 사정을 잘 알고 계시군요. 아이들은 동·서 고베의 두 학교에 약 천 5백 명, 다른 학교에 1백 명 정도 있습니다."

"그렇다면 천 6백 명⋯⋯, 고향 같으면 조금 큰 부락의 인구가 되는군요. 도대체가 해방된 지 아직 3년도 채 지나지 않았는데, 일본 정부는 별것도 아닌 일로 분쟁을 일으키고 있으니 원. 미국의 지령이라면 옳거니 하면서 하지 않아도 될 일까지 손을 대면서 그저 기계적으로 실행하려고 하니⋯⋯, 일본 정부도 참."

강몽구는 혼잣말을 하듯 중얼거리더니 잔을 기울였다. 조금 전에 고향 소식이랑 오사카에 있는 남승지의 집에 관해 잡담을 나누다가 잠시 화제가 되었던 이야기였다. 문제가 된 일본 정부의 통달이라는 것은 남승지도 풍문으로 듣고는 있었지만, 자세한 실정은 알지 못했다.

일본 정부의 통달이라는 것은 1월 말, 일본 정부가 미점령군의 지령에 따라 '재일조선인 자제를 일본의 소·중학교에 취학시켜야 한다'고 각 도도부현(都道府縣) 앞으로 보낸 통지를 말한다. 즉, 해방 후 서당식 학교에서 출발하여('돈이 있는 사람은 돈을, 노동력이 있는 사람은 노동력을, 지혜가 있는 사람은 지혜를 모아 우리의 학교를 세우자'라는 구호 아래 학교 건설 운동이 시작되었다) 3년이 채 안 되어 6백 개의 학교, 5만 3천 명의 학생, 천 4백 명 남짓한 교원을 확보하기에 이른 자주적인 민족교육의 체계가 그 통달에 의해 부정당하게 되었던 것이다. 그리고 신학기인 4월이 목전에 다가와 있었다. 조선인들은 이것을 민족교육에 대한 탄압으로 받아들이고 그 통달의 철회를 요구하는 운동을 벌이고 있었다. 동시에 학부형들은 일본 학교로의 전학을 거부하겠다는 움직임을 보이고 있었던 것이다. 더구나 작년 3월에는 같은 문부성 교육국장 통달을 통해 재일조선인이 그 자녀의 교육을 위해 조선인 학교를 설립하고, 각종의 학교로서 운영하는 것을 공인했었다는 사실이 있었다.

"고베가 다른 지역과 사정이 다른 건 말이죠, 동서 양쪽에 있는 조선 소학교의 건물이 모두 일본의 학교를 빌린 것이라는 점입니다. 일본 당국의 핑계가 말도 안 되는 것은, 교실이 부족하니까 나가 달라는 것인데, 그게 글쎄, 쫓아낸 조선의 학생들을 모두 일본의 학교에 다시 입학을 시키라고 하니, 말이 이치에 맞지 않는 거지요. 교실이 부족한 것은 결국 마찬가지 아닌가요, 하, 하, 하. 우리가 학교를 지을 때까지 기다려 달라고 했지만, 나가라고만 하니, 이게 말이 됩니까? 어차피 폐쇄될 거라면 학교를 사수하겠다는 것이 고베에 살고 있는 조선인들의 입장입니다. 저는 자식은 없습니다만, 학부형들의 기분을 충분히 이해하고 있기 때문에 학교 운영에 한 역할을 맡고 있습니다. ……자아, 이제 그만하겠습니다, 그건 그거고, 사돈님의 말씀을 듣겠습니다. 좀 전의 이야기를 계속해 주세요."

남승일은 강몽구의 잔에 맥주를 따랐다.

"으흠, 그런 일이 있었군요." 강몽구는 크게 고개를 끄덕였으나, 조금 전의 이야기를 바로 시작하지는 않았다. 목소리가 술기운으로 좀 촉촉해진 것 같았으나 얼굴에는 취기가 나타나지 않았다. "……미점령군의 지령은 우연히 나온 게 아닌 것 같습니다. 미국의 극동정책과 관계가 있는 것으로, 일본 정부가 이에 따르고 있다는 것이지요."

강몽구는 손목시계를 들여다보고 아아, 그런가라는 식으로 옆방에 있는 기둥시계를 바라보았다. 방금 전에 기둥시계가 열한 시를 알렸던 것을 기억해 낸 모양이었다. 그는 혼자 고개를 끄덕이더니 지금 화제가 되었던 민족교육 문제와 결부된 이야기를 계속했다.

한마디로 말하자면, 그것은 남한에서 미국의 분단정책에 대한 우리 민족의 격렬한 저항, 나아가 중국에서 장개석의 패퇴와 공산세력의 진출, 동아시아에서 미국의 후퇴를 저지하기 위해 일본을 반공의 거점으로 삼으려는 정책의 일환이었고, 구체적으로는 민족교육만이 아니라 그 운영 주체인 재일조선인 조직에 대한 탄압이라 할 수 있었다. 따라서 남한에서 조국 통일을 위한 반미 투쟁과 재일동포 민족교육을 지키기 위한 투쟁은 서로 떼어 놓을 수 없는 것이라 했다.

"그런데, 일에 관한 이야기로 돌아갑니다만, 아까도 잠시 말씀드렸듯이 저는 남로당 제주도위원회의 대표로서 일본에 온 것입니다……."

강몽구는 자세를 바로 하듯이 책상다리를 고쳐 앉으며 말했다. 그리고 남한의 혁명을 위해 남승일 씨의 협력을 요청한다고 약간 고압적인 말투로 덧붙였다.

"……남한의 혁명?"

지금까지 반쯤 눈을 감다시피 하고 있던 남승일이 얼굴을 들어 강몽구를 바라보았다.

"그렇습니다. 남한혁명입니다."

남승지는 왜 제주도의 상황에 대한 이야기를 하지 않는 것인지, 이런 경우는 이런 식으로 이야기를 하는 것인가라는 생각을 하며 남승일을 바라보았다.

"……전 그런 어려운 이야기는 잘 모릅니다. 음, 이야기가 너무 확대되어서는……. 저는 일개의 상공인에 지나지 않아서 말이죠." 남승일은 가볍게 고개를 옆으로 돌리고 중얼거리듯 계속 말했다. "하, 하,

하, 제가 남한의 혁명을 위해서…… 이야기가 너무 거창합니다."

"아니, 결코 거창한 이야기가 아닙니다. 사돈님은 제주도의 사정을 알고 계십니까, 우리의 고향을 혁명으로 구하는 것 또한 조선의 혁명이 되는 것이고, 조국의 통일이라든가 혁명이라는 것은 누구 한두 사람의 힘으로 이루어지는 건 아니기 때문에, 그래서 사돈님의 힘을 좀 빌리고자 합니다. 사돈님은 지금 고향이 어떤 상황에 처해 있는지 잘 모르시죠."

"잘 모르는 게 아니라, 전혀 모릅니다. 알 리가 없지요, 음, 고향을 떠나온 지 몇 년인가요……. 벌써 20년이 되는군요, 그동안 한두 번 찾아갔을 뿐인데, 그것도 해방 전 일이군요."

강몽구가 담배를 입에 물었다. 그리고는 남승일이 손에 들고 있던 담배에 불을 붙여 주고는 자신 쪽으로 성냥불을 옮겨 한 모금 빨았다. 불과 몇 초였지만 긴장된 시간이 피어오르는 담배 연기와 함께 흘렀다. 남승지는 두 사람의 대화를 벙어리처럼 가만히 듣고 있을 수밖에 없었다. ……음, 조국만이 아니라, 재일동포 사회에도 또 다시 새로운 고난이 다가오고 있다…….

강몽구는 재를 턴 담배를 손가락에 끼운 채 남승일에게 상반신을 기울이듯 하면서 제주도의 정세에 대해 이야기하기 시작했다. 38도선에 의한 한반도의 분열을 영구히 고착화시키게 될 5월의 남한만의 '단독선거'에 대한 반대 투쟁, 그리고 그 일환으로서의 제주도 투쟁, 게다가 그것이 앞으로 남한에서 전개될 투쟁에 결정적인 전기를 가져올 것이라는 점. 또한 본토에서 건너온 서북청년회의 횡포 등……. '서북'의 타도와 5월 단독선거에 대한 결정적인 수단으로서의 무장봉기가 4월을 목표로 지금 준비되고 있다는 것을, 또 내일이라도 다시 말씀드리겠다고 하면서 이야기를 계속했다.

남승일은 반 시간 정도 계속된 강몽구의 이야기를 고개를 끄덕이며
묵묵히 듣고 있었는데, 조국에서 일어난 일에 대해서는 거의 모르고
있는 것 같았다. 음, 음, 하며 고개를 끄덕인 것은 알고 있어서가 아니
라, 몰랐기 때문이었다. 그리고 게릴라의 지도부가 일본에서 돌아온
학도병 출신의 청년들이 주력이라는 말을 들었을 때는 믿을 수 없다
는 표정으로 사촌 동생의 얼굴을 바라보았다.

"……형님, 그건 사실입니다." 남승지는 마치 대답을 요구받은 것
처럼 사촌 형을 얼굴을 보면서 말했다. "무장봉기를 하는 건 사실입
니다. 남한에서는 제주도가 가장 먼저 무기를 손에 들고 일어서는
겁니다……."

남승지는 그렇게 말한 뒤 나중에라도 사촌 형과 둘이 있을 때 다시
여러 가지 자기 나름의 이야기를 해야겠다고 생각하고 말을 끊었다.
겨우 자신의 차례가 돌아왔다는 생각에서 단숨에 많은 이야기를 하고
싶은 충동을 느꼈지만, 강몽구를 의식하자 나서서는 안 되겠다고 생
각했던 것이다.

남승일은 담배를 피우며 잠자코 있었는데, 갑자기 으흠, 승지, 너
우리말이 꽤 많이 늘었구나……라고 좀 놀랐다는 듯이 말하며 화제
를 바꾸었다. 그리고는, 고향의 이야기를 들어 보니 힘든 상황이라는
것을 잘 알 수 있지만, 그렇다고 그, 인간이 결혼을 안 할 수는 없는
일이고……, 응, 승지야, 혁명도 중요하지만, 결혼은 인류의 대사(大
事)야, 제대로 결혼을 해서 대를 잇는 게 인간의 의무라 할 수 있지.
사돈님, 어떻게 우리 승지 결혼 좀 시켜 주세요……라고 반은 농담조
로 말하며 웃었다. 물론이지요, 그 일도 생각하고말고요……, 강몽구
는 크게 끄덕이면서 농담으로 받아들인 것인지 간단히 수긍하는 듯한
투로 말했다. 그렇다 하더라도 이것은 완전히 현실성이 없는 이야기

였다. 결혼을 하려면 상대가 필요한데, 제주도의 현실은 그럴 상황이 아니지 않는가. 혁명을 하려는 자는 이미 존재하고 있는 부모와 형제 조차 버리지 않으면 안 된다. 가족을 만나고 싶어 연연해 하는 나는 아직 혁명사상에 철저하지 못한 것이다, 흐흥, 결혼이라……. 아무튼 사촌 형이 말을 꺼내는 방식이 유쾌하지는 않았다. 뭔가 화제를 바꾸려고 일부러 꺼낸 기분이 들었다. 그런데도 강몽구는 거기에 장단을 맞추고 있었다.

"형님, 그런 이야기는 그만두세요."

남승지가 얼굴을 찌푸리며 말했다.

"뭘 그만두라는 거야, 마침 일본에 온 김에 이야기를 어느 정도 매듭 지어 놓아야지, 하, 하, 하, ……음, 그럼, 이야기는 또 내일 하는 것 으로 하고, 식사라도 할까요."

남승일은 아래층을 향해 경자를 불렀다. 그리고 강몽구의 잔에 술을 따랐다.

잠시 후에 올라온 닭죽을 네 사람이 함께 먹고 식사를 마쳤다.

목욕을 끝내고 침상에 들어가니 열두 시를 지나고 있었다. 목욕이 라고는 해도 남승지는 빨래에 보다 신경을 썼다. 경자가 눈치 채지 않도록 빨래를 하였으나 한밤중에 말리는 것이 귀찮아서 물을 짜기만 한 상태로 목욕탕의 바구니에 넣어 두었다.

잠시 후에 옆의 가운데 방에 있는 기둥시계가 최후의 긴 시간을 치기 시작했다. 바람도 없이 조용한 밤이었다.

강몽구는 어김없이 곧바로 코를 골기 시작했으나, 남승지는 어젯밤 과는 달리 좀처럼 잠들지 못했다.

아침에 눈을 떠 보니 여덟 시가 넘었고, 옆의 이부자리에는 강몽구가 보이지 않았다. 어젯밤에는 깨끗했던 베갯머리의 재떨이에는 이미 꽁초 두세 개가 떨어져 있었다. 이웃한 공장에서 커다란 톱니바퀴가 와글와글 돌아가는 무거운 울림이 전해져 왔다. 그리고 그 울림 속에서 솟아난 것처럼 무슨 약품과 고무 타는 듯한 냄새가 서서히 코를 찌르기 시작했다. 냄새도 공장의 소음도 아래층으로 내려가자 훨씬 심해졌다.

경자에게 물으니 강몽구는 사촌 형의 안내로 옆에 있는 공장에 구경을 갔다고 한다.

화장실에서 나와 세면대 앞에 섰을 때, 남승지는 뭔가 이상한 느낌에 뒤를 돌아보았다. 사람의 시선이었다. 마치 어둠 속에서 가만히 응시하는 고양이 같은 여자의 눈빛이었다. 부엌의 한쪽 구석에서 새빨간 치마와 남색 스웨터를 입은 젊은 여자가 남승지의 옆얼굴을 뚫어져라 바라보고 있었던 것이다. 시선이 마주치자 그녀는 묘하게 얼굴을 찡그리며 씽긋 웃었다. 남승지는 직감적으로 식모 대신 와 있다는 여자임을 알아차렸다. 나이는 여동생과 마찬가지로 스물을 갓 넘겼는지도 모른다. 미인이라 할 수 있을 만큼 얼굴이 잘 갖춰져 있었으나, 황달에 걸린 듯 안색이 좋지 않았고, 게다가 한쪽 귀가 물들인 것처럼 빨갰다. 그녀의 묘한 미소는 사라지고 입술은 꼭 다물어졌으나, 왠지 토라진 인상을 주는 입매였다.

남승지는 인사하는 것도 잊은 채 그녀를 바라보다가 곧바로 세면대를 향해 돌아서서 수돗물을 틀었다. 앞에 있는 거울 가장자리에 비치고 있던 그녀의 모습은 소리도 없이 살그머니 사라져 버렸다.

세면을 끝낸 남승지는 목욕탕으로 들어가 어젯밤 빨아 놓은 세탁물을 찾았다. 분명히 빨래를 넣어 두었던 바구니가 비어 있었다.

"승지야, 빨래를 찾고 있지." 뒤에서 인기척이 나더니 경자의 목소리가 들렸다. 뒤를 돌아보자 몹시 기분이 상한 듯한 그녀의 얼굴과 마주 쳤다. 그러고 보니, 좀 전에 잠에서 깨어 아래층으로 내려왔을 때도 왠지 화난 표정을 짓고 있었다.

"……빨래는 이미 잘 말려 놨어, 그런데 무슨 심사로 빨래를 한 거야? 승지는 다른 보통 손님들과는 달라. 그런데 일부러 일본에까지 와서 빨래를 하다니, 뭔가 우리에게 심술을 부리는 것 같아…… 형님은 어떻게 생각하겠어?"

"……" 남승지는 멍하니 서 있다가 쓴웃음을 지며 말했다. "형수님, 그게 아니에요, 그런 게 아니고요……."

"승지, 웃을 일이 아니잖아, 왜 그런 바보 같은 짓을 하는지 모르겠어, 빨래는 내놓기만 하면 되는 거 아니냐고?"

"그럴 생각은 전혀 아니었어요, 다만 어젯밤에 옷을 갈아입는 김에 빨래를 좀 했을 뿐이에요……."

남승지는 거짓말을 하면서도 계속 웃을 수밖에 없었다.

그러나 그 당혹스런 웃음이 경자에게는 별다른 뜻이 없다는 반증으로 비춰진 모양이었다. 그녀는 분명히 기분 나쁜 것 같았지만, 그것은 의식적인 제스처였을 뿐이고 정말로 화가 난 게 아니라는 것을 남승지는 느끼고 있었다. 게다가 남승지로서도 학창 시절부터 약간의 빨래는 형수의 손을 빌리지 않고 자신이 직접 했다는 사실도 있어서, 대수롭지 않게 빨래를 한 것에 지나지 않았다. 그렇다고 오사카에 빨래를 가지고 갈 수는 없었다는 말을 여기서 장황하게 늘어놓을 필요도 없었다.

"응, 이제는 알았으니 됐어……, 아니, 행자야, 거기서 뭘 하고 있어, 다른 사람 얼굴을 빤히 쳐다보고……, 그런 버릇은 고치라고 했잖아. 2층 청소는 끝났나 보네, 이제 슬슬 아침 준비를 해야지……."

어느새 좀 전의 여자애가 부엌 구석에 서서 가만히 이쪽을 응시하고 있었다. 꽉 다문 핏기 없는 입술에 미소를 띤 그녀는 경자의 말에 고개를 끄덕이고는 그 자리를 떠났다.

남승지는 이상한 여자라고 생각하면서 발달된 허리 곡선이 잘 드러난 빨간 치마의 뒷모습을 바라보다가 이내 눈길을 돌렸다.

5

남승지의 오사카행은 저녁 무렵에야 이루어졌다. 사촌 형 남승일의 사정으로 지난밤 강몽구와 나누던 이야기가 오후 늦게까지 계속되었기 때문이다.

이야기는 반드시 오늘 해야 되는 것은 아니었지만, 가능하면 중단하지 않는 편이 좋았다. 이런 이야기는 용두사미식으로 끝나서는 안 된다. 최후의 판단은 당연히 돈을 내는 본인에게 맡겨져 있다 해도, 판단의 재료를 제공하려면 전체적인 이야기를 서둘러 상대에게 전해야만 된다. 이런 경우, 최소한의 정치 공작, 즉 상대의 정치의식을 고양시켜야 한다는 문제가 있다. 그게 원칙이었다. 설령 상대가 안면 때문에 자금 지원에 응한다 해도 이 원칙을 무너뜨려서는 안 된다. 따라서 졸속주의를 취해서도 안 되겠지만, 개인이 돈을 마련할 때처럼 우유부단하게 나온다든가, 또 쓸데없는 시간 낭비는 허용되지 않았다.

남승일은 오전 중에는 그가 이사직을 맡고 있는 고무공업조합의 회합에 참석했지만 약속한 오후 두 시에는 정확하게 돌아와 강몽구와의 대화에 응함으로써 남승지를 안심시켰다. 남승일은 협력이라고 한다면 구체적으로 어떤 것을 말하는 것이냐며 완곡하게, 그리고 약간은 심술궂게 물었지만, 강몽구는 상대편 말의 뉘앙스를 가볍게 흘려 넘기며, 그것은 경제적인 원조라고 단적으로 대답했다. 그리고 목표액 250만 엔 중에 고베에서는 남승일에게 40만 엔, 그리고 다른 곳에서 40만 엔의 자금 원조를 받을 수 있도록 부탁한다고 말했다. 이야기는 어젯밤과 마찬가지로 옆 공장의 소음이 들리는 2층에서 나누었지만, 남승일은 그저 고개를 끄덕이며 담배를 피우고 있을 뿐 확실한 대답은 하지 않았다. ……음, 그 정도의 돈이 없으면, 그 뭡니까, 무장봉기를 일으키기 어렵다는 거지요, 그런가요……? 한참 있다가 남승일이 불쑥 한마디 했다. ……아이고, 사돈님, 핫핫핫, 그렇지는 않습니다. 봉기 준비는 제대로 진행되고 있습니다만, 무장봉기를 유리하게 전개하고, 지구전을 수행하기 위해서는 여러 가지 물자의 보급이 필요하다는 것입니다. ……음, 전 잘 모르겠습니다만, 그러고 보면 그 말씀이 지당한 것도 같습니다……, 어쨌든 몽구 사돈님이 하신 말씀의 취지는 잘 알겠습니다, 라는 것으로 오늘 이야기는 끝을 맺었다.

남승일은 오사카로 가는 두 사람과 함께 집을 나왔다. 산노미야(三宮) 근처까지 같이 가겠다는 것이었다. 택시를 불러 뒷자리에 강몽구와 뚱뚱한 남승일이 앉고, 남승지는 앞 조수석에 앉았다. 운전수 옆에서 앞 유리창 좌우로 갈라지며 흘러가는 저녁 무렵의 거리를 바라보았을 때, 갑자기 제주도에서 밀항을 위해 군용 트럭에 탔을 때의 일이 생각나 움찔했다. 움찔할 이유는 아무것도 없었지만, 무심코 트럭에 올라탈 때의 '달' 그리고 '별'이라는 신호가 귓가에 되살아난 것이었다. 그저 그뿐이었다. 단지 그만한 일로 지금 택시의 조수석에 앉아서 휘발유 냄새를 맡고 있는 자신이 한순간 현기증을 일으키듯 비현실적인 감각의 막에 휩싸여 가는 느낌이었다.

다섯 시를 조금 넘긴 시간의 저녁 공기가 옅은 자색으로 거리의 윤곽을 부드럽게 감싸고 있었다. 켜지기 시작한 거리의 전등이 아직 희미하게 보이는 것이 미덥지 못하면서도 귀여운 느낌이 들었다. "사돈님은 산노미야에 무슨 용무가 있으신가요? 그렇지…… 어젯밤 전화로 학교의 운영위원회가 오늘 밤에 있다고 하신 것 같은데……."

강몽구가 우리말로 말했다.

"아무렴 어떻습니까. 일단 산노미야 근처까지 배웅해 드리겠습니다. 오늘 밤 모임이 없었다면 한동안 숙모님도 뵙지 못했으니 함께 오사카까지 가고 싶습니다만, 어쨌든 안부 전해 주십시오. 승지야……."

"예……."

승지가 상반신을 비틀어 뒤를 돌아보았다. 좀 전까지는 80만 엔이라는 자금 지원 문제를 부탁받고 상당히 고민스런 얼굴을 하고 있던 사촌 형의 표정이 의외로 온화한 데다 미소까지 머금고 있었다.

"어머님께 말씀드려라, 네가 있는 동안 한 번 찾아뵙는다고 말이야, 응."

"예, 잘 알겠습니다."

남승지는 틀림없이 결혼을 재촉하는 이야기를 할 거라 생각하면서도 순순히 대답했다. 결혼에 관한 말씀이라도 하시려고요, 하며 묻고 싶었으나, 괜히 농담하는 모양새가 되는 것은 좋지 않았다. 남승지는 도대체 자신의 입장과 생각을 어떻게 설명하면 좋을지 알 수 없었다. 단적으로 말하면, 제주도의 현실에 몸을 담고 있는 자가 아니면 이해하기 힘들 것이다. 하물며 어머니를 납득시킨다는 건……. 남승지는 갑자기 가족과 만나는 게 두려워졌다.

남승일은 이야기를 계속했는데, 그가 동행한 것은 모토초(元町)에 있는 단골 양복점에서 두 사람의 춘추 코트를 맞춰 주기 위해서였다는 것이었다. 강몽구는 참으로 고마운 말씀이나, 한 곳에 너무 오래 머물기도 어렵고 기성복 쪽이 손쉽다며 남승일을 납득시켰다. 남승지는 맞춤복이든 기성복이든 상관없었다. 춘추 코트를 입는다는 것은 분에 넘치는 일이기도 했지만, 입어서 나쁠 것도 없었다.

아침부터 날씨가 맑고 어제보다 훨씬 따뜻했다. 좁은 택시 안은 땀이 날 정도였다. 사촌 형이 춘추 코트를 생각해 낸 것은 따뜻한 날씨 탓인지도 몰랐다. 그러고 보니 그는 벌써 춘추 코트를 입고 있었다.

세 사람은 산노미야 앞에서 택시를 내려 모토초의 상점가로 들어갔다. 철길을 따라 포장되지 않은 먼지투성이의 길 양쪽에 판자로 된 작은 가게와 좌판 등이 복잡하게 늘어서 있었지만, 상점가 주변은 화려하게 단장된 것으로 보아 완전히 복구되어 있었다. 화려한 쇼윈도를 들여다보는 젊은 여자들의 살색 스타킹으로 감싼 날씬한 다리와 몸매가 요염했다.

두 사람은 남승일을 따라 어느 양복점으로 들어갔다. 몸에 맞는 옷을 고르는 데 조금 시간이 걸렸지만, 가게를 나올 때는 두 사람 모두 겨울 코트 대신에 춘추 코트를 입은 말쑥한 차림으로 변해 있었다. 강몽구는 갈색 외투를 벗고 회색으로, 남승지는 검은 외투 대신에 가는 줄무늬가 들어간 얇은 다갈색 코트로 갈아입고 약간 어색한 기분으로 나왔다. 점원이 권하고 사촌 형도 괜찮다고 하는 바람에 마음이 움직인 것이었다. 가게 안에 있는 큰 거울 앞에 서자 자신의 표정이 쑥스럽게 비칠 정도로 다른 사람이 되어 있었다. 안경을 벗었다 다시 써 보았다. 와이셔츠는 낮에 경자가 사다 준 것으로 바꿔 입었지만, 남색 양복과 어두운 녹색 머플러, 그리고 약간 낡아 보이는 연지색 넥타이는 그대로였다. 낡은 외투를 집으로 배달해 달라고 부탁하고 가게를 나온 남승일은 식사를 하고 가라고 권했지만, 두 사람은 오사카로 직행하기로 했다.

남승일은 산노미야 역까지 함께 왔다가 헤어졌다.

남승지는 시영 전차 선로 건너편에 있는 한큐(阪急)산노미야 역 건물에 '우메다(梅田)까지 특급 30분'이라고 깜박이는 네온사인을 올려다보면서 문득 오사카행 특급을 타 보고 싶다는 생각을 했다. 오사카까지 논스톱으로 달리는 기차의 시간은 아직 여유가 있었고, 다른 전차는 완행밖에 없었던 것이다. 그러나 도중에 하차한 오사카까지 가는 차표가 있었으므로 완행전차를 타기로 했다.

주위는 완전히 저녁 빛으로 바뀌었고, 산자락에서 바람에 흔들리듯 깜빡이는 전등이 바다와 산 사이에 놓인 고베 거리의 아름다운 정취를 더해 주었다.

꽤 혼잡하던 전차가 니시노미야(西宮) 근처까지 오자 갑자기 텅텅 비었다. 타는 사람도 거의 없었다. 두 사람은 나란히 앉았다. 강몽구는 가방을 무릎 위에 올려놓았으나, 남승지는 빈손이었다. 내일이나 모레까지는 다시 고베로 돌아와야 했고, 빨래도 다 했기 때문에 일부러 아무것도 들어 있지 않은 가방을 들고 다닐 필요는 없었다. ……저어, 형님, 코트를 사 주신 건 고맙지만, 승일 형님이 부탁을 들어줄까요? 물론 저도 여러 가지로 이야기를 하겠지만……, 발밑에서 전해져 오는 차체의 진동과 질주하는 무거운 기차 바퀴의 소음에 남승지의 목소리가 자꾸 끊겼다. ……핫핫하, 알 수 없지, 아니, 이런 말투는 실례가 되지, 아마 잘 될 거야. 바로, 아 그렇습니까, 그럼 돈을 내겠습니다, 라고 말하는 사람은 없겠지. 돈은 생각해 본 뒤에 내는 거야. 응, 돈을 당장이라도 낼 것처럼 애태우다가 결국 내지도 않고 장황하게 설교를 하는 인간도 있어. 그런 타입의 인간은 돈을 내더라도 돈다발로 사람의 뺨을 때리듯 내놓지만 말이야……. 승일 형님의 성격 말인데요, 제 형님이지만 이럴 땐 조금 실망스럽다니까요……. 바보 같은 소리, 승일 씨는 아무 말도 하지 않았을 뿐이야…… 음, 그래, 설교를 늘어놓는 인간과는 비교가 안 되지. 승일 씨도 과거에는 노동자였지만, 지금은 달라, 노동자를 고용하는 신분이야. 그래도 말 야, 역시 재일조선인은 과거에 나라를 잃고 타향에서 헤매던 사람들 이야, 여기 일본에서 말로 다하기 어려운 멸시와 박해를 이겨내며 살 아왔지. 그래서 자연스레 몸에 밴 민족에 대한 사랑과 애국심이 있어. 어젯밤 얘기에도 나왔지만, 일본에서 이룬 민족교육의 발전 모습을 생각해 봐, 2, 3년 만에 이 정도의 일을 할 수 있는 민족은 달리 없을 거야……, 음, 승지는 너무 승일 형님을 귀찮게 하지 않는 게 좋 아……. 비스듬히 맞은편에 앉아 있는 점퍼에 초라한 외투를 걸친 노 동자풍의 남자가 강몽구의 얼굴을 주시하고 있었다. ……아마 잘 될 거야……라니, 남승지는 문득 강몽구의 등에 난 상처를 떠올렸는데, 그러자 왠지 잘 될 것 같다는 생각이 드는 게 이상했다. 그렇다 하더 라도 얼마나 벌고 있는지는 모르지만, 승일 형님 혼자 40만 엔을 부담 하기에는 좀 큰돈이라는 생각이 들었다.

오사카 역에서 덴노지(天王寺)행 고가철도로 갈아타고 동부 오사카 를 10분 정도 달리자 그리운 쓰루하시(鶴橋) 역에 도착했다. 전쟁 중 에 자주 타고 내리던 역이었다.

역 개찰구를 향해 계단을 내려가자 뭔가 희미한 냄새가 나는가 싶더 니, 식욕을 돋우는 불고기 냄새가 코 점막에 스며들 듯이 파고들었다. 개찰구를 나와 오른쪽 출구로 발길을 옮기자, 사람들로 인산인해를 이룬 국제시장이 나왔다. 전후의 암시장에서 발전한 상점가로, 출구 없는 좁은 통로 양쪽으로 빽빽이 들어선 상점들이 밀치락달치락하는 사람들을 삼키고 내뱉었다. 여기저기에서 호객하는 소리와 손뼉을 치며 박자를 맞추는 소리가 뒤섞여 후끈거리는 열기로 넘치고 있었다. 보통의 상점가보다 물건 가격이 훨씬 저렴했다. 또한 식료품과 조선 여인의 옷감 등, 조선인들을 겨냥한 상품도 많았다. 가게는 일본인, 중국인, 그리고 조선인들이 운영하고 있었지만, 조선인들의 가게가 절반을 차지하고 있었다.

두 사람은 잠시 혼잡한 대로 시장 안을 둘러보다 나올 생각이었으나, 강몽구가 잠깐 기다리라고 하더니 정육점 앞에서 멈춰 섰다. 안쪽에서는 술을 내놓고 내장구이 따위를 파는 음식점 겸용 가게였다.

"음, 그렇지, 고모님과 여동생의 선물을 살 여유도 없었는데, 고기라도 좀 사가지고 가야겠어. 우리가 찾아가면 그때부터 서둘러 장 보러 갈 테니 말이야."

"예……."

기왓장만 한 크기의 소고기 한 덩어리가 약 세 근, 삶은 돼지고기 덩어리 하나 약 두 근을 샀다.

"감사합니다. 오늘 밤 제사라도 있습니까."

고기를 많이 사 준 답례를 하려는 것인지, 젊은 점원이 싹싹하게 말했다.

"손을 덜 요량으로 제사용으로 삶은 고기를 사는 건 조상님께 실례를 범하는 게지. 처음부터 생고기를 사서 정성껏 요리해야지, 핫핫하……."

열 근에 가까운 고기는 묵직했다.

두 사람은 시영 전찻길로 나와 택시를 잡아탔다. 도중에 몇 번이나 좌회전 우회전을 반복하면서 이카이노(猪飼野)의 '조선시장'에서 멀지 않은 어머니의 집 근처에서 내렸다. 일찍이 양준오도 이 근처에 산

적이 있었다.

여기에서는 동포의 모습이 눈에 띄었다. 민족의상을 입은 여자들만이 아니었다. 느긋하게 팔자걸음을 걷는 모습을 멀리서 보기만 해도, 아하, 저 사람은 동포라는 것을 직감적으로 알 수 있었다. 하긴, 젊은 여자들은 치마저고리를 입지 않으면 알기 어려웠다.

남승지는 선물 대신에 자신들이 먹을 고기를 들고 가는 게 조금 유쾌했다(제주도 성내에서 양준오와 만났을 때, 어머니와 여동생에게 뭔가 사 가지고 가라고 전별금으로 받은 돈도 그대로 있었다). 그 탓인지도 모르겠지만, 택시를 타고 어머니가 계신 곳으로 가까이 다가가고 있음에도 기분이 매우 안정되어 있었고, 특별히 심장의 박동도 느껴지지 않았다. 그저 도중에 한두 번 충동적으로, 한시라도 빨리 만나고 싶다는 초조한 감정의 굴곡만 있었을 뿐이었다. 제주도에서 고베를 경유해서라기보다는, 옛날과 마찬가지로 고베에서 직접 오사카로 가방도 없이 훌쩍 찾아왔다는 느낌이 어느 정도 흥분을 가라앉힌 모양이었다. 그렇다 해도 왠지 기묘한 느낌이었다. 그렇다, 조용히 현관문을 열고 신발을 벗으면서 다녀왔습니다, 라고 한마디 하고는 휙 하니 자신의 방으로 올라간다…….

집은 멀지 않아서 걸어가도 몇 분이면 갈 수 있었다. 큰 길에서 북쪽으로 난 골목으로 조금 들어가 몇 번쨋가의 골목에서 다시 왼쪽으로 돌아가면 되었다. 남승지는 자기 어머니 집인데도 그 몇 번째였는지 정확히 알 수 없었다. 그러한 자신이 조금 낯설게 느껴졌다.

아, 저기다……. 골목 모퉁이에 낯익은 전신주가 서 있었다. 그 옆에 전에는 보지 못한 백열전구 가로등이 주위를 밝게 비추고 있었다. 그 골목으로 들어가면 되었다.

"형님, 어떻게 할까요, 갑자기 문을 열고 들어가면 우리 어머니가 매우 놀랄지도 모르는데……."

갑자기 발걸음이 가벼워졌다.

"음, 그럴 수도 있겠군, 오늘 전화를 하고 올 걸 그랬어, 어차피 놀라시겠지만……. 그래, 어쨌든 갑자기 문을 열고 들어가는 건 삼가는 게 좋겠어."

강몽구답지 않은 대답이었다.

막다른 좁은 골목을 왼쪽으로 들어가자 역시 숨이 막힐 듯 긴장되었다. 오른쪽으로 일층집의 뒷담이 있었고, 왼쪽으로 1층짜리 연립주택 네댓 채가 있었다. 그중 한 채가 어머니의 집이었다. 분명히 안쪽으로부터 두 번째 집이었다. 어두운 골목에는 모퉁이에 가로등 불빛이 간신히 비치고 있었다.

현관문은 어두컴컴했으나, 골목으로 난 부엌 창문은 전등 불빛으로 밝게 물들어 있었다. 현관문 앞에 섰을 때, 가벼운 기침 소리가 들려왔다. 어머니였다.

남승지는 순간 주저했다. 주저하는 게 아니라, 문을 곧바로 열 수는 없었다. 대체 이게 무슨 꼴인가, 마치 다른 집 앞에 선 인간이나 뭐가 다른가. 그는 우뚝 선 채 반사적으로 문을 두드렸다. 유리를 낀 문이 흔들리며 소리를 냈다. 계속해서 두드렸다.

"어머니."

"누구신가……."

우리말로 묻는 목소리가 떨리는 것이 자리에서 일어난 자세로 대답하고 있음을 알 수 있었다. 그러나 그것은 방문객에 대한 물음이었지, '어머니'라고 한 남승지의 목소리를 알아들은 건 아닌 것 같았다. 어머니 혼자인 듯싶었다. 강몽구는 옆에 서서 빙긋이 웃고 있었다.

"어머니……."

"……어머니라니, 어디 어머니를 찾는 거예요."

어머니의 목소리가 가까이 다가왔다.

현관 쪽 유리 장지문이 열리면서 눈앞이 밝아졌다. 남승지는 문을 드르륵 열고 어머니를 보았다.

"어머니 저예요, 승지입니다. 지금 돌아왔습니다."

그는 매우 침착하게 미소까지 지으면서 우리말로 말했다.

막 벗은 듯한 노안경 테를 한 손에 들고 있는 어머니는 움찔하고 멈춰 선 채 한동안 말이 없었다.

"아이고, 이건 또 어찌 된 일이야……, 내가 지금 자식의 환영을 보고 있는 건가, 이거는……."

넋이 나간 어머니는 낮은 목소리로 중얼거리듯 말했다. 어두운 현관에 우뚝 선 남승지를 보고 나서 그녀는 한순간 환각이라고 생각한 모양이었다. 믿겨지지 않는 것이었다. 갑자기, 아이고, 우리 승지야……라고는 외치지 않았다.

그때, 골목 입구에서 발소리가 나더니 손에 가방을 든 젊은 여자가 가로등 불빛을 등지고 들어왔다. 3, 4미터 앞까지 왔을 때, 직감적으로 여동생이라는 것을 알았다.

"말순이냐-."

"……누구세요?"

2, 3미터 앞까지 와서 멈춘 여자가 검문하듯 물었다. 여동생이 틀림없었다.

"오빠야, 오빠."

"……."

여동생은 놀라 그 자리에 우뚝 선 채 상대를 자세히 바라보았다.

"뭘 그리 멍하니 있어, 오빠라니까, 뭔가 말을 해야지……."

"……" 믿을 수 없다는 여동생의 표정이 어둠 속에서 확 펴지는 것을 느꼈다. "앗, 정말로 오빠예요? 아이고, 정말로 오빠라니!" 말순이는 튕기듯 달려와 오빠의 한 손을 잡았다. 그리고는 외쳤다. "아이고, 오빠가 돌아왔어. 어머니, 오빠야, 오빠가 돌아왔어요."

"너무 큰 소리를 내지는 말고."

여동생이 오빠의 손을 잡아끌듯이 현관으로 들어가자, 강몽구가 헛기침을 한 번 하고는 두 사람의 뒤를 따랐다.

어머니는 간신히 제정신을 찾은 듯했으나, 아들이 어머니, 하고 부르며 손을 잡자, 그 자리에 엉덩방아를 찧듯이 치마에 바람을 부풀리며 주저앉고 말았다. 그리고는 양손으로 아들의 두 손을 모아 굳게 잡으며, 아이고, 이게 대체 어찌 된 일이냐……라고 중얼거렸다. 아이고, 이건 정말로 내 아들이야, 내 아들, 분명히 승지가 맞아, 말순아, 네 오라버니가 왔다, 아이고, 이게 도대체 어찌 된 일이람……. 어머니는 순간의 꿈에서 깨는 게 두려운 듯 열심히 아들의 손을 비볐다. 굳은 손이었다.

부모와 자식 세 사람은 한동안 문간방에 주저앉은 채로 있었다. 여동생 말순이 울음을 터뜨렸다. 아들이 어머니와 여동생의 어깨를 양손으로 감싸 안았다.

어머니의 놀라움은 강몽구를 보고 더욱 커진 것 같았다. 그녀는 재빨리 일어나 인사하는 강몽구의 손을 잡고 방 안으로 맞아들였다. 문간방이 한 평, 그 안쪽에 있는 한 평 반짜리가 여동생의 방, 왼쪽에 세 평짜리 방이 있었는데, 네 사람은 그 방으로 들어갔다. 방 가운데에는 바느질하다 만 조선 여인의 옷과 옷감들이 널려 있었는데, 어머니가 직접 구석 쪽으로 밀어 넣었다.

여동생이 방석을 꺼내고 화로를 둘러싼 형태로 앉았다. 어머니는 화로 숯불에 올려놓은 인두를 옆에 있는 양철통의 평평한 뚜껑 위로 치웠다.

어머니는 기쁨으로 빛나는 붉게 젖은 눈을 저고리 고름 끝으로 눌렀다. 남승지는 이상하게도 눈물이 나오지 않았다. 어젯밤 사촌 형 남승일과 얼굴을 마주했을 때 자신도 모르게 눈시울이 붉어지고 말이 나오지 않았는데, 지금은 그런 감상이 없었다. 눈물이 나오려는 순간, 자신이 싫어질 정도였으니까, 틀림없는 감상이었다. 남승지는 지금 그렇지 않은 자신에 만족했다.

"아이고, 몽구 조카, 이런 일이 정말로 있다니, 난 자네가 정말 고맙네. 승지야, 너 참 잘 돌아왔다." 어머니는 그윽하게 미소를 머금은 얼굴로 말했다. 아직도 믿을 수 없다는 표정이 그 기쁨을 한층 북돋우고 있었다. "이 에민 고향으로 돌아가지 않으면 더 이상 자식을 만날 수 없다고 생각하고 있었단다. 그러고 보니, 후후후, 어찌 된 일인지 네 아버지가, 지금까지 없던 일인데 말야, 요즘 2, 3일 자꾸만 꿈에 나타나서 말이지, 뭔가 말을 걸어오더란 말이다. 무슨 말을 하고 있는지는 알 수 없었지만, 그래도 뭔가를 이야기하고 있는 것처럼 느껴지더구나. 죽은 사람에게는 원래 말이 없지만, 에미에게는 뭔가 아버지가 이야기를 하는 것 같은 기분이 들더라고. 틀림없이 네가 일본에 온다는 것을 알려 주고 싶었던 모양이야……."

말순이 자기 방에서 옷걸이를 가져다 두 사람의 코트를 벽에 걸었다. 그리고는 자리로 돌아가 한동안 잠자코 신기하다는 듯이 오빠의 얼굴을 쳐다보았다. 뒤로 잡아맨 머리 탓에 약간 튀어나온 이마가 넓어 보였다. 남승지는 문득 이방근의 여동생을 떠올렸으나, 그녀의 경우는 오빠를 닮아 이마가 너무 넓었다. 화장기 없는 얼굴의 양장 차림이 수수했다.

남승지가 같이 바라보자 여동생은 마치 양손으로 감싸 안듯이 그의 시선을 큰 눈으로 다정하게 받아들이며 입가에 웃음을 띠었다. 눈에는 우수를 머금고 있었고, 아직 천진난만함이 완전히 가시지는 않았지만, 조금 전에 골목에서 만났을 때보다 놀랄 만큼 아름답게 변해 있었다. 자세히 보니, 얼굴에 윤기가 흐르는 것이 역시 어른스러워져 있었던 것이다.

우리 나이로 벌써 스물한 살, 편지에도 썼듯이 결혼 이야기가 나오는 것도 무리는 아닌 나이였다. 그렇긴 해도, 왼쪽을 보라면 언제까지나 왼쪽만을 보고 있을, 단순하다면 단순하고, 고지식하다면 고지식한, 그리고 고집이 센 것은 변함이 없어 보였다. 여동생은 유복하지 않은 생활 속에 꽤나 고생을 하였음에도 사람을 의심할 줄 몰랐다.

무엇보다 두 사람 모두 건강해 보이는 것이 남승지를 기쁘게 했다. 어머니는 2년 전쯤 헤어질 때보다도 흰머리가 눈에 띄게 늘었다. 이제는 흰머리를 한두 개 뽑아서 될 일이 아니었다. 주름살도 늘어난 것 같았다. 자신의 손을 움켜쥔 그 따뜻한 손은 전보다도 울퉁불퉁하고 딱딱한 느낌이었다.

"오빠는 굉장히 많이 탔네, ……왠지 얼굴도 그렇고 목소리도 그렇고 변한 것 같단 느낌이 들어……."

말순은 확신이 없는 듯 말끝을 조금 흐리며 말했다.

"음, 그런가……, 너도 얼굴이 좀 변했어, 동그란 얼굴이 가늘고 좀 길어졌다고나 할까, 안 그래요? 어머니. 예뻐졌는데……."

"오빨 닮아서 원래 얼굴이 좀 길어……."

말순의 얼굴이 발개졌다.

남승지는 순간 아아, 자신이 가족의 방패, 장남이라는 생각에 빠졌다. 내가 그녀들을 보호해야 할 기둥이구나, 이런 내가! ……지금도 어머니는 오빠가 외아들이라서 어떻게든 빨리 결혼시켜야 한다는 생각만 하고 있어요. 무엇보다 오빠는 우리의 기둥, 희망인 걸요……, 여동생이 보낸 편지의 문구였다. ……그렇고말고, 나는 집안의 기둥이자 희망이다. 그러나, 아아, 그건 말도 안 되는 소리야…….

남승지는 여동생에게 몽구 형님이 고기를 사오셨는데, 포장을 풀어 내놓도록 일렀다.

"몽구 오라버니, 감사합니다. 이거 굉장히 무거운데요, 고기가 아닌 것 같아요……."

여동생은 자리에서 일어나 고기를 싼 꾸러미를 양손에 들고 말했다.

"아이고, 왜 또 고기 같은 것을 사오고 그래. 제사라도 지내려고 그러나. 신경 쓰지 않아도 되는데……."

어머니가 정육점 점원과 같은 말을 하는 게 정겨웠다. 아니, 정육점의 젊은 점원들이 조선인 아주머니들의 그런 말을 듣고 배웠을 것이다.

"오빠는 짐이 없어?"

"아, 응……, 먼저 고베에 들렀다 오는 길이야." 남승지는 갑자기 무척 후회스런 생각에 휩싸이며 말했다. 고베에 먼저 들른 것은 그렇다 쳐도, 가방까지 두고 올 필요는 없었지 않은가. "짐이라고 해 봤자 가방이 하나인데다, 세면도구밖에 들어 있지 않아서 승일 형님 집에 놓고 왔어. 가방을 들고 우왕좌왕하면 남의 눈에 띄기 쉽고 해서 말이야."

"그러니까, 고베에 들렀다 왔다는 거잖아……."

"그래, 엊그제 밤에 야마구치 현 H시로 상륙했어. 거기서 하룻밤 묵은 뒤, 어젯밤은 꼭 필요한 볼일 때문에 도중에 승일 형님 집에 들렀던 거야." 남승지는 옆에 있는 강몽구 쪽을 보면서 말했다. 강몽구

가 고개를 끄덕여 보였다. "밀항할 때는 눈에 띄는 짐을 가지고 다닐
수 없잖아. 아, 그리고 말이죠. 어머니, 승일 형님이 자기 집에 먼저
들렀다고 상당히 신경을 쓰고 계세요. 저는 신경 쓸 일 없다고 했는데
도 말이에요……."

"그런 건 아무럼 어때. 네가 이 에미 있는 곳에 와 주기만 하면 되는
거지. 게다가 승일이 있는 곳에 볼일도 있었다는데 말이야."

"제가 볼일이 있어서요, 그래서 고베의 사돈님이 계신 곳으로 먼저
데리고 갔었습니다."

강몽구가 가세했다. 그러나 어머니는 그런 일을 전혀 개의치 않는
듯했다. 지금 갑자기 아들과 해후했다는 현실 앞에 모든 게 잡음에
지나지 않는 모양이었다. "오늘이 음력 2월 1일이고, 내일은 2월 2일
이지……." 무슨 생각을 했는지 어머니가 말했다. 음력으로 오늘이 며
칠인지는 아무도, 강몽구조차도 알 수가 없었다. "언제 고향을 출발한
건가?"

"음, 나흘 전입니다."

강몽구가 대답했다.

"나흘 전이라면, '영등'은 불지 않던가? 고향에서는 슬슬 심술궂은
'영등할망'이 사납게 불 때인데. 옛날부터 봄이 시작되는 지금이 배가
침몰하기도 하여 가장 무서운 때라고들 하는데, 용케도 배를 띄워서
왔구만 그래. 영등할망은 만나지 않았단 말이지?"

강몽구가 '영등할망'은 만나지 않아서 괜찮았습니다, 라고 말했다.
어머니는 안심했다는 듯 한숨을 가볍게 쉬며 고개를 끄덕였다.

영등할망이라는 것은 봄을 시샘하여 히스테리를 일으키는 심술궂
은 바람의 신을 말하는 것이었다. 겨우 겨울이 지나 봄다워지는 음력
2월 초에 갑자기 거칠게 불어 대는 강한 북서풍을 가리켜 사람들은

그렇게 불렀으며, 그녀가 지상으로 내려온 동안에는 바다에 나가는 것을 금기시했다.

영등할망이 찾아오면 반드시 딸이나 며느리를 데려온다고 했다. 딸을 데리고 왔을 때는 그 아름다운 의상을 보여 주려고 강한 바람을 불게 했고, 며느리를 데려오면 나들이옷을 더럽히기 위해 비를 내린다는 것이었다. 이 차가운 계절풍을 맞으면 감기에 걸리고 농작물도 악영향을 받기 때문에, 며느리를 구박하는 심술궂은 시어머니로 비유되어 모두 싫어했다. '영등'이 지나가면 정말로 봄이 찾아왔다.

남승지는 어머니의 비유에 일본의 오사카에 와서 오히려 고향 냄새를 맡게 된 기분이었다.

여동생이 차를 내왔다. 그리고는 어머니…… 하고, 재촉하듯 작은 목소리로 말했다.

"아이고, 내 정신 좀 봐, 정말로 내가 무슨 말을 이렇게 하고 있는지 모르겠네. 남 배고픈 줄도 모르고 내 생각만 하고 있으니 원……, 내가 갑자기 심술궂은 영등할망을 닮았나……."

어머니가 웃으며 자리에서 일어났다.

술을 사러 간다는 여동생에게 강몽구는 억지로 천 엔을 쥐어 보냈다. 어머니가 부엌으로 들어가고 시장바구니를 든 여동생이 약간 시간에 신경을 쓰면서 부랴부랴 밖으로 나갔다. 일곱 시 40분이었다.

"내일 예정은 어떻게 되나요?"

남승지가 작은 목소리로 말했다. 부엌과는 유리문으로 닫혀 있었지만, 목소리를 조금 높이면 충분히 들릴 만한 거리였다. 강몽구가 사촌형인 승일에게는 암시해 두었지만, 두 사람이 조직의 일로 왔다는 것을 어머니와 여동생에게는 일체 비밀에 붙이기로 돼 있었다.

"음, 고베에서 전화를 해 두었는데, 나는 오늘 밤 늦게라도 동해고무의 고달준 사장에게 가야 돼. 당분간 그곳이 오사카의 아지트가 될 거야. 어쨌든 그곳에서 우리의 활동비를 마련해야 되니까(일본 체재 중의 활동비는 본래 계획된 자금에서 손대서는 안 되었다. 완전히 별도의 자금을 확보해서 사용하도록 되어 있었다). 그래서 내일은 조직 관계자와 만나 오사카에서의 공작계획을 세우기로 되어 있는데, 그건 내일 일이고……, 오사카는 결국 '얼굴'이 중요할 거야, 어쨌든 잘 되겠지. 승지는 어머니 곁에 왔으니 내일은 하루 종일 집에서 효도나 해."

"헤헤에……, 하루 종일 함께 있는 건 좋지만, 전 숨이 막힐 거예요."

"너는 무슨 벌 받을 소리를 다하고, 응."

"벌 받을 소리라뇨……, 여러 가지로 물으시거나 잔소리를 하시겠죠, 그 결혼 문제라든가……."

"으흠, 그런가, 그렇기도 하겠군, ……그러나, 결혼도 하긴 해야지."

"예?" 남승지는 소리를 지르려다 순간적으로 억제했다. 결혼도 해야 된다…… 이건 강몽구가 할 말이 아니다. 설마 사촌 형과 거래를 한 것은 아니겠지……. "몽구 형님까지 그런 말씀을 하시다니 무슨 일이 있으신 겁니까?"

"핫핫하, 흥분할 건 없어." 강몽구는 흘낏 부엌 쪽으로 시선을 던지며 말했다. "다만, 주위에서 그런 말이 나오는 것은 조금도 무리가 아니라는 걸 말하고 있을 뿐야. 민심이 곧 천심이라면 그건 결국 천심인 것이고 거역해서는 안 된다는 거지. 무슨 일이든 때로는 거역하지 않으면 안 되는 경우도 있지만, 그걸 실천하는 게 어려운 일이야. 흐흥, 특별히 결혼했다고 해서 혁명을 못 하는 것도 아니고, 때로는 그편이 오히려 힘이 되는 경우도 있어(남승지는 도대체 당신은 지금 무슨 말을 하고 있느냐는 식의 표정으로 상대를 보고 있었다). 아니, 그렇게 이상한 얼굴은 하지 마. 그렇지만 말야, 가령 결혼을 한다고 해도 비합법적인 활동을 하면서 공공연하게 결혼식을 올릴 수는 없을 거야. 승일 사돈님도 거기까지는 생각지 못하실 걸. 어쨌든 이 얘긴 나중에 다시 하기로 하고, 무슨 일이 있어도 4, 5일 안에 고베와 오사카의 일을 마무리 해야만 돼. 으-음, 오늘이 10일이니까, 늦어도 15일에는 도쿄로 가야지. 그리고 20일을 지나면 제주도로 출발할 거야."

"예."

음, 출발이라. 어머니를 상대한다……, 그리고 제주도로 출발, 막 도착했는데 벌써 출발 이야기가 나왔다. 출발을 예고하는 말이 툭툭 주저 없이 기계적으로 잔혹한 울림 소리로 남승지의 가슴 속에 남았다. 그것은 남승지보다도 어머니의 가슴 속에서 훨씬 아리게 울려 퍼지는 소리였다. 그는 그렇게 느꼈다.

여동생이 한 되짜리 술병을 한 손에 들고, 다른 쪽 손에 든 시장바구니에는 맥주 세 병과 전골용 두부, 그리고 곤약 같은 물건을 담아 들고 돌아왔다. 부엌 마루에 짐을 내려놓으며 아아, 힘들어……라는 소리를 냈다. 뭐가 '힘들다'는 거야……라며, 어머니는 '힘들다'는 말만은 일본어로 한마디 응수했다.

이윽고 네 명이 앉으면 꽉 차는 둥근 밥상에 둘러앉아 즐겁고 단란한 식사가 시작되었다. 마침 어머니도 식사 전인 모양이었다. 남승지는 여전히 식욕이 왕성하였고, 강몽구도 어머니의 권유에 고모님, 걱정하지 않으셔도 고기는 금방 없어져요, 라고 말하며 먹성을 발휘했다. 남승지는 뱃속으로 들어가는 음식물을 맛보고 가족들이 웃는 얼굴을 바라보면서, 산노미야에서 사촌 형과 식사를 하지 않고 헤어지길 잘했다는 생각을 몇 번이나 했다.

강몽구는 정종을 마셨고, 남승지도 처음에는 주저하다가 어머니, 저도 술을 마시겠습니다, 라고 양해를 구하고는 맥주 한 병을 마셨다.

어머니는 미소를 지으며 그 모습을 바라보고 있었다. 전골도 맛있고, 저민 돼지고기를 초장에 찍어 먹는 것도 맛있었지만, 저녁 때 조선시장에서 막 사 온 조기에 미역을 넣어 끓인 국물이 무엇보다 좋았다. 체내에 쌓인 독을 씻어 내는 해장국 같았다. 사발 가득 두 그릇을 해치웠다.

여동생은 집에서 이런 진수성찬은 웬만해선 먹을 수 없다면서도 꽤나 조심스럽게 젓가락질을 하고 있었다. 고기는 그다지 좋아하지 않는 모양이었다.

고향의 일들을 비롯하여 세상 돌아가는 이야기를 하던 강몽구는 열시가 되자 작별을 고했다. 어머니는 자고 가라 했지만, 지금부터 일이 있어서 사람을 만나야 된다는 말로 어머니를 납득시켰다.

설거지를 하고 나서도 세 사람은 불이 꺼져 가는 화로에 둘러앉아 잡담을 계속했다. 그리 춥지는 않았기 때문에 화로에 숯을 더 넣을 필요는 없었다. 화로에 불이 살아 있었던 것은 아마도 어머니의 재봉일 때문일 것이었다.

오누이만의 공통된 화제로 이야기가 옮겨 가자, 어머니는 못 알아듣겠다는 표정을 지으면서도 가만히 귀를 기울이고 있었다.

여동생이 양 선생이라 호칭을 붙여 가며 양준오의 안부를 물었다. ……그랬다, 이전에도 고베나 오사카 등지에서 만날 때면 선생님이라고 불렀다. 오빠의 선배 격인 그를 존경하고 있던 것이었다. 게다가 당시에는 아직 16, 7세의 소녀였다는 점도 작용했을 것이다. 남승지는 깜빡 잊고 있던, 가족에 대한 양준오의 전별금을 생각해 내고는, 그것으로 뭔가 네가 좋아하는 것을 사 주겠다고 말해 여동생을 기쁘게 만들었다.

어머니는 불기 없는 화로를 쬐고 있던 아들과 딸의 손을 잡고 쓰다

듣었다. ……아버지도 고운 손가락을 지녔었는데, 너희 오누이가 똑같이 아버지를 닮았구나, 라고 중얼거리듯 말했다. 그러나 고향에서 오랫동안 농사일을 해서 뼈마디가 굵어졌지만, 원래는 어머니의 손가락과 더 닮은 듯한 느낌이 들었다.

이윽고 세 사람은 잠자리에 들었지만 금방 잠들지는 못했다. 시간은 이미 열한 시로 분명히 늦은 시각이었지만, 뭔가 다하지 못한 말을 계속하기 위해 장소를 옮긴 느낌이 들었다.

세 평짜리 다다미방은 어머니를 가운데 두고 깐 이부자리로 가득 찼다.

"아침은 몇 시에 일어나지?"

남승지가 양손을 이불 밖으로 내놓고 천정 전등갓에 그늘진 주위를 멍하니 바라보며 말했다.

"여덟 시 반까지는 가야 돼……."

어머니를 사이에 두고 왼쪽에 누운 여동생의 목소리가 들려왔다. 여동생의 이부자리는 부엌 쪽에 있었는데, 아침에 일찍 일어나야 된다는 것은 오빠를 위한 핑계였다. 남승지는, ……너 누구 좋아하는 사람 없어? 라고 말을 걸어 보려다 그만두었다. 입을 여는 순간 여동생의 반격을 받게 될 게 뻔했다. 게다가 자신의 결혼 문제에 대한 도화선이 될 가능성도 있었다.

여동생 말순은 조련(재일조선인연맹) 분회에서 일하고 있었다. 한 주에 몇 번인가 분회 사무소에서 지역의 청년 남녀와 아주머니들을 상대로 우리말을 가르쳤다. 우리말이라고는 해도 성인학교용 초급이었고, 또 아주머니들은 문자를 배우고 있다고 하는 편이 보다 정확했다. 그 이유는, 그녀들이 문맹이긴 했지만, 이야기하는 것은 방언이라 하더라도 순수한 우리말이었고, 말순은 아직 거기까지 미치지 못했기 때문이다. 급료는 조직 관계의 일이라서 충분히 받을 리가 없었다. 따라서 생계는 어머니의 삯바느질로 충당하고 있다고 해도 좋았다. 여동생은 그것을 신경 쓰고 있는 듯했다.

발밑에 있는 작은 옷장 옆에 재봉틀 한 대가 놓여 있었다. 어머니가 재봉틀을 사용하고 있다는 것을 여동생의 편지로 알고 있었지만, 지금 눈앞에서 뭔가 어머니에게 길들여진 작은 동물이나 되는 양 가만히 있는 기계를 보자 마음이 아팠다.

남승지의 어머니는 어린 아들이 먼저 고향을 떠나고 나서 3, 4년 뒤에 딸을 데리고 일본으로 건너왔다. 그리고는 남승일의 집 근처에 모녀가 살 집을 빌린 뒤 한복 바느질을 근근이 이어 갔고, 여동생 말순은 낮이면 사촌 형의 갑피공장에서 일하고 밤이면 3년제 실천(實踐)고등여학교에 다녔다. 여자는 학교에 갈 필요가 없다, 소학교만 나와도 남자가 대학 나온 것과 마찬가지라는 것이 일반인들의 굳은 생각이었고, 어머니는 물론 사촌 형도 그와 비슷한 생각을 지니고 있었지만, 말순은 오빠를 의지하여 자신의 의지를 관철시켰다. 자신이 일하면서 야간학교에 간다는 것까지 굳이 반대할 명목을 찾지 못했던 것이다.

어머니는 비록 쌀 한 되라도 조카인 승일의 신세를 지려 하지 않았다. 아들이 실제의 남동생 이상으로 신세를 지고, 함께 거두어 살면서 학교까지 보내 주고 있다는 생각을 떨칠 수 없었을 뿐만 아니라, 원래가 다른 사람에게 의지하는 것을 싫어하는 성격이었다. 여동생도 고집스런 구석이 있었는데, 어머니를 닮았는지도 몰랐다.

어머니가 해방되고 얼마 지나지 않아 오사카의 이카이노(猪飼野)로 이사를 한 것은 '조선시장'도 있었고, 고향 사람이 많다는 것과 함께 생활상 이유도 있었다. 고베에 비하면 한복의 수요에 큰 차이가 있어서 일이 끊이지 않았다. 실제로 이카이노로 오고 나서는 일이 훨씬 바빠졌다. 손바느질로는 당해 낼 수가 없어서 재봉틀을 배울 수밖에 없었던 것이다.

옷장 위에 있는 자명종의 초침 소리가 바삐 들려오고 어느새 모두 말이 없어진 것을 깨달았다. 조용했다. 바람 소리도 들리지 않았다. 제주도에서 바람과 파도 소리에 익숙해진 귀에는 최근 2, 3일간의 낮의 소음과는 전혀 다르게 변하는 도시의 적막한 밤이 기분 나쁘기까지 했다.

어머니가 기침을 했다.

"네가 온 게 몇 시였더라……."

"일곱 시 20분쯤이었어요."

여동생이 대답했다.

"……네가 현관문을 열었을 때, 죽은 사람이 저세상에서 온 것 같아서, 나는 살아 있는 인간이라고는 생각지 못했다. 네 귀신이 온 것 같아서…… 그때가 일곱 시 20분경이었단 말이지, 일곱 시든 여덟 시든 상관없지만 네가 돌아온 지 아직 네 시간밖에 지나지 않았는데, 후후후, 어미는 너와 함께 있을 시간이 점점 짧아지는 것 같은 묘한 기분이 드는구나. 아까 짐이라고는 가방 하나 들고 와서 그나마 고베에 놓고 왔다고 했는데……, 노인네의 괜한 걱정일 수도 있지만, 어미는 벌써 네가 고향에 돌아갈 거라고 생각하고 있단다. 몽구도 너도 말하진 않았지만, 몽구와 함께 가 버리는 거겠지, 그렇지? ……이렇게 말하면 네 기분이 상할지 모르겠다만."

"왜 제 기분이 상하겠어요, 어머니도 참 성급하세요."

"오빠가 제주도로 가 버린다고……."

여동생이 어머니 옆자리에서 이불을 가볍게 들썩여 뒤척이며 예상하지 못했다는 어투로 말했다. 아니, 냉정하게 생각해 보면 알 수 있었겠지만, 거기까지 생각할 여유가 없었던 것이다.

"……음, 가 버린다니. 하, 하, 당연한 거지."

남승지는 침을 꿀꺽 삼킨 뒤 일부러 퉁명스런 대답을 했다. 벌써부터 우울하게 만들지 않는 편이 좋다고 생각했기 때문이다. 이미 어머니가 아들이 가 버릴 것이라고 예측한 말에 힘을 얻었는지도 모른다.

"당연하다고는 하지만…… 일본으로 밀항해 오는 사람도 많은데……."

"음, 오빠는 말이야, 밀항은 밀항이지만 단순한 밀항이 아니야, 일본에서 살기 위해 온 게 아니고, 임시로 온 것뿐이니까……."

남승지는 어느새 자신이 상당히 잔인한 말을 하고 있다는 생각을 했다. 마음이 좋지 않았다.

"오빠는 언제까지 일본에 있게 되는데?"

여동생은 주저하는 기색도 없이 또 물었다.

"그러니까…… 앞으로, 보름 정도는 있을 거야."

"보름, 보름이라면 3월 24, 5일쯤 되겠네……."

실제로는 열흘 정도밖에 없었다. 게다가 15일에 도쿄로 떠나게 되면 가족 곁에 머물 수 있는 시간은 앞으로 기껏해야 4, 5일 정도일 것이다.

"말순이 편지를 읽었겠지만, 에민 말이다." 어머니가 말했다. "고향으로 돌아가려고 생각하고 있단다. 네 결혼 문제도 있고……."

"핫하아, 어머니도 참……." 남승지는 아아, 드디어 나왔다, 결혼, 결혼……이라는 생각을 하면서 말했다. "편지를 읽고 나서 전 혼자서 웃었는데요, 어머닌 지금 고향 땅이 어떻게 돌아가고 있는지 모르시죠……."

남승지는 흠칫 놀라 나오려던 말을 되삼켰다.

"후후후, 웃을 일은 아니지. 어떻게 되었냐고 해 봤자, 살기 어려우니까 일본으로 밀항해 오는 것이겠지만, 그래도 고향 사람들이 모두 오는 건 아니잖아. 어딜 가든 일할 곳이 있으면 먹고 살 수는 있는 법이야. 어차피 살 거라면 난 고향에 살고 싶어. 몽구 등에게 맡겨 놓은 밭도 있으니, 그걸 경작하면 서너 식구는 먹고 살 수 있어. …… 너도 학교 선생을 하고 있고(지금도 중학교 교사를 하고 있다고 거짓말을 했다), 말순이도 거기 가면 뭐든 할 수 있을 거야."

"예, 어머니, 그건 그렇지만, 모처럼 일본에서 그런대로 생활터전을 잡으셨고…… 고향의 밭일이 얼마나 힘든지 어머니가 잘 알고 계시잖아요……." 남승지는 자신도 모르게 얼굴을 붉히며 말을 맺었다. 도대체 너는 무슨 소리를 하는 거냐…… 지금은 화제를 바꿔야 했었고, 그리고 이런 말을 어머니에게 할 자격이 자신에게 있는가 하는 생각도 했다. ……너만 곁에 있어 준다면, 사람들이 자꾸 밀항해 오는데 누가 고향에 가겠느냐, 어머니는 속으로 이런 말을 하고 있는 것이다. 남승지는 뒤척이기라도 하듯이 몸을 좌우로 움직여 분위기를 바꾼 뒤 말을 계속했다. "……모처럼, 오늘 집에 막 돌아왔는데, 벌써부터 제가 제주도로 돌아가는 이야기를 하는 건 너무 일러요. 아직 보름이나 남았으니까요."

"……응, 그렇지, 그렇고말고, 이게 노인네의 생걱정이라는 거야. 모처럼 네가 돌아왔는데, 아이고, 이 에미가 하는 짓을 좀 보거라……."

화제는 바뀌었지만, 어머니는 자신이 생걱정이라고 하면서도, 아들과 막 만나게 된 기쁨을 벌써부터 이별에 대한 걱정으로 대신하기 시작했다. 그 점은 여동생인 말순도 마찬가지였다.

"오빠, 피곤할 텐데, 이제 좀 주무세요……. 전등을 끌게요."

남승지는 고개를 끄덕였다. 열두 시였다. 여동생이 이불에서 일어나 천정에 매달린 스위치를 잡아당겼다.

세 사람은 어둠 속에서 한동안 띄엄띄엄 이야기를 주고받았다. 한밤중에 소곤소곤 마치 꿈속의 이야기라도 나누는 것처럼 부드럽게 오갔다.

남승지는 이내 골아 떨어졌다. 비몽사몽 간에 아, 어머니와 여동생의 목소리가 속삭이듯 얽혀지는구나, 말이 보드라운 무언가 작은 날개라도 단 것처럼 춤추고 있구나……라고, 어두운 의식 속에서 중얼거리는 사이에 조용하고 기분 좋은 잠의 소용돌이 속으로 빠져들었다. 코를 골기 시작했다.

6

눈을 뜨자 밝았다. 남승지는 두 눈을 적시는 빛 속에서 여기는 어딜까 하고 눈을 깜박이며 주위를 둘러보고 나서, 아, 내 정신 좀 봐, 라며 쓴웃음을 지었다. 여기는 제주도도 아니고, 배 위도 아닌, 어머니의 집이다. 일본이란 말이야, 안심해도 된다. 여기는 틀림없는 일본이란 말이다. 일본……. 뭔가 안심되는 듯한, 그러면서 어디 배 위에서라도 자고 있는 듯한 기묘한 느낌 속에서 잠을 깨었다. 그는 이불 밖으로 손을 내밀어 다다미를 손바닥으로 쓰다듬으며 손가락 끝으로 눌러 보았다.

비몽사몽 간에 여자들의 목소리가 들리고 있었는데(실은 어머니와 여동생의 목소리였지만), 그것이 제주도에서 기숙하고 있는 순실이 할머니와 젊은 며느리의 목소리로 뒤엉킨 듯이 들렸던 모양이다. 핫하아, 그녀들은 지금쯤 내가 일본에 있으리라고는 꿈에도 생각하지 못할 거야. 난 지금 서울에 있는 거야…….

잠에서 깬 멍한 머리로 상반신을 일으키자, 어머니가 말을 걸었다.

"왜 더 자지 그래, 아직 시간이 이른데, 일곱 시도 안 됐어……, 좀 더 자면 좋을 텐데……."

돋보기를 쓴 어머니는 화로 곁에서 일을 하고 있었다. 부엌과 마루방 사이에 있는 유리문 저쪽으로 움직이는 그림자는 여동생이었다. 어머니는 꽃문양이 들어간 녹색 비단저고리 깃에 인두를 대고 있던 손을 멈추었다.

남승지는 아직 잠이 덜 깬 얼굴로 어머니를 바라보며, 어머니는 푹 주무셨어요, 라고 물었다. 아침 인사를 한다고 한 것인데, 그는 어머니에게 이런 인사를 한 적이 별로 없었다. 이것은 분명히 오랜만에 만난 어머니에 대한 인사이긴 했지만, 그 말대로 어머니가 푹 주무셨는지 어떤지에 대한 아들의 염려가 담겨 있었던 것이다. 어젯밤은 자신도 모르는 사이에 잠들어 버렸다. 최근 2, 3일 동안은 언제나 강몽구가 먼저 잠들어 그의 코 고는 소리를 들어야만 했는데, 어젯밤은 마치 어린애처럼 철없이 곯아떨어진 모양이었다. 요 며칠 간, 밀항선 선창, H시, 고베, 그리고 오사카의 어머니 집과 같이 매일 밤 잠자리가 바뀌었는데, 역시 어젯밤이 가장 편안한 잠자리였던 것 같았다.

"아이고, 넌 또 새삼스럽게, 마치 딴 사람 대하듯 하는구나." 어머니가 약간 멋쩍은 표정으로 웃으며 말했다. "난 푹 잤단다. 난 늘 편하게 집에서 지내고 있는 사람인데 뭘, 너야말로 잘 잤니?"

"예, 잘 잤어요."

"응, 꽤나 피곤했던 모양이더구나, 크게 코를 골며 자던 걸."

"코를 골아요⋯⋯? 아니, 제가 코를 골았다구요?"

"피곤했던 게지, 네가 코를 고는 건 드문 일인데. 혹시, 코를 고는 습관이라도 생긴 거냐? (남승지는 고개를 옆으로 흔들었다.) 그렇겠지, 먼 고향 땅에서 여기까지 오는 게 오죽 힘들었을까. 피곤했던 게야. 그래도 나는 네 코 고는 소리를 가만히 즐기듯이 들었단다."

그는 일어나려고 했지만, 실은 아직 잠이 부족한 느낌이 들었다. 아침까지 잠을 깨지 않고 푹 잤는데도 잠이 부족하다니. 그렇다면 굳이 무리해서 일어날 필요는 없었다. 여기는 어머니 집이 아닌가. 이불 속에서 밥을 먹는 버릇없는 놈이 되면 좀 어떤가. 겨울철 서울의 하숙집에서는 이불 속에서 빵을 먹고 스프를 홀짝거리곤 했다.

"오빠, 안녕히 주무셨어요. 왜 좀 더 자지 그래요⋯⋯."

부엌 유리문을 열고 여동생이 신기한 것이라도 들여다보듯이 살짝 고개를 내민 채 쌩긋 웃었다. 하얀 앞치마가 하반신을 상큼하게 둘러싸고 있었다.

"음, 말순아, 안녕, 너도 잘 잤어? 난 이제 일어날 거야."

안녕히 주무셨어요, 라니 이것 역시 새삼스런 인사가 아닌가. 이렇게 '예의바른' 인사는 그야말로 서먹서먹하게 들린다. 그렇지 않다. 그 목소리는 새삼스럽게 들리지 않았다. 그 이상의 뭔가 신선한 울림을 전해 주는 게 신기했다. 남승지는 일어난 김에 자는 것을 포기하고 화장실로 갔다. 화장실 창문으로 작은 뒤뜰에 자란 팔손이나무의 잎이 부드러운 햇살을 반사하면서 바람에 가볍게 흔들리는 것이 보였다. 벌써 올려다볼 만큼 자라나 하늘거리는 나뭇가지를 판자 울타리 밖으로 뻗고 있었다. 전에는 훨씬 키가 작아서 분명히 울타리 위에까지는 닿지 않았었다. 아이의 키가 훌쩍 커 버린 느낌이었다. 화장실에서 나온 남승지는 뒤뜰 툇마루에서 천천히 양팔을 펼치고 심호흡을 하였다. 맑게 갠 하늘에 거의 투명하게 떠 있는 엷은 구름을 보면서 시원한 아침 공기를 한껏 들이마셨다.

남승지는 방으로 돌아오자 뒤뜰 쪽으로 난 유리문을 열어 놓은 채 이불을 개기 시작했다. 그때 어머니가, 아이고, 승지야, 네가 지금…… 하면서 돋보기를 벗고 일어나, 아들의 손에서 이불을 빼앗듯 잡아들었다.

"너도 참, 자기 집에 돌아와서까지 이러다니……. 어머니도 있고 여동생도 있는데, 네가 일부러 이불을 갤 필요가 어디 있어."

어머니는 미소를 지으면서도 슬픈 표정을 지었다. 아니, 그 잠깐의 표정이 정말로 슬퍼 보였다. 그는 그 정도는 제가 할게요, 라고 말하려다 그만두었다. 그리고는 우뚝 선 채로 어머니가 하는 것을 바라보았다. 소년 시절부터 집을 떠나 생활했던 탓에 그는 무엇이든 스스로하는 습관이 배어 있었다. 어머니 입장에서는 그것이 가엾게 보인 모양이었다. 남승지는 미소를 지었는데, 어머니의 뜻하지 않은 슬픈 표정에 가슴이 먹먹해졌다. 부모란 왜 이런 것인가, 라는 생각을 했다. 어젯밤 가족을 만나고 나서 비로소 느낀 감상이었다.

이불을 다 갠 어머니는 다시 화롯가에 앉자 안경을 걸치고 일을 시작했다. 바지를 입은 남승지는 어머니를 따라 화롯가에 앉아 숯불에 손을 쬐면서 어머니의 일하는 모습을 지켜보았다. 거의 완성된 저고리의 옷자락과 소매가 인두질로 뜨거워져 희미한 옷감 냄새가 피어올랐다. 아침에 피어난 그 냄새가 청결한 느낌을 주었다. 담배, 담배 한 대가 피고 싶다……. 바지 한쪽 주머니에 담배가 들어 있어 불룩했으나, 어머니 앞이라 참았다.

"어머니. 이렇게 아침 일찍부터 일하시고 괜찮으세요?"

남승지가 말했다.

"너는 여자애도 아니고 그런 일을 다 신경 쓰고 그러냐. 네가 어젯밤에 말했듯이, 고향의 밭일이 얼마나 힘든지……." 어머니는 인두를 대면서 말했다. 청결한 냄새가 희미하게 계속 피어올랐다.

"어두운 새벽부터 밭에 나가 풀을 뽑고, 밤에는 늦게까지 맷돌을 돌리고, 망건을 짜기도 하고, 정말로 제주도 여자는 일하기 위해 태어났다고 해도 틀린 말은 아니지. 고향의 일을 생각한다면 이 정도 일은 아무것도 아니야. 게다가 이 옷은 오늘 중에 보내 주기로 돼 있어, 결혼식이 있어서……. 그래서 흰 치마저고리와 색깔 있는 한복으로 녹색과 분홍색, 모두 해서 세 벌을 주문받았지. 일은 이제 곧 끝나……. 모처럼 아들이 왔는데 일만 하고 있을 순 없잖아, 어머니도 좀 쉬어야지, 후후후, 다 네 덕분이야. ……글피에 시집가는 처녀는 참한 아이야, 네 여동생처럼……."

네 여동생처럼……. 네 색싯감으로 딱 어울린다는 말을 하고 싶었는지도 모른다. 아아, 결혼…… 뭔가 이야기만 꺼냈다 하면 어느새 그 그물 속에 갇혀 버릴 것 같은 기분이 든다. ……에민 말이지, 고향으로 돌아갈까 생각하고 있었단다. 네 결혼 문제도 있고 해서……. 어젯밤에 어머니가 한 말이었다. 고향에 있는 외아들과 함께 살기 위해 모녀가 정든 일본의 도회지를 떠나서 그 전기도 없는 섬의 벽촌으로 온다고 한다. 그리고 밭농사를 진단다. 그 말을 들은 나는 고향에 돌아올 필요는 없다고 냉정하게 거절했다. 일본에서 그럭저럭 터전을 잡지 않았느냐며 고향의 밭일은 힘들다, 라는 등의 구차한 이유를 붙여서 말이다. 아니…… 남승지는 부젓가락으로 화로의 재를 젓고 있었는데, 갑자기 손바닥으로 그것을 세우기라도 하려는 듯이 세게 눌렀다. 화로 밑바닥에서 부젓가락 끝이 탁 하고 울리는 듯한 둔탁한

반응이 손에 전해졌다. 아니, 구차한 이유는 단순한 것이 아니었다. 지금이 어떤 때인가. 제주도의 폭발을 계기로 남한 전체의 지축이 굉음과 함께 흔들리려 하고 있질 않은가. 이로써 혁명의 투쟁은 확산되고 결국 혁명은 승리한다. 승리할 것이다. 그러나 남한 전체의 게릴라 봉기가 어떻게 조직적으로 전개되고, 그것이 언제 성공하여 승리를 거둘 것인지, 구체적인 사안에 대해서는 알 수 없다. 1년 후가 될지, 2년 후가 될지 알 수 없었다. 그렇게 오래 걸리지는 않을 것 같기는 하다. 왜냐하면 봉기의 당면한 목적이 5월의 단독선거를 저지하여 남한만의 단독정부 수립을 저지하는 것이고, 그 투쟁의 연장선에서 즉 그 뒤로 몇 개월인가 지나면 확실한 승리의 전망이 보일 것이다. 어쨌든 어머니와 여동생이 동란이 한창 진행 중일 때 와서는 안 된다.

어머니, 조금만 더, 1년이나 2년만 기다려 주세요. 그러면 고향에서 함께 살 수 있을 거예요. 그때는 결혼도 할게요……. 아아, 결혼, 결혼 만세……. 남승지는 마음속에서 움직이는 말을 문득 끄집어내어 이야기할까 생각했지만, 기회가 없었다. 음, 어머니는 귀국 이야기를 꺼낼 게 틀림없다. 그때를 대비해 놓으면 된다. 왜 1, 2년 후인가. 그 정도 대답은 어떻게든 만들어 낼 수 있다. 무엇보다 어머니의 귀향에 대한 생각을 막지 않으면 안 된다.

"넌 아침부터 무슨 생각을 그렇게 하니?"

"아니에요."

남승지는 고개를 옆으로 흔들었다.

"그래…… 너는 아직 피곤이 완전히 가시지 않았을 거야, 틀림없이."

"어머니가 일하시는 모습을 보고 있는 거예요. 어린 시절이 생각나네요."

"어린 시절이라니……?"

"어린 시절 제주도에서 일을 하시는 어머니 곁에 앉아서 바라보던 기억 말이에요."

"아아, 참, 그렇지, 바느질을 하거나, 맷돌을 손으로 돌리고 있는 것을 너는 오도카니 앉아서 아무 말도 하지 않고 가만히 바라보고만 있었지, 좀 독특한 아이였어…… . 후후후, 어머니도 생각나는구나, 오누이가 오도카니 앉아서 보고 있을 때도 있었어. 네가 지금 내 곁에 있다니 꿈만 같구나." 어젯밤부터 계속 그렇구나, 마치 꿈만 같아 …… . 응, 그리고 말이지, 네가 색시를 맞을 때는 내가 이렇게 예쁜 옷을 지어 줄 텐데…… .

어머니는 웃었다.

"예, 그렇군요, 예쁜 옷을 만들어 주세요."

남승지는 웃으면서 세수를 하려고 일어섰다. 현관 입구에 있는 한 평짜리 방을 돌아 부엌으로 가자, 어제 사 놓았는지 여동생이 칫솔을 꺼내 주었다. 데워 놓은 물이 있었지만, 그는 수돗물로 씻었다. 꽤 차가웠다. 역시 아직은 이른 봄이었다. 제주도의 지하수보다도 차가운 느낌이 들었다.

그가 세수를 마치자 바로 식사가 시작되었다. 부모 자식 세 식구만의 식사였다. 남승지가 주인공이라면 어머니와 여동생은 그를 시중드는 시녀였다. 식사를 하면서 어머니는 미소를 띠고 여동생은 황홀한 듯이 그를 쳐다봤다. 미역에 약간의 소고기를 넣고 풋고추를 잘게 썰어 띄운 국물이 시원해서 좋았다. 맛있다고 칭찬하자 여동생은 아무 말도 하지 않고 눈을 위로 크게 뜨고 웃었다. '조선시장'이 가까운 덕분이겠지만, 마늘장아찌처럼 제주도와 똑같은 반찬도 있었다. 여동생은 마늘장아찌를 너무 많이 먹으면 냄새가 난다며 조금씩 먹었다. 그리고 오빠도 밖에 나가야 되니까 너무 많이 먹지 않는 게 좋다고 했다.

남승지는 바보 같은 소리, 조선인이라는 증표가 되니 좋지 않으냐는 농담을 하고 웃었지만, 문득 마늘에 얽힌 소년 시절의 기억이 되살아났다. '조센징, 마늘을 먹어 냄새난다……'와 같은 말들이었는데, 아마 지금도 이런 식의 괴롭힘은 남아 있을 것이다. 분명 마늘을 먹으면 냄새가 나기 마련이지만, 문제는 먹지 않아도 냄새가 나는 것처럼 느껴진다는 점이었다. 소년 남승지에게 억울했던 것은 그런 말이라고 할 수 있었다. 경자는 일본의 기모노를 입기도 하는 약간은 '하이칼라'인 척하는 구석이 있어서, 남승지의 도시락에는 김치와 같이 마늘 냄새가 날 수 있는 반찬은 넣지 않도록 신경을 쓰고 있었다. 그러나 실제로는 마늘 냄새가 나는 것이 아니고, 조선인이기 때문에 마늘 냄새가 나는 것처럼 느껴진다는 것이었다. 남승지는 어린 마음에도 그럴 때는 말로 대응해 봤자 아무런 소용이 없다는 것을 깨달았다. 앞뒤가릴 것 없이 폭력을 행사하는 경우가 바로 그럴 때였다.

언젠가 조선말로 가장 심한 욕이 뭔지 가르쳐 달라고 치근거리던 녀석이 있었다. 그래서 곰곰이 생각한 끝에 큰맘 먹고 '니 에미 씹'이라고 가르쳐 주었다. 그런데 막상 싸움이 벌어지자, 개구쟁이 녀석들의 입에서 그 말이 한꺼번에 터져 나왔다. 그는 정말로 일본의 사무라이처럼 '할복'이라도 해서 죽어 버리고 싶을 만큼 알려 준 것을 후회하고 분하게 여겼다. 게다가 서너 명이 집까지 쫓아와 대충 외운 말도 안 되는 우리말을 섞어서 떠들어 대는 바람에, 그것을 들은 경자가 잔뜩 화가 나서 뛰쳐나왔다. 그녀는 아이 하나를 잡아서 호되게 뺨을 때렸다. 개구쟁이들은 새파랗게 질려서 도망쳤지만, 남승지도 심하게 꾸중을 들었다. 그게 아마 막 소학교 6학년이 되었을 무렵으로, 일본에 온 지 2, 3년밖에 되지 않았지만, 남승지는 혼자서 제주도로 돌아가 버리고 싶다고 생각했을 정도였다. 그런 일을 생각하면, 일본인의 편견과 멸시에서 벗어나 자기 나라에서 산다는 것은, 마음이 편한 것만으로도 하나의 자유라고 할 만했다.

"어머니, 어때요, 말순이와 함께 동물원이라도 갈까요."

차를 마시며 남승지가 말했다. 오늘은 조퇴하고 점심 때 돌아온다던 여동생의 말을 듣고 갑자기 입 밖으로 튀어나온 말이었다.

"동물원?"

여동생이 불쑥 말하고 나서 호호호 하고 웃기 시작했다.

"바보 같은 녀석, 왜 웃어."

바보 같은 녀석, 왜 웃어…… 남승지는 무의식적으로 마음속에서 다시 중얼거렸다. 바보 같은 녀석, 왜 웃어…… 자신의 말이지만 그 울림이 즐거웠다. 지금 여동생에게 이처럼 명령조로 게다가 자상함을 담아 말하고 있는 자신이 행복하게 느껴졌다. 지금까지 없던 일이었다. 여동생은, 그런 게 아니야, 하지만 뭔지 몰라도 우스워, 어린애 같아서……라면서 계속 웃었는데, 그 목소리나 표정, 동작까지도 눈부셨다. 매력적인 여성을 처음 만났을 때처럼 눈부시게 느껴졌다. 남매간이라고는 하지만, 소년 시절 이외에는 거의 같은 지붕 아래에서 생활하지 않았기 때문에 생기는 거리감이 오히려 좋게 작용하고 있음에 틀림없었다.

"어린애 같으면 어때, 응, 코끼리랑 사자, 원숭이 산에다, 그리고 기린, 하마에 악어…… 그리고 또 없나……."

"오빠 안 되겠어, 물개에 얼룩말, 호랑이에 표범, 그리고 귀여운 다람쥐랑 토끼도 있고, 게다가 백조랑 여러 새들도 있어."

"넌 새를 싫어했잖아?"

소녀가 되고 나서부터였는데, 닭 같은 것이 옆으로 다가오면, 아니 공원 등에서 비둘기가 먹이를 받아먹으려 가까이 다가와도 거의 도망치다시피 했었다. 눈앞에서 날개라도 펼쳤다 하면 갑자기 비명을 지르기 일쑤였다. 좌우지간 날개나 깃털이 부풀어 오를 때 색깔이 기분 나빠 싫다는 것이었다.

"아니, 지금도 날개는 만지지 않지만, 역시 하늘을 나는 새는 좋아. ……그렇지만 동물원의 새에게는 하늘같은 것이 없네, 가엽게도……."

남승지는 일본어로 말을 주고받으며, 이것 참 곤란하게 됐다고 후회하고 있었다. 그만 입을 잘못 놀리고 말았는데, 가족 동반으로 어디 구경을 간다는 것 따위는 허락되지 않을 것이었다. 강몽구의 허락도 없이 이런 것을 맘대로 말할 수 있는 자유가 남승지에게는 없었다. 그렇다, 혁명적 경계심의 이완 외에는 아무것도 아니다, 라는 생각이 들었다.

"그건 그렇다 치고, 그 동물원은 하고 있나?"

남승지는 한발 물러서서 말했다.

"예, 동물원은 하고 있어요. 일전에도 조련 분회의 사람이 아이를 데리고 갔다 왔다던데……, 있잖아요, 어머니, 함께 동물원에 가요, 코가 긴 코끼리랑, 목이 긴 기린 같은 동물을 보면 재미있어요."

"꽤 적극적으로 나오는군."

"아이고, 나 같은 노인네를 어디 데리고 가려고 그래. 절대로 인간은 익숙하지 않은 일을 해서는 안 돼. 난 됐으니까, 너희들 남매 둘이서 갔다 오렴."

"어머니도 참, 모처럼 오빠가 가자고 하는데, 바로 그런 식으로 나오시다니……."

"아이고, 그 말을 듣고 보니 그렇기도 하구나, 말순아, 네 말이 맞다." 어머니는 기쁜 듯이 웃었지만, 나는 아무래도 말이지, 이 시골노인네는……이라며 매우 자신이 없는 듯한 표정으로 말했다. "언제 가는데?"

"오늘 오후에."

여동생이 말했다.

"가만있어 보자, 생각해 보니 오늘은 어려울지도 모르겠는데."

"갑자기, 무슨 일인데요?"

"음," 남승지는 말문이 막혔다. "……어머닌 오늘 중에 마무리해야 할 일이 있잖아, 그리고 지금 생각났는데 일이 좀 있어."

"어머닌 일을 점심때까진 끝낸다고 하셨어. 응, 하지만, 괜찮아, 오늘이 아니더라도 괜찮아……."

여동생은 혼자 고개를 끄덕이고는 말귀를 잘 알아듣는 아이처럼 오빠의 말에 순응했다. 약간 맥이 빠진 정도였다. 어릴 적에는 자주 오누이 간에 싸움을 하곤 했는데, 이런 상태라면 이제는 영원히 싸울 일이 없을 것 같았다, 아니, 더 이상 싸울 수 없을 것이라는 생각이 들었다. 그런데 생각해 보니, 어제 강몽구가 내일은 하루 종일 집에서 어머니께 효도를 하라고 말했는데, 그 말은 느긋하게 가족과 보낼 시간은 오늘 하루밖에 없다는 뜻이 아닌가.

시간은 여덟 시 조금 전이었다. 여동생은 밥상을 정리한 뒤 설거지는 그냥 남겨 둔 채 서둘러 출근 준비를 하고 집을 나갔다. 걸어서 10분 정도면 갈 수 있다고 하니까, 근무지로서는 상당히 편하다고 말할 수 있었다.

어머니는 설거지를 끝내자, 바로 일에 매달렸다. 이미 재봉틀을 사용하는 단계는 끝났고, 치마에 후크를 달거나 하는 손바느질 공정만을 남기고 있었는데, 그 뒤에는 전체적으로 다림질을 하면 그만이었다.

남승지는 주인 없는 여동생의 방을 들여다보았다. 헤어져 지낸 지

2년 남짓. 뭔가 처녀다운 화장품 냄새라도 나려니 했건만, 느껴지지 않았다. 도자기로 만들어진 세련된 얼룩고양이, 빨간 테두리의 작고 둥근 거울, 꽃이 없는 꽃병 정도가 겨우 여자의 방다운 분위기를 풍기고 있을 뿐이었다.

작은 책장 옆에 있는 앉은뱅이책상에 조선어 교과서 두세 권이 그림 잡지 위에 놓여 있었다. 교과서는 조련 중앙본부가 편찬한 것으로, 물자가 부족한 일본이라고 하면서도 조국의 교과서보다 훨씬 훌륭했다. 제주도에서는 대부분의 교과서가 등사판으로 인쇄한 것이었고, 노트 같은 것도 시골에서는 좀처럼 구할 수가 없었다. 학생들은 집에서 굴러다니는 오래된 잡지를 들고 와서는 페이지에 인쇄되어 있지 않은 여백에다 연필로 써넣는 형편이었다.

단추처럼 생긴 책장 손잡이를 잡아당기자, 유리문이 가볍게 열렸다. 조선의 역사, 「자본주의의 음모」 같은 좌익 관련 입문서도 진열되어 있었다. 한 권을 빼내어 책장을 넘기자, 연필과 빨간 펜 등으로 정성껏 밑줄이 그어져 있었다. 조련 사무실에서 일하는 사람답게 나름대로 공부를 하는 모양이었다.

세로로 들어가지 않아서 옆으로 쌓아 놓은 몇 권의 대형판 화집이 있었다. 최근 1, 2년 사이에 사 모은 모양이었다. 어릴 때부터 그림을 좋아해서 낙서할 때도 자주 그림을 그리며 놀았고, 고향의 소학교에 들어가고 나서도 그녀의 그림은 대개가 사람들의 눈에 띄었으며, 제주도 아동그림 전람회에 출품하여 입상했다는 소식이 일본에 있는 오빠에게도 전해지곤 했었다. 편지에도 작년부터 유화를 배우기 시작했다고 쓰여 있었다. 그러나 어젯밤 침상으로 들어가 나눈 잡담 중에 한 달에 두 번 가던 연구소를 그만두었다고 했다. 여러 가지로 돈이 들었기 때문일 것이었다. 그래도 그림은 취미로 이따금 자기 나름대로 그림을 그린다고 했다. 이방근의 여동생처럼 집안이 유복했다면 미술학교에 진학했으리라는 생각을 했다. 그림은 누구나 그리고 싶다고 그려지는 것은 아니다. 특정한 인간에게만 주어진 불가사의한 재능이라고 할 만한 것이었다.

잡지의 머릿그림을 오려 냈는지, 벽에 고갱의 그림 '타이티의 여인'이 액자에 정성껏 넣어져 걸려 있었다. 왜 저런 밋밋한 그림을 좋아하는지 조금 의아한 생각이 들었다. 왜 그리스나 르네상스가 아니고 '타이티'일까. 아니면 자신이 섬에서 태어난 아가씨라는 것과 무슨 연관이라도 있는 것일까. 벽에는 그림도구 상자와 화가(畵架) 등을 넣은 헝겊주머니가 걸려 있었다. 주위를 둘러보아도 그림을 그린 캔버스 같은 것은 없었다. ……음, 내게 보여 주기 싫어서 다른 곳에 감춰 두었나. 어젯밤 나에게 보여 달라고 했더니, 죽어도 싫다고 진지한 얼굴로 말하더니, 사실인 모양이군, 핫핫……. 남승지는 여동생이 그림도구 상자와 캔버스 등을 짊어지고 사생을 나가는 모습을 상상하고는 자신도 모르게 미소를 지었다.

그는 책장 위에 놓인 도자기로 된 고양이를 집어 들어 볼에 갖다 대었다. 차가운 것이 기분 좋았다. 그 옆에 여동생이 늘 얼굴을 비춰 보고 있을 둥근 거울을 들여다보았다. 오늘 나는 말순이의 오빠다……. 그는 거울 속의 상을 향해 중얼거렸다. 안경을 쓴 얼굴, 보름달처럼 우주에 떠 있는 거울이다. ……어때, 네 얼굴은 밝은가. 여기는 네가 오고 싶어 했던 일본, 일본의 오사카, 어머니와 여동생이 있는 바로 그 집안이다. 안경을 벗었다. 얼굴은 웃어도 눈은 웃지 않는다. 눈 속에서 사라지지 않는 어둠의 핵. 네 눈은 얼굴 근육과 함께, 입술의 움직임과 함께 웃고 있느냐……, 그는 웃었다. 어때. 이 웃음은 제주도에서 웃는 웃음과 같은가, 이 눈빛은 제주도에서 보던 그것과 같은 빛인가. 이상했다. 그는 자신이 지금, 동시에 일본과 제주도 양쪽에 존재하고 있는 듯한 기묘한 감각에 빠져들고 있음을 느꼈다. 거울 속에 있는 얼굴은 그야말로 제주도의 얼굴이었다. 그는 타인의 얼굴을 바라보듯 쓴웃음을 지으며 거울에서 시선을 돌렸다. 이방근의 여동생 유원이 말한 것처럼 그의 얼굴이 밝은 것인지, 눈이 웃고 있는 것인지 확실히는 알 수 없었다. 다만, 거울 속에서 얼굴이 웃고 있는 것은 틀림없었다. 그는 역시 유원의 말을 신경 쓰고 있었다. ……음, 일요일에 피아노 선생님의 발표회가 있다고 했는데, 지금쯤은 서울의 학교에 있겠군. 그녀는 어느 한순간, 지금의 내가 그녀를 생각하고 있는 것처럼, 나에 대해서, 나의 말을, 내 얼굴을, 동작을 생각할 때가 있을까. 그것은 무슨 뜻이었을까. 내 여동생이 자네를 만나고 싶어 한다고, 이방근이 말한 것은……. 그는 웃었다.

장난감처럼 생긴 둥근 거울은 화장거울이 아니었다. 여전히 세 평짜리 방에 있는 경대를 모녀가 함께 사용하고 있을 것이다. 여동생을 신뢰는 하고 있었지만, 이 주인이 없는 한 평 반짜리 방이 자아내는 무언의 분위기는 오랜만에 가족과 만난 남승지를 안심시키고 힘을 북돋워 주었다. 감사하고 싶을 정도의 기분이었다. 어머니와 둘이서만 생활하고 있는 다 큰 처녀가 하고 싶은 대로 한다고 해도, 남승지로서는 어쩔 수 없는 일이었기 때문이다.

그는 방을 나와 장지문을 닫았다.

오후에 여동생이 돌아오고 얼마 지나지 않은 두 시경에 강몽구가 찾아왔다. 조금 의외였다. 어제 이야기로는 저녁이나 밤이 될 것처럼 말했기 때문이다. 일곱 시까지 고베에 가야 된다고 했다. 구체적인 이야기는 하지 않았지만, 전화 연락을 했더니 와 달라는 것이었다.

두 사람은 한 시간 정도 지나 집을 나왔다. 어머니는 가능하면 오늘 밤에 돌아오라고 했지만, 그것은 어려운 일이었다. 인삼을 넣은 닭으로 백숙을 만들겠다고 했다. 매일 같이 고기만 먹을 수는 없다고 하자 (물론 구실이었지만), 이것은 약이라 괜찮다고 어머니가 대답을 했다. 어쨌든 오늘 밤에 돌아오는 것은 무리였다.

동물원에도 가지 못하고, 모처럼 일찍 돌아왔는데도 오빠를 다시 빼앗기는 꼴이 된 말순은 약간 실망한 모습이었다.

"고베의 승일 사돈님이 오늘 밤 동업자 한 사람을 집으로 부를 테니, 전에 말한 이야기의 취지를 다시 들려 달라는 거야. 고마운 일이지."

길을 가면서 강몽구가 말했다.

"승일 형님 쪽은 어떻게 됐습니까?"

"그건 아직 몰라." 그러나 강몽구는 여유 있는 웃음을 띠고 있었다. "좌우지간 오늘 밤 만나 봐야……. 음, 그러나 사람을 다시 부를 정도면 이미 자기 생각이 정리된 것이겠지. 무엇보다 사돈님과는 어젯밤 헤어졌을 뿐인데, 음, 그런데 오늘 밤 사람을 다시 부르니 말야."

조금 흥분된 강몽구의 말투에 남승지는 몸이 움츠러드는 느낌이었다. 고베에 가기에는 아직 시간이 조금 일렀는데, 강몽구는 아침에 나온 뒤로 연락을 못 했다면서 동해고무에 잠깐 들러야겠다고 말했다. 동해고무에 놓고 온 것인지, 그도 가방을 들고 있지 않았다.

가는 길은 '조선시장'에 가까웠다. 두 사람은 동서로 뻗은 시장 길로 들어섰다. 물건 사는 손님은 드물었지만, 이제 조금만 있으면 저녁 준비를 위해 찾아오는 여자들로 북새통을 이룰 것이었다. 여자들만이 아니었다. 자전거를 탄 유교적인 남편들이 술안주로 삼을 횟감을 사러 나온다. 그들은 대체로 어떤 의미에서의 '통(通)'이었는데, 결코 아내에게 횟감을 맡기지 않았다. 남자의 솜씨를 믿고 있는 것이었다.

침을 꼴깍꼴깍 삼키면서 스스로 부엌칼을 잡고 미묘한 맛의 양념과 국물을 만든다. 그것을 만들지 못하면 어엿한 술꾼이라 할 수 없었다. 숙취로 목 주위가 발갛게 물든 중년 남자가 시장바구니를 들고 생선 가게 앞에 서 있는 광경은 저절로 미소가 나오게 만들었다. 모름지기 남자는 주방에 들어가서는 안 된다……와 같은 말은 개소리라는 것인가. 결코 아내에게 잡혀 사는 불쌍한 남자의 모습이 아니었다.

시장길 양쪽으로 늘어선 것은 식료품 외에도 여자들의 옷감, 조선의 식기, 잡화 등을 파는 가게였다. 그중에는 일본인의 일반적인 상점도 드문드문 끼어 있었다. 건어물가게 앞을 지나자, 마른 고춧가루 냄새가 코를 찔렀다. 마늘의 된장절임과 간장절임, 명란젓, 창란젓, 굴젓, 마른대구, 마른명태 등 없는 게 없었다. 정육점 앞에는 갈색으로 삶아진 돼지머리가 통째로 턱 하니 올려져 있어서 손님에게 말없는 인사를 하고 있었다. 가엽다기보다도, 그 검은 눈동자, 치켜 올라간 코의 모양하며, 살이 올라 반들반들한 뺨, 죽어서도 여전히 얼굴 모양을 흐트러뜨리지 않는 그 천연덕스러운 표정이 유머러스하고 또 식욕까지 돋웠다. 소머리를 삶아 놓은 것이었다면, 괴기스러워서 가게 앞에 진열해 놓고 손님을 끌 수는 없을 것이었다. 생선가게에는 횟감인 가오리와 1미터가 넘는 상어 등이 물을 맞으며 옆으로 누워 있었다.

가게와 가게 사이에 손님의 출입이 없는 좁은 공간에서는 노인들이 바닥에 앉아서 시루떡이나 콩나물 같은 채소를 팔고 있었다. 팔짱을 낀 채 잠자코 앉아 있었지만, 이따금 생각난 듯 손님을 불렀다.

남승지는 양준오를 떠올렸다. 시장길 좌우에는 골목이 복잡하게 나 있었는데, 그중 하나로 들어가면 일찍이 양준오가 하숙하고 있던 집을 찾을 수가 있었다. 문득 골목으로 몸을 들이밀어 그 집을 찾아보고 싶다는 생각이 들었다.

'조선시장'이라면, 양준오가 일제강점기부터 청년다운 열정으로 반일 감정을 키워가면서 찬양한 곳이었다.

양준오는 남승지가 고베에서 오사카로 찾아올 때면 함께 이카이노(猪飼野)의 거리를 걸었고, 골목으로 발을 들이밀며 그의 '이카이노론'을 열심히 펼쳤다.

한마디로 말하자면, 아무리 일본이 '황민화(皇民化)', '동화' 정책을 강행해도, 한복 착용이나 말을 금지시켜도, '이카이노'와 같은 생명력이 있는 한, 일본 제국의 뜻대로는 되지 않을 것이라는 논리였다. 그곳에는 한민족의 생활 원형이 조금도 흐트러지지 않고 신비한 생명력으로 계속 살아왔던 것이다. 예를 들면, 관할 경찰서에서 한복의 착용을 금지시킨 적이 있었다. 그래도 효과가 없었기 때문에 백주대낮에 많은 사람들 앞에서 여자들의 흰옷에 먹물로 X표시를 해서 더럽히거나 경찰서로 연행하기도 했다. 그러나 그래도 여전히 한복 모습은 거리에서 사라지지 않았다. 특별히 의식적인 저항이라고 할 만큼 거창한 것이 아니었다. 식생활 습관과 마찬가지로 여성들이 한민족으로서 살아가는 일생생활에서 나온 태도였던 것이었다.

'조선시장'에는 한민족의 생활에 필요한, 제사에 사용하는 제기(祭器)까지 있었으며, 이러한 봉건적인 생활양식의 유물조차도 '황민화', '내선일체(內鮮一體)'에 대한 암묵적인 저항의 형태로 나타났다고 할 수 있었다. 그곳에는 잃어버린 말까지 있었다. 성(姓)이나 국어, 문자를 빼앗겼으면서도 조선의 어머니들은 고향의 토착 방언을 구사했고, 고향 이야기를 전해 주었다. 여기에서는 아이들까지도 고향의 말을 배웠다.

양준오는 한동안 이카이노를 떠나 있다가 오랜만에 돌아오면 "이카이노는 먼 고향의 바닷가야. 나는 그 물가에 맨발을 담그며 걷는다. 그리고 해조음과 함께 다가오는 고향의 원초적인 냄새를 맡는다. 마침내 나는 내 자신의 체취가 그 냄새에 씻겨 나가는 것을 느낀다."며, 조금 시적인 비유를 하곤 했었다.

양준오는 천재에 버금가는 인간이었기 때문에 직감적으로 사물을 파악하는 힘을 지니고 있었다. 일본이 패전할 것이라는 예상도 사회과학적인 분석의 결과라기보다는 그 민족주의적 사상에서 비롯된 판단이라고 할 수 있었다. 조국 독립에 대한 강렬한 욕구가 통찰력과 직감력에 강한 탄력을 주었던 것이다. 남승지는 일본에 있을 무렵 양준오로부터 상당한 영향을 받았지만, 그러한 그가 지금은 해방 후 조국의 상황에 실망하여 무정부주의자가 되어 있었던 것이다.

그런데 남승지가 이상하게 생각했던 것은 그가 이성에 대해 관심을 보이지 않는 것이었다. 여성에게 자상하여 결코 차가운 인간은 아니었는데, 그것이 특정한 여성에 대해서만 자상한 것이 아니었다. '여성멸시론'을 펼치는 청년에게서 볼 수 있는 여성에 대한 '무관심'이 아니라(남승지도 그런 경향이 있었다), 양준오의 그러한 행동은 매우 자연스러웠다.

그가 성불구자인지 어떤지는 몰랐다. 그러나 자신의 입으로 직접 말했으므로 8·15해방 때까지는(당시의 그는 우리 나이로 24세, 그 뒷일은 모른다 쳐도) 동정이었던 게 틀림없었다. 그가 말했던 다음과 같은 이야기는 그 일과 어떤 관계가 있는지도 모른다.

서울에서 강원도 동해안 벽촌으로 이사하여 농부가 된 청년이 있었다. 철저한 민족주의자이자 허무주의자로, 조국의 비운을 너무 골똘히 생각한 나머지 성불구자가 된 청년이었다. 부모와 형제들에게 체면상 괜한 결혼을 하였지만 1년도 못 가서 파혼했다. 사랑이 없었던 것은 아니었다. 다만, 여자가 알몸으로 기대와도 그 청년의 육체는 싸늘하게 식은 채 전혀 반응을 보이지 않았다. 도쿄의 지인의 집에서 알게 된 조선인 학생이 그 청년의 육촌 동생이라면서 이야기를 해 주었다고 했다. 양준오는, 극단적인 이야기일지도 모르지만 인간의 마음은 어떤 일에 투철하면 그처럼 될 것이라고 말했다. 어쩌면 그 이야기에 자신을 빗대어 말했는지도 모른다.

어쨌든 양준오는 남승지의 앞에서 여자에게 관심이 있다는 태도를 보인 적이 없었다.

전쟁이 끝난 뒤 얼마 지나지 않아 두 사람은 다른 사람과 함께 셋이서 규슈(九州) 오이타(大分) 현의 시골로 쌀을 구하러 간 적이 있었다. 동행은 양준오의 하숙집 아주머니가 다니던 '절'의 스님으로, 그를 안내하기 위해 떠나온 사람이었다. 스님이라고는 하지만, 절 그 자체가 연립주택 2층의 방 한 칸에 불단을 차려 놓은 정도였고, 처자가 있었으며, 머리도 깎지 않았을 뿐더러 예불 때는 양복 위에 가사를 걸치는 식의, 말하자면 땡추중 같은 남자였다. 그래도 조선인 할머니들은 근처에 조선의 절이 있다는 것만으로 예불을 드리러 가면 없는 돈을 희사하였다.

그 시골에는 작은 조선인 부락이 있었는데, 세 사람은 그중 한 집을 찾아갔다. 그러나 적어도 하룻밤은 묵어야만 되었다. 그래서 비밀리에 탁주 따위를 팔고 있던 그 집을 숙소로 정해 하룻밤을 묵기로 하였다.

한 평 반이 채 못 되는 판잣집에 다름없는 방이라서 세 사람이 함께 묵기에는 너무 비좁았다. 그래서 스님이 교섭을 하여 옆방과 나뉘어 자게 되었다. 그런데 다음 날 아침, 양준오보다 일찍 일어난 남승지가 사이에 있는 미닫이를 열었을 때 뜻하지 않은 광경을 보고 말았다.

어젯밤에는 분명히 스님 혼자였는데, 여자가 함께 자고 있는 것이 아닌가. 게다가 이미 두 사람 모두 잠을 깨어, 여자는 스님의 듬직한 오른팔을 베개로 삼고 있었고, 스님은 남은 팔을 이불 밖으로 내민 채 남승지를 보고 웃었다. 무슨 웃음인지는 몰랐지만, 계면쩍은 웃음에는 틀림없었다(아니, 나중에 생각해 보니, 나이가 어리다고 깔보고 있었는지도 모른다는 기분이 들었다). 작은 창을 통해 밝은 햇살이 비쳐 들고 있었다. 남승지는 어색한 미소를 띠우고 그럼…… 하면서 고개를 끄덕여 보였다. 결코 매춘부로는 보이지 않는 소박한 얼굴을 한 젊은 여자는 분명히 어젯밤에 막걸리를 따라 주던 같은 조선인 부락의 여자였다. 그녀는 스님의 팔에 안긴 채 부끄러운 듯이 웃어 보이고는 약간 쓸쓸한 눈으로 남승지를 바라보았다. 저는 그만 아무것도 모르고……, 남승지는 그래도 침착하게 미닫이를 닫으려 했다. 그때 뭔가 이상한 낌새를 눈치 챈 양준오가 일어나 그 광경을 보았다. 순간 그는 격앙된 모양이었다. 옆방으로 성큼성큼 들어가더니 느닷없이 이불을 걷어치우고 알몸의 스님을 밖으로 끌어내, 개새끼, 라고 외치고는 얼굴에 한 방을 먹였던 것이다. 그리고 얼이 빠진 남승지를 재촉해서 그곳을 떠났다.

적어도 상대는 양준오보다 열 살은 연장자였다. 남승지는 '장유유서'라는 예의범절을 모를 리 없는 그가 그렇게 엉뚱한 행동을 하는 것을 처음 보았다.

"대단한 일이야." 강몽구가 담배를 한 대 피우면서 말했다. "조국에서는 먹을 수 없는 음식을 이곳 일본에서는 먹을 수 있으니 말이야."

"그러게요……."

남승지도 담배를 한 대 꺼내 입에 물었다. 강몽구 앞에서는 암묵적인 양해가 되어 있었기 때문에 담배를 피웠다.

"있잖아요, 형님."

"무슨 일이야?"

"좀, 엉뚱한 소리 같습니다만, 아침에 어머니에게 말이죠, 무심코 동물원에 가자고 말해 버렸어요."

"동물원? 홋호…… 그런데, 그게 어때서."

"글쎄, 그게…… 말하고 나서 생각이 났는데요, 그렇게 하면 안 되겠죠?"

"……" 강몽구는 콧구멍으로 천천히 연기를 뿜어내면서 한동안 잠자코 걸었다.

"그래서, 어머니는 동물원에 가고 싶다고 하시나?"

"아니, 꼭 그런 건 아닙니다."

"그렇군, 그건 뭐 꼭 동물원에 가야 되는 건 아닐 테고, 오랜만에 만났으니 어머니에게 어디든 구경을 시켜 드리고 싶은 거겠지." 강몽구는 아무렇지 않게 걷는 듯하면서도 주변 상황에 세심한 주의를 기울였다. "음…… 역시 위험한 일은 피하는 게 좋겠지, 어머니와 함께 움직이면 눈에 뜨일 거야. 바로 조선인이라는 걸 알게 된다구, 알아보는 건 상관없지만, 만약의 상황은 생각해야 하니까. 좀 괴롭겠지만 그만두는 편이 좋겠어."

"예, 알겠습니다. 말해 버리고 나서 저도 그렇게 생각했으니까요." 남승지는 강몽구의 말이 옳다고 생각했다.

상점가와 교차하는 네거리에서 왼쪽으로 돌았다. 곧장 가면 '운하'라 불리는 히라노(平野) 천의 다리가 나오는데, 그 왼쪽으로 파출소가 있었다. 동해고무는 히라노 천의 맞은편에 있다고 하니까 강몽구는 파출소를 피하려 했는지도 모른다. 필요가 없는데 굳이 지나갈 이유는 없었다. 그런데 그 파출소는 처음 보는 사람을 깜짝 놀라게 만드는 장소에 서 있었다. 왜냐하면 파출소 건물이 냇물 위에 떠 있는 것처럼 보이기 때문이다. 물론 건물 아래를 지탱하는 기둥이 똑바로 강바닥에 박혀 있었지만, 얼핏 보기에는 파출소가 공중에 떠 있는 것처럼 비쳐졌다. 밤에 냇물이 어두울 때는 더욱 그렇게 보였다. 남승지는 처음 봤을 때 그 기묘한 인상이 머리에 남아 있어서, 다른 파출소 앞을 지나칠 때면 으레 냇물 위에 떠 있는 파출소를 떠올리곤 했다.

이윽고 두 사람은 다른 다리를 건너 버스가 다니는 넓은 거리로 나왔다. 플라타너스 가로수에 파란 새싹이 돋아나 있었으나, 전체적으로는 녹음이 적은 하얀 느낌의 도시였다. 동해고무는 다시 넓은 도로를 건너야 했다. 하지만 이미 길가에 늘어선 주택 지붕 너머로 '동해고무공업 주식회사'라고 하얀 페인트로 크게 쓰인 높은 굴뚝이 보였다. 사무소는 공장의 커다란 건물 옆 골목 안에 주거를 겸해 세워져 있었다.

응접실로 안내되었을 때 소파에서 이쪽을 돌아보는, 먼저 온 손님에 남승지는 놀랐다. 일찍이 양준오와 친분이 있던 우상배가 있는 것이 아닌가. 전쟁 때부터 양준오와 함께 이따금 만나던, 남승지의 마음속에 깊은 인상을 남긴 사람이었다. 이방근처럼 지나치게 넓은 이마를 가지고 있으며, 여전히 기름기 없는 부드러운 머리칼을 뒤로 넘기고 있었다. 나이는 삼십 대 후반일 터인데, 벌써 머리숱이 엷어진 듯한 느낌이 들었다. 사상범으로 미결수였으나, 패전 전년에 석방되어 출소하였다. 결핵인 모양이었다. 2, 3년 전까지는 독신이었는데, 지금은 어떨까. 여전히 독신일지도 모른다.

"아이고, 우상배 씨, 웬일이십니까?"

"아, 자넨가, 자네는 말을 좀 삼가게, 웬일이십니까, 라니. 그 말은 내가 자네에게 할 소리야. 핫핫핫, 그렇다고 기분 상하지는 말게. 아니야, 그래도 말이지, 승지 군, 자네 도대체 어찌 된 일인가, 그러니까 자네는 지금쯤 조국에 있어야 되는 거 아닌가, 내 그리운 친구, 자아, 앉게나, 앉아." 우상배는 작은 몸을 소파에서 일으키며 남승지의 손을 움켜잡고 마치 주인인 양 그를 맞이했다. "아, 강 선생님은 또 뵙는군요, 헤헤에, 오늘은 이것으로 두 번째가 되네요……."

두 사람은 우상배 맞은편 소파에 앉았다. 그와 악수했을 때 남승지는 그의 입김에서 알코올 냄새를 맡았다. 술을 마신 모양이었다. 그러고 보면 옛날부터 상당히 술을 많이 마셨고 늘 만취해 있었다.

"고 사장님은 어디 가셨습니까?"

강몽구가 말했다.

"아니, 있습니다, 있어요, 지금 잠깐 자리를 비웠지만 계십니다. 그동안 제가 여길 지키고 있는 거지요……." 우상배는 도수가 높은 안경 속에서 눈을 가늘게 뜨고 남승지를 주의 깊게 살펴보면서 찻잔 바닥에 찌꺼기와 함께 조금 남은 차를 소리를 내며 마셨다.

"으흠, 승지 군은 강 선생님과 함께 왔나 보군, 아, 그렇군, 그래."

"……"

남승지는 깜짝 놀라 옆에 있는 강몽구를 바라보았다. 그는 우상배를 상대할 마음이 거의 없는 듯 무표정하게 성냥을 켜서 담배로 불을 옮겼다. 여사무원이 차를 내왔다.

"아, 고바야시 양, 고바야시 아야코(小林綾子) 양, 나도 한 잔 부탁해요." 사무원이 방에서 나가자, 우상배는 다시 말을 시작했다. "요즘은 사람들의 왕래가 많군 그래. 승지 군 자네도 알겠지만, 김종춘, 당 중앙 선전부장 말이야, 헤헤에, 게다가 강 선생, 재정부의 방하룡도 와 있어. 승지 군, 그러니까 내가 서울에 갔을 때였지, 그게 1946년

1월이야, 내 기억력은 특출나니까 말야, 모스크바 삼상회의 결정이 한반도를 뒤흔들던 때였어. 자네와는 종로 네거리에서 딱 마주쳤지, 그리고 나와 함께 여동생 있는 곳에 갔었잖아, 예(남승지는 마지못해 고개를 끄덕였다), 김종춘은 여동생의 남편이야, 얼굴이 갸름한 미남으로 수재형이지. 방하룡도 함께 따라왔어, 두 사람 모두 여자를 밝혀서 말이지, 얼마나 내 여동생⋯⋯."

"저기, 우 동무, 이야기를 좀 삼가는 게 좋지 않겠습니까."

"헤헤에, 아니, 이거 강 선생님, 정말 지당하신 말씀입니다. 제 친척이지만 그는 조국의 당 간부이니 말입니다. 간부는 모두 신성하지요. 신성한 베일로 오물을 감추는 건가. 하지만, 조선의 공산주의자는 남녀평등, 자유연애를 몸소 실천하는 인간이 많아요. 인텔리 공산주의자들이 말이죠, 자유연애를 하지 않으면 '평등'이 실천되지 않는 것처럼, 공산주의는 그를 위한 편리한 도구인 셈이죠, 하긴, 좋은 일 아니겠습니까. 이건 본래 중국보다도 철저한 유교사회의 반동이지요, 이조 5백 년의 죄 값이란 말입니다. 아니, 공덕인지도 모르지요. 하지만, 강 선생님, 이런 자리이니 말씀드립니다만, 이런 말을 대중 앞에서 할 수는 없겠지요. 강 선생님은 저를 무시하고 묵살하려 하지만, 보잘 것 없는 이 사람도 그 정도는 충분히 알고 있단 말입니다."

우상배는 여사무원이 다시 내온 찻잔을 들고 후후 입김을 불어 대며 마셨다.

"우상배 씨는 지금도 조직의 통신사에 계십니까?"

"아니야, 나는 더 이상 거기에 없어. 핫핫핫, 사정이 있어서 말이지, 그래서 그만두었어, 작년 연말에⋯⋯. 왜 그만두었는가? 거기까지 말할 필요는 없겠지. 듣고 싶나, 아, 언젠가는 말해 주지, 내가 얼마나 쓸모없는 인간이고, 내 주위의 인간이 얼마나 훌륭한지를 말해 주겠네. 그러나 지금은 그럴 때가 아니야. 그 정도 분별력은 있어, 자네……." 우상배는 마치 물 만난 고기처럼 말을 쏟아 냈다. "지금은 말이지, 고무장화의 중매인을 하고 있는 참이야, 이거야, 이거……." 그는 갑자기 한쪽 발을 뻗더니 오른손으로 정강이 부분을 탁 쳤다. 미처 몰랐는데, 그는 장화를 신고 있었다. 양복에 넥타이를 매고 맑은 날에 장화를 신고 있었다. "이걸 동해고무에서 떼다가 나는 살고 있어. 여기 사장은 친척이야. 고무장화를 눈이 많이 오는 아오모리(靑森) 현 등지에 가지고 가서 파는 거지. 눈이 많은 지역은 특히 고무장화가 필요하니까 말야. 홋카이도(北海道)까지도 간다구. 우습나? 웃기겠지. 응, 핫핫핫, 웃을 테면 웃으라고 해. 속물들은 웃을 테면 웃으라고 해. 속물들이 임금님이지, 속물 만세야. 자네, 자신이 광대가 되어 비웃음을 사는 것 말고는 스스로의 고집스런 영혼을 확인할 수 없다는 건 한탄스런 일이야. 정말 한탄스러워. 자신이 광대가 되면 잘 보인다구, 속물들의 정신세계가……. 승지 군, 자네라면 내 심정을 이해해 줄 것으로 생각해. 정말 오랜만이군, 천천히 함께 이야기를 나누고 싶네. 내 영혼은 굶주려 있어……."

계단이 삐걱거리는 소리가 나더니 뒷문이 열리고, 2층에 가 있던 고 사장이 응접실로 들어왔다. 얼굴이 까무잡잡하고 적당한 살집의 중키에 온후한 신사 타입의 쉰 살 가까이 되어 보이는 남자였다.

강몽구는 남승지를 인사시킨 뒤, 별다른 말도 없이 자리에서 일어났다. 그리고 지금부터 고베로 간다고 하고는 응접실을 나왔다. 우상배는 조금 어이가 없는 모양이었다. 남승지는 공손히 인사를 하고 나왔지만, 조금 뒤가 켕기는 기분이 들었다. 강몽구는 우상배를 완전히 무시했던 것이다. 현실에 바탕을 두고 혁명의 전선에서 싸우고 있는 강몽구의 입장에서는 우상배의 태도와 말투를 용납하기 어려운 모양이었다. 스스로 타락한 모습에 지나지 않았다. 일본에 와 있다는 입장을 생각해서 참고는 있었지만, 여느 때 같으면 강몽구의 성격상 잠자코 있지 않았을 터였다.

밖으로 나온 남승지는 우상배에게 조금 미안한 생각이 들었다. 분명히 편협한 구석은 있지만, 본성은 정직하고 타협을 모르며, 때로는 자상하고 약간은 소녀 같은 면이 있는 인간이었다. 양준오와는 죽이 잘 맞았다. 전쟁 후에 양준오 등과 감자로 빚은 막소주를 마시고 취하면 쥐어짜는 듯한 작고 쉰 목소리로 으레 "첫사랑의 눈물이 번지는······"이라는 노래를 부르곤 했다. 그리고 때로는 눈물을 머금었다.

남승지는 오사카, 이카이노······라고 중얼거렸다. '조선시장' 거리도 그렇고, 방금 전에 우상배와 만난 일도 그렇고, 이카이노에는 무언가, 그렇지, 옛날의 시간과 함께 되살아나는 듯한 활기가 있었다. 지금 당장이라도 누군가 만나고 싶은 인간과 만날 수 있을 것 같은, 무언가 조선인들의 연대가 있었다.

두 사람은 좀 전에 지나온 큰길로 향했다. 남승지는 걸으면서 우상배를 생각하고 있었다. 가슴이 아팠다.

강몽구가 큰길에서 택시를 세웠다.

7

택시를 타고 나서도 남승지의 마음속에는 우상배와 맥없이 헤어진 것이 뒷맛이 좋지 않은 감정으로 남아 있었다. 아니, 그보다도 일본에 찾아오자마자 그와 마주치게 된 우연도 그러하거니와, 우상배의 그 자조적이고 가시 돋친 말투나 태도에 놀랐다. 거짓말을 하지 못하고 주저 없이 말하는 성격이긴 했지만, 그러나 좀 전의 그의 태도는 강몽구가 아니더라도 사람들의 빈축을 사기에 충분했다. 실제로 오랜만에 만난 반가움으로 감정이 조금 부풀어 있던 남승지조차도 우상배의 태도에는 뭔가 싫증을 느꼈던 것이다. 우상배는 최근 2, 3년 사이에 변해 있었다. 적어도 자신을 광대로 부르면서 거꾸로 주변 사람들에게 칼을 들이대는 일은 이전에는 볼 수 없는 상황이었다.

그러나 그래도 남승지는 우상배에게 동정적이었다. 우상배의 마음에는 젊은이만이 느낄 수 있는 순수함이 있었다. 그는 남승지가 처음 알게 되었을 때부터 동년배 인간들에게 거의 무시를 당하고 있었다. 무시라기보다는 멀리했다고 하는 편이 옳았다. 그의 주변 동년배들은 새롭게 결성된 조련(재일조선인연맹)의 활동가를 포함해서 모두가 '상식인'이었다. 우상배는 그들을 속물이라 부르곤 했다. 그는 한 잔 술을 마신다 하더라도, 정치적인 이야기를 포함해서 상식적인 이야기밖에 할 줄 모르는 그들과는 서로 이해할 수 있는 동료가 될 수는 없었던 것이다.

예를 들어, 그가 러시아 작가 도스토예프스키를 좋아해서 그에 대한 문학적인 이야기를 한다고 해도, 주변의 인간들은 도스토예프스키가 누군지 모를 뿐만 아니라, 이름을 알고 있다고 해도 어떤 소설가인지 거의 모르는 경우가 많았다. 요컨대 그가 조선인 사회와 교제하는 범위 안에서는 톨스토이만큼 그 작가가 유명하지 않다는 것이었다. 그런 일도 있거니와 상식적인 화제에서 탈선하는 우상배가 그들 '어른'들에게 거북했을 뿐만 아니라, 그 자신이 일정한 선을 긋고 있었다. 따라서 양준오라든가, 더 나아가 남승지처럼 열 살 이상이나 차이 나는 어린 청년들과 기꺼이 어울려 술을 마시고(남승지는 아직 술을 마실 나이는 아니었지만), 취해서는 눈물을 머금고 문학과 철학을 이야기했다.

취한 우상배는 허름하고 더러운 선술집의 탁자를 감자로 빚은 막소주가 든 잔의 밑바닥으로 탁 내리치며, 이봐, 하고 소리 지르는 버릇이 있었다. 이봐, 승지 군, 이거 알고 있나, 으음, 이 잔 바닥에 뭐가 있는지 자넨 알고 있나? 그래, 술이지, 그렇지, 여기에는 술이 있어. 도대체, 이 술은 뭐란 말인가. 그래, 술이면서 술 이외에 뭐란 말인가? ……. 뭐, 몰라, 앗핫핫핫, 웃후후후, 그럴 테지, 알 리가 없지, 알 리가 없어, 이 잔 바닥에 있는 건 슬픔이야. 난 말이야, 잔 바닥에, 아니, 술병 바닥에 즐거움이 아니라 괴로움과 슬픔을 찾아 마신다구. 웃훗훗훗, 준오, 준오 군, 자네는 알고 있겠지, 이것이 마르멜라도프의 대사라는 것을 말이야, 참으로 훌륭한 대사지. 아아, 잔 바닥에 슬픔과 괴로움을 찾아 마신다……. 이윽고 쥐어짜듯이 작고 쉰 목소리로 "첫사랑의 눈물이 번지는 꽃잎을……"이 시작되는 것이었다.

이런 식이었기에 그의 주변의 상식인인 '어른'들과 잘 되어 갈 리가 없었고, 그들이 생각하는 우상배는 어린애이자 '별난 사람'으로 비쳤을 것이다.

그러고 보면 좀 전의 강몽구는 완전히 그를 무시하고 있었다. 마치 머리에 앉은 파리 정도로 밖에 반응을 보이지 않았던 것이다. 남승지는 마음속으로 그게 불쾌하기까지 했다. 그러나 우상배는 개의치 않았다. 강 선생님은 나를 무시하고 묵살하지만……이라고, 강몽구에게 말할 정도로 크게 개의치 않았던 것이다. 게다가 강 선생님이라고 '선생님'을 붙여서 부른 것도 말하자면 냉소적인 것이 아니라고는 할 수 없었다. 우상배에게는 강몽구 역시 '속물'로 보인다는 것일까. 그렇다면 그건 우상배의 오만함이라고 할 수밖에 없을 것이다. 나이가 어리다고는 하지만 남승지도 속물에 대한 그 나름의 감각과 판단을 지니고 있었는데, 강몽구를 무조건 속물로 몰아가는 데에는 저항감이 있었다.

택시는 큰길을 북으로 달려 이마자토(今里) 로터리에서 북서 방향으로 방사선처럼 뻗어 있는 다마쓰쿠리(玉造) 역으로 향하고 있었다. 서쪽으로, 즉 왼쪽으로 돌아가면 어젯밤 고베에서 올 때 내렸던 쓰루하시 역이 있는데, 강몽구는 오사카 역으로 가는 전차로 갈아타지 않고 택시를 타고 그대로 직행했다. 차로 갈 때는 이것이 지름길이라고 했다.

남승지는 우상배에 대해 이야기하고 싶었지만, 동해고무에서 보았던 강몽구의 태도가 떠올라 용기가 나지 않았다. 옆에서 화가 난 듯 무표정하게 앉아 있는 강몽구가 갑자기 접근하기 어려운 존재처럼 느껴졌다.

"어머니는 결혼 이야기는 안 하시던가?"

강몽구가 우리말로 물었다.

"예, 달리 말씀은 없으셨지만, 뭐랄까, 넌지시 암시는 하시더군요."

남승지는 웃으며 대답했다.

"상대가 있다면, 어때, 결혼할 맘은 있어?"

"……뭐라고요? 형님도 참."

남승지는 정색을 하고 오른쪽에 앉은 강몽구의 얼굴을 들여다보았다.

"어젯밤에도 그와 비슷한 말씀을 하셨는데, 그만 좀 하세요. 무슨 일이세요, 승일 형님과의 사이에 저를 빼놓고 무슨 약속이라도 하셨어요?"

"핫핫, 그런 일은 전혀 없어. 하지만 아무래도 승일 사돈님이 부탁해 올 것 같은 기분이 드는군. 뭐 특별히 나쁜 일도 아니고, 그런 말이 나와도 무리는 아니니까, 한 번 말해 봤을 뿐야, 너무 신경 쓸 거 없어."

남승지는 백미러 속에서 중년의 운전수와 시선이 마주치는 것을 의식하면서 잠자코 고개를 끄덕였다. 싹싹한 운전수였으나, 뒷자리에서 보니 왼쪽 볼에 생긴 동전만 한 크기의 검붉은 점이 신경 쓰였다. ……으흥, 승지 군은 강 선생과 함께 왔나 보군, 그렇군, 그래. 어떻게 아는 것일까. 만나자마자 우상배는 갑자기 사람을 당황하게 하는 말을 했다.

택시는 오사카 성이 보이는 모리노미야(森ノ宮) 역으로 나왔다. 이 주변의 잡초가 무성한 광대한 부지는 전쟁 중에 육군 병기공장이 있던 자리로, B29의 집중적인 폭격을 받은 지역이었다. 그 옛날 육군이 연병장과 비행장으로 사용했을 정도로 넓은 땅이었다. 당시의 거대한 공장 건물들은 녹슨 철골만을 드러낸 채 폐허로 변해 있었다. 해체하면 철재만도 몇만 톤은 될 것 같은 기분이 들었다. 아직은 당장 손이 닿지 않는 모양이었다. —— 순간, 눈앞에 밤의 어둠이 불빛에 비치는 그림자처럼 겹쳐 보였다. 택시 엔진 소리 저변에서, 아니, 1만 미터 상공에서 B29의 무겁고 탄력 있는 폭음이 점점 크게 들려왔다. 특징 있는 울림이었다. 기분 나쁜 소리였지만, 하늘의 뜻을 담은 장중한 울림이었다. 목련 폭죽처럼 퍼지는 듯 무수한 소이탄(燒夷彈)이 작렬한다. 그것은 섬뜩한 낙하음과 함께 무수히 얽히는 광선을 그리며 쉴 새 없이, 마치 영원한 지옥의 불처럼 쏟아져 내린다. 그러나 멋진 자연의 조화가 만들어 낸 듯한 참으로 현란한 아름다움이었다. 그것은 처참한 아름다움, 이 세상의 일이라고는 믿기 어려운 아름다움이었다.

멍하니 올려다볼 수밖에 없는 처참한 아름다움을 눈앞에 두고서 공포와 함께, 지옥 불꽃의 날개여, 일본을 핥아라! 라고 얼마나 악마의 소리를 중얼거렸던가. 아니, 그것은 양준오가 낸 소리였다고 하는 편이 옳았다. ……나는 가령 기총소사(機銃掃射)로 한 사람의 일본인이 눈앞에 쓰러졌을 경우, 그를 구하기 위해 망설이지 않고 행동할 것이다. 우리는 그럴 때 비로소 인간인 것이다. 그러나 개인과 일본 제국과는 다르다. 개인은, 인간은 살아야 되지만, 일본은 불타버리지 않으면 안 된다. 그 불길한 악마의 날개를 불태워 버리지 않으면 안 된다. 나는 그 비참한 지옥 불길의 섬뜩하게 작열하는 빛과 소리에 희열을 느낀다…….

고베도 그랬지만, 패전하던 해의 3월 대공습으로 오사카는 거의 잿더미로 바뀌었다. 그중에서 이카이노가 있는 이쿠노 구(生野區)를 중심으로 한 동오사카 지방이 무슨 묵계라도 있었던 것처럼 전혀 피해를 입지 않은 것은 신기했다. 당시 그곳에는 조선인이 많이 살고 있기 때문에 미국이 공습을 삼갔다는 그럴듯한 말이 있었는데, 그것은 부질없는 소문에 지나지 않았다. 그러나 그것이 일본인들 사이에서, 예를 들면, 조선인이 굴뚝 속에서 회중전등으로 B29에게 비밀신호를 보냈다는 식으로 소문이 퍼질 때는 은밀한 유언비어로 발전하기 쉬웠다. 해방 후 미군정 아래로 들어간 남한의 현실과 '해방' 민족이 분명한 재일조선인 자제들의 민족교육에 대한 맥아더 사령부의 방침을 보면, 그 일의 진상은 쉽게 확인되었다. 고도(古都)인 교토(京都)와 나라(奈良)가 어떤 문화적인 배려 아래 폭격 대상에서 제외되어 있었다는 사정과는 달랐다. 그렇다 해도 마치 동오사카 일대를 경계로 폭격 지구가 확연히 구분되고 있다는 것은 참으로 신기한 일이었다. 우연이라고는 하지만 역시 불가사의한 느낌을 떨치기 어려웠다.

남승지는 한동안 아직 공습의 상처가 그대로 드러나 있는 창밖의 광경을 바라보고 있었는데, 강몽구는 익숙하다는 듯이 슬쩍 한번 쳐다보았을 뿐이었다. 그리고 잠자코 전방 유리창 너머를 응시하며 담배를 피웠다.

시영 전차의 꽁무니를 바싹 따라붙듯이 언덕길을 올라가던 택시는 갑자기 경적을 울리며 왼쪽으로 비켜나더니 속도를 높여 힘차게 달리기 시작했다. 순식간에 덩치가 큰 시영 전차를 제치고 그 전방으로 돌아가 다시 선로 위를 계속 달렸다. 조금 고소한 기분이 들었다. 남승지는 어린애처럼 고개를 뒤로 돌려 뒤따라오는 시영 전차를 보았다. 그 순간 남승지와 시선이 마주친 듯한 시영 전차 운전수가 택시의 배도 넘을 것 같은 경적을 울렸다. 왼손으로 경적 손잡이를 두드리듯이 눌러대는 게 보였다. 남승지는 깜짝 놀라 다시 시선을 정면으로 돌렸다. 시영 전차 운전수는 화가 난 것인지, 혹은 장난치려고 경적을 울린 것인지, 아니면 택시의 움직임이 실제로 교통규칙 위반에 해당되는 것인지는 알 수 없었지만, 어쨌든 경적은 유머러스한 울림으로 택시를 앞으로 쫓아 보냈다.

언덕 위로 왼쪽 모퉁이에 윗부분이 첨탑처럼 뾰족한 방송국 건물이 때마침 비치는 석양에 실루엣으로 떠올랐다. 실루엣 그림자를 한층 짙게 만들고 있는 것은 아직 씻어 내지 못한 검은색이 섞인 위장용 채색 때문일 것이다. 왼쪽으로 오사카 부청(大阪府廳)의 낮지만 거대한 건물이 오사카 성과 마주 보며 서 있었다. 완전히 그림자가 진 깊은 해자 밑바닥에 채워진 물은 물가에 있는 나무 그림자를 비추며 짙은 녹색을 띤 채 잔잔했다. 시영 전차를 추월한 택시는 황색 신호가 켜진 교차로를 곧장 앞으로 내달렸다.

"저어, 우상배 씨는 왜 조직의 통신사를 그만두었습니까?"

남승지는 화제를 바꾸려고 물어보았다. 그만한 이유가 있어서 그만 두었겠지만, "내가 얼마나 쓸모없는 인간이고, 내 주위의 인간들이 얼마나 훌륭한가를 이야기하지……"라는, 그 반어적인 설명이 신경 쓰였다. 실제로 그에게는 그러한 자포자기적인 기분이 있었는지도 모르지만, 단지 그것만은 아닐 것이다. 역시 그 말에는 그 나름의 독이 들어 있었다. 생각해 보면, 우상배가 해방되고 얼마 지나지 않은 1월에 서울로 간 것도 그 나름대로 조국에서의 새로운 생활, 독립된 조국 건설에 참가하기 위해 뭔가 실마리를 확보하기 위함이 아니었던가. 그 목표가 달성되지 못한 게 틀림없었다. 서울에서 우연히 만났을 때 그의 여동생 집으로 같이 갔다가 이내 헤어진 뒤로 만나지 못했다.

"음." 강몽구는 물고 있던 담배를 집어 앞좌석 등받이에 붙어 있는 재떨이에 비벼 끄면서 말했다.

"우상배는 머리가 좋은 사람이지만, 다른 사람과 잘 사귀지 못하는 인간이야. 게다가 술버릇도 안 좋아. 통신사의 오사카 지사장과 싸운 모양인데, 어쨌든 조직활동을 할 수 있는 인간은 아니지, 그런 자는 공산주의에 도움이 되지 않아……. 참으로 곤란한 문제야. 지식계급이라는 자들은 왜 그렇게 되는지, 흐흥……, 지금이 어느 때라고 생각하는 걸까, 응, 아침에 만났을 때도 취해 있었는데, 좀 전에도 또 한잔 걸친 모양이더군. 그 나이에 만취하면 전날 밤에 자신이 한 일을 잊어버리고 만다고, 한심한 일이지."

"……"

어떤 싸움을 했는지는 모르지만, 그것을 물어보기 전에 남승지는 으흠…… 하고 내심 한숨을 쉬었다. 특별히 할 말이 없었다.

"순수한 인간이지만, 홀몸이라 그렇기도 하겠고, 아무래도 부랑자 같은 근성을 버리지 못하고 있어. 가정적으로 불행한 사람이야."

"형무소에서는 오래 고생했다면서요."

아마도 8년이었다고 들은 적은 있었지만, 강몽구의 반응을 보고 싶어서 남승지는 그렇게 말했다.

"음, 그리고 보니 우상배는 오랜 기간 들어가 있었군. 아마 7, 8년이었던 것 같은데. 병에 걸린 탓으로 어쩔 수 없었는지는 모르지만, 그는 전향을 하고 나왔지. 그게 해방을 맞았을 때 걸림돌이 된 모양이야. ……전향하지 않은 인간이 몇이나 있겠나. 그러나 본성이 정직한 인간이었던 만큼, 그 고뇌가 점점 풀지 못하는 응어리가 되었다고도 할 수 있겠지. 인간의 성격은 말이지, 그 사람의 운명을 결정짓는 경우도 있다구."

강몽구는 말을 멈추고 혼자서 고개를 두세 번 끄덕였다. 전향 운운하는 그 말투에는 방금 전까지의 비판적인 태도가 전혀 느껴지지 않았다. 오히려 어떤 동정적인 감정의 움직임조차 보였다. 그러나 두 사람 모두 우상배에 대한 이야기는 더 이상 하지 않았다.

"손님들은 신사시네요."

갑자기 운전수가 말을 걸어왔다.

"뭐요?" 강몽구가 조금 날카로운 어조로 되물었다. "흐흥, 어째서 그렇습니까?"

"우리는요, 탁 보면 압니다. 무슨 말인지는 모르겠지만, 손님들이 어려운 문제를 이야기하고 있다는 것은 알 수 있어요. 경험에서 나오는 감이라고나 할까요. 손님들은 조선분들이죠."

운전수는 양손으로 핸들을 조작하면서 흘낏흘낏 백미러를 보고 있었다.

"그렇소."

신사라니…… 이 자가 사람을 놀리는 건가, 강몽구는 헌팅캡을 눌러쓴 운전수의 뒤통수를 응시한 채 우리말로 중얼거렸다.

"택시의 차고가 이마자토 근처여서 말이죠, 제 차에 조선 손님들이 많이 타고 있어요, 친구도 있습니다. 그쪽 분들은 씀씀이가 좋아서 말이죠, 어쨌든 앞으로도 잘 부탁합니다."

운전수는 전방을 향한 채 머리를 꾸벅 숙였다.

택시는 미도(御堂) 근처를 달리고 있었다. 좌우에는 더 이상 폐허가 없었다. 폭격의 흔적을 정리해 둔 공터는 아직 많이 눈에 띄었지만, 건물은 모두 복원을 끝냈는지, 운치 있는 창문의 표정에는 생명의 숨결이 묻어 있었다. 무엇보다도 나뭇가지와 잎이 모두 불타서 미라 같아 보이던 은행나무 가로수가 지금은 가지를 불꽃처럼 무성하게 펼치고 있었다. 밝은 연두 빛 새싹에는 봄기운이 태동하고 있는 것이 느껴졌다.

우메다(梅田)가 가까워지자, 정면에 새빨간 석양빛이 물든 무수한 유리창이 피를 뿜어내는 것처럼 빛나고 있는 한큐(阪急) 백화점이 다가왔다. 아직 점등되지 않은 '고베·산노미야까지 특급 36분'이라고 쓰여 있는 거대한 네온 간판도 핏빛으로 물들어 있었다.

오사카 역 앞에서 택시를 내린 두 사람은 네온 간판에 이끌리듯 한큐 전차의 승강장으로 향했다. 남승지가 한큐의 특급을 타 보자고 말하자, 강몽구가 음, 하고 고개를 끄덕였던 것이다.

"흐흥, 그 운전수 녀석, 우리 비위를 맞춰 팁을 뜯어가다니, 헤헤에, 우리를 바보로 안 거야, 지금쯤 혀를 날름 내밀고 있을지도 모르지."

강몽구는 운전수에게 팁을 주었던 것이다. 붙임성 좋은 운전수는 머리를 조아리며 양손으로 그것을 받았다.

플랫폼에서 10분 남짓 기다리는 동안에 두 사람은 매점에서 산 신문을 읽었다. 강몽구는 여러 신문을 꼼꼼하게 읽었다. 1면에 일본의 내각이 바뀌어 '요시다 내각 겨우 성립'이라는 기사가 실려 있었다. '가타야마 내각의 연장'이라고도 쓰여 있었다. 남승지는 별다른 뜻도 없이 자신들은 일본 정부의 내각이 바뀔 때 일본에 왔다는 생각을 했다.

그러나 전환점이라고 해 보았자 신문에 신내각의 성립이 보도되고 있을 뿐, 일반인들에게는 그저 단순한 신문 기사에 지나지 않을 것이다. 신문을 읽기 전과 읽은 후에 행인들의 발걸음에 변화가 있는 것도 아니고, 혼잡한 터미널 역에 가득한 인파 속에서 무슨 소동이 일어나는 것도 아니었다.

조국과는 다르다. 한민족은 일본인에 비해 정치적인 민족이라 할 만큼 '정치'에 열을 올렸다. 식민지 시대에 억눌려 입막음을 당해 온 만큼 더욱 열을 올렸다. 정치가 열기와 냉기의 파동처럼 절실하게 압박해 오는 것을 피부감각은 비켜갈 수가 없다. 그러나 기도하듯 열망하던 신생 조국의 정치는 새로운 지배자 밑에서 모든 것이 불길한 사건으로 변모해 요동치고 있었다. 인간의 살상이 계속되고 정계의 요인, 거물, 일찍이 독립운동의 지도자들에 대한 암살이 계속되었다……. 일본 철도역의 조용한 혼잡, 뭔가 불온한 일이 돌발적으로 일어날 것 같은 기색이 전혀 없는 인파의 흐름, 끊임없이 레일 위를 달리는 열차 바퀴의 울림과 끼익하는 브레이크의 쇳소리. 차례로 전차의 발착을 알리는 역 구내의 규칙적인 방송. 한 조각의 신문 기사에 지나지 않는 내각 성립, 평화였다. 일본은 이러한 평화 속에서 힘을 축적해 갈 것이다. 남한에서는 아직 이러한 정치적 변화를 경험하지 못하고 있는 것이다.

특급전차는 기분 나쁠 정도로 빨랐다. 시간으로 따지자면 10분 남짓 기다린 보람이 충분히 있었다. 차체가 굉음 속에서 가볍게 떠올라 마치 당장이라도 레일 밖으로 튕겨져 나갈 기세로 전방에서 튀어나오는 선로변의 집들을 차례로 쓰러뜨리며 돌진했다. 앉아 있어도 신문을 읽고 있을 정황이 못 되었다. 몸이 심하게 흔들리는 탓에 익숙하지 않은 사람은 차 안에 있어도 어디론가 날아가 버릴 것 같은 공포에 휩싸였다. 도중에 정차하는 역은 니시노미야(西宮)뿐이었다. 흐흥, 빠르긴 한데, 이건 뭐 폭력적인 전차라고 해야겠군……, 강몽구가 웃으면서 우리말로 말했다. 그 목소리도 레일을 깎아 내는 듯한 바퀴의 굉음에 섞여 잘 들리지 않았다. 그러고 보니 분명 그렇기도 했다. 이건 노인에게 어울리는 전차는 아니다. 노인도 타고는 있었지만 과연 그렇겠구나 하는 생각이 들었다. 어머니는 자주 차멀미를 했는데, 그런 사람이 이 특급열차를 타고 멀미를 시작하면 정말 큰일이 아닐 수 없다. 남승지는 처음에는 꽤 상쾌한 기분이 들었으나, 강몽구의 말을 들은 탓인지 점차 불쾌해졌다. 언제까지 계속 흔들어 댈 작정일까, 마치 우리가 인형이 된 것 같아……. 분명히 육체적으로는 유쾌한 전차는 아니었다. 미치광이처럼 난폭하다는 느낌이 드는 특급이었다. 그러나 기회가 있다면 다시 타고 싶다고 남승지는 생각했다.

산노미야에 도착했을 때는 이미 다섯 시 반을 지나, 산과 바다를 뒤덮은 커다란 황혼이 가늘고 긴 거리를 사이에 두고 조금씩 좁혀 들고 있었다. 거리는 일제히 휘황찬란한 불빛을 밝히고 밤 속으로 잠겨 가는 대기를 불태웠다.

산노미야 역 앞에서 다시 택시를 탔다. 교통비만 해도 만만치 않았는데, 모든 것을 제주도의 생활과 비교하는 것은 남승지의 감상에 지나지 않았다. 그렇다, 그것은 감상이라고 남승지 자신이 생각했다. 덕분에 상당히 호강한다는 생각을 할 수밖에 없다 해도, 그러나 이것이 또 큰일에 따르기 마련인 하나의 단면이라 할 수 있었다.

두 사람은 남승일이 있는 곳에 예정된 일곱 시보다 한 시간 가까이나 일찍 도착했다. 동해고무에서 만난 우상배 탓이었다. 기분이 상한 강몽구가 그곳을 빨리 나와 버린 탓이었다.

두 사람은 사무실 안쪽에 놓인 소파로 가서 마주 앉았다. 사무는 끝났지만 옆에 있는 공장은 아직 움직이고 있었다. 와글와글 소리를 내는 커다란 톱니바퀴와 롤러에 물려 뭉개지는 반죽된 고무의 총성처럼 튕기는 소리가 코를 찌르는 약품 냄새에 싸여 들려왔다.

경자는 공장에 간 남편을 불러올까요, 라고 말했지만, 강몽구는 아뇨, 약속 시간은 아직 남았으니 그럴 필요가 없다고 대답했다.

"일이 끝나면 돌아오겠지요. 그대로 다른 곳에 총알처럼 가 버릴 사람도 아니고."

"형수님, 아직 괜찮아요."

남승지가 일본어로 말했다.

"그래…… 그렇긴 하지만, 잠깐 가 보고 올게."

경자가 나간 지 얼마 지나지 않아, 군데군데 하얀 가루가 묻은 점퍼 차림을 한 남승일이 사무소로 돌아왔다.

"일찍 오셨군요."

남승일은 사촌 동생 옆에 나란히 앉았다. 75킬로그램의 큰 몸에 눌린 소파는 삐걱거리는 소리를 내면서 남승지의 엉덩이를 들어 올렸다.

"핫핫, 한큐의 '특급'이라는 것을 타고 왔지요." 강몽구가 웃었다. "정말 심하더군요, 마치 날뛰는 망아지 같은 전차였습니다. 음, 좌우지간 일본은 대단합니다. 일본인들은 무서운 민족이에요. 그건 그렇고 공장은 이제 안 가 보셔도 됩니까?"

"예, 괜찮습니다. ……사장이 그렇게 아등바등 일하면 돈을 너무 번다고 다른 회사로부터 원망을 들으니까요."

남승일은 그렇게 말하며 웃었는데, 농담 삼아 한 이야기일 것이다.

"승지는 어땠어, 오랜만에 어머니 젖 좀 많이 먹었나?"

"헤헤에, 먹었습니다."

"어머니와 여동생도 건강하고?"

"예."

"음, 그거 다행이군."

어제와 같은 빨간색의 폭이 그다지 넓지 않은 스커트를 입은 행자가 차를 내왔다. 남승지는 스커트의 색깔이 자신의 얼굴에 반사되고 있음을 의식했다. 그녀는 누구랄 것도 없이 인사를 하고 나서 아, 안녕하세요, 돌아오셨네요, 라고 남승지를 향해 입술 끝을 조금 끌어당기며 웃음을 지었다. 자못 나와 당신은 친숙하다고 말하는 듯했다.

"아, 안녕하세요……."

아, 안녕하세요……, 이게 무슨 일인가, 남승지는 약간 당황했다. 한순간 볼이 붉어졌다고 느꼈을 정도로 이유도 없이 당황하여 무심코 찻잔에 손을 뻗었다.

빨간색의 반사가 사라지고, 행자와 경자가 자리를 떠났다.

"그런데 말이죠, 일부러 이렇게 오셨는데 그 사람이 갑자기 일이 생겨서 오늘 밤은 못 올 것 같다고 하는군요. 방금 전에 전화가 막 왔습니다."

"예―, 그렇습니까."

남승지는 강몽구가 예? 하고 놀랄 것으로 생각했으나, 예상 외로 그는 표정하나 바꾸지 않고 고개를 끄덕였다. 순간적으로 크게 실망한 것은 남승지 쪽이었다. 아니, 적어도 강몽구 자신 역시 일의 진전에 대해 낙관적으로 생각하고 있을 터였다. 남승지는 갑자기 마음에 파도가 이는 것을 느꼈다.

"그러니까, 오늘 밤은 못 만나더라도 내일은 만날 수 있을 겁니다."

남승일은 담배를 물고 성냥을 켜더니, 거의 동시에 담배를 집어 든 강몽구에게 먼저 불을 권했다.

"형님, 그 사람은 정말로 일이 생긴 건가요?"

남승지는 머릿속에서 뭔가 뒤죽박죽이 된, 조금 전의 당황했던 감정이 남아 있는 것인지 원인불명의 위화감을 느끼며 말했다.

"사람은 언제 일이 생길지 모르는 법이야, 음, 그 사람을 오늘 밤 우리 집에 부른 것은 특별히 돈을 벌게 해 주려는 이야기를 하려는 것도 아니고." 남승일은 여전히 무표정했지만, 너는 지금 무슨 소리를 하는 거야, 라는 식의 어투로 말했다.

"……나는 어젯밤의 교육회가 끝나고 돌아오는 길에 그 사람과 함께하면서 자초지종을 잘 말해 두었어."

특별히 돈을 벌게 해 주려는 이야기를 하려는 것도 아니고……, 남승지는 천천히 내뿜는 연기에 휩싸인 사촌 형의 옆얼굴을 쳐다보면서, 이 말을 신경 쓰고 있었다. 그 말이 틀린 것은 아니지만, 역시 조금 마음에 걸리는 말투였다. 좀 천박하지 않은가, 굳이 하지 않아도 될 말이라는 생각이 들었다. 그러나 마지막 말에 남승지는 기분이 풀렸다.

"호오, 그분은 교육회에도 나오십니까?"

강몽구가 남승일의 말이 끝나자마자 물었다.

"학부형이고, 고무공업은 저보다 훨씬 경력이 길지요, 해방 후에 남한에도 갔다 왔고."

그 남자가 남한에 갔다 왔다는 사실을 강조하고 있는 듯한 말투였다.

"흐음, 남한에도 왕래를 하고 있다는 말씀입니까?"

"왕래라고 할 정도는 아니지만, 아마, 작년인지 재작년인지 두 번 정도 부산을 거쳐 서울에 다녀왔어요. 사업상 말이죠. 고향인 제주도까지는 가지 않은 것으로 알고 있습니다."

"사업상이라고 하시면……, 고무장화라도 가지고 가는 건가요?"

"아니, 그런 것이 아니고, 그 반대입니다. 남한에 고무장화를 가지고 가도 팔리지 않습니다. 생고무를 부산에 모아 배로 실어 오는 겁니다. 우리 업계에서는 고무 제품의 원료가 되는 생고무가 귀해서 말이죠. 상공부의 정규 배급만으로는 한 달에 반도 버티질 못해요. 모자라는 것은 전부 브로커나 업자들끼리 서로 융통하는데, 업자들끼리는 원료가 떨어졌을 때 서로 빌려주고 빌리는 것이라 뻔합니다. 때문에, 브로커에 의지할 수밖에 없습니다. 그쪽에서 가져오면 자신의 공장에서 사용할 뿐만 아니라, 다른 곳에 그대로 유통시키기만 해도 제품을 만들어 파는 정도의 이득이 있습니다. 그렇지만 말이죠, 우리들 생산업자는 똑같이 돈을 번다 해도 브로커보다는 노력이 더 들더라도 실제로 물건을 만드는 생산을 해야 합니다. 우리는 상인이 아니고, 생산업자이기 때문에 만드는 게 일입니다. 남에게 뒤떨어지지 않는 물건을 만들어서 파는 것이죠. 그래야 50명 가까운 종업원도 급료를 받아먹고사는 것이고…… 하, 하, 하." 남승일은 눈을 가늘게 뜨고 만족스럽게 웃었다. "브로커가 제 성격에는 전혀 맞지 않지만, 그쪽에는 말이죠, 뭡니까, 미군이 불하한 생고무가 많이 있어서요."

"예, 자세히는 모르지만, 꽤 있는 것 같습니다. 통제물자라고 해서 일본군과 재벌 등이 가지고 있던 은닉물자를 해방 후에 미군이 접수했고, 그걸 적산(敵産)관리청이 관리하고 있었어요. 물론 생고무만 있는 게 아닙니다만, 상당히 많다고 합니다. 일본군은 동남아시아 일대에서 빼앗은 생고무를 많이 가져왔으니까요."

"음, 그렇군요……."

남승일은 두세 번 고개를 끄덕였다.

"그분 성함은 어떻게 됩니까?"

"윤동수 씨입니다."

"윤동수……."

"동녘 동(東)에 목숨 수(壽) 자를 씁니다. 내일 오후에 윤동수 씨 댁으로 가십시다. 정확한 약속시간은 나중에 정하기로 하고, 이런 문제는 돈이 벌리는 이야기도 아니니, 오라고 하는 것보다 가는 편이 좋겠지요."

"돈을 벌기는커녕, 번 돈을 내놓아야 하는 얘기라서 송구스럽군요. 저는 홋카이도(北海道)라 해도 갈 겁니다, 일부러 돈을 구하러 일본까지 왔으니 말입니다."

"그런데, 승지야." 남승일은 사촌 동생을 보며 말했다. "넌 일부러 갈 필요는 없으니, 사돈님에게 맡기고 집에 있거라."

"예."

남승지는 고개를 끄덕이며 강몽구를 보았다. 강몽구도 사촌 형의 말에 고개를 끄덕이고 있었다. 어떤 이야기가 오갈지는 알 수 없지만, 이럴 때는 연장자에게 맡기는 편이 좋았다. 이야기의 과정을 눈앞에서 직접 보고 싶기도 했지만, 우르르 몰려가는 것은 좋지 않을 것 같았다. 게다가 원래 사람들과 만나는 것을 그다지 좋아하지 않는 성격의 남승지는 내심 안도했다. 안도하는 한편으로는 아니지, 하면서 그 감정을 밀어내었다. 아냐, 안도해서는 안 돼. 필요하다면 가야 하고, 어디든 갈 것이다. 필요한 것을 피하는 건 아니라고 생각했다. 실제로 그는 필요하다면 어디든 갈 수 있는 마음의 준비가 자신의 마음속에 생겨나고 있음을 깨닫고 있었다.

윤동수 씨와는 오늘 밤 만나지 못하지만, 사촌 형의 이야기에 남승지는 희망을 가졌다. 내일의 결과는 어떻게 될지 모른다 해도, 일은 전향적으로 움직이는 듯한 기분이 들었다. 전혀 가능성이 없는 이야기라면 처음부터 만나자고는 하지 않았을 것이다. 게다가 사촌 형의 기분도 나빠 보이지 않았다.

남승지는 안도하는 마음으로 찻잔을 들어 입에 댔다. 그때 아까부터 마음 한구석에서 뭔가 거미집처럼 매달려 반짝반짝 빛을 반사하는 느낌이 들었다. 그는 찻잔을 탁자 위에 내려놓고 몸을 움직여 소파에 고쳐 앉았다. 뭔가 제대로 맞물리지 못하는 것처럼 거북한 기분이 들었는데, 그건 아무래도 새빨간 스커트를 입은 행자 때문인 것 같았다. 뒤편의 부엌에서 나는 그녀의 목소리가 머리의 한구석에 매달려서, 아, 안녕하세요, 돌아오셨네요, 라는 좀 전에 나눈 인사를 다시 한 번 되살렸다. 인사가 아무래도 자연스럽지 못했다. 그녀의 얼굴에서 느껴지는 인상처럼……. 안녕하세요, 돌아오셨네요, 이렇게 인사해도 되는 걸까. 안녕하세요, 어서 오세요, 라고 해야 하는데. 어서 오세요, 가 어색하다면, 그저 '돌아오셨네요'만 말해도 되지 않을까. 음, 돌아오셨네요, 어서 오세요……. 좀 전에 맥없이 당황해 버린 것은 그녀의 그러한 인사 탓이었다는 생각도 들었다. 그렇다 해도 왜 이런 일에 신경 쓰이는 걸까, 음, 돌아오셨어요, 라니…… 석양에 빛나는 백화점의 붉은 빛을 띤 유리창, 허리선이 팽팽한 새빨간 스커트, 남승지의 머릿속이 붉게 물들었다.

"너 지금 무슨 말을 한 거야?"

옆에서 남승일이 말했다.

"아니에요……."

남승지는 깜짝 놀라 상반신을 일으켰다. 그는 한순간 멍하니 생각에 빠져 혼잣말을 중얼거린 모양이었다.

그때 현관문이 열리는 소리가 났다.

"미나미(南) 씨, 안녕하세요, 회람판입니다, 여기에 놓고 갈게요."

칸막이에 가려 모습은 보이지 않았지만, 젊은 여자의 목소리였다.

"아, 고맙습니다."

부엌 쪽에서 대답하는 경자의 목소리가 들렸다. 문이 닫히고 사무소에 회람판을 갖다 놓은 여자가 돌아갔다.

"2층으로 가십시다."

주민자치모임[町會]에서 사람이 온 것을 계기로 남승일이 말했다. 그는 경자를 불러 점퍼를 갈아입은 뒤 자리에서 일어났다.

이전처럼 도로 쪽 방에 내놓은 둥근 탁자 위에는 이미 식사가 거의 다 차려져 있었다. 마침 저녁 시간이었다. 그래서 세 사람은 탁자에 앉아 곧 식사를 시작했다. 마치 신호를 보내기라도 한 것처럼 기둥시계가 일곱 시를 치기 시작했다. 탁자 중앙에 놓은 가스 불 위에는 전골냄비가 올려져 있었고, 병어와 홍어 같은 조선식 회를 비롯해서 많은 음식이 차려져 있었다. 부엌에서는 여전히 준비에 여념이 없는 것 같았다. 묘한 반응이었지만, 어리석은 생각이 쓰윽, 하고 남승지의 가슴에 피어올랐다. 탁자 위에 넘칠 듯이 놓인 많은 음식이 그의 반발심을 불러일으켰다. 대체 진수성찬이라는 것이 어리석은 자의 음식인가, 현명한 자의 음식인가……. 그러면서도 그는 접시에 담긴 순대를 보고 무심코 침을 삼켰다. 비스듬히 둥그렇게 썰어 놓은 갈색 순대에 갑자기 식욕이 동하는 것이 재미있었다. 남승지가 좋아하는 음식이었다. 그냥 소금이나 초장에 찍어서 먹으면 되는데, 입에 머금은 술에 녹아 퍼지는 그 쓴 듯하면서도 감칠맛 나는 순대는 술꾼이라면 누구나 좋아했다. 전복 내장이 통째로 입안에서 으깨지며 퍼져 가는 그

절묘한 맛을, 옆에서 며느리가 죽어도 모를 정도라고들 비유하는데, 좋아하는 사람에게는 육지의 순대가 이에 견줄 만했다. 그 순대 국물이 또 절묘한 맛이었다.

오늘 밤은 윤동수가 온다고 해서 미리 준비해 놓았을 것이다.

그런데 강몽구는 그다지 술을 마시지 않았다. 드디어 술에 물린 것 같다고 했다. 그것이 남승지로 하여금 뭔가 새로운 것을 보는 듯한 느낌을 갖도록 만들었다. 그저께 밤과는 반대로 남승일의 청주 잔이 자주 비었고, 거기에 끌린 강몽구가 맥주에서 청주로 바꾸어 술을 마시게 되었다.

강몽구도 그렇겠지만, 남승지는 사촌 형이 윤동수를 집으로 부른 이상 모금에 대한 자신의 계획이 서 있다고 생각하고 있었다. 그 일을 이 자리에서 그가 끄집어낼지도 모른다.

그런데 취기 탓도 있었겠지만, 남승일은 조상의 자랑, 자랑까지는 아니더라도 분명히 과거의 영광을 회상하기 시작했다. 일찍이 조선시대에 많은 고관을 배출한 양반이었다는 것이다. 재산은 남기지 않았지만 '문과급제'가 몇이었고, 그중에는 당상관 이상도 있는가 하면, 당하관에 이르러서는 목사나 판관, 정언(正言) 등의 많은 인물을 배출했다는 식의 이야기였다. 그리고 자신이 그 남씨 가문에 종손임에도 후사가 없어 족보에 자식 이름을 올리지 못하는 것은 조상에 대한 막심한 불효라고 말했다.

과거에도 여러 차례 들은 이야기였지만, 당상관이 어떻고 당하관이 어떻고……. 우상배는 아니었지만, 우리 형님은 얼마나 속물인가 하는 생각을 남승지는 했다. 이런 경우 양준오 같으면 어떤 태도를 취했을까. 아니, 그나 이방근이나 마치 위선자처럼 겉으로 나타나는 태도는 그 내심과 달랐다. 그들은 의외로 '예의범절'이 바른 인간이었다.

그러면서도 그 내부에는 뭔가 강력한 파괴력이 갖추어져 있다는 것을 느낄 수 있었다.

"몽구 사돈님, 내가 죽고 나면 우리 조상님의 제사는 누가 모신답니까." 남승일은 창문을 뒤로 하고 오른쪽에 앉은 강몽구에게 호소하듯 말했다. 그리고는 이내 사촌 동생에게 화살을 돌린다. "음, 승지야. 말을 안 해도 잘 알겠지만, 제사는 네가 지내야 한다. 이게 우리 조선의 풍습이란다. 난 적게 잡아도 앞으로 10년은 괜찮을 테니까, 먼 앞날의 이야기가 되겠지만 말이야. ……음, 그러나 네 결혼은 그렇지가 않아."

"……"

드디어 올 것이 왔구나, 라고 남승지는 김치를 집은 젓가락을 놓으며 생각했다. 노회하다고나 할까. 조상 이야기를 결국은 결혼 문제와 연결시킨 것이었다. 이카이노에서 탄 택시 안에서 강몽구가 흘렸던 예측이 결국 들어맞은 것이었다. 어금니로 김치를 씹는 소리가 고막에 직접 조금은 잔혹하게 울렸다. 남승지는 입안에 넣은 김치를 씹으며 잠자코 있었다.

"저기, 어떠세요, 사돈님은 어떻게 생각하십니까?"

"예, 지당한 말씀이라고 생각합니다."

"저는요, 몽구 사돈님의 생각을 여쭤 보고 있는 겁니다, 하, 하, 하."

"의심할 것 없이 저도 사돈님과 동감입니다."

이것은 거의 그저께 밤과 같은 대화였다. 적어도 그때는 농담 섞인 분위기였지만, 지금은 분명 달랐다. 남승지는 부글부글 화가 치밀어 올랐다. 여느 때의 강몽구는 어디로 간 것인가. 아니, 일본에 오자마자 모금 때문에 겁쟁이가 되었단 말인가.

"음, 승지야, 너도 이제 어린애가 아니고, 어차피 지금 이야기가 나왔다. 결혼 이야기가 나왔으니 오늘 밤 어느 정도 결론을 짓는 것이 좋겠어, 거 봐라, 사돈님도 같은 생각이시고. 물론 오사카에 가서 어머님과 상의도 하겠지만."

남승일은 한동안 잔을 놓은 채 담배를 계속 피웠다.

"결론을 짓는다니 어떻게 한다는 말인가요?"

골치 아프게 됐다고 생각하면서 남승지가 말했다. 도대체 무슨 결론을 짓는단 말인가. 결론을 지어야 할 것은 자금 모금 쪽이 아니던가. 이야기가 거꾸로 돌아가고 있는 것 같았다.

"지금은 옛날처럼은 안 되잖아. 옛날에는 결혼식이 끝난 그날 밤이 되어서야 비로소 신랑 신부가 얼굴을 마주할 수 있었지. 자식들의 의사와는 아무런 관계도 없이 부모들끼리 정해 버렸단 말이야. 그렇게는 할 수 없잖아. 그러니까 결론을 짓자는 건 그렇게 어려운 문제가 아니야. 네가 결혼하겠다고 약속만 하면 되는 것이지."

"아이고, 참말로……, 형님은 뭘 모르셔요, 몽구 형님도 마찬가지구요."

강몽구의 얼굴 근육이 꿈틀하고 움직였다.

남승지는 사촌 형의 표정이 감춰져서 잘 보이지 않는 눈을 똑바로 쳐다보았다. 가만히 쳐다보는 원망을 담은 듯한 눈빛을 남승일은 담배를 재떨이에 눌러 끄면서 슬며시 피했다.

"뭐가, 형님은 뭘 모른다는 거야." 남승일의 목소리는 술기운으로 약간 촉촉해져 있으면서도 가시가 돋쳐 있지는 않았다. "나는 아무것도 모르는, 지식이 없는 인간이긴 하지만, 그러나 네가 '혁명'을 하는 것을 그만두라든가 반대할 생각은 없어. 헌데 말야, 음, 그 혁명이라는 것도 인류의 대사를 전제로 하지 않으면 안 되는 거야. 그러니까, 대대로 전해 내려오는 조선의 미풍양속을 지키려는 인간이나 노인들

심정을 부정하고, 옛날 것이라면 무엇이든 반대하는 혁명은 아무도 지지하지 않는다구. 혁명이 성공하면 제사도 지내지 말라고 하는 건 아니겠지, 그렇지 않나. ……게다가 어머니의 심정도 헤아릴 줄 알아야지."

남승일은 어디까지나 설득조로 말했다. 벗겨진 이마까지 발갛게 물들어 번질번질 빛나고 있는 얼굴은 너그러운 표정을 띠고 있었다.

"결혼을 하려면 상대가 있어야지요."

남승지는 매우 당돌하게 자신이 생각해도 바로, 아차! 싶을 정도로 당돌하게 말했다. 맥주를 마신 탓에 달아오르는 듯한 볼이 뜨거워졌다. 일종의 반동이었다. 조상이라든가, 어머니라든가, 이런 말들은 말대꾸를 못 하게 만드는 결정적인 문구였다.

"뭐라고…… 그건 물론 그렇지, 당연하고말고. 상대는 얼마든지 있어. 네가 일본에 있을 수 있다면 내가 2, 3일 안에라도 멋진 처녀들과 맞선을 보게 해 줄게. 마음에 들지 않으면 몇 번이고 다시 보면 돼. ……저기, 몽구 사돈님, 어떻습니까, 하, 하, 승지가 말이죠, 일본에 남아서 결혼을 할 수는 없을까요."

이야기가 열기를 띠다 보니 그렇게 되었겠지만, 이게 대체 어떻게 된 일인가. 분명한 탈선이었다. 남승지는 그렇지 않아도 표정을 알 수 없는, 안으로 감춰진 눈을 가늘게 뜬 채 웃고 있는 사촌 형에게 생리적인 혐오감을 느꼈다.

"음, 그건 좀 곤란할 것 같습니다." 강몽구가 웃었다. 하지만 그 웃음은 당혹스런 기색으로 일그러져 있었다. "하핫, 사돈님께서 진심으로 말씀하시는 거라면 좀 곤란한데요."

"형님, 지금 농담하시는 거라 생각되지만, 그렇게 말씀하시는 건 좀 삼가 주세요. 제가 무슨 결혼이나 하려고 일본에 온 것은 아니니까요."

"말을 그렇게 하는 게 아니다. 그건 너무 심한 말이야."

강몽구가 말했다.

"그럼 대체 무엇 때문에 왔습니까? 몽구 형님까지 한통속이 되어 맞장구를 치리라고는 생각지도 못했습니다."

남승지는 몸이 뜨거워지면서 자리를 박차고 일어나고 싶은 충동으로 가슴이 떨렸다.

"핫핫, 거 참 곤란하게 됐는데."

"후, 후, 후, 아니, 오히려 좋은 현상 아닙니까. 그 정도로 기개가 있으면 무슨 일이든 할 수 있을 겁니다. 음, 승지야, 사돈님은 분명히 책임을 지고 계신 일이 있어, 그것과 이 얘긴 어디까지나 별개야. 친척의 입장에서 사돈님 나름의 생각을 말씀하셨을 뿐이고. 어디 다른 곳에 가서 물어보거라. 제대로 된 사람이라면 누구나 같은 생각일 게다. 지금 그 말은 네 말대로 농담이라 쳐도, 잘 들어라, 형은 절대로 포기하지 않을 거야. 어쨌든 결혼은 해야 되는 게고……. 네가 남 씨네 일족 사람이라면 이것은 인간으로서의 의무라 할 수 있는 것이야. 자기 집안일도 처리하지 못하는 인간이 어떻게 세상의 혁명을 이룰 수 있겠냐. 어떠세요, 사돈님은 그렇게 생각하지 않으세요? 고향에서 열심히 하는 건 좋지만, 이 아이의 결혼은 우리 집안의 대사입니다. 만일 승지에게 무슨 일이 생기기라도 하면 그때는 우리 집안도 끝장 나는 겁니다."

강몽구는 크게 끄덕였다. 두세 번 계속해서 끄덕거렸다. 에잇, 될 대로 돼라, 남승지는 여기서 대드는 것은 도리에 맞지 않는 것이니 졌다고 생각했다. 게다가 아직 잠자코 있지만, 어머니와 여동생이 가족으로서 남승지의 결혼을 기다리고 있었다. 이미 주위로부터 커다란 망을 뒤집어 쓴 것이나 다름없지 않은가. 게다가 일본에 갔다 온 것을 알게 되면 남정네도 꼼짝 못하는 고모가 가만있을 리 없었다.

결혼 이야기는 그 정도로 끝났다. 남승일이 의식적으로 이야기를 중단한 것이었다. 그렇다 해도 남승지가 항변 못 할 만큼 몰아붙인 것은 성공했다고 할 수 있었다. 이야기를 일단락 지은 것은 틀림이 없었으니까. 남승지는 물론 결혼 이야기가 나오리라는 생각은 하고 있었으나, 실제로 이렇게 이야기를 들어 보니, 그것이 집안이라는 관념으로 관철되고 있다는 점에 새삼 놀랐다. 게다가 그것은 일종의 독을 품고 남승지를 찔렀다. 음, 이건 어쩔 수 없는 일이다……. 남승지는 독이 항변하기 어려운 힘으로 몸에 침투하는 것을 의식하고, 좌우지간 겉으로라도 거역해서는 안 되겠다고 생각했다. 그리고 문득 어쩌면 '결혼'은 자금 지원의 조건이 될 수도 있다는 생각이 머리를 스쳤다. 아무래도 그런 느낌이 들었다. 그걸 강몽구도 알고 있는 건 아닐까…….

사촌 동생의 결혼 이야기를 그친 남승일이 이번에는 모금과 관련하여 자신으로서는 어떻게든 희망하는 선에 맞추고 싶다는 말을 했다. 그것은 물론 그렇게 해 주지 않으면 곤란한 일이었으므로 멋진 회답이었다. 몽구 사돈님이 제시한 선은 잘 알고는 있으나, 제가 우는 소리를 하고 싶지는 않지만, 민족학교 문제도 있어서 합계 80만 엔은 상당히 큰돈이다. 윤동수 씨가 20만 엔을 내주면 좋겠지만 10만 엔에 머물지도 모르겠다. 좌우지간 윤동수 씨의 문제도 포함해서 구체적인 내용은 내일 상담하기로 하자. 그가 움직여 준다면 고베에서의 일은 상당히 쉽게 풀릴 것이라고 했다.

강몽구는 깊이 머리를 숙이고 상대의 손을 양손으로 꽉 움켜쥐며 고마움을 표시했다. 그 얼굴에는 솔직한 기쁨과 긴장으로 빛나고 있었다. 남승지는 사촌 형에게 얻어맞아도 좋다고 생각할 만큼 그 말이

고마웠다. 일본에 온 보람이 있었던 것이다. 그는 뭔가 긴장이 확 풀리는 듯한 기분으로, 형님, 죄송합니다, 라고 말했다. 음, 이렇게 되면 형님이 말하는 것을 무턱대고 거역할 수는 없겠군……, 머리 깊숙한 곳에서 타인이 중얼거리는 듯한 소리가 들렸다.

남승일은 기분이 좋았다.

세 사람은 맥주를 서로 따르고 잔을 마주쳐 건배를 했다. 강몽구가 건배의 말을 하자, 남승일은 계면쩍은 듯이 웃고 있었다. 남승지는 쨍, 하고 잔이 마주치는 소리에 결혼을 약속해 버린 기분이 들었다.

다음날 아침 윤동수와 전화로 시간 약속을 한 남승일은 점심을 먹고 나서 한 시 조금 지나서 강몽구와 함께 공장의 중형 트럭을 타고 나갔다. 걸어서 20분이 채 걸리지 않는 곳이어서 멀지는 않았다. 경자도 산노미야까지 일을 볼 겸 쇼핑을 나갔다.

남승지는 아무도 없는 2층에서 혼자 뒹굴며 지난밤에 있었던 일을 더듬어 보았다. 이불 속에 들어가서도 잠들지 못하고 생각해 보았지만 명확하게 납득할 만한 답은 없었다. 게다가 사촌 형의 말은 이치에 맞았다. 무엇보다 조상이라든가 어머니라든가, 그리고 집안의 문제 앞에서는 어찌 해 볼 도리가 없었다. 자신의 생각을 끝까지 주장해 보았자 충돌만이 있을 뿐이었다. 그리고 어머니와 여동생을 슬프게 만들 뿐이었다. 지금은 이치를 따질 때가 아니다. 그저 행동으로 보여 주고 납득을 시키면 되는 일이었다.

음, 역시나 그렇군……, 그는 수납장에서 모포와 베개를 꺼내면서 중얼거렸다. 어젯밤에 좀처럼 잠을 이루지 못한 탓일까 눈꺼풀이 무겁고 조금 졸렸다. 사촌 형이 일본에 남아서 결혼을 하는 것이 어떠냐고 한 것은 단순한 농담이 아닌 것 같아 견딜 수 없었다. 음, 결혼이라……, 화려한 이미지를 풍기는 이 두 글자. 사촌 형은 내가 결혼을 승낙한 거나 다름없다고 믿고 있다. 묘한 이야기지만 유령처럼 상대가 없는 결혼이군. 그리고 자금 지원의 승낙, 강몽구의 말을 빌리자면, 아름다운 애향, 애국심의 발로라고 했다. 나는 '거래'의 도구였는지도 모른다. 아니, 내가 일본에 와서 할 수 있는 것은 그 정도의 일인지도 모른다. 그리고 어머니가 있다. 어머니는 동물원 같은 곳에 갈 필요도 없다. 어린애를 달래듯 동물원을 가는 것보다 더 나은 선물은, 어머니, 결혼하겠습니다, 라는 내 말 한마디가 아닌가…….

만일, 만일에 말이다, 여기 일본에 남는다고 치자. 그리고 결혼을 한다. …… 2, 3년 안에 종마(種馬)처럼 아이(그것도 아들이 아니면 안 된다)를 낳는다……. 남승지는 아버지로서 자신이 아이를 안고 달래는 모습을 상상하자 갑자기 혼자서 웃음을 터뜨리고 말았다.

결혼이라……, 그는 중얼거렸다. 눈앞에 있는 옷장 앞에 어렴풋이 여자의 하얀 나신이 비쳐 보이듯 나타났다. 언젠가 결혼을 하면 알몸이 된 채 방 안에서 역시 알몸인 상대를 쫓아다니고 싶다고 공상을 한 적 있는데, 그런 꿈도 실현될 것이다. 게다가 자유롭게 이성을 품을 수 있으니 성욕 때문에 고민할 필요도 없어진다. 아아, 무슨 바보 같은 생각을 하는 걸까, 남승지는 모포를 머리까지 푹 뒤집어썼다. 어두운 장막 속을 하얀 여자의 몸이 백마처럼 뛰어다닌다. 아아, 부질없어, 부질없는 생각이라구……, 망상을 떨쳐 버리려고 그는 모포를 뒤집어쓴 머리를 몇 번이고 옆으로 흔들었다. 음, 일본에서 결혼하는 것이라면 몰라도, 약속만으로 끝나는 일이라면, 고향에 돌아가서도 1, 2년은 시간을 끌 수 있지 않은가. 유원…… 남승지는 눈앞에 어른거린 여자의 알몸이 유원이었다는 것에 놀랐다.

깜빡 잠이 들었던 모양이다. 눈을 뜨자, 모래를 핥는 듯한 건조한 느낌이 머릿속에 퍼지는 가운데 무슨 소리인가에 귀가 재빨리 반응했다. 계단을 천천히 삐걱거리면서 누군가 올라오고 있었다. 귀를 다시 기울이자 분명히 그런 것 같았다. 누굴까? 그는 도로 쪽 방에서 자고 있었는데, 얼른 몸을 뒤척여 계단 쪽으로 등을 돌렸다. 누군가 오고 있다. 그러나 직감적으로 위험한 발소리는 아니라는 판단을 했던 것이다.

누군가가 계단을 다 올라온 뒤 짧은 복도와 옆방이 접한 문지방 언저리에서 멈춰 서는 기척이 났다. 남승지는 천천히 침을 삼켰다. 가만히 이쪽을 바라보고 있는 상대의 시선을 등에서 느꼈다. 다시 한 번 몸을 뒤척여 그 기세로 일어나 버리려고 생각했으나, 등을 찌르는 시선이 틈을 주지 않았다. 쇠줄로 묶인 것처럼 몸을 움직일 수가 없었다. 그저 풍만한 하반신을 감싼 새빨간 스커트의 색깔이 남승지의 후두부에 번질 뿐이었다. 그러자 주위가 잠잠하게 갑자기 진공 상태에 들어간 것처럼 조용해졌다. 옆에 있는 공장의 소음도 딱 멈춰 버린 듯한, 모든 움직임이 멈춘 순간은 이명을 불러일으킬 것 같은 조용함이었다. 남승지는 긴장으로 입안에 침이 고이기 시작했다. 침을 삼키면 소리가 상대에게 들릴 것 같은 기분이 들었다. 침이 자꾸 고여 괴로웠다. 삼키면 당장 꿀꺽하는 큰 소리가 날 것이다. 입술 끝의 힘을 조금 빼자 끈적끈적한 액체가 군침을 흘리듯 다다미 위에 흘러넘쳤다.

그때 그녀가 기침을 했다. 그 소리의 주인은 틀림없이 빨간 스커트를 입은 행자였다. 남승지는 숨을 죽이고 등에 모든 신경을 집중시켰다. 두 번째의 기침이 후두부를 두드렸다.

"누구세요?"

남승지는 단숨에 침을 삼킨 여세를 몰아 말했다. 목소리가 떨렸다.

"저예요."

"저라니, 누구요?"

남승지는 재빨리 입언저리에 흐른 침을 닦고 몸을 뒤척여 소리 나는 쪽을 바라보았다.

"사치코(幸子)……."

미닫이 뒤에 반쯤 몸을 숨기고 서 있던 행자가 습관대로 입술 끝을 조금 일그러뜨린 웃는 얼굴로 가만히 남승지를 바라보고 있었다. 어두컴컴한 복도에서 그녀의 눈이 이상하게 빛났다. 뭔가 고양이처럼 금빛으로 빛났다고 생각하는 순간 남승지의 가슴은 덜컹 내려앉는 소리를 내었다.

"아, 왜 그래, 무슨 일이야?"

남승지는 모포를 걷어 내고 상반신을 일으켜 그 자리에 앉았다.

"별일은 아닌데…… 청소하러 왔어요."

"청소…… 지금부터 청소를 한다고?"

분명히 청소는 아침에 해 놓았을 터였다.

"됐어요, 청소는 아침에 한 번 해 놓았으니까, 괜찮아요……."

"그런 곳에 우두커니 서 있지 말고 안으로 들어와요."

"아니에요, 저는 여기 있어도 돼요."

그녀와의 거리는 3, 4미터 정도였지만, 이 말 한마디로 그것이 10미터로 늘어난 느낌이 들었다가, 갑자기 1미터로 좁혀진 듯한 느낌이 들었다. 이상했다. 남승지는 전신이 뜨거워지는 것을 느꼈다. 이상한 일도 다 있었다. 젊은 여자가 서서 나를 부르고 있다. 순간 꿈속에서 어딘가 낯선 집 2층에 내동댕이쳐진 것 같았다.

"그런 곳에 서 있으면, 남들이 이상하게 생각해요."

목소리까지 꿈속의 막을 통과해 들어오는 것처럼 비현실적으로 울렸다.

"지금 아무도 없어요."

그녀의 목소리에는 흔들림이 없었다. 아래층 사무소에는 사람이 있을 터였다. 경자도 나갔으니 집안사람이 없다는 뜻일 것이다.

남승지는 일어나 그녀에게 다가갔다. 그녀는 쌩긋 웃으며 문 뒤로 몸을 숨겼지만, 남승지는 말없이 그녀 앞에 우뚝 섰다. 좁은 복도에서 두 사람의 거리는 1미터도 되지 않았다. 남승지는 어찌 된 일인지 잠자코 우뚝 서 있을 뿐 그곳에서 한 발자국도 앞으로 나가지 못했다. 무엇 때문에 자신이 이곳에 우뚝 서 있는지 알 수 없었다. 무엇 때문에……, 바보 같은 일이었지만, 그의 마음속에서 일어난 일종의 반사작용이 그의 발을 못 박아 놓고 말았던 것이다. 아니, 그때, 행자와의 사이에 좁은 공간을 스쳐 지나간 그림자 하나가 그의 제정신을 되돌려 놓았다고 할 수 있을 것이다. 그림자……, 그것은 형수인 경자의 잠자는 모습이었다. 그가 중학생일 무렵, 지금 마침 자신이 잠자고 있던 그 방에서 본 경자의 잠자는 모습이었다.

아마 초여름의 휴일이었던 것으로 생각된다. 여름방학이 되고 나서였는지, 아니면 일요일이었는지도 모른다. 외출에서 돌아온 남승지가 2층에 있는 자기 방으로 가다가 문득 바라보니 왼쪽의 세 평짜리 방에서 기노모 차림의 경자가 낮잠을 자고 있었다. 머리를 저쪽으로 둔 채 자고 있었으므로, 아래쪽에서 보는 맨발의 발바닥도, 크게 굴곡을 이루듯 솟아오른 하반신의 각선미도 두드러져 보였다. 그는 가운데 방을 지나 오른쪽에 있는 자신의 두 평반짜리 방으로 갔지만, 얼핏 보았던 그녀의 자는 모습이 머리에서 떠나질 않았다. 몸을 뒤척이며 한쪽 다리를 세우는 바람에 얇은 기모노 자락이 조금 벌어졌던 것이다. 무릎까지 드러난 다리 곡선이 매우 요염한 빛을 발하고 있었다. 남승지는 책상 앞에 앉았으나, 뒤통수를 잡아끄는 느낌에 몇 번이고 뒤를 돌아보았다. 경자는 깊이 잠든 모양이었다. 아래층 공장에서는 여러 대의 재봉틀이 돌아가고 있었고, 사촌 형은 외출하고 없었다. 남승지는 조용히 형수의 발밑으로 다가갔다. 그리고는 땀범벅이 되어 질식할 것 같은 긴장감 속에 마치 신에게 기도라도 하듯이 뻗쳐진 다리 안쪽을 들여다보고, 더 나아가 기모노의 옷자락을 조금씩 걷어 올리면서 1센티라도 깊고 어두운 안쪽을 들여다보려 했다. 그런데 조금만 더 걷어 올리면 된다고 생각하는 찰나, 그녀가 으응 하면서 크게 몸을 뒤척이는 바람에 모든 일은 허사가 되고 말았다. 그때 이미 이성의 끈을 놓고 있던 어리석은 손가락은 어찌할 바를 몰랐다. 그것은 남승지를 위해서도 위기일발의 뒤척임이었다고 할 수 있었다. 지금 생각해 보면, 처음에는 잠들어 있었다 하더라도, 그의 기척을 알아챈 경자는 아마도 일부러 자는 척했던 것임이 틀림없었다. 그녀는 매우 자연스러운 동작으로 흐트러진 옷자락에 손을 대어 다리를 감췄기 때문이다. 이것으로 남승지만이 아니라, 자신 역시 수치스러움을 당하지 않고 일을 마무리할 수 있었다.

남승지는 지금 그때의 광경을 떠올리고는 행자 앞에서 어찌할 바를 모른 채 우뚝 서 있었다. 목각인형 같았다. 20초, 30초, 1분……. 여자에게는 몸 둘 바를 모르게 만드는 참으로 굴욕적인 시간이었을 것이다. 그녀는 두려움 때문에 오히려 불타듯 빛나는 눈으로 남승지를 지켜보고 있었지만, 휙 하고 고개를 돌리더니 몸을 움직였다. 그리고는 저기, 잠깐만, 하며 그녀의 움직임에 이끌리듯 손을 뻗으려는 남승지를 따돌리고는 통통 계단을 울리며 내려갔다.

남승지는 한동안 계단 옆에 멍하니 서 있었다. 사무소에 아무도 없었다면 아마도 그녀의 뒤를 쫓아갔을지도 모른다.

아아, 내가 무슨 짓을 하려고 했던 것일까! 안 된다, 안 돼……, 아니, 그녀가 나빴다. 그녀 탓이었다……. 꺼림칙한 생각이 가슴을 옥죄어 왔지만, 그러나 행자의 그 대담한 행동이 조금도 불결한 느낌을 동반하지 않는 것이 이상했다.

갑작스런 일이 남승지의 마음을 심란하게 만들었던 오후였지만, 그리고 나서 얼마 지나지 않아 돌아온 강몽구가 뜻밖에 좋은 소식을 전해 주었다. 그것은 남승지의 흐트러진 기분을 날려 버릴 만큼 힘을 지니고 있었다.

좋은 소식이라는 것은 윤동수가 10만 엔의 자금 지원을 약속하고, 또 10만 엔을 지원해 줄 사람을 소개해 준다는 것만이 아니었다.

윤동수가 알고 있는 일본인 중에 일찍이 제주도에서 패전을 맞이한 청년이 있다고 했다. 당시 소위인지 중위였던 그는 무장해제 때 바다에 버리는 게 귀찮아 나중에는 구덩이를 파고 무기를 묻었는데, 그 장소를 기억하고 있는 것 같다는 이야기였다. 결론부터 말하자면, 그에게 그 지도를 그려 달라고 부탁하면 구일본군의 막대한 무기를 게릴라 측의 손에 넣을 수 있다는 것이었다.

강몽구는 다소 흥분한 기색이었는데, 이것은 직접 본인을 만나 확인해 보지 않으면 알 수 없는 일이라 해도 분명 솔깃한 이야기임에는 틀림없었다. 마치 보물찾기 같은 느낌이 없지는 않았지만, 충분히 있을 수 있는 일이라고 강몽구는 말했다. 왜냐하면, 일본군이 무기를 한라산의 동굴 등에 감추거나 묻었다는 소문은 해방 직후부터 주민들 사이에 떠돌았기 때문이었다.

8

　제주도의 구일본군이 무기를 숨긴 장소를 알고 있다는 어느 제대군인의 이야기는 강몽구 등에게 자금 공작에 뒤지지 않은 의미를 지니고 있었다. 물론 무슨 일에나 주관적인 속단은 피해야 한다. 사실 이런 종류의 이야기는 어느 정도 확증을 얻기까지는 미심쩍은 이야기로 끝나 버리는 경우가 많았다. 그러나 강몽구가 웃어넘기지 않은 데에는 나름대로 근거가 있었다.

　태평양전쟁 말기에 제주도는 오키나와 다음의 결전장으로서 중요한 요새로 변해 있었다. 재류 일본인 부녀자를 비롯한 주민들의 소개령이 내려지고, 주민들 가운데 비교적 여유 있는 사람이나 육지에 연고가 있는 사람들은 잇따라 본토로 피난을 가는 상황이었다. 당시 인구 약 15만 명이었던 섬에 10만의 일본군이 득실거리고, 성내는 군량 물자를 운반하기 위해 징발된 우마차로 매일 북적거렸다. 상륙하는 미군과의 결전을 앞두고 밤낮없이 한라산으로 군량 운반이 계속되었고, 밤에도 멀리서 바라보면 한라산 전체가 반짝이는 별로 뒤덮인 것처럼 불빛으로 반짝이고 있었다. 무수히 파 놓은 갱도진지나 동굴에는 많은 군량 물자가 운반된 것이 사실이고, 패전 후 그것은 전부 일본군에 의해 소각 처리되었던 것이다. 따라서 그들은 군량미와 함께 무기를 휴대하고 있었기 때문에, 무장해제의 그물망에서 벗어난 많은 무기가 산속 어딘가에 숨겨져 있다 해도 이상할 것이 없었다. 아니 오히려, 과연 그렇겠지 하면서 새삼 고개를 끄덕이게 만드는 경우가 많았다.

　어쨌든 경천동지(驚天動地)의 현실 속에서, 방대한 무기를 바다에 버리기 위해 다시 산에서 운반하는 고역을 견딜 만한 정열은 더 이상 일본군에게 남아 있지 않았다. 그렇다고 해서, 패전과 함께 북한의 흥남 공업지대를 비롯한 한반도의 모든 주요 공장시설을 파괴해 버린 일본인들이 무기를 그대로 우리 손에 넘겨줄 리도 없었다. 더구나 신주불멸(神州不滅)의 망령에 사로잡힌 그들이 다시 그 무기를 손에 들고 재기하는 날이 오리라는 꿈을 꾸지 않았다고 말할 수도 없었다.

이런 일들을 감안하면 그 나카무라(中村)라는 구일본군 장교가 한 이야기를 모두 허황된 것으로 봐서는 안 된다는 게 강몽구의 의견이었다. 그리고 이 경우에는 한 다리 건너서 들은 이야기이기 때문에, 그 이야기를 전한 윤동수라는 사람의 됨됨이가 문제가 될 것이었다. 그러나 윤동수가 '무장봉기' 운운하는 화제에 흥미를 느낀 나머지 전혀 근거 없는 엉터리를 옮긴 것만은 아닌 게 확실했다. 왜냐하면 강몽구가 그 일본인 청년이 사는 곳으로 안내를 부탁하자 윤동수는 당황하지 않고 응했기 때문이었다. 역시 아니 땐 굴뚝에 연기는 나지 않는 법이었다. 어쨌든 나카무라라는 구일본군인을 만나 보는 것이 선결문제였다.

이 예상 밖의 전혀 생각지 못한 이야기는 젊은 남승지의 마음을 뒤흔들었다. 어쨌든 한라산 속에 무기가 잠자고 있다면 찾아내는 것만으로도 무기를 손에 넣을 수 있었다. 어딘가에서 무기를 사들이는 것과는 의미가 전혀 달랐다. 가능하다면 당장이라도 그 일본인을 만나고 싶었지만, 윤동수는 일 때문에 며칠간 움직일 수 없다고 했다. 소개장을 가지고 찾아갈 수도 있었지만, 역시 윤동수가 동행하는 게 가장 좋은 방법이었다.

나카무라는 오사카 부(府) 사카이 시(堺市) 남쪽 변두리에 있는 농촌 출신으로, 농사를 짓는 모양이었다. 그 이상 자세한 것은 몰랐지만, 농사를 짓고 있는 모양이라는 강몽구의 말에 남승지는 마음이 끌렸다. 주소가 규슈(九州)라든가 도쿄처럼 먼 곳이 아닌 것도 다행스러웠다. 그래도 서(西)고베에서 가려면 오사카 역을 경유하여 덴노지(天王寺)로 나간 뒤 다시 한와센(阪和線)으로 갈아타야 했다. 윤동수가 안내를 맡게 된다면 꼬박 하루를 허비하게 될 것이다. 그가 지금 당장 그런 일정을 세울 수 없다는 것도 무리는 아니었다.

그래서 강몽구는 일단 2, 3일 내로 오사카와 고베에서 자금 모금의 목표를 설정한 뒤 먼저 도쿄에 가기로 결정했다. 고베에서는 남승일의 협력으로 예정된 80만 엔이 모아질 것으로 보아도 좋았다. 뜻밖에 일이 생각보다 순조롭게 진행되었던 것이다. 강몽구가 남승지를 데려온 목적이 적중했던 모양이다. 남승지 자신에게도 '결혼'이라는 조건을 짊어질 각오는 해야 했지만, 도움이 못 되면서 어머니가 계신 일본에 따라왔다는 양심의 가책은 단번에 사라질 수 있게 되었다. 말하자면, 조직에 대한 체면을 약간 세울 수 있게 된 것이었다.

그런데 오사카에서는 남승일처럼 거액의 자금을 낼 후원자를 확보하기가 어려웠다. 아니, 강몽구는 처음부터 적은 금액의 후원을 예상했던 모양이다. 고베의 남승일을 목표로 삼은 것도 이런 상황과 관계가 있는지도 몰랐다. 1, 2년 전에도 고향의 중학교 건설 자금을 대부분 오사카에서 모은 적이 있어서, 동해고무를 포함해 후원이 겹치는 곳이 있었다. 물론 후원의 성격은 달랐다. 그러나 자신의 출신지에 중학교를 설립하는 사업 쪽이 내용상 구체적이어서 돈을 내기 쉬웠고, 다소간 사상적 차이를 초월하여 말이 통했다. 그에 비해 '무장봉기'나 '혁명'을 위해서라고 하면, 공작 대상이 상당히 좁아지는 것은 어쩔 수 없었다. 아니, 이야기가 상당히 충격적인 만큼, 플러스 마이너스의 양면 작용이 강하여 처음부터 어느 정도 의식분자, 최소한 사상적 바탕이 있는 사람을 대상으로 삼아야 했다. 그와 함께 혁명 자금의 이야기 그 자체가 상대방의 정치의식을 높이는 '정치 공작'을 동반하지 않으면 안 되었다. 그것이 또 한두 번의 이야기로 상대방이 선뜻 따라오는 것은 아니었다. 게다가 '공작'을 천천히 시간을 들여서 할 만한 여유가 있는 것도 아니었던 것이다.

강몽구는 어제 남승지의 어머니 집에 오기 전에 오사카의 조련 본부에 들러 유대회 위원장을 만났는데, 그다지 큰 성과는 기대할 수 없을 거라고 했다. 결국 여기에서도 강몽구의 개인적인 '얼굴'로 움직일 수밖에 없었다. 말하자면 오사카의 조직 차원에서는 큰 힘이 될 수 없으리라는 뜻이었다. 그래서 강몽구는 도쿄에 가서 일본공산당 내에 있는 조선인 간부의 힘을 빌릴 작정이었다. 조련 활동가의 대부분이 일본공산당 당원이었고, 일본공산당의 영향하에서 재일조선인운동이 이루어지고 있다는 사정을 염두에 둔다면, 자금 모금을 위해 거기까지 가는 것은 당연히 필요한 일이기는 했다.

일본공산당에 대한 재일조선인 대부분의 의식 속에는 '공산당'이라는 것만으로 국경을 초월한 이미지가 강하게 뿌리박고 있었다. 적어도 식민지 시대부터 조선의 독립과 해방 투쟁을 벌였고, '무산계급'의 후원자이자 동료라는 의식이었다. 그것은 또한 코민테른의 결정(제6회, 1928년)에 따른 일국일당주의의 원칙하에서, 재일조선인 공산주의자들이 스스로 조직을 해체하고 일본공산당에 입당한 사정과도 관계가 있었다. 그리고 코민테른이 제2차 세계대전 중에 해산되었음에도 전쟁이 끝나자 그때까지의 기정사실을 이어받은 형태로 재일조선인과 중국인들이 다시 일본공산당원이 되었던 것이다. 그리고 조선인 당원들은 그것이 또한 조선 혁명에 기여하는 길이라고 생각하고 있었다.

그런데 '고절(苦節)'을 관철시킨 옥중의 공산주의자였다 해도, 일본 공산당 조직이 궤멸된 지 10년이 지난 뒤의 미점령군에 의한 석방이 었고, 그동안 사회에서 격리된 채로 지내던 그들은, 정치적 지도력을 발휘하여 무슨 운동이나 투쟁을 조직할 수가 없었다. 그러나 그것은 흉포한 일본 파시즘 아래에서는 불가항력으로 간주되었고, 그보다도 '옥중 18년'이라든가, 10년이라는 비전향의 사실만이 사람들에게 경탄과 존경으로 받아들여졌다. 조선인들은 출옥한 그들을 쌍수를 들고 환영했다. 남승지도 알고 있는 일이었지만, 패전 직후인 10월, 석방된 공산주의자들을 형무소까지 몇 대나 되는 트럭이 줄지어 마중을 간 것도, 그리고 성대한 출옥동지환영대회를 도쿄와 오사카, 그리고 교토 등지에서 조직한 것도 조선인들이었다. 더 나아가 일본공산당 재건에 재정적인 뒷받침을 해 준 것도 재일조선인이었다.

오랜 옥중생활을 견뎌온 공산주의자는 조선인이나 일본인을 불문하고 자유와 해방의 전사로 존경받는 대상이 되었다. 그런 그들이 몸담고 있는 조직이 일본에서는 바로 일본공산당이었다. 사람들은 과거의 비참한 식민지 민족으로서의 체험을 통해, 일본 혁명을 지원하는 것이 곧 조선 혁명을 지원하는 것과 연결된다고 생각했다. 그리고 많은 조선인 당원을 거느린 일본공산당은 재일조선인들에게 있어 일종의 권위이기도 했다. 강몽구가 도쿄행을 결심한 것은 그러한 '당'의 권위를 이용하는 것이기도 했다.

윤동수를 만나고 온 강몽구는 그날 밤도 고베에서 자고 다음날 아침 일찍 오사카로 가기로 했다.

남승지가 일어난 것은 일곱 시 전이었는데, 아래층에서는 벌써 행자가 와서 부엌일을 하고 있었다. 남승지를 보더니, 안녕하세요, 라고 입술 끝을 당기는 독특한 미소를 지으며, 어제 일은 까맣게 잊어버린 듯 싹싹하게 인사를 했다.

"아, 안녕하세요."

남승지는 인사를 했지만, 아주 무뚝뚝하고 거의 관심을 보이지 않는 듯한 태도를 취했다. 행자는 변함없이 빨간 스커트를 입고 있었는데, 오늘 아침에는 그것조차도 색종이처럼 품위 없게 보였다. 자고 일어난 탓만은 아니었다. 속으로는 어제의 울적했던 기분을 그녀와 나눠 갖고 싶은 마음이 없었던 것은 아니었지만, 저녁에 우연히 목격한 사소한 광경이 그 마음을 덮어 눌렀다.

어제 저녁 무렵 강몽구와 남승일이 돌아온 뒤 남승지는 아래층에서 행자와 얼굴을 마주쳤는데, 과연 그녀는 약간 굳은 얼굴로 말없이 고개만 끄덕이는 남승지의 인사를 받았다. 원래 어색하고 왠지 불안정한 얼굴 표정이 한층 눈에 띄었으나, 그게 오히려 아름답게 느껴졌다. 좀 전에는 미안한 생각마저 들었다. 그런데 얼마 지나지 않아 남승지의 기분을 역전시켜 버린 사건(그것은 사소한 일이었지만)이 일어났다. 얼마 뒤, 남승지가 2층의 두 평 반짜리 방의 창가에 앉아 멍하니 저녁 하늘을 바라보고 있을 때였다. 남자 몇 명의 목소리에 섞여 갑자기 쿡쿡쿡 하는 여자의 입속 웃음소리가 마치 지면을 덮기 시작한 땅거미 속에서 솟아오르듯 들려왔다. 문득 창가의 건조대 난간 사이로 내려다보니 행자가 있었다. 두세 명의 직공들과 이야기를 나누고 있는 것이었다. 좁은 뒷골목에서 인기척이 나는 것을 저녁 풍경을 바라보면서도 무심히 듣고 있었지만, 거기에 행자가 있는 줄은 몰랐다. 여자의 기묘한 입속 웃음소리의 주인공도 처음에는 행자라는 것을 몰랐다. 일을 마친 직공들이 손을 씻다가 행자를 보고 공장의 뒷문 출입구로 나온 모양이었다. 직공 하나가, 있잖아, 사치코 상, 당신 엉덩이는 보기 좋아, 크고 탄력 있어, 에헤헤, 늘 탐스럽다고 생각하며 보고 있거든, 하면서 갑자기 손을 뻗어 그녀의 허리께를 쓰다듬었다. 남승지는 무심코 눈을 크게 떴다. 행자는 비명이라고도 하기 어려운 교성을 지르며 엉덩이를 말처럼 흔들어 사내의 손을 물리치더니 뒷문을 통해 부엌으로 도망쳐 들어왔다. 남자들이 유쾌하게 웃었다. 여자들은 그럴 경우 대개 반사적으로 불쾌하다느니 어떻다느니 하는 법인데 행자는 그러지 않았다. 즐거운 듯한 웃음소리로 들리기까지 했다. 뭐야, 저 여자는……, 남승지는 그때 어찌 된 일인지 갑자기 실망스러운 쓴 맛이 입안에 고이는 것을 느꼈다.

그 사소한 광경이 남승지의 마음을 거슬렀다. 남승지는 몇 시간 전에 2층의 어두컴컴한 복도에서 이상한 금빛으로 빛나던 그녀의 고양이 같은 눈을 떠올렸다. 남승지는 자신도 놀랐지만, 그때 나는 도대체 멍하니 무엇을 생각하고 있었던 것일까, 왜 그때 그녀를 끌어당겨 포옹하지 못했던 것일까, 유혹한 것은 그녀 쪽이었는데, 라는 두꺼운 후회의 상념에 가슴 밑바닥이 아플 만큼 시달렸다. 어쨌든 아무 일 없이 그 자리를 모면할 수 있어서 다행이었다고, 자신을 달래던 마음의 기둥이 어이없이 단숨에 무너져 내린 느낌이었다. 그리고는 음, 끝났어, 이제 끝났다는 생각이 들었다. 아주 잘 됐어, 홀가분하게 마음이 정리되니 좋군, 뭐야, 그 꼬락서니는, 거의 매춘부나 다름없잖아. 매춘부나 매한가지야……. 아니, 남승지는 그때 억지로라도 그렇게 생각하고 싶었다. 행자가 뭘 어떻게 한 것도 아닌데, 그는 질투에 사로잡혔는지도 몰랐다.

하룻밤이 지난 오늘 아침에도 아직 어제의 응어리가 남승지의 마음 속에서 사라지지 않고 잠들어 있었던 모양이다. 그것이 행자와 얼굴이 마주친 순간 반사적으로 경직된 인사 태도를 취하게 했을 것이다. 이미 늦었지만 남승지는 그녀의 명랑하게 웃는 얼굴을 바라보고 나서 이내 자신이 부끄럽게 느껴졌다.

여덟 시가 되기 전에 식사를 모두 끝낸 두 사람은 곧바로 오사카로 떠났다. 두 사람 모두 빈손이었다. 강몽구는 동해고무에 가방을 맡겨 두었고, 남승지도 사촌 형 집에 둔 채로 길을 떠났다. 두 사람은 공장의 중형 트럭 운전석 옆자리에 앉아 산노미야로 향했다.

오늘은 13일, 일본에 온 지 벌써 6일째다. 별로 한 일도 없는데, 어느새 날짜만 정신없이 지나가는 기분이다. 그동안 어머니 집에서 하룻밤밖에 자지 않은 것이 기묘하게 여겨진다. 제주도로 출발할 예정인 20일까지는 앞으로 일주일, 2, 3일 안에 도쿄로 출발. 그리고 도쿄에서 돌아오면 구일본군인을 찾아가야 한다. 적어도 4, 5일 정도는 가족과 함께 지낼 수 있으리라 생각했는데, 그건 정말 어리석은 생각이었다. 시간은 슬슬 박차를 가하며 달리기 시작한 것처럼 느껴진다. 남승지는 문득 초조감이 거품처럼 부글부글 끓어오르는 것을 느꼈다. ……빈 지게를 짊어지고 성내 거리를 걸으면서, 전혀 낯선 어느 외국 거리를 걷고 있는 듯한 느낌에 사로잡혔던 나. 그것은 섬을 떠나고 싶다는 잠재의식에 끊임없이 시달리던 나였다. 이상한 일이다. 그러던 내가 비록 강몽구를 따라왔다고는 해도, 지금 이렇게 일본의 거리를 달리고 있지 않은가. 그러나 여긴 언제까지나 머물 곳이 아니다. 이곳은 역시 객지요, 여행의 목적지인 것이다. 이렇게 트럭을 타고 달리는 것 자체가 여행지에 있다는 증거다. 마음 한구석에 붙어서 가슴을 계속 욱신거리게 만들던 어머니와 말순이가 있는 일본이지만, 이제 곧 스쳐 지나가야 할 때가 다가올 것이다.

어젯밤에 어머니가 사촌 형 집으로 전화를 걸어왔다. 정확하게는 여동생 말순이 걸어온 것이었지만, 마침 이쪽에서 어머니의 이웃집으로 전화를 걸려던 참에 온 전화였다. 내일 밤에는 집으로 '돌아오라'고

했다. 닭에 인삼을 넣어 백숙을 만들어 놓겠다는 것이었다. 그것은 음식이라기보다는 일종의 보약이었다. 오늘 밤은 가능하면 어머니 집에 돌아가야겠다고 남승지는 생각했다. 여동생은 몽구 오빠도 함께 오라는 어머니의 뜻을 전했지만, 그것은 어려울 것이다. 그러나 어머니 말씀은 무리가 아니었다. 오히려 당연한 일이다. 어머니는 아무 말씀도 없었지만, 두 사람이 도대체 무엇 하러 일본에 왔다고 생각하는 것일까. 아니, 어머니로서는 그것은 아무래도 좋은 일일지도 모른다. 문제는 눈앞에 환상이 아닌 진짜 자식을 확인할 수만 있으면 그걸로 만족하는 것이다. 어머니와 여동생은 공포에 가까운 심정으로 날짜를 손꼽아 헤아린다. 그리고 가차 없이 등을 밀어 대는 시간의 문과, 앞쪽에서 밀고 들어오는 이별의 시간 사이에 끼여 어쩔 줄 모르고 있을 게 틀림없다.

음, 도대체 어머니와 말순이에게 이 일본은 무엇이란 말인가. 그리고 나에게도……. 내가 자신의 의지로 섬을 나온 것이 아니라, 조직의 지시로 온 이상, 여기는 스쳐 지나가는 여행지에 불과하다. 본래는 어머니나 여동생에게도 그러한 땅이어야 했다……. 운전수와 강몽구 사이에 끼여 앉은 남승지는 앞 유리창에 이마가 부딪칠 정도로 좁은 운전석에서 무심코 잡념을 떨쳐 버리듯 고개를 흔들었다.

"……저어, 몽구 형님, 그저께 동해고무에서 우상배 씨를 만났잖아요." 남승지는 아무렇지도 않게 말했지만, 고개를 흔든 반동으로 튀어 나온 말이었다.

"우상배? 응, 그렇지, 그러고 보니 그저께 우상배를 만났군, ……그게 어떻다는 거지?"

"아, 아니…… 아무것도 아닌데요, 만났을 때 깜짝 놀랐어요, 우연이었기 때문에."

남승지는 아차 싶어서 무심코 튀어나온 말을 돌렸다. 동포 운전수는 두 사람이 조선에서 온 것을 알고 있을지도 모르지만, 그 이상의 말을 운전수 앞에서 해서는 안 되었다. 남승지는 엊그제 우상배가 자네는 강 선생과 함께 왔군, 이라고 말한 것이 마음에 걸려서 그걸 지금 강몽구에게 물어보려 했던 것이다.

"음……."

강몽구는 우상배에게는 관심이 없는 것인지, 아니면 의식적으로 무시하고 있는 것인지, 조금 고개를 끄덕였을 뿐 그 이상 남승지에게 말을 재촉하지는 않았다.

택시 뒷좌석과는 달리 비좁은 트럭 운전석에 앉아 있자니, 시야가 가득 펼쳐진 눈앞의 광경이 한꺼번에 가슴 언저리로 뛰어 들어오는 듯했다. 앞 유리창에 비친 광경은 북적거리는 아침 거리의 단편이었다. 거리는 사람이랑 자전거랑 자동차, 그리고 배가 터지도록 통근자와 통학생을 가득 채워 넣고 달리는 시영 전차 등으로 인해 활기가 넘쳤다. 눈을 옆으로 조금만 돌리면 젖빛 안개가 느긋하게 가로누운 초록빛 산맥이 소란스런 거리를 등 뒤에서 크게 감싸 안듯 뻗어 있었다. 아침 햇살에 반짝이고 있을 항구의 바다는 볼 수 없었지만, 거리 위에서 산 저편까지 끌어안듯 펼쳐진 활모양의 하늘은 점점 더 깊어지는 푸른빛으로 맑게 개어 있었다. 산 정상 부근에 떠 있는 하얀 뭉게구름이 햇빛을 반사하여 눈부셨다. 야마노테(山手) 도로에서 산노미야로 접근하자 왼쪽으로 햇살에 빛나는 이슬람교 사원의 둥근 지붕이 보였다. 그 이국적인 모습은 어린 시절부터 이곳에 살아 익숙해진 남승지로 하여금 더욱 '여행지'처럼 느끼게 만들었다.

한큐 우메다 역에 도착한 것은 아홉 시가 되기 전이었다. 두 사람은 조련 오사카 본부로 향했다. 강몽구는 그저께 들렀지만, 오늘 다시 찾아가기로 돼 있다고 말했다. 우메다에서 북동쪽인 덴로쿠(天六) 방향으로 전찻길을 따라 걸었다. 목적지인 나카사키초(中崎町)는 전차를 타면 한 정거장이었지만, 전차를 기다리느니 걸어가는 편이 빠를 것 같았다.

한큐 백화점 동쪽에 있는 전차 정류장 일대는 아직 잠에서 채 깨어나지 않은 번화가의 한 모퉁이였지만, 출근하는 사람들의 통로라서 혼잡했다. 차분한 초록빛 산을 한편으로 바라보면서 달린 고베의 거리와는 달리, 이곳은 벌써 먼지투성이가 된 느낌마저 들었다. 전찻길 맞은편의 영화관 중 한 곳은 서양영화를 전문으로 상영했는데, 「비련」이라는 간판의 글자와 주연인 장 마레의 야무지고 아름다운 얼굴이 눈길을 끌었다. 장 콕도 각본, 최신 로맨틱 영화, '이루어질 수 없는 두 사람이 미약(媚藥)을 먹고 서로 사랑하게 되었다……'. 연인들이 포옹한 장면을 그린 칸막이처럼 커다란 간판 밑에서 부랑자들이 책상다리를 하고 앉아 곰방대 담배를 피우고 있었다. 셔터를 내린 출입구 근처에도 부랑자들이 모여 있었고, 혼잡한 사람들 틈에서 웅크리고 앉아 뭔가 원숭이 같은 동작을 하고 있는 모습이 보였다.

그러고 보니 영화관에도 오랜 동안 가지 못했다. 서울에서 두세 번 보았을 뿐이니까, 벌써 2년이 넘었을 것이다. 특별히 보고 싶다는 생각은 없었지만, 커다란 입간판의 '……두 사람이 미약을 먹고 서로 사랑하게 되었다……'와 같은 문구가 묘하게 머릿속으로 들어왔다. 미약, 대체 어떤 신비한 힘을 가진 약일까.

5, 6미터 전방에서 가방을 든 두 남자가 바삐 걸어가고 있었다. 아무래도 조련의 활동가인 것 같았다. 부드러운 바람을 타듯 우리말이 단편적으로 흘러나왔다. 그보다 조금 앞서 안짱걸음을 걷고 있는 중년 남자 역시 조선인일지도 모른다. 한 사람은 외투, 또 한 사람은

레인코트를 입고 굽이 닳은 구두를 신고 걸어가는 두 남자의 뒷모습에 친밀감을 느낀 남승지는 스스로도 놀랐다.

남승지는 해방 직후에 결성된 조선인 조직에서 활동가임을 내세우고 다니는 청년을 보면 혐오와 경멸의 감정이 솟아나곤 했다. 그것은 과거에 재일조선인의 황국신민화 단체인 협화회(協和會)의 지역반장을 하거나 열성분자였던 자가 일제 패전 후에 180도로 전환하여 활동가가 되었다는 사실에 대한 청년다운 결벽주의 때문이라 할 수 있었다. 양준오의 경우는 노골적으로 증오감을 드러내면서, 저런 놈들 보기 싫어서 난 일본에 있고 싶지 않다, 고 말했었다. 그런 양준오의 영향도 있었을 것이다. 그러나 당시의 남승지는 이미 자신의 껍질 속에 틀어박히는 자폐증적인 경향을 보이기 시작했다. 의기양양한 '주의자'가 되어 날뛰는 청년활동가들이 그런 남승지의 마음에 맞을 리 없었다. 그런 것들을 생각하면, 갑자기 솟아난 지금의 놀라운 감정은 2년 남짓 사이에 일어난 남승지의 변화를 말해 준다고 할 수 있었다.

"저어, 좀 전의 우상배 씨 말인데요."

남승지는 낡은 레인코트 자락을 펄럭이며 점점 멀어져 가는 남자의 뒷모습을 바라보면서 말했다. 전방에서 우메다행 전차가 달려오더니 땅을 뒤흔들며 지나갔다.

"음."

강몽구는 거의 기계적으로 대답했다.

"고베에서는 옆에 운전수가 있어서 말하려다 말았지만, 우상배 씨는 내가 형님과 함께 온 것을 어떻게 알고 있을까요? 자네는 강 선생과 함께 왔군, 그렇구만 그래, 하면서 뭔가 짐작이라도 가는 듯이 고개를 끄덕이고 있었잖아요."

남승지는 그때 안경 속에서 주의 깊게 빛나던 우상배의 눈과, 순간

덜컹하고 심장이 멈추는 것 같던 느낌을 떠올리며 말했다.

"으흠, 그랬었나. 그러고 보니 상배가 그런 말을 했던 것 같기도 하군, 핫핫핫. 별일 아니야. 그렇게 신경 쓸 거 없어. 함께 온 걸 알면 또 어떤가. 아무렴 우리가 '공작'을 하러 온 걸 아는 것도 아닐 테고."

"음, 그렇습니까. 전 단지 우리가 여기에 온 목적을 알고 있었나 싶어서, 그때 깜짝 놀랐거든요. 만약 우상배 씨가 알고 있다면, 어디서 그런 소리를 들었을까 하는 생각을 했거든요. 동해고무 사장이 친척이라니까, 거기 어디서 이야기가 새나갔나 싶어서⋯⋯."

"고달준 씨는 그렇게 입이 가벼운 사람이 아냐. 대부분의 조선인들이 그렇다고 할 수 있지만, 돈을 번 사람들이라도 단순한 장사꾼이 아니라 훌륭한 애국자야. 그런 점에서 망국과 식민지 민족의 비애와 고통을 경험하지 않은 일본인들과는 다르지. 재일조선인들처럼 다른 나라에 살면서 조직을 지지하고 조직을 위해 선선히 돈을 내는 경우는 드물어. 승일 사돈님은 물론 윤동수 씨도 예외는 아니고, 고달준 씨도 마찬가지야⋯⋯, 아, 이제 곧 왼쪽으로 파출소가 있어(강몽구는 한마디 가볍게 덧붙이고는 다시 말을 이었다). 으음, 근데 말이야, 우상배 정도 되면 대수롭지 않은 일이라도 이런저런 상상을 하게 마련이야. 이 말은 즉, 그는 느낌으로 어느 정도의 상황은 파악한다는 거지. 특히 조직에서 벗어나 룸펜 생활을 하다 보면 사소한 것이라도 필요 이상으로 신경 쓰거나 아는 체하고 싶어지지, 김종춘 선전부장이 와 있다느니⋯⋯ 시시한 작자야. 하지만 그는 남을 팔아넘기거나 할 인간은 못 돼. 흐흥, 그런 짓은 못 한단 말이야, 그 정도로 나쁜 사람이라도 되면, 어떻게든 잘 먹고 살 방법도 있을 텐데⋯⋯. 그런 고무장화 브로커를 오래 계속할 수 있을 거라고 생각하나?"

"그럼, 어떻게 된다는 겁니까?"

"핫핫……."

강몽구는 웃기만 할 뿐 답변하지 않았다. 대답할 방도가 없다는 듯한 웃음이었다. 남승지의 말은 사실 질문도 아니었다. 질문이라고 한다면 그것은 어리석은 질문이었다.

순경 하나가 책상 앞에 앉아 있는 파출소를 지나자 곧이어 나카사키초 정류장이 나왔다. 좀 전에 스쳐 지나간 전차가 겨우 따라잡듯 다가와 안전지대가 없는 노면에 정차했다. 걷는 편이 조금 빠르긴 했지만, 거의 동시에 골인한 것이나 마찬가지였다. 전차에서 내린 대여섯 명 거의 모두가 조련사무소로 가는 활동가처럼 보였다.

조련사무소가 있는 회관 건물은 전찻길에서 왼쪽으로 구부러져 잠시 걸어가면 나오는 삼거리에서 정면 현관이 이쪽을 향하고 서 있었다. 얼핏 유치원처럼 보였다. 전쟁 전에는 협화회 관련 사무소였는데, 지금은 조련 외에 그 산하단체인 청년동맹과 그 밖의 여성동맹 등이 함께 사용하고 있었다.

현관 옆 접수창구를 통하여 2층 응접실로 안내되었다. 위원장은 아직 자리에 없었다. 2층 복도 창문으로 내려다보이는 작은 운동장을 둘러싸듯이 회관 건물이 서 있었다. 현관이 있는 정면만 2층이고, 나머지는 회랑으로 연결된 단층건물이었는데, 건물 전체의 모습으로 보아 역시 유치원이 분명했다. 학교 건물이라는 느낌을 주긴 하지만, 국민학교의 규모는 아니었다. 오른쪽으로 2층 창문에 지붕이 닿을 것처럼 유달리 높은 건물은 아마 강당일 것이다. 전쟁 중에 어린이들을 소개하고 폐쇄된 건물에 협화회가 들어오고, 전쟁이 끝나자 완전히 다른 조직인 조련의 회관이 된 것이었다. 그런 추리를 하고 있자니 시대의 변화를 더듬는 기분이 들었다. 하지만 현재의 조련의 장래는 어떻게 될 것인지, 누구도 알 수 없었다.

"여기 앉으니 생각났는데, 음, 그게 누구였더라……." 응접실 안락의자에서 담배 한 대를 물면서 강몽구가 말했다. "N리의 중학교에서 함께 교사를 했던 청년 있잖아, 아마 이름이 윤상근이라고 한 것 같은데."

"예? ……그 사람은 윤상길이겠죠."

남승지는 창문으로 쏟아져 들어온 밝은 역광선을 뒤집어쓴 강몽구를 바라보면서 영문을 몰라 멍하니 대답했다. 이런 곳에서 윤상길의 이름이 나오리라고는 전혀 생각지 못한 때문이었다. 차를 내온 여사무원이 서툰 우리말로 인사를 하고는 둥근 탁자 위에 김이 모락모락 나는 찻잔을 놓고 방을 나갔다.

"윤상길, 음, 그래 윤상길이야."

"윤상길이 뭐가 어떻게 됐습니까?" 남승지는 왠지 가슴이 두근거리는 것을 느꼈다. "……형님은 그를 알고 있습니까?"

작년 여름까지 중학교 동료였던 윤상길은 지난달 20일경에 일본으로 건너가기 위해 제주도를 떠났을 터였다. 다른 사람을 통해 그의 작별인사를 들은 것은 출발한 지 며칠 뒤였으니까, 그때는 이미 일본에 도착했을 것이었다.

"아니, 몰라, 모르지만 일전에 송한의원 집에서 한번 만난 일이 생각났어. 어제 이곳의 유 위원장한테서 들었는데, 그 윤이라는 남자가 위원장 집을 찾아와서는, ……음, 위원장 부인이 그와 친척인 모양인데, 그게 말이지, 조직의 결정에 따라 일본에 왔다고 한다는 거야."

"뭐라고요? ……조직의 결정? 그게 어떻게 된 겁니까."

"우리 조직의 결정이라는 거야. 윤상길이 거짓말을 하고 있다는 거지. 신임장 같은 것까지 만들어 잔꾀를 부렸다니 어처구니가 없어. 위원장이 혹시나 해서 물어 오길래, 그런 일은 없고, 그건 말도 안 되는 엉터리라고 말해 두었지만 말야. 일본으로 도망쳐 온 것뿐이라면 또 몰라도, 관계도 없는 조직을 사칭하다니 악질이야. 겉보기에는 성실해 보이는 청년이었는데, 사람의 눈은 믿을 수가 없어, 대단한 일은 아니지만, 문득 생각나서 물어본 것뿐이야."

"……"

남승지는 잠자코 고개를 끄덕였을 뿐, 강몽구에게 대꾸할 말이 금방 나오지 않았다. 윤상길이 가짜 신임장까지 만들어 당을 사칭하다니, 도대체 무엇 때문에 그런 짓을? 믿을 수가 없었다. 서울에서 막 내려온 탓에 학교에도 아는 사람이 없던 남승지가 처음으로 친해진 것이 윤상길이었다. 그가 먼저 접근해 와 학교 일을 잘 모르는 남승지를 위해 여러 가지 편의를 봐주었다. 그 무렵부터 조합활동에 열심이었는데, 최근에는 당국으로부터 감시를 받게 되다 보니 부모의 간청을 못 이겨 어쩔 수 없이 섬을 떠난 것으로 알고 있었다. 부모의 간청을 못 이겨 어쩔 수 없이……라는 말은 거북했지만, 조금 응석받이로 자란 구석이 있는 것은 사실이었다. 그런 만큼 사람도 착했다. 그렇다 해도 조직의 결정으로 일본에 왔다고 거짓말을 하다니…….

"일본으로 말이죠, 밀항했다는 이야기는 사람을 통해 들었습니다만, 그래도 그런 거짓말을 하다니……, 그런 사람이 아니라고 생각합니다. 뭔가 잘못된 게 아닐까요?"

조직의 결정, 우리와 마찬가지 아닌가, 흐음, 거짓말을 해도 정도라는 게 있는 법이다. 아니, 뭔가 잘못된 것이 틀림없어.

"핫하아, 잘못된 게 아니야. 그런 자가 말하자면 조직을 교란시키는 분자라구. 그렇다고 무슨 영향이 있는 것도 아니지만. 혁명 전야의 세상은 어지러운 법이야. 세상이 어지러우면 인심이 흐트러지고 동요하지. 권력도 동요하고 세상에 온갖 잡귀가 횡행하는 법이야. 그러면 말이지, 여러 인간들이, 개중에는 그런 거짓말을 꾸며 내고 싶어 하는 자도 나오기 마련이라구. 음, 그만큼 우리 조직이 권위, 즉 혁명적인 정세가 절박하다는 걸 뜻한다고 볼 수 있어. 난세의 불안과 적의 탄압을 견뎌 내지 못하는 주제에, 관계도 없는 당의 권위로 자신을 장식하고 애국자로 보이고 싶어 하는 거지, 가짜 학생의 심리와 비슷한 거야. 그런데 그가 진짜 당원이었다면, 내가 제주도로 끌고 가야 한다는 말이 되는 거야. 이럴 때는 비당원인 편이 오히려 속 편한 거지, 핫하아. 그러고 보면 진짜 당 간부가 오사카까지 도망쳐 와 있어. K면의 세포 책임자였던 자인데, 오사카에 있는 노모가 돌아가셔서 시신을 고향으로 모시고 와야겠다며 일시적으로 일본에 들어왔지. 물론 조직의 승인을 받고서 말이야. 그런데 벌써 3개월이 지나도록 제주도로 돌아오지 않고 있어. 어머니 시신도 고향 땅에 묻기는커녕, 오사카 화장장에서 벌써 불태워 버렸겠지⋯⋯, 핫하하. 내가 일본에 왔다는 걸 알고 도망 다니는 모양이지만 말야."

"으-음⋯⋯, 도대체 무엇 때문에 윤상길은 그런 거짓말을 했을까요."

"알 수 없지, 본인에게 직접 물어보지 않고서야 알 턱이 없는 일이지만, 어쨌든 방금 말한 대로가 아닐까, 즉 일본에 있는 사람들에게 도망쳐 왔다는 말을 듣고 싶지 않은 거겠지. 아마 그럴 거야. 마음이 약한 인간인 게지, 허영심은 강하면서 말야."

남승지는 말없이 고개를 끄덕이면서 기름기 없는 앞머리를 쓸어 올린 손을 뒤통수 쪽으로 돌렸다. 윤상길의 이야기에 일격을 당한 충격이 뒤통수를 찡하게 울렸기 때문이었다. 일찍이 친하게 지냈던 동료 한 사람의 생각지도 못한 속마음이 생선의 하얀 배처럼 밑바닥을 홀딱 뒤집으며 눈앞에 떠오르는 것을 본 기분이 들었다. ⋯⋯섬을 떠나는 건 고향을 버리는 짓이야, 해방 후에 귀국한 자가 다시 일본으로 가는 건 고향을 두 번 버리는 거야, 도망이지……라고, 성내의 혼잡한 노천시장에서 김동진이 한 말이 선명하게 되살아났다. 윤상길은 자신 혼자 섬을 떠나면서 관계도 없는 당을 사칭하고 있는 것이다. 어지러운 세상의 무엇이 그를 그처럼 만들었을까. 공들여 신임장까지 만들면서.

남승지는 양손으로 받쳐 든 차를 홀짝거리면서, 둥근 탁자를 사이에 두고 앉은 강몽구에게서 처음 만난 사람과 같은 거리감을 느꼈다. 아니, 그것은 한순간 시야를 투명하게 만들어 버리는 일종의 추상적인 거리감이었다. 탁자 맞은편에 있는 것은 강몽구의 육체가 아니라, 조직의 의지였다. 창문을 통해 들어오는 햇살이 그의 등 뒤에서 한층 밝게 후광처럼 빛났다.

순간, 눈앞에 있는 강몽구가 피어오른 담배 연기 뒤에서 거인처럼 부풀어 올라 남승지를 압도하며 밀쳐 버릴 것만 같았다. 갑자기 '당'이 날개를 편 것처럼 커다랗게 보였다. 머릿속의 어두운 공간 어딘가에서 차가운 쇠가 맞부딪치는 소리가 울렸다. 그는 서둘러 꿀꺽, 하며 차와 함께 침을 삼키고 나서 찻잔을 탁자 위에 내려놓았다. 심장이 콩닥콩닥하는 작은 소리를 내고 있었다. 그때 등 뒤에서 난 노크 소리가 남승지를 놀라게 만들었다. 놀랄 필요는 없었다. 위원장이었다. 위원장이 문을 열고 들어왔다. 남승지는 강몽구와 함께 일어나서 위원장을 맞았다. 왜 개인적인 일로 당을 사칭하는가! 일어선 남승지의 머릿속에서 메아리가 울리고 있었다. 불쾌해졌다.

위원장은 안락의자에 앉으면서 두 사람에게도 앉으라고 손짓했다. 강몽구가 남승지를 소개했다.

"아, 어제 강몽구 동지한테서 들었소만, 일부러 먼 곳에서 오느라

고생 많았소."

위원장은 한순간 사람을 관찰하기라도 하듯이 혼자 고개를 끄덕이고는, 느긋한 태도로 남승지에게 손을 뻗어 악수를 청했다. 남승지가 당황하여 손을 내밀면서 일어서자 아니, 일어설 것 없소, 앉으시오, 라고 무게 있고 느긋한 목소리로 말하면서 부드럽게 잡았던 손을 놓았다.

쉰 살에 가까운 풍채 좋은 신사로, 멋진 양복을 입고 7대 3으로 가르마를 탄 숱이 적은 머리는 포마드로 말끔히 정돈되어 있었다. 탁자 밑에 가려진 검은 신사화도 잘 닦여져 있었다. 어느 곳의 사장이라 해도 통할 것 같은, 상당히 속물적인 냄새가 나는 인물로 보였다. 남승지는 문득 틀림없이 서로 알고 있을 우상배를 떠올리면서, 아아, 물과 기름이구나, 라는 생각을 했다.

위원장은 여사무원이 내온 차를 그대로 둔 채 바로 자리에서 일어났다. 아홉 시 반이었다. 오후 한 시부터 회의가 있어서 그때까지 회관에 돌아와야 한다는 것이었다. 세 사람은 함께 응접실을 나왔다. 위원장이 위원장실로 잠깐 들어가 봄 코트를 입고 다시 나왔다. 남승지는 세 남자의 체중에 반발하듯 삐걱거리는 계단 소리를 들으며 머릿속에서 떠나지 않는 윤상길을 생각했다.

세 사람이 현관을 나올 때, 마침 건물에 들어오던 듬직한 체격의 왠지 낯이 익은 남자가 위원장에게 인사를 한 후 강몽구와 벽 쪽에 바싹 붙어 서서 이야기를 시작했다. 이야기는 겨우 2, 3분 만에 끝났지만, 남승지는 그 남자의 햇볕에 그을린 늠름한 얼굴을 보면서, 아, 난 또, 라며 자신도 모르게 웃음을 머금었다. 넥타이를 맨 양복 차림이어서 금방 알아보지 못했지만, 남자는 자신들을 태우고 온 밀항선 선장이었다. 배에서는 후줄근한 작업복을 입고 있었기 때문에, 지금과는 전혀 인상이 달라 보였다.

그러고 보니, 이 근처에 운항회라는, 해방 후 한동안 자유롭게 조국을 오가던 때에 만들어진 선박 관계(선박이라고는 해도 10톤 전후인 어선이었지만) 조직의 연락사무소가 있다는 이야기를 강몽구에게 들은 적이 있었다.

강몽구는 전찻길로 나가는 길을 걸으면서, 그저께 선장을 만났는데 웬만하면 같은 배를 이용하여 짐을 운반하고 싶다고 말했다. 짐이라는 것은, 모은 자금으로 사야 될 의류와 약품 및 기타의 것들로, 돌아가서 돈으로 바꿀 수 있는 물자들을 가리켰다. 돈으로 바꿀 뿐만 아니라, 의류든 약품이든 종류에 따라서는 당연히 유격전에 필요한 것이었고, 또 운동화 같은 신발은 없어서는 안 될 필수품이었다. 따라서 고베의 남승일이나 윤동수 등이 내게 될 자금의 일부분은 그들의 공장에서 생산되는 물건이 될 수도 있었다. 그렇게 되면 짐의 구체적인 수량은 남승지로서도 상상할 수 없었지만, 상당한 양이 될 게 틀림없었다.

세 사람은 택시를 타고 동오사카의 후세(布施)로 향했다.

택시는 도중에 강몽구와 남승지가 그저께 동해고무에서 우메다로 갈 때 지나갔던 길을 거꾸로 달렸다. 오사카 성에 인접한 방송국 앞을 지나 광대한 폐허가 그대로 남아 있는 모리노미야, 그리고 다마쓰쿠리, 이마자토 로터리에서 버스 도로를 동쪽으로 돌아 곧장 후세로 내달렸다. 그저께와는 달리 반대 방향에서 이마자토 로터리에 들어섰을 때, 남승지는 왕래하는 사람들과 주위에 있는 묵직하고 견고한 은행 건물 등에서 묘한 그리움을 느꼈다. 마치 그곳이 이카이노의 입구라도 되는 것처럼.

긴테쓰(近鐵) 후세 역 북쪽 입구 부근에서 택시를 내렸다. 유 위원장의 자택도 여기서 그다지 멀지 않다고 했다. 두 사람은 위원장 뒤를 따라 너저분한 골목길을 동쪽으로 들어가, 녹슨 철재와 주물 따위를 길 양옆에 쌓아 놓은 철공소가 띄엄띄엄 늘어선 곳까지 왔다. 선반에 깎이면서 타는 듯한 금속의 기름 섞인 냄새와 기계 소음이 양쪽 공장에서 좁은 골목으로 흘러넘치고 있었다. 주변의 지면은 검붉게 변해 있었는데, 쇠의 녹물 때문일 것이다.

오른쪽의 한 공장 앞에 멈춰 선 위원장은 강몽구를 돌아보며 턱을 조금 움직여 보였다. 여기라는 신호였다. 남승지는 자기도 모르게 상의와 코트 자락을 여몄다. 빛바랜 검은 문기둥에 '주식회사 합동철공소'라고 쓰인 낡고 커다란 표찰이 걸려 있었다.

트럭이 지나갈 수 있을 정도인 문을 들어서서 왼쪽이 사무실 겸 살림집이었고, 통로를 낀 오른쪽에 국민학교 교실 두 개는 들어갈 만한 상당히 큰 공장 건물이 있었는데, 기름투성이의 직공들이 기계와 함께 작업에 몰두하고 있었다.

그때 세 사람이 온 것을 느꼈는지 몸집이 작은 사십 대 남자가 공장에서 나왔다. 표찰에 정준암(鄭俊巖), 미야모토(宮本)라고 되어 있었는데 그가 장본인일 것이다. 낯가림을 하지 않고 천천히 다가오는 걸음걸이를 보아도 그러했다. 작업용 점퍼를 입고 지퍼를 단정히 채운 옷차림은 사장이라기보다 현장감독 같은 인상을 주었다. 이미 연락이 돼 있어서 위원장 일행이 오는 것을 알고 있는 모양이었다. 위원장에게 가볍게, 안녕하세요, 라고 인사한 그는 세 사람을 뒤뜰에 있는 안쪽 방으로 안내했다. 작은 정원처럼 꾸며놓은 뒤뜰은 살풍경하고 녹슨 빛의 바깥과는 전혀 다르게 녹음에 덮여 조용한 느낌을 주었으며, 공장의 소음이 마치 이웃 마을에서 나는 것처럼 멀게 들렸다. 여기가 공장지대의 한 부분이라고는 생각되지 않았다. 연못에는 잉어가 무리를 짓고 거북이가 고개를 내밀고 있었다.

정준암이 도쿄의 명문사립대 전문부 출신 인텔리라고 말한 것은 위원장이었지만, 남승지는 그에게서 그다지 좋은 인상은 받지 않았다. 광대뼈가 튀어나온 근육질 얼굴은 무뚝뚝한 표정으로 웃음기가 전혀 없었는데, 그것이 단순하게 붙임성이 없기 때문만은 아닌 것 같았다. 예를 들면, 사촌 형 남승일과 마찬가지로 그 사람의 성격이라기보다는, 뭔가 자신을 그렇게 보이도록 만들고 있는 오만한 구석이 엿보이는 듯한 느낌이 순간적으로 들었던 것이다.

도코노마(床の間, 장식 공간)를 등 뒤로 정준암과 마주 앉은 유 위원장이 두 사람을 고향에서 온 손님이라고 소개했다.

"그러니까, 정 동무, 어젯밤에 이야기했으니 대충 취지는 알고 있겠지만, 오늘은 직접 제주도당 부위원장인 강몽구 동지를 모셔온 거요. 이번에 우리 조국과 민족을 위해 정 동무의 애국적인 협력을 부탁하는 바요. 음, 여러 가지로 다른 조직단체와 겹쳐서 힘들겠지만, 이번에는 직접 조국의 혁명사업과 관련되는 만큼, 그 점을 잘 인식해 주시오. 오사카 조직에서도 적극적인 지원을 해야 하지만, 일이 일인 만큼 아무에게나 협력을 부탁할 수도 없고 말이지. 말할 것도 없이 그 점에 대해선 정 동무가 잘 알고 있을 것으로 생각하지만 말이오."

뒤뜰을 등진 남승지와 마주 앉은 강몽구가 말없이 고개를 끄덕였다.

"……어젯밤 유 위원장님이 식사를 요청하셔서 말이죠, 그 자리에서 여러 가지로 유익한 말씀을 들었습니다." 정준암은 위원장의 우리말을 의식한 듯 처음에 한두 마디는 더듬거리는 우리말로 하다가 금방 일본어로 바꾸었다. 계속하기 어려웠던 것이다. 강몽구가 가볍게 고개를 끄덕이면서 하기 쉬운 말로 말씀하시라고 우리말로 말했다. 위원장도 고개를 끄덕였다. "저어, 그러니까, 위원장(우리말로 발음했다)께 제주도의 정치 정세에 관한 이야기를 들었습니다만, 솔직히 말해서, 저로서는 왜 그 무장봉기나 무장투쟁이라는 것을 꼭 해야만 하는지 잘 모르겠습니다. 물론 강 부위원장이 오늘 오신 목적은 잘 알고 있습니다만. ……결국은 중국이나 프랑스 같은 곳에서 했던 빨치산을 말하는 거 아닙니까, 그렇지요? 그러나 아무래도 우리 조국에서 빨치산 투쟁을 한다고 하면, 왠지 납득이 안 갑니다. 제 감각에 딱 와 닿는 그런 게 없어요. 그리고 일본공산당도 점령하에서 평화혁명 노선으로 나아가고 있고 말이죠."

"빨치산 투쟁은 중국이나 프랑스에서만 한 게 아니라, 북한의 김일성 장군 등은 일제강점기에 항일 빨치산 투쟁을 계속하였고, 게릴라 투쟁의 전통은 오랜 옛날부터 조선에 전해져 왔습니다. 제주도에서 처음 일어나는 건 아닙니다. 일본공산당은 일본의 현실을 생각해서 그러는 거겠지만, 조선의 현실은 지금 일본과는 전혀 달라서……."

"그게 말이죠……, 그러니까, 조국의 이야기를 들어도 난 잘 모르겠습니다만, 그야 물론 일본과는 다르겠지요." 정준암은 상대의 말을 가로챘다. 그리고는 담배를 피지도 않으면서 은제 담배 케이스를 두 손으로 만지작거리며 말을 이었다. "다만, 내가 잘 모른다고 말한 것은 음, 제주도는 내 고향이잖습니까. 물론 고향이라 해도 벌써 20년이 넘도록 가 보지 않아서 지금은 어떻게 되어 있는지 잘 모르지만, 어쨌든 그 빨치산의 무장봉기라는 게 내 고향에서 일어난다는 것이 아무래도 무슨 꿈속 이야기처럼 들려서 딱 와 닿지를 않습니다. ……방금 전에 말하려다 말았습니다만, 북한의 김일성 장군이 빨치산 대장이었다는 건 저도 알고 있습니다. 그런데 아름다운 자연의 혜택을 받은 고향 제주도에서 빨치산 투쟁이 실제로 일어난다는 겁니까. 위원장께 듣고서도 잘 모르겠다고 말한 건 바로 그 점입니다. 그리고 왜 일부러 일본까지 자금을 모으러 왔는지 모르겠습니다. 조국에도 협력자나 동조자는 많을 것 같은데요."

남승지는 정준암의 마지막 말이 작은 돌멩이가 되어 이마에 맞은 기분이 들었다. 강몽구를 바라보았다. 강몽구는 입에 물려던 담배를 그냥 손가락에 끼운 채 왼쪽 맞은편의 정준암에게 날카로운 시선을 던졌다. 입가에 쓴웃음을 띠고 있었다.

남승지는 탁자 밑에서 두 손을 마주잡고 강몽구의 기색을 살폈다. 순간 차가운 웃음이 사라지자 강몽구는 핫하아, 그랬군요…… 하고 웃었다. 그 웃음소리는 일단 손에 들었던 찻잔을 놓고 정준암에게 뭔가 한마디 하려던 위원장을 입을 다물게 만들었다. 위원장의 안도와 함께 당혹스런 표정이 정준암에게 전해지자, 그는 조금 계면쩍은 듯이 시선을 떨어뜨리고 담배 한 대를 물었다. 남승지는 이야기 도중에 나온 차를 홀짝거리며 가슴의 통증을 느꼈다. 이건 시간이 걸리겠군, 자금 공작은 간단한 게 아니라는 생각이 들었다.

"지금 정 사장님은 우리들 고향에서 게릴라 투쟁이 실제로 일어나는지 질문하셨습니다만, 그건 지극히 당연한 의문입니다. 일본에서는 상상하기가 어렵겠지만, 게릴라 투쟁은 일어납니다. 그 이유는 일어날 수밖에 없는 단계까지, 인민이 일어나지 않으면 안 될 단계까지 몰리고 있다는 사정, 그러한 상황에 있습니다. 게다가 이것은 우리 조국 통일의 대사업에 그대로 연결되어 있는, 단순히 제주도만의 문제가 아니라는 건 확실합니다. 표면적인 정세가 낙관적이지 않습니다만, 인민의 큰 물줄기는 조국 통일과 혁명을 향해 흘러가고 있습니다. 물론 협력자는 있습니다. 기본적으로는 민중 자신들이 서로 협력자입니다. 그러나 동시에 우리는 보다 광범위한, 보다 강력한 협력자를 필요로 하고 있습니다. 그게 투쟁을 유리하게 이끌고 혁명을 성공시키는 지름길이기 때문입니다…….”

강몽구는 손에 들고 있던 담배에 다시 불을 붙이고 한 대 피우면서 말을 계속했다. 나가라고 쫓아내지 않는 한 엉덩이를 붙이고 이야기를 계속할 것 같은 자세였다.

강몽구는 상대를 대화에 끌어들이면서, 상대가 응해 오는 한 시간을 들여 이야기를 계속했다. 남승지는 잠자코 탁자 위를 오가는 대화에 귀를 기울이며 그 자리의 협상을 지켜보고 있을 뿐이었다.

정준암은 자신이 일제강점기에 고생한 이야기, 즉 그 결과로 이룬 성공담을 한바탕 늘어놓았다. 그리고는 마지막으로 자금 지원 요청이 너무 많다고 하소연했다. 그것은 하소연일 뿐이고 또한 예방책이었지만, 또 한편으로는 수비 범위 안에서 자금을 지원하겠다는 의사표시이기도 했다. 대략적인 금액은 어젯밤 유 위원장과 만난 자리에서 결정되었을 것이다.

자금 지원 요청이 너무 많다는 것은 그냥 하는 소리가 아니었다. 조직인 오사카 본부, 그가 소속되어 있는 후세 지부, 1년에 한 번은 중앙본부에도 돈을 내야 한다고 했다. 게다가 단일단체인 청년동맹, 여성동맹, 교원동맹, 민족학교 교육회, 체육협회, 학생동맹에서도 찾아온다고 했다. ……음, 저는 학생들을 좋아해서 말이죠, 그들을 보면 제가 고학하던 시절이 생각나거든요. 그래서 그들이 찾아오면 그냥 섭섭하게 보내질 못해요……, 아니, 학생만이 아닙니다. 그러니까, 공산당, 일본공산당에서도 찾아온다니까요. 저는 나름대로 그만한 일은 하고 있지요……. 그리고는 이따금 조련지부, 조선인을 그만두고 싶어질 때가 있을 정도라고 불만을 털어놓았다. 위원장이 팔짱을 낀 채 기특하다는 얼굴로 듣고 있었다. 과장은 있을지언정 그 말이 틀린 것만은 아닐 것이다. 그렇게 자금 지원이 겹치는 것은 사실이었고, 또 그러한 크고 작은 자금 지원이 조직을 지탱하고 있었던 것이다.

정준암은 3만 엔의 자금 지원을 약속하면서, 자신은 유 위원장에게 약하다. 후세 지부장에서 본부 위원장으로 진출한 우리 동네 출신이라 그렇다……며, 유 위원장의 이름을 내세우는 것을 잊지 않았다. 위원장의 '얼굴'을 보고 자금을 지원한다는 것인지, 위원장에게 생색을 내려는 것인지 알 수 없었다. 아마 양쪽 모두를 염두에 두었을 것이다.

정준암은 일단 돈은 내일 받으러 와 달라고 말했다가, 위원장의 말을 듣더니 수표를 끊어 주었다. 강몽구는 악수로 사의를 표했다. 시간은 열두 시가 다 되어 가고 있었다. 정준암은 식사를 함께하자고 붙잡았지만, 그럴 시간의 여유가 없었다. 위원장은 지금 바로 출발해야 한 시까지 빠듯하게 본부로 돌아갈 수 있었다. 게다가 이럴 때의 식사는 틀림없이 돈을 낸 이 남자의 자랑을 듣는 자리가 되기 마련이었다.

세 사람은 밖으로 나와 아까 왔던 길을 되돌아갔다. 공장의 소음과 기름기 묻은 쇠를 달구는 냄새가 뒤섞인 검붉은 길을 걸어가면서, 남승지는 바깥공기가 맛있다고 생각했다. 겨우 해방된 느낌이 들었다. 막대기를 들고 뛰어다니는 개구쟁이들의 외침 소리를 들으며 천천히 심호흡을 했다. ……3만 엔, 거금이었다. 10만 엔…… 40만 엔……. 남승지는 새삼스럽게 사촌 형 개인이 약속한 40만 엔이라는 금액이 갖는 무게감이 피부에 와 닿았다.

❙ 지은이

김석범(金石範)

　1925년 일본 오사카에서 태어났고, 교토대학을 졸업했다. 〈제주4·3〉을 테마로 한 대하소설 『화산도』를 집필하고, 일본에서 4·3진상규명과 평화인권운동에 젊음을 바쳤다. 1957년 『까마귀의 죽음』을 발표하여 최초로 국제사회에 제주4·3의 진상을 알렸다.

　대하소설 『화산도』로 일본 아사히(朝日)신문의 〈오사라기지로(大佛次郎)상〉(1984), 〈마이니치(每日)예술상〉(1998), 제1회 〈제주4·3평화상〉(2015)을 수상했다. 1987년 〈제주4·3을 생각하는 모임 도쿄/오사카〉를 결성하여 4·3진상규명운동을 펼쳤다. 재일동포지문날인 철폐운동과 일본 과거사청산운동 등을 벌려 일본사회의 평화, 인권, 생명운동의 상징적인 인물로 추앙받고 있다. 주요 소설로서는 『까마귀의 죽음』, 『화산도』, 『만월』, 『말의 주박』, 『죽은 자는 지상으로』, 『과거로부터의 행진 上·下』 등이 있다.

❙ 옮긴이

김환기
동국대학교 일어일문학과 졸업
(현) 동국대학교 교수/동국대일본학연구소 소장
『시가 나오야』, 『재일 디아스포라 문학』, 『브라질(Brazil) 코리안 문학 선집』,
「코리안 디아스포라 문학의 '혼종성'과 초국가주의」 외 다수.

김학동
일본 호세이(法政)대학 일본문학과 졸업
(현) 동국대학교 일본학연구소 연구원/공주대학교 출강
『재일조선인문학과 민족』, 『장혁주의 일본어작품과 민족』,
『한일 내셔널리즘의 해체』(역서), 「김석범의 한글 『화산도』론」 외 다수.

火山島 ②

2015년 10월 16일 초판 1쇄
2016년 4월 29일 초판 2쇄
2018년 4월 3일 초판 3쇄

지은이 김석범
옮긴이 김환기 · 김학동
펴낸이 김흥국
펴낸곳 보고사

책임교열 유임하(문학평론가/한국체대 교수)
책임편집 이유나
편집 황효은 · 이경민 · 이순민 · 김하놀
표지디자인 정보환
제작관리 조진수 **마케팅** 김도연 · 이성은
인쇄제본 영신사 **종이** 한서지업사 **코팅** IZI&B

등록 1990년 12월 13일 제6-0429호
주소 경기도 파주시 회동길 337-15 보고사 2층
전화 031-955-9797(대표)
      02-922-5120~1(편집), 02-922-2246(영업)
팩스 02-922-6990
메일 kanapub3@naver.com / bogosabooks@naver.com
http://www.bogosabooks.co.kr

ISBN 979-11-5516-462-4 04810
      979-11-5516-460-0 04810(세트)

정가 15,000원
사전 동의 없는 무단 전재 및 복제를 금합니다.
잘못 만들어진 책은 바꾸어 드립니다.

이 도서의 국립중앙도서관 출판예정도서목록(CIP)은 서지정보유통지원시스템 홈페이지
(http://seoji.nl.go.kr)와 국가자료공동목록시스템(http://www.nl.go.kr/kolisnet)에서
이용하실 수 있습니다.(CIP제어번호 : CIP2015026801)